AU NOM DE LA LIBERTÉ

Écrivaine aux multiples talents, Marie-Bernadette Dupuy aborde avec un immense succès les genres les plus variés : biographies historiques, polars, romances, littérature régionale et grandes sagas familiales. Son œuvre lui a permis de conquérir le cœur de très nombreux lecteurs à travers le monde et de devenir la reine française de la saga. Profondément attachée à sa région natale, la Charente, à laquelle elle rend régulièrement hommage dans ses romans, elle fait partie des ambassadeurs de la ville d'Angoulême.

Paru au Livre de Poche :

ABIGAËL, MESSAGÈRE DES ANGES (6 tomes)

ABIGAËL
1. Les Voix du passé
2. La Force du destin
3. Le Secret des anges

ALBANE
1. Un ciel d'orage

ANGÉLINA
1. Les Mains de la vie
2. Le Temps des délivrances
3. La Force de l'aurore

LE CHÂTEAU DES SECRETS
1. Le Rêve brisé
2. La Ballerine de l'ombre
3. Les Cœurs apaisés

LA GALERIE DES JALOUSIES (3 tomes)

LARA
1. La Ronde des soupçons
2. La Valse des suspects
3. La Danse macabre

LE MYSTÈRE SOLINE
1. Au-delà du temps
2. Le Vallon des loups
3. Un chalet sous la neige

L'ORPHELINE DE MANHATTAN
1. L'Orpheline de Manhattan
2. Les Lumières de Broadway
3. Les Larmes de l'Hudson

L'ORPHELINE DES NEIGES
1. L'Orpheline des neiges
2. Le Rossignol de Val-Jalbert
3. Les Soupirs du vent
4. Les Marionnettes du destin
5. Les Portes du passé
6. L'Ange du lac

LE SCANDALE DES EAUX FOLLES
1. Le Scandale des eaux folles
2. Les Sortilèges du lac

ROMANS INDÉPENDANTS
Les Amants du presbytère
Amélia, un cœur en exil
L'Amour écorché
Les Feux de Noël
Les Fiancés du Rhin
Le Refuge aux roses
Le Val de l'espoir

MARIE-BERNADETTE DUPUY

Au nom de la liberté

Albane **

CALMANN-LÉVY

ISBN : 978-2-253-25193-4 – 1re publication LGF

Je dédie cet ouvrage à mes enfants chéris,
Isabelle, Yann, Louis-Gaspard et Augustin Dupuy,
qui m'entourent de tout leur amour et me soutiennent,
ainsi qu'à ma fidèle Guillemette.

J'espère que cette saga leur plaira,
avec en toile de fond les magnifiques paysages
de Dordogne.

NOTE DE L'AUTRICE

Chères amies lectrices, chers amis lecteurs,

Dans ce deuxième tome, Albane, Au nom de la liberté, *vous retrouverez mon héroïne et les personnages qui l'entourent, en ces temps tragiques de la Seconde Guerre mondiale.*

Jeune femme passionnée, prise cependant dans les carcans de son éducation et des convenances, elle continue à lutter pour la liberté, celle d'aimer et de protéger les siens. Révoltée par l'injustice, elle doit trouver le courage de surmonter de nouvelles et douloureuses épreuves.

Je vous laisse les découvrir au fil de ces pages, en espérant que vous suivrez avec plaisir et émotion le destin d'Albane de Séguilières, qui se joue dans une de nos belles régions, la Dordogne.

Je redirai également, comme dans chacun de mes livres, que toute ressemblance avec des personnes existantes ou ayant existé serait fortuite et indépendante de ma volonté, et que les événements sont fictifs, hormis ceux signalés comme authentiques par une note en bas de page.

Marie-Bernadette Dupuy

1

Le sens des convenances

Brantôme, château de Séguilières,
mardi 25 juin 1940

Albane se souviendrait longtemps de ce mardi de la fin du mois de juin, où Raphaël était arrivé dans l'école avec le docteur Géraud, après une absence de plus de quinze jours. Leur retour coïncidait avec l'intrusion en Dordogne des Allemands et elle y avait vu un triste présage.

La classe terminée, ils étaient rentrés à pied, les enfants marchant devant eux au bord de la route. Perdue dans ses pensées, Lidy Wendling, l'aînée de la petite troupe, tenait Marguerite Meyer et Félicia Goetz par la main, précédées par Ronald et Franz Meyer. Durant le trajet, d'environ deux kilomètres, entre la petite ville et le château, Albane avait redouté l'apparition des chars de la Wehrmacht ou celle d'une patrouille de soldats ennemis.

Elle avait respiré à son aise une fois dans l'allée ombragée par les grands arbres du parc, inquiète cependant du mutisme de Raphaël, de son regard bleu devenu lointain et soucieux.

— Est-ce qu'on est sauvés, maintenant, mademoiselle ? lui avait demandé Franz.

— Mais oui, ne crains rien, nous sommes en sécurité ici, s'était-elle efforcée de déclarer d'un ton ferme. Regarde, ta maman nous attend sur le perron, elle nous fait un signe de la main.

La vision de sa mère, la robuste et énergique Petra Meyer, avait rassuré Franz. Il s'était élancé vers la cour d'honneur, de toute la vitesse de ses jambes de huit ans.

En cette saison, le château de Séguilières prenait le soleil par toutes ses fenêtres grandes ouvertes. Après les rigueurs de l'hiver, le vieil édifice semblait retrouver un peu de sa superbe sous la vive lumière de ce début d'été.

— Es-tu content d'être revenu, Raphaël ?

Lidy s'était retournée pour interroger son frère. Dans une robe en percale jaune, avec ses longs cheveux blonds nattés, l'adolescente rayonnait de joie. Albane aurait pu poser la même question, mais elle s'était abstenue.

— Comment être content de quoi que ce soit ? avait répondu Raphaël d'une voix lasse. Des milliers d'enfants innocents ont perdu leurs parents pendant l'exode, je pense sans cesse à eux… Et à d'autres choses.

— Mais nous sommes là, nous, avait murmuré sa sœur.

Une fois encore, Albane avait préféré garder le silence, mais elle avait pris Lidy par l'épaule pour la réconforter.

Le retour de Raphaël suscita une vague d'enthousiasme et d'émotion. Tous les habitants du château, réunis dans le hall, l'accueillirent avec des sourires et des accolades. Amédée de Séguilières lui ouvrit les bras, comme s'il retrouvait un fils parti à la guerre et revenu sain et sauf. Quant à Maria, elle décida sur-le-champ de préparer un repas de fête.

— Nous pourrions dresser une table sur la terrasse, il fait si bon le soir, proposa Albane, déterminée à faire régner une bonne ambiance.

— Ne vous donnez pas cette peine, protesta le jeune homme. Il n'y a pas de quoi faire la fête. Je me suis contenté de seconder le docteur Géraud et nous avons été confrontés à des scènes affreuses que je ne pourrai jamais oublier. Il paraît que c'était pire plus au nord, quand les Stukas tiraient sur les colonnes de ces pauvres gens fuyant l'armée allemande. Les avions volaient bas et mitraillaient les civils.

— Dites-nous-en plus, Raphaël ! s'écria Étienne Goetz. Sur le chantier de l'abbaye, le contremaître était bien informé, et il nous a raconté des horreurs.

— Dans ce cas, autant ne rien savoir, trancha le châtelain. J'en ai vu suffisamment dans les tranchées. J'étais à Verdun, et certaines images me hantent encore. De surcroît, il ne faut pas effrayer les enfants.

C'était déjà trop tard. Ronald et Franz se serraient contre leur mère, tandis que Félicia pleurait sans bruit.

— Je suis de votre avis, monsieur, déclara Mireille Dresner. Ces petits n'ont pas besoin d'entendre de telles choses.

La mine grave, Otto Meyer approuva d'un signe de tête. Il tenait sa fille aînée par l'épaule et il se pencha un peu pour l'embrasser sur le front. Toute contente de cette marque d'affection, Marguerite arbora un faible sourire.

— Papa, nous avons eu très peur aujourd'hui, dit-elle. Les gens criaient dans la rue parce que les Allemands arrivaient.

— Ils vont nous tuer, alors, s'alarma Lucas, du haut de ses six ans.

— Non, car le maréchal Pétain a signé un armistice, aussi les soldats n'ont aucune raison de nous faire du mal, lui expliqua Albane. Il n'y a plus de danger, Lucas.

— C'est vite dit ça, bougonna Maria. Pardi, quand on perd la guerre, les vainqueurs peuvent tout se permettre !

— Nous n'avons pas encore perdu ! s'enflamma Raphaël. Depuis Londres, le général de Gaulle nous incite à l'espoir, à poursuivre le combat. Le docteur et moi avons pu lire son appel du 18 juin, qu'un journal a publié.

— Vraiment ? Et comment faire, puisque l'armée allemande envahit le pays ? fit remarquer Étienne Goetz.

— Si une patrouille ose s'aventurer sur mes terres, je ferai valoir mes droits ! se vanta le châtelain.

Accablée par cette fanfaronnade, Albane aurait volontiers contredit son père, car elle pensait aux jours sombres qui s'annonçaient pour la France et sa chère Dordogne, malgré la signature de l'armistice. Le cœur lourd, elle observa ceux qui l'entouraient. Son regard noisette s'attarda notamment sur Clara Fischer, la grand-mère de Lidy et de Raphaël, la doyenne des réfugiés. Toujours élégante, la vieille dame nouait et dénouait ses mains diaphanes, ce qui trahissait son angoisse.

— Je vais remonter dans ma chambre, mais je redescendrai pour le dîner. Tu m'as beaucoup manqué, mon cher enfant, dit-elle à son petit-fils.

— Eh bien, je t'accompagne, mamie chérie, j'en profiterai pour prendre des vêtements propres, j'ai besoin de me laver à grande eau. J'irai à la pompe, derrière les écuries, précisa Raphaël. À plus tard, mes amis.

— À plus tard, nous boirons du bon vin ce soir, en votre honneur, décréta Amédée.

Il n'obtint qu'un sourire désabusé en guise de réponse. Maria se dirigea vers les cuisines en poussant un gros soupir et en triturant un pan de son tablier.

— Rien ne m'empêchera de préparer un bon repas, vous êtes d'accord, mademoiselle ? marmonna-t-elle.

— Fais à ton idée, Maria, mais n'oublie pas que nous devons ménager nos provisions.

— Fi de loup ! J'ai des œufs, du lait, des bocaux de confit de canard et des pommes de terre à gogo, on a de quoi !

— C'est quoi, à gogo ? s'étonna Lucas. Dis, maman ?

— Cela veut dire qu'on en a beaucoup, mon chéri, expliqua Odile Goetz. Cependant, je suis de votre avis, mademoiselle Albane, il faut rester parcimonieux.

Rebuté par ce dernier mot qu'il ignorait, Lucas suivit Franz et Ronald sur la terrasse. Tous les trois y jouaient souvent aux billes en terre cuite que le châtelain leur avait dénichées dans une caisse du grenier.

— Vous n'allez pas plus loin, recommanda Petra Meyer. Je monte dans notre chambre avec Marguerite. J'ai du linge à plier. Avec ce beau temps, ça sèche vite. Otto, si tu veux un gilet de corps propre, c'est le moment.

— Je vais avec vous, Petra, je m'allongerai avant le repas. J'ai bêché une nouvelle parcelle pour agrandir le potager, mon dos s'en ressent…

Albane se retrouva bientôt seule dans le hall avec Mireille Dresner, dont l'expression anxieuse faisait peine à voir.

— Vous avez peur, n'est-ce pas ? insinua la jeune femme.

— Oui, je commençais à vivre presque sereinement, c'est terminé. Mais allons dans le boudoir, ma chère petite. Si Pierre s'est réveillé, il va essayer de s'asseoir dans son lit.

— Il doit dormir, sinon il vous appellerait.

Lorsqu'elles entrèrent dans la pièce, l'enfant somnolait, son pouce dans la bouche.

— Notre mignon aura un an le mois prochain, nota Albane. Nous ferons un gâteau et il soufflera sa première bougie.

— Si je reste au château, soupira Mireille. Les Allemands sont là, je dois partir. Hitler maintient ses projets à l'encontre des Juifs, je ne peux pas attendre que l'on vienne m'arrêter ou tuer mon petit-fils.

— Je vous en prie, Mireille, ne cédez pas à la panique ! Vous m'avez montré votre carte d'identité il y a quelques jours, il n'y est pas spécifié que vous êtes juive. En cas de contrôle, nous vous présenterons comme une cousine de mon père. Vous êtes mon amie, je vous protégerai coûte que coûte. Et personne ne touchera au petit Pierre. Où iriez-vous et à quel prix ? Vous avez déjà écorné vos économies pour nous aider.

Le teint cireux de Mireille Dresner démontrait mieux que des mots sa terreur viscérale. Si des fils d'argent ornaient ses tempes, des boucles noires auréolaient son visage émacié d'une discrète séduction.

— Peut-être pourrais-je passer en Espagne, murmura-t-elle. Là-bas, j'embarquerais pour l'Amérique. J'ai fait part de mon projet à votre père cet après-midi, il en a eu l'air bouleversé.

— Je le comprends. Ce serait de la folie de voyager avec Pierre ! Votre petit-fils a ses habitudes ici, il mange correctement, il a le bon air de la campagne, insista Albane.

— Je n'ai aucune envie de m'exiler, mais vous savez combien les nazis peuvent être cruels, impitoyables.

— Mireille, réfléchissez avant de faire une folie. Je reviens vite pour en discuter, mais je voudrais parler avec Raphaël.

— Je comprends, ma chère enfant ! Soyez sans crainte, je ne vais pas m'enfuir en cachette, je vous attends sagement.

Albane se précipita vers les écuries. Son cheval, la vache et la chèvre étaient au pré, où une herbe drue les régalait. Elle hésita à se rendre derrière le bâtiment, ayant perçu le bruit familier de l'eau qui coulait de la pompe et emplissait une cuvette en zinc.

— Je le dérangerais si je me montrais, et il sera gêné, je ferais mieux de patienter.

Elle gardait un troublant souvenir du corps nu de son amant, lors de la dernière nuit où elle l'avait rejoint, la veille de son départ. En évoquant son torse lisse, les muscles de ses bras, son ventre plat, une onde de désir la traversa. Son besoin de le voir et d'être seule avec lui fut le plus fort. Elle avança jusqu'à l'angle du mur, que le lierre envahissait.

— Raphaël, je peux venir ?

— Pas tout de suite, Albane. Je ne suis pas présentable, on se verra au château.

— Alors je t'attends là-haut, dans ta chambre.

— Non, pas maintenant ! Je suis épuisé, j'avais prévu de dormir une heure ou deux.

— Très bien, répliqua-t-elle.

Pourtant elle ne bougea pas, les yeux levés vers le ciel d'un bleu pur. Le soleil déclinait, mais ses rayons encore chauds la caressaient. Sa jeune chair avide de plaisir frémissait sous le tissu de sa robe. Cinq minutes plus tard, Raphaël la découvrait ainsi, nimbée de lumière, ses cheveux bruns ondulant sur les épaules.

— Tu prends des risques, lui reprocha-t-il.

Albane le considéra d'un air grave. En chemise blanche et pantalon de toile, avec ses boucles sombres humides et son regard d'azur, il émanait de lui un charme irrésistible.

— Ne te fâche pas, Raphaël, c'était une journée éprouvante. Moi aussi j'ai parfois envie de m'isoler. J'étais bien, les roses sentent si bon.

Elle désigna d'un mouvement de tête le rosier centenaire qui poussait près d'eux, couvert de fleurs d'un rouge profond. Raphaël approuva distraitement, avant de passer devant elle pour entrer dans les écuries.

— La prochaine fois, évite de traîner de ce côté quand j'ai dit à tout le monde que je me lavais à la pompe, lança-t-il. Albane, je compte repartir le plus vite possible, il vaut mieux garder nos distances.

— Tu oses me dire ça le jour de ton retour ? se révolta-t-elle. J'ai tellement souffert de ton absence. Même si tu as prévu de t'en aller demain, nous avons droit à une nuit ensemble.

— Il se produit exactement ce que je ne voulais pas, répondit-il. Tu te souviens de mes craintes ?

— J'aurais du mal à les oublier, rétorqua Albane, furibonde et déçue. Sois tranquille, je ne te priverai pas de ta précieuse liberté.

Elle s'éloigna après lui avoir tourné le dos, en proie à une souffrance morale insupportable. Raphaël la rattrapa et la prit par le poignet.

— C'est une mesure de prudence, dit-il plus gentiment. Déjà pense à me vouvoyer pendant le dîner.

— Mais oui, bien sûr, je sais que nous devons être prudents ! Tout à l'heure, à l'école, tu prétendais être revenu pour moi, que j'étais ton étoile parmi le sang et les larmes. Pourquoi as-tu changé d'attitude en si peu de temps ?

— Nous en discuterons ce soir. À ce propos, toute ta classe t'a vue te jeter à mon cou et m'enlacer. Il y aura sans doute des conséquences.

— Je justifierai ma conduite dès demain auprès de mes élèves ! On peut se comporter ainsi en retrouvant un ami, il me semble…

— Dans ce cas, il fallait accueillir le docteur Géraud de la même manière, ironisa-t-il. Albane, pardonne-moi, je suis d'une humeur exécrable.

— Je ne t'en veux pas, je t'aime tant. Va te reposer, je vais essayer de raisonner Mireille. La malheureuse est terrifiée à l'idée que l'armée allemande est toute proche. Elle envisage de partir en Espagne, pour embarquer je ne sais où… Que lui conseillerais-tu ?

— Des faux papiers, tout d'abord. Même si les siens n'attestent pas qu'elle est juive, c'est plus prudent. Son petit-fils n'a pas été circoncis ? Il paraît que les nazis tiennent ce détail comme une preuve irréfutable.

— Non, nous avons eu une discussion à ce sujet, et Mireille a renoncé à cette pratique afin de sauver Pierre. Hélas elle lui ferait courir de gros risques en se lançant dans un voyage hasardeux.

— Nous aviserons demain, mon amour. Ne t'inquiète pas, je ne quitterai pas le château avant une semaine. De plus, je suis curieux de connaître les directives du gouvernement de Vichy en ce qui concerne l'école et le reste…

Raphaël ne put achever sa phrase, interrompu par une sorte de rugissement rauque qui exprimait la fureur et l'indignation, mais où il reconnut son prénom.

— Mon Dieu, c'est mon père, il a pris son fusil ! s'affola Albane.

Amédée de Séguilières descendait à présent d'un pas de justicier les marches du perron, en braquant son arme sur les jeunes gens. Petra et Otto Meyer le suivaient, mais aussi Lidy et Marguerite, cette dernière secouée de sanglots.

Désemparée, Albane jeta un coup d'œil derrière elle, pour vérifier si un soldat allemand ne les menaçait pas. Mais il n'y avait personne.

— Hors de mes terres, vandale, barbare, traître ! s'égosilla le châtelain. Oui, vous, Wendling !

Le groupe se rapprochait. La mine hostile d'Otto Meyer n'augurait rien de bon ni le rictus dédaigneux d'Amédée.

— Père, baissez votre fusil ! ordonna Albane. Vous êtes d'un ridicule !

— Toi, ma fille, monte dans ta chambre ! hurla-t-il. J'ai un compte à régler avec cette crapule qui t'a déshonorée, lui pour qui j'avais une telle affection.

— À quoi faites-vous allusion, monsieur ? interrogea Raphaël afin de calmer le jeu.

Il était presque certain que Marguerite avait raconté à ses parents comment Albane l'avait accueilli dans la salle de classe.

— Vous vous moquez de moi, Wendling ? vociféra Amédée en agitant son fusil, un doigt sur la détente. Je fais allusion à votre immoralité, car séduire une jeune veuve de guerre est pour moi un acte répugnant. Marguerite, cette innocente enfant, rouge de honte, a confié à son père, le respectable M. Meyer, ce qu'il s'est passé dans l'enceinte même de l'école. J'en ai tiré mes conclusions, et elles sont loin de me satisfaire. Par votre faute, le nom de mes ancêtres est souillé, la réputation de ma fille réduite à néant.

Mortifiée, Albane se demandait si l'arme était chargée ; elle redoutait un accident. Elle était prête à se placer devant Raphaël mais il l'en dissuada d'un geste impérieux.

— Monsieur de Séguilières, si j'étais un ami d'enfance de votre fille, réagiriez-vous de cette façon ? dit-il d'un ton navré. Mlle de Séguilières et moi avons certes tissé des liens d'affection ces derniers mois, et nous nous sommes étreints comme l'auraient fait un frère et une sœur ou des amis. De plus, j'ai reçu de chaleureuses accolades de tout le monde sans que cela provoque de scandale.

— Mais oui, père, vous faites erreur, et toi aussi, Marguerite, déclara Albane. J'étais terrifiée et très nerveuse cet après-midi à cause des cris de la foule. On clamait que les Allemands arrivaient, et j'étais seule pour rassurer mes élèves. Quand j'ai vu entrer le docteur Géraud et Raphaël, je n'ai pas réussi à contrôler mon émotion. C'était un immense soulagement… Père, si vous posiez ce fusil, je vous expliquerais mieux.

Amédée paraissait réfléchir, sans pour autant baisser son arme. Otto Meyer s'en mêla.

— Ne vous laissez pas embrouiller, monsieur ! protesta-t-il en haussant la voix, ce qui renforçait son accent du Bas-Rhin. Je me doutais depuis un bon bout de temps qu'il y avait anguille sous roche, entre votre fille et Wendling. Même si feu votre gendre s'est mal comporté, il est mort en héros et il mérite que son épouse soit fidèle à sa mémoire.

— C'est n'importe quoi, vos histoires, intervint Lidy. Tu es contente de toi, Marguerite ? Sale langue de vipère… J'étais dans la classe et mademoiselle n'a rien fait d'inconvenant. Je vous en prie, monsieur de Séguilières, faites attention, si mon frère est blessé ou tué, ce sera vous l'unique criminel !

— Reste en dehors de ça, Lidy ! trancha Raphaël.

Aucun des protagonistes de la scène ne vit Maria sortir sur le perron, le petit Pierre dans les bras. Mireille lui avait confié l'enfant pour venir au secours d'Albane. Chaussée de sandales en toile, elle put rejoindre le châtelain sans faire de bruit. Sans hésiter, elle posa une main apaisante sur son épaule.

— Allons mon ami, écoutez votre fille, posez ce fusil, il y a déjà eu suffisamment de morts depuis le début de la guerre et…

La fin de sa phrase fut estompée par le fracas d'un coup de feu. Surpris par le geste affectueux de Mireille, ivre de colère et à bout de nerfs, Amédée avait appuyé sur la détente. Un cri de douleur succéda à la détonation. Touché au bras gauche, Raphaël se pliait en deux, les traits crispés, une main sur la tache de sang qui maculait la manche de sa chemise blanche.

— Père, vous êtes complètement fou ! hurla Albane, hors d'elle. Lidy, pitié, prends mon vélo et va chercher le docteur.

— Tout de suite, mademoiselle.

Très pâle, la jeune fille jeta un regard désespéré sur son frère, avant de décocher une œillade meurtrière au châtelain.

— Je vous déteste, monsieur de Séguilières, lui dit-elle. Et même je vous hais !

Sur ces mots, Lidy s'élança vers la remise où étaient rangés les vélos, tandis que la panique régnait devant l'entrée des écuries. Consternée par ce drame imprévu, Petra Meyer s'empressa d'emmener Marguerite, tout en repoussant Ronald et Franz qui s'étaient rués sur le lieu de l'accident.

— On rentre vite, les enfants, ne regardez pas ! décréta-t-elle.

— Nom d'un chien, il fallait vous dominer, monsieur de Séguilières ! s'offusqua Otto Meyer.

Malgré cette assertion, il recula de plusieurs pas, comme pour se dédouaner de l'affaire. Quant à Mireille, consciente d'être en partie responsable du drame, elle se répandait en excuses. Albane soutenait Raphaël qui vacillait sur ses jambes. Blême de souffrance, il ne poussait pas une plainte.

— Je ne voulais blesser personne, balbutia le châtelain, son arme entre les mains.

— Un peu plus, vous touchiez le cœur, père ! Et pourquoi ? Même si j'étais la maîtresse de Raphaël, aviez-vous le droit de braquer votre fusil sur lui ? Disparaissez de ma vue, moi aussi je vous déteste ! Un homme de votre âge, de votre éducation, vous vous êtes conduit en barbare ! C'est vous le vandale, le sauvage… Comme s'il n'y avait pas assez des Allemands !

— Laissez, mademoiselle, articula péniblement Raphaël. Je monte m'allonger dans ma chambre. J'y parviendrai sans votre aide. Après tout, si j'avais été mobilisé, je serais peut-être mort à l'heure actuelle. Eh bien, j'ai pris une balle, mais elle manque de dignité, n'est-ce pas ?

— Ne dites pas ça, répondit Albane tout bas. Venez, je vous accompagne. Le docteur Géraud sera vite là.

Sidéré, Amédée hocha la tête d'un air incrédule sans pouvoir quitter des yeux la blessure sanguinolente du jeune homme. Raphaël avait beau compresser la plaie de sa paume droite, un flux rouge sourdait à travers le tissu.

— Je vais faire chauffer de l'eau, décida Mireille. Cela sera utile au médecin, et je rapporte de l'alcool et des pansements.

De la terrasse, Maria avait tout vu, mais à cause de la distance elle n'avait pas pu saisir tous les détails.

Dévorée par la curiosité, la domestique tentait d'amuser Pierre qui se débattait un peu dans ses bras.

— Sois sage, pitchoun, y a eu du grabuge ! On dirait que notre Monsieur a perdu la boule, voilà qu'il s'en va dans le parc. Tiens donc, ta grand-mère revient au pas de course.

À une vingtaine de mètres de là, Albane pensait la même chose que Maria. Le geste insensé de son père, s'il la rendait furieuse et horrifiée, lui semblait très inquiétant.

« Papa aurait pu menacer avec autant d'imprudence un soldat allemand, songeait-elle. Il a agi en dépit du bon sens, comme s'il avait bu ou n'avait plus les idées claires. »

Elle était déterminée à régler ce nouveau souci, mais dans l'immédiat, seul Raphaël comptait. Elle l'aida à monter l'étroit escalier menant à l'étage de l'écurie. Il demeurait silencieux, cependant sa respiration saccadée ne présageait rien de bon.

— Tu perds beaucoup de sang, pourvu qu'une artère ne soit pas touchée, s'alarma-t-elle.

Quand il fut étendu sur son lit, Raphaël ferma les yeux. Il était livide, le front constellé de gouttelettes de sueur.

— Ton père pousse très loin son sens des convenances, souffla-t-il. Moi qui croyais être son ami…

— Ne te fatigue pas à parler, je t'en supplie. Pourquoi avoir renié notre amour ? C'était le moment de l'avouer, de leur dire que nous formons un couple, même illégitime, insinua Albane, égarée par le chagrin.

— Si je l'avais fait, je serais sûrement mort, chuchota-t-il. Il faut continuer à nier de toutes nos forces, c'est plus sage. Je craignais que Marguerite nous ait vus dans le couloir, en train de nous embrasser. Mais non…

Raphaël se tut brusquement, victime d'une syncope. Malade de peur, Albane lui tapota les joues avant de faire pression sur la blessure. Elle eut vite les mains rouges de sang.

— Mon amour, je t'en prie, réveille-toi, implora-t-elle. Tu dois vivre, pour ta grand-mère et Lidy. Pour moi !

Mireille entra au même instant, chargée d'une cuvette et d'un broc, un paquet de linges coincé sous son bras droit.

— Je vais nettoyer la plaie, annonça-t-elle. Ayez confiance, Albane, j'assistais mon mari lors de certaines interventions. Je regrette tellement d'avoir voulu raisonner votre père. Si je ne lui avais pas touché l'épaule, rien ne serait arrivé.

— Comment le savoir, Mireille ? Papa n'était pas dans son état normal ! Où est-il maintenant ? Surtout qu'il n'essaye pas de venir ici, que ce soit pour des excuses ou pour s'informer de l'état de Raphaël. Je ne lui pardonnerai jamais ce qu'il a fait au nom d'une morale d'un autre siècle. Et Otto Meyer bombait le torse, en jouant aux redresseurs de torts ! Je m'en souviens à présent, l'infidélité de Louis ne le choquait guère ! Bien sûr, les hommes peuvent tromper leurs épouses, mais il me considère comme une moins-que-rien alors que je n'ai jamais trahi mon mari de son vivant.

— Que voulez-vous, ma pauvre petite, il faudra du temps pour faire changer les mentalités.

Avez-vous une paire de ciseaux ? Je suis obligée de couper la manche de la chemise.

— Je doute que Raphaël ait des ciseaux ici. Autant déchirer le tissu, ce sera plus rapide, proposa Albane.

— Si, j'en ai… dans le tiroir de la table, indiqua le jeune homme d'une voix étouffée.

— Oh Dieu merci, tu as repris connaissance. Mireille, avez-vous pris de l'alcool à boire ?

— Oui, Maria m'a donné une flasque d'eau-de-vie.

Raphaël but deux petites gorgées en grimaçant. Mireille put couper la manche et elle commença son délicat labeur.

— Cela saigne moins, dit-elle avec un soupir de soulagement. Malheureusement la balle n'est pas ressortie. J'espère que le docteur ne va pas tarder, lui seul pourra l'extraire.

Au même instant, un bruit de moteur, suivi d'un coup de frein puis d'un claquement de portière, leur parvint de l'extérieur. Albane reconnut la voix du médecin qui apostrophait le châtelain. Le timbre grave de Joseph Géraud portait loin, de surcroît s'il était furieux.

— Mais enfin, qu'est-ce qui vous a pris, monsieur ? Lidy m'a expliqué la situation, c'est n'importe quoi ! Vous auriez pu vous rendre coupable d'un meurtre, oui, supprimer un homme de valeur qui était prêt à partir pour l'Angleterre, engagé volontaire dans les troupes de la France libre !

De toute évidence, Amédée de Séguilières ne trouvait rien à répondre pour justifier son acte. Albane sortit de la chambrette en laissant la porte grande ouverte.

— Je descends, Mireille, et je vous envoie le docteur.

La jeune femme croisa le médecin dans l'allée centrale des écuries. Le visage marqué par la fatigue et la colère, il portait sa sacoche en cuir d'une main et tenait un mouchoir de l'autre pour éponger la sueur faisant luire son front et les ailes de son nez. Il avançait d'un pas pesant trahissant son épuisement.

— Comment va Raphaël ? questionna-t-il d'un ton dur.

— Il s'est évanoui quelques minutes mais il est vite revenu à lui, Mireille effectue les premiers soins. Prenez cet escalier, sur votre droite. Je reviens tout de suite, docteur.

— Si vous comptiez parler à votre père, après mon sermon je l'ai vu se diriger à grands pas vers le perron. Il va sans nul doute s'enfermer à double tour et jouer du cor de chasse !

Survoltée, Albane marcha vers les prés dépendant de leurs terres. Elle souhaitait apaiser la tension nerveuse qui la faisait trembler, tout en ordonnant le chaos de ses pensées. L'une d'elles l'obsédait.

« Papa aurait pu tuer Raphaël, mon amour, l'homme dont je rêvais lorsque j'étais pensionnaire. Mon véritable époux, celui à qui je veux consacrer ma vie entière. Seigneur, si la balle avait touché le cœur et non le bras gauche… »

Comme bien souvent, Albane alla chercher du réconfort auprès de son cheval. Le hongre alezan, âgé de vingt-six ans, l'avait vue grandir et il se montrait d'une rare docilité lorsque, fillette, elle se perchait sur son dos.

— Ulysse, viens, Ulysse, appela-t-elle en s'accoudant à l'une des barrières qui délimitait la pâture.

L'animal lui répondit d'un long hennissement, puis il vint la rejoindre au grand trot.

— C'est la guerre, Ulysse, murmura Albane. Nos ennemis sont tout proches, peut-être seront-ils chez nous, au château, dès demain. J'ai peur de l'avenir, sais-tu. Raphaël ne m'en a rien dit, mais il prévoyait d'intégrer les troupes de la France libre, en Angleterre, où se trouve le général de Gaulle.

Elle se glissa entre deux planches, dont la peinture d'un blanc grisâtre s'écaillait. Le cheval appuya sa lourde tête contre elle et elle le caressa sous la crinière, tout le long de son encolure.

— Mademoiselle, ohé, mademoiselle !

Lidy la hélait, tout en pédalant sur le chemin menant aux prés. L'adolescente freina et sauta du vélo qu'elle coucha sur l'herbe.

— Mademoiselle, le docteur Géraud vous demande ! Venez vite, mon frère a encore perdu connaissance. Il a perdu trop de sang.

De la fenêtre à meneaux de sa chambre, Amédée vit sa fille et Lidy courir en direction des écuries. Perplexe, il se gratta le menton, incapable d'adopter une ligne de conduite. Dégrisé, il ne comprenait plus l'état de furie meurtrière qui l'avait saisi après la visite d'Otto Meyer.

— C'est la faute de ce maudit réfugié, bougonna-t-il. Je n'aurais pas dû écouter son discours moralisateur, et surtout ne pas charger mon fusil. Et si Marguerite avait menti, si elle s'était amusée à calomnier Albane ? Sait-on jamais avec les enfants, ma fille est son institutrice, la petite a pu se venger d'une mauvaise note, voire d'une punition. Avais-je le droit d'accuser Raphaël sans preuve formelle ?

Le châtelain alla jusqu'à un placard d'angle d'où il sortit la dernière bouteille de cognac en sa possession. Il n'en restait qu'un fond et soudain il se revit une heure auparavant, avalant deux bonnes rasades d'alcool au goulot.

— Comme un malappris, parce que j'étais heureux du retour de Raphaël ! Si tu me vois de ton Ciel, ma tendre Mathilde, tu dois me juger bien sévèrement. Si tu étais encore près de moi, ma belle épouse, tu m'aiderais à rester un homme de valeur, un homme d'honneur. Et puis il y a Mireille, une amie selon mon cœur. Elle te plairait… Cette chère dame m'a avoué ses projets cet après-midi. Elle voudrait s'exiler de l'autre côté de l'océan, en Amérique. Tu entends ? Mais Mireille me manquera, le bébé aussi. Il fera bientôt ses premiers pas et je l'imaginais trottinant dans le salon, comme l'aurait fait notre fils s'il avait survécu.

Les yeux humides, Amédée se réfugia au creux de son fauteuil en cuir. Il guettait le moindre bruit, dans l'espoir d'une visite. Cependant personne ne toqua à sa porte et le vieux château lui semblait étrangement silencieux.

— Albane et Raphaël ont-ils franchi le pas, sont-ils devenus amants ? s'interrogea-t-il tout bas. Seigneur Dieu, quelqu'un a-t-il dit à Clara Fischer que j'ai failli assassiner son petit-fils… ?

Il aurait la réponse dans la soirée, lorsque le soleil se coucherait derrière les frondaisons verdoyantes du parc. D'ici là, le remords s'emparerait de lui, au point qu'il n'oserait même pas jouer du cor de chasse.

Dans une autre pièce, distante d'une bonne vingtaine de mètres, Otto Meyer fulminait en faisant les cent pas. Ses trois enfants observaient d'un air craintif ses déambulations, mais Petra, en femme dévouée, essayait de le calmer.

— Pourquoi veux-tu quitter le château, Otto ? Nous sommes bien logés et bien nourris ici. J'apprécie notre compatriote, Odile Goetz, et Maria est très dévouée.

— Bien logés ? On nous a donné une pièce pour cinq alors qu'il y a d'autres chambres libres, rétorqua son mari.

— Mais incommodes, mademoiselle Albane nous l'a dit.

— Tu parles d'une demoiselle…

— Otto, ne dis pas de vilaines choses devant nos petits !

Il haussa ses larges épaules en se campant près d'une fenêtre, le regard assombri par le ressentiment.

— J'en viens même à douter de ses capacités d'enseignante ! Ronald a eu de mauvaises notes alors qu'elle le faisait réviser le soir.

— Mais Marguerite a été reçue au certificat d'études, répliqua Petra. Mademoiselle Albane s'est efforcée de leur faire passer l'examen il y a une semaine alors que dans d'autres villes il a été reporté à l'an prochain. Cela dit, Otto, si on pouvait retourner chez nous, en Alsace, je serais d'accord. Étienne Goetz aurait dit à Odile que le maréchal Pétain encourageait les réfugiés du Nord et de l'Est à regagner leur région.

— Je suis au courant, Petra. Dieu m'est témoin, nous serions déjà en route si la condition n'était pas d'être sous le joug du Troisième Reich, comme avant la guerre de 14. Mes parents en ont beaucoup souffert, ils devaient parler allemand, étudier cette langue à l'école. Non, je me suis renseigné, nous serons beaucoup mieux à Périgueux, où il y a une forte concentration d'Alsaciens. Ils disposent d'une cantine où ils peuvent prendre leurs repas et discuter entre eux. Les services municipaux et administratifs de Strasbourg, ainsi que la bibliothèque, ont même été transférés là-bas. De toute façon, le débat est clos, nous partirons demain matin, tu peux préparer nos bagages.

Un silence suivit cette déclaration, vite rompu par le cri du cœur de Ronald.

— Mais papa, je veux rester là ! On s'amuse trop bien dans le parc avec Franz et Lucas. Et aussi, tout le monde est gentil.

— Vraiment ? Par la faute de qui tu as eu un accident à vélo ? Tu aurais pu mourir, fiston, ou finir handicapé. C'était la faute de Lidy Wendling, elle n'a pas plus de cervelle qu'un moineau. Quant à « môssieur » de Séguilières, j'en ai soupé de ses lubies ! Si on ne peut pas lui dire une vérité sans qu'il prenne son fusil !

C'était mon devoir de père de famille de lui révéler comment sa fille se conduisait, à la vue de tous en plus !

— Mais maintenant, par ma faute, M. Wendling est gravement blessé, lui qui est si gentil, se lamenta Marguerite en reniflant.

On frappa à leur porte presque immédiatement et le battant s'ouvrit sur Clara Fischer. En appui sur sa canne, la vieille dame était d'une pâleur affreuse.

— Qu'est-ce que tu as dit, Marguerite ? Raphaël est blessé ? demanda-t-elle d'une voix tremblante.

— Oh, nous sommes désolés, madame Fischer, plaida Petra Meyer. Personne ne vous a avertie ?

— Non, je passais dans le couloir et vous parliez tous si fort que j'allais toquer afin de savoir ce qui s'était passé. Et j'ai entendu votre petite… Où est Raphaël ?

— M'sieur d'Séguilières lui a tiré dessus avec son fusil ! s'écria Franz, ravi de pouvoir annoncer la mauvaise nouvelle. Maman a dit qu'un peu plus, la balle touchait le cœur !

— Seigneur Dieu, ce n'est pas possible. Je dois aller au chevet de mon petit-fils… A-t-on prévenu le médecin ?

— Lidy s'en est occupée, le docteur Géraud est sûrement là, tranquillisez-vous, affirma Petra d'un ton compatissant. Je vous accompagne jusqu'aux écuries, madame Fischer, Raphaël s'y trouve forcément, dans ce qu'il appelle sa chambrette.

— Je vous remercie, madame Meyer, vous êtes bien aimable, car je ne me sens guère vaillante. La vie ne m'a pas épargnée, vous le savez.

— Eh oui, vous nous avez confié vos malheurs, à Odile et moi, je n'ai pas oublié, admit Petra. Otto, surveille les enfants, s'il te plaît.

Les deux femmes sortirent, la plus âgée se cramponnant au bras de la plus jeune. Otto Meyer ébouriffa d'un geste nerveux ses cheveux roux. Il vit Marguerite en larmes, Ronald boudeur et Franz, le benjamin, qui faisait rouler une bille au creux de sa paume, les yeux humides.

— Allez, ne faites pas grise mine, décréta-t-il. On va ranger notre bazar et commencer à faire nos valises. Demain, on décampe du château. Il y a un autocar pour Périgueux à midi, alors pas de temps à perdre. Vous vous ferez de nouveaux camarades à la rentrée des classes.

— Papa, on est là depuis des mois, pourquoi on devrait s'en aller ? gémit Marguerite.

— C'est pourtant simple, je refuse de loger sous un toit où ont lieu des choses pas catholiques. Tu comprendras quand tu seras plus grande. Contente-toi de m'obéir, pour le moment.

— Oui, papa, excuse-moi…

Dans les cuisines, Maria écumait la confiture de cerises qui bouillonnait sur le fourneau. L'odeur alléchante du sucre au summum de sa cuisson ne pouvait venir à bout de son humeur chagrine. Elle prit Odile Goetz à témoin de sa détresse. La réfugiée venait d'apprendre le drame qui s'était joué près des écuries et son explication.

— Doux Jésus, si on m'avait dit que je verrais ça un jour, Monsieur comme fou, décidé à tuer un brave garçon comme Raphaël.

— J'en ai encore l'estomac à l'envers, concéda Odile. Quand Étienne l'apprendra, il tombera des nues. Je vais vous dire une chose, Maria, si mon mari avait été présent, il aurait désarmé M. de Séguilières. C'est bien dommage qu'il soit parti chercher des champignons avec Lucas.

— Papa aurait dû m'emmener aussi, se plaignit Félicia, assise près de sa mère à la grande table. J'ai eu peur quand il y a eu le coup de feu.

— Eh bien sûr, pitchoune, ça fait du bruit, un fusil, précisa la domestique. Donne donc un bout de pain au petit Pierre, je l'ai attaché dans sa chaise haute, mais il gigote trop.

— Oui, Maria, murmura la fillette.

— Au fond, on ignore ce qu'il y a de vrai dans les paroles de Marguerite, déclara Odile à mi-voix. Toutefois si mademoiselle Albane et Raphaël Wendling sont amoureux, pour ma part je ne leur jette pas la pierre. Ils sont jeunes, ils font le même métier, ça a dû les rapprocher.

— Je suis bien d'accord avec vous, Odile. Pardi, après tout ce qu'a enduré ma petite demoiselle, elle aurait le droit d'être heureuse, répondit Maria. Déjà, perdre sa maman à onze ans l'a marquée. Je vous assure, si je n'avais pas été là…

— Sans oublier le comportement de son époux, ce Louis Molinier ! Ah les hommes ! Et toi, Félicia, tu étais en classe aussi, mais tu n'as rien dit sur ton institutrice.

— C'est vrai ça, en fait Monsieur n'a écouté que Marguerite, renchérit Maria.

— N'aie pas peur, tu peux me parler, ma chérie, insista Odile en prenant sa fille par l'épaule.

Félicia baissa vite la tête, n'offrant à sa mère que la vue de ses courtes boucles brunes. Assez timide, de nature craintive, se sentant fautive, elle s'interrogeait sur la nécessité d'avouer ce qu'elle avait vu.

— Je ne sais pas, maman, balbutia-t-elle.

— Qu'est-ce que tu ne sais pas ? s'impatienta Odile.

— Rien, enfin si, je te dis que je ne sais pas…

— Ne l'embêtez pas, la pauvrette est gênée par nos histoires, protesta Maria.

— Quand même, il n'y a pas de quoi ! Félicia, raconte à maman ce qui s'est passé à l'école, sinon je me fâche !

— Mademoiselle Albane a demandé aux deux plus grandes, Sarah et Lidy, de nous surveiller. On devait ranger nos affaires pendant que mademoiselle et M. Wendling discutaient dans le couloir. Seulement Christine Labrousse m'a dit d'aller chercher son foulard au portemanteau, alors j'ai voulu sortir, mais Lidy a vite refermé la porte en me grondant.

— En voilà des détails, plaisanta Maria. Christine Labrousse, c'est la gamine du secrétaire de mairie, hein ?

Félicia approuva en silence, hésitant encore à dire la vérité, puis elle capitula pour éviter la colère de sa mère.

— J'ai quand même vu mademoiselle et monsieur Raphaël, ils s'embrassaient sur la bouche... dans le couloir.

Consternées par cet aveu, Maria et Odile échangèrent un regard inquiet. D'un commun accord, sans un mot, elles se promirent de garder le secret.

— Disons que tu n'as rien vu du tout, Félicia ! Avais-tu le droit de quitter la classe ? Non, j'en suis sûre ! Ne va pas répéter ce que tu nous as dit, as-tu compris ?

— Oui, maman !

— Les gens qui s'aiment très fort s'embrassent ainsi. Je suis certaine que ta maîtresse et

Raphaël se marieront bientôt, mais il ne faut en parler à personne. Promets-le-moi, Félicia.

— Promis, maman.

— Pour qu'ils se marient, il faudrait que mon frère survive ! Il pourrait mourir, le docteur l'a dit.

Une voix flûtée, du seuil des cuisines, avait énoncé ces mots terribles. Lidy était entrée discrètement et avait écouté les dernières paroles d'Odile Goetz.

— Si Raphaël meurt, j'irai chez les gendarmes et M. de Séguilières finira ses jours en prison, ajouta-t-elle d'un ton haineux. J'en ai fait le serment…

2

La ligne de démarcation

Château de Séguilières, même jour,
mardi 25 juin 1940

Il était 19 heures, mais il régnait encore une chaleur étouffante dans la petite chambre où, par le passé, étaient logés les palefreniers du château. Un peu plus tôt, Albane avait ouvert l'unique fenêtre, une modeste ouverture carrée, sans grand résultat.

Clara Fischer, sa petite-fille Lidy, Mireille et le médecin se tenaient autour du lit étroit où gisait Raphaël. Toujours inconscient, livide, sa respiration était presque inaudible. Seule Albane avait pris place au bord du matelas.

— Mon petit-fils va vivre, il est jeune et robuste, n'est-ce pas, docteur ? interrogea la vieille dame, qui s'était assise sur l'unique chaise du lieu.

— Mais oui, madame, il ne peut en être autrement, répliqua vite Albane avec conviction. Docteur, Raphaël a perdu beaucoup de sang, pourquoi ne pas tenter une transfusion comme vous l'avez fait pour Esther ?

— Je vous l'ai déjà expliqué, les choses étaient différentes pour cette malheureuse, Mme Dresner et sa fille partageaient le même groupe sanguin. Or j'ignore celui de Raphaël et les vôtres. Ce serait dangereux.

— Et moi ? Je suis sa sœur, ça pourrait fonctionner, hasarda Lidy. C'est mieux d'essayer que de le regarder mourir !

— Non, je ne prendrai pas ce risque, c'est hors de question, déclara le docteur Géraud. Il faut continuer à faire boire Raphaël le plus possible, de l'eau sucrée, coupée de vin et du bouillon de viande.

— Maria en prépare, elle a tué une poule tout à l'heure, précisa l'adolescente.

— Il faut prier, mesdames, ajouta le médecin. J'ai extrait la balle et j'ai suturé l'artère endommagée, mais l'os du bras est fêlé, car le coup de feu a été tiré pratiquement à bout portant. Le geste stupide et inconsidéré de votre père m'inquiète aussi, Albane. Il n'a pas l'âge de souffrir de sénilité ! Ou alors il était ivre.

— Je suis la plus coupable, affirma Mireille. M. de Séguilières n'aurait jamais fait feu sur ce jeune homme, si je ne l'avais pas surpris en posant la main sur son épaule. Il a dû appuyer en même temps sur la détente. Moi qui voulais le raisonner, j'ai provoqué ce malheur.

Sur ces mots, Mireille recula vers la porte restée ouverte. Les traits défaits par le chagrin et la honte, elle jeta un regard désespéré sur Raphaël.

— Excusez-moi, je m'en vais. J'ai confié Pierre à Maria alors qu'elle est toujours débordée de travail. Pardonnez-moi, Clara, toi aussi Lidy, et vous bien sûr, ma chère Albane. Je n'ai plus rien à faire au château. Vraiment je dois partir loin, afin de ne plus nuire à personne.

— Ne dites pas de telles sottises, Mireille, la sermonna Clara Fischer. Nous sommes devenues des amies très proches, et je me sentirais bien esseulée sans vous. Vous n'avez rien fait de mal, l'unique responsable est M. de Séguilières, ce que je déplore sincèrement. Je le prenais pour un homme de haute valeur morale, or braquer une arme sur une simple suspicion me paraît déplorable et peu en accord avec les principes qu'il défendait dans ses discours.

— Peu importe, ma chère Clara, j'avais déjà pris ma décision. Je dois protéger Pierre des nazis, et vous épargner tous, car vous serez peut-être accusés d'avoir hébergé une femme juive.

Elle prit la fuite après cette allusion alarmante. Albane poussa un léger soupir de contrariété, cependant son unique souci demeurait l'état de Raphaël.

— Je voudrais tant le voir ouvrir les yeux, murmura-t-elle. Lidy, s'il te plaît, pourrais-tu aller chercher de l'eau bien fraîche, coupée de vin et sucrée ? La carafe est quasiment vide.

— Oui, mademoiselle, mais si je croise votre père, j'aurai du mal à ne pas lui sauter au visage !

— Veux-tu te taire, Lidy ! s'indigna sa grand-mère. Ce n'est pas à toi de t'en prendre à M. de Séguilières, je m'en chargerai dès que ton frère ira un peu mieux. Pour le moment, je refuse de le quitter des yeux.

Le docteur Géraud décida de prendre la température de Raphaël, après avoir touché son front moite. En retirant le thermomètre de la bouche de son patient, il hocha la tête d'un air navré.

— Je m'en doutais, la fièvre monte, la plaie, même nettoyée et recousue, peut s'infecter. Albane, je dois retourner à mon cabinet, mais je reviendrai d'ici à deux heures. Si je pouvais disposer de ce nouveau remède, la pénicilline… Une équipe de chercheurs britanniques a découvert cette substance qui peut détruire les bactéries qui s'attaquent à un organisme vivant. Hélas il faut patienter, rien n'est encore établi de façon certaine.

— Que dois-je faire, alors, Joseph ? demanda la jeune femme.

— Posez-lui des compresses d'eau froide sur le front et autour du cou, sur le torse aussi. Raphaël serait plus au frais dans une des chambres du château, mais le transporter serait risqué. Je vous laisse, mesdames, je ne serai pas long.

Le médecin sortit à son tour, à l'instant où un grondement de tonnerre retentissait au loin, rapidement suivi d'un deuxième. Albane courut jusqu'à la fenêtre et découvrit un ciel couleur de plomb, derrière les tours du château.

— Merci mon Dieu, si un orage éclate, il y aura de l'air, dit-elle tout bas.

En revenant s'asseoir au bord du lit, elle esquissa un faible sourire à l'adresse de Clara Fischer. La vieille dame lui lança un regard lourd de reproche.

— Mademoiselle de Séguilières, ou bien devrais-je user de votre prénom, si vous entrez dans notre famille après votre temps de deuil. La relation que vous entretenez avec mon petit-fils ne me concerne guère, vous êtes tous deux adultes et libres de vos choix, mais…

— J'étais sûre qu'il y aurait un « mais », insinua Albane.

— Ne me coupez plus la parole, je vous prie, même si je mets votre impolitesse sur le compte de l'angoisse qui vous ronge. Je disais donc, nous sommes en guerre et Raphaël m'a dit dès son retour qu'il a prévu de rejoindre la France libre pour se battre sous l'égide du général de Gaulle.

— Je suis au courant. Qu'il parte ou non, cela ne changera rien à mes sentiments ni aux siens. Madame Fischer, nous nous aimons profondément. Je n'ai aucune intention de le retenir ici par un chantage affectif. Je me suis engagée auprès de lui à l'attendre, des années s'il le faut.

— Seigneur, la foi aveugle de la jeunesse ! Je pourrais être émue ou attendrie, mais je me fie à mon expérience.

— Excusez-moi, je ne comprends pas.

— Mademoiselle, j'étais âgée d'une cinquantaine d'années au début du précédent conflit. Mon gendre, Artus Wendling, a tout de suite été mobilisé. C'était un « malgré-nous », ces Français engagés dans l'armée allemande, puisque nous étions annexés depuis longtemps. Ma fille Amélie a cru qu'elle ne le reverrait jamais et je l'ai vue sombrer dans le désespoir. Mon mari est mort de la tuberculose en 1917, et je l'ai pleuré une décennie. Bien plus tard, Amélie et son mari sont morts dans un accident de voiture. Je pleure encore ma douce et belle enfant.

— Raphaël m'en a parlé, madame. Je vous plains sincèrement d'avoir connu des deuils si cruels car je sais la douleur que l'on ressent. J'ai perdu ma mère à l'âge de onze ans et vous n'êtes pas obligée de me croire, mais le décès de Louis m'a dévastée, comme celui de tout être en pleine jeunesse. Et je souffre toujours d'avoir perdu l'enfant que j'attendais…

— Je n'en doute pas, mademoiselle. Cependant, permettez-moi de vous donner un conseil : n'espérez rien de Raphaël. Ce n'est pas un hasard si sa fiancée a rompu, il tient avant toute chose à sa liberté. Je vous conseille donc de ne pas brûler les étapes, si ce n'est déjà fait.

Albane s'apprêtait à répondre lorsque de nouveaux coups de tonnerre ébranlèrent le ciel, que des éclairs sillonnèrent en striant le gris métallique des nuages.

— Vous m'en voulez, madame, n'est-ce pas ? C'est tellement évident ! Mon père aurait pu tuer le petit-fils que vous adorez et s'il a commis cette tragique erreur, j'en porte la faute, pour avoir étreint quelques secondes Raphaël devant mes élèves. Mais je le répète, je redoutais l'intrusion des soldats allemands dans l'école. M. Meyer, grand moralisateur, a jugé cela inconvenant. Je pense, moi, qu'il n'y avait pas de quoi faire un scandale. Cela dit, tant que nous sommes seules, je vous prie de me pardonner.

Le retour de Lidy mit fin à leur discussion. Elle apportait de l'eau fraîche et un bol de bouillon sur un plateau rond.

— Merci, ma petite chérie, dit Albane sans réfléchir qu'elle n'appelait jamais l'adolescente ainsi en présence de sa grand-mère.

Clara Fischer ne fit aucune remarque à ce propos. Les lèvres pincées, elle toucha le front de Raphaël et le trouva brûlant.

— Dieu tout-puissant, la fièvre est encore montée, gémit-elle.

— Et je n'ai pas fait ce que recommandait le docteur pour faire baisser sa température, s'affola Albane en se levant d'un bond. Je cours chercher le nécessaire. Lidy, essaie de donner à boire à ton frère.

Derrière les paupières closes de Raphaël défilaient des images chaotiques. Son esprit lui renvoyait des scènes de désolation, dont il avait été témoin entre Périgueux et Poitiers, jusqu'où ils étaient remontés avec Joseph Géraud pour secourir les gens qui fuyaient l'avancée des troupes allemandes. Le pire, c'étaient tous ces enfants au visage marqué par la terreur et le chagrin.

« J'aurais voulu les ramener ici, à l'abri, loin de la violence et de la mort, pouvoir les consoler, songeait-il, égaré par la fièvre. Il y avait cette femme qui gardait son bébé inerte sur son sein, en refusant de l'enterrer… »

Comme Lidy tentait de lui faire avaler du bouillon, il agita la tête avec une plainte sourde.

Sa sœur crut qu'il reprenait enfin conscience et elle le supplia d'ouvrir les yeux.

— Je t'en prie, Raphaël, tu dois boire, reprendre des forces, dit-elle en haussant la voix.

— Les enfants, les pauvres enfants, chuchota-t-il dans son délire.

— Grand-mère, il a parlé !

— Il ne vaudrait mieux pas, ton frère va s'épuiser. Il a dû être témoin de choses affreuses. Redonne-lui à boire, mais plutôt de l'eau fraîche.

— D'accord, tu as raison, le bouillon est trop chaud, répliqua Lidy en tremblant.

— Calme-toi, tu n'arriveras à rien si tu es nerveuse, soupira Clara Fischer. Au fait, pourquoi mademoiselle Albane te nomme-t-elle « sa petite chérie » ?

— Parce que je lui ai dit que maman le faisait ! Oh, ce n'est pas important... Tu te préoccupes de ça, alors que Raphaël peut mourir.

— Je veille sur ton frère et toi depuis six ans, et je regrette d'avoir été hébergée par ces gens. Ne te méprends pas, Lidy, j'apprécie le dévouement de mademoiselle Albane et ses qualités d'enseignante, néanmoins c'est une jeune femme bien trop indépendante et qui ne se soucie guère de sa réputation.

— Bientôt tu vas dire que nous faisons la paire, elle et moi ? Vas-y, grand-mère ! Je sais que tu as honte d'avoir une petite-fille de mon genre. Une dévergondée, tombée enceinte à quatorze ans d'un homme de trente ans. Sois tranquille, dès que je pourrai, je te débarrasserai du fardeau que je suis ! David Cohen m'écrit une fois par semaine, il a promis de revenir et on se mariera.

— Arrête de rêver, Lidy, s'il savait la vérité, ce garçon ne voudrait plus de toi.

— Enfonce le couteau dans la plaie, grand-mère, je m'en moque. Tout le monde au château te respecte comme si tu étais une sainte, mais tu caches soigneusement ton jeu.

Parvenue à la moitié de l'escalier, Albane entendit ces derniers mots. Elle n'y prêta pas attention, trop soulagée par la pluie torrentielle qui s'abattait sur le pays.

Le docteur Géraud revint au château à 22 heures. Il grimpa aussitôt jusqu'à la petite chambre, où Albane et Lidy étaient assises au chevet de Raphaël qui semblait dormir paisiblement.

— Comment va mon patient ? s'enquit le médecin.

— La fièvre a baissé et nous lui avons fait boire tout le bol de bouillon ainsi qu'une carafe entière d'eau bien froide, répondit précipitamment l'adolescente. Ma grand-mère voulait vous attendre mais elle était épuisée, je l'ai aidée à se coucher.

— Mme Fischer était surtout rassurée, car Raphaël a eu un moment de lucidité, précisa Albane. Il nous a même souri.

— C'est très bon signe, se réjouit Joseph Géraud. Maintenant si vous pouviez sortir, je vais ausculter ce jeune homme. Pourriez-vous en profiter pour aller récupérer des draps propres ? Je changerai la literie. Une couverture en meilleur état serait aussi souhaitable. L'orage a vraiment rafraîchi l'atmosphère, mais je crains une tempête. Faites attention.

— Oui, docteur, je serai prudente, affirma Lidy. J'irai seule, vous m'attendrez en bas, mademoiselle.

— Tu sauras trouver ce qu'il faut ? lui demanda Albane en l'escortant jusqu'au seuil des écuries.

La pluie tombait toujours, et des rafales de vent secouaient les arbres du parc. Des branches craquaient sous la rudesse des bourrasques.

— Ulysse est au pré, la vache et la chèvre aussi, je ferais mieux de les rentrer, dit-elle à Lidy, prête à s'élancer.

— N'ayez pas peur pour eux, les animaux savent se mettre à l'abri, mademoiselle. Je me dépêche.

— Attends, il y a un ciré à capuchon dans la sellerie, enfile-le, cela t'évitera de revenir trempée de la tête aux pieds. Je vais allumer une lanterne pour te guider. Lidy, pourquoi tu ne veux pas que je t'accompagne ?

— Si vous veniez avec moi, ce ne serait pas pareil. Seule, j'aurai l'impression de me dévouer corps et âme pour mon frère, comprenez-vous ? Je ne savais pas que je l'aimais autant avant aujourd'hui. Et puis au château, l'ambiance est étrange. Mireille s'est enfermée dans le boudoir, les Meyer ont mangé du bout des lèvres ! Marguerite pleurait encore, cette sale idiote. Par chance, Odile Goetz aidait Maria, mais son mari et les enfants étaient déjà montés.

— As-tu aperçu mon père ?

— Non, mais je sais qu'il n'est pas descendu dîner. Je suis votre agent de renseignement, ce soir.

Une fois équipée du ciré, Lidy disparut dans l'obscurité. Albane la regardait se fondre dans la nuit quand un bruit assourdissant s'éleva du parc.

— Un arbre a dû se briser, murmura-t-elle. Nous verrons demain l'étendue des dégâts. Pourvu que Maria pense à monter des bassines dans le grenier pour les gouttières !

Albane hésita à courir jusqu'aux cuisines pour prévenir la domestique, mais elle renonça, distinguant la voix du médecin à l'étage. S'il parlait à Raphaël, cela signifiait que le jeune homme s'était réveillé. Soudain elle perçut son timbre grave et la gratitude la submergea.

— Merci, Seigneur ! Merci d'avoir sauvé mon amour, je vous ai prié sans relâche et vous m'avez exaucée… Merci, mon Dieu.

Lidy avait fait au plus vite. Elle réapparut chargée d'une grosse valise, sous une averse de grêle, alors que le tonnerre grondait à nouveau. Albane n'avait pas bougé et frissonnait dans sa robe légère.

— Maria a tout rangé là-dedans pour que les draps et la couverture ne se mouillent pas, annonça l'adolescente d'un air satisfait.

— Tu as été très courageuse, Lidy. Montons apporter la literie. Je crois que ton frère a retrouvé ses esprits. Il n'y a pas longtemps, il parlait au docteur.

— Vraiment ! Oh, je suis si heureuse.

Elles durent patienter une quinzaine de minutes pour être admises au chevet du blessé. Efficace et méticuleux, Joseph Géraud avait installé confortablement son patient après lui avoir fait un brin de toilette. Le cœur d'Albane fit un bond dans sa poitrine en recevant le regard très bleu de Raphaël, qui la scrutait avec une expression de pure ferveur amoureuse. Il esquissa même un sourire.

— J'ignorais qu'un médecin prenait autant de soin de ses patients, dit-il.

— Vous êtes désormais un ami, doublé d'un homme de valeur, rétorqua Géraud. Une force de la nature aussi.

Muette de bonheur, Albane demeurait debout près du lit. Mais Lidy, plus audacieuse, embrassa son frère sur la joue.

— J'ai eu si peur de te perdre, Raphaël, souffla-t-elle à son oreille. C'est moi qui t'ai donné à boire, je ne sais même plus combien de fois.

— Alors j'avais une ravissante infirmière, enfin deux jolies infirmières, précisa-t-il en fixant Albane.

— Je suis désolée, jamais je ne pardonnerai à mon père d'avoir failli te tuer, déclara-t-elle.

— N'abordons pas ce sujet, je suis trop fatigué. Quand le docteur m'a aidé à m'asseoir, j'ai eu des vertiges.

— Oui, soyons prudents, je vais passer la nuit près de mon malade, dit le médecin. Il y a des lits de camp dans la pièce d'à côté, j'en déplierai un en temps voulu.

— J'aurais pu rester, suggéra Albane.

— Il n'en est pas question, mademoiselle de Séguilières, vous devriez même rentrer au château. Je suis en retard car j'ai eu la visite du maire et de son secrétaire, avoua Géraud. Votre attitude à l'école fait parler dans les foyers. Pour un peu, vous voleriez la vedette à la Wehrmacht. Préparez-vous à être sermonnée dès demain matin. Il n'y aura pas classe, mais ces messieurs ont prévu de venir ici.

— D'accord, je les recevrai.

— Une dernière chose : dont j'ai informé Raphaël. Le tracé d'une ligne de démarcation a été établi. La France sera divisée en deux zones, une occupée, la seconde libre.

— Et nous serons dans quelle zone ? demanda Lidy.

— Brantôme est en zone libre, mais la fameuse ligne ne passe pas loin. Selon M. Lafaye, notre cher maire, les médecins et les sages-femmes auront droit à un laissez-passer pour se rendre en zone occupée, dans un rayon de quelques kilomètres, ainsi que les prêtres et les paysans, expliqua le docteur. Nous en saurons plus dans les jours qui viennent...

Château de Séguilières, mercredi 26 juin 1940

Le maire de Brantôme, Eugène Lafaye, se gara dans la cour d'honneur du château à 10 heures du matin. Maurice Labrousse, son secrétaire, l'avait accompagné. En costume sombre, la mine grave, ils descendirent de voiture et claquèrent leur portière respective dans un accord parfait. Albane, qui avait guetté leur arrivée, sortit sur la terrasse. Si le soleil brillait de nouveau, l'air était frais, grâce aux orages de la veille.

— Bonjour, messieurs, dit-elle d'une voix claire et assurée. Je vous attendais.

Désorientés par le paisible sourire que la jeune femme leur adressait, ils restèrent en bas des marches du large perron flanqué d'un balustre en pierre. Elle leur semblait soudain d'une séduction redoutable, en jupe beige et corsage blanc sans manches. Ses cheveux ondulés brillaient autant que ses yeux couleur noisette. Ses lèvres étaient d'un rose vif, et ils soupçonnèrent l'usage d'un fard.

— Je vous offre un café, ajouta Albane en désignant d'un gracieux geste de la main une petite table ronde en fer, et ses trois chaises assorties.

Comme dans un ballet bien orchestré, Maria surgit du hall avec un plateau garni de tasses, d'un sucrier et d'une cafetière en porcelaine blanche. Les deux hommes se décidèrent après un échange de regard. Une fois en face d'Albane, ils la saluèrent d'un rapide signe de tête.

— Madame veuve Molinier, commença Maurice Labrousse, nous sommes venus au plus vite afin d'élucider une triste affaire vous concernant. Monsieur le maire m'a confié la tâche de vous exposer nos griefs.

— Je vous écoute, mais asseyez-vous…

— Non, sans façon, car autant vous le dire, il ne s'agit pas d'une visite de courtoisie, trancha le secrétaire d'un ton froid. Voilà, il est venu à notre connaissance le comportement que vous avez eu hier devant vos élèves, dont ma propre fille. Ces innocentes enfants ont été très gênées, et même choquées, par la manière dont vous avez étreint avec passion M. Raphaël Wendling. Devons-nous vous rappeler que M. Molinier a été tué sur le front il y a moins d'un an ? Déjà que vous ne portez pas le deuil de votre époux, au grand regret de nos concitoyens… faut-il de surcroît afficher votre relation avec ce jeune homme, votre collègue au demeurant ?

— Admettez, madame Molinier, que nous devons sévir en alertant vos supérieurs de l'Éducation nationale, renchérit le maire. Les enseignants ont le devoir de donner l'exemple et d'être d'une moralité irréprochable.

— Et ma petite Christine m'a assuré que vous vous êtes jetée au cou de M. Wendling, insista Maurice Labrousse.

Albane avait écouté attentivement, sans marquer d'émotion et encore moins de contrition. Très calme, elle dévisagea tour à tour le maire et son secrétaire, le premier grand et robuste, le nez couperosé, le second maigre et affublé d'une moustache trop fine. Tôt ce matin, quand le docteur Géraud était parti, elle avait pu passer une heure avec Raphaël et le souvenir de leurs baisers lui conféra un courage à toute épreuve.

— Je regrette d'avoir cédé à un élan de pure amitié, déclara-t-elle d'une voix douce. Mais un facteur important entre en ligne de compte, si vous voulez bien le comprendre. M. Wendling et sa jeune sœur Lidy logent au château depuis le début du mois de septembre, ainsi que leur grand-mère. Ce sont des réfugiés, certes, cependant mon père et moi nous les considérons comme des membres de notre famille. Vous avez évoqué mon défunt mari, apprenez que j'ai reçu un grand soutien de leur part. Monsieur Lafaye, vous n'étiez pas encore notre maire lors du décès de ma chère maman. Sachez que je suis fille unique, que j'ai connu une enfance solitaire sans le réconfort d'une sœur ou d'un frère ni de cousins.

— Excusez-moi, madame Molinier, votre passé ne justifie en rien vos débordements d'affection envers un jeune homme censé lui aussi se conduire correctement ! rétorqua Labrousse.

— Resituons cet incident, se défendit Albane. Je vous promets que j'ai juste donné une cordiale accolade à M. Wendling. Le docteur Géraud et lui étaient absents depuis plusieurs jours, ayant choisi de porter secours aux victimes de l'exode. Lidy s'inquiétait beaucoup pour son frère aîné, puisqu'ils sont orphelins et qu'il est son tuteur légal. J'ai éprouvé un immense soulagement en voyant ces deux personnes si dévouées aux autres entrer, surtout après la panique qui s'est répandue en ville, à cause de l'intrusion des forces ennemies dans notre département. Mes élèves étaient terrifiées et j'avais fait tout mon possible pour les rassurer. Votre petite Christine aurait-elle oublié de vous en parler, monsieur Labrousse ?

— Euh… non, évidemment ma fille me l'a dit.

— Christine vous a-t-elle rapporté aussi ses paroles fort déplaisantes à l'encontre de Sarah Feldman, comme quoi les Allemands viendraient à l'école pour l'arrêter, parce qu'elle est juive ? Cette charmante jeune fille, qui travaille très bien, était bouleversée et pleurait en quittant la classe. J'imagine que votre fille tient ces informations de vous, et j'estime qu'il ne faudrait pas révéler à des enfants les dérives des nazis.

— Sur ce point, je partage votre opinion, décréta le maire. Soyez discret à l'avenir, Labrousse. Bien, nous avons eu votre version des faits, maintenant j'aimerais entendre celle de M. Wendling.

— Le docteur Géraud, que vous avez vu hier soir, ne vous a pas dit que mon collègue et ami était souffrant ? Il a une forte fièvre et des douleurs musculaires. Ce serait peut-être une maladie contagieuse, contractée auprès de ces pauvres gens qu'ils ont secourus et soignés. Si vous insistez, je vous conduis à son chevet, mais le médecin a jugé plus prudent de l'isoler dans une pièce, au-dessus des écuries.

Soucieux de leur santé, les deux hommes refusèrent sans hésiter une seconde.

— Demain nous sommes jeudi, indiqua Albane. Pourrai-je reprendre la classe vendredi ? Les vacances scolaires débutent le 14 juillet, il reste deux semaines environ. Vous aurez du mal à me trouver une remplaçante pour si peu de temps. Dites-moi votre décision, monsieur Lafaye.

— Eh bien revenez ! Je passe l'éponge sur votre incartade, mais c'est la dernière fois, répondit le maire en la menaçant de l'index. Nous avons d'autres chats à fouetter, n'est-ce pas, Labrousse ? J'ai reçu un pli urgent au petit jour. La ligne de démarcation passera à quelques kilomètres de Brantôme, à partir de la Rochebeaucourt. Elle traversera Mareuil-sur-Belle, Verteillac, Ribérac, Échourgnac, enfin Montpon-Ménestérol et Montpeyroux[1]. Il y aura des guérites, des barrières amovibles et des soldats pour contrôler les laissez-passer. Nous devons en informer la population dès aujourd'hui. Je vous dis au revoir, madame

1. Tracé authentique, mais parfois les Allemands déplaçaient la ligne à leur convenance.

Molinier, et de grâce, faites un effort, mettez au moins des vêtements gris ou mauves, pas de tissu à fleurs, c'est un conseil de mon épouse. Ma chère Suzanne a même proposé de vous prêter sa tenue de deuil.

— C'est très aimable de sa part, mais dites-lui que je ferai en sorte de m'habiller de façon discrète, monsieur le maire, répliqua poliment Albane. Je vous remercie pour votre indulgence et votre gentillesse.

Au bout de cinq minutes, la voiture noire descendait l'allée. Maria accourut afin de savoir ce qu'il en était.

— Alors, mademoiselle ?

— Je garde mon poste jusqu'à nouvel ordre, ne t'inquiète pas. Ils n'ont pas voulu de café, mais je vais en boire un, au soleil et avec toi, Maria. Je t'en prie, assieds-toi un peu. De la terrasse, la vue sur le parc est si jolie.

— Jolie, c'est vite dit, mademoiselle, le vent a cassé deux érables, ceux qui ont de belles feuilles dorées en automne. Étienne Goetz m'a promis de les débiter et de nettoyer, il y a des branches partout. Fi de loup, ça a soufflé fort cette nuit.

La domestique prit place sur une des chaises, en lissant un pli de son tablier en toile bleue. Albane se fit un plaisir de la servir. Connaissant ses goûts, elle mit un sucre dans sa tasse.

— C'est le monde à l'envers, s'esclaffa Maria. Comment va monsieur Raphaël ce matin ?

— Beaucoup mieux. Je lui ai apporté du lait frais et deux tranches de pain beurrées.

— Pour midi, il aura une cuisse de poulet et de la purée. Félicitez-moi, mademoiselle, j'ai veillé au grain en empêchant la famille Meyer de débouler ici pendant la visite du maire. Vous n'êtes pas au courant, je parie !

— De quoi, Maria ?

— Ils s'en vont par l'autocar de midi pour aller habiter à Périgueux. Leurs trois petits ne font que pleurer. Et leur mère en a gros sur le cœur. Petra m'a parlé tout à l'heure, son mari a décidé ça hier soir, mais elle ne sait même pas où ils pourront se loger. Paraît qu'ils iront d'abord à l'hôtel. Sans doute qu'ils ont des sous de côté…

— Mais enfin c'est ridicule ! Les enfants se plaisent chez nous, je me suis attachée à eux, protesta Albane. Otto Meyer aurait pris cette décision à cause de moi ?

— Nous ne sommes pas assez bons catholiques, et Monsieur serait en train de devenir fou, donc dangereux, précisa Maria.

— À propos de mon père, est-ce que tu l'as revu ?

— Non, mademoiselle. Je lui ai monté un plateau à l'heure du dîner, il m'a dit de le poser devant sa porte. Vous devriez aller discuter avec lui de ce qui s'est passé.

— Pas encore, je suis toujours furieuse et incapable de lui pardonner. Raphaël aurait pu mourir par sa faute.

— Ma petite demoiselle, je peux vous poser une question ?

— Bien sûr, Maria.

— Est-ce que vous l'aimez, ce jeune homme ?

Prise au dépourvu, Albane préféra être franche avec cette femme au grand cœur qui avait été une seconde mère pour elle.

— Oui, je l'aime comme je n'ai jamais aimé Louis. Il n'y a pas d'explication. Au début, nous avons sympathisé, et petit à petit je me suis aperçue que j'étais amoureuse de lui. J'espère que nous nous marierons un jour.

— Et pourquoi pas ? Bon, je retourne en cuisine. Je ne vous jugerai jamais, mademoiselle, mais soyez prudente. Si vous ne pouvez plus faire la classe, on n'aura guère de sous, déjà que je pioche dans mes économies bien souvent.

— Il fallait me le dire, Maria.

— Bah, je mets de côté mes gages depuis belle lurette, ne vous en faites pas. Pour le reste, pensez à ce que je vous ai dit.

Perplexe, Albane s'attarda sur la terrasse, simplement heureuse de siroter son café en contemplant le ciel aussi bleu que les yeux de Raphaël.

Des éclats de voix et un remue-ménage du côté du hall la firent se lever. La famille Meyer s'en allait. Clara Fischer, Mireille et les Goetz au grand complet leur disaient adieu.

— Vous comptiez partir sans me saluer ? s'étonna-t-elle en se mêlant au groupe, où les rires alternaient avec les larmes. Nous vous avons accueillis avec joie, je croyais que nous étions bons amis, je me trompais !

Otto Meyer posa les deux valises qu'il venait de soulever. Bâti en colosse, il rejeta d'un doigt une mèche rousse qui barrait son front.

— On ne peut pas rater le départ de l'autocar, madame, lui assena-t-il. Je n'ai rien à vous dire, encore moins à votre père. Les réfugiés du Bas-Rhin sont nombreux à Périgueux, nous serons entre compatriotes, là-bas.

— Vous l'étiez ici aussi, Otto, soupira Étienne Goetz. Enfin, je ne vais pas vous retenir. Chaque homme doit être libre de ses choix.

Marguerite se précipita sur la jeune femme et l'étreignit en sanglotant. Ronald imita sa sœur, seul Franz demeura derrière Petra. Il se cramponnait à sa mère comme s'il avait peur d'être oublié.

— Nous nous reverrons bientôt, ne pleurez pas, mes enfants, murmura Albane. Vous serez bien à Périgueux, il y a un grand jardin public et une magnifique rivière, l'Isle. Et la cathédrale

Saint-Front est superbe. Vous m'écrirez, si vos parents vous y autorisent.

— Mais oui, mademoiselle, Marguerite vous fera une lettre, dès qu'on sera installés, affirma Petra, la gorge nouée.

— En route ! ordonna Otto Meyer. Je vous remercie, Maria, pour votre dévouement.

Sur ces mots, il sortit sur la terrasse, suivi par son épouse et leurs trois enfants. Le cœur lourd, Albane les vit s'éloigner dans l'allée.

— Lidy est impolie de ne pas être venue, soupira alors Clara Fischer.

— Votre petite-fille veille sur Raphaël, madame. Il a encore besoin de repos et d'une bonne nourriture, répliqua Albane. Et je vais les rejoindre...

Du palier du premier étage, Amédée de Séguilières avait tout écouté, sans oser s'aventurer dans le hall. Il avait cherché en vain comment faire absoudre son acte insensé, mais n'ayant trouvé aucune solution, il retourna s'enfermer à double tour dans sa chambre.

Château de Séguilières, jeudi 27 juin 1940,
14 heures

Raphaël s'était levé ce jour-là et, soutenu par le docteur Géraud, il faisait quelques pas autour de son lit, sous le regard ravi d'Albane. Elle lui avait apporté son déjeuner et du café, agrémenté de biscuits confectionnés par Maria.

— Encore trois jours couché, avec des repas copieux, et vous aurez retrouvé toutes vos forces, affirma le médecin.

— Mais je ne pourrai pas me servir de mon bras gauche, c'est ça ? demanda Raphaël.

— Vous devez le garder en écharpe le temps que l'os fêlé se répare. Certes, c'est handicapant, il faut être patient.

— Tu seras vite rétabli, je t'ai apporté mes romans favoris, tu ne t'ennuieras pas, lui dit Albane.

Le jeune homme se rallongea, l'air agacé. La chaleur qui régnait dans la petite pièce l'oppressait.

— Mes projets sont réduits à néant, dit-il. Je voulais partir pour la Bretagne, afin de trouver un bateau qui m'emmènerait en Angleterre. Tous les hommes valides de l'île de Sein ont rejoint le général de Gaulle[1] et moi je suis bloqué là, estropié. Sans le geste stupide de ton père, Albane, j'aurais pu m'en aller cette semaine.

— Je suis désolée, Raphaël.

— Ne vous querellez pas ! décréta Joseph Géraud d'un ton impérieux. Le pire a été évité !

1. Fait véridique.

Le maire et son sous-fifre ont renoncé à vous causer des soucis à tous les deux puisqu'ils n'ont rien de précis pour alimenter le scandale. Vous, Albane, vous conservez votre poste et déjà les ragots s'épuisent. Le sujet principal des conversations dans les rues de Brantôme, c'est la ligne de démarcation. Si vous persistez à embarquer pour Londres, Raphaël, il faudra la franchir. Je vous aiderai, grâce à mon *Ausweis*, dit de « petite frontière[1] ».

— Merci, docteur, je vous fais confiance, répondit Raphaël en souriant sans joie. Pourquoi vous ne viendriez pas avec moi lutter dans les rangs de la France libre ?

— Je serai plus utile à Brantôme, en aidant ceux qui auront besoin de mon *Ausweis* et d'un médecin.

Vexée d'être un peu mise à l'écart, Albane demeurait muette. L'obstination de Raphaël à s'exiler en Angleterre, même pour une noble cause, l'affligeait, comme s'il n'avait guère d'intérêt pour elle et leur amour.

1. Document émis par les autorités allemandes pendant l'Occupation et permettant de franchir la ligne de démarcation légalement. Les *Ausweis* de « petite frontière » étaient destinés aux paysans, médecins, sages-femmes et prêtres domiciliés dans un rayon de dix kilomètres de part et d'autre de la ligne.

« Cette nuit, il prétendait m'adorer et avoir envie de rester près de moi, et en moi toute sa vie, se remémora-t-elle. Nous avons fait l'amour deux fois, avec précaution. J'étais sur lui, il caressait mes seins et c'était délicieux… »

Elle eut soudain les joues en feu, en se souvenant de l'extrême jouissance qu'elle avait éprouvée. D'instinct, la jeune femme s'était abandonnée à des mouvements lascifs, stimulée par les plaintes sourdes de Raphaël.

« Je ne pourrai pas me passer de lui, de son corps, de ses baisers, se disait-elle. S'il pouvait reprendre son poste à la rentrée, nous aurions tout l'été pour nous aimer, dans les bois et ici, lorsque tout le monde dort au château. »

Des pas dans l'escalier mirent fin à ses rêveries. On toqua du poing à la porte entrouverte.

— Qui est là ? s'écria Albane, certaine de le savoir.

Amédée de Séguilières lui apparut, en tenue d'équitation, une lavallière de soie beige au cou. Ses bottes en cuir avaient été cirées et il avait mis un chapeau noir, orné de plumes de faisan. Ses cheveux noués sur la nuque, l'œil vif, il avait tout d'un hobereau du siècle précédent.

— Père, comment osez-vous venir ici ? s'indigna-t-elle.

— Il me semble être encore chez moi, sur mes terres, dans mes écuries, ma fille ! rétorqua-t-il.

— Monsieur, vous avez suffisamment causé de dégâts, intervint le médecin. Je vous prie de ne pas importuner mon patient. Il n'est pas en état de vous recevoir.

Très pâle, une lueur de jubilation au fond de son regard bleu, Raphaël scrutait les traits hautains du châtelain.

— Père, je vous prie de sortir sur-le-champ ! s'enflamma Albane. Interrogez le docteur, la balle a endommagé une artère et l'os du bras.

— Je souhaite parler à M. Wendling, répliqua Amédée. D'homme à homme, seul à seul. C'est toi qui dois sortir, ma fille, et vous aussi, docteur.

— Allez-y, faites ce que M. de Séguilières demande, dit Raphaël d'un ton ferme. J'accepte volontiers de m'entretenir avec lui.

— Et ne craignez rien, je n'ai pas l'intention de l'achever, se permit de plaisanter le fantasque châtelain.

Albane se résigna, tout en décochant à son père un coup d'œil inquisiteur. Le médecin la suivit, après avoir précisé qu'il reviendrait en fin de journée.

— Nous aurions dû patienter là-haut, près de la chambre, murmura la jeune femme une fois à l'extérieur.

— Tranquillisez-vous, ma douce amie, ces deux-là sont de la même veine ! Je serais prêt à parier qu'ils vont se réconcilier. Et ne vous inquiétez pas, je conseillerai à Raphaël au moins trois semaines de convalescence.

— Vraiment ? Merci, Joseph !

— Je suis déjà récompensé en vous entendant prononcer mon prénom. Savez-vous que je vous ai défendue avec véhémence, avant-hier, auprès du maire et de son secrétaire. Je tenais à protéger votre amour, Albane, celui que vous avez pour Raphaël et celui qu'il a pour vous. Durant notre périple ensemble, il s'est beaucoup confié à moi, et il vous adore. Les sentiments qu'il évoquait m'ont ému et je vous ai donné ma bénédiction à tous deux, en pensée… Vous méritiez de rencontrer un homme de cette envergure, dont je ne pourrai plus jamais être jaloux.

— Je dois encore vous remercier, Joseph, pour ces paroles qui apaisent mes doutes et mes angoisses. Je serai plus forte désormais, je vous le promets.

3

En zone libre

Château de Séguilières, jeudi 27 juin 1940,
même jour, même heure

Dans la chambrette surchauffée, Amédée de Séguilières et Raphaël Wendling s'affrontaient du même regard assombri par la colère. Le châtelain arborait un air méprisant.

— L'heure des explications a sonné, jeune homme, déclara-t-il. Ma fille me bat froid, Mme Fischer me menace de porter plainte à la gendarmerie, malgré les excuses que je lui ai présentées.

— Je vous l'accorde, monsieur, c'est le moment idéal. J'ai survécu à votre acte stupide, je suis condamné à rester ici plusieurs jours d'après le docteur, alors oui, j'attends vos explications.

— Mais enfin, n'inversons pas les rôles ! Vous êtes le seul coupable, alors ne jouez pas les victimes, je vous prie. Si vous avez déshonoré mon unique enfant, vous ne méritez pas mon indulgence.

— Vous ne méritez pas la mienne non plus, pour avoir usé d'une arme à feu sans même me laisser le bénéfice du doute, rétorqua Raphaël.

Le châtelain leva les bras au ciel, avant de prendre place sur un tabouret apporté la veille par Lidy.

— Vous savez pertinemment que je n'avais pas l'intention de tirer, dit-il d'un ton moins sec. Il s'agissait d'un regrettable incident, cependant je suis ici pour connaître la vérité. Quel genre de relation entretenez-vous avec Albane ? Réfléchissez avant de répondre. Ma fille a déjà beaucoup souffert d'être trahie par Louis Molinier, sans rien m'en dire, sans jamais se plaindre. Si elle vous aime, comment serais-je en mesure de l'en empêcher ? Je la crois capable de dissimuler encore ses sentiments et ses chagrins. Mais vous, Wendling, qu'éprouvez-vous pour ma précieuse enfant ? Si vous avez cédé au plaisir de la conquête ou même simplement profité de son besoin de tendresse, je ne vous le pardonnerai pas.

— Que de grands mots pour une innocente accolade dans une salle de classe ! s'insurgea Raphaël.

— C'était une erreur de la part de ma fille, certes, néanmoins elle ne se serait pas comportée de la sorte s'il n'y avait rien entre vous.

— Monsieur de Séguilières, vous avez écouté Otto Meyer débiter des sottises rapportées par Marguerite. Aussitôt vous avez pris votre fusil pour accourir jusqu'aux écuries et braquer cette arme sur moi. Dans l'hypothèse où Albane m'aimerait, avez-vous pensé à sa douleur de me perdre ? Non ! Je veux bien croire que c'était un accident, mais par votre faute, votre fille a vécu de pénibles heures d'angoisse et de mon côté, je dois attendre des semaines avant de partir pour l'Angleterre. D'autant plus que mon départ risque d'être compliqué par la mise en place de la ligne de démarcation. Maintenant j'ignore quand je pourrai intégrer l'armée de la France libre, et je vous en fais le reproche, car je suis vraiment furieux.

— Je le suis tout autant, jeune homme. Notamment parce que vous n'avez pas répondu à ma question !

Amédée croisa les bras sur sa poitrine, une moue boudeuse sur le visage. À cet instant précis, Raphaël comprit qu'il avait affaire à un homme de bientôt soixante ans manquant en fait de maturité. Ses extravagances, ses sautes d'humeur et son égoïsme latent ne plaidaient pas en sa faveur, pourtant il avait le don de lui plaire, en dépit de ses défauts.

— J'aime Albane et elle m'aime, avoua-t-il. Mais nous n'avons pas été plus loin, si vous me comprenez, monsieur. Votre fille tenait à respecter son deuil, et pour ma part, en ce temps de guerre, je m'interdisais de la compromettre.

Raphaël s'en voulait de mentir aussi effrontément, même s'il respectait ainsi la décision d'Albane, qui refusait de révéler la véritable nature de leur relation à son père et à tous les autres habitants du château. Elle était catégorique, personne ne devait savoir la vérité : « Si par malheur quelqu'un était au courant, nous ne serions plus libres de nous approcher l'un de l'autre, ici ou en ville ni de nous retrouver la nuit, avait-elle déclaré. Je ne pourrais pas le supporter. »

Il se remémorait ces mots tandis que le châtelain le fixait d'un air suspicieux.

— Très bien, je n'insisterai pas, Raphaël, déclara-t-il. Nous sommes tous deux adultes et conscients des problèmes que ma fille connaîtrait si votre rapprochement lui coûtait son poste et si elle n'était plus en mesure d'enseigner. Le maire ne lui a pas cherché d'ennuis, mais Albane doit garder son poste et son salaire. Nous avons très peu d'argent, je vous le rappelle.

— En effet, vous m'aviez parlé de cela lorsque nous étions encore des amis, au bord de la Dronne, en pêchant le brochet. Et je vous repose la question, pourquoi n'avez-vous jamais songé à vendre le château et ses terres ? Vous pourriez acheter une maison plus confortable à Brantôme même. C'est une petite ville très agréable.

— Maubert Guérin voulait acquérir mon domaine, je n'ai pas su à quel prix. Mais peu importe la somme qu'on m'offre, je ne vendrai jamais. Je me suis fait le serment de rendre mon dernier soupir sous le toit de mes ancêtres. Eh bien, je vous quitte, jeune homme. Vous êtes encore faible et très pâle, reposez-vous. Ah, j'y pense, veuillez accepter mes excuses pour mon geste malencontreux.

Amédée sortit précipitamment sans attendre de réponse. Il descendit l'escalier avec précaution, peu habitué à des marches en bois aussi étroites. Une fois dans l'allée pavée des écuries, il passa son mouchoir sur son front moite de sueur.

— Le docteur est parti, il n'y a plus sa voiture et ma fille a disparu, tant mieux, se dit-il en faisant quelques pas à l'extérieur. Je vais aller bavarder un peu avec ma chère amie Mireille, puisque c'est la seule personne qui me traite avec humanité…

Albane observait son père tandis qu'il s'éloignait vers le château. Elle s'était dissimulée derrière le rosier centenaire que sa mère admirait souvent. Couvert de fleurs d'un rouge ardent, il diffusait un parfum délicieux. La jeune femme hésitait à remonter voir Raphaël, dont la mauvaise humeur la plongeait dans le désarroi. Une proposition du médecin la consolait un peu, et elle avait hâte d'être à la fin de la journée.

— Joseph va me donner ma première leçon de conduite dans l'allée, et demain soir sur la route, après l'école, chuchota-t-elle.

Au même instant, Amédée de Séguilières s'arrêta au milieu de la cour d'honneur pour contempler le ciel d'un bleu pur. Albane eut l'impression qu'il était soulagé et content de lui.

— Qu'est-ce qu'il a bien pu dire à Raphaël ? Lui a-t-il présenté des excuses ou l'a-t-il accablé de sermons… Je le saurai tôt ou tard…

Elle se dirigea d'un pas léger vers le pré où son cheval trottait, suivi par la vache et la chèvre. Une pie sautillait sur leurs traces et ce tableau champêtre la fit sourire.

— Si seulement il n'y avait pas la guerre ! Nous sommes en zone libre, mais pour combien de temps ? Et que se passe-t-il en zone occupée… ?

Soudain avide d'informations, Albane décida de se rendre à Brantôme à vélo afin d'acheter des journaux. Elle se souvint alors des conseils du maire et elle esquissa une petite grimace de dépit.

— Je n'ai rien de mauve ni de gris, et je n'ai pas envie d'être tout en noir.

L'apparition de Lidy résolut son problème. L'adolescente la salua d'un signe de la main, ravissante en robe rose, ses longs cheveux blonds divisés en deux nattes. Mais en s'approchant d'elle, Albane constata qu'elle venait de pleurer.

— Qu'est-ce que tu as, ma petite chérie ?

— J'ai reçu une lettre de David. Ils s'en vont en Espagne, mademoiselle. David voulait rester en France, mais M. Cohen a refusé. Je ne le reverrai jamais, pourtant nous voulions nous marier cet été. Il aurait travaillé sur le chantier de l'abbaye.

— C'est peut-être plus prudent, Lidy, pense à leur sécurité. Rébecca, sa sœur, n'a que onze ans. Tu sais que les nazis s'en prennent aux Juifs. Mireille est terrifiée depuis que l'armée allemande est à nos portes, de l'autre côté de la ligne de démarcation.

— Mais ils sont français. Raphaël m'a dit que seuls les Juifs étrangers sont menacés. Je suis si malheureuse, mademoiselle. J'aime vraiment David. Maintenant je regrette bien de lui avoir écrit la vérité sur moi. Je ne voulais pas le duper, alors je lui ai parlé de mon passé et du viol… Peut-être qu'il serait revenu, sans ça ! Je préférais être franche, pour ne pas avoir à me confier la veille de nos noces. Je dois le dégoûter. Et si c'était un mensonge, ce départ pour l'Espagne ?

Attendrie par le désespoir de l'adolescente, Albane la prit dans ses bras pour la câliner.

— Ne sois pas trop triste, Lidy. Je crois que David Cohen est un garçon loyal et sincère. Qu'a-t-il répondu après avoir eu la lettre où tu lui faisais de si difficiles confidences ?

— Eh bien, dès le début, il m'annonce leur départ. Ensuite… tenez, lisez-la.

Lidy extirpa de la poche de sa jupe une feuille de papier froissée. En la prenant, Albane se revit en train de faire subir le même sort à la missive de son mari, des mois auparavant.

— J'étais en colère, plaida la jeune fille.

— Je comprends, j'ai fait la même chose un jour, après avoir lu un courrier, mais j'aurais du mal à lire. Je vais essayer…

Lidy, mon petit ange,

J'ai une terrible nouvelle à t'annoncer, mes parents ont si peur d'être arrêtés qu'ils préfèrent passer en Espagne, d'où nous tenterons d'embarquer pour l'Angleterre. Quand tu recevras cette lettre, nous aurons déjà quitté Libourne. Il faut fuir, ma mère n'a que ce mot à la bouche. J'ai supplié mon père de me laisser rentrer à Brantôme, il a refusé catégoriquement sous maints prétextes. Ne crains rien, je saurai te retrouver dès ma majorité, si tu as le courage de m'attendre. Je n'ai pas le temps de t'en dire plus, mais je veux que tu le saches, j'ai été bouleversé par tes aveux et je te remercie d'avoir eu ce courage. Si tu m'avais dit la vérité plus tôt, je t'assure que j'aurais réussi à te venger et je n'ai pas peur d'écrire ces mots, je me serais arrangé pour tuer le coupable et débarrasser la terre d'une ordure comme lui.

Je t'aime toujours aussi fort, mon ange blond, je t'en prie, sois patiente, nous serons réunis un jour. Je ferai en sorte de t'écrire.

Ton David qui t'embrasse des milliers de fois.

Très émue, Albane tenta de lisser la feuille où ce garçon de dix-sept ans avait tracé à l'encre violette ce poignant cri du cœur.

— Pourquoi doutes-tu de lui, Lidy ? soupira-t-elle. Il est obligé de suivre sa famille et tu devrais te réjouir de savoir David en sécurité.

— Oui, bien sûr, mais il n'y a pas de danger ici, nous sommes en zone libre. Il aurait pu habiter le château, dans la chambre des Meyer, puisqu'ils ont décampé hier !

— Cela aurait été trop risqué, ma petite chérie. Les Cohen ont eu raison de se mettre à l'abri. Mireille voudrait s'en aller elle aussi, pour se réfugier aux États-Unis ou en Suisse. David t'aime, c'est le plus important.

— Hélas, je ne pourrai plus lui envoyer de lettres ! Quand je lui écrivais, j'avais l'impression qu'il était près de moi.

— Et si tu continuais, mais dans un cahier ? suggéra Albane. Le jour où David reviendra, il le lira et je suis certaine qu'il en sera enchanté.

— Il faudrait un joli cahier à reliure.

— Eh bien je te l'offre, tu le choisiras toi-même. Je voulais te demander d'aller m'acheter des journaux en ville, mais je t'accompagne.

— Je sors les vélos de la remise, répliqua Lidy, ravie à l'idée de leur escapade. Je vous adore, mademoiselle, j'ai déjà un peu moins de chagrin.

— Tant mieux, il faut savourer les petites joies du quotidien, donc plus de larmes… Je cours chercher mon porte-monnaie et enfiler une robe noire, tu devines pourquoi ?

— Vous respectez la consigne de monsieur le maire, insinua l'adolescente avec un sourire taquin.

— Tout à fait, les commères de Brantôme seront rassurées de me voir en grand deuil.

Dix minutes plus tard, elles pédalaient toutes les deux sur la route ensoleillée, plus complices que jamais.

Mireille Dresner était gênée de recevoir Amédée dans son boudoir. Le petit Pierre jouait dans son parc, assis au milieu des jouets qu'Albane avait dénichés au fond d'un placard.

— Je suis désolée, monsieur, il y a du désordre, murmura-t-elle en désignant le divan où ses vêtements étaient étalés.

— Chère amie, j'espère que vous ne préparez pas votre valise, s'inquiéta-t-il. Votre projet de quitter le château me paraît insensé !

— Je l'ai dit à votre fille, si je pense à partir, ce n'est pas uniquement pour moi et mon petit-fils. Je sais comment les soldats allemands, surtout les SS, traitent les Juifs et ceux qui les aident ou les hébergent. Je m'en voudrais trop de vous causer des ennuis.

— Mais tranquillisez-vous, nous sommes en zone libre ! Le maréchal Pétain a signé des accords avec le gouvernement de Hitler. Je ne peux pas vous imaginer sur les routes, dans les trains, avec ce chérubin.

La mine soucieuse, le châtelain s'assit au creux du confortable fauteuil où Mireille passait des heures à tricoter.

— Vous êtes sous ma protection, personne ne vous fera de mal, affirma-t-il.

— Si je pouvais en être sûre, je serais heureuse de rester là, avec vous tous, avoua-t-elle.

— Je vous en conjure, demeurez à mes côtés, votre présence me rend meilleur, insista Amédée. Je peux vous le prouver, je viens de solliciter le pardon de Raphaël.

— Vous l'a-t-il accordé ? hasarda Mireille.

— Cela ne fait aucun doute, enfin ! Nous nous sommes séparés en bons termes. Disons qu'il paraissait content de ma démarche.

— J'ai prévu de monter chez Mme Fischer pendant la sieste de Pierre, je lui annoncerai la nouvelle. Elle finira par admettre que c'était un déplorable accident, dont je suis en grande partie responsable.

Mireille s'aperçut que le châtelain la fixait d'un air singulier qu'il n'avait jamais eu. En femme d'expérience, elle ne fut pas dupe du message qu'il tentait de lui transmettre. De plus en plus mal à l'aise, elle commença à ramasser les robes et les gilets qu'elle triait avant son arrivée.

— Ne me dévisagez pas ainsi, monsieur, dit-elle d'un ton net. Je suis touchée d'être votre amie et de vous rendre meilleur, mais cela ne m'empêchera de partir, surtout si vous cédez à de faux espoirs.

— Ne vous méprenez pas, ma douce amie, susurra Amédée. Si je vous regardais avec insistance, c'était simplement un modeste hommage à votre charme naturel, à votre réserve et à votre beauté. Ne protestez pas, je suis un esthète et je ne vois pas ce qu'il y a d'inconvenant à vous admirer.

— Monsieur de Séguilières, vos plaisanteries ne m'amusent guère. Je suis veuve depuis bientôt deux ans, mais j'aime toujours mon époux, abattu sous mes yeux dans la rue, de façon barbare.

— Je sais tout ceci, Mireille, vous dont le prénom signifie « celle qui élève » ! Qu'avez-vous imaginé ? Je quémande juste votre amitié, votre affection. Si vous partez, nos parties de cartes, le soir, me manqueront, comme nos conversations. Et vous nous priverez tous de cet angelot, votre petit Pierre ! Pour être franc avec vous, j'avais l'intention de l'adopter, oui, d'en faire l'héritier du château et des terres.

Sidérée, Mireille prit place au bord du divan, une de ses robes posée sur ses genoux, dont elle frôlait le tissu du bout des doigts.

— Adopter Pierre ? Mais c'est impossible, monsieur.

— Pourquoi ? Selon les médecins de Périgueux, Albane aura des difficultés pour avoir des enfants. Le destin s'acharne sur moi, qui ai dû inhumer ma femme et mon fils mort-né. J'en ai presque perdu le sens commun. Je divaguais dans le parc, dans la forêt, en appelant Mathilde.

— Vous auriez dû vous remarier, Amédée, insinua Mireille.

C'était la première fois qu'elle l'appelait ainsi, sans doute par distraction et compassion. Le châtelain tressaillit comme si elle lui avait caressé la joue.

— Je me suis enfermé dans ma chambre et j'ai mis fin à une existence mondaine dénuée d'intérêt sans Mathilde, précisa-t-il d'une voix altérée par le réveil de son ancien chagrin. J'ai délaissé Albane, qui a dû en souffrir. Un jour pourtant, je me suis accordé un périple à Périgueux, guidé par un vieil ami de pensionnat. Je n'ai pas honte de l'avouer, j'ai commencé à fréquenter un établissement où le champagne coulait à flots, où de jolies créatures avaient l'art de consoler les veufs éplorés. Mais je me suis lassé de ces plaisirs sans lendemain il y a déjà quatre ans de cela. J'ai voulu rattraper le temps perdu avec ma fille, qui se trouvait rarement ici, étant interne à l'École normale.

— Il faut vous réconcilier avec Albane, déclara Mireille de manière abrupte. C'est une jeune femme admirable, dotée d'un cœur d'or et d'une belle âme.

— Aidez-moi, je n'ose pas l'aborder, se lamenta le châtelain en secouant la tête.

— Même si je la persuadais de vous parler, ce serait à vous de faire le premier pas.

Mireille s'aperçut alors que son petit-fils s'était couché sur la couverture, au fond de son parc en bois verni. L'enfant suçait son pouce avec une expression de bien-être.

— Pauvre chéri, je n'ose plus le promener en poussette, dit-elle en soupirant. Je vis dans l'effroi, Amédée, et je prive mon Pierre du bon air de l'été. Et pitié, ne me répétez pas que nous sommes en zone libre, je me méfie à chaque instant. Même la nuit je me tourmente et si je m'endors, je me réveille vite en sursaut. Je suis navrée de vous causer de la peine, mais je ne peux pas continuer à trembler du matin au soir. J'ai beaucoup réfléchi, ce doit être plus facile, pour l'instant, de passer en Suisse qu'en Espagne. Je ne vous remercierai jamais assez de m'avoir offert ce merveilleux refuge, Albane et vous, et d'être tous les deux aussi généreux et affectueux, mais je m'en irai lundi.

— Seigneur, dans trois jours ? s'effara Amédée.

— Oui, dans trois jours, murmura Mireille. Je ne vous oublierai pas, mon très cher ami…

Brantôme, école primaire, vendredi 28 juin 1940

De l'estrade où trônait son bureau, Albane venait de lancer un aimable « bonjour » à ses élèves. La veille, par souci de bienséance, elle avait lavé et repassé la blouse grise qu'elle portait pendant ses études.

Surprise par l'absence de plusieurs fillettes, elle commença à faire l'appel.

— Est-ce qu'il y aurait une épidémie à Brantôme ? demanda-t-elle en regardant Christine Labrousse, la fille du secrétaire de mairie.

— Non, mademoiselle, pardon, madame Molinier, répliqua celle-ci en minaudant. Papa m'a dit de vous appeler comme ça, à partir d'aujourd'hui.

— Tu as raison d'obéir à ton père, Christine. Mais personne n'a répondu à ma question. Qui peut me renseigner ? Vos camarades seraient-elles malades ?

— Jeanne et Henriette, mes voisines, doivent aider leurs parents à faire les foins, mademoiselle, expliqua Valérie, dont la famille élevait des chèvres et vendait des fromages sur le marché.

— Merci, Valérie, c'est vrai que la fenaison n'attend pas, car il peut y avoir des orages, admit Albane. Et les autres ?

— Je sais que la mère de Thérèse et Ursule ne veut plus les envoyer en classe, précisa Christine Labrousse.

— Pourquoi ?

— Mme Duport ne croit pas à la ligne de démarcation, son mari non plus. Ils pensent que c'est une ruse des boches et qu'ils vont arriver d'un moment à l'autre. Papa a essayé de les rassurer, car il est au courant de tout ce qui se passe, mais ils l'ont fichu dehors.

— Je te remercie, Christine, cependant fais un effort, je vous ai déjà recommandé de ne pas employer le mot « boche » et tu devrais dire « mis dehors », « fichu » étant un terme vulgaire.

Albane vit la contrariété crisper la face ronde de la fillette, qui, à douze ans révolus, jouait fréquemment le rôle de la peste de service.

« Ce n'est pas vraiment sa faute, songea-t-elle en baissant la tête sur le cahier d'appel. Tout vient de l'éducation qu'elle a reçue, et Maurice Labrousse fait preuve d'un esprit retors. Son épouse n'est pas en reste, elle profère des grossièretés à la moindre occasion. »

— Il me manque donc onze élèves en tout, pourtant les grandes vacances ne débutent que dans quinze jours, déclara-t-elle. Je voulais préparer un spectacle pour le jour de la distribution des prix, alors c'est dommage. Il faudrait les prévenir, du moins pour celles qui habitent à proximité des absentes.

— Un spectacle comment, mademoiselle ? interrogea la petite Cécile, âgée de huit ans.

— Je pensais à des chansons. Nous en avons appris tout au long de l'année, et nous avons le temps de répéter. Sarah, tu pourrais lire une poésie, tu es la meilleure en diction.

— Merci, mademoiselle, répondit l'adolescente. Vous la choisirez pour moi ?

— Non, c'est à toi de décider, mais tu me soumettras ton idée auparavant, que je puisse juger du bien-fondé de ton choix.

— Ce sera une œuvre de Victor Hugo, mon écrivain préféré, ajouta Sarah de sa voix feutrée.

Albane lui adressa un grand sourire en guise d'assentiment. Ensuite, certaine que des rumeurs circulaient à son sujet, elle s'enhardit à évoquer l'incident de mardi.

— Mes enfants, je souhaiterais vous parler de M. Raphaël Wendling. Vous avez toutes été témoins, il y a trois jours, de mon attitude très affectueuse envers lui. Comme je l'ai dit à monsieur le maire et à son secrétaire, Lidy et son frère logent au château depuis des mois, si bien que nous sommes devenus des amis. De surcroît, M. Wendling et moi exerçons le même métier et cela nous a rapprochés. Il était parti, en tant qu'assistant du docteur Géraud, aider et secourir les pauvres gens qui fuyaient l'avancée de l'armée allemande. Sa grand-mère s'inquiétait, Lidy et moi aussi, alors en effet, lorsque je l'ai vu, je me suis précipitée vers lui pour l'étreindre comme je l'aurais fait avec un frère, si j'avais eu la joie d'en avoir un. Je suis désolée si cela vous a gênées. Je suis votre institutrice, mais également une jeune femme dotée de sentiments comme vous, comme vos parents. Et j'ai tendance à être spontanée, ce qui peut déplaire.

— Vous n'avez pas à vous justifier, mademoiselle ! s'écria Sarah. J'ai un cousin de mon âge que j'aime beaucoup. Il est resté à Paris, et nous n'avons aucune nouvelle de lui. Si je le voyais entrer, je lui sauterais au cou, quitte à être punie.

L'allusion était claire. Touchée par ces paroles, Albane comprit qu'elle ne se trompait guère sur un point précis. Les élèves absentes n'avaient pas eu le droit de se rendre à l'école, sûrement à cause de sa réputation entachée par cet instant de joie où elle avait enlacé Raphaël.

— Bien, abordons l'exercice de ce matin, annonça-t-elle. Il s'agit d'une rédaction que vous ferez chez vous, pour me la remettre lundi. Nous allons d'abord en discuter à l'oral.

Albane écrivit au tableau : « De quoi avez-vous peur en cette période de guerre ? » Elle se retourna pour observer la réaction de la classe où régnait un silence inhabituel.

— Il vous faudra écrire avec sincérité, dit-elle. Déjà, celles qui ont une idée peuvent se manifester en levant la main. Je saurai ainsi si vous avez bien compris le sujet. Rien ne vous y oblige, au cas où vous ne voulez pas parler devant vos camarades. Oui, Félicia ?

— J'ai peur de quitter le château, mademoiselle, parce que je me plais chez vous, et que Maria fait de la bonne cuisine.

Il y eut des rires et des moqueries, mais Albane imposa le calme d'un geste autoritaire.

— Tu devras développer ce que tu regretterais en partant, Félicia, indiqua-t-elle.

Voyant Lidy le bras tendu en l'air, elle l'encouragea à s'exprimer d'un regard complice.

— Moi, j'ai peur de ne jamais revoir David Cohen, un garçon beau et intelligent qui voulait m'épouser.

— Quoi, tu te marierais avec un youpin ? Tu n'es pas difficile, s'étonna Christine Labrousse.

— Qu'est-ce que tu as dit ? hurla Lidy, rouge de colère. Tu devrais avoir honte de l'appeler comme ça, sale idiote !

— Tu m'as traitée d'idiote ? Toi tu n'es qu'une petite traînée !

Tout se déroula à une vitesse fulgurante, sous le regard effaré d'Albane. Christine bondit de son pupitre au moment où Lidy faisait de même. Elles s'empoignèrent par les épaules, en échangeant des œillades furibondes, puis elles se prirent par les cheveux, sans un mot ni une insulte, mais on les sentait prêtes à s'écharper.

— Arrêtez immédiatement ! ordonna Albane en tentant de les séparer.

Christine lâcha une des nattes de Lidy pour la griffer sur la joue. Félicia et Cécile, assises côte à côte, se mirent à pleurer.

— Stop, ça suffit ! hurla soudain Sarah. C'est la guerre et vous vous battez comme des chiffonnières pour quelques mots de travers ! Obéissez à votre institutrice !

Lidy abandonna la première, un mouchoir sur les traces sanglantes qui striaient sa pommette gauche.

— Je sors pour aller me nettoyer, mademoiselle, cette furie a les ongles crasseux…

— Elle me le paiera, marmonna Christine. Quand mon père le saura, il prendra les mesures nécessaires.

— Qu'est-ce que tu racontes, ma pauvre enfant ? la reprit Albane. Tu t'es précipitée sur Lidy après l'avoir insultée et usé d'un terme péjoratif odieux à propos de David Cohen. Tu es la plus fautive. Si quelqu'un doit confier à ton père ce qui vient de se passer, ce serait plutôt moi, ton institutrice.

— Allez-y, papa me défendra ! Tout ça pour une garce !

Ulcérée, Albane la gifla, incapable de réfléchir à la portée de son geste, qui serait pourtant lourd de conséquences.

Abasourdie, Christine se mit à pleurer à chaudes larmes. Elle retourna s'asseoir, et tout en sanglotant, elle rangea ses affaires dans son cartable.

— Que fais-tu ? lui demanda la jeune femme.

— Je rentre à la maison, j'ai envie de vomir maintenant, et je ne reviendrai pas à l'école. Plus jamais ! De toute façon, j'ai eu mon certificat d'études, alors je n'ai pas besoin de plus.

— Tu ne partiras pas sans ma permission, Christine. Ne bouge pas d'ici, je vais téléphoner à la mairie pour avertir ton père. S'il te permet de sortir de classe, tu pourras t'en aller.

— Non, ne faites pas ça, mademoiselle, au fond je préfère rester. Papa ne sera pas content si on le dérange à cause de moi et le vendredi maman est chez sa marraine, à Bourdeilles. J'aurai peur toute seule à la maison.

— Voilà qui est intéressant à exposer dans ta rédaction, Christine, concéda Albane. Sarah, surveille tes camarades, je te prie, je vais aider Lidy.

Albane trouva l'adolescente sous le préau, penchée sur le lavabo situé à proximité des commodités. Malgré l'eau froide dont elle s'était aspergée le visage, les griffures de sa joue présentaient des renflements rougeâtres.

— Il faut te désinfecter avec de la solution de Dakin, Lidy, préconisa la jeune femme. Tu avais raison, des ongles sales peuvent générer des plaies qui cicatrisent mal.

— Je hais Christine Labrousse, mademoiselle ! Elle répand son venin à longueur de temps. Je ne peux plus entendre ce mot de « youpin », que Maubert Guérin prononçait d'un ton méprisant.

— Je l'aurais sévèrement réprimandée, Lidy, tu n'aurais pas dû céder à la violence.

— Mais c'est elle qui a commencé !

— Je sais, et tu as eu le réflexe bien naturel de te défendre. Viens, retournons en classe.

— Non, je n'ai pas envie de voir cette chipie jusqu'à ce soir. Mademoiselle, je voudrais rentrer au château.

— D'accord, à condition de passer chez le docteur Géraud pour qu'il t'examine. Le matin, il consulte à son cabinet. Avec un peu de chance, il n'y aura pas trop de monde. Dépêche-toi, ma petite chérie.

— Dites, ce soir, je pourrai vous accompagner quand il vous fera conduire sur la route ? s'enquit Lidy d'un ton câlin.

— Ce n'est pas prudent, je suis novice au volant. S'il y avait un souci et que tu sois à bord, je m'en voudrais trop !

— Vous vous êtes débrouillée comme un chef, hier soir. Je vous ai vue de la terrasse. Je l'ai même raconté à David, dans le beau cahier que vous m'avez offert.

— Va vite te faire soigner, je rapporterai tes affaires…

Château de Séguilières, en fin de journée

De retour de l'école, Albane envoya Félicia, désormais l'unique enfant scolarisée des réfugiés, goûter à la cuisine.

— Mademoiselle, est-ce que je peux raconter à maman et à Maria la bataille entre Lidy et Christine ? demanda la fillette.

— Si tu veux, j'avais l'intention de le faire moi aussi, ma mignonne. Tu avais faim, alors va vite, je monte voir Raphaël.

— C'est votre amoureux, hein ? chuchota Félicia en souriant. Je suis sûre que vous allez vous marier tous les deux.

— Pour l'instant, c'est un ami. Je me préoccupe de sa santé, puisque mon père a provoqué cet accident stupide.

— Je sais et il ne faut rien dire à personne. Mes parents m'ont fait la leçon.

Félicia Goetz s'éloigna vers les marches du perron, en songeant que les adultes aimaient beaucoup les secrets. Albane suivit des yeux sa silhouette rondelette, couronnée de boucles brunes. Enfin elle se détourna pour s'élancer en direction des écuries.

— Ah, tu es là ! s'écria Raphaël quand elle entra dans la petite chambre. Je m'ennuyais... J'ai lu tous les journaux, parcouru un des romans que tu m'as prêtés.

— Tu n'as pas eu de visites depuis celle du docteur ce matin ? s'étonna la jeune femme.

— Maria m'a apporté mon petit déjeuner et Odile Goetz mon repas de midi. Je suppose que ma grand-mère reste alitée, une de ses manies pour éviter les discussions, soupira-t-il. Albane, je ne tiendrai pas deux jours de plus enfermé ici. Je me sens assez vaillant pour sortir, marcher dans le parc à l'ombre des arbres. On me gave de nourriture sans ménager les provisions de tous qui vont s'épuiser alors que j'ai repris des forces.

— En effet, j'en ai eu la preuve cette nuit, insinua-t-elle en s'asseyant au bord de son lit pour l'embrasser.

— Oui, nous étions en parfaite harmonie, mon ange, mais nous vivons dans le mensonge. Je suis très gêné de berner ma grand-mère, ton père, et les autres. Cette situation m'incite à partir, et je le ferai dès que je pourrai. Ainsi, je n'aurai plus le souci de subir les regards suspicieux de tout le monde. Maria me dévisage d'une manière étrange, je t'assure. Quant à Odile Goetz, je l'ai surprise à sourire en coin, comme si elle se doutait de nos ébats nocturnes.

— Tu as un peu trop d'imagination, Raphaël ! Peut-être que ces dames sont troublées d'approcher un séduisant jeune homme en gilet de corps.

— S'il faisait moins chaud, j'enfilerais une chemise.

— Prends ton mal en patience. Je t'apporte de quoi goûter, du thé au lait et du pain beurré ? proposa Albane.

— Du thé ? Je rêve d'une bière fraîche.

— Demain, c'est promis. Au fait, il y a eu un problème à l'école. Ta sœur et Christine Labrousse, la fille du secrétaire de mairie, ont eu une violente querelle, au point de se battre. Lidy a des griffures sur la joue gauche, ne sois pas surpris quand tu la verras.

— Tu n'as pas pu intervenir ? Pourquoi en sont-elles venues à une telle extrémité ? Je n'ai eu aucune bagarre chez mes garçons. Sois plus sévère, même avec Lidy. Elle doit avoir hérité du statut de chouchoute, or les enfants détestent ce genre de favoritisme.

Vexée par ces reproches, Albane se releva. Une fois sur le seuil de la pièce, elle haussa les épaules en toisant Raphaël d'un air déçu.

— Je n'ai jamais affiché de préférence pour ta sœur ni pour Félicia. Christine Labrousse a insulté Lidy, et je m'interroge encore sur les propos injustifiés qu'elle a tenus. Sans aucun doute le fruit des calomnies répandues par ses parents.

— Je voudrais en discuter avec Lidy. Elle peut me porter le goûter, puisque tu me fusilles du regard, en digne fille de ton père.

— Tu es cruel de me dire une chose pareille, Raphaël. Pour la peine, tu n'as qu'à jeûner un peu, ou bien déplace-toi, après tout. Tu avais envie de marcher…

Elle sortit en retenant ses larmes, durement éprouvée par leur première dispute. Néanmoins, fidèle à sa volonté de cacher ses blessures, elle essuya ses joues humides avant de traverser la cour d'honneur. Lorsqu'elle pénétra dans la grande cuisine, nul n'aurait pu deviner son chagrin.

— Ah, mademoiselle, enfin vous êtes là ! s'écria Maria. Vous êtes pâlotte, mettez-vous à table, j'ai fait deux belles tartes aux fraises. Les plants que m'a donnés mon cousin Mathurin sont fameux, on a des fruits superbes.

Il y avait là Odile Goetz, entourée par Félicia et Lucas, mais également Mireille qui tenait son petit-fils sur ses genoux. Pierre avait la bouche luisante de crème et les menottes poisseuses.

— Lidy n'est pas là ? s'étonna Albane.

— On ne l'a pas vue, mademoiselle, affirma la domestique. Je croyais qu'elle était montée se changer en rentrant de l'école. Dites, je coupe les tartes si vous voulez en porter une portion à monsieur Raphaël… Votre père m'a prié de lui en garder une pour le dîner, il se promène en forêt pour trouver des cèpes.

— Étienne sera content d'avoir du si bon gâteau au retour du chantier, suggéra Odile. Mon mari adore les fraises. Nous sommes en modeste comité depuis le départ des Meyer, mais au fond, cinq bouches en moins, cela économise de la nourriture. Même si nous sommes en zone libre, on risque d'être rationnés. Les prix vont augmenter, vous verrez.

Inquiète pour Lidy, Albane renonça à goûter. Elle regrettait déjà d'avoir permis à l'adolescente de quitter l'école.

— Je n'ai pas faim, Maria, dit-elle. Comme je dois aller dans ma chambre, je vais porter de la tarte à Mme Fischer.

— Clara appréciera, elle se sentait faible en début d'après-midi, commenta Mireille. Encore une fois, j'en suis sûrement responsable, car je lui ai confié que je prenais l'autocar lundi matin pour Périgueux. De là-bas, j'irai à la gare, il y aura bien un train qui me conduira vers Lyon, d'où je passerai en Suisse.

— Vous êtes vraiment décidée ? se désola Albane. Je n'ai pas le droit de vous en empêcher, Mireille, cependant je suis très triste. Regardez Pierre, il rit aux éclats parce qu'il nous connaît. C'est un peu son foyer, ici.

La gorge nouée, la jeune femme prit une assiette à dessert sur laquelle elle disposa une part de tarte aux fraises puis elle sortit de la cuisine.

Son cher château lui paraîtrait bien vide sans Mireille et le bébé, l'incarnation adorable de l'innocence.

« Pourquoi s'enfuir de chez nous ? se disait-elle en gravissant l'escalier. Et toi, Raphaël, si tu m'aimes comme tu le prétends, pourquoi vouloir absolument t'exiler à Londres ? »

Albane frappa à la porte de Clara Fischer qui murmura un « oui » plaintif. La vieille dame la reçut adossée à ses trois oreillers, ses couvertures remontées jusqu'à la poitrine, en dépit de la chaleur ambiante.

— Bonsoir, madame, je vous ai monté une délicieuse pâtisserie de saison. Je vois qu'on vous a déjà servi du thé ! C'est sans doute Lidy ?

— Je vois à peine ma petite-fille désormais, puisque votre père lui a permis de s'installer dans la pièce qu'occupait la famille Meyer.

— Je l'ignorais, avoua Albane. Je n'ai pas adressé la parole à mon père depuis l'accident. Nous nous évitons mutuellement.

— Il aurait été plus logique d'attribuer la chambre à Raphaël, qui est si mal logé, mademoiselle de Séguilières.

— Je lui ai proposé, il a refusé ! Parfois votre petit-fils peut se montrer entêté.

— Comment va-t-il ?

— De mieux en mieux, hormis son humeur noire, madame. Le docteur Géraud lui rend visite matin et soir, il ne devrait d'ailleurs pas tarder. Nous en saurons plus tout à l'heure. Je vous laisse goûter en paix…

Il s'écoula encore une trentaine de minutes, durant lesquelles Albane chercha Lidy dans tout le château, des combles aux anciennes chambres des domestiques, du jardin potager au pavillon du parc.

— Mais où est-elle ? Pourvu qu'elle n'ait pas fait de bêtises, en guettant Christine à la sortie de l'école. Si nous avions le téléphone, j'appellerais

Joseph pour savoir si elle est venue à son cabinet ce matin.

Malade d'angoisse, Albane décida de partir à vélo afin de se renseigner auprès du médecin. Le cœur serré, elle put mesurer ce jour-là combien Lidy aux allures de fée, à l'âme fière et rebelle, comptait pour elle.

— Ma petite sœur, reviens vite, chuchota-t-elle en sortant sur la terrasse.

Au même instant, l'automobile noire du docteur Géraud franchissait le porche et s'engageait dans l'allée.

4

Le choix de Lidy

Château de Séguilières, vendredi 28 juin 1940, même jour, même heure

Albane fut tout de suite rassurée en devinant le visage de Lidy derrière le pare-brise de la voiture, dont les vitres étaient grandes ouvertes. Le docteur Géraud se gara au milieu de la cour d'honneur et rejeta la tête en arrière, les paupières mi-closes. Il semblait épuisé.

— Est-ce que tout va bien ? demanda la jeune femme qui venait de dévaler les marches du perron.

— Je vais vous expliquer, mademoiselle ! s'écria l'adolescente en sortant la première de l'automobile, vêtue d'une blouse blanche et ses cheveux blonds relevés en chignon.

— J'étais très inquiète, Lidy. Je t'ai cherchée dans le château, dans le parc. Tu devais rentrer ici après être allée chez le docteur. Je me sentais responsable, comprends-tu ? Ne t'avise plus de disparaître ainsi !

— Ne la grondez pas, Albane, protesta Joseph Géraud, qui était sorti à son tour du véhicule. Lidy m'a été d'un grand secours aujourd'hui.

— J'ai assisté le docteur pendant un accouchement difficile, précisa celle-ci. La patiente habitait de l'autre côté de la ligne de démarcation, dans un village à six kilomètres de Verteillac, en zone occupée.

— Si nous en discutions au frais ? proposa Albane. Il fait encore très chaud et l'air est étouffant. Venez à l'intérieur, Joseph, je vous servirai du thé.

— Volontiers, et je grignoterais bien quelque chose, admit-il.

— Je cours préparer ce qu'il faut, déclara Lidy en s'élançant sans perdre de temps vers l'arrière du château, pour y entrer par la porte des cuisines.

Albane et le médecin la suivirent des yeux un court instant avant d'échanger un regard amical.

— J'aurais eu du mal à assumer mes fonctions sans Lidy, avoua Géraud. Elle a fait montre d'un courage admirable et d'une efficacité surprenante.

— Mais pourquoi l'avez-vous emmenée sans même me prévenir ?

— Je n'ai pas eu le temps ! J'ai dû partir immédiatement après avoir reçu l'appel du mari de la parturiente, or Lidy était dans mon cabinet. Je venais de désinfecter les griffures sur sa joue, et elle m'a suppliée de la laisser m'accompagner.

— Vous auriez dû refuser, Joseph, ou bien passer à l'école pour m'en avertir, insista Albane.

— Je l'admets et je vous présente mes plus sincères excuses, cependant bénéficier d'une aide m'a paru providentiel. De plus, Lidy n'avait aucune envie de rentrer au château.

Tout en discutant, ils étaient montés sur la terrasse. Albane précéda le docteur jusqu'à la grande salle à manger où régnait une fraîcheur agréable.

— Il vous faudrait le téléphone, ce serait beaucoup plus pratique pour nous tous, décréta-t-il en hochant la tête. Vous pourriez me joindre en cas d'urgence. La santé de Clara Fischer n'est pas des meilleures et je peux être appelé à son chevet à n'importe quelle heure.

— Vous croyez vraiment que nous pourrions obtenir une ligne téléphonique en ce moment ? Et puis nous n'avons pas assez d'argent pour l'envisager, vous le savez bien, Joseph.

— Albane, je paierai les frais nécessaires.

— Mais j'ai déjà une dette envers vous, que je n'ai pas commencé à vous rembourser.

— Il faut bien que ma fortune serve à une bonne cause, ma douce amie. Ah, autre chose, je vous ai apporté ma radio que je n'utiliserai plus, car j'en ai acheté une nouvelle, un modèle plus performant. Je pense la mettre à disposition de Raphaël, cela agrémentera sa convalescence.

— Vous êtes tellement gentil, Joseph, je ne sais comment vous remercier, soupira Albane.

— En demeurant mon amie et en prononçant mon prénom avec tant de ferveur, répliqua-t-il avec un sourire. Et si vous acceptiez la décision de Lidy, je serais largement récompensé de ma prétendue générosité.

Albane s'apprêtait à l'interroger sur ce qu'il venait de dire, lorsque Maria et l'adolescente firent irruption dans la pièce.

— Bonjour, monsieur le docteur ! s'exclama la domestique. Vous tombez à pic, il reste de la tarte aux fraises.

Elle déposa la pâtisserie sur la table drapée d'un tissu blanc damassé.

— Et je vous ai préparé du thé, renchérit Lidy qui portait un plateau à bout de bras, sur lequel trônait la théière en argent, le sucrier et un petit pichet, ainsi que trois tasses.

— C'est formidable, je n'ai rien mangé depuis ce matin, confia le médecin. Le mari de ma patiente m'a offert un verre d'eau-de-vie, mais j'ai refusé. C'était un accouchement par le siège, alors je craignais le pire.

— J'ai vu naître le bébé, un garçon, ajouta Lidy, survoltée par ses aventures de la journée.

Mademoiselle, le docteur veut bien m'engager comme assistante. J'aurai un petit salaire que je mettrai de côté. Il reste seulement deux semaines d'école, et de toute façon, j'ai eu mon certificat d'études.

— Je sais, mais à ton âge, tu devrais être au lycée, répondit Albane. Enfin, si tu as envie de travailler au cabinet médical, c'est tout à ton honneur, mais tu dois avoir l'autorisation de ta grand-mère et de ton frère.

— Ils n'ont aucune raison de refuser, affirma l'adolescente. D'autant plus que j'ai été très utile au moment de passer la ligne de démarcation. N'est-ce pas, docteur ?

— En effet, acquiesça celui-ci. Lidy parle un allemand très correct, et son physique de type aryen a dû plaire aux soldats qui ont contrôlé mon *Ausweis*. Sa blondeur et ses yeux clairs ont joué en sa faveur. Comme j'avais eu soin de lui donner cette blouse blanche et qu'elle s'était coiffée d'un chignon, ils ont cru à mon histoire de jeune infirmière. Je compte obtenir un *Ausweis* pour elle aussi. Le maire me doit maints services, il s'arrangera pour m'en procurer un.

Maria, restée debout près d'eux, toussota de façon peu naturelle, en lançant un coup d'œil inquiet à Albane, qui saisit vite le message. D'un ton aimable, cependant ferme, elle exprima son opinion.

— Excusez-moi, Joseph, mais vous me donnez l'impression de vouloir utiliser Lidy pour amadouer les soldats allemands et cela m'étonne de vous. De surcroît, si vous avez besoin d'aide, vous pourriez sans peine engager une véritable infirmière.

— Mais j'ai décidé d'exercer ce métier plus tard ! se récria la principale intéressée, prête à défendre son choix de toutes ses forces.

— Dans ce cas, tu ferais mieux de passer l'été à étudier si tu veux être admise dans un établissement de formation, répliqua Albane. Nous en reparlerons.

En apparence très calme, elle servit le thé et la tarte.

— Est-ce que Félicia et Lucas en ont eu pour le goûter, Maria ? demanda-t-elle, toujours soucieuse d'équité.

— Bien sûr, mademoiselle, j'avais fait deux tartes aux fraises pour que tout le monde ait une part. Il n'y a pas d'injustice sous le toit du château !

— Et mon père ? s'enquit Albane.

— Monsieur n'en a pas voulu, mademoiselle. Bon, je retourne à mes fourneaux, faut s'occuper du dîner, à l'heure qu'il est.

Une fois Maria sortie de la pièce, le docteur Géraud fit une annonce assez particulière, après avoir siroté sa tasse de thé.

— J'ai une raison importante de faire jouer ce rôle à Lidy, ma chère Albane. Le général de Gaulle, depuis Londres, nous a incités au combat et je tiens à agir selon mes moyens, en mon âme et conscience.

— Mais quel est le rapport avec Lidy ? Dites-le-moi, Joseph !

— C'est simple, mademoiselle, précisa celle-ci. Je serai là pour inspirer confiance aux soldats allemands. Dès que j'aurai mon laissez-passer, nous ramènerons un garçon juif de onze ans en zone libre. Nous le cacherons dans le coffre du docteur Géraud.

— Il s'appelle Isaac Goldberg. Ses parents tiennent une maroquinerie à Paris, enchaîna ce dernier. C'est leur fils unique, ils ont préféré l'envoyer chez des cousins au début de la guerre, les plus proches voisins de la dame que j'ai accouchée. Désormais l'enfant n'est plus en sécurité dans leur ferme. Une patrouille peut passer et demander son identité.

— Où ira ce garçon ? Je présume que vous comptiez me prier de le prendre ici, au château, supposa Albane.

— Rien ne vous y oblige. Je suis en contact avec un groupe d'hommes de l'autre côté de la ligne de démarcation, soucieux de lutter contre l'occupant. Ils doivent m'aider à me procurer de faux papiers pour Isaac. Peut-être pourront-ils me recommander une famille susceptible de l'accueillir à Brantôme si vous ne tenez pas à l'héberger, rétorqua le médecin. Je peux le loger également.

— C'est très risqué, Joseph !

— Pas si je suis là, mademoiselle, assura Lidy.

Oppressée par ce projet qui lui paraissait dangereux, Albane décida d'avertir Raphaël.

— Si ton frère est d'accord, je n'ai rien à dire, mais je le regrette, murmura-t-elle.

— Je vais lui demander tout de suite, mademoiselle, je suis sûre qu'il me félicitera de vouloir me rendre utile et de gagner quelques sous. Rejoignez-moi dans les écuries avec le poste de radio !

Lidy vida d'un trait sa tasse de thé, puis elle prit une part de tarte avant de courir vers le hall. Elle était si légère et si gracieuse que le cœur d'Albane se serra.

— Pourquoi l'entraîner dans vos propres engagements, Joseph ? dit-elle tout bas. Vous ignorez tout de son passé, de ses chagrins enfouis à grand-peine. S'il lui arrivait malheur, je ne vous le pardonnerais jamais. Lidy est devenue la petite sœur que je n'ai pas eue.

— Vous faites erreur sur un point, Albane, puisque j'ai eu droit à une confession complète de cette adorable jeune fille. Sans honte ni gêne, elle m'a raconté en termes concis ses dérives et tous ses malheurs. Je l'en ai remerciée, car Lidy m'a fourni un prétexte pour réduire à néant, à la première occasion, cet ignoble Maubert Guérin.

— Je ne comprends pas, elle m'avait fait promettre de ne rien dire à personne, ni à sa grand-mère ni à son frère.

— À mon humble avis, elle voulait me prouver que je pouvais la traiter en adulte et au fond, c'est la vérité. Albane, j'aurai grand soin de Lidy. Au moindre péril, je la dissuaderai de venir avec moi.

— Très bien, je m'incline. Venez, Joseph, allons rendre visite à Raphaël. Il sera sans doute de meilleure humeur en ayant la radio près de son lit.

— Ne lui en veuillez pas s'il se montre aigri. Sans le geste stupide de votre père, il aurait pu partir ces jours-ci même si cela vous avait peinée, ma douce amie.

— Je suis désolée, je ne me sens ni douce ni encline à tolérer ses caprices et ses reproches, répondit Albane sans en dire davantage.

Une demi-heure plus tard, la mine concentrée, Raphaël et le médecin guettaient les grésillements qu'émettait le poste de radio, installé sur le tabouret servant de table de nuit au jeune homme. Soudain une voix s'éleva dans la petite pièce.

— C'est Radio Londres ! s'écria le médecin. Ils diffusent quotidiennement des bulletins d'information depuis l'Angleterre.

Soucieuse, Albane se tenait à l'écart près de l'unique fenêtre. Elle contemplait les prés s'étendant à l'arrière du château, où son cheval était allongé dans l'herbe. Ulysse se couchait rarement, sauf par ces chaleurs orageuses.

— J'irai vérifier s'il a encore de l'eau quand Maria rentrera la vache et la chèvre pour les traire, se dit-elle.

— Zut, j'ai perdu la station, se désola Raphaël. Ah, un peu de musique, autant en profiter.

— C'est une valse, commenta Lidy. Mademoiselle, vous devriez donner un bal dans le grand salon. Vous m'avez dit que votre maman en organisait quand vous étiez petite fille.

— J'aurais du mal à inviter qui que ce soit, répliqua Albane. Pour l'instant, j'aimerais savoir si ton frère accepte que tu aides le docteur Géraud.

— Évidemment, j'accepte et je suis fier de ma sœur, lui dit Raphaël en la regardant d'un air satisfait. Il y aura au moins quelqu'un de ma famille qui se battra contre l'occupant.

— Ta blessure au bras gauche va mieux, pourquoi tu ne te chargerais pas de seconder Joseph ?

— Tout simplement parce que je ne suis pas une jolie fille blonde aux yeux verts. Et je connais juste quelques mots usuels en allemand. Albane, sois tranquille, je partirai bientôt si ma présence t'est pénible.

Leur querelle embarrassait le médecin qui n'osait pas prendre parti. Il coupa le son de la radio et se prépara à sortir.

— Je vous dis à demain, mes amis. Ne gaspillez pas votre énergie ainsi, il faut garder un bon moral. Lidy, je passerai te chercher ici à 8 heures, et j'en profiterai pour ausculter ton frère. Comme ton vélo est chez moi, je t'emmènerai.

— Je serai prête, docteur. Je vous raccompagne jusqu'à votre voiture.

Ils préféraient tous deux laisser Albane et Raphaël s'expliquer en tête à tête. Pourtant, ils auraient été surpris de voir ce qui se passait dans la chambrette, car les jeunes gens étaient déjà enlacés au creux du lit, avides de baisers et de caresses.

Ils s'embrassèrent longtemps, savourant le contact de l'autre, vite égarés par la violence de leur désir. Une subtile alchimie faisait vibrer leurs corps à l'unisson.

— Pardonne-moi, ma bien-aimée, mon ange, susurrait l'un.

— Je ne t'en veux pas, mon amour, tout est la faute de mon père, chuchotait la seconde.

— Tu viendras cette nuit, Albane ? supplia Raphaël en guise de réponse. Je m'installerais volontiers dans une des chambres du château, mais ce serait renoncer à te recevoir ici, lorsque tout le monde dort.

— Je pourrais quand même te rendre visite, affirma-t-elle. Il y a une pièce que je peux aménager au second étage d'une des tours. Tu aurais une jolie vue et surtout il ferait moins chaud.

— Mais tu n'oserais plus pousser ces petites plaintes qui décuplent mon plaisir. Et je ne serais pas à l'aise si je croise ton père.

— Peu importe, il ne va jamais par là-bas.

Des pas résonnèrent dans l'allée des écuries, vite assortis d'une voix puissante, au timbre un peu rauque.

— Raphaël, j'ai trouvé des cèpes en abondance ! clamait Amédée de Séguilières. Maria vous fera une omelette digne d'un roi ! Je ne monte pas vous les montrer, mais considérez ces champignons comme un gage de ma bonne volonté à votre encontre.

— Je vous remercie, répondit le jeune homme. Je me reposais, mais je prends note de votre louable intention.

— Alors je suis content, ajouta le châtelain. En fait, j'aurais besoin de vous pour convaincre notre chère amie Mireille de rester là, sous ma protection. Je suis désespéré, Raphaël ! Jamais je n'avouerai ce que je ressens à quiconque, mais je suis certain de votre discrétion. J'éprouve des sentiments pour cette femme admirable, je ne peux pas la perdre… Mon cœur bat la chamade dès que je la vois, ou si je suis seul avec elle.

Stupéfaite, Albane osait à peine respirer. Elle soupçonnait son père de s'être attaché à Mireille, sans imaginer qu'il en était amoureux.

— Revenez avant le dîner, monsieur, vous me direz ce que je peux faire, pour l'instant je ne suis pas présentable, mentit Raphaël.

— Très bien ! Je vais apporter ma récolte à Maria, qui cuisine les cèpes à merveille. Merci de votre compréhension, mon garçon. La rancune ne mène à rien de bon, je suis soulagé de vous trouver dans de meilleures dispositions. À tout à l'heure.

De nouveau, il y eut des bruits de pas, cependant le couple patienta un moment avant d'échanger quelques mots.

— Ton père sera peut-être plus conciliant avec nous s'il vit lui aussi les affres de l'amour, suggéra Raphaël, un peu ironique.

— J'en doute, il est tellement égoïste. Mais j'ai été émue par son aveu. S'il savait que je l'ai entendu, il serait vexé. Je dois m'en aller, hélas… À chaque fois, c'est un déchirement de te quitter. Sauf quand tu es d'une humeur noire.

Albane lui donna un dernier baiser. Afin de ne pas être vue par son père, elle emprunta une porte étroite située au fond des écuries et qui communiquait avec l'arrière du bâtiment. Ensuite elle courut vers le pré où son cheval s'était relevé et broutait paisiblement. Ulysse reçut comme d'habitude ses confidences.

— Si tu savais à quel point j'aime cet homme ! Je rêve d'être son épouse et de le chérir pour l'éternité des jours…

Château de Séguilières, samedi 29 juin 1940

Le petit Pierre niché sur ses genoux, Mireille se crispa tout entière quand on frappa à sa porte. Persuadée d'avoir droit à une nouvelle visite du châtelain, elle se résigna à prononcer du bout des lèvres un « entrez » fort discret. Elle fut étonnée de voir apparaître Raphaël Wendling, son bras gauche soutenu par une écharpe, mais en chemise blanche et bien coiffé.

— Bonjour, madame, j'espère que je ne vous dérange pas, dit-il en s'inclinant légèrement.

— Non, j'étais perdue dans mes pensées. J'ai réussi à calmer mon petit-fils qu'une poussée dentaire fait souffrir. Enfin, c'est surtout grâce à Maria qui m'a donné un baume de sa composition à lui passer sur les gencives.

— Maria est une femme pleine de ressources, commenta le jeune homme. Je bois chaque soir une tisane qu'elle me prépare pour mieux dormir. Je suis de nature insomniaque.

Mireille approuva de son doux sourire résigné, puis elle scruta les traits du visiteur.

— Qu'est-ce qui vous amène, Raphaël ? Je me permets de vous appeler par votre prénom, car les sentiments d'amitié s'exaltent à la perspective de quitter ceux que nous côtoyons depuis des mois.

— Des sentiments plus profonds également, répliqua-t-il. Chère madame, je serai franc avec vous. Je viens défendre la cause de M. de Séguilières, à sa demande, je le précise. Cet homme vous aime sincèrement, il me l'a avoué et la seule perspective de votre départ le torture.

— J'avais bien compris qu'il éprouvait de l'attrait pour moi, mais comment se fier à un tel personnage ?

L'air grave, Raphaël prit place au bord du divan. Il noua ses belles mains de musicien avant de poursuivre son plaidoyer.

— S'il s'agissait seulement d'attrait, madame, je ne serais pas là, près de vous. Non, c'est beaucoup plus sérieux. M. de Séguilières souhaiterait vous épouser et adopter Pierre, ce qui vous mettrait à l'abri, vous et cet enfant, sous le couvert d'une nouvelle identité. Il est disposé à ne rien exiger de vous.

— Amédée m'a parlé de son projet d'adoption dès que je lui ai annoncé ma décision de partir lundi. Et je mentirais si je vous disais que je n'avais pas saisi qu'il envisageait également de me demander en mariage. Je pourrais y consentir, mais ce ne serait pas loyal de ma part. Je ne suis pas dupe, à mon âge, des conséquences d'un tel mariage. Même s'il n'était pas question d'accomplir le devoir conjugal les premiers temps, le problème se poserait un jour ou l'autre. J'adorais Aaron, mon époux, je le pleure encore chaque nuit, et il hante souvent mes rêves. Ce serait le trahir que de m'unir à un homme pour qui je n'ai pas de véritables sentiments.

Désorienté par les propos pleins de sagesse de Mireille, Raphaël faillit renoncer à la convaincre.

— C'est honorable de votre part, dit-il en lui souriant avec gentillesse. Je suis d'autant plus désolé de vous importuner, mais je me demande ce qu'en penserait votre défunt mari, s'il était au courant de votre situation. Vous qui le connaissiez, quel conseil vous donnerait-il ?

Troublée, Mireille demeura silencieuse. Elle effleura du bout des lèvres les cheveux soyeux de son petit-fils. L'enfant s'était endormi contre elle, le pouce dans la bouche.

— Aaron me dirait sans doute de faire au mieux pour notre sécurité, à Pierre et moi.

— Vous encouragerait-il à partir en train vers un pays où personne ne pourra veiller sur vous deux ? Madame, rien ne vous obligera jamais à épouser M. de Séguilières, mais en toute logique, vous ne trouverez pas de meilleur refuge que ce vieux château. Réfléchissez, nous sommes en zone libre, les nazis ne viendront pas jusqu'ici. Et songez à Albane ! Elle a trouvé une seconde mère en vous et votre départ l'affecte profondément. Hier soir, elle retenait ses larmes, en évoquant votre rencontre, il y a presque un an.

— Elle me manquera beaucoup, c'est vrai, et je suis navrée de lui causer du chagrin, soupira Mireille d'une voix qui tremblait un peu.

— J'ai un dernier argument : le bonheur de Pierre, ce petit innocent. Nous l'aimons tous et pour lui, nous sommes un peu sa famille. Vous reste-t-il des parents ?

— Un cousin à Paris, dont la femme nous a pratiquement mises dehors, ma fille et moi. Il y a aussi mon beau-frère qui était censé nous accueillir à New York, mais il n'a répondu à aucune de mes lettres. Seigneur, maintenant je doute du bien-fondé de ma décision. Pour être honnête, je voulais m'enfuir afin d'échapper aux persécutions orchestrées par Hitler. Si vous aviez vu les horreurs dont j'ai été témoin, en Allemagne !

— Les choses ne se passeront pas nécessairement de la même façon ici, hasarda Raphaël. Pétain a signé un armistice, le pays est divisé, mais nous ne sommes pas menacés, pas encore.

— Oui, c'est le terme qui convient, « pas encore » !

— Il sera toujours temps d'aviser, chère madame. De plus, il est facile de cacher des gens dans les caves du château. Étienne Goetz et moi, nous avons aménagé des espaces de repli sous la férule de M. de Séguilières. Maria et lui y ont entreposé des provisions. Patientez un peu, pour Albane et pour Pierre.

— Je vais reconsidérer ma décision, en effet. Mais une chose me surprend, Raphaël. Vous êtes venu défendre la cause d'Amédée, pourtant il a failli vous tuer ! Que ce soit un accident ne change rien, vous auriez pu mourir. Pourquoi voulez-vous l'aider ?

Le jeune homme se releva, une étrange expression sur le visage.

— Je me fie au destin. Si j'ai survécu, cela signifie que ce n'était ni le jour ni l'heure, expliqua-t-il d'un ton rêveur. Et je tiens à le préciser, madame, je n'aurais pas fait cette démarche pour M. de Séguilières si je n'avais pas été persuadé qu'il avait raison sur un point précis. Ce serait déraisonnable de vous lancer dans un tel voyage avec un enfant de un an. On peut vous escroquer en cours de trajet, vous voler et vous ne seriez pas en mesure de revenir ici.

— Vous avez gagné, je ne partirai pas lundi. Je passerai l'été au château et j'aviserai au début de l'automne de ce qu'il y aura de mieux à faire.

— Je suis vraiment soulagé, chère madame. Albane va sauter de joie, affirma Raphaël.

— Avant de courir la prévenir, pourriez-vous garder Pierre une dizaine de minutes ? Je voudrais annoncer la nouvelle à M. de Séguilières. Avez-vous entendu ? Il joue de son cor de chasse, ce qui est signe de mélancolie chez lui.

Mireille coucha son petit-fils sur l'édredon garnissant le fond du parc à barreaux.

— S'il se réveille, il jouera avec ses cubes, indiqua-t-elle.

— Soyez tranquille, j'ai une certaine habitude des tout-petits. Je me suis beaucoup occupé de ma sœur.

— Je ne serai pas longue, je vous remercie, Raphaël, je me sens plus détendue. Au fond, j'appréhendais mon départ…

En gravissant sans hâte les marches du grand escalier en pierre, Mireille écoutait le cœur en paix les bruits familiers du château, comme la voix d'un ami très cher que l'on craignait de perdre.

Odile Goetz chantait dans la lingerie, sûrement en repassant. Lucas gambadait le long du couloir, une épée en bois à la main. Le garçonnet, avec des cris aigus, défiait un ennemi invisible pour l'œil des adultes, mais qu'il devait voir, lui. La musique poignante du cor de chasse, un peu étouffée, tenait lieu de fond sonore.

— Je me sens chez moi ici, murmura-t-elle. Dieu soit loué, Raphaël m'a sauvée d'un exil dont j'avais peur.

Lorsque Mireille frappa deux légers coups à la porte de la chambre du châtelain, celui-ci cessa aussitôt de jouer. Il osa espérer une visite d'Albane, qui lui éviterait de faire le premier pas vers la réconciliation. Aussi préféra-t-il ouvrir lui-même, en arborant une mine attendrie.

— C'est vous, ma très chère amie, dit-il en fixant Mireille d'un air ébahi. Entrez, je vous en prie. En bientôt une année, vous n'avez jamais daigné mettre un pied dans mon domaine personnel.

— Eh bien, voici l'occasion, répliqua-t-elle en souriant.

Elle s'avança dans la grande pièce, où régnaient l'ordre et la propreté. D'un regard curieux, elle observa la bibliothèque, un meuble colossal où dormaient des centaines de livres reliés en cuir, derrière de hautes vitres. Le lit à baldaquin l'amusa, mais le globe terrestre sur pied, assez volumineux, attira toute son attention.

— Comme la France et l'Allemagne sont petites, quand on les compare à l'Afrique ou à l'Amérique, nota-t-elle.

— À l'instar de l'Espagne et de la Suisse, rétorqua-t-il. Et mon cher vieux château n'est qu'un point infime sur notre planète. Mais faites-moi plaisir, mon amie, asseyez-vous un instant dans mon fauteuil en cuir, où je médite les soirs d'hiver, au coin de la cheminée. Je garderai ainsi une jolie image de vous quand vous aurez disparu de ma vie.

— Je suis là pour vous dire que je ne vais pas disparaître de sitôt. J'ai changé d'avis, grâce à Raphaël. Ce charmant jeune homme a trouvé les mots qu'il fallait. Je ne partirai, si je pars, qu'à l'automne. Alors, s'il vous plaît, ne soyez plus triste.

— Seigneur, quel grand bonheur ! Mireille, j'ai peine à le croire, vous restez…

Bouleversé, le châtelain avait les yeux brillants de larmes. Ses mains tremblaient, si bien qu'il les cacha dans son dos.

— Si vous saviez combien je souffrais, ma belle et très chère amie. Cela signifie-t-il que vous avez dominé vos frayeurs et vos angoisses ?

— Je ferai l'effort de les chasser de mon esprit, avec votre aide et celle d'Albane. J'ai même pris de bonnes résolutions. Désormais je me promènerai dans le parc et j'irai plus souvent sur la tombe de ma fille adorée. Il y a des fleurs en abondance en cette saison, je lui ferai des bouquets.

— Cueillez tout ce que vous voulez, des roses, des lys ! Je vous escorterai, en galant homme que je suis, prêt également à mener la poussette de Pierre.

L'extrême émotion d'Amédée eut le don de bouleverser les convictions intimes de Mireille. Elle avait soudain envie de le serrer dans ses bras, et aussi d'être enlacée, câlinée.

— Je me sauve, dit-elle en s'écartant de lui. J'ai confié Pierre à Raphaël. Mais faisons une balade ce soir, si cela vous tente.

— J'en serai enchanté, répondit le châtelain, ses traits virils s'illuminant d'un sourire ébloui.

— D'ici là, Amédée, pourquoi ne pas rendre visite à Albane ? Je crois que votre fille est dans sa chambre…

— Je vais suivre votre conseil, puisque j'ai l'âme en fête !

Albane venait d'essayer une robe qui avait appartenu à sa mère. En combinaison et pieds nus, elle marquait avec des épingles la taille de l'ourlet qui raccourcirait cette ravissante toilette en soie naturelle, couleur ivoire. Fine couturière, Odile Goetz lui avait offert ses services au cours des dernières semaines.

— Qui est-ce ? demanda-t-elle quand on toqua à sa porte.

— Ton papa, mon enfant, fit la voix grave du châtelain.

Stupéfaite par cette façon de se présenter, la jeune femme enfila prestement une jupe et un corsage. Jamais Amédée de Séguilières ne s'était qualifié ainsi, et ce « papa » l'avait atteinte en plein cœur.

— Vous pouvez entrer, père !

Amédée tourna la poignée en se répétant le bref discours teinté de repentir qu'il avait préparé.

— Ma petite Albane, je viens implorer ton pardon, déclara-t-il une fois confronté à sa fille. Je revois sans cesse le sang sur la manche de chemise de ce pauvre garçon que j'ai blessé par accident. Je m'engage à ne plus jamais faire usage de mon fusil, que j'ai enfermé à double tour dans un placard afin de ne plus y toucher. Depuis ce geste malheureux, je dors mal et je me nourris à peine. Rien ne serait arrivé si ce jour-là, Mireille ne m'avait pas confié son intention de nous quitter. Mais je n'ai aucune excuse, si je te dis ceci, c'est pour m'expliquer et non me justifier.

Muette de réprobation, Albane ne daigna pas répondre. Les bras croisés sur sa poitrine, son regard noisette brillant d'une tenace colère, elle fixait froidement son père.

— J'ai deviné que tu appréciais beaucoup Raphaël Wendling, hélas, j'ai abusé d'un excellent cognac, et après avoir entendu les propos tenus par Marguerite Meyer et son père, l'alcool m'est monté à la tête et je me suis fait des idées sur votre relation. Nous devons oublier ce pénible épisode, alors aie pitié, ne boude plus, tu me manques tant, Albane. Je dépérissais, accablé par ta rancune.

— Père, n'exagérez pas ! s'écria-t-elle. Vous n'avez jamais eu besoin de moi. Même après la mort de maman, je n'ai pas été une consolation pour vous, mais un fardeau. Sans Maria qui m'a prise sous son aile, j'aurais sans doute échoué dans un pensionnat de Périgueux. Elle était la seule à me consoler, à me réconforter.

— Tu fais mon procès, après tout ce temps ? Albane, tu ignores la douleur de voir la femme qu'on aime s'éteindre en nous abandonnant. Je n'étais plus capable de rien.

— Je m'en souviens parfaitement, et cette douleur dont vous parlez, sachez que je l'aurais connue si la balle que vous avez tirée avait touché Raphaël au cœur. S'il s'était effondré sous mes yeux, mort par votre faute, vous ne m'auriez jamais revue. Je serais partie le plus loin possible, à l'étranger, comme Mireille compte le faire lundi…

— Mets donc la fin de ta phrase à l'imparfait, ma fille chérie. Notre amie ne s'en va plus. Elle me l'a annoncé et je suis chargé de te transmettre la bonne nouvelle.

Amédée de Séguilières se rengorgea, en lissant de l'index son épaisse moustache d'un châtain semé d'argent. Fidèlement coiffé d'un catogan, il ajusta ensuite la lavallière en satin blanc qui ornait son cou, malgré la chaleur ambiante.

— Mireille reste avec nous, vous n'inventez pas ça pour m'amadouer ? s'enflamma Albane.

— Non, c'est la vérité ! Nous devons ce petit miracle à Raphaël, l'homme que tu aimes de toute évidence. Je veux ton bonheur, alors ne crains rien, vous pourrez vous marier dans un an… ou six mois. J'espère qu'il sera un meilleur époux que Louis Molinier.

— L'avenir le dira, père. Vous oubliez son projet d'intégrer les troupes de la France libre, dirigées par le général de Gaulle. Votre maladresse a retardé son départ cependant il s'en ira, et personne ne l'en empêchera.

Le châtelain voulut prendre la main d'Albane, mais elle bondit en arrière.

— Tu refuses de me pardonner, mon enfant ?

— C'est encore trop tôt, papa, rétorqua-t-elle. Eh oui, je vous appellerai ainsi dorénavant, en espérant vous importuner au quotidien avec ce terme que je n'avais pas le droit d'employer, fillette.

Sur ces mots, elle sortit de la chambre, dans sa hâte de rendre visite à Mireille et de cajoler le petit Pierre. Déconfit, Amédée hocha la tête.

— Une Séguilières de bonne race, marmonna-t-il. Elle m'aurait déçu en me donnant trop vite son absolution.

Brantôme, école primaire, mardi 2 juillet 1940

Albane faisait étudier à ses élèves, de moins en moins nombreuses, un poème de Paul Verlaine, « L'heure du berger » dont elle avait écrit le titre au tableau. Elle venait de leur préciser que c'était une référence à Vénus, l'étoile apparaissant la première dans le ciel au crépuscule.

Lors de l'appel rituel, il manquait cette fois quinze fillettes, en majorité parmi les plus jeunes de sa classe. Son collègue, Jacques Favre, qui remplaçait Raphaël, lui avait dit de ne pas s'inquiéter.

— Ce sont les travaux des champs les coupables, madame Molinier, la fenaison et bientôt la moisson. Je suis dans le même cas que vous, il me reste une vingtaine de garçons sur les trente-neuf que j'avais en succédant à M. Wendling. Les rumeurs qui ont couru à votre sujet ne sont pas en cause, si vous voulez mon avis.

Le retraité avait eu beau ponctuer cette allusion d'un gentil sourire, Albane s'était sentie offensée. Elle y songeait encore en descendant de l'estrade pour aller se placer près du pupitre de Sarah.

— Voudrais-tu nous lire la poésie ? lui demanda-t-elle. Tu as une voix bien timbrée et tu mets beaucoup d'émotion lorsque tu récites.

— Merci mademoiselle, je vais m'appliquer.

L'adolescente coiffait ses cheveux d'un blond foncé d'une natte enroulée en chignon sur sa nuque. Albane appréciait sa douceur et son regard d'un bleu pâle. Sa famille était juive et logeait près de la Porte des Réformés. Matin et soir, elle accompagnait ses deux frères, qui ne lui ressemblaient en rien, bruns, les yeux noirs, turbulents et peu enclins à étudier.

— Mademoiselle, c'est toujours Sarah qui lit les poèmes, vous pourriez choisir quelqu'un d'autre ! s'exclama Christine Labrousse, toujours envieuse.

— Hier, c'était Agnès, fit remarquer Albane. Demain ce sera peut-être toi ! Jusqu'aux grandes vacances, nous consacrerons notre temps aux récitations et aux chansons.

— Et Lidy, pourquoi elle est absente depuis vendredi ? interrogea la dénommée Agnès, une grande fille maigre, dont les parents tenaient le Café de la Mairie.

— Il paraît que le docteur Géraud l'a embauchée pour faire le ménage chez lui, se moqua Christine Labrousse.

— Taisez-vous ! ordonna Albane. En effet, Lidy travaille au cabinet médical, il n'y a rien d'extraordinaire à ça. De plus, elle se destine au métier d'infirmière. Maintenant j'aimerais du silence, que nous puissions écouter Sarah.

Le sort en décida autrement, car on frappa des coups secs à la porte de la salle. Sans attendre l'autorisation, le secrétaire de mairie, Maurice Labrousse fit irruption dans la classe, un document à la main.

— Je suis désolé de vous déranger, madame Molinier, mais c'est pour une affaire urgente, dit-il d'un ton dédaigneux.

— De quoi s'agit-il, monsieur ?

— Je vous apporte l'*Ausweis* que le docteur Géraud a réclamé pour Lidy Wendling. Il n'a pas été facile de l'obtenir, surtout dans d'aussi brefs délais, alors je vous le remets en personne, prenez-en grand soin. Mais où est-elle ? Je ne la vois pas !

— Vous ne devriez pas être surpris, tout Brantôme semble savoir que Lidy travaille avec le docteur.

— Déjà ? ironisa Labrousse. Ils ne perdent pas de temps, ces deux-là !

— Qu'insinuez-vous ? s'indigna Albane.

— Oh rien de précis, mais la jeune Wendling a mauvaise réputation et Géraud est célibataire.

— Je vous rappelle qu'il est veuf, et surtout très respectueux des convenances. Vous pouvez sortir, monsieur.

Elle récupéra le papier délivré par l'administration, tout en foudroyant le secrétaire de mairie d'un œil furibond.

— Une minute, madame Molinier, je ne m'en irai pas seul. Mon épouse m'a prié de ramener notre fille à la maison. Elles partent demain au bord de la Méditerranée, chez ma belle-sœur.

Ravie de l'aubaine, Christine s'empressa de ramasser ses affaires. Elle remplit son cartable sans avoir grand soin de ses cahiers et de son plumier.

— Je suis prête, papa, on y va ? Au revoir, mademoiselle, pardon, madame Molinier !

Après cette dernière pique, Christine tira la langue à Sarah, ayant vérifié que son père lui tournait le dos. Albane s'abstint de la moindre remarque, secrètement soulagée de ne plus subir les caprices de cette élève qu'elle regrettait pourtant d'avoir giflée. Dès que le secrétaire claqua la porte derrière sa fille et lui, elle considéra le papier rectangulaire cacheté et au nom de l'adolescente.

« L'*Ausweis* de Lidy. Cela veut dire que Joseph et elle vont pouvoir tenter de faire passer la ligne de démarcation à ce garçon, Isaac, songea-t-elle. Pourvu qu'ils réussissent et reviennent sans encombre. »

— Mademoiselle, est-ce que je peux lire la poésie ? s'enquit Sarah avec un léger sourire.

— Oui, nous t'écoutons.

Cependant Albane entendit à peine le premier vers et les suivants, obsédée par l'expédition à risque qui aurait lieu les jours suivants. Saisie d'une sourde angoisse, elle ferma un instant les yeux, pressentant que dans un proche avenir, elle éprouverait souvent ce genre de peur larvée en attendant le retour de ceux qu'elle chérissait.

5

Jour d'angoisse

Brantôme, cabinet du docteur Géraud,
jeudi 4 juillet 1940

Albane vérifia à nouveau la tenue de Lidy, dont la blouse blanche, un peu trop grande, dissimulait les formes encore juvéniles. Elle arrangea les pans du col puis la modeste coiffe d'infirmière également blanche que le docteur avait dénichée dans un de ses tiroirs. Il avait évité de préciser que sa défunte épouse la portait de son vivant et qu'il l'avait conservée avec respect.

— Voilà, tu es parfaite, dit-elle tout bas à la jeune fille. Ton chignon est impeccable, et les cheveux tirés en arrière te vieillissent d'un an ou deux. Sois prudente, ma petite sœur chérie. Je vous attendrai ici.

— Vous pouvez rentrer au château dès que nous aurons pris la route, intervint le médecin, occupé à préparer sa sacoche. J'avais prévu d'y aller directement au retour, sans passer par Brantôme.

— Dans ce cas, je retournerai là-bas à vélo, comme tu l'as laissé ici, Lidy. Mais je préfère rester un peu chez vous, Joseph, à condition que cela ne vous dérange pas, hasarda Albane.

— Non, faites à votre idée. Mais des patients peuvent se présenter malgré la pancarte que j'ai affichée signifiant mon absence pour la journée. Pourrez-vous noter leurs symptômes et les renvoyer à leur domicile ? En cas d'urgence, dites-leur de consulter mon confrère, le docteur Mesnier.

— D'accord, Joseph, je ferai de mon mieux. Est-ce que je pourrai téléphoner ? En fait, j'ai reçu une lettre de mon amie Coralie Laville et elle m'a donné un numéro à Genève. Mais l'appel sera peut-être coûteux…

— Il n'y a aucun souci, utilisez ma ligne à loisir, trancha Géraud. Nous devons partir. Prête, Lidy ?

— Tout à fait, docteur. J'ai rassemblé ce que vous m'avez demandé et j'ai rempli la malle arrière de votre voiture. Comptez-vous retourner chez la dame que vous avez accouchée vendredi ?

— Bien sûr, c'est le motif officiel de mon déplacement. Ne tardons pas. Au revoir, Albane.

— Au revoir ! Je vous en prie, veillez sur Lidy. Raphaël l'a félicitée de s'engager dans votre lutte personnelle mais je la trouve trop jeune.

— Mademoiselle, moi je m'estime adulte à cause de ce que j'ai déjà vécu. N'ayez pas peur, tout ira bien.

Lidy l'embrassa sur les joues puis elle virevolta sur ses escarpins pour traverser le vestibule. Le docteur la suivit, en dédiant à Albane un sourire qui se voulait rassurant.

— N'oubliez pas de fermer à clef en partant, j'ai mon double, recommanda-t-il. Nous reviendrons sains et saufs avec votre futur pensionnaire, puisque votre père tient à l'héberger au château.

Amédée de Séguilières avait consenti immédiatement à recueillir le garçon de confession juive, dans l'espoir secret d'attendrir Mireille Dresner. Albane avait accepté à son tour pour une raison plus louable, celle de mettre l'enfant à l'abri.

Cinq minutes plus tard, l'automobile noire du docteur démarrait et s'éloignait.

— Que Dieu vous protège, murmura la jeune femme, qui s'était assise près de l'appareil téléphonique posé sur le bureau du médecin.

En soupirant, elle sortit de son sac l'enveloppe contenant la lettre de Coralie, reçue la veille et postée une semaine auparavant de Genève.

— Je n'avais pas de nouvelles depuis le mois d'avril, se dit-elle en dépliant la feuille couverte sur le recto seulement de lignes serrées, tracées à l'encre noire, et qu'elle relut très vite.

Ma petite Albane,

je veux tout d'abord te présenter mes excuses, car je me suis comportée en idiote lorsque je t'ai rendu visite au printemps. Tu étais heureuse de me recevoir et moi j'ai joué les snobs, j'ignore encore pourquoi.

Je tenais à te donner notre adresse en Suisse, où nous avons loué une belle maison très agréable, avec vue sur le lac Léman. Maman a été opérée et elle serait en bonne voie de guérison, ce qui m'a redonné la joie de vivre. Je note en bas de la page notre numéro de téléphone, si tu pouvais me joindre, je te raconterais notre installation, en te dépeignant mes élèves, issus de milieux aisés. En effet, j'ai obtenu dès le mois de mai un poste d'enseignante dans une institution privée, religieuse bien sûr.

Pour terminer, une chose importante : lors d'une soirée mondaine, j'ai rencontré une certaine Elvire Léger qui était fiancée à Raphaël Wendling, l'élu de ton cœur, même si tu ne me l'as pas vraiment avoué. Je t'en dirai plus long sur cette jolie personne de vive voix.

Toujours ton amie, Coralie.

Agacée, Albane garda la lettre à portée de main. Elle brûlait de curiosité, en voulant confusément à Coralie qui, fidèle à sa nature taquine, n'avait rien ajouté sur Elvire Léger afin de la forcer à lui téléphoner.

— Raphaël ne m'a même pas dit le prénom de son ancienne fiancée. Quand j'y pense, il n'en parle plus jamais. De mon côté, je répugne à évoquer Louis, admit-elle. Nous sommes si heureux, la nuit, nos nuits d'été, enfin libres de nous aimer…

Elle se décida à demander le numéro des Laville à Genève, une fois en relation avec une opératrice. Il y eut plusieurs sonneries à l'autre bout de la ligne, et Albane allait raccrocher quand elle entendit un homme répéter « allô ».

— Monsieur Laville, c'est Albane de Séguilières, dit-elle en haussant le ton.

— Bonjour, mademoiselle, je suis le majordome de Mme et M. Laville.

— Bonjour, je souhaiterais parler à Coralie, leur fille.

— Ne quittez pas, je vais chercher Mademoiselle.

— Je vous remercie.

L'attente parut longue à Albane, qui s'inquiétait aussi pour le prix de la communication. Soudain le timbre flûté de son amie retentit à son oreille.

— Dis donc, tu n'as pas perdu de temps, je savais que tu ne résisterais guère, intriguée par ma lettre, déclara Coralie d'un ton joyeux.

— Je te téléphone du cabinet médical, où je suis seule pour le moment. Mais je préférerais ne pas discuter trop longtemps.

— Donne-moi le numéro du docteur, je te rappelle illico, ainsi tu ne le ruineras pas. J'ai tellement de choses à te dire et toi aussi, sans doute.

Quelques minutes plus tard, leur conversation reprit, aux frais des Laville. Grâce à d'infimes bruits familiers, Albane devina que Coralie allumait une cigarette.

— J'étais sur la terrasse quand Vincent est venu me chercher. Je prenais le soleil, allongée sur une méridienne.

— Vincent, votre majordome ?

— Oui, un employé dévoué et discret. Passons sur ce sujet, je dois t'avertir, Elvire Léger a repoussé la date de son mariage et elle m'a confié regretter amèrement d'avoir rompu avec Raphaël. Elle était ravie de savoir qu'il habitait encore au château, mais contrariée en apprenant ta présence. J'ai dressé un portrait de toi très flatteur pour la rendre jalouse.

— Pourquoi, Coralie ? Tu aurais dû t'abstenir, si par malheur elle écrivait à Raphaël.

— Surtout qu'elle prétend pouvoir le récupérer en claquant des doigts même si tu es une exquise créature. Mets tous les atouts de ton côté, si ce n'est pas déjà fait.

Malgré l'irritation croissante qu'elle éprouvait en écoutant le bavardage de son amie, Albane en oubliait un peu Lidy et le docteur Géraud.

— Que veux-tu dire par là, Coralie ?

— Ne joue pas les innocentes, tu as été mariée ! Le meilleur moyen de s'approprier un bel homme comme Raphaël est de ne rien lui refuser.

— J'ai suivi tes conseils, sois tranquille ! Nous sommes fous amoureux... Je suis au paradis chaque nuit, et le fait de se retrouver en grand secret exalte nos sensations. Voilà, es-tu contente ?

— Sidérée, mais contente, ma chérie. Quant à moi, Albane, je sors avec le chirurgien qui a opéré maman. Il a presque le double de mon âge, cependant c'est un amant formidable, il me rend heureuse, notamment au lit.

— Tant mieux, j'avoue que c'est essentiel. Louis et moi, nous étions sûrement mal assortis car je n'ai jamais ressenti avec lui ce que j'éprouve dans les bras de Raphaël.

Un peu de rose aux joues, Albane songea qu'elle avait de telles discussions uniquement avec Coralie.

— Tu demeures ma confidente de prédilection, murmura-t-elle. Je te remercie de m'avoir écrit et donné ton numéro. Si j'avais le téléphone au château, nous pourrions communiquer plus souvent. Le docteur Géraud voudrait assumer les frais d'une ligne, mais mon père s'y oppose.

— Ah, ce M. de Séguilières, enraciné dans le passé, insinua Coralie. Enfin, plus sérieusement, j'ai été soulagée en constatant que Brantôme était en zone libre.

— Mais la ligne de démarcation est proche de nous et son tracé peut changer à volonté, paraît-il. Cela s'est produit dans une commune de la Vienne.

De nouveau submergée par l'anxiété, Albane fit une courte prière silencieuse, pour implorer Dieu de veiller sur Lidy et Joseph Géraud. Elle consulta ensuite sa montre, sans pouvoir déterminer où le médecin et la jeune fille se trouvaient, après une demi-heure.

— Albane ? Tu ne dis plus rien, s'étonna Coralie.

— J'ai un peu la tête ailleurs, excuse-moi. Je m'inquiète pour Raphaël. Il prévoit de rejoindre Londres, afin de servir sous les ordres du général de Gaulle. Je ne compte pas l'encourager, cependant je n'essaierai pas de le retenir.

— Tu ferais mieux ! Il devra traverser la zone occupée qui grouille de soldats allemands. Et comment s'arrangera-t-il pour embarquer ? Les ports sont bien gardés.

— Je l'ignore, mais j'ai foi en lui, en sa volonté.

— À ta place, je le retiendrais de toutes mes forces. Mon père est de retour, je te laisse. Il a rendu visite à maman qui est dans un centre de convalescence.

— Transmets mes amitiés à tes parents. Et ne crains rien, je te pardonne ta mauvaise humeur du mois d'avril. Tu es mon amie et tu le seras toujours.

— Merci, je t'embrasse.

Elles raccrochèrent simultanément. Si Coralie se jeta au cou de son père en riant, Albane resta assise, le regard lointain, attentive aux battements précipités de son cœur.

— Je suis là, inutile, malade d'appréhension, alors que ce serait à moi d'aider Joseph, chuchota-t-elle. Je me demande tout de même s'ils ne se sont pas affolés pour rien. Les Juifs français, surtout les enfants, ne sont pas menacés. Mais en ces temps troublés, il vaut mieux préconiser la prudence. Chaque fois que je vois Mireille trembler, je voudrais pouvoir défendre et protéger tous ces pauvres gens.

Elle songea à Sarah, sa meilleure élève au doux visage, au regard souvent triste de ses yeux bleus. Ses parents semblaient sereins et n'avaient pas l'intention de fuir à l'étranger.

— Je vais rentrer au château, prendre l'air me calmera.

Vêtue d'une jupe-culotte en serge marron et d'un chemisier gris, la jeune femme sortit du cabinet médical, un foulard sur les cheveux. La rue lui parut étrangement déserte en ce milieu de matinée. Même l'atelier du vieux dinandier était fermé, la porte vitrée voilée par un rideau beige.

Albane aperçut néanmoins trois bambins qui jouaient aux billes sur un des trottoirs. Ils n'avaient pas l'âge d'aller à l'école, mais elle reconnut l'un d'eux, le fils de l'épicier, dont la boutique se trouvait à une vingtaine de mètres. On y vendait aussi du tabac et des journaux.

— Raphaël avait envie de cigarettes à la menthe, autant lui en acheter tout de suite.

Elle ferma soigneusement à clef le domicile du médecin et se rendit à l'épicerie, en poussant son vélo par le guidon. À peine entrée, elle se trouva confrontée à Valérie Labrousse, la mère de Christine.

— Bonjour, madame Molinier, on se promène ? lui lança celle-ci d'un ton sec.

— J'avais affaire en ville, et vous ? Je vous croyais partie au bord de la Méditerranée avec votre fille, répliqua Albane.

— Notre départ est retardé d'une petite semaine, mais je garde Christine à la maison. Nous sommes invitées toutes les deux chez ma marraine, qui habite Bourdeilles. De toute façon, il n'y a plus grand-chose d'intéressant à faire en classe jusqu'aux vacances comme vous avez annulé la distribution des prix et le petit spectacle rituel.

— Qui vous a dit ça, madame ? Je n'ai rien annulé. Je déplore même l'absence de Christine ce jour-là, car elle chante très bien et possède une jolie voix de soprano.

— Ma fifille, une soprano ! s'extasia Valérie Labrousse. J'ai dû mal entendre. À quelle date se passe le spectacle ? Mon mari serait contrarié si Christine n'y participe pas.

— Le vendredi 12 juillet, précisa Albane. Et mon collègue, M. Favre, fait lui aussi chanter les garçons. Notre maire tient à y assister. Maintenant, excusez-moi, je suis pressée.

— Je comprends, madame Molinier, mais vous devriez au moins prendre le temps d'acheter le journal. Il y a un article passionnant sur l'installation du gouvernement à Vichy. Il est écrit que de très nombreux hôtels ont été réquisitionnés pour pouvoir accueillir les parlementaires et les ministres[1]. Ah, que voulez-vous, je suis de très près l'actualité à cause de la position de mon époux.

Debout derrière son comptoir, l'épicier tendait l'oreille afin de ne rien perdre des propos de Mme Labrousse, une de ses bonnes clientes. Il servit Albane en hochant la tête.

— Vous qui êtes maîtresse d'école et veuve de guerre ce serait votre rôle de nous tenir au

1. Fait véridique.

courant. On a de la chance d'avoir des personnes sérieuses dans le voisinage.

— Je vous l'accorde, monsieur, mais j'enseigne à des enfants et à des adolescentes, aussi je me concentre sur les programmes que je suis censée suivre pour leur éducation. Je tente également de leur faire oublier la guerre, même si elle a fait de moi une veuve. Au revoir…

Albane sortit précipitamment, sous les regards dédaigneux de Valérie Labrousse et du commerçant. Elle aspirait à retrouver le calme du château, les frondaisons du parc, ainsi que les baisers de Raphaël. Depuis trois jours, il avait repris sa place à la grande table des cuisines pour les repas, et il passait beaucoup de temps sur la terrasse, à l'ombre d'un parasol.

— Il m'attend, et peut-être qu'il me verra remonter l'allée, se dit-elle tout bas en se juchant sur la selle du vélo.

La jeune femme pédala avec énergie, comme pour fuir ses peurs et le souvenir d'Elvire Léger, en qui elle voyait une éventuelle rivale.

Du côté de Verteillac, même jour, une heure plus tard

Dès l'instant où Lidy, dans sa tenue d'infirmière, s'était penchée sur lui, Isaac Goldberg était tombé amoureux. De petite taille pour ses onze ans, il avait de courts cheveux bouclés châtain clair et des yeux gris-vert. D'abord réticent à l'idée de quitter la ferme du cousin germain de son père, il voulait bien désormais partir pour le château de Séguilières.

— Vous y habitez aussi, mademoiselle ? demanda-t-il à Lidy.

Sa valise cartonnée à bout de bras, un vague sourire sur les lèvres, il était attendrissant.

— Mais oui, je vis là-bas depuis presque un an, affirma la jeune fille. Tu verras, il y a un magnifique parc, un grand jardin, et aussi un beau cheval alezan, une vache et une chèvre.

— Bah, les bêtes ne manquaient pas chez nous, marmonna le fermier. Le gamin m'aidait bien, je lui ai appris à traire les vaches, enfin celles que les chleuhs m'ont laissées.

— Dans ce cas, Isaac, tu pourras aider Maria, la gouvernante.

— Il faut m'appeler Célestin, comme le font mes cousins, rectifia le garçon. Dites, qu'est-ce que vous avez à la joue, mademoiselle ?

— Une fille de l'école m'a griffée, expliqua Lidy. J'ai mis de la poudre de riz ce matin pour camoufler la blessure, mais ce n'était pas suffisant.

— Vous lui avez rendu la pareille, au moins ? Moi, si on me fait du mal, je réponds et je cogne dur.

— Je me vengerai plus tard. Déjà je lui ai arraché une poignée de cheveux.

— Ah bon, tant mieux, murmura Isaac.

Perplexe, le docteur Géraud les écoutait. Soudain il regarda sa montre, ce qui le décida au départ. Il avait prévu de cacher l'enfant sous des couvertures, dans le coffre de sa voiture, mais les soldats pouvaient la fouiller quand ils repasseraient la ligne de démarcation.

— Lidy, pourrais-tu sortir avec Célestin ? Je vous rejoins, dit-il d'un ton neutre.

Un autre point tracassait le médecin.

— Monsieur, pourquoi tenez-vous tant à éloigner cet enfant ? demanda-t-il au fermier. Il est de votre famille et bien français, donc aucune mesure ne peut s'appliquer contre lui à son âge. Et avec les faux papiers que nous aurions pu vous fournir, il n'aurait rien risqué.

— Je vous le redis, des soldats sont venus deux fois me prendre des vaches et trois brebis. J'ai envoyé Isaac se planquer sur le plancher à foin, par prudence, mais je n'ai pas envie d'avoir des ennuis, ma femme non plus. Et puis, s'il ne risquait rien, pourquoi ses parents ne l'ont pas gardé à Paris ?

— N'en parlons plus, nous l'emmenons, déclara Géraud en refoulant son écœurement. Je vous donnerai de ses nouvelles d'ici quelques jours, je dois revenir examiner votre voisine.

Ma patiente est très faible et le bébé a perdu du poids.

— Pardi, une chance que son mari vous ait appelé, sinon on aurait encore le gamin sur les bras. Merci bien, docteur Géraud, le petit sera mieux en zone libre.

Le médecin fit un effort pour serrer la main que le fermier lui tendait. Son épouse apparut au même moment, un lourd panier sur la hanche.

— Tenez, je vous donne des œufs frais, des navets et un bout de lard avec deux kilos de pommes de terre, annonça-t-elle. On a de quoi, ici, ça vous rendra service.

— Je vous remercie, madame, dit-il en reculant vers la porte grande ouverte.

Dans la cour, il ne vit ni Lidy ni le garçon. Il les aperçut assis sur la banquette arrière de sa voiture. En se penchant pour leur dire de descendre, il découvrit un singulier tableau.

— Mais, qu'est-ce que tu as fabriqué ? reprocha-t-il aussitôt à la jeune fille.

Isaac, les paupières closes, avait la tête posée sur les genoux de Lidy, qui avait entouré son crâne d'un pansement, ainsi que son coude droit. Des traces de mercurochrome conféraient une touche réaliste à cette mise en scène.

— J'ai eu cette idée, expliqua-t-elle à mi-voix. Pendant le trajet, à l'aller, vous disiez redouter une inspection de votre coffre. C'était justifié, il vaut mieux faire passer Célestin pour un enfant blessé qu'on vous a demandé de conduire à l'hôpital de Périgueux. Ayez confiance, je saurai convaincre les sentinelles, surtout si ce sont les mêmes soldats que tout à l'heure.

— Et si on nous demande les papiers d'identité d'Isaac ?

— Il est trop jeune pour en avoir et ce sont ses parents qui ont le livret de famille.

— Tu as réponse à tout, jeune fille, alors à toi de jouer, admit le médecin. Allons-y et croisons les doigts. Isaac, tu peux cligner des yeux et gémir, quand nous serons contrôlés ?

— Oui, docteur, mais je m'appelle Célestin…

La ligne de démarcation, avec sa guérite équipée d'un téléphone et d'une barrière amovible, était située près d'une grange au bord de la route menant à Verteillac. Les trois soldats affectés à sa surveillance firent signe au docteur Géraud de s'arrêter lorsqu'il en approcha.

— Ce sont les mêmes, chuchota Lidy, ils n'ont pas été relevés de leur garde.

— Très bien, répondit-il tout aussi bas.

La jeune fille s'adressa immédiatement aux Allemands dans leur langue natale, avec une aisance et un aplomb qui médusa le médecin. La gorge nouée par l'anxiété, il l'observa grâce au rétroviseur intérieur, en ayant soin d'afficher une expression soucieuse. Quant au prétendu blessé, il poussait des plaintes, sans oublier de trembler, les yeux révulsés.

— *Gut, passieren, schnell, schnell*[1]*!* s'écria l'un d'eux.

La barrière pivota et encouragé par les gestes impérieux des soldats, Joseph Géraud redémarra.

— Qu'est-ce que tu leur as raconté ? demanda-t-il à Lidy.

— Oh, j'ai expliqué la situation : ce pauvre garçon est tombé d'une échelle chez les voisins de votre patiente, et on vous a supplié de le conduire à l'hôpital de Périgueux.

— Je suis donc censé le ramener une fois rétabli ? Tu as pensé à ce cas de figure, Lidy ?

— La prochaine fois, nous aurons affaire à d'autres soldats. Je suis certaine qu'ils ne restent jamais longtemps au même poste afin de ne pas développer des relations amicales avec les locaux, argumenta la jeune fille.

— Ou alors, vous direz que je suis mort, suggéra Isaac, qui savourait sa position, la tête toujours nichée sur les genoux de Lidy. Dites, mademoiselle, je dois m'asseoir ou rester couché ?

— Patiente un peu, recommanda le médecin. Il te faudra vite de faux papiers. On m'a indiqué

---

1. Très bien, passez, vite, vite !

le nom d'un imprimeur de Périgueux qui se lance dans cette activité.

— Alors nous aurons besoin de photographies d'identité, fit remarquer Lidy. Ce serait judicieux d'en faire aussi de Mireille Dresner, comme elle ne part plus.

— Tu as raison, autant en profiter. Mon Dieu, je respire enfin à mon aise, avoua le docteur Géraud. Je bénis la providence que tu parles couramment allemand, Lidy.

— Je le dois surtout à un excellent professeur qui était natif de Berlin. Je l'ai eu trois années de suite et après j'ai continué à étudier la langue. Vous savez, je rêvais d'aller vivre là-bas.

— Où ? En Allemagne ? s'étonna Isaac. Ce pays est notre ennemi de toujours, mon grand-père me l'a dit.

— Peut-être, mais mes parents nous avaient emmenés en vacances dans la Forêt-Noire, mon frère et moi. C'était si beau, les sapins étaient gigantesques, murmura Lidy. On faisait de longues balades et le soir, on logeait dans un chalet en bois.

— Et ils sont où vos parents en ce moment, mademoiselle ? s'intéressa le garçon. Au château de Séguilières eux aussi ?

— Non, au cimetière d'Obernai, depuis six ans, souffla-t-elle. Ils sont morts dans un accident de voiture. Redresse-toi, Célestin, nous sommes loin de la ligne à présent, il n'y a plus de danger.

Touché par le ton tragique de Lidy quand elle avait évoqué son deuil, le médecin l'observa quelques secondes dans le rétroviseur. Il crut voir briller des larmes dans ses yeux verts et étouffa un soupir de compassion.

Château de Séguilières, même jour,
une demi-heure plus tard

Albane et Raphaël étaient assis à la table en fer dressée sur la terrasse, abrités par un parasol aux couleurs délavées. Des nuages envahissaient le ciel, jusque-là d'un bleu pur.

— L'air est chargé d'électricité, il y aura un orage avant ce soir, nota le jeune homme.

— Pourquoi refuses-tu encore de t'installer dans la chambre de la tour ? Maria et moi nous l'avons nettoyée et aérée. Il suffit de mettre des draps au lit. Tu aurais quand même plus d'espace. La radio capterait peut-être mieux les stations qui t'intéressent.

— Mais nous aurions moins d'intimité, mon ange. Je te sens nerveuse, calme-toi. Je suis sûr que nous verrons bientôt arriver la voiture de ce cher Joseph.

— Pourquoi appelles-tu le docteur par son prénom ? répliqua Albane.

— Tu le fais bien, toi, et à chaque fois, j'éprouve un petit picotement de jalousie !

— Menteur, vous êtes de grands amis maintenant.

— On peut être jaloux d'un ami ou d'un frère. Tiens, voilà nos amoureux de retour de leur promenade, murmura Raphaël.

Il désigna d'un mouvement de tête Mireille et Amédée qui venaient d'apparaître entre les écuries et la tour nord. Le châtelain tenait la barre de la poussette, et ils le virent faire un grand sourire au petit Pierre.

— C'est dommage ! Seul papa éprouve des sentiments, dit tout bas Albane.

— Je manque d'expérience dans ce domaine, pourtant j'ai eu l'impression que malgré ses dénégations, Mme Dresner est sensible au charme de ton père. Elle refuse de l'admettre afin de demeurer fidèle au souvenir de son mari.

— Si Louis avait été différent, si nous nous étions vraiment aimés, j'aurais sûrement réagi comme Mireille en respectant mon veuvage. Mais j'ai trop souffert de sa trahison, de son hypocrisie, sans oublier l'attitude de sa famille.

— N'y pense plus, Albane. Moi qui essayais de te divertir, j'aurais dû me taire, tu es toute pâle, constata Raphaël en lui prenant la main pour la réconforter.

Il sentit les doigts de la jeune femme trembler entre les siens.

— Je venais vous annoncer le menu, fit la voix de Maria derrière eux. Mais si je dérange…

Sur ces derniers mots, l'intonation de la domestique était plus attendrie que réprobatrice. Odile Goetz et elle gardaient gentiment le secret sur le baiser passionné dont avait été témoin Félicia.

Toujours sanglée dans un de ses grands tabliers en toile, Maria portait un torchon à liseré rouge sur le bras.

— Faites attention, Monsieur se rapproche, ajouta-t-elle en chuchotant.

— Je m'en moque éperdument, rétorqua Albane. Papa n'a rien à dire, Maria. Alors, ce menu ? Tu as songé au garçon que nous aurons en pension ?

— Mais oui, mademoiselle, j'ai même mis un couvert pour le docteur Géraud. Ce brave homme mange sur le pouce chez lui. Dimanche, après la messe, j'ai croisé sa femme de ménage qui me l'a confié. La pauvre, elle était contrariée, car Lidy va la remplacer. Par les temps qui courent, chacun veut gagner son pain.

— Il vaut mieux, Maria, je t'ai expliqué pourquoi.

— Je sais, mademoiselle, et j'ai compris le souci. Bon, faites comme si je n'avais rien dit.

Pour midi, il y a des radis, une belle salade de laitue, des œufs durs, des pommes de terre au four et des poulets rôtis. J'ai aussi fait cuire un gros pain. Et tout ça ne nous a rien coûté !

— Un vrai festin ! s'étonna Raphaël.

— Pardi, on sera onze à table, il fallait bien ça. On se serrera la ceinture une autre fois. Monsieur voulait un bon repas.

— Tu es une perle, Maria, déclara Albane. Il faudra penser à faire des conserves cet été, puisque nous avons beaucoup de légumes. Mme Goetz et moi, nous t'aiderons. Ah, les voilà, ils ont dû réussir.

L'automobile noire du médecin avait franchi le porche et remontait l'allée. Mireille et le châtelain s'immobilisèrent, car ils avaient continué leur balade en longeant le parc. Le docteur Géraud s'arrêta à leur hauteur et ils eurent tous trois un bref entretien.

— Qu'ils se dépêchent ! s'impatienta Albane. J'ai hâte de faire la connaissance de notre protégé.

— Bah, vous êtes surtout pressée de savoir s'ils n'ont pas eu d'ennuis, mademoiselle ! Vous étiez malade de peur, insinua la domestique.

Au même instant, Odile et ses deux enfants vinrent à leur tour sur la terrasse. Félicia tenait Lucas par le poignet, mais son petit frère tentait de lui échapper.

— M'man, je veux aller dans la cour pour m'amuser avec le nouveau garçon, se plaignit-il.

— Sois sage, il est plus âgé que toi, peut-être qu'il n'aura pas envie de jouer, hasarda sa mère.

— Pauvre pitchoun, ses amis lui manquent, commenta Maria.

— Oui, c'était mieux quand il y avait Ronald et Franz, gémit Lucas en approuvant d'un signe de tête véhément.

Albane écoutait à peine. Elle dévala les marches du perron et se trouva près de la voiture du médecin lorsqu'il coupa le moteur. Lidy descendit aussitôt, ravissante dans sa tenue d'infirmière. Isaac Goldberg la suivit de très près, en jetant des regards curieux sur le château et ces gens qui le dévisageaient. Il ne portait plus de pansements et ses boucles châtains luisaient sous un rayon de soleil perçant entre les nuages.

— Je vous présente Célestin ! s'exclama le docteur Géraud en ouvrant sa portière. Je ne lui ai pas encore attribué de nom de famille.

— Bonjour tout le monde, dit tout bas le prétendu Célestin.

— Bienvenue chez nous, répliqua Albane gentiment. J'espère que tu te plairas ici. Ta chambre est prête. J'ai mis des romans d'aventures sur ta table de nuit.

— Merci, mademoiselle ! C'est vous la maîtresse d'école ?

— Tout à fait, mais pour les filles. Tu pourrais venir en classe, il reste quelques jours avant les grandes vacances. L'instituteur des garçons s'appelle M. Favre, il lui manque des élèves, à cause des travaux des champs.

— Je voudrais bien, mademoiselle, parce que je n'ai plus de camarades depuis Paris, sauf les moutons et le cheval de trait de mon cousin.

Raphaël les avait rejoints. Il déposa un baiser sur le front de sa sœur.

— Bravo, Lidy ! À l'expression du docteur, je devine que tu as fait merveille pour passer la ligne.

— Votre sœur a été d'un sang-froid admirable et elle a eu l'idée d'affubler notre petit passager de bandages, avoua le médecin. J'étais stupide de vouloir le cacher dans mon coffre, les soldats auraient pu le fouiller. Mission accomplie, grâce à ma vaillante assistante.

— Je suis fier de toi, sœurette ! insista Raphaël.

— Arrête, tu vas me faire pleurer, protesta Lidy. Tu ne m'as pas appelée ainsi depuis longtemps.

— Non, pas de larmes ! se récria Albane. Félicia, Lucas, venez là, je vous charge de faire visiter le château à Célestin, ensuite nous déjeunerons.

— Et il y a du poulet rôti ! renchérit Maria de la terrasse.

Le nœud d'angoisse qui avait étreint le cœur d'Albane dès l'aube et jusqu'à présent se desserra enfin. Elle suivit des yeux les trois enfants se dirigeant vers le perron. Mais un cri de joie l'obligea à se retourner. C'était le petit Pierre, tout content de marcher, entre sa grand-mère et Amédée de Séguilières qui le soutenaient chacun par une main.

— Ce chérubin fait ses premiers pas sur nos terres, se vanta le châtelain. Regarde comme il a belle allure !

— J'ai vu, papa. Il est adorable…

Le sourire lumineux de Mireille conforta Raphaël dans son opinion et il sema le doute dans l'esprit apaisé d'Albane.

L'orage éclata à l'heure du dessert. La violence des coups de tonnerre et la pluie drue qui s'abattait sur les toitures et les arbres du parc impressionnèrent les onze convives encore à table dans la salle à manger. Des éclairs d'un blanc éblouissant striaient le ciel sombre, si bien que Lucas se réfugia sur les genoux de sa mère.

— Tu n'as pas honte, à six ans ? lui reprocha Odile. Vois donc le petit Pierre, il mange tranquillement son morceau de pain.

— Cet angelot est d'une nature téméraire, affirma Amédée. Vous êtes d'accord, Mireille ?

Un peu plus, nous devions le lâcher, il voulait avancer seul alors qu'il commençait juste l'apprentissage de la marche.

— Oui, bientôt il gambadera partout, acquiesça-t-elle.

— Seigneur, il y a un courant d'air, s'affola Maria qui revenait des cuisines. Il faut fermer les fenêtres sinon la foudre peut traverser la pièce et toucher quelqu'un.

— Non, laissons ouvert, la fraîcheur est tellement agréable, déclara Lidy.

— Je suis du même avis, nous respirons enfin, admit le docteur Géraud. Si la foudre frappait, ce serait au sommet des tours. Pour ma part, je n'ai jamais vu ce phénomène que certains décrivent, une sorte de boule bleue passant au ras du sol des maisons, en cas de courant d'air précisément.

— Grand-mère déteste les orages, je monte la rassurer, dit Raphaël. Quand je lui ai apporté son plateau, elle se sentait oppressée par la touffeur.

— Prenez sa part de gâteau, si vous y allez, conseilla Maria.

— Bien sûr, et je prends une carafe d'eau, elle n'en avait presque plus.

Un roulement de tonnerre interminable mit les nerfs de tous à rude épreuve, ponctué par une détonation effrayante. Isaac se recroquevilla sur sa chaise, le regard éperdu.

— N'aie pas peur, lui murmura Lidy. Je pense qu'il y avait des orages aussi du côté de Verteillac, et même à Paris.

— Jamais aussi fort, répondit-il. Et quand j'étais à la ferme, je grimpais me cacher dans le foin et je me bouchais les oreilles.

— Les garçons sont des poules mouillées, se moqua Félicia en secouant ses boucles brunes qui frôlaient maintenant ses épaules. Il n'y a aucun danger, n'est-ce pas, mademoiselle ?

— Tant qu'on est à l'intérieur, en effet, Félicia. Mais pendant un orage, il ne faut pas s'abriter sous un arbre ni rester dans l'eau, si l'on se baignait. Je crois vous l'avoir déjà dit en classe.

La fillette approuvait, prête à poser une question, quand tous entendirent une cavalcade dans l'escalier en dépit du chaos des éléments. Raphaël apparut, livide.

— Docteur, vite, j'ai trouvé ma grand-mère inanimée, d'une pâleur mortelle, dit-il d'une voix rauque.

Joseph Géraud se leva précipitamment et quitta la pièce au pas de course.

— Lidy, j'ai besoin de ma sacoche ! s'écria-t-il. Tu peux aller la chercher dans la voiture et me la monter ?

— Oui, docteur, mais grand-mère ne va pas mourir ? balbutia Lidy. Je vous en prie, sauvez-la !

— Va avec eux toi aussi, ma petite chérie, on ne sait jamais ! Je m'occupe de la sacoche, lui dit Albane.

— Oh merci, mademoiselle...

Des grêlons martelaient les pavés de la cour d'honneur lorsque la jeune femme prit la sacoche en cuir du médecin sur le siège passager de l'automobile. Dans sa hâte, elle faillit glisser en faisant demi-tour, mais elle réussit à ne pas tomber.

— Pitié, Seigneur, épargnez madame Clara ! Lidy et Raphaël seraient si malheureux sans leur grand-mère.

Albane grimpa les marches du perron le plus rapidement possible, puis elle s'élança dans l'escalier intérieur. Une fois sur le palier du premier étage, des sanglots lui parvinrent.

— Oh non, non, marmonna-t-elle, reprise d'une angoisse intolérable. Pas aujourd'hui, mon Dieu !

Elle ignorait pourquoi cette prière lui montait aux lèvres. C'était peut-être l'orage aux allures de fin du monde qui décuplait sa nervosité ou bien la volonté de ne pas vivre une tragédie ce jour-là, celui où ils accueillaient un enfant séparé de sa famille.

— Mademoiselle, le pouls de mamie est très faible, annonça Lidy en la voyant entrer dans la chambre. Elle a fait un malaise, toute seule ici.

En larmes, l'adolescente tremblait convulsivement. Albane l'attira dans ses bras, en observant Clara Fischer. La vieille dame avait le teint cireux, les yeux mi-clos.

— Grand-mère, reste avec nous, je t'en supplie, répétait Raphaël.

Il l'avait redressée un peu et la tenait contre lui, tandis que le médecin s'emparait de sa sacoche.

— Je vais lui faire une piqûre, expliqua-t-il. Son cœur pourrait lâcher d'une minute à l'autre.

Un coup de tonnerre moins virulent ponctua ces mots lourds de sens. Albane pria de toute son âme, en étreignant Lidy qui pleurait de plus belle. Personne ne prêta attention à Maria, qui se glissait sans bruit dans la pièce, la mine grave, les doigts serrés autour d'une petite fiole remplie d'un liquide ambré.

« Si la piqûre remet Mme Fischer d'aplomb, je m'en irai, mais dans le cas contraire, je lui donnerai mon remède, se promit-elle. Le docteur devra me faire confiance. »

Mais son plan échoua par la faute de Raphaël qui la vit et s'en irrita. Survolté par l'anxiété, il l'interpella sèchement.

— Que faites-vous là, Maria ? Nous sommes assez nombreux !

— Excusez-moi, je voulais aider, se défenditelle.

— Taisez-vous donc, tous les deux, ordonna Géraud. Ses pulsations remontent, l'injection commence à agir.

Le médecin se souvint alors du don de guérisseuse que les Séguilières, père et fille, attribuaient à leur domestique. Bien qu'adepte des sciences exactes, il avait été souvent confronté à des patients mystérieusement rétablis par un rebouteux.

— Que tenez-vous à la main, Maria ? s'enquit-il d'un ton poli. Vous êtes montée dans un but précis, n'est-ce pas ?

— Oui, docteur, je me disais qu'un de mes remèdes pouvait aider notre pauvre madame Clara à reprendre ses esprits. Je l'ai déjà donné à des gens qu'on croyait mourants.

Déjà désolé de s'être montré agressif, Raphaël retint un soupir d'incrédulité.

— J'ai foi en Maria, déclara soudain Albane. Je sais qu'elle est venue en connaissance de cause.

— De toutes les façons, mademoiselle, ça ne peut pas être pire, décréta celle-ci. Docteur, il vaut mieux mettre toutes les chances de notre côté. C'est une sorte de cordial que je prépare… Faites-lui boire, vous verrez, madame Clara sera requinquée !

— Je ne ferai rien sans l'accord de ses petits-enfants, décréta le médecin.

— Il faut essayer, implora Lidy. Raphaël, accepte, je t'en prie.

— Très bien, je n'ai guère le choix, capitula-t-il.

Soulagée, Maria se signa, son regard brun levé vers le ciel, où le Dieu de bonté qu'elle vénérait n'oserait sûrement pas la décevoir…

6

Les surprises de l'été

Château de Séguilières, jeudi 4 juillet 1940, même jour

Clara Fischer, adossée à ses oreillers, considérait d'un regard triste ses petits-enfants. Le prétendu cordial préconisé par Maria avait aidé la vieille dame à reprendre conscience, ou bien son effet s'était-il conjugué à celui de l'injection faite par le médecin. Pour l'instant, seul le résultat comptait.

— Comment te sens-tu, mamie ? demanda Lidy, assise au bord du lit. J'ai cru que c'était la fin.

— Oui, nous avons eu très peur, affirma Raphaël. Est-ce que tu as eu un malaise à cause de la chaleur ?

— Laissez votre grand-mère retrouver ses esprits, protesta gentiment Géraud.

— Je me sens capable de leur répondre, docteur, déclara celle-ci. J'ai trop tardé, ils ont le droit de savoir la vérité. D'abord je tiens à vous remercier, Maria, une fois encore, grâce à votre remède, je suis revenue à moi.

— Que voulez-vous dire, madame ? s'étonna Albane à mi-voix.

— Eh bien, j'ai déjà eu ce genre de syncope il y a quelque temps, et Dieu soit loué, Maria, qui venait m'apporter à goûter, m'a trouvée inanimée, comme aujourd'hui. Cette brave femme est vite allée chercher sa potion miracle et j'ai repris connaissance. Je me souviens qu'ensuite, elle m'a tenu les mains en me regardant avec une douce compassion.

— Pardi, j'avais tout compris, marmonna la domestique, l'air gêné. Expliquez-leur, docteur.

— Que faut-il nous expliquer ? s'impatienta Raphaël.

— Calme-toi, mon cher enfant, je suis la seule responsable de cette situation. Lorsque nous avons été évacués de chez nous, je vous ai caché, à ta sœur et toi, que j'étais malade. Mon état de santé s'est dégradé ces derniers mois. J'avais demandé au docteur Géraud de n'en parler à personne, surtout pas à vous deux, qui aviez déjà suffisamment souffert.

— Mais qu'est-ce tu as, mamie ? interrogea Lidy. Il fallait nous le dire, on aurait pris davantage soin de toi. Et on peut sans doute te soigner ?

Livide, toute tremblante, Clara Fischer étouffa un sanglot. Bouleversé, Raphaël tomba à genoux tout près du lit pour poser son front sur la main diaphane de sa grand-mère.

— J'ai passé des examens à l'hôpital de Strasbourg, un mois avant la déclaration de guerre. On m'a diagnostiqué une tumeur inopérable, un cancer qui depuis a dû se propager et me rend aussi faible.

— À ma demande, on m'a transmis le dossier de madame et ses radiographies, intervint alors le médecin d'un ton navré.

— Vous auriez dû nous en informer, docteur, ma sœur et moi ! s'indigna Raphaël en relevant la tête, dévasté par cette révélation. Moi qui pensais que nous étions amis. Je me sens trahi !

— J'étais tenu au secret professionnel, une des exigences de mon métier, mais j'ai supplié plusieurs fois Mme Fischer de vous avouer la vérité, se défendit-il.

— Ne blâme pas ce bon M. Géraud, qui s'est montré loyal et plein de compassion, le sermonna sa grand-mère. Je ne voulais pas vous inquiéter ni vous causer du chagrin, mes enfants.

— Et si tu étais morte dans ton sommeil ou pendant une de nos absences ? gémit Lidy. On se serait estimés ingrats de t'avoir abandonnée aussi souvent. Ma petite mamie, je t'aime tant et je t'ai tellement déçue. Pardonne-moi.

— C'est du passé, ma petite, ne pleure pas. Je partirai sans crainte, tout est organisé. Ma demeure d'Obernai, cette belle maison à colombages entourée d'un parc, sera votre héritage. Même si elle a été saccagée pendant l'exode, le terrain vaut cher. Raphaël, veille sur ta sœur autant que tu pourras. En plus, vous ne serez pas seuls, si vous restez ici.

— N'ayez crainte, chère madame, déclara alors Albane, Lidy aura un foyer au château si elle le souhaite.

— Je suppose que Raphaël aussi, insinua la vieille dame avec un léger sourire. Le destin nous mène à sa guise, je n'aurais jamais imaginé m'éteindre en terre périgourdine, si loin de mon Alsace natale… Enfin, je ne m'en plains pas. Maintenant, je boirais volontiers une tasse de thé, je suis assoiffée.

Lidy s'empressa de la servir, tandis que Raphaël demeurait agenouillé près du lit, comme frappé de stupeur. Sa grand-mère lui caressa les cheveux.

— Mon grand garçon bien-aimé, surtout ne renonce pas à tes projets à cause de moi, dit-elle d'un ton net. Tu as été meurtri de ne pas être mobilisé, alors si tu tiens vraiment à rejoindre les forces françaises à Londres, fais-le.

— Je ne sais plus où est mon devoir, mamie, répliqua-t-il dans un souffle.

Le médecin refermait sa sacoche. Il fit trois pas en direction de la porte, le cœur lourd. Son regard croisa celui d'Albane, où il décela une immense tristesse.

— Je suis désolé, lui dit-il. Je l'ai su il y a plus de six mois.

— Et toi, Maria, tu le savais aussi ? questionna la jeune femme.

— Oui, pardi, je l'ai su en prenant les mains et les poignets de madame Clara, alors elle m'a fait promettre le secret. Bon, on n'a plus besoin de moi, je retourne en cuisine. Je suis navrée pour vous deux, ma petite Lidy et vous, monsieur Raphaël.

— Je ne vous en veux pas, Maria, vous deviez tenir votre promesse, concéda l'adolescente.

— Mais votre frère est fâché, je le vois bien… Je vous laisse en famille.

Pris du même souci, le docteur Géraud et Albane suivirent la domestique. Ils descendirent en silence le grand escalier.

— Il reste très peu de temps à Mme Fischer, précisa le médecin quand ils furent dans le hall. Ce serait prodigieux qu'elle soit encore avec vous en automne. Hélas, rien ne peut la sauver. Lorsqu'elle souffrira trop, car cela viendra bientôt, je lui prescrirai de la morphine.

— Si vous le permettez, docteur, je pourrai lui donner de mes potions à boire, hasarda Maria. La pauvre dame sera revigorée pendant une heure ou deux.

— Je n'y vois aucun inconvénient. Au cours de ma carrière, j'ai rencontré des guérisseuses, beaucoup moins discrètes que vous, Maria, cependant elles obtenaient des résultats inouïs.

— Bah, je ne suis pas de taille à lutter contre la faucheuse, mais je ferai de mon mieux pour la repousser encore quelques semaines, bougonna la domestique.

Silencieuse, Albane eut un élan d'affection envers celle qui lui avait servi de seconde mère. Sans un mot, elle la serra dans ses bras, en nichant sa tête au creux de son épaule.

— Merci d'être aussi charitable, Maria, aussi gentille. Sans toi, nous serions tous perdus, comme des orphelins. Tu es notre ange gardien.

— Taisez-vous donc, mademoiselle, sinon je vais rougir ! A-t-on déjà vu un ange gardien en tablier ? Si on buvait le café, à cette heure… L'orage est loin, et on vous offrira une goutte de gnole, docteur.

De retour dans la salle à manger, Albane et Joseph Géraud trouvèrent seulement Mireille, le châtelain et Isaac. Ils étaient toujours attablés, mais les assiettes et les couverts avaient disparu.

— Mme Goetz a débarrassé, aidée par Félicia et Lucas, ensuite ils sont allés se promener pour profiter de la fraîcheur et chercher des escargots. Pierre fait la sieste, le chérubin s'endormait dans sa chaise haute. Nous vous attendions, Mireille et moi, expliqua Amédée. Comment va cette pauvre Mme Fischer ?

— Elle a fait un malaise, père. Mais elle a repris conscience assez vite. Comme elle était très fatiguée, nous l'avons laissée en compagnie de ses petits-enfants.

Albane observa leur nouveau pensionnaire qui semblait bouder, tête basse.

— Tu pouvais te lever de table, Célestin, insinua-t-elle.

— Odile a proposé de l'emmener lui aussi en balade mais il n'a pas voulu, relata Mireille.

— Pourquoi as-tu refusé ? s'enquit Albane en s'asseyant à côté de l'enfant.

— Je n'avais pas envie de sortir, mademoiselle, répondit-il tout bas. Félicia se moquait de moi et son petit frère m'a tiré la langue. J'irai me balader plus tard, avec l'infirmière du docteur.

— Lidy va rester au chevet de sa grand-mère, et même si elle travaille pour moi, ce n'est pas une véritable infirmière, le détrompa le médecin. Je te conseille de te dégourdir un peu les jambes.

— Je vous dérange, c'est ça, vous voulez être entre adultes ? J'ai l'habitude, je m'en vais, rétorqua Isaac.

Il recula son siège brusquement et quitta la salle à manger en courant.

— Ce garçon est doté d'un fort caractère, mais je le trouve attendrissant, commenta Albane. Ses parents lui manquent sûrement beaucoup.

— Lui au moins, il n'est pas livré à lui-même, comme tous ces enfants que l'exode a jetés sur les routes, parfois après avoir vu tuer leur mère ou leur père, décréta Géraud.

— Vous avez les nerfs à vif, docteur, constata le châtelain. C'est la santé de Mme Fischer qui vous préoccupe ?

— En effet, monsieur, cette malheureuse est condamnée et je me sens impuissant face au cancer qui la ronge.

— Quoi ? Clara ne m'a rien dit, pourtant nous sommes très proches désormais, s'affola Mireille.

— Elle tenait à préserver Lidy et Raphaël, expliqua Albane. Ils sont bouleversés. Mais il faut garder espoir, je suis certaine que Maria la maintiendra en vie quelques mois de plus.

— Nous verrons bien, trancha le médecin. Madame Dresner, je voulais vous parler. Je compte faire des photos d'identité en ville pour fournir de faux papiers à Isaac. J'ai songé que vous devriez en avoir également. Nous sommes en zone libre, l'armistice a été signé, néanmoins je demeure méfiant. Tout peut encore basculer d'un coup. Hitler pourrait claquer des doigts et rayer de la carte cette fameuse ligne de démarcation.

— Si vous jugez cela plus prudent, je ferai ce que vous me conseillez, docteur, répondit Mireille.

Amédée esquissa une moue dubitative, mais il ne donna pas son opinion afin de ne pas contrarier le médecin, dont l'humeur noire lui pesait. Malgré la soixantaine qui approchait, le châtelain cédait à la joie d'une idylle naissante.

« Papa est sur un petit nuage, se dit Albane. Tant mieux, il ne s'intéresse plus à Raphaël et moi. »

Une vingtaine de minutes plus tard, le docteur Géraud s'apprêta à partir, après avoir bu deux tasses de café et un dé à coudre d'eau-de-vie. Il n'avait pas pu s'empêcher d'évoquer ses craintes quant à l'avenir.

— Sale journée, maugréa-t-il.

— Mais non, Joseph, Lidy et vous avez réussi à nous amener Célestin, protesta Albane pour l'apaiser.

— Admettons, vous êtes gentille de vouloir me réconforter. Eh bien, je prends congé, mes amis. Je repasserai ce soir pour examiner la blessure de Raphaël et ausculter sa grand-mère.

Le châtelain parut se réveiller d'un doux songe. Il toisa soudainement sa fille, avant de tendre vers elle un index inquisiteur.

— Depuis quand appelles-tu notre docteur par son prénom, Albane ? C'est d'une familiarité !

— Vous avez enfin remarqué, papa, le défia-t-elle. Faisons montre de simplicité, n'est-ce pas, Joseph ?

Le médecin se détendit, charmé par l'expression malicieuse de la jeune femme.

— Je vous accorde que c'est plus agréable ! Le sempiternel terme de « docteur » me lasse souvent. Au fait, nous devons reprendre les leçons de conduite. Disons demain après l'école ?

— Si vous êtes disponible, j'en serais ravie, affirma Albane.

Ils furent interrompus par Lidy et Raphaël qui venaient d'entrer dans la pièce. Ils avaient l'air embarrassé.

— Grand-mère dort tranquillement, annonça l'adolescente. Elle semble aller mieux, mais nous avons une requête à vous présenter, monsieur de Séguilières.

— Je vous écoute, charmante demoiselle, plastronna celui-ci.

— Mon frère et moi, après avoir bien réfléchi, avons pensé que mamie serait plus à l'aise au rez-de-chaussée. Il suffirait de lui aménager un angle du salon en dressant un lit près d'une des fenêtres, à l'abri d'un paravent. Il y en a un devant notre coin toilette. Maria pourrait la soigner plus vite en cas de souci, et elle se sentirait moins isolée qu'à l'étage.

— Je m'engage à assumer les corvées indispensables, à lui porter ses repas, ajouta Raphaël. Grand-mère nous a avoué qu'elle était gênée à l'idée du nombre de fois où Maria devait monter ses plateaux, quand il ne s'agissait pas de Mme Goetz ou de Mme Dresner.

— Ce serait plus pratique pour nous tous, vous avez raison, déclara Mireille. Enfin si vous acceptez, Amédée… Clara est devenue une amie et je serais heureuse de la soutenir.

Pris de court, le châtelain acquiesça d'un signe de tête avec un regard inquiet adressé à Albane.

— Je suis certes le maître des lieux, admit-il en souriant, mais ma fille a son mot à dire sur le sujet.

— Je vous laisse décider, papa.

— Eh bien, faisons ainsi. Votre avis, docteur ?

— Ce serait judicieux, monsieur ! L'état de ma patiente exige une surveillance constante. Si Raphaël n'était pas monté, le pire aurait pu arriver.

— Nous devons nous mettre à l'ouvrage, dans ce cas, dit Albane en se levant. Je voudrais que

Mme Fischer soit installée ce soir dans le salon. Nous ne pouvons pas attendre le retour de M. Goetz, il faut d'abord descendre un des lits de l'étage.

— Oh merci, merci ! s'écria Lidy. Merci d'être d'une telle bonté, monsieur de Séguilières. Je cours avertir Maria…

— Vous avez toute ma gratitude, monsieur, et vous aussi, Albane, ajouta Raphaël.

En pénétrant en trombe dans les cuisines, Lidy découvrit son protégé affublé d'un tablier et en train d'éplucher des pommes de terre. Isaac s'était réfugié là, si bien que Maria, en le trouvant assis sur un des bancs, lui avait donné du travail.

— Qu'est-ce qui se passe, petiote ? s'alarma la domestique, en pleine vaisselle.

— Grand-mère déménage, elle aura son lit dans un angle du salon, et nous pourrons tous nous relayer à son chevet.

— En voilà une bonne nouvelle ! Tu entends ça, Célestin. Je crois que tu seras plus utile en aidant mademoiselle Lidy. Allez, je te libère. Et je vous emboîte le pas, les pitchouns.

Odile Goetz et ses enfants entrèrent au même moment par la porte-fenêtre qui communiquait avec l'arrière-cour.

— Maria, on a ramassé plein d'escargots, se vanta Lucas.

— Et on les a mis dans votre cage grillagée, précisa Félicia. Vous les ferez cuire bientôt ?

— Oh non, pas encore. Madame Odile, venez donc prêter main-forte, je vous raconterai ce qui s'est passé, dit Maria d'un ton solennel.

De nombreuses allées et venues présidèrent à l'installation de Clara Fischer au fond du salon. Albane dirigea sa vaillante troupe avec l'autorité dont elle faisait usage en classe, mais tout en douceur. Lidy, infatigable, se mit en tête de cueillir des fleurs après avoir déplacé une commode et trois imposants fauteuils.

Isaac l'escortait partout, comme si les autres habitants du château n'existaient pas ou étaient invisibles.

— Je suis là, mademoiselle, je vous aide, ne soyez pas trop triste, répétait-il à la moindre occasion.

Elle répondait d'un sourire distrait, ou bien elle ébouriffait les boucles châtains du garçon d'un geste affectueux. Quand il posa sur le lit garni de draps propres une courtepointe en satin rouge, Lidy poussa un soupir de satisfaction.

— Merci, Célestin, tu es vraiment très serviable. Maintenant ma grand-mère va pouvoir descendre.

La vieille dame, mise au courant de l'initiative de ses petits-enfants, témoigna d'une joie incrédule.

— Moi qui m'ennuyais tant dans ma chambre, gémit-elle. Mais je n'aurais jamais osé demander un tel privilège.

— Je vais te porter, mamie, répliqua Raphaël en réprimant une grimace de douleur.

Il s'était dépensé sans compter et son bras gauche le faisait souffrir.

— Nous allons vous porter, madame, rectifia Amédée du seuil de la pièce. Ce sera plus sûr, puisque ce jeune homme a été blessé par un fieffé imbécile qui se doit de faire amende honorable.

— C'est vrai, ça, monsieur Raphaël n'est pas en mesure de soulever une personne, même aussi légère, trancha Maria, montée à la rescousse. Monsieur et moi, nous sommes assez costauds.

— Vous êtes tous très aimables, mais je suis encore capable de marcher, protesta Clara Fischer. Raphaël, s'il te plaît, passe-moi ma canne. Avant de me lever, j'aimerais dire combien je suis contente de vous voir réconciliés, M. de Séguilières et toi. Alors je ferai de même, en considérant ce regrettable coup de fusil pour un accident qu'il vaut mieux oublier. Il faut parfois savoir pratiquer le pardon des offenses…

— Je vous remercie pour votre indulgence, chère madame, déclara le châtelain en s'inclinant respectueusement.

Clara Fischer acquiesça d'un gracieux signe de tête. Peu après, en peignoir de satin rouge, elle atteignait la dernière marche du grand escalier, soutenue par Maria et Amédée.

Albane, Odile Goetz, Lidy et les trois enfants l'accueillirent avec des sourires émus. Le rempart de froideur dont la vieille dame s'entourait si souvent s'effondra. Elle reçut sa petite-fille contre sa poitrine et l'embrassa en pleurant.

— Ton frère et toi, vous êtes mon unique trésor depuis votre naissance. Surtout, ne renoncez à rien par ma faute. Toi, ma chérie, continue à seconder le docteur Géraud, dans toutes ses entreprises fort louables, et toi, Raphaël, n'hésite pas à suivre ta voie, ici ou ailleurs. Je suis très fière de vous deux…

Ces paroles mirent du baume sur le cœur de Lidy et renforcèrent chez le jeune homme la volonté farouche de se battre pour la liberté de son pays.

— Il est temps de servir le thé, annonça alors Maria. Avec tout ce chambardement, on se contentera de biscuits, car je n'ai pas eu le temps de « pâtisser ».

Lorsque Joseph Géraud revint au château, il n'était pas seul. Il avait ramené Étienne Goetz, l'ayant vu marcher au bord de la route. L'ancien brasseur travaillait toujours sur le chantier de rénovation de l'abbaye de Brantôme. Averti par le médecin, il s'empressa d'aller saluer Clara Fischer qui trônait dans son nouveau lit, près d'une fenêtre ouverte sur la campagne.

— Je suis comme une reine, monsieur Goetz, lui confia-t-elle. Une reine condamnée, mais encore vivante, grâce à Dieu, pour savourer l'air délicieux du soir, et le parfum des roses…

Brantôme, vendredi 12 juillet 1940

Albane était arrivée à 7 heures du matin à l'école, afin de préparer la distribution des prix et l'angle du préau où elle avait prévu de donner son modeste spectacle, en guise de prélude aux grandes vacances.

Durant toute la semaine, ses élèves avaient confectionné des fleurs en papier crépon coloré. Le cantonnier et M. Favre, l'instituteur des garçons, avaient déplacé une ancienne estrade pour servir de scène.

— J'ai tous les livres, les images, se dit-elle en vérifiant une pile de romans pour les enfants posée sur son bureau.

Elle avait laissé la porte grande ouverte, ainsi que les fenêtres, afin de rafraîchir la salle de classe où la forte chaleur de la veille s'était accumulée.

— Pourvu qu'il n'y ait pas un orage cet après-midi !

La jeune femme parlait toute seule et très bas, si bien qu'elle entendit sans peine la sonnerie métallique du téléphone.

— Et zut ! Qui peut appeler de si bonne heure ? Peut-être le maire, il m'aura vue entrer.

Vêtue d'une robe en soie fleurie, ses cheveux bruns ondulant sur les épaules, Albane avait pris le risque d'être encore critiquée. Fébrile, elle courut décrocher l'appareil.

— Allô ? dit-elle d'une voix tendue.

— Ah, j'étais sûre que tu serais là aux aurores, répliqua Coralie. Comme tu m'expliquais tout ce qui devait se passer ce vendredi 12 juillet dans ta lettre que j'ai reçue hier, j'ai tenté ma chance. Je voulais t'encourager, car tu dois être inquiète. Ne crains rien, tes élèves seront à la hauteur avec une institutrice de ta trempe !

L'attention de son amie bouleversa Albane, qui avait une autre raison de s'angoisser.

— Tu es vraiment adorable, Coralie ! Ton soutien m'est très précieux. Dis donc, tu es matinale… J'espère que tes parents vont bien.

— Oui, maman est sortie du centre de convalescence et nous la dorlotons, papa et moi. En fait, j'appelais aussi pour te donner une nouvelle importante. J'ai revu Elvire Léger dans un salon de thé avec son fiancé. Ils se marient samedi prochain, le 20. Une rumeur circule à propos de cette demoiselle : elle serait enceinte et la famille a précipité la noce. J'ai pensé que cela te ferait plaisir !

Le ton digne d'une conspiratrice de Coralie amusa beaucoup Albane qui eut un léger rire en grelots.

— En effet, je suis rassurée, avoua-t-elle. J'avais peur de voir la fameuse Elvire débouler au château. En plus, Raphaël ne parle plus de partir pour Londres. Ma lettre date de plusieurs jours, il y a eu des changements. Déjà nous avons un petit pensionnaire, surnommé Célestin, que le docteur nous a amené…

— Je crois comprendre pourquoi, murmura Coralie, fine mouche.

— Et Mme Fischer, la grand-mère de Raphaël, est très malade. Il doit rester à cause de ça. Lidy, sa sœur, que tu n'as pas rencontrée, aide beaucoup notre médecin. Elle parle allemand à la perfection et c'est utile quand il doit rendre visite à un patient en zone occupée. Ils ont des urgences, parfois très tard le soir, ce sera le cas cette nuit. Tu me comprends là aussi ?

— Tout à fait, Albane. Enfin, tu as un souci de moins, la jolie Elvire aura la bague au doigt très bientôt et elle ne pourra que rêver de son premier fiancé, ce beau ténébreux que tu aimes.

— Si tu savais à quel point, Coralie ! Nous vivons une passion défendue en attendant de pouvoir nous aimer au grand jour.

— Sois prudente, la passion est un sentiment dangereux, murmura son amie.

— Je voulais dire un amour que je n'imaginais pas possible, comme un feu dévorant. Je pourrais mourir pour cet homme sans aucun regret. Toute la journée, je pense au moment où je le rejoindrai, où il m'enlacera en me couvrant de baisers. Je me sens belle dans ses bras.

— Tu es ravissante même loin de lui, Albane. Vraiment tu es certaine que personne au château ne soupçonne la nature exacte de votre relation ?

— Maintenant tout le monde sait que nous nous aimons, mais en étant chastes, affirma Albane.

Ce fut au tour de Coralie de rire en sourdine, amusée.

— Même Maria ou cette dame, Mireille, à qui tu as avoué ton amour ? À mon avis, on fait semblant de vous croire. Peu importe, tant que ton père a déposé les armes.

— Ah oui, c'est vrai que je t'ai raconté son exploit dans ma lettre, car je ne t'en avais pas informée lors de notre dernière communication. Coralie, je dois te laisser, mon collègue arrive. Il apporte son accordéon pour accompagner mes chanteuses.

— Mais les vacances commencent demain, je ne pourrai plus te téléphoner !

— J'irai chez le docteur Géraud et je t'appellerai, c'est promis, chuchota Albane.

Elle raccrocha pour aller à la rencontre de Jacques Favre. Très heureux d'avoir repris le métier qu'il avait exercé des décennies, le retraité lui adressa un sourire amical.

— Bonjour, madame Molinier ! s'écria-t-il. J'ai une question, ou plutôt deux.

— Je vous écoute, monsieur Favre !

— Voilà, avez-vous les partitions des chansons que vos élèves vont interpréter ?

— Oui, bien sûr. Et la seconde ?

— Est-ce que M. Wendling reprendra son poste à la rentrée des classes ? Le maire m'a rendu visite hier, il souhaite que je continue à enseigner en octobre.

— Vous pourrez l'interroger sur ce point cet après-midi, M. Wendling vient assister à la distribution des prix et à notre petit spectacle. Je n'ai toujours pas le droit de savoir ce que vos garçons ont préparé ?

— Le nouveau, Célestin Bois, ne vous a rien dit ?

— Absolument pas, même s'il en avait très envie.

— D'où vient-il déjà ? J'ai cru identifier un accent parisien, pourtant il prétend être le petit-neveu de votre domestique.

— C'est le cas, Maria a une sœur aînée qui vit à Montmartre. Si j'allais vous chercher les partitions, monsieur Favre ?

La curiosité évidente de celui-ci à propos de Célestin déplaisait à la jeune femme. Avec le docteur Géraud et Maria, ils avaient établi cette fausse filiation, ayant eu soin d'en avertir Germaine, ladite sœur, qui existait bel et bien.

« Je dois me méfier de M. Favre, après tout je ne sais rien de lui, sauf qu'il est un grand ami du secrétaire de mairie, songea Albane. Et Maurice Labrousse expose sans gêne ses opinions politiques. Il tient des discours où percent son mépris pour les Juifs et son goût pour l'ordre et la discipline… »

Albane étudia discrètement la physionomie de son collègue pendant qu'il consultait les partitions, ses lunettes sur le nez.

— Vous avez choisi de jolies chansonnettes, mais il n'y a rien de très patriotique, nota-t-il.

— Détrompez-vous, *Auprès de ma blonde*, notamment, était joué jadis par les harmonies militaires lors des défilés et fait référence à un soldat prisonnier, loin de la femme aimée.

— Mes écoliers entonneront *La Marseillaise*, révéla Favre. Ce beau chant devenu notre hymne national sous la Troisième République en 1879, au cours d'une séance de l'Assemblée nationale présidée par Gambetta.

— J'espère que les parents apprécieront, hasarda-t-elle. Oh, voici Lidy et mes pensionnaires.

Elle lui désigna d'un signe de tête la blonde adolescente, en toilette bleu ciel, qui traversait la cour, accompagnant Félicia et Célestin. D'autres fillettes approchaient du portail, des rubans à leurs cheveux bien coiffés et la plupart dans leur robe du dimanche.

— Quand toutes mes élèves seront arrivées, nous décorerons le préau, indiqua Albane. Vos garçons peuvent aider, si cela les tente.

— J'aviserai en temps voulu, madame Molinier. Enfin, c'est jour de fête, je peux vous dire « mademoiselle » à l'instar de ces charmantes enfants qui ont tant d'affection pour vous.

Ces quelques mots la touchèrent et elle remercia Jacques Favre, avec un doux sourire. Ses doutes s'envolaient déjà au sujet du retraité qui regagnait sa classe d'un pas alerte sans avoir oublié son accordéon et les partitions.

— Votre père ne viendra pas, déclara Lidy à Albane en la rejoignant. Il avait pensé atteler Ulysse pour emmener Mireille et Pierre en calèche, mais il paraît que votre cheval boitait. Vous n'êtes pas trop déçue ?

— Je suis soulagée, ma petite chérie, souffla-t-elle à l'oreille de la jeune fille. La présence de mon père m'aurait rendue nerveuse et il se serait sûrement fait remarquer d'une manière ou d'une autre. La dernière fois qu'il a mis les pieds en ville, c'était pour mon mariage avec Louis.

— Alors M. de Séguilières reviendra dans un an ou deux, quand vous épouserez mon frère…

— Que tu es taquine ! Chut, voici Christine Labrousse, notre apprentie soprano. Elle est finalement revenue en classe quand sa mère a su que le spectacle était maintenu. Et je dois admettre qu'elle a une belle voix et l'oreille musicale. Ne vous battez pas, cette fois.

Albane tendit à Lidy la grande boîte en carton dans laquelle étaient rangées les guirlandes de fleurs en papier crépon.

— Au travail, dit-elle en riant.

La cour de l'école était envahie par les familles venues assister à la distribution des prix et au spectacle annoncé. Comme il y avait un grand soleil, une profusion de chapeaux de paille pour les dames et de canotiers pour les messieurs faisait concurrence aux ombrelles des grands-mères venues applaudir la réussite scolaire de leurs petits-enfants.

Le docteur Géraud venait d'arriver en compagnie de Raphaël qu'il était passé prendre au château. Le jeune homme attira tout de suite l'attention dans son costume trois-pièces en lin beige sur une chemise en soie blanche. Jacques

Favre l'accapara aussitôt, afin de discuter de leur avenir respectif.

Albane en profita pour attirer le médecin un peu à l'écart de la foule.

— Rien n'a changé, Joseph, venez ce soir au château à la tombée de la nuit. Le cousin de Maria, Mathurin, vous attendra près du porche. Faites-le vite monter dans votre voiture, ensuite il vous guidera.

— J'espère qu'il connaît aussi bien la région qu'il le prétend.

— Mais oui, il est chasseur et il arpente le pays depuis des années. Qui faites-vous passer cette fois ?

— Trois personnes, une famille de Juifs polonais, mais le père parle bien français.

— Avez-vous absolument besoin de Lidy ? Je serais rassurée si vous ne l'emmeniez pas.

— Elle tient à venir, et si nous croisons une patrouille allemande à l'aller, elle nous sera utile. Ne vous inquiétez pas, Albane, tout se passera bien.

— Mon Dieu, combien de fois devrez-vous faire passer en zone libre des pauvres gens qui ont tout perdu... ? Je vous admire d'avoir ce courage, car c'est dangereux.

— C'est un combat que je mènerai jusqu'au bout, au nom de la liberté. Comme vous le savez, les Juifs étrangers sont les plus menacés. Cette famille pourrait se retrouver enfermée au château du Sablou, parmi des criminels du genre de Maubert Guérin, qui croupit là-bas.

Lidy se glissa entre eux au même instant. Elle leur désigna d'un regard explicite le curé qui approchait.

— Vous attirez l'attention, ce n'est pas prudent de discuter ici, leur chuchota-t-elle.

— Tu as raison, admit Albane en s'écartant vivement pour accueillir le religieux.

Elle ignorait que Lidy avait saisi au vol le nom de l'homme qui l'avait violée.

« Un jour je le tuerai, pensa la jeune fille, son teint laiteux soudain empourpré. C'est pour ça que je veux me battre et rester aux côtés du docteur. Il m'a confié qu'un réseau de résistance se formait en Dordogne. J'en ferai partie et un jour, oui un jour, j'aurai ce monstre en face de moi. Il paiera ce qu'il m'a fait, je le tuerai. »

Pendant ce temps Jacques Favre montait sur l'estrade avec son accordéon. Albane y prit place à son tour, tandis qu'une brise tiède agitait les guirlandes de fleurs en papier crépon.

— La distribution des prix va commencer, annonça-t-elle de sa voix bien timbrée. Rapprochez-vous tous, venez sous le préau où il y a un peu d'ombre et de fraîcheur.

— Monsieur Wendling, vous avez été le maître de nos garçons durant des mois ! s'écria le vieil instituteur. Rejoignez-moi, afin de remettre leurs prix à nos élèves.

Raphaël se plia de bonne grâce au rituel. Les écoliers, du plus petit au plus grand, tressaillaient d'impatience. Après les tableaux d'excellence et d'honneur, récompensés d'un livre, chacun reçut une image et un sachet de boules de gomme. Il y eut des applaudissements et des éclats de rire, ensuite Jacques Favre fit aligner ses élèves sur deux rangs.

— Maintenant ma classe va interpréter notre hymne national, et je les accompagnerai avec mon fidèle accordéon !

Les premiers accords de *La Marseillaise* résonnaient dans la cour lorsque le maire arriva, escorté par son épouse, coiffée d'une large capeline jaune pâle. Tous les hommes présents se redressèrent, certains en bombant le torse, presque au garde-à-vous.

« Est-ce qu'ils saluent la chanson ou monsieur le maire ? » se demanda Albane en son for intérieur.

Le célèbre chant écrit par Rouget de Lisle s'acheva sous de nouveaux applaudissements.

— Les enfants de la patrie, ils sont là ! clama Favre d'un ton véhément. J'espère qu'ils deviendront de vaillants soldats et pour les pousser dans cette voie, je leur ai appris une autre composition, moins connue, de Paul Déroulède, sur une musique de Émile André, intitulée *Le Clairon*.

L'air est pur, la route est large,
Le Clairon sonne la charge,
Les zouaves vont chantant,
Et là-haut sur la colline,
Dans la forêt qui domine,
Les Prussiens,
On les guette, on les attend.

Raphaël se rapprocha d'Albane avec un sourire ironique. Il lui souffla à l'oreille son opinion.

— Une drôle de chanson ! Personnellement je n'ai pas envie d'encourager ces gamins à la guerre.

— M. Favre t'a parlé tout à l'heure. Il a dû te dire qu'il peut garder son poste à la prochaine rentrée, murmura-t-elle en guise de réponse.

— Je lui ai précisé que je ne serai plus là. Il était enchanté et n'essayait même pas de s'en cacher. Ne sois pas triste, Albane, tu sais bien que je veux partir

— Oui, mais cette idée me serre le cœur.

Ils discutaient tout bas, mais pas assez. Mme Labrousse, qui avait hâte d'entendre sa fille chanter, n'était pas loin. Elle se rengorgea en se tournant vers son mari. Le secrétaire de mairie transpirait à grosses gouttes, si bien qu'il se tamponnait le front à l'aide de son mouchoir.

— Maurice, cette fois il n'y a plus aucun doute, ces deux-là entretiennent une liaison coupable, marmonna-t-elle.

— Qu'ils en profitent. Dès que j'aurai une preuve, la veuve joyeuse perdra sa place à l'école, rétorqua-t-il.

Mais Joseph Géraud avait surpris leur aparté, ayant l'ouïe fine. Très digne, la mine joviale, il posa une main amicale sur l'épaule de Maurice Labrousse.

— Bonjour, monsieur, il paraît que votre fille Christine chante à merveille, j'ai hâte de l'écouter, déclara-t-il. Cela étant dit, comme vous le savez, j'apprécie beaucoup les gens du château, qui sont de très bons amis, or j'ai noté que vous avez fait preuve d'indiscrétion alors que Mlle de Séguilières, une enseignante qualifiée, s'entretenait avec M. Wendling. Ils ont de quoi être affligés, puisque la grand-mère de cet honnête jeune homme est condamnée, atteinte d'un cancer inopérable.

— Quelle tristesse, je comprends, bien sûr ! Vous vous êtes mépris, docteur, se défendit Labrousse. Je ne disais rien de mal, il est évident que les Séguilières sont des personnalités remarquables. Au sujet de notre institutrice, je plaisantais…

— Vraiment ? Il y a des plaisanteries de fort mauvais goût qui me hérissent, dans ce cas, trancha Joseph Géraud en reculant.

Il avait aperçu Albane seule au bord de l'estrade. C'était au tour des filles de recevoir leurs prix et le tableau d'excellence fut attribué à Sarah Feldman. Elle reçut une très belle édition de *Paul et Virginie* reliée en cuir et dorée à l'or fin. Amédée de Séguilières l'avait donnée de bon gré, soucieux d'honorer la meilleure élève de sa fille, qui avait déjà soustrait d'autres ouvrages à la bibliothèque du château. La qualité de ces livres impressionna grandement les parents, pleins de gratitude envers la jeune femme. Beaucoup en oublièrent même les rumeurs sur son compte.

Il y eut encore de chaleureux applaudissements, avant et après le récital offert par les écolières. Elles interprétèrent des chansons du répertoire populaire, en terminant par *Auprès de ma blonde*.

Malgré leur ressentiment respectif à l'égard de Christine Labrousse, Lidy et Sarah ne purent qu'admirer son solo. Dotée d'une voix puissante et limpide à la fois, leur exécrable camarade remporta un vif succès. Dans sa robe rose à volants, ses cheveux frisés au fer le matin même, elle salua le public avec aisance, sous le regard extasié de ses parents.

— Je te félicite pour le choix des chansons, fit une voix mélodieuse tout près d'Albane.

Elle tourna vite la tête, ayant reconnu le timbre familier de son ancienne institutrice, Mlle Renée

Gauthier, une jolie dame d'une cinquantaine d'années, aux yeux bleu-vert et très clairs, vêtue d'un élégant tailleur gris et d'un chemisier blanc.

— Mademoiselle Renée, comme c'est gentil de vous être déplacée, dit-elle sans cacher son émotion. Je suis si heureuse de vous revoir.

— Tu fais un excellent travail, mais je m'attendais à entendre *La Brune et la Blonde*, que tu appréciais fillette.

— En effet, je n'y ai pas pensé. Oh, mademoiselle Renée, si vous montiez sur l'estrade pour nous la chanter ?

— Devant tous ces gens ? Tu as oublié combien je suis timide, ma petite Albane.

— Je vous en prie, beaucoup de parents seront contents de vous revoir et de vous écouter, et cela m'aiderait à faire remonter ma cote de popularité qui est un peu en baisse.

— Même si je prête peu attention aux ragots qui circulent en ville, des rumeurs me sont effectivement parvenues. Très bien, j'accepte afin de te soutenir.

— Je vous remercie de tout mon cœur, vous êtes restée la même, pleine de bonté et de modestie.

Peu après, Mlle Gauthier prenait place sur l'estrade, entre Albane et Jacques Favre. Des murmures de joie et de surprise s'élevèrent de la foule qui s'était rassemblée.

— En souvenir du temps béni où j'étais la maîtresse d'école de Brantôme, je dédie cette chanson à Albane de Séguilières, une très bonne élève qui a toujours suivi le droit chemin…

Aussitôt, son doux visage et son regard clair levés vers le ciel d'été, Mlle Gauthier entonna la chanson qui avait bercé l'enfance de ses anciens élèves. Sa voix limpide résonna dans un silence respectueux.

La brune et la blonde, que j'aime aller voir
Au clair de la lune, au milieu des bois
Ce qu'elles ont pour plaire
C'est leurs longs cheveux, traînant jusqu'à terre
Et leurs jolis yeux.

Cette fois, les applaudissements furent enthousiastes et on acclama les deux institutrices, car beaucoup attribuèrent la touchante prestation de Mlle Gauthier à une initiative d'Albane.

— Je vous remercie encore, lui dit la jeune femme. Dès que je pourrai, je vous rendrai visite.

— Ce sera un plaisir, ma chère enfant.

Elles se séparèrent avec un sourire ému. Raphaël, témoin de la scène, s'approcha d'Albane dès qu'il la vit seule.

— Tout s'est bien passé, murmura-t-il. Tu as eu une bonne idée de convier cette dame à chanter.

— J'ai tant d'admiration pour Mlle Gauthier, si j'ai voulu devenir enseignante, c'est grâce à elle, qui était une maîtresse affectueuse, tout en étant sévère si nécessaire. Enfin, je suis soulagée, tu as raison, tout s'est bien passé. Demain, je serai enfin en vacances. Ah, tu es là, Lidy…

— Oui, je voulais vous dire que Célestin n'a rien eu, ni image ni boule de gomme, leur reprocha-t-elle. Ce n'est pas gentil de la part de son maître. Même s'il n'est resté qu'une semaine à l'école, il aurait pu recevoir un livre.

— J'avoue que je n'y ai pas songé, répondit Raphaël.

— Ne t'en fais pas pour lui, Lidy, je lui ai proposé de choisir un roman de son âge dans la bibliothèque du château, mais Célestin m'a dit qu'il ne prisait pas la lecture. J'ai constaté qu'il préfère s'occuper dehors, ou bien dépenser son énergie, comme quand il bat la crème de lait pour faire du beurre, ce qui réjouit Maria.

— C'est sans doute le propre des garçons, hasarda Raphaël. Ils apprécient l'action et veulent se rendre utiles, ce qui n'est plus mon cas. Je dois me ménager à cause de ma blessure, pourtant l'os est ressoudé. Si le docteur m'y autorisait, j'aurais volontiers participé à votre expédition nocturne, Lidy.

Affolée, Albane regarda autour d'eux mais personne ne leur prêtait attention. Elle vit ainsi le portail de l'école s'ouvrir sur une jeune femme d'une allure singulière, qu'elle n'avait jamais croisée en ville, accompagnée d'un garçon qui devait avoir dix-sept ans au plus. L'inconnue portait un pantalon en toile bleue et une grande chemise d'homme, grise à rayures noires. Un bandeau blanc retenait en arrière ses cheveux raides, coupés aux épaules et d'un blond foncé. Dès que Raphaël l'aperçut, il agita la main et marcha dans sa direction.

— Hé, te voilà, Camille ! s'écria-t-il. Je désespérais de te revoir un jour.

— Salut, Raphaël, quelle galère pour te trouver ! J'ai cherché en vain le château de Séguilières, alors j'ai fini par venir me renseigner ici, dans cette petite ville de Brantôme dont tu me vantais les charmes. L'abbaye est superbe, je te l'accorde.

Témoin de la scène, Albane interrogea du regard le docteur Géraud. Il vint à grands pas à ses côtés.

— Qui est-ce, Joseph ? demanda-t-elle tout bas.

— Une jeune femme et son frère, dit-il d'un ton évasif.

— Ne vous moquez pas de moi, ça, je le vois bien ! Vous semblez les connaître, n'est-ce pas ?

— Oui, en effet, excusez-moi, Albane. En fait, nous les avons rencontrés sur la route, pendant l'exode. Camille faisait son internat de médecine à Tours, mais son frère et elle avaient dû fuir la ville à la suite de bombardements. Armand, son frère, était blessé, et je l'ai soigné. Nous avons passé quelques jours dans la maison abandonnée où ils s'étaient réfugiés près de Limoges. Je suis vraiment heureux de la revoir.

— Raphaël aussi semble heureux, commenta Albane.

— En effet, ils ont partagé des heures difficiles. Raphaël leur avait dit qu'en cas de problème, ils pourraient venir séjourner au château.

— Mais il ne m'a pas parlé d'eux, même pas une allusion ! Pourquoi ? Je ne comprends pas, c'était la moindre des choses de me prévenir.

— Il n'y aura pas pensé, voilà tout ! Venez, Albane, que je vous présente Camille, c'est une jeune femme formidable…

7

Le ferment de la jalousie

Brantôme, école primaire, vendredi 12 juillet 1940, même jour, même heure

Albane luttait sans le montrer contre la colère qui l'avait envahie en écoutant le docteur Géraud parler de Camille et de son frère Armand. Elle était surtout outrée par la désinvolture dont avait fait preuve Raphaël.

« Comment a-t-il pu inviter ces gens à venir au château sans nous concerter mon père et moi ? se demandait-elle. Peut-être qu'il n'y a plus pensé, mais quand même ce n'est guère correct de sa part. »

Sa contrariété lui fit considérer la jeune femme à qui elle serrait la main d'un œil critique. Sa tenue débraillée, sa moue moqueuse, la force de caractère que trahissait un visage un peu dur, tout lui déplaisait. Enthousiaste, Raphaël la présenta avec un sourire radieux.

— Albane de Séguilières, l'institutrice de cette école et notre hôtesse depuis bientôt un an et bientôt la vôtre, les amis, dit-il d'une voix nette.

— Alors c'est vous, la jolie aristocrate, déclara la dénommée Camille avec une mimique amusée. Je suis heureuse de faire votre connaissance. J'ai beaucoup entendu parler de vous.

— Moi, pas du tout, et j'en suis désolée, rétorqua Albane.

— Le portrait que Raphaël m'a fait de vous est on ne peut plus exact, vous êtes la féminité incarnée ! Et quelle élégance, par les temps qui courent…

— Je voulais faire honneur à mes élèves et à leurs parents. C'était la distribution des prix, suivie d'un petit spectacle.

— Dommage, on a raté ça, Armand, soupira Camille. On ne va pas vous déranger plus longtemps. Je rêve de m'asperger d'eau fraîche. Raphaël, ma voiture est garée près du pont. Tu peux nous guider jusqu'au château ?

Soudain embarrassé, le jeune homme hésita à répondre. Albane en profita pour donner son avis.

— Je suis navrée, madame, mais vous ne pouvez pas arriver chez mon père à l'improviste. Il faudrait d'abord lui expliquer la situation. Venez à l'intérieur de l'école, il y a un logement à l'étage, équipé d'un cabinet de toilette. Nous irons tous ensemble au château. Pour le moment, je dois prendre congé de mes élèves et de leur famille.

Sensible aux moindres intonations d'Albane, Joseph Géraud perçut son agacement, à peine dissimulé par sa bonne éducation.

— Je suis un peu pris de court, mais je pourrais vous héberger, votre frère et vous, ma chère Camille, insinua-t-il alors d'une voix chaleureuse. Je vis seul dans une grande maison bourgeoise et j'aurais bien besoin d'un peu de compagnie. De surcroît, j'ai le téléphone, si jamais vous en aviez besoin.

— C'est inutile de vous déranger, docteur, Camille préfère la campagne et je me souviens qu'elle apprécie d'avoir de l'espace, protesta Raphaël.

— C'est vrai, je ne me plairais pas en ville, mon frère non plus. Enfin, nous aviserons plus tard, car j'ai hâte de découvrir ce fameux château et l'extravagant Amédée de Séguilières, décréta Camille.

Tout de suite soulagée par l'offre providentielle du médecin, Albane n'en fut que plus déçue. Elle s'éloigna sans un mot pour aller discuter avec l'épouse du maire, qu'entouraient Mme Labrousse et sa fille Christine.

— C'était charmant, ce récital, madame Molinier, la félicita Suzanne Lafaye, le teint coloré dans l'ombre légère de sa capeline jaune. Je disais à l'instant que cette enfant devrait prendre des cours de chant. Elle pourrait en faire son métier.

— J'aimerais bien, admit Christine d'un air flatté. Mais il n'y a pas de professeur ici, à Brantôme.

— Sait-on jamais, j'en parlerai à mon mari. En tant que maire, il connaît chacun de ses administrés. Bien, à présent je vais rentrer au frais, la chaleur devient insupportable. Au revoir, madame Molinier, reposez-vous pendant vos congés.

— Je vous remercie, répondit distraitement Albane.

Elle suivait des yeux Camille, son frère et Raphaël, qui se dirigeaient vers la porte donnant accès à l'intérieur de l'école. Après s'être inclinée poliment, elle rejoignit ses élèves, toutes regroupées près de Lidy et de Sarah. À leur agitation et aux murmures qu'elles échangeaient, une évidence s'imposa à la jeune institutrice. C'était le moment du cadeau, orchestré par la sympathique Odile Goetz.

— Pour vous, chère mademoiselle ! s'exclama Félicia, la moins intimidée, sa mère étant près d'elle.

La fillette lui tendit un paquet soigneusement emballé de papier vert et enrubanné. Albane l'ouvrit et put admirer une ravissante tasse à thé et sa soucoupe, en porcelaine blanche, à liseré doré.

— Comme c'est gentil, merci mes enfants ! Je m'en servirai tous les matins en pensant à vous, dit-elle en souriant.

— Et vous avez aussi un bouquet de roses, ajouta Caroline, la benjamine de la classe.

La petite cachait les fleurs dans son dos, mais elle les montra vite, un sourire de fierté sur son minois aux joues rondes.

— Vous êtes la meilleure maîtresse que j'ai eue, mademoiselle, dit alors Sarah de sa voix douce. Hélas, nous quittons Brantôme la semaine prochaine, je ne vous reverrai jamais.

— Oh, je suis navrée ! Tes parents ont décidé de partir ?

— Oui, ils attendaient un courrier de mon oncle, qui gère une blanchisserie à New York. Il pourra nous loger.

— Tu me manqueras, Sarah, avoua Albane. Il faudra m'écrire des États-Unis.

Son bouquet de roses à la main, elle embrassa l'adolescente sur la joue. Lidy secoua la tête, révoltée par le sort de ces familles juives obligées de s'exiler afin d'échapper aux nazis.

— Vous fuyez, comme les Cohen, dit-elle d'un ton amer. C'est injuste, mademoiselle, vous êtes d'accord ?

— Bien sûr, Lidy, mais de l'autre côté de l'océan, au moins Sarah et les siens seront en sécurité.

La cour s'était vidée de la foule animée qui l'avait envahie deux heures auparavant. Albane se résigna à rentrer dans l'école. Il n'y avait personne dans le grand couloir ni dans sa salle de classe, cependant des bruits de vaisselle et des rires lui parvinrent en provenance de l'appartement.

— Camille et son frère pourraient s'installer là-haut, se dit-elle. Après tout, la fenêtre de la chambre a vue sur les champs et la rivière.

Courageusement, elle décida de monter à son tour, afin de suggérer cette solution à Raphaël. En bas de l'escalier, elle songea soudain au docteur Géraud.

— Je suis sûre que Joseph les a invités chez lui parce qu'il a deviné que j'étais furieuse, chuchota-t-elle.

Par crainte de paraître froide et dédaigneuse, Albane fit un effort pour arborer une expression aimable. Elle s'arrêta sur une marche, ayant tout à coup compris la véritable cause de sa colère. Ses pensées se bousculèrent.

« J'ai été jalouse immédiatement, oui, mon cœur s'est serré dès que Raphaël s'est précipité vers Camille. Je la prenais pour une inconnue de passage en ville, mais s'il a de l'amitié envers elle, il pourrait me reprocher mon attitude. »

En atteignant le palier, elle était résolue à faire preuve de sa gentillesse habituelle. D'un geste prudent, elle poussa la porte entrebâillée.

— Excusez-moi, je devais dire au revoir à beaucoup de gens, plaida-t-elle d'un ton amical. Camille, j'espère que vous avez pu vous rafraîchir.

— Je me suis presque douchée dans le lavabo, d'où ma chemise trempée, précisa celle-ci, une cigarette au coin de la bouche. Raphaël nous fait du café.

Elle dédia un clin d'œil au jeune homme occupé à allumer le réchaud à alcool.

— Nous en laissons toujours un peu ici, c'est pratique quand il y a des visiteurs, expliqua Albane. Où est votre frère ?

— Armand s'est allongé sur le matelas de la chambre, il n'en pouvait plus. Sans le docteur Géraud, il serait peut-être mort.

— Que lui est-il arrivé ?

— C'était le chaos pendant l'exode. Armand avait grimpé sur une charrette pour aider une vieille femme. Je ne sais pas comment il s'est débrouillé, mais en redescendant, il s'est ouvert le ventre sur la ridelle en bois qui avait été ébréchée par les tirs des Stukas allemands. Je n'oublierai jamais les sirènes de ces maudits bombardiers qui tuaient même les civils. Des gosses de deux ou trois ans ont agonisé dans mes bras. Je voudrais effacer ces images de ma mémoire, mais je ne peux pas, elles m'obsèdent.

— Je comprends, ce devait être épouvantable, concéda Albane, impressionnée par la véhémence de Camille.

— Vous ne pouvez pas comprendre, vous étiez à l'abri dans votre château. Raphaël sait, lui…

Il fallut une immense maîtrise de soi à Albane pour ne pas se révolter contrer ces propos qui l'exaspéraient.

— Ne lui reproche rien, Camille, j'ai évité de lui confier les horreurs que nous avons vues. Je les ai évoquées sans entrer dans les détails, indiqua le jeune homme. Je trouvais inutile d'infliger ce genre de mauvais souvenirs à quiconque.

— Désolée, mademoiselle, je ne voulais pas vous vexer, mais vous semblez tellement sereine et détachée de l'actualité, fit remarquer Camille.

Albane refusa d'en débattre, par crainte de perdre patience. Comme pour signifier la nature de leur relation, elle alla embrasser Raphaël sur la joue.

— Je vous laisse boire le café, je rentre à vélo au château, lui dit-elle tout bas.

— Préviens ton père et aussi Maria, puisqu'il y aura deux personnes en plus à table ce soir, répliqua-t-il.

— Je le ferai, mais tes amis pourraient rester là au moins jusqu'à demain. Papa n'est pas obligé de les accueillir, tout dépendra de son humeur. Raphaël, admets que ce n'était pas prévu, murmura-t-elle à son oreille.

— Je vous fiche la paix, les amoureux, plaisanta Camille, je vais voir Armand. Je déteste les messes basses.

Encore une fois, Albane garda son calme, soucieuse de prouver sa tolérance. Elle se remémora son entretien avec Régina, la maîtresse de son défunt mari, sachant d'expérience qu'il valait mieux se montrer digne en toutes circonstances.

— Qu'est-ce qui se passe ? lui demanda Raphaël quand ils furent seuls dans la cuisine.

— Mets-toi à ma place, tu ne m'as pas dit un mot sur cette femme et son frère. Tu te réjouis de les revoir et le docteur m'apprend que tu les avais invités au château, sans m'avertir.

— Tu as raison, j'ai manqué de tact, mais franchement je les avais un peu oubliés. Réfléchis, Albane, je suis revenu le 25 juin, or nous sommes le 12 juillet. Entre-temps, j'ai pris une balle dans le bras gauche, je souffre encore de mon os fêlé, et ma grand-mère nous a annoncé son décès imminent. Alors non, je n'ai guère eu le loisir de te parler de Camille et d'Armand.

— C'est vrai, concéda-t-elle.

— Pour moi, cela paraissait charitable de leur proposer de se réfugier au château. La maison où ils logeaient à Tours a été bombardée, ils n'ont plus rien à part une voiture, celle d'un voisin mort devant eux. Camille a entendu dire qu'un réseau de résistance se formait à Périgueux, elle veut l'intégrer.

— Merci, je voulais juste des renseignements, affirma Albane. Je ferai en sorte de convaincre papa de les héberger, donc je vous précède et je l'informe.

Raphaël l'enlaça et lui donna un baiser passionné, puis il relâcha son étreinte.

— Fais attention sur la route, mon ange. Et surtout ne te formalise pas des manières de Camille ni de son franc-parler. C'est une écorchée vive, mais elle a un cœur d'or. Si tu vois Lidy, dis-lui de monter, je n'ai pas pu la présenter à mes amis.

Albane acquiesça d'un signe de tête avant de sortir. Rassérénée par les explications de son amant et par son baiser fougueux, elle dévala l'escalier d'un pas léger.

— Je suis sotte d'avoir été aussi jalouse, souffla-t-elle. J'avais réagi de la même façon quand Coralie jouait les coquettes en présence de Raphaël. Un défaut à corriger.

Lidy et le docteur Géraud l'attendaient dans la classe. Elle se rappela en les voyant leur expédition nocturne pour faire passer une famille juive en zone libre.

— Je vous en supplie, soyez prudents ce soir ! Si vous dîniez au château, Joseph, ce serait plus simple, puisque le cousin de Maria y vient à la nuit tombée.

— Je ne préfère pas, Albane. Je dois peaufiner mon plan afin d'avoir l'air d'un médecin appelé de toute urgence.

— Et je vais rester ici pour aider le docteur, déclara Lidy. Prévenez mon frère, mademoiselle.

— Monte lui annoncer toi-même, ma chérie, Raphaël tient à te présenter ses amis. Fais vite, je ramasse mes affaires pendant que tu es là-haut.

— D'accord, je me dépêche.

Albane prit sa blouse et la plia pour la mettre dans son cartable, où étaient déjà rangés deux cahiers et sa trousse.

— Vous n'avez pas eu l'air d'apprécier l'intrusion de Camille et d'Armand, hasarda le médecin à mi-voix. J'ai essayé de vous ôter cette épine du pied, mais j'ai échoué.

— J'étais très surprise, rien d'autre. Ce n'était pas le jour idéal, il y avait la distribution des prix, le récital de mes élèves. Depuis l'aube la tension montait, ajoutons à cela la chaleur et cette chanson patriotique, *Le Clairon*, choisie par mon collègue… Mais ne vous inquiétez pas, Joseph, je vais bien.

— Ah oui, ce fameux « Clairon », dit-il en se forçant à rire. M. Favre est de la vieille école et ancien combattant. Même si cette chanson évoque la guerre de 1870, il semblait vibrer d'une ferveur belliqueuse.

— Est-ce qu'on peut lui faire confiance ? Il m'a interrogée sur Isaac, pardon, sur Célestin. Sa curiosité m'a déplu.

— Ne craignez rien de Jacques Favre, Albane, c'est un honnête homme. De même, ne vous laissez pas abuser par l'apparente dureté de Camille, par ses piques acerbes, il s'agit d'une armure qu'elle porte afin de se protéger.

— Je suivrai vos conseils, Joseph. Mais que fait Lidy ? Je voudrais lui dire au revoir avant de partir. À vélo, j'avais une chance de rattraper Mme Goetz et les enfants, qui sont partis à pied il y a dix minutes à peine.

La jeune fille réapparut quelques secondes plus tard, rayonnante de joie.

— Camille m'a complimentée sur mes cheveux blonds et mes yeux verts, relata-t-elle. Ensuite elle m'a offert une cigarette, que j'ai refusée. Armand dormait, alors je l'ai observé du seuil de la chambre. Il ressemble beaucoup à sa sœur, mais il doit être plus beau une fois réveillé.

Sans répondre à ce commentaire, Albane la serra dans ses bras en déposant un baiser sur son front de nacre.

— Reviens-moi saine et sauve, ma petite sœur chérie, c'est le plus important, lui dit-elle tout bas.

Château de Séguilières, même jour,
une heure plus tard

Mireille, Maria et Amédée avaient écouté attentivement les explications d'Albane. Ils étaient tous les quatre assis à la table de la salle à manger, tandis que le petit Pierre déambulait à quatre pattes dans la pièce.

— Ces gens dont tu viens de parler, ma chère fille, seront-ils considérés comme des réfugiés ? s'enquit le châtelain. S'ils ne perçoivent pas l'allocation du gouvernement, nous devrons les nourrir et les loger gratis. Nous ne connaissons même pas leur nom de famille.

— Nous le découvrirons tout à l'heure, il est vrai que Raphaël ne me l'a pas donné, reconnut Albane. Et rassurez-vous, je crois qu'ils ne séjourneront pas longtemps ici, papa. Le garçon se remet d'une vilaine plaie au ventre, il a besoin de repos. Nous avons le devoir d'aider notre prochain, vous êtes le premier à prôner la charité chrétienne.

— C'est bien joli de transformer le château en auberge, mais on me recommande d'être économe avec les provisions, et voilà que monsieur Raphaël invite des gens ! récrimina Maria. Il y a déjà Célestin. Le panier garni qu'avait donné son cousin est vide depuis belle lurette.

— Il suffira de préparer des repas moins copieux, avec plus de pâtes et de riz, conseilla Mireille. Nous ne pouvons pas refuser l'asile à des victimes de l'exode.

— Bien sûr, mon amie, bien sûr, déclara Amédée. Mais il faut quand même en discuter un peu. Albane, un détail m'intrigue, pourquoi cette jeune femme a-t-elle refusé l'offre du docteur Géraud… ? Il possède une grande maison, il est riche et se plaint sans cesse de ne pas venir à bout de sa fortune. Ces jeunes gens ont tort, si vous voulez mon avis.

— En fait, cette jeune femme, qui se destinait à la médecine, rêve de découvrir notre domaine, le parc, le château. Et elle aurait besoin d'espace, ce qui ne serait pas le cas en ville.

— Ouais, c'est louche, tout ça, bougonna Maria. Vous auriez dû lui dire, mademoiselle, que nous sommes pauvres. Comme répète souvent ce brave M. Goetz, qui mange très peu, on doit donner la priorité aux enfants. Il y en a trois, sans compter Pierre. Chaque soir, avant de m'endormir, je calcule ce que nous avons en réserve.

— Maria, nous sommes privilégiés, répliqua Albane. Tant que nous avons la vache et la chèvre pour le lait et le beurre, la basse-cour pour les œufs et la viande, nos protégés mangeront à leur faim.

Mireille se leva brusquement, car son petit-fils jouait avec les cendres froides de la cheminée. Elle le souleva et le cala sur son bras, avant de revenir s'asseoir.

— Regardez ce chérubin ! s'extasia le châtelain. Il a profité de notre inattention et le voilà tout sale.

— Oui, cela devient difficile de le surveiller, mais il pleure si je le mets dans son parc, se désola Mireille. Je ferais mieux d'aller le nettoyer.

— Pourquoi donc ? Il ira au bain dans une trentaine de minutes, protesta Amédée.

Sur ces mots, il s'empara du bébé et le cala sur ses genoux. Ravi, Pierre se blottit contre lui en suçant son pouce. Albane contempla le tableau que composaient son père et le tout-petit, l'un vêtu de sa redingote en cuir malgré la chaleur, le second en barboteuse bleue, ses cuisses dodues à l'air.

« Papa s'est trouvé un fils, songea-t-elle. Je suis persuadée qu'il parviendra à ses fins et adoptera Pierre. »

Elle pensa peu après qu'Amédée de Séguilières réussirait aussi à conquérir Mireille Dresner. En les voyant assis côte à côte, qui se souriaient, elle eut la singulière impression qu'ils formaient déjà un couple.

— Bon, assez causé, déclara Maria.

La domestique repoussa sa chaise. Une fois debout, elle mit les poings sur les hanches, afin d'affirmer sa volonté.

— Qu'on ait ou non deux bouches à nourrir en plus, au menu, il y aura juste de la soupe aux vermicelles et une omelette. Il nous reste du lard.

— C'est parfait, Maria, affirma Albane. Ah, j'entends une voiture, ce sont sûrement eux… Je cours les accueillir.

Il était minuit au réveil en aluminium posé sur la table de chevet. Albane venait de s'allonger près de Raphaël, dans la chambrette des écuries qu'il refusait de quitter malgré son inconfort.

— Tout le monde dort ou fait semblant, au château, dit-elle en se serrant contre lui. Je ne pouvais plus attendre pour te retrouver, mon amour.

Il passa son bras valide autour de ses épaules et chercha ses lèvres pour un baiser.

— Je te remercie d'avoir aussi bien reçu Camille et son frère, mon ange, dit-il ensuite. As-tu remarqué comme ils étaient contents pendant le dîner ? Pour eux, après les privations qu'ils ont endurées, c'était un véritable festin.

— Mais oui, j'ai vu à quel point ils se régalaient. Papa s'est montré très hospitalier lui aussi. Je dois avouer que Camille a fait sa conquête en faisant l'éloge des tableaux de la salle à manger et de certaines particularités du mobilier.

— J'ignorais qu'elle était aussi calée en histoire, puisqu'elle se destine à la médecine, nota Raphaël.

— On peut avoir plusieurs centres d'intérêt.

— Quels sont les tiens, Albane ?

— La littérature et l'équitation, tu n'avais pas deviné ?

— Si, évidemment ! Et moi, je ne compte pas ?

— Toi ? Tu es au-dessus de tout ce que j'apprécie. Raphaël, je t'aime tellement fort, parfois cela m'effraie un peu. Je ne supporterais pas de te perdre. Je crois que j'en mourrais.

— Ne dis pas ça, je t'en prie. Tu sais combien j'avais peur de te faire souffrir si nous étions ensemble.

— Je me souviens parfaitement de cette nuit où tu refoulais ton désir de moi et où tu as fini par céder, murmura-t-elle.

— D'ordinaire, ce sont les hommes qui s'efforcent d'obtenir ce qu'ils veulent. Il faut dire que tu avais des atouts pour me convaincre.

Raphaël effleura ses seins nus sous la fine percale de sa longue chemise de nuit, puis il la contempla, à la faible clarté d'une chandelle presque consumée.

— Tu es si jeune, Albane, tu dois me promettre de vivre et d'aimer encore même si je disparaissais. Tu redoutes mon départ, cependant un jour ou l'autre j'irai me battre.

— Tu me le dis souvent, et je me suis préparée à ton absence, mais il m'arrive de prier pour que tu changes d'avis. Toi aussi tu es jeune. Pourquoi prendre le risque de mourir ? Ce ne serait pas un déshonneur de continuer à enseigner.

— J'aurais honte d'être en sécurité tandis que d'autres luttent au nom de la liberté, ce sont les mots du docteur, et ils m'obsèdent. Albane, savourons le moment présent, où nous sommes tous les deux, enlacés sur ce lit trop étroit.

— Je voudrais bien, Raphaël, seulement je pense sans cesse à Lidy et à Joseph. Si tout s'est déroulé sans problème, ils ont dû faire passer la ligne de démarcation à cette famille juive. Je respirerai à mon aise quand ils seront de retour.

— Dans plusieurs heures, admit-il. Si j'ai tout compris, le docteur va héberger ces gens une ou deux nuits. Mais ma sœur a prévu de rentrer ici à vélo.

— C'est vrai, j'oubliais que Joseph lui en a acheté un, flambant neuf. Nous avons de la chance d'avoir un tel ami, soupira Albane.

— En effet, je l'admire profondément pour ses valeurs morales et son courage. À ce propos, je lui demanderai de nous emmener à Périgueux la semaine prochaine, Camille et moi. L'imprimeur qui fait de faux papiers d'identité serait lié au groupe d'hommes en train de mettre au point un réseau de résistance.

De nouveau, l'aiguillon de la jalousie piqua Albane en plein cœur. Elle se contrôla avant de répondre, par crainte de se trahir si sa voix était altérée.

— Je pourrais vous accompagner comme je suis en vacances, suggéra-t-elle. Ce serait l'occasion de déjeuner tous les quatre dans un restaurant, nous avons si peu de distractions.

— Nous n'irons pas là-bas pour nous amuser, c'est sérieux. Il faudra même être discrets, décréta Raphaël.

Cette fois, la jeune femme fut incapable de se contenir. Elle se sentait rejetée et, de surcroît, accusée d'être susceptible d'attirer l'attention.

— Dans ce cas, donne ce conseil à ton amie Camille, qui ne passera pas inaperçue si elle reste accoutrée d'un pantalon et d'une chemise d'homme. Ajoutons sa manie de critiquer ouvertement ceux qui lui déplaisent et dont je fais partie. Tu prétendais que le dîner était agréable, pas pour moi. J'ignore si tu es devenu sourd, mais j'ai eu droit à des réflexions pénibles sur mon mari mort en héros qui méritait le respect, sur le vouvoiement que j'emploie envers mon père, soi-disant afin d'afficher mon statut d'aristocrate.

Albane s'était assise, adossée au montant métallique du lit. La gorge nouée par l'envie de pleurer, elle débita ses derniers griefs.

— Tu n'étais pas là quand j'ai montré leur chambre à ton amie et à son frère, dont je n'ai pas encore entendu la voix, ou si peu. Camille s'est moquée des bibelots sur la cheminée et du lit à baldaquin, le traitant de « nid à poussière ».

— C'est fini, ou tu souhaites encore te plaindre ? s'enquit Raphaël d'un ton ironique.

— Non, j'ai terminé. Maintenant je te laisse rêver de ta journée à Périgueux avec ton amie retrouvée.

Tout de suite, elle se reprocha d'avoir proféré une phrase aussi ridicule. Confuse et affolée de se comporter ainsi, elle voulut s'enfuir, mais Raphaël la retint par le poignet.

— Ne t'en va pas, dit-il sèchement. J'avais raconté à Camille comment Louis Molinier avait été tué pendant l'offensive de la Sarre, et en lui rendant hommage, elle ne pensait pas te blesser. Quant au vouvoiement, cela a dû la surprendre, entre une fille et son père. Moi aussi, j'étais surpris le jour où nous avons fait connaissance. J'avoue néanmoins que considérer que tu te vantes de ta noblesse était injuste et maladroit.

— Lâche-moi, Raphaël, je suis vraiment idiote, je préfère m'en aller.

— Pas tant que tu seras dans cet état d'esprit ! Parlons de la chambre où tu les as installés. Pour toi, il s'agit du cadre où tu as grandi, tu as toujours vu ces antiquités. J'ignore presque tout du passé de Camille et de son frère, mais ils ont sûrement été élevés dans un foyer très différent du tien et plus modeste.

— Peut-être, cependant après le décès de maman, nous avons vécu dans le chagrin et la pauvreté. Et j'estime que critiquer un lieu où l'on est accueilli témoigne d'un manque certain d'éducation, riposta Albane. Et je suis lucide sur un point, Camille éprouve de l'antipathie pour moi. Je l'ai exaspérée dès que nous avons été présentées.

— C'est sans importance, mon ange, tout le monde t'aime ici, moi le premier, ainsi que ma sœur, Maria, Mireille et bien sûr ton père. En fait, tu es jalouse.

— Pas du tout, mais depuis ton retour, je subis les œillades méprisantes des commères de Brantôme, le regard froid du secrétaire de mairie, et des parents ont retiré leurs enfants de l'école. Otto Meyer a quitté le château avec sa famille comme si c'était le repaire de la perversité. J'en ai assez d'être jugée ou traitée de haut. Si Camille s'était montrée polie en évitant de m'agresser avec ses remarques, je l'aurais appréciée de mon côté. Est-ce que tu comprends ?

Raphaël la prit par la taille pour l'obliger à se rallonger contre lui. Albane se débattit un peu avant de céder.

— Même en colère, je préfère être là, avec toi, murmura-t-elle. Et si c'était Camille la jalouse… Elle a pu tomber amoureuse de toi au cours de la semaine que vous avez passée ensemble.

— Quelle imagination tu as ! Camille prône la camaraderie dénuée d'équivoque entre les femmes et les hommes ! Mon ange, si nous arrêtions de discuter en vain… L'heure tourne et tu n'as pas enlevé ta chemise de nuit.

Se remémorant les conseils de son amie Coralie, elle se dénuda et s'abandonna aux baisers de Raphaël, dont le désir était manifeste. Le plaisir les emporta tous les deux vers cet univers mystérieux d'euphorie et de sensualité où évoluent les amants.

Lorsque le coq de la basse-cour chanta, ils dormaient dans les bras l'un de l'autre.

— Mon Dieu, je ne suis pas retournée dans ma chambre, se dit Albane, réveillée en sursaut. Avec un peu de chance, personne ne sera levé…

Elle remit sa chemise de nuit et drapa ses épaules du châle en lainage qu'elle prenait lors de ses sorties nocturnes. Attendrie par l'expression sereine de Raphaël, plongé dans un profond sommeil, elle eut soin de ne faire aucun bruit.

— Oh non, chuchota Albane en sortant des écuries.

Camille était assise à la table de la terrasse, en peignoir de satin et les pieds nus. Elle fumait une cigarette, une tasse et la cafetière en émail de Maria posées devant elle. Avec une mimique amusée, elle salua la jeune femme d'un signe de la main.

« Je n'ai plus le choix, maintenant je dois passer par la terrasse, songea-t-elle, contrariée. Dans cette tenue, je ne peux pas raconter que je suis allée faire une balade à cheval ou marcher dans le parc. »

Albane s'engagea sur les marches du perron tête haute. La clarté flamboyante de l'aurore irisait ses cheveux bruns et soyeux, aux ondulations naturelles. La bouche un peu meurtrie par trop de baisers, elle parut à Camille d'une beauté étrange.

— Voici monter vers moi une fée du petit jour, déclama-t-elle d'un ton solennel.

— Vous êtes matinale ! Est-ce Maria qui vous a préparé du café ?

— Non, je l'ai fait moi-même, ça me hérisserait d'avoir une domestique, mademoiselle de Séguilières.

— Ne commencez pas à pérorer, écoutez plutôt les oiseaux qui chantent, c'est si joli. Sur ce, je regagne ma chambre.

— Où vous n'avez pas dormi, j'y suis entrée, puisque vous me l'avait fait visiter hier soir, le lit était impeccable. Je voulais vous emprunter un peignoir, car je n'ai aucun vêtement, excepté ceux que je portais.

— Donc vous avez emprunté le mien, sans hésiter ! s'irrita Albane. Il fallait me demander du linge après le dîner.

— J'étais trop fatiguée, je somnolais sur ma chaise. Mon frère aussi. Je vous présente toutes mes excuses, déclara Camille d'un ton sec.

— Je les accepte, à condition de m'expliquer ce qui vous déplaît autant chez moi. Nous sommes seules, j'ai besoin de le savoir.

— Eh bien, asseyez-vous au lieu de me toiser, raide comme la justice. Avant toute chose, ne craignez rien, je ne dirai à personne que vous avez passé la nuit avec Raphaël dans sa fameuse chambrette. Il m'a confié que vous deviez ménager les apparences, sinon monsieur votre père serait furieux.

— Mais il l'a été, « monsieur mon père » ! Savez-vous qu'il a tiré sur mon amant, en le blessant grièvement au bras gauche ? C'était un geste accidentel, ils sont réconciliés depuis, mais nous préférons rester prudents. Soyez franche, vous aimez Raphaël et vous êtes venue ici afin de jauger votre rivale ?

Camille éclata de rire, sans une once de fausseté. Elle scruta les traits adorables de la jeune femme, avant de hausser les épaules.

— Je n'ai pas de sentiments pour lui, Albane, enfin si, de l'amitié et de la gratitude. Lorsque mon frère s'est ouvert le ventre sur cette maudite ridelle de charrette, malgré mes trois années d'internat, j'étais terrifiée. Je n'avais rien sur moi pour le soigner. Alors j'ai appelé au secours, sans oser quitter Armand, dont je comprimais la plaie. Raphaël a couru vers nous ! Dès qu'il a analysé la situation, il est allé chercher le docteur Géraud. Le matin même, mon frère et moi nous avions trouvé une maison à l'abandon, flanquée d'une grange où était cachée la voiture. Nous y sommes allés tous les quatre. J'avais la peur atroce de voir mourir Armand. Joseph et Raphaël l'ont sauvé.

— Je conçois la reconnaissance que vous éprouvez envers eux, mais ça ne répond pas à ma question, insista Albane. Vous avez tout de suite été désagréable avec moi hier après-midi, à l'école. Au cours du dîner aussi.

Visiblement troublée, Camille parut réfléchir, sans un regard pour celle qui l'accusait ainsi.

— Je vous taquinais, avoua-t-elle. Quand une personne m'intimide, je l'assaille de railleries, c'est une façon de me protéger. Raphaël m'avait dit tellement de bien de vous ! Il vous dépeignait comme une créature de rêve, d'une beauté rare, une cavalière émérite, et intelligente, instruite, généreuse. J'appréhendais vraiment de vous rencontrer. Et comble de la honte, j'étais accoutrée de ce pantalon et de cette chemise, des vêtements de mon père.

— Mais pourquoi ? demanda Albane, radoucie par ces aveux.

— Toute ma garde-robe doit pourrir sous les décombres de notre maison de famille, bombardée le 19 juin. J'ai vécu des heures de cauchemar en cherchant Armand dans la ville dévastée. Ensuite nous avons fui sur la route, comme des millions de gens pris de panique.

— Où étaient vos parents ?

— Déjà dans le sud de la France, vers Toulon où nous avons de la famille. Je voudrais les contacter pour leur dire que nous sommes vivants, mon frère et moi. Ils doivent s'inquiéter.

— Si vous avez un numéro de téléphone, vous pourrez les appeler de chez le docteur Géraud, indiqua Albane.

— Oui, Joseph me l'a déjà proposé. Je m'en occuperai demain, j'ai besoin de souffler un peu.

En fait, j'avais prévu de les rejoindre, mais Armand ira seul lorsqu'il sera vraiment rétabli. Les trains circulent sans doute assez bien en zone libre.

— Sans doute. Camille, je suis désolée, maintenant que vous m'avez expliqué les raisons de votre attitude, je voudrais repartir sur de meilleures bases avec vous. Raphaël a tracé de moi un portrait qui ne correspond guère à la réalité. Nous étions séparés, je lui manquais peut-être et il m'a idéalisée.

— En plus tu es modeste, décidément les fées se sont penchées sur ton berceau, car tu as toutes les qualités. Oui, je ne vais pas te vouvoyer ad vitam aeternam !

— Ça ne me dérange pas, Camille, je suis contente si tu es plus à l'aise. Déjà je suis loin d'être aussi remarquable, crois-moi. Je continue à m'instruire et parfois, entre Joseph et Raphaël, j'ai l'impression d'être sotte. Quant aux fées, j'aurais préféré être pleine de défauts et ne pas perdre ma mère à onze ans, des suites d'un accouchement difficile, celui d'un enfant mort-né, le petit frère que j'aurais rêvé d'avoir près de moi. Raphaël a dû t'en parler.

— Non, pas lui, Joseph, hier après-midi, quand il est monté dans le logement de l'école nous dire au revoir. Ce cher docteur voulait sûrement m'apitoyer à ton sujet, alors que je me sentais si misérable, et sale, épuisée. Tu peux imaginer ma position, sans un sou en poche, le réservoir de la voiture quasi vide, et Armand refermé sur lui-même, incapable de me réconforter. Il me fallait un bouc émissaire… Toi !

Maria sortit sur la terrasse à cet instant précis, un seau en fer-blanc à bout de bras.

— J'ai entendu causer d'un bouc, si vous l'attrapiez, notre chèvre serait à la fête, plaisanta-t-elle d'un ton un peu rude. Bonjour, mesdemoiselles, c'est l'heure de la traite. Pardi, il faut du lait pour le petit déjeuner des pitchouns. Au retour, je récupérerai ma cafetière en émail, parce que je me demandais bien où elle était passée. Dites donc, on s'est levées à l'aube, ma parole !

— Il fait si bon, très tôt le matin, plaida Albane. Camille m'a réveillée pour m'emprunter mon peignoir.

— J'ai osé frapper à sa chambre car il y avait du bruit. Je suis désolée d'avoir utilisé votre cafetière, madame.

La domestique les regarda toutes les deux d'un œil méfiant, avant de descendre les marches du perron. D'ordinaire, elle passait par la porte arrière des cuisines, mais intriguée par l'écho d'une discussion sur la terrasse, elle avait voulu savoir de qui il s'agissait.

— Doux Jésus, à ce train-là, on hébergera tous les vagabonds de France, ronchonna Maria à prudente distance du château. Et on me donne du « madame », par-dessus le marché…

Lorsqu'elles furent seules de nouveau, les deux jeunes femmes échangèrent un sourire complice.

— Merci d'avoir gardé le silence sur mon escapade, murmura Albane. Si cela s'ébruitait, je n'oserais plus aller retrouver Raphaël. Je suis veuve, il convient de suivre les convenances du deuil.

— Mes parents auraient la même opinion si j'étais dans ta situation. Je sais aussi pour ton mari, disons ce qu'il t'a fait. Alors tu es en droit d'aimer un autre homme quelques mois plus tard.

— Camille, je peux t'avouer une chose ? Hier, j'ai été malade de jalousie dès que Raphaël s'est précipité vers toi. Tu semblais tellement désinvolte, le teint hâlé, de beaux yeux gris, les gestes sûrs. Tu fumais, comme une de mes amies, et le docteur Géraud m'a tout de suite dit que tu étais une personne formidable.

— Si j'avais pu me douter, s'esclaffa Camille. Il faut rectifier le tir, Albane, repartir de zéro, tu as raison.

— Pour commencer, viens dans ma chambre ! Tu choisiras ce qui te plaît parmi mes vêtements et mon linge. J'ai des sandales en toile neuves, je te les offre si nous faisons la même pointure.

— D'accord, je suis déjà toute propre, j'ai fait une grande toilette au réveil, à l'eau froide, bien sûr.

— Eh oui, il n'y a aucun confort dans mon vieux château, ni électricité ni téléphone, admit Albane.

— Je m'en moque, pour moi, c'est le paradis, répliqua Camille d'une voix soudain plus suave.

Pendant la séance d'essayage à laquelle se consacra la nouvelle venue au château, Albane la renseigna sur ceux qui s'étaient réfugiés sous le toit de ses ancêtres, selon une des expressions favorites d'Amédée de Séguilières.

— J'aime bien cette robe, qu'en penses-tu ? l'interrompit Camille.

— Ma robe rouge à pois blancs, je te la donne, je la portais souvent pendant mes fiançailles avec Louis Molinier. Je ne l'ai jamais remise, elle m'évoque trop de mauvais souvenirs.

— Bon, je la garde alors. À présent je dois me coiffer. Est-ce que tu peux me prêter une brosse à cheveux et des épingles à chignon, Albane ?

— Volontiers, si tu as besoin d'un peigne, dis-le-moi.

Des coups légers retentirent alors à la porte, qui s'ouvrit aussitôt sur Lidy, dont la mine rayonnante attestait déjà de la réussite de leur expédition nocturne.

— Oh, ma petite chérie, tu es là ! s'écria Albane en l'attirant dans ses bras. Vous n'avez pas eu de soucis ?

— Non, aucune patrouille allemande ne nous a repérés. Le cousin de Maria était d'une efficacité à toute épreuve. Il a refusé l'argent du docteur et aussi celui du monsieur polonais. Je suis si heureuse, ces gens sont en sécurité. Au début, la dame était effrayée de marcher en pleine forêt, mais leur fils de sept ans n'avait peur de rien. Pourtant nous avons aperçu des sangliers.

— Ils sont chez Joseph ?

— Bien sûr, et tous les trois dorment à poings fermés. Je devrais même dire tous les quatre, car le docteur voulait dormir un peu, précisa Lidy. Moi, je suis venue le plus vite possible pour vous rassurer, mademoiselle.

— Tu es un modèle de courage, commenta Camille. J'étais au courant de votre action, Raphaël m'en avait parlé hier. J'ai hâte de me rendre utile moi aussi.

— On ne sera jamais assez nombreux, affirma la jeune fille. À tout à l'heure, je cours réveiller mon frère, j'ai promis de tout lui raconter.

— Alors va vite, ma chérie, et dis-lui de se lever. Nous pourrons prendre le petit déjeuner tous ensemble, déclara Albane, le cœur vibrant de joie.

8

Cohabitation

Château de Séguilières, samedi 13 juillet 1940

Tous les habitants du château de Séguilières, à l'exception de Clara Fischer, furent muets de stupeur durant quelques secondes en voyant apparaître Camille, métamorphosée par une robe d'été et un chignon haut. Chaussée des sandales neuves dont elle avait hérité ; la jeune femme fut gênée par les regards de cette assemblée matinale. Albane, qui la suivait de près, s'amusa de leur réaction.

— Prenez place à table, mesdemoiselles, déclama Amédée avec un sourire enchanté.

— Ce n'est pas encore soir de bal, pourtant, se moqua Maria, occupée à brasser ses casseroles.

Étienne Goetz revint en silence sur l'impression négative que lui avait faite la nouvelle venue la veille au soir. Il ne travaillait pas le samedi et il accorda un « bonjour » perplexe aux jeunes femmes. Quant à Raphaël, assis à côté de Lidy, il osa un sifflement admiratif.

— Vous êtes toutes les deux ravissantes, ajouta-t-il.

— Merci, c'est agréable de retrouver des vêtements féminins, si gentiment offerts par Albane. Je vous souhaite bon appétit à tous.

Sur l'ordre de sa sœur, Armand était descendu sans quitter l'air morose qu'il arborait depuis son arrivée. Lidy nota sa grimace ironique devant la transformation de Camille.

— Nous aurons encore une belle journée ensoleillée, commenta Mireille. Je suis désolée, Albane, de ne pas être allée à votre école pour assister au petit récital de vos élèves, mais je craignais la foule. J'étais déjà ainsi, en Allemagne, cela m'a peut-être sauvé la vie, car je sortais rarement de chez moi.

— Que faisiez-vous là-bas ? lui demanda Armand d'un ton suspicieux.

— C'est une longue histoire, je vous la raconterai une autre fois, mon garçon, trancha Mireille, tout de suite mal à l'aise.

— Rien ne presse, ceux que nous accueillons ici n'ont pas à étaler leur passé, surtout si cela leur est pénible, la défendit le châtelain. Je vous ferai remarquer, jeune homme, que personne ne vous a interrogé sur votre identité ou sur ce qui vous a conduit jusque sous mon toit.

— Pardonnez à mon frère, monsieur, malgré ses dix-sept ans, il joue les aigris alors qu'il devrait se réjouir d'être encore vivant. Sans le docteur Géraud, il ne serait plus là pour interroger cette dame de façon aussi impolie.

— La jeunesse est impulsive, hasarda gentiment Odile Goetz. Ne gâchons pas les bonnes choses que nous a préparées Maria.

— Avec votre aide, ma brave amie, rétorqua la domestique.

Camille approuva d'un signe de tête avant de contempler les tranches de pain frais beurrées, les deux pots de confiture et la cruche de lait fumante, qui voisinait avec une théière en argent et une grande cafetière en porcelaine ornée de fleurs d'un bleu profond. Elle vit aussi un plat garni de petites brioches dorées, dont l'odeur boulangère la grisait.

— Vous mangez ainsi tous les matins ? s'étonna-t-elle. Raphaël me l'avait dit, je ne le croyais pas. Mais vous vous levez à quelle heure, madame Maria ?

— Au chant du coq, sauf l'hiver, où je mets un réveil pour être à l'ouvrage dès 6 heures. Savourez bien le café, l'épicier prétend qu'il n'en a presque plus. Il faudrait en acheter à Périgueux, ils sont sans doute mieux approvisionnés qu'à Brantôme.

— Je voudrais y aller, j'essaierai de vous en trouver, Maria, déclara Raphaël. Nous irons avec le docteur s'il a le temps, Camille voudrait contacter certaines personnes.

— Oui, afin d'obtenir un statut de réfugiés pour mon frère et moi, mentit celle-ci. On pourrait prendre ma voiture, à condition de trouver du carburant, le réservoir est quasi vide.

Elle estimait inutile d'évoquer son projet d'intégrer un réseau de résistance, notamment par prudence. Quant à l'essence, elle disait vrai et c'était pour l'heure son principal souci.

— Vous pourriez effectuer cette démarche auprès de notre maire, M. Eugène Lafaye, indiqua Amédée. Je le connais bien, ma fille aussi, n'est-ce pas, ma précieuse enfant ?

Albane s'était servi une tasse de thé agrémentée de lait. Elle fut désorientée de s'entendre appeler ainsi, son père n'ayant pas employé ce qualificatif depuis des jours.

— En effet, répondit-elle en le fixant.

Le châtelain lui adressa un sourire affectueux, dont la sincérité ne faisait aucun doute.

« C'est bizarre, papa avait changé ces derniers mois, mais il redevient lui-même, songea-t-elle. Au début de la guerre, il était raisonnable, se souciait de mes états d'âme, se montrait tendre, parfois. Ensuite il a renoué avec ses extravagances et ses caprices, comme après la mort de maman. Si ce revirement est dû à Mireille, je l'en remercie du fond du cœur. »

Elle se promit de le faire également de vive voix, dès qu'elle en aurait l'occasion.

— Mademoiselle, est-ce que nous aurons des devoirs de vacances, Célestin et moi ? lui demanda soudain Félicia d'un air grave.

— Si tu veux, je te donnerai du travail, répondit Albane.

— Des devoirs de vacances, quelle horreur ! protesta le garçon. Sûrement pas ! Fais ce que tu veux, Félicia, mais moi, je préfère aider pour les bêtes et le potager. En plus, Maria a besoin d'un coup de main tous les jours. Et je peux aussi rendre service à mademoiselle Lidy.

— J'y compte bien, garnement, répliqua l'adolescente en lui tapotant l'épaule.

La domestique éclata d'un bon rire, satisfaite de voir tout son monde attablé.

— Dis, maman, est-ce qu'on ira au bal du 14 Juillet ? interrogea alors Lucas, le benjamin des Goetz.

— Ce n'est guère le moment d'aller danser, mon petit, trancha Raphaël un peu sèchement au goût d'Albane. Des hommes meurent en ce moment même pour combattre l'armée allemande et le nazisme. Comment peut-on avoir l'esprit à faire la fête ? Sais-tu que dans la Manche, des soldats britanniques sont attaqués par la Luftwaffe, les forces aériennes de la Wehrmacht ? À la radio, ils surnomment ces combats la bataille d'Angleterre.

— Vous exagérez, Wendling, à six ans mon fils ne peut pas comprendre la situation. S'il y a un bal à Brantôme, nous irons, mon épouse et moi, avec les enfants.

— Je vous accompagnerai, j'adore danser, se réjouit Lidy.

— Mais il n'y aura pas de bal, vous oubliez que depuis le mois de mai, Georges Mandel a ordonné la fermeture des dancings et interdit les bals publics[1], leur assena Raphaël. On peut aller au cinéma, au théâtre, à l'opéra, mais pas question de danser !

— Et qui c'est, ce Mandel, monsieur Raphaël ? demanda Maria.

— Il a été ministre de l'Intérieur du gouvernement Paul Reynaud de mai à juin dernier.

— Il sera resté juste le temps de nous enquiquiner avec son interdiction ! s'indigna la domestique.

— J'ai une idée ! s'écria Lidy. Dans l'enceinte du château, on a encore le droit de danser, comme c'est une propriété privée. Donnons un bal. Imaginez un peu, on tendrait les guirlandes en papier crépon de l'école sous les premiers arbres du parc.

---

1. Fait véridique, l'interdiction des bals et la fermeture des dancings a été décrétée le 20 mai 1940. Il faut attendre avril 1945 pour que cette interdiction soit levée par le gouvernement provisoire.

Il y a des lampions dans une malle du grenier, on les suspendrait aux branches.

— J'apprécie votre entrain, demoiselle, et je suis d'accord avec vous, s'enflamma Amédée. Nous vous devons déjà un réveillon de Noël mémorable. Albane, pourquoi ne pas sortir le gramophone de la chambre de ta maman pour passer quelques disques ? Je n'ai jamais tenu à célébrer la Révolution française, car certains de mes ancêtres ont été guillotinés, cependant de temps en temps il faut savoir se distraire.

— Vous dites vrai, nous menons une existence assez austère, affirma Mireille.

Un silence suivit ces propos que chacun approuva ou médita. Camille en profita pour prendre la parole.

— Monsieur de Séguilières, je n'attendrai plus pour vous donner notre identité et les causes de notre errance, à mon frère et moi. J'ai trop tardé, car vous nous avez reçus ici sans poser de questions, ce qui est louable de votre part. Pour faire simple, je m'appelle Camille Marie Audebert, et ce jeune taciturne a été baptisé Armand Jean Audebert bien sûr, un patronyme de Touraine, dont ma famille est originaire. J'ai raconté à votre fille dans quelles circonstances nous nous sommes retrouvés sur la route, en plein exode. Tours a été gravement touchée par les bombardements le 19 juin. Les Allemands ont largué des bombes incendiaires sur la ville. Quand notre maison s'est effondrée, je bricolais ma moto dans un appentis au fond du jardin, affublée de vieux habits de mon père. Armand était en ville, nos parents déjà dans le Sud. Je suis partie à la recherche de mon frère avec la hantise de découvrir son corps dans l'état où je voyais des gens innocents, gisant sur le sol, en sang, maculés de poussière de plâtre, brisés, morts.

— Camille, tu effraies Lucas, protesta Albane. Célestin, puisque vous avez fini de déjeuner, sortez de table et allez dans le jardin potager, il doit rester des fraises. Félicia, vas-y, emmène ton petit frère.

Lorsque les enfants s'éclipsèrent par la porte arrière des cuisines, Armand Audebert daigna enfin s'exprimer, d'une voix au timbre grave, un peu rauque.

— Vous avez tort de vouloir les préserver des atrocités de la guerre, mademoiselle de Séguilières. Que leur direz-vous quand la zone libre ne sera plus qu'un souvenir et que des soldats déferleront sur votre région ? On tuera votre cheval, on volera la vache et la chèvre et les femmes seront peut-être violées, sans nul doute même. L'homme en guerre devient une bête féroce sans pitié.

Pendant qu'il débitait son discours alarmant, Lidy l'étudia à loisir. Armand avait les cheveux d'un blond foncé et les yeux gris, à l'instar de

Camille. Mais sa bouche charnue, d'un rouge vif, avait un dessin boudeur, ce qui le faisait paraître hautain.

Effrayée, Odile Goetz se signa discrètement. Les mots prononcés par ce grand garçon aux traits impassibles avaient semé un vif malaise. Mireille se leva pour prendre Pierre, qui était assis dans sa chaise haute.

— Je sais tout ceci, mon garçon, et j'ai vu des horreurs, mais je me serais passée d'entendre ça en ce beau matin d'été.

— Armand, c'était vraiment inutile, lui reprocha Camille.

— Je n'ai rien dit de faux ! riposta-t-il. Il faut être lucide au lieu de rêver d'un bal au château.

— Sur ce point, je suis de ton avis, répliqua Raphaël. Il faut rester vigilant et préparer des combats dans l'ombre. Une partie de la France fait confiance au maréchal Pétain, mais il y a deux jours, l'Assemblée nationale, installée désormais à Vichy, lui a voté les pleins pouvoirs, afin de former une nouvelle constitution de l'État français. Nous sommes sous sa coupe désormais, quoiqu'il décide.

— Je ne comprends trop rien à la politique, intervint Maria, mais quand même, Pétain a signé l'armistice.

Odile et son mari quittèrent la table en annonçant qu'ils allaient au potager surveiller les enfants. Étienne Goetz s'empara d'un panier.

— Je rapporterai des laitues pour midi, Maria, et cet après-midi, j'arracherai les mauvaises herbes dans la parcelle de carottes.

— Merci bien.

— Quant à moi, comme notre amie Mireille s'est retirée dans le boudoir, je vais disputer une partie d'échecs avec madame Clara, qui s'avère une joueuse redoutable, décréta le châtelain. J'y pense, Raphaël, vous devriez installer le poste de radio du docteur Géraud dans la salle à manger pour que tout le monde puisse suivre l'actualité. Nous sommes un peu coupés du monde depuis que la radio de Louis a cessé de fonctionner. Et nous serions en peine de nous réunir tous entre les quatre murs de votre chambrette !

— Elle émet beaucoup de sifflements et de grésillements assez pénibles, monsieur. Cela pourrait gêner ma grand-mère, répondit le jeune homme.

— Allons donc, son lit est dressé au fond du salon, si le poste est installé dans la salle à manger, madame Clara ne l'entendra pas.

De l'avis de son père, Albane se garda de le spécifier. Elle sentait la contrariété de Raphaël à son regard assombri et à son intonation durcie. Lidy eut le dernier mot.

— Le docteur Géraud a donné cette radio à mon frère, on ne peut pas le nier, cependant c'était pour lui occuper l'esprit quand il était affaibli. Maintenant tu n'es plus alité, Raphaël, ce serait équitable d'en faire profiter la maisonnée.

— D'accord, faisons ainsi, soupira-t-il.

Muette depuis de longues minutes, Camille observait les uns et les autres, prise au charme singulier de ces personnes qui, la veille, lui étaient encore inconnues. Elle se plaisait sous la voûte en pierre de la grande cuisine, fascinée par la cheminée monumentale où l'on tenait debout. Les ustensiles en cuivre, soigneusement astiqués, luisaient le long d'un mur, suspendus sous une étagère où s'alignaient des boîtes en fer.

— Il me semble que vous êtes tous le plus souvent dans cette pièce, matin, midi et soir, hasarda-t-elle. Si tu déplaces ton poste de radio, Raphaël, il faudrait le mettre ici, sur le bahut.

— C'est une bonne idée, approuva Albane, tandis que son père sortait d'un pas décidé. À présent, il est temps de débarrasser la table, Maria a suffisamment de travail…

Château de Séguilières, dimanche 14 juillet 1940

Perchée en haut d'un escabeau, Lidy jubilait d'avoir imposé à tous son idée de « bal au château ». Sous les regards exaltés de Félicia et de Célestin, elle accrochait un dernier lampion à une branche dans la clarté mauve du crépuscule.

Il faisait ce soir-là une tiédeur exquise, qui donnait à la jeune fille l'envie d'embrasser son amoureux en exil, le séduisant David Cohen.

— Ne tombez pas, ce serait dommage ! lui cria-t-on alors.

Elle reconnut la voix grave d'Armand Audebert qui approchait, les mains dans les poches de son pantalon. Il portait une superbe chemise en soie blanche que le châtelain lui avait cédée de bon cœur : « Nous devons tous être chics, avait déclaré Amédée. Même si vous n'êtes pas d'accord sur le principe, mon garçon, une petite fête ne fera de mal à personne. »

Armand s'était laissé entraîner par l'enthousiasme général mais il n'avait pas proposé ses services pour la préparation du fameux bal. Néanmoins, à présent attiré irrésistiblement par les longs cheveux couleur de lune de l'adorable Lidy, il venait offrir son aide.

— Que puis-je faire ? demanda-t-il à sa façon laconique.

— Il serait temps de t'en inquiéter, répliqua Lidy. Tout le monde a travaillé sauf toi.

— Oui, on a sorti quatre petites tables, renchérit Célestin, et M. Goetz a apporté des chaises qu'il a prises dans le grenier.

— Moi, j'ai fait les bouquets de fleurs, se vanta Félicia.

Un peu gêné, Armand approuvait, lorsque ses yeux gris se posèrent sur les mollets fuselés de la jeune fille qui descendait prestement de son perchoir.

— Tu es très gracieuse, on dirait une danseuse classique, dit-il avec un brin de jubilation.

— Moi ? Vous avez entendu ça, les enfants ? Merci du compliment ! Toi alors, soit tu es muet, soit tu vas droit au but.

— Je déteste parler si je n'ai rien à dire d'intéressant.

Lidy esquissa un sourire, son regard vert soudain rêveur. Armand lui apparaissait comme une énigme vivante et elle se promit d'en savoir davantage sur ce beau garçon comme tombé du ciel pour pimenter son quotidien.

— Je suis contente d'avoir la compagnie de quelqu'un de mon âge, avoua-t-elle.

— Tu ferais bien d'en profiter, ma sœur tient absolument à m'expédier dans le Sud où je subirai l'autorité de mes parents, de vrais tyrans.

— Oh non, j'espère que tu resteras au moins quelques jours. Cela dit, je suis très occupée la semaine, je sers d'assistante au docteur Géraud. Je l'ai invité ce soir, d'ailleurs.

— Tant mieux, j'apprécie cet homme. Le contraire serait difficile, il m'a sauvé la vie.

Lassés par leur discussion, Félicia et Célestin étaient partis en courant vers le château. Lidy replia l'escabeau avec un coup d'œil intrigué en direction d'Armand.

— Toi qui es franc et direct, que penses-tu sincèrement de ma robe ? s'enquit-elle. Je l'ai achetée en ville ce matin avec l'argent que j'ai gagné. Raphaël la trouve trop décolletée, mademoiselle Albane aussi. Je leur ai dit que je mettrai un foulard.

— Surtout pas, pourquoi cacher de si jolis seins ! protesta-t-il. Et puis cette robe te va à ravir. Le modèle, ce bleu outremer… On pourrait croire qu'elle a été créée pour toi.

Abasourdie par ces éloges, Lidy eut les joues en feu. Elle tourna le dos à Armand, mais au même moment, il lui prit l'escabeau des mains.

— Où faut-il le ranger ?

— Dans les écuries, la sellerie sur ta droite, indiqua-t-elle. Tu es vraiment déroutant. Si je m'attendais à autant de flatteries.

— Ce n'est pas ça, tu voulais mon avis, je te l'ai dit. Ne fais pas l'innocente, Lidy, tu sais parfaitement que tu es belle. Il ne manque pas de miroirs dans ce vieux château décrépit…

— Tu exagères, c'est un endroit fabuleux. D'abord d'où sors-tu ton « bleu outremer » ?

— Chaque samedi, à Tours, je suivais des cours aux Beaux-Arts. J'envisage de devenir un peintre célèbre.

— Rien que ça, se moqua Lidy, secrètement impressionnée.

— Tout à fait, trancha Armand en s'éloignant.

Albane fit sensation lorsqu'elle apparut sur le perron vêtue d'une robe longue à bustier en satin mordoré, coiffée d'un chignon. En costume trois-pièces et lavallière blanche, son père lui tenait le bras, comme s'il s'apprêtait à la conduire vers l'autel.

— Je reconnais cette magnifique toilette, lui chuchota-t-il. Ta maman la portait lors des bals que nous donnions.

— J'ai mis aussi son collier de perles, répondit-elle tout bas. Jamais je ne m'en séparerai.

Maria avait allumé les imposantes lanternes à pétrole rivées depuis des décennies dans le calcaire de la façade. Leur clarté dorée faisait naître des reflets sur les cheveux bruns d'Albane et sur la chair nacrée de ses épaules dénudées.

Raphaël, déjà assis à l'une des petites tables, eut un pincement au cœur en la contemplant.

— Je lance le gramophone, souffla alors Étienne Goetz. Monsieur Amédée m'a demandé de mettre le disque des valses de Vienne. Mon épouse et moi, nous aimons beaucoup le fox-trot et le charleston, mais sans accompagnement, nous ne pourrons pas vous faire de démonstration.

— Seigneur, j'aimais tant danser la valse avec mon mari, soupira Mireille.

Pour faire plaisir à Albane, elle avait accepté de porter elle aussi une ancienne robe de soirée de Mathilde de Séguilières. Odile avait dû l'ajuster à sa taille, en lui faisant remarquer combien elle était menue. De son côté, l'aimable réfugiée s'était contentée, comme parure, d'un corsage brodé et d'une jupe évasée en cotonnade, des vêtements d'été qu'elle n'avait pas encore mis : « Ils me rappellent les étés en Alsace, quand Étienne m'invitait à dîner dans une auberge au bord du Rhin », avait-elle dit d'un ton rêveur.

Les trois enfants gambadaient dans le parc, ivres de liberté. Leur jeu était d'aller jusqu'aux zones d'ombre et de revenir vers les lampions où se tenait le cercle des grands. Lucas avait surnommé ainsi tous ceux dont la stature était supérieure à la sienne, dont Lidy et Armand.

Dissimulés près du pavillon de chasse, ils virent l'imposante automobile noire du docteur Géraud franchir le porche et remonter l'allée, tandis que la musique si connue de Strauss s'élevait vers les étoiles.

— Vous voici enfin, Joseph ! s'écria Albane quand il marcha vers elle, après avoir garé sa voiture à l'écart.

— Quelle surprise, ce charmant décor ! s'extasia-t-il. Vous êtes sublime, mon amie.

Camille vint le saluer de sa démarche énergique. Elle avait insisté pour garder la robe rouge à pois blancs, et son unique coquetterie était un turban rouge qui retenait ses mèches blondes en arrière. Malgré tout, le médecin fut ébloui de la découvrir aussi féminine.

— Vous êtes transformée, dit-il avec une réelle émotion. Néanmoins je tiens à vous assurer que vous étiez tout aussi ravissante dans les habits de votre père.

— Je suis soulagée de l'entendre, et ravie de vous revoir, docteur. Une fée malicieuse, Lidy, a organisé cette petite fête en l'honneur du 14 Juillet afin de défier la triste interdiction décrétée par Mandel, lui confia Camille. Si vous saviez combien je me plais dans le château de Séguilières, on ne s'ennuie jamais.

— Maria et Odile ont cuisiné toute la journée, indiqua Albane. C'était déraisonnable d'écorner nos provisions mais nous en aurons des plus précieuses.

— Lesquelles ? hasarda Géraud d'une voix attendrie.

— Des provisions de joie, d'amitié et de sourires ! Et je compte sur vous pour une valse, Joseph.

— Moi de même, ajouta Camille.

— Je serai votre cavalier si ces messieurs qui me font signe ne me volent pas mon rôle.

Le médecin remit à plus tard le récit de son expédition jusqu'à Sarlat, où il avait conduit la famille de Juifs polonais après l'avoir hébergée une nuit. Il était pris au piège d'un présage qui le faisait frémir tout entier, celui d'un nouvel amour…

La soirée se déroulait sans une ombre au tableau. Assis autour des petites tables drapées de blanc, on dégusta d'abord les délices servis froids avec du cidre et du vin blanc. Amédée de Séguilières ouvrit le bal en faisant valser deux fois Mireille, puis, infatigable, il invita Camille pour une java, que joua Raphaël sur son harmonica.

Clara Fischer avait quitté le paisible refuge du salon pour admirer les danseurs depuis une chaise longue garnie de coussins. Quand Lidy et Armand suivirent quelques mesures de charleston, Étienne Goetz ayant déniché un disque adéquat, la vieille dame amusée frappa dans ses mains.

— Odile, montrez-nous le fox-trot avec votre mari, demanda Maria en riant.

— On va essayer si nous avons de la musique, répondit l'ancien brasseur.

— Je tente un air d'après mes souvenirs, déclara Raphaël.

Félicia, Célestin et Lucas sautillaient de façon désordonnée, rassasiés de gâteaux, de biscuits et de limonade, mais de joie également.

Deux heures exquises s'écoulèrent, où chacun sut renouer avec l'insouciance d'un passé récent et oublier la guerre. Albane se remémorerait souvent des scènes de ce bal au château, ce qui l'aiderait à garder courage dans des moments douloureux.

Mais pour l'instant, elle se moquait de l'avenir, car Raphaël l'avait invitée à danser sur la valse la plus célèbre, *Le Beau Danube bleu*. Ils évoluèrent en parfaite harmonie, les yeux dans les yeux, en échangeant tout bas des mots tendres, certains que la musique étouffait le son de leur voix.

— Tu es très en beauté, mon ange. Tu viendras cette nuit, que je puisse embrasser tes épaules, ta nuque et tout le reste de ton corps.

— Je serais incapable de ne pas me glisser dans ton lit, mon bien-aimé, tu es superbe ce soir dans ce smoking de papa, un vrai gentleman…

Albane ponctua cet aveu d'un regard passionné, que lui rendit Raphaël.

— Quel joli couple ils font, chuchota Odile à l'oreille de Maria. J'espère qu'ils se marieront quand mademoiselle Albane ne sera plus en deuil.

Amédée pensait exactement la même chose, en déplorant encore une fois le malheureux coup de fusil qui aurait pu tuer cet homme séduisant dont il admirait le courage et la force de caractère.

— Est-ce que votre fille ressemble à sa mère ? lui demanda tout bas Mireille. J'ai vu une photo de votre femme, cependant on ne se rend pas bien compte de son physique, en noir et blanc.

— Mathilde était blonde, avec des cheveux ondulés couleur de miel, un regard gris-bleu et une fossette au menton. Mais elles ont le même visage de madone, une silhouette svelte et gracieuse. Mon cœur s'est serré en voyant Albane dans cette robe qui était à sa maman.

— Je suis désolée d'avoir posé cette question si elle vous rend triste, Amédée, murmura-t-elle. Je dois avouer que je me sens mélancolique, car je pense à Aaron, mon époux. Il aurait aimé cette fête sous les arbres, les lampions, les danses.

— Allons, tournons le dos au passé, ma douce amie, répliqua le châtelain en lui étreignant la main.

Célestin se campa devant eux au même moment, mais Amédée ne lâcha pas les doigts tremblants de Mireille.

— Madame Dresner, voulez-vous que je retourne écouter à la porte du boudoir, au cas où le petit Pierre pleurerait ? proposa-t-il d'un air sérieux.

— Comment refuser, cela me tranquillise. Cependant tu y es déjà allé trois fois pour me rendre service.

— J'irai autant que vous le souhaitez, madame Dresner !

— Eh bien, j'accepte, mon garçon.

Il partit en courant, tout content d'être utile à la personne qu'il vénérait le plus au château. Lorsqu'ils étaient seuls, Mireille l'appelait Isaac et ils discutaient en yiddish[1]. L'une l'avait appris avec son mari, le second en connaissait quelques bases, instruit en cela par sa grand-mère maternelle.

— Quel brave petit bonhomme, nota le châtelain. Le docteur Géraud tient à nous verser une pension pour lui, mais j'en suis contrit, car sa générosité met l'accent sur ma pauvreté. Cependant je n'ai pas pu refuser, hélas.

— Pourtant Pierre et moi nous vivons à vos crochets, lui signifia Mireille.

— C'est faux, vous participez à l'achat de denrées depuis votre arrivée. Albane m'a confié que vous avez souvent voulu nous prêter de l'argent.

— Je suis toujours prête à le faire, Amédée.

Ils furent interrompus par le retour de Célestin, dont le grand sourire était explicite.

— Le bébé dort bien, il suce son pouce ! Je suis entré sur la pointe des pieds dans le boudoir, vous n'avez pas à vous inquiéter, madame Dresner. Je retourne jouer avec Félicia et Lucas. De toute façon, Lidy ne m'invitera jamais à danser, je suis trop jeune.

1. Langue parlée par les communautés juives d'Europe centrale et orientale.

— Alors à toi d'inviter cette demoiselle, suggéra Amédée en lui adressant un clin d'œil complice. As-tu remarqué que c'est le docteur Géraud qui a proposé une valse à Camille ?

— D'accord, je vais tenter ma chance, monsieur !

Une joyeuse exclamation d'Étienne Goetz retentit la minute suivante.

— J'ai trouvé un disque où il y a deux tangos ! annonça-t-il ensuite. Avis aux amateurs.

— Oh oui, un tango ! s'enthousiasma immédiatement Camille. Mon père m'a appris à le danser. Qui est volontaire ?

— Je suis obligé de refuser, je serais ridicule, plaida le médecin en le regrettant au fond de lui.

— Allons-y, j'ai quelques bases, déclara Raphaël.

Un peu dépitée, Albane écouta sans entrain les accords du tango argentin. Le 78 tours devait être endommagé, le son étant assez mauvais, cependant Camille s'en moquait, heureuse de faire une démonstration de ses talents. Sa robe rouge virevolta, dévoilant ses jambes musclées et dorées par le hâle.

— Doux Jésus, elle y met du sien, marmonna Maria, assise près de Clara Fischer.

— Me croirez-vous si je vous disais que j'ai dansé le tango avec mon petit-fils quand il avait quinze ans ? avoua la vieille dame. Je lui ai enseigné l'essentiel, la preuve en est !

La fougue dont témoignaient Camille et Raphaël eut le don de causer un malaise à Albane, de nouveau assaillie par une jalousie incontrôlable. Elle se réfugia auprès du docteur, lui aussi envahi d'une vague irritation.

— Je déplorerai longtemps d'être un piètre danseur, dit-il.

— Et moi d'ignorer tout du tango, répliqua-t-elle. En toute honnêteté, Joseph, je n'apprécie guère ce spectacle.

— Soyez rassurée, vous étiez vraiment merveilleuse lorsque vous valsiez dans cette toilette de rêve ! Mais je devais être pitoyable aux bras de Camille. C'est sûrement le sort des veufs devenus de vieux célibataires.

— Ne dites pas de bêtises, protesta Albane. D'abord, vous n'êtes pas vieux, et rien ne vous oblige à rester célibataire.

— J'ai eu quarante-six ans au mois de mai, ma chère amie. Les jeunes femmes qui me plaisent ont tendance à me fuir en règle générale.

— Est-ce que vous parlez de moi, Joseph ?

— J'ai beaucoup souffert quand vous avez choisi Louis Molinier, mais c'est du passé. Je suis comblé de vous avoir pour amie et confidente, surtout ce soir.

Tout en discutant, ils continuaient à observer les prouesses de Camille et de Raphaël, qui venaient de prendre une pose très sensuelle, leurs visages se touchant presque. Albane se mit à applaudir, en espérant que cet horripilant tango était enfin terminé. Le médecin l'imita avec véhémence.

D'autres vivats résonnèrent. Amédée demanda aux jeunes gens de danser encore. Comme ils semblaient hésiter, Odile se leva et tendit les bras à son mari.

— Je vous en prie, Raphaël, jouez-nous un air de java ! s'écria-t-elle, ayant constaté l'expression tourmentée d'Albane.

— Volontiers, dit-il en riant.

Camille s'était adossée au tronc d'un érable et allumait une cigarette. De sa main libre, elle ôta soudain le bandeau qui maintenait ses cheveux raides en arrière et les secoua. Poussé par l'attrait qu'elle exerçait sur lui, Joseph Géraud s'approcha.

— Un tango, docteur ? plaisanta-t-elle.

— Non, je le répète, je ne serais pas à la hauteur de Raphaël. Ah, Lidy et votre frère dansent la java eux aussi.

— Ils essaient, en s'inspirant du couple d'Alsaciens, rectifia Camille. Savez-vous à quoi je pensais, à l'instant ? J'ignore combien de jours nous demeurerons ici, au château, mais je n'oublierai jamais cette fête improvisée. Après les épreuves atroces de l'exode, c'est un cadeau inattendu du destin.

— Est-ce que je peux vous poser une question, Camille ? dit le médecin à mi-voix.

— Bien sûr, je répondrai sincèrement.

— Pourquoi avoir refusé de loger chez moi, en ville, avec tout le confort souhaité, le téléphone. J'aurais pu mieux surveiller l'état de votre frère, dont la plaie n'est pas encore bien cicatrisée. Certes, Raphaël vous a proposé l'hospitalité des Séguilières quand nous nous sommes séparés le mois dernier, mais j'ai fait de même sans résultat.

— Je l'admets, Joseph, murmura-t-elle.

— Il m'a paru évident que vous teniez surtout à pouvoir côtoyer Raphaël car vous aviez des sentiments pour lui.

— Mais c'est faux, Joseph, rétorqua-t-elle tout bas. Hier matin, Albane m'a dit la même chose. Eh bien non, j'éprouve juste de l'amitié pour lui. Je ne tomberai jamais amoureuse d'un homme qui est fou d'une autre femme. Où est l'intérêt, à part souffrir en silence ? Durant les quelques jours que nous avons passés ensemble près de Limoges, Raphaël me parlait d'Albane du matin au soir. Elle l'obsédait. Je comprends mieux maintenant, car je la connais un peu.

Le médecin approuva d'un signe de tête, se souvenant d'une époque pas si lointaine où il était victime de la même obsession.

— Dans ce cas, pourquoi avoir tenu à venir ici, au château ? insista-t-il. M. de Séguilières est ruiné. Sans l'ingéniosité et la ténacité de Maria, il n'y aurait pas cette abondance de produits frais ni de repas corrects.

Agacée, Camille l'entraîna par le coude à l'écart du cercle de lumière où Odile et Étienne Goetz se lançaient dans un fox-trot endiablé, à la grande joie de leurs deux enfants.

— Si vous avez peur pour votre chère Albane, rassurez-vous, Joseph, je n'ai aucun plan caché. Si je suis là, c'est malheureusement pour avoir cédé à des sentiments peu glorieux, souffla-t-elle une fois dans la pénombre du parc.

— De quoi s'agit-il ? Vous m'inquiétez, Camille.

— J'ai insisté pour venir au château par pure provocation. Et je n'en suis pas fière maintenant que je connais mieux Albane. Raphaël m'avait fait d'elle un portrait tellement élogieux que j'appréhendais de la rencontrer, et quand je l'ai vue, je n'ai pu m'empêcher de ressentir un mélange confus de honte et de jalousie.

— Je ne saisis pas. Vous venez pourtant de me dire que Raphaël ne serait jamais plus qu'un ami pour vous, répliqua le docteur d'un ton sec.

— Je ne parle pas de jalousie amoureuse, Joseph. Essayez de me comprendre. Je n'avais plus de foyer, nous venions de traverser des semaines cauchemardesques avec Armand, je portais sur moi les seules possessions qui me restaient, et Albane, elle, avait tout, la guerre l'avait épargnée. Je l'ai enviée pour ça, et je me suis tout de suite mise sur la défensive. C'est ma façon de réagir quand je suis mal à l'aise, la carapace que je me crée pour me protéger. Lorsque j'ai perçu sa réticence à nous accueillir au château, j'ai sauté sur l'occasion. C'était en quelque sorte une façon de lui montrer qu'elle ne m'intimidait pas avec son château et sa belle robe.

— Je vous remercie pour votre franchise, Camille. Cependant, je ne cautionne pas votre réaction, d'autant que vous avez jugé hâtivement Albane, qui a elle-même connu son lot d'épreuves.

— Croyez-moi, Joseph, je regrette mon attitude. Mais nous avons pu avoir une discussion à cœur ouvert avec Albane, qui a accepté de me pardonner. J'espère que vous ne me jugerez pas trop sévèrement.

Si la première réaction du docteur Géraud avait été la déception, il était désormais touché par la sincérité de Camille et par ses confidences qui révélaient la fragilité de cette jeune femme peu habituée à dévoiler ses émotions.

— Retournons auprès des autres, dit-il en guise de réponse.

Albane fut la première à les voir revenir, car elle était allée jusqu'au pré jouxtant le potager où se trouvaient son cheval, la vache et la chèvre. Les hennissements répétés d'Ulysse avaient fini par l'intriguer.

— Il y a peut-être un renard ou un chien errant, avait-elle supposé avant de se diriger vers l'arrière du château. J'y verrai assez, la lune s'est levée.

— Faites attention, mademoiselle, la lune n'est que dans son premier quartier, ça n'éclaire pas trop, s'était inquiétée Maria.

De retour depuis quelques minutes, la jeune femme tenait un verre de cidre à la main en guettant Camille et le médecin, qui avançaient en silence, tous deux avec un air boudeur.

— Ils se sont querellés, hasarda Raphaël à son oreille.

Étienne Goetz renonça à mettre un dernier disque, Odile voulant coucher leurs enfants. Célestin, quant à lui, trottinait vers Mireille et le châtelain, après une dernière visite dans le boudoir. Lidy discutait avec sa grand-mère, désireuse de retourner au lit, tandis qu'Armand déplorait de sa voix grave la fin de la fête. Il voulait changer les bougies des lampions, trois d'entre eux étant éteints.

Le lendemain, Albane se dirait que tout était en place pour ce qui s'apprêtait à se produire, dans l'air plus frais de la nuit d'été. Il y eut un nouveau hennissement strident du cheval puis des aboiements lointains, sûrement ceux du chien de la plus proche ferme. Et soudain un cri rauque, assorti d'un bruit de bottes sur les gravillons, devant les écuries.

— Seigneur Dieu ! hurla Maria. Les Allemands !

Ils virent tous un soldat en uniforme de la Wehrmacht qui marchait vers eux, une main sur l'étui de son pistolet. Il était jeune, les cheveux ras, les traits crispés.

Pour les habitants du château de Séguilières, petits et grands, ce fut comme si le temps s'arrêtait, suspendu par l'apparition de l'ennemi…

9

Des choix difficiles

Château de Séguilières, même soir,
dimanche 14 juillet 1940

Face au soldat allemand, plus personne n'osait bouger. Félicia et Lucas s'étaient vite cachés derrière leurs parents, abasourdis par l'irruption de l'ennemi tant redouté. Raphaël serrait Albane contre lui, tout en cherchant des yeux n'importe quel objet pouvant faire d'office d'arme, une pierre, un bâton, un couteau de cuisine. Le premier à réagir avec un courage exemplaire fut Amédée de Séguilières, ancien combattant et farouche défenseur de la propriété privée.

— Halte, monsieur, vous êtes sur mes terres, qui plus est en zone libre ! déclara-t-il d'une voix forte.

— *Jawohl, mein herr !*

Le châtelain comprit, ayant des bases élémentaires en langue allemande, mais Lidy crut utile de traduire.

— Il vous dit « oui, monsieur » !

— Je parle français, un peu ! cria l'intrus avec un fort accent germanique.

— Vous êtes seul ? interrogea le docteur Géraud, qui avait couru à la rescousse de ses amis.

— Oui, seul, tout seul !

— Alors jetez votre pistolet ! ordonna Raphaël.

Aussi terrifié que Mireille, Célestin s'était accroupi près d'elle et se cramponnait à sa robe. Le garçon croyait que le soldat venait les arrêter tous les deux parce qu'ils étaient juifs.

Albane respira mieux en voyant le soldat poser l'arme sur le sol pour la pousser à un mètre de lui du bout de sa botte. Ce fut Armand qui la ramassa et la remit au médecin. Il la garda en main d'un air embarrassé, car c'était la première fois qu'il tenait un pistolet.

— Que faites-vous ici ? demanda Amédée d'un ton sec.

— Moi, déserteur… Mon nom, Gunther Hofman.

Ces mots semèrent une stupeur incrédule, ponctuée de regards méfiants.

— Pourquoi avez-vous déserté ? interrogea Lidy en allemand, si bien que personne ne comprit la question, pas même le châtelain.

— Pas faire la guerre, pas tuer, non.

Albane remarqua soudain la manière avide dont il scrutait les restes de nourriture sur les petites tables rondes disposées en demi-cercle.

— Je crois qu'il est affamé, souffla-t-elle à Raphaël.

— Il pensait sûrement voler une poule dans la basse-cour, répliqua-t-il tout bas.

— Moi, déserteur, pas faire de mal ! s'écria Gunther Hofman. Demain, je pars loin. Je veux un peu à manger, habits civils aussi. S'il vous plaît.

Odile Goetz et son mari avaient reculé sous les arbres. Après un détour prudent, ils emmenèrent Félicia et Lucas vers le château.

— Comment savoir s'il dit la vérité ? hasarda la réfugiée une fois dans le hall. Tu connais un peu d'allemand, tu aurais pu lui parler, Étienne.

— Causer avec un fritz, tu oublies que mon père a perdu sa jambe à Verdun et qu'il est mort d'un œdème pulmonaire à cause des gaz. Bon sang, tout recommence une vingtaine d'années plus tard, quelle poisse ! Montons vite dans notre chambre, et on se ferme à clef.

En bonne chrétienne soucieuse de pratiquer la charité en toutes circonstances, Albane avait apporté une assiette au soldat, sur laquelle étaient rassemblés une part de cake aux fruits confits, deux tranches de pain et un morceau de fromage. Ils l'avaient tous observée pendant qu'elle préparait son offrande.

— Si c'est pas malheureux, ronchonnait Maria.

Cependant les cœurs les plus tendres s'émurent lorsque Gunther Hofman se laissa tomber par terre pour s'asseoir en tailleur, sans avoir lâché la précieuse assiette et qu'il se mit à engloutir la nourriture.

— Pauvre type, il devait crever de faim, murmura Armand à sa sœur.

— Il va s'étouffer, à la vitesse où il avale, commenta Camille.

Mireille en avait profité pour courir à son tour jusqu'au château, Célestin la suivant de près. Amédée ne s'aperçut pas de leur fuite, troublé par la triste vision de ce jeune Allemand qui frémissait de joie en mordant dans le pain des Français.

— Autant lui donner à boire, dit Raphaël.

— Il reste une carafe d'eau, constata Lidy.

Elle s'empara d'un verre, le rinça et marcha sans hésitation vers le soldat. Il leva la tête avant de boire.

— Merci, mademoiselle, articula-t-il en s'appliquant.

— Si vous avez vraiment déserté, il faut nous expliquer pourquoi, souffla-t-elle dans sa langue natale.

— *Jawohl !*

Gunther Hofman se lança alors dans un discours rapide, comme s'il avait hâte de se justifier. Lidy lui fit signe de ralentir, car elle craignait de ne pas tout comprendre à cause de son accent prononcé.

— Moi, je rentre me coucher, annonça Maria. Rien qu'à l'écouter baragouiner en prussien, j'en ai froid dans le dos.

Le terme de prussien arracha un sourire amer au docteur Géraud. Il songeait qu'il avait fait passer la ligne de démarcation à une famille juive deux jours auparavant, et qu'à présent, une recrue de la Wehrmacht se tenait à trois mètres de lui.

— Que faire, Joseph ? demanda Albane qui était désemparée.

— Je l'ignore. Attendons que Lidy nous traduise ce qu'il a dit. Il a très bien pu déserter, ne faisons pas de généralités, tous les Allemands ne sont pas des brutes sanguinaires.

Le soldat s'était tu, occupé à attraper des miettes dans l'assiette. Raphaël prit sa sœur par le bras afin de l'éloigner de lui.

— Que t'a-t-il raconté, Lidy ? s'enquit-il tout bas. Tu le crois sincère ?

— Tout à fait, mais je n'ai pas de détails. Il répétait qu'il n'en pouvait plus, qu'il avait vu des gens mourir, des enfants. Il refuse de participer à des crimes affreux. Ce mot-là revenait souvent, « affreux ». Et il réclamait des vêtements civils. Il veut brûler son uniforme et enterrer son arme ici. On devrait faire ce qu'il demande, comme ça, il partira à l'aube.

— Je ne peux pas décider seul, il faut se concerter, soupira Raphaël. L'unique personne qui peut accepter, c'est le maître des lieux, M. de Séguilières.

Armand avait écouté leur conversation. Il désigna le pistolet toujours dans la main du médecin.

— On pourrait abattre ce type. Déserteur ou pas, c'est un ennemi. Après ce que j'ai vu pendant l'exode, je me porte volontaire pour lui tirer une balle dans le front.

Camille, qui venait d'entendre les propos de son frère, se jeta sur lui et le gifla à la volée.

— Pauvre imbécile, tu n'as pas honte ! dit-elle entre ses dents. Disparais de ma vue, ou bien je te mets dans un train pour Toulon dès demain.

— On ne peut même plus plaisanter, rétorqua Armand en se frottant la joue. Je monte dans notre chambre.

Son départ soulagea le docteur et Albane. Ils échangèrent un regard navré, démunis face à une situation qu'ils jugeaient aberrante. De son côté, Raphaël discutait avec le châtelain.

— Quelqu'un pourrait-il m'accompagner jusqu'à mon lit ? supplia alors Clara Fischer. Moi aussi je parle allemand, et j'ai compris les paroles de ce soldat. Je suis de l'avis de Lidy, donnons-lui ce qu'il veut et qu'il s'en aille au plus vite.

— Je t'emmène, mamie, déclara l'adolescente.

Toujours assis en tailleur sur le sol, Gunther Hofman ne leur prêtait plus attention. Les yeux mi-clos, il n'avait plus qu'une envie, dormir. Mais il sursautait de temps à autre, s'éveillant brusquement si le sommeil le terrassait.

— Même en le chassant d'ici, il n'ira pas loin, commenta Camille. Albane, envoie-le dormir dans un box des écuries. Il sera déjà bien content de s'allonger sur de la paille.

— Pas sans l'accord de mon père.

Amédée de Séguilières avait dû prendre une décision, car il alla secouer le soldat par l'épaule.

— Debout, monsieur, ordonna-t-il. Je vous offre l'hospitalité pour cette nuit, et vous aurez des habits civils demain matin. Je ne sais pas si je peux faire confiance à un homme qui trahit sa patrie et ses supérieurs, mais j'ai pitié de vous.

— Merci, merci, bredouilla Gunther Hofman qui s'était relevé et titubait un peu, l'air hébété.

— Je vous accompagne, il y a des couvertures dans la sellerie, et je vais étaler de la paille propre.

— Père, je m'en occupe, protesta Albane.

— Non, ma fille, ce n'est pas ton rôle ! Je suis chez moi, j'en prends la responsabilité. Venez, monsieur.

Sidéré par l'attitude du châtelain, le médecin s'empressa de confier le pistolet à Raphaël.

— Je n'y connais rien et je ne sais qu'en faire, affirma-t-il.

— Mon père pratiquait le tir, j'ai appris à me servir d'une arme car je l'accompagnais souvent lors des compétitions. Le pistolet n'était pas chargé, docteur, dit le jeune homme après une rapide vérification.

— On doit le garder, conseilla Camille. Si la résistance se met en place, j'en aurai besoin. Cache bien ce pistolet, Raphaël, et il faudrait récupérer les balles, ce type a dû les planquer sur lui.

— Ou il les aura jetées, hasarda Albane, très mal à l'aise. Excusez-moi, mais après l'accident provoqué par mon père, je me méfie de ces engins de mort.

— Je pense qu'il a encore les balles en sa possession, en guise de possible échappatoire si la police française l'arrêtait, prôna Géraud. J'ignore la raison exacte pour laquelle il a déserté, cependant il pourrait s'agir d'un cas de dépression. Nous ne sommes pas tous programmés pour la guerre. Dans l'hypothèse où il dit la vérité, assister à l'agonie d'un enfant ou d'une femme a pu le traumatiser. Il se sera senti coupable d'appartenir à une armée capable de commettre de tels actes.

— Et l'échappatoire que vous évoquez, docteur, c'est le suicide, marmonna Camille.

— Dans ce cas, il serait à plaindre, admit Albane. Ce premier contact avec l'ennemi est étrange. Joseph, et s'il tentait de se supprimer au cours de la nuit ?

— Il aurait fait son choix, trancha-t-il. Mais j'admets que ce serait très embarrassant pour vous tous.

Lidy revenait du château, un gilet en laine sur ses épaules. Elle chercha son frère des yeux, mais Raphaël était allé lui aussi dans les écuries afin de dissimuler l'arme.

— Mamie se tracasse à cause du soldat allemand, j'espère qu'elle réussira à s'endormir, leur dit-elle. Et Maria est en colère. Elle cuisine un plat au lieu de se coucher, pourtant il est déjà tard. Armand lui tient compagnie.

— Mon frère m'exaspère, je lui avais demandé de monter dans notre chambre, enragea Camille. Je me sens piégée en étant obligée de m'occuper de lui. Il était déjà comme ça gamin, il faisait n'importe quoi.

Albane frissonna, car l'air nocturne rafraîchissait. Elle avait envie de se changer, sa robe de soirée étant très décolletée, mais elle demeurait sous les lampions, dont un seul éclairait encore. Son regard noisette se fixa sur le quartier de lune, situé à présent au-dessus d'une des tours du château.

— Vous avez froid, mademoiselle, prenez mon gilet, lui proposa Lidy.

— Et toi ?

— Ne vous inquiétez pas, je vais retourner voir ma grand-mère. En fait, je voulais que

Raphaël vienne avec moi pour la calmer. Elle semble délirer, en prétendant que d'autres soldats vont arriver pour nous massacrer.

— Je ferais mieux de l'ausculter, décréta le docteur Géraud. Cette pauvre dame a dû subir un choc nerveux.

Le médecin et l'adolescente s'éloignèrent, laissant seules les deux jeunes femmes. Sans un mot, elles commencèrent à débarrasser les tables en disposant la vaisselle sale dans une panière.

— Je me demande ce que font mon père et Raphaël, dit enfin Albane qui secouait les nappes.

— Ils sont sans doute en grande conversation à propos de ce pitoyable individu en vert kaki, répliqua Camille.

— Tu juges vite cet homme, et sans savoir ce qu'il a vécu.

— Au fond, je m'en fiche, il a débarqué là en pleine fête, dans l'uniforme de l'armée allemande, ce qui me suffit pour n'éprouver aucune pitié envers lui.

Le retour du docteur Géraud permit de mettre fin à une discussion qui s'annonçait houleuse.

— J'ai fait prendre un analgésique à Mme Fischer. C'était suffisant pour ce soir mais je devrai bientôt lui injecter de la morphine, car elle souffre terriblement sans se plaindre, ce qui influe sur ses nerfs, déclara-t-il. Lidy est montée se coucher, elle était fatiguée et je l'attends à 8 heures demain matin à mon cabinet. Sur ce, je vous souhaite une bonne nuit, mesdemoiselles, je rentre chez moi. Je vous remercie de m'avoir invité, la fête était charmante même si elle s'est terminée de façon fort pénible.

Le médecin était monté dans sa voiture quand Amédée de Séguilières et Raphaël rejoignirent les deux jeunes femmes.

Le châtelain et le jeune homme avaient la même expression tragique. Ils les rejoignirent en échangeant un regard de connivence.

— Le soldat dort profondément, annonça Amédée. Il n'a pas osé avouer à Lidy, qu'il trouvait trop jeune, les causes de sa désertion. Sachez que je compte aider Gunther Hofman dans sa quête de justice et de liberté. Je vais lui donner des habits corrects qui le feront passer pour un réfugié alsacien. Son accent germanique est prononcé, néanmoins assez proche de celui d'Otto Meyer.

— Où ira-t-il ? s'enquit Camille.

— Je l'ignore, mais il voudrait intégrer un réseau français de résistance, à condition qu'il en existe déjà. Nous n'en avons pas encore la preuve. Raphaël, faites à votre idée, je monte dans mes appartements… Et allumez une ou deux bougies, la lune a disparu, il fait sombre.

— Bonne nuit, papa, je suis fière de vous, murmura Albane.

Elle s'approcha de lui pour l'embrasser sur la joue. Il la gratifia d'un sourire triste en effleurant son front.

— Toutes les guerres sont abominables, mais ce que font les nazis sous les ordres de Hitler dépasse l'imagination, ma fille chérie. Que Dieu nous garde d'en être témoins un jour. À demain matin.

Raphaël était demeuré silencieux. Il avait allumé une bougie neuve, calée dans un chandelier ruisselant de cire refroidie. Sans un mot encore, il proposa une cigarette à Camille qui l'accepta en marmonnant un faible « merci ».

— Je n'entrerai pas dans les détails, afin de vous ménager, soupira-t-il ensuite. Hofman nous a raconté ce qu'il avait vécu en Pologne…

— Comment a-t-il pu être précis ? Il parle très mal français, fit remarquer Camille.

— Mieux qu'il ne le prétendait. De toute évidence, certains événements ne sont pas rapportés dans les journaux, ajouta Raphaël. Il nous a expliqué qu'en septembre 1939, les soldats de la Wehrmacht ont commis d'ignobles massacres sur les civils, hommes, femmes et enfants à la suite de l'invasion de la Pologne. Beaucoup étaient juifs, bien sûr. Hitler en avait décidé ainsi, il fallait terrifier le peuple polonais, qu'il considère comme une race inférieure, afin de détruire la nation entière et d'avoir le champ libre pour disposer du pays[1]. Des centaines de civils ont été exécutés arbitrairement, certains enfermés dans des granges et brûlés vifs. Gunther Hofman était adjudant. Quand il a compris ce qui se passait, il a essayé de s'enfuir, ne pouvant pas cautionner les exactions commises par la Wehrmacht. Un soldat l'a dénoncé et il a failli être fusillé, mais grâce à son lieutenant, auprès de qui Hofman a plaidé une crise de démence, on l'a fait hospitaliser. Lorsqu'il a été réincorporé, il s'est retrouvé en zone occupée. Et là, il s'est décidé à déserter en franchissant la ligne de démarcation. Je n'en sais pas plus.

Tremblante d'émotion, Albane céda à une frayeur viscérale. Elle se représentait de futurs massacres, perpétrés en France ceux-ci, tout en éprouvant une peine immense pour ces innocents sacrifiés à la folie d'un dictateur.

— Nous devons l'aider, papa a fait le bon choix, dit-elle d'une petite voix.

— Pourtant Hofman a dû participer à ces tueries, hasarda Camille. Certes, il en a souffert, cependant il y était, armé et sous les ordres de ses supérieurs. Je ne partage pas votre indulgence envers ce soldat allemand, désolée…

— Au moins, il refuse d'être à nouveau mêlé à de tels actes de barbarie, répondit Raphaël.

---

1. Faits authentiques.

— S'il dit la vérité ! rétorqua sèchement Camille.

— Il mérite que nous lui laissions le bénéfice du doute ! riposta Albane.

— Cette discussion ne mènera à rien, je préfère aller me coucher, conclut Camille en les quittant.

Dès qu'ils furent en tête à tête, Albane enlaça Raphaël, dont la mine pathétique la désolait.

— Quelle soirée ! dit-il en la serrant contre lui.

— Oui, je suis fatiguée, je vais rentrer moi aussi. Tu devrais peut-être m'accompagner, nous irons voir tous les deux si ta grand-mère dort bien.

— Tu as froid ? s'inquiéta-t-il après l'avoir embrassée dans le cou. Ta peau est toute fraîche.

— Pour une nuit d'été, il ne fait pas chaud. Mon amour, tu es tourmenté, je le devine. Je voudrais te réconforter par des baisers mais il est tard et nous avons un soldat allemand dans les écuries.

— Tant pis, je me contenterai de te sentir là, toute douce sur mon cœur.

Raphaël la prit par la main. Ils regagnèrent ainsi le château, où régnait un profond silence. Maria et Armand avaient dû se coucher.

— Lidy a laissé une lampe à pétrole allumée, nota Albane en traversant le salon.

— J'entends mamie respirer, le calmant que lui a donné le docteur a dû agir, souffla-t-il.

Ils se penchèrent sur le lit où Clara Fischer sommeillait, son visage émacié détendu par un profond repos. Une ombre de sourire se dessinait même sur ses lèvres.

— J'espère qu'elle fait un joli rêve, dit Raphaël.

Quand ils furent de nouveau au milieu du hall, non loin du grand escalier, Albane eut une idée.

— Enlève tes chaussures et monte avec moi. Tu es entré une seule fois dans ma chambre. J'ai besoin d'aide pour ôter cette robe, il y a des agrafes dans le dos. C'est un modèle qui date un peu.

— Dans ta chambre, vraiment ? insinua-t-il tout bas. Si tu m'invites aussi gentiment, je ne peux pas refuser…

Albane souhaitait oublier le tango qui avait réuni Camille et Raphaël. Elle les revoyait sans cesse, si proches l'un de l'autre que leurs lèvres auraient pu s'effleurer. Elle souhaitait également chasser de son esprit les terribles révélations de Gunther Hofman.

Avec un sourire rêveur, elle referma à clef la porte de sa chambre, dès qu'ils furent à l'intérieur. Sans un mot, elle alluma les bougies du chandelier à trois branches disposé sur sa cheminée. Ensuite, toujours silencieuse, elle retira les épingles de son chignon et secoua ses cheveux.

Raphaël s'était assis au bord du lit, en chemise blanche, ayant enlevé sa veste et son gilet. Il ne la quittait pas des yeux, conquis à jamais par sa grâce innée, la beauté de son corps et le charme rare qui émanait de toute sa personne.

— Tu as un visage d'ange, souffla-t-il.

— Maintenant il faut m'aider, s'il te plaît, dit-elle en lui tournant le dos.

Le désir envahissait Raphaël lorsqu'il se mit à l'ouvrage. Ses doigts effleuraient souvent la chair satinée et tiède qu'il dénudait petit à petit.

— Tu n'as pas de combinaison sous ta robe ni de soutien-gorge, murmura-t-il.

— Non, à cause du bustier. Mais j'ai une culotte en satin.

« Oublier, oublier, l'audace de Camille, ses jambes dorées, se répétait Albane. Oublier les fusillés et les brûlés de Pologne. »

Sa longue toilette de bal glissa tout à coup jusqu'au parquet ciré. Des mains fébriles la débarrassèrent de sa culotte en satin rose et enfin Raphaël la saisit par la taille pour la renverser sur la courtepointe rouge du lit.

— L'amour plus fort que la mort, n'est-ce pas ? C'est bien connu, dit-il à son oreille.

Les baisers se succédèrent, ainsi que les caresses. Ils s'étreignaient, haletants, soucieux cependant de ne pas faire de bruit. Albane dut étouffer ses plaintes, au paroxysme de son plaisir. Quand Raphaël étouffa un gémissement de jouissance, elle tressaillit de joie. Ils demeurèrent enlacés, bouche contre bouche, un long moment.

— Je n'ai pas pu me contrôler, pourvu que tu ne sois pas enceinte, dit-il tout bas.

— Tant mieux si tu me donnes un enfant, je l'adorerai.

— Albane, avoir un bébé alors que nous sommes en guerre, ce serait de la folie. Comment savoir si les troupes allemandes resteront sagement en zone occupée… En plus, les médecins ont dit que tu pouvais en mourir.

— Chut, ne gâche pas ces instants merveilleux où nous ne faisons qu'un, où nous avons partagé un tel bonheur. Raphaël, il faut garder la foi, trouver en nous la force d'espérer.

Il s'écarta d'Albane et se leva pour se rhabiller. Dégrisé, il reprenait pied dans un tourbillon de colère, de craintes et de doutes.

— Je suis désolé, mais j'insiste, nous aurons un enfant plus tard. Je ne peux pas encore t'épouser et une grossesse hors mariage te ferait perdre ton poste d'enseignante. Je n'aurais pas dû te suivre.

— Chut ! Parle moins fort, recommanda-t-elle. Bientôt ce sera ma faute.

Déçue par son comportement, Albane dissimula sa nudité sous l'édredon. En appui sur un coude, elle le défia du regard.

— Tu regrettes, Raphaël ?

— Oui et non, soupira-t-il. Je m'en vais et je mettrai mon réveil. Ton père vient apporter des vêtements au déserteur à 6 heures. On lui offrira du café et du pain.

— Je serai là moi aussi, déclara-t-elle.

Albane attendit d'être seule pour pleurer au creux de son oreiller, révoltée par l'injustice de son propre sort et affligée à l'idée de la barbarie qui régnait si souvent dans le monde.

Le chant du coq tira Albane d'un profond sommeil. Elle se redressa, surprise de ne pas voir les rayons de soleil de l'aurore, ses fenêtres étant orientées à l'est. Une fois debout, elle constata qu'il pleuvait et se pencha un peu. L'odeur de la terre humide lui parvint, assortie du caquètement des poules.

— J'ai encore sommeil, se plaignit-elle.

Tout de suite, le souvenir d'un début de querelle avec Raphaël la traversa. Comme la pendule en cuivre sur sa cheminée indiquait 6 h 15, Albane s'empressa de faire sa toilette. Elle enfila une jupe, un corsage à fines rayures et noua ses cheveux sur la nuque.

— Papa doit déjà être dans les écuries.

Elle dévala l'escalier pour entrer dans la grande cuisine, où se trouvait Lidy.

— Tu es déjà debout ? s'étonna Albane.

La jeune fille faisait du café, sa longue chevelure d'un blond pâle nattée dans le dos.

— J'ai mal dormi, mademoiselle, alors j'aide votre père. Il m'a demandé de préparer un petit déjeuner pour le soldat allemand. C'est bizarre, Maria est introuvable.

— Elle a dû sortir traire la vache.

À l'instant où Albane prononçait ces mots, des bruits de sabots qu'on frottait sur le paillasson en fer de l'arrière-cour se firent entendre. Maria entra, chargée d'un bidon en aluminium, la mine renfrognée.

— Le fritz, il se contentera de café, bougonna-t-elle. Il n'aura pas une goutte de lait. S'il pense qu'en faisant un feu de joie avec son uniforme, il n'sera plus un ennemi, il se trompe… Il s'en est fallu de peu, tout à l'heure, pour que je grimpe sur mon vieux vélo. J'avais envie de ramener les gendarmes, pardi. Ils l'auraient fichu en prison, c'est tout ce qu'il mérite !

— Père aurait été furieux, Maria ! Il a accordé l'hospitalité à ce soldat, tu n'as pas le droit de trahir sa parole.

— Oh vous, mademoiselle, c'est pas maîtresse d'école que vous auriez dû être, mais bonne sœur ! Qu'est-ce qu'il dirait, mon mari ? Émile est mort pour la France en 1916, et moi j'étais veuve à trente-quatre ans. Je n'ai pas pitié de votre protégé, un déserteur en plus, un lâche.

— Non, Maria, vous exagérez ! se récria Lidy. Ce soldat a déserté parce qu'il refusait de tuer des gens, c'est tout à son honneur.

— Tu crois qu'il n'a pas de sang sur les mains ? s'égosilla la domestique, rouge de colère.

— Du calme, se disputer ainsi ne sert à rien, chacun agit selon sa conscience, déclara Albane. Je te comprends, Maria, cependant j'approuve l'attitude de mon père.

— De toute façon, monsieur ne fait jamais rien comme tout le monde.

Prête à pleurer de nouveau, Lidy s'empara de la cafetière remplie à ras bord. Elle prit aussi un panier couvert d'un torchon.

— Qu'est-ce que tu emportes petite ? ronchonna Maria.

— Du pain et de la confiture, monsieur Amédée et Raphaël déjeunent avec Gunther Hofman. Ensuite il s'en ira. On a trouvé un costume d'été pour lui avec le maître des lieux, ainsi qu'une casquette en toile, pour cacher un peu ses cheveux très courts et très blonds, comme les miens.

— Je t'en prie, Lidy, ça suffit ! protesta Albane. Dépêchons-nous. Cet homme doit s'en aller au plus vite, sinon la guerre éclatera ici, au château.

Le déserteur était assis sur le banc, près de l'entrée des écuries. À la lumière du jour, il parut différent aux deux jeunes femmes. Vêtu d'un modeste costume en serge brune, d'une chemise bleue, il avait une expression aimable, mais ses yeux clairs trahissaient sa gêne et l'angoisse qu'il devait ressentir.

Amédée et Raphaël se tenaient à un mètre de lui, occupés à ranger des objets dans une musette en toile.

— Bonjour, dit Albane. Voici le café, et de quoi manger.

— J'ai apporté cinq gobelets, ajouta Lidy.

— Vous êtes jolies, mesdemoiselles, balbutia Hofman. Les Françaises sont toujours très jolies.

— Merci du compliment, mais je suis sûre que dans votre pays, il y a aussi de belles femmes, murmura Albane, mal à l'aise sous son regard éperdu.

— C'est moi qui dois dire merci, pour la nourriture hier soir, les habits, les chaussures. J'ai beaucoup de chance.

— Mais vous parlez bien notre langue, remarqua Lidy.

— Oui, car j'ai bien dormi. J'étais groggy hier !

— Groggy ? répéta le châtelain. Que signifie ce mot, c'est de l'anglais, il me semble.

— Vous ne le connaissez vraiment pas ? s'étonna Raphaël. C'est un terme de boxe, ça veut dire affaibli, presque assommé.

— J'ai fréquenté des Britanniques pendant la précédente guerre, mais aucun d'eux n'a employé ce mot. Groggy, cela me plaît ! Bon, monsieur Hofman, vous avez dans ce sac une carte topographique de la région, un canif, un pull en laine, du tabac à rouler. Quelques billets de banque aussi pour prendre un bus ou un train. Pensez à mes conseils, vous êtes alsacien, on vous a volé vos papiers, mais vous avez écrit à la mairie de Périgueux, la ville proche d'ici où sont installés les services administratifs de Strasbourg. Essayez de corriger votre accent, conclut Amédée.

— Après la guerre, monsieur, je reviendrai vous rendre l'argent, articula soigneusement le soldat.

Une odeur âcre et piquante dérangeait Albane. Elle aperçut alors un filet de fumée qui s'élevait au-dessus du toit des écuries.

— Nous avons fait un feu, lui dit Raphaël, témoin de sa petite grimace. L'uniforme de la Wehrmacht se consume, mais les bottes en cuir ont du mal à brûler.

Tous les cinq burent leur café dans un silence pesant. Le déserteur eut un geste qui apitoya Lidy. Comme elle lui avait donné du pain, il le rangea vite dans la musette qu'il referma.

— Je pars, je ne veux pas… pas d'ennuis pour vous, à cause de moi, débita-t-il en hochant la tête plusieurs fois. Au revoir, mesdemoiselles, messieurs. Merci beaucoup, merci.

Trop ému, le déserteur ne s'appliquait plus, mais il les salua d'un timide sourire. Lorsqu'il s'éloigna dans l'allée, Albane soupira, en prenant Lidy dans ses bras. Elles échangèrent un regard où se lisait leur sincère compassion pour ce jeune homme condamné à l'errance.

— Mireille et Célestin vont pouvoir sortir du boudoir, nota simplement le châtelain. Ils devaient être terrifiés, même si un unique soldat allemand ne représentait pas une menace pour eux. Je cours les prévenir. Tu n'oublieras pas, ma fille chérie, qu'il y a maintes façons de chasser un ennemi de sa propriété, sans violence, avec un peu de tolérance.

— En effet, papa, sachez que je vous admire pour vos qualités de diplomate.

Albane aurait volontiers embrassé son père, mais fier de lui, il se hâtait déjà vers le château afin de raconter ses exploits à sa douce amie Mireille et à Célestin.

— Je devrais me mettre en route également, annonça Lidy.

— Il n'est que 7 heures, tu as le temps, trancha Raphaël. Je dois te dire quelque chose de très important.

— C'est inutile, Camille m'a remis la lettre hier soir. Je l'ai lue, j'ai pleuré, maintenant je préfère éviter le sujet. C'est du passé, je dois songer au présent. Je tiens à réparer mes erreurs en secondant le docteur Géraud. Plus je ferai du bien, moins j'aurai honte. Paul s'est considéré comme un criminel à cause de notre courte liaison, hélas je suis aussi responsable que lui. Alors j'ai besoin de me dévouer, d'aider les autres. Ne m'en veuillez pas, c'est ma manière de me racheter.

— Je te comprends, sœurette, répondit Raphaël en l'attirant contre lui. Sois quand même prudente.

— Tu es très courageuse, ma petite chérie, ajouta Albane. Mais je suis prête à participer à vos expéditions nocturnes s'il vous manque un guide. La forêt et les bois de mon pays n'ont pas de secrets pour moi.

— Albane, je te l'interdis, tu entends ! s'écria Raphaël. Tu ne peux pas prendre de tels risques.

— Je suis libre de mes choix et je ne resterai pas les bras croisés. Tu es prévenu, mon amour… Lidy, tu diras à Joseph que je peux vous aider, c'est promis ?

— Promis, mademoiselle, assura Lidy, ravie. Je cours prendre le vélo dans la grange et je m'en vais vite, sinon je serai en retard.

10

Encore un orage

Château de Séguilières, mardi 16 juillet 1940

Albane, Maria, Félicia et Célestin étaient tous les quatre dans le potager, coiffés de chapeaux de paille, pour récolter les carottes semées en février. Malgré l'heure matinale, il faisait déjà chaud.

— Hé, les pitchouns, allez-y doucement, si j'en ai des cassées, elles se garderont moins bien, recommanda la domestique. Et on n'en croque pas en cachette, il y a de la terre dessus.

— Que veux-tu semer au même endroit ? s'intéressa Albane.

— J'en sais encore rien, mademoiselle, rétorqua Maria d'un ton abrupt. Je ferai de mon mieux, comme chaque année depuis que je travaille au château ! Pardi, il faut bien que Monsieur votre père et vous-même ayez de quoi offrir aux vagabonds !

— Combien de temps tu vas nous en vouloir ? S'il n'y avait pas les enfants à côté, je perdrai patience.

— Oh, mais allez-y, débitez votre sermon ! Je peux vous rendre mon tablier et trouver une place ailleurs, ça m'évitera de voir le bon pain que je pétris, que je fais cuire, finir dans la musette d'un…

— Tais-toi, Maria, je t'en prie ! l'interrompit Albane. La consigne est pourtant simple, plus personne ne parle de ce soldat allemand.

Célestin se rapprocha. En dépit de l'interdiction de la domestique, il mâchonnait un morceau de carotte.

— On a compris, mademoiselle ! Hein, Félicia, on n'a pas vu le fritz.

— Je te défends d'employer des termes péjoratifs, Célestin !

— Mais Maria l'appelait comme ça, et puis c'est quoi, des trucs péjoratifs ? questionna le garçon.

— Ne joue pas les innocents, tu le sais parfaitement. Célestin, tu as tout l'été pour soigner ton langage et t'améliorer en lecture avant la rentrée en octobre. Ton futur maître, M. Favre, est assez sévère, alors fais des efforts.

— Pourquoi je n'irais pas dans votre classe, avec Félicia ?

— J'enseigne aux écolières, or tu n'es pas une fille, il me semble, soupira Albane en souriant.

— On a déjà changé mon nom, alors pourquoi pas me déguiser en plus ?

Maria ne put s'empêcher de pouffer, mais elle reprit vite la mine fâchée qu'elle arborait du matin au soir. Furieuse d'avoir ri, même discrètement, elle se redressa en soulevant son panier.

— Je vais préparer le repas de midi, annonça-t-elle. On est toujours une dizaine, je n'ai pas le temps de chômer.

— Nous allons t'aider, puisque tu as trop de travail, proposa Albane. Et puis le docteur Géraud offre le déjeuner à Lidy et souvent le dîner. Quant à madame Clara, elle mange à peine. Cela fait des couverts en moins.

— Certes, mais vous oubliez les deux amis de monsieur Raphaël, et ces deux-là ne se gênent pas pour piocher dans nos provisions, lâcha Maria. Cette nuit, j'ai entendu du bruit et c'était Armand, ce jeune voyou, qui avait pris une bouteille de cidre dans le placard et buvait au goulot. Il s'était coupé une tranche de jambon, celui que j'avais mis à sécher au fond du cellier. Ces Tourangeaux, ce sont des pique-assiette, voilà mon avis.

Albane abandonna l'arrachage des carottes. Le seau en fer qu'elle avait pris était rempli.

— Ils vont bientôt partir, je t'assure. Hier Camille a pu téléphoner à ses parents de chez le docteur. Ils doivent lui envoyer un mandat postal pour leurs billets de train. Ils seront bientôt à Toulon et ce sera une charge en moins, Maria.

— Hum, je voudrais bien y croire, marmonna celle-ci, le teint cramoisi sous son chapeau.

— Camille me l'a redit tout à l'heure. Dès qu'elle sera allée à Périgueux, ils s'en iront. On rentre au frais, les enfants, on continuera ce soir.

— Tant mieux, c'est fatigant de récolter les carottes, se plaignit Félicia.

— Oh ! Regardez, mademoiselle, il y a un chien dans le pré de votre cheval ! s'exclama Célestin. Non, c'est plutôt un loup.

— Je dirais un chien-loup, trancha Albane. J'y vais vite, il ne faut pas qu'il effraie Ulysse.

— Ni la vache et la chèvre, renchérit Maria, les poings sur les hanches. Et bien sûr, Monsieur n'aurait pas idée de mettre le nez à sa fenêtre et de prendre son fusil.

Albane était déjà à l'entrée du pré, armée d'un bâton qu'elle laissait toujours près de la clôture. Le chien s'arrêta net en la voyant accourir.

Le dos hérissé, l'animal s'aplatit sur le sol. Il pouvait autant s'apprêter à bondir que se coucher ainsi dans un réflexe d'obéissance.

— Sors de là, va-t'en ! cria-t-elle.

Raphaël se précipitait pour l'aider. Il avait vu la scène depuis une des fenêtres de la tour d'angle, où il s'était décidé à emménager la veille.

— Sois prudente, Albane, ne le menace pas avec ton bâton, conseilla-t-il. Tu connais ce chien ? Il appartient à un de vos voisins ?

— Le plus proche voisin en ce moment, c'est le cousin de Maria. Mais il a deux épagneuls.

— Sans doute un chien errant, mais pas depuis longtemps, il a un collier et il semble avoir été bien nourri, nota Raphaël.

— Peut-être que des gens se sont installés dans la propriété de Maubert Guérin, hasarda-t-elle.

— Non, c'est impossible, le corps de logis est toujours sous scellés, et il reste la propriété de Guérin même s'il croupit en prison au château du Sablou. Bon, je tente une approche de cet animal, attends-moi ici.

En dépit de tout son amour pour Raphaël, Albane fut un peu agacée par le ton autoritaire qu'il avait eu.

— Avant de te connaître, j'ai su amadouer un dogue noir plus hargneux que ce chien-loup, se rebella-t-elle. Je ne suis pas en porcelaine, pour être tenue à l'écart du danger. Déjà qu'à t'écouter je ne devrais pas participer aux actions de Lidy et de Joseph…

— Ne sois pas ridicule, mon ange, je t'aime et je veux te protéger, plaida-t-il tout bas. Si cette bête attaque, je dois te défendre, ton père te dirait la même chose. De toute façon, il faut le faire fuir, sinon il reviendra dans la nuit et s'en prendra sûrement à la chèvre.

Le cheval poussa alors un hennissement strident. Il venait de découvrir le chien couché dans l'herbe du pré et il fonçait sur l'intrus au grand trot, suivi par la vache.

— Eh bien voilà, l'affaire sera vite réglée, déclara Albane. Ulysse va le chasser par intimidation, je l'ai déjà vu faire.

En effet, le chien-loup avait bondi et pris la fuite. Au même instant, un coup de feu éclata, figeant Raphaël sur place. Le hongre alezan se cabra, avant de faire demi-tour et de partir au grand galop vers le fond du pré.

— Mais qui a tiré ? hurla le jeune homme en regardant autour de lui.

Il aperçut très vite une silhouette masculine derrière les écuries et reconnut le frère de Camille.

— Sors de là, montre-toi, jeune crétin ! vociféra-t-il.

Armand apparut, le pistolet du déserteur à la main, un air déçu sur le visage.

— Je crois que j'ai raté ce sale cabot, déclara-t-il.

— Tu aurais pu tuer ou blesser Albane, rétorqua Raphaël. Tu es complètement fou !

Il courut vers Armand au moment où Maria s'élançait, elle aussi, suivie par Camille, Odile Goetz et le châtelain.

— Si c'est Dieu possible ! s'égosillait la domestique.

— De quoi s'agit-il, à la fin ? clamait Amédée.

Raphaël se jeta sur l'adolescent et commença par le secouer, en cramponnant ses épaules. Puis il lui mit trois violentes claques en pleine figure.

— Stop, arrête ! ordonna Camille. Armand saigne du nez !

— Il le mérite, ton frère n'a rien dans le cerveau, ou bien il cherche à nuire à tout ce qui bouge ! Il s'est emparé du pistolet que nous avions caché, expliqua Raphaël, le souffle saccadé par la colère. Il a trouvé les balles aussi, de toute évidence.

— Seigneur, quand j'ai entendu la détonation, mon cœur a manqué un battement, commenta Odile Goetz.

— Et moi donc, je venais de rentrer avec les enfants, insista Maria, devenue toute pâle. Je n'ai rien compris, mais j'ai eu une belle peur.

— Armand, pourquoi as-tu fait ça ? interrogea Camille d'un ton sévère. C'était stupide et dangereux. Donne-moi cette arme immédiatement.

— Un chien-loup s'était introduit dans le pré, il pouvait attaquer Mlle de Séguilières, se défendit-il sans lâcher le pistolet. J'ai failli tirer quand il était couché mais ça aurait été trop facile, je voulais m'exercer sur une cible en mouvement.

Les poings noués, Raphaël faillit se précipiter à nouveau sur lui. La désinvolture teintée de hargne d'Armand le révoltait.

— Camille, je crois qu'il est grand temps pour ton frère et toi de quitter le château ! décréta-t-il. Tu diras de ma part à ton père qu'il devrait veiller sur l'éducation de son fils, sinon il deviendra un misérable voyou, si ce n'est déjà fait.

Amédée, quant à lui, scrutait les environs sans voir Albane. Le cheval s'était calmé et la vache se frottait au tronc d'un pommier, sous le regard placide de la chèvre.

— Où est ma fille ? Raphaël, vous êtes sûr qu'elle n'a pas été blessée ? s'inquiéta-t-il.

— Oui, je vous le promets. Albane était près de moi quand il y a eu le coup de feu, mais j'ignore où elle est allée. Armand, ta sœur t'a dit de nous rendre l'arme, dépêche-toi.

— Un trésor que nous a laissé un soldat allemand, ça me coûte de m'en séparer, ironisa celui-ci. Il reste des balles !

Par prudence, Odile Goetz recula après avoir vérifié que les enfants demeuraient sagement dans l'arrière-cour.

— Madame Clara et Mireille doivent s'inquiéter, je vais les rassurer, indiqua-t-elle.

Camille venait d'arracher le pistolet de la main de son frère. Elle le remit aussitôt à Raphaël.

— Je suis vraiment désolée pour cet incident, soupira-t-elle. Nous serons partis avant ce soir. Je demanderai au docteur Géraud s'il peut nous héberger le temps d'organiser le voyage d'Armand.

— Bon débarras, dit tout bas Maria en se dirigeant vers le pré. Monsieur, ne craignez rien, je vous ramène mademoiselle, elle est dans le bois, j'ai vu une tache de couleur qui bougeait, et comme elle porte sa robe bleue, ça ne peut être qu'elle.

— Que ferait ma fille là-bas ? s'étonna le châtelain.

— À votre avis, monsieur ? lui répondit la domestique.

— Évidemment, Albane a voulu savoir si le chien avait été touché. Tu la connais mieux que moi, Maria. Je t'accompagne.

Resté seul entre Camille et son frère, Raphaël étudia le pistolet puis le glissa sous sa ceinture.

— Je n'arrive pas à croire que tu aies osé dérober cette arme et t'en servir, Armand, dit-il. Je suis déçu par ton comportement, dont les conséquences nuisent à ta sœur.

— Ne te bile pas pour ça, déclara la jeune femme. J'ai tenu la promesse faite à mon oncle et j'ai eu le plaisir de danser un tango avec toi. Nous serons mieux chez ce brave docteur et au moins nous ne dérangerons plus personne ici.

Plus tard, je pourrai me vanter d'avoir passé trois jours dans un château. J'espère que tu me rejoindras comme prévu à Périgueux, Raphaël. Je suis certaine qu'un réseau de résistance s'y établit. Même s'il ne s'agit pour le moment que de distribuer des tracts, je veux participer.

— Il y a d'autres actions à mener, Camille. Beaucoup de familles juives tentent de fuir la zone occupée en franchissant de nuit la ligne de démarcation, je t'en parlerai sans témoin.

— Pourquoi, tu ne me fais pas confiance, Raphaël ? s'indigna Armand. Tout ça parce que j'ai voulu éliminer une sale bête qui s'apprêtait à attaquer ? Vous n'irez pas vous plaindre quand vous aurez perdu votre chèvre ou vos poules.

— Je me moque de ce chien, mais tu aurais pu commettre un acte fatal en nous atteignant Albane ou moi, simplement pour faire le malin et assouvir des pulsions qui me répugnent. J'ai la désagréable impression que si ta sœur ne t'avait pas giflé pour te remettre les idées en place le soir du 14 juillet, tu aurais été capable de tuer le soldat allemand devant les enfants.

— Oui, c'est la guerre et ce type était un de nos ennemis.

— Tais-toi, Armand, j'en ai assez de tes délires ! hurla Camille. On rassemble nos affaires et on part en ville.

Sous le couvert des châtaigniers, Albane examinait le chien-loup étendu sur les feuilles mortes de l'automne précédent. Blessé à la cuisse, il se laissait caresser sans grogner ni montrer les crocs.

— Tu dois souffrir, murmura-t-elle. En plus, tu n'es pas méchant du tout.

Elle se méfiait cependant, n'osant pas toucher le large collier en cuir à moitié enfoui dans la fourrure fauve de l'animal. Il lui avait semblé deviner une plaque en métal où étaient gravés des mots.

Maria la découvrit ainsi, à genoux sur le sol, qui parlait d'une voix douce au chien.

— Hé, mademoiselle, faites attention, quand même ! Dites, c'est une jolie bête, il a le dos tout noir… Monsieur m'a escortée.

— Ne vous approchez pas trop, il semble inquiet, mais c'est vrai, il est superbe. Il faudrait le soigner.

— La balle a-t-elle pénétré ? interrogea Amédée. On voit du sang sur les poils !

— Je n'en sais rien, papa, si je touchais sa plaie, il pourrait me mordre.

— Il me vient un doute, Albane, je pense qu'il s'agit d'un berger allemand, une race de chien peu présente dans notre région, expliqua le châtelain. J'en ai vu pendant la guerre, lorsque mon régiment était dans l'Est. Allons, lève-toi maintenant, on ne sait jamais, cet animal peut t'attaquer.

— Mais non, papa, il l'aurait déjà fait. Je crois qu'il a confiance en moi.

— Ne perdons pas de temps, déclara Maria. Je retourne au château et je reviens équipée du nécessaire. Surveillez-le, mademoiselle, qu'il ne se sauve pas. Quand on a reçu le don de guérir du bon Dieu, hommes ou bêtes, on se doit de les soulager.

— Que vas-tu lui donner ? demanda Albane.

— De quoi l'endormir un peu, ensuite je nettoierai sa blessure. Si la balle est restée dans la cuisse, ce sera une autre paire de manches, mais je suis capable de lui ôter, on ne va pas déranger le docteur pour ça.

— Très bien, nous t'attendons ici, Maria, décida Amédée. N'est-ce pas, ma fille chérie ? Je peux te tenir compagnie et même te protéger, le cas échéant.

— Si tu veux, répondit distraitement Albane.

Elle continuait à caresser le chien-loup sur le crâne, entre ses deux oreilles bien droites.

— J'aimerais le garder, papa, avoua-t-elle à mi-voix.

— Je m'en serais douté, tu as toujours été attirée par les chiens, comme ta maman. Te souviens-tu du caniche que je lui avais offert ?

— Bien sûr, il était adorable.

— Hélas il est mort empoisonné, et Mathilde a eu tellement de chagrin que j'ai refusé d'en prendre un autre.

— Je n'ai pas compris pourquoi. À l'époque j'avais neuf ans et je pensais que maman aurait été moins triste si tu lui avais trouvé un nouveau chien.

La gorge nouée par l'émotion, Albane sentit quelque chose effleurer son genou droit.

— Tu as vu, papa ! Il a tendu la patte, comme s'il savait que j'étais triste.

— Seigneur, ne retombe pas en enfance, tu parles d'une petite voix qui me brise le cœur, avoua le châtelain. Ma fille chérie, cet animal a déjà un maître puisqu'il a un collier.

— Tu as raison, je ne faisais que rêver. Mais il est si gentil, papa. Viens le caresser toi aussi.

— Non, sans façon, Albane. Je suis désolé, quand Maria aura soigné ce chien, il faudra le laisser partir. Je suis certain qu'il retrouvera son chemin. Même s'il n'appartenait à personne, il serait hors de question de le garder. Une bête de cette taille doit manger considérablement. Nous avons suffisamment de bouches à nourrir, ces temps-ci.

— J'ai compris, papa ! Si tu souhaites rentrer au château, tu peux y aller, je serai mieux toute seule…

En dépit de cette allusion, Amédée de Séguilières resta à prudente distance de sa fille et de l'animal blessé jusqu'au retour de leur domestique.

Le chien-loup somnolait, grâce à un liquide noirâtre que Maria avait réussi à lui faire boire en le mélangeant à un peu de crème de lait. Penchée sur la plaie causée par le coup de feu, elle étudiait attentivement l'état de la peau et de la chair.

— Qu'en penses-tu ? demanda Albane à mi-voix.

— C'est rien de grave, mademoiselle. Je désinfecte, je passe un de mes baumes et cette belle bête sera vite sur pied. La balle n'est pas rentrée dans la cuisse, elle n'a fait que l'égratigner.

— Pourquoi était-il couché, dans ce cas ? J'ai vraiment cru qu'il souffrait beaucoup et qu'il était incapable de marcher.

— Allez savoir, soupira Maria. Dites, ma petite demoiselle, à présent que monsieur votre père est reparti au château, vous pouvez me parler franchement. Je vous connais par cœur. Quand vous étiez gamine, je vous emmenais chez mon cousin Mathurin pour voir ses épagneuls, les parents de ceux qu'il a en ce moment. Ce chien, il vous plaît bien ?

Albane se contenta d'acquiescer d'un signe de tête, tout heureuse de s'entendre appeler « ma petite demoiselle ».

— Nous ne sommes plus fâchées, nous deux ? hasarda-t-elle en posant une main câline sur l'épaule de la domestique.

— Bah, je n'en avais pas après vous, mais cette histoire, ça m'a fait remonter le chagrin que j'ai eu quand j'ai appris la mort de mon mari.

— Je comprends et je suis sincèrement désolée, Maria. Ne parlons plus de tout ceci, d'accord ?

— Très bien, mademoiselle. Dites, profitez donc de ce que cette grosse bête est droguée pour défaire son collier. On saura peut-être d'où il vient !

La jeune femme plongea ses doigts dans l'épaisse fourrure qui couvrait le cou et le poitrail de l'animal. Elle défit la fermeture du collier et s'empressa de déchiffrer ce qu'il y avait écrit sur la plaque.

— Oh non, ce n'est pas possible !

— Quoi donc, mademoiselle ?

— Ce chien appartient à l'armée allemande, j'en suis presque sûre. Il y a son nom, Olaf, et en plus petit l'insigne de la Wehrmacht.

— Comment vous savez, pour l'insigne ?

— J'ai bien observé l'uniforme de Gunther Hofman quand je me suis approchée pour lui donner à manger. Regarde, il y a un aigle, un fusil, une croix gammée. Le soldat portait un insigne en bronze similaire à sa veste.

Accablée par ce nouveau coup du sort, Albane retourna le collier en cuir entre ses mains. De toute évidence, le chien devait être utilisé par une patrouille en zone occupée.

— Il se sera échappé et perdu, suggéra-t-elle. La ligne de démarcation n'est pas très loin.

— Il ne manquait plus que ça, soupira Maria. Après ce fichu déserteur, un sale cabot de l'armée allemande !

— Je t'en prie, ne l'appelle pas ainsi ! protesta Albane. Tu le trouvais magnifique il y a une heure, maintenant tu le traites de sale cabot. Cet animal n'y est pour rien si les hommes se font la guerre.

— Mademoiselle, on devrait s'en aller et dire à tout le monde que le chien est parti dans les bois. C'est ce qu'il fera en se réveillant. Et puis vous ne pouvez pas le garder. Monsieur ne voudra jamais s'il sait d'où il vient.

— Je suis assez lucide pour l'admettre, mais il ne faut rien dire à personne. Je vais arracher la plaque du collier, sinon cet animal innocent se fera tuer un jour ou l'autre. Au moins je lui donne une chance d'être recueilli.

Maria prit son cabas et y remit les remèdes qu'elle avait apportés. Après une courte hésitation, elle en sortit en soupirant un morceau de lard qu'elle déposa près du chien.

— Dépêchons-nous, mademoiselle. Il aura de quoi manger et je vais prier pour qu'il s'en aille loin, très loin d'ici.

Bien à regret, Albane se releva et suivit la domestique, en se retournant plusieurs fois.

— Au revoir, Olaf, murmura-t-elle.

Amédée guettait l'apparition de sa fille depuis la terrasse, à l'ombre du parasol. Odile Goetz, un peu intimidée, vint le retrouver. Elle avait mis un des tabliers de Maria et tenait un torchon à bout de bras.

— Monsieur, excusez-moi de vous déranger, mais il faut préparer le repas de midi. Savez-vous combien nous serons à table ? Félicia et Célestin veulent mettre le couvert pour m'aider.

— Ce sont de gentils enfants, chère madame. Voyons, que je ne dise pas de sottises. Votre mari déjeune sur le chantier, Lidy est avec le docteur Géraud, et Raphaël est parti en ville avec Camille et son frère, donc cela nous fait neuf personnes en comptant le petit Pierre.

— Merci, monsieur ! Comme Maria ne revient pas, je vais suivre le menu noté sur son cahier, car chaque matin, elle écrit ce qu'elle cuisinera à midi et le soir.

— Je l'ignorais. Dites, si nous suivions l'exemple d'Albane en renonçant à certaines politesses. Vous êtes là depuis des mois, m'autorisez-vous à vous appeler par votre prénom ? Odile, la sainte patronne de l'Alsace…

— C'est vrai, monsieur, et oui je vous le permets de bonne grâce, mais ce ne sera pas réciproque.

— Pourquoi ? Essayez, dites « c'est vrai, Amédée » !

La réfugiée eut un rire embarrassé en faisant non de la tête. Elle prit la fuite aussitôt, ce qui amusa le châtelain. Ce fut au tour de Mireille de le rejoindre, coiffée d'un chapeau de paille et vêtue d'une robe en cotonnade fleurie.

— Pierre marche à quatre pattes dans la salle à manger, il suit partout Félicia et Célestin, dit-elle doucement. Ils m'ont promis de le surveiller, alors je suis venue aux nouvelles au sujet de ce chien-loup blessé.

— Si vous aviez vu ma fille, on aurait dit une enfant de huit ans ! Elle m'a confié avoir envie de le garder, je lui ai répondu que c'était hors de question. Dieu soit loué, l'animal portait un collier, il retournera sans doute chez ses maîtres une fois soigné par Maria.

— Je l'espère, Amédée. Comme je vous l'ai dit le jour de ce pique-nique au bord de la Dronne, au printemps, j'ai une peur incontrôlable des gros chiens. Ils peuvent être dangereux pour les tout petits enfants. Esther avait été mordue au mollet, étant fillette. Je la promenais dans la rue et une horrible bête a surgi d'un portail et l'a attaquée. Ma belle enfant chérie, elle n'a même pas versé une larme, mais elle était livide. Seigneur, cela fera bientôt un an jour pour jour qu'elle repose ici, sur vos terres.

Sur ces mots, Mireille s'accouda à la balustrade en pierre, en contemplant les arbres du parc. Elle avait envie de pleurer, bouleversée par la réminiscence des heures tragiques ayant précédé le décès d'Esther.

— Vous êtes malheureuse, ma tendre amie, je connais la douleur cruelle du deuil, murmura Amédée.

Il s'était levé pour entourer ses épaules menues d'un bras protecteur. Pour la première fois, le châtelain osait la prendre contre lui. Mireille en éprouva du réconfort, pourtant elle s'écarta précipitamment.

— Si quelqu'un nous voyait, balbutia-t-elle.

— Qui donc ? Nous sommes seuls, et l'affection n'est pas un crime, il me semble. Ah j'entends des voix, ce sont sûrement Maria et ma fille.

Albane leur apparut après avoir longé la tour d'angle. Elle avait une mine affligée en montant les marches du perron.

— Je vais me reposer un quart d'heure en attendant le déjeuner, leur annonça-t-elle.

— Ma précieuse enfant, que nous vaut cet air lugubre ? Et ce chien ? Était-il gravement blessé ? demanda son père.

— Non, il sera vite remis et s'en ira. Je suis désolée de ne pas être toujours de bonne humeur, père, cela vous arrive aussi, admettez-le.

— En effet, ma fille.

— Que se passe-t-il, Albane ? s'inquiéta Mireille.

— Je suis déçue, je suis passée par les cuisines et Odile m'a dit que Raphaël était parti en ville avec Camille et son frère. Je croyais qu'il m'attendrait. La moindre des choses aurait été de me prévenir.

— Et comment aurait-il fait, tu étais dans le bois, fit remarquer Amédée. D'après ce que m'a dit notre amie Mireille, ils ont pris la voiture de cette jeune femme avec l'espoir de pouvoir faire le plein d'essence à Brantôme, chez le garagiste.

— Ça m'est égal, père.

Sans rien ajouter, Albane pénétra dans le hall dont les larges portes vitrées étaient grandes ouvertes. Elle s'engagea dans l'escalier, la gorge nouée sur des sanglots et le cœur lourd.

— Je n'ai droit à rien, ni bébé, ni chien, ni considération de la part de Raphaël, se disait-elle. Si je pouvais au moins faire une balade à cheval, mais Ulysse boite de plus en plus…

En s'enfermant dans sa chambre, elle eut le pressentiment de vivre un été morne et solitaire.

Brantôme, chez le docteur Géraud, une heure plus tard

Sa dernière consultation achevée, Joseph Géraud donna un tour de verrou à la porte principale avec un soupir de satisfaction. D'un pas alerte il rejoignit Camille, Lidy, Raphaël et Armand qui écoutaient la radio dans son salon.

— Je suis enfin disponible, chers amis, dit-il en souriant. Une fois n'est pas coutume, je vous invite à déjeuner au Café de la Mairie. Je viens de téléphoner au patron et de réserver une table pour cinq. Il y a du navarin d'agneau comme plat du jour.

— Oh merci, docteur, c'est si gentil, je ne mange jamais au restaurant ! s'écria Lidy.

— Pourquoi pas, répondit Camille. Mais d'abord, Joseph, je dois vous demander l'hospitalité pour quelques jours. Nous ne vous rendons pas simplement visite, mon frère et moi nous acceptons votre offre de nous héberger.

— Quelle bonne nouvelle, se rengorgea le médecin. En avez-vous assez de la vie de château, tous les deux ?

— Quand le château menace ruine et qu'on ne peut rien faire sans être taxé de jeune crétin, oui nous en avons assez, ma sœur et moi, décréta Armand.

— Ne m'implique pas dans tes erreurs ! protesta Camille.

— Je préfère vous expliquer la situation, docteur, dit très vite Raphaël.

Il se lança alors dans le récit de l'incident ayant brisé la sérénité d'une matinée ensoleillée. En apprenant ce qui s'était réellement passé, Lidy fut offusquée.

— Comment as-tu osé tirer sur ce chien, Armand ? Surtout quand mademoiselle Albane et mon frère étaient dans le pré. Tu es stupide, mon pauvre garçon !

— Et toi, tu te prends pour qui ? Vous l'avez écoutée, cette gamine me traite comme si j'avais douze ans.

— Je suis du même avis, tu t'es comporté de manière puérile et irresponsable, trancha Géraud. Ton geste était idiot et dangereux. De surcroît, tu as dû fouiller dans les écuries pour récupérer cette arme et les balles.

— C'était forcément avant l'intrusion du chien-loup, sinon il n'aurait pas eu le temps de prendre le pistolet et de le charger, précisa Raphaël. À ce propos, docteur, je vous ai tout apporté. Ce sera plus en sécurité dans votre coffre-fort.

— Excellente initiative, approuva le médecin. Camille, je vous accueille sous mon toit avec plaisir, mais je vous prierai de raisonner Armand. Nous sommes en ville, je fais figure de notable et je n'ai guère envie d'attirer l'attention de mes compatriotes, pour les raisons que vous savez.

— Ne vous inquiétez pas, Joseph, j'ai l'intention d'expédier mon frère le plus vite possible à Toulon. Mon père a votre adresse pour m'envoyer un mandat. Dès que j'ai l'argent, j'emmènerai Armand à Périgueux pour le mettre dans un train direction Toulon.

— C'est entendu, Camille, mais ne vous tourmentez pas trop, je suis certain qu'Armand est navré et ne nous causera plus d'ennuis, déclara Géraud. Donc, si j'ai bien compris, Albane et Maria ont retrouvé l'animal dans le bois jouxtant le pré et elles voulaient le soigner…

— Exactement, même si cela me dépasse, avoua Raphaël. Cette bête était menaçante et pour ma part, je l'aurais chassée à toute force, blessée ou pas.

Camille ne fit aucun commentaire, mais elle pensait comme lui. Toutefois, par crainte de s'attirer l'inimitié de Lidy et peut-être celle du médecin, elle demeura silencieuse, faisant mine de se concentrer sur les chuintements et les grésillements du poste de radio.

— Il n'y a pas d'émission intéressante à cette heure-ci, indiqua Joseph Géraud. Allons quand même déjeuner, mais je ne suis pas tranquille. J'espère qu'Albane n'a pas été mordue par cet animal. Encore une fois, je regrette amèrement que M. de Séguilières soit aussi borné. Il faut une ligne téléphonique au château, cela devient urgent, entre l'état de votre grand-mère, Raphaël, et tous les accidents qui peuvent survenir.

— C'est de l'orgueil mal placé, commenta Camille.

— Non, simplement un manque de moyens financiers, répliqua Géraud. J'ai proposé à plusieurs reprises de payer les frais d'une telle installation et ils ont refusé. Les Séguilières sont pauvres, certes, cependant ils n'ont jamais fait de dettes.

Raphaël hocha la tête en guise d'assentiment. Il se sentait un peu coupable d'avoir accompagné Camille et Armand, ayant la conviction qu'Albane serait contrariée par son absence.

— Je préfère rentrer afin de m'assurer que tout s'est bien passé, annonça-t-il en se levant d'un confortable fauteuil en cuir.

— C'est dommage, j'étais contente de déjeuner avec toi, se désola Lidy.

— Mais oui, accordez-vous un bon repas, insista le médecin. Je suis confus de vous avoir inquiété, Raphaël. Venez avec nous, je vous ramènerai en voiture pendant que mes invités prendront possession de leur chambre respective. Il y en a quatre au premier étage et quatre au second. De l'eau chaude et deux baignoires.

— Ce sera fabuleux, je vous remercie, Joseph, dit Camille en lui souriant.

Elle portait toujours la robe rouge à pois blancs que lui avait donnée Albane et le docteur évitait de regarder ses jambes dorées et la naissance de ses seins, dévoilée par un décolleté en V assez audacieux.

— Alors, on y va, je suis affamé, se plaignit Armand.

— D'accord, je suis des vôtres, décida Raphaël.

Château de Séguilières, même jour,
en fin d'après-midi

Albane était remontée dans sa chambre après avoir aidé Maria et Odile à faire la vaisselle. Afin de s'occuper l'esprit, elle avait commencé une lettre destinée à son amie Coralie. Les oiseaux, ivres de chaleur et de lumière, chantaient sans cesse. Leur joyeux concert lui parvenait grâce aux deux fenêtres à meneaux de la pièce, entrebâillées sur l'air parfumé de l'été.

— Il y a une odeur de foin, la senteur des bois, où la terre reste humide longtemps, après la pluie, murmura-t-elle. Que fait Raphaël ?

Elle se représenta son amant chez le docteur Géraud, sans doute fasciné par un poste de radio plus performant que celui installé dans les cuisines du château.

— Ce n'était pas la peine de renvoyer Camille et son frère s'il ne pouvait pas se passer d'eux, ajouta-t-elle à mi-voix, de nouveau en proie à la jalousie.

Un coup de tonnerre la fit sursauter. Un deuxième suivit, puis un troisième, plus violent.

— Encore un orage, je ferai mieux d'aller tenir compagnie à madame Clara puisque ses petits-enfants sont absents. Tant pis pour Coralie, je n'ai écrit qu'une phrase : « Aujourd'hui, je suis dépitée et très triste ! »

On toquait à sa porte. C'était Célestin, souvent chargé de transmettre des messages du rez-de-chaussée à l'étage.

— Dites, mademoiselle, vous causez toute seule ? cria-t-il de l'autre côté du battant.

— Oui, j'ai bien le droit, répondit-elle en tournant la clef.

Le garçon s'inclina en faisant mine d'ôter un chapeau invisible, ce qui eut le don de la faire rire. Il lui tendit ensuite une enveloppe où elle vit ses initiales : « AS ».

— Qu'est-ce que c'est ? Une de tes blagues, Célestin ?

— Non, mademoiselle, Victor, un des élèves de M. Favre, est venu à vélo pour vous donner ça de la part de m'sieur Raphaël. Le docteur l'a payé un franc, moi je veux bien faire pareil, si je gagne des sous. Je suis vite monté vous remettre la lettre.

— Merci beaucoup, tu auras une pièce pour ta peine, mais ce soir. Je n'ai pas pris mon porte-monnaie, il est au fond de mon sac à main, dans le hall. Pourrais-tu dire à madame Clara que je viens boire un thé avec elle ?

— D'accord, mademoiselle !

Albane l'entendit dévaler les marches en pierre. Intriguée, elle décacheta l'enveloppe et déplia la feuille sur laquelle Raphaël avait tracé quelques lignes au crayon gris :

Je suis désolé pour ce matin, mais je devais accompagner mes amis en ville. Je pensais revenir en début d'après-midi, mais nous allons à Périgueux, Camille, Lidy, et moi. Le docteur Géraud nous y conduit. Ne t'inquiète pas si je ne suis pas de retour pour le dîner.

Affections.

Le premier geste de la jeune femme fut de froisser la lettre, mais elle se domina et essaya de se raisonner malgré la colère qui l'envahissait.

— Du calme, Raphaël a dû craindre que mon père lise son message avant moi, il n'a pas osé écrire des mots d'amour. Et cette fois, il a eu la louable intention de m'avertir... Je serais bien partie avec eux.

L'orage éclata lorsqu'elle approchait du paravent cachant en partie le lit de Clara Fischer, qu'elle découvrit en compagnie de Mireille.

— Nous bavardions, Albane, dit celle-ci. Votre père veille sur mon petit Pierre, qui fait une longue sieste, mais avec ces coups de tonnerre, nous les verrons arriver sous peu.

— Célestin est passé à la vitesse de l'éclair m'annoncer votre visite, mais nous avons déjà bu le thé avec Mireille, dit la vieille dame.

— Je n'ai pas fait attention à l'heure, admit Albane. Dans ce cas, je vous laisse...

La pluie s'abattait avec fracas sur les toitures et les pavés de l'arrière-cour quand Maria aperçut la jeune femme sur le seuil des cuisines. Félicia et Célestin étaient assis à la grande table, entourés par Odile et Lucas. Ils triaient tous des lentilles pour en ôter d'éventuels petits cailloux.

— Et alors, mademoiselle, vous en avez une drôle de mine, comme si on vous faisait des misères ! s'écria la domestique, en l'observant d'un œil perspicace.

— Pas du tout, je voulais te dire de ne pas compter Raphaël pour le dîner. Il est à Périgueux avec le docteur Géraud.

— Prenez place, mademoiselle, je vous prépare un thé, proposa Odile. Et j'ai fait des biscuits, il faut les goûter.

Albane refusa poliment, avant d'enfiler le ciré à capuche et les bottes en caoutchouc qu'elle rangeait près du cellier.

— Je sors vérifier si mon cheval ne s'affole pas à cause de l'orage, expliqua-t-elle. S'il galope trop, il boitera davantage.

— Doux Jésus, qu'est-ce que vous racontez, mademoiselle, depuis quand Ulysse aurait peur du tonnerre ? se récria Maria.

— On ne sait jamais, je préfère en juger par moi-même, répliqua Albane en sortant par l'arrière-cour.

En marchant vers le pré, elle tendit son visage à la pluie, avide de sa fraîcheur. Une sourde révolte grondait au plus profond de son cœur de femme.

— Je veux être libre, libre de mes actes, de mes désirs, de mes rêves ! s'écria-t-elle en admirant les filaments argentés d'un éclair. Je refuse d'obéir à mon père ou à Raphaël, même si je les aime !

Sa rébellion en solitaire la fit sourire, car elle n'aurait pas prononcé ces mots devant les principaux intéressés.

— Je suis ridicule, s'avoua-t-elle, accoudée à la barrière de la clôture. Au fond j'ai toujours obéi. Il est temps de changer.

Ulysse broutait, indifférent à l'averse, tandis que la vache et la chèvre ruminaient, couchées à prudente distance d'un arbre fruitier. Soudain une forme noire et fauve surgit près d'Albane. Le chien de l'armée allemande était là, à ses pieds. Il la fixait d'un bon regard.

— Olaf ! Il fallait t'enfuir, soupira-t-elle en le caressant aussitôt, transportée d'une joie enfantine. Tu me cherchais ? Je t'adopte. Je t'appellerai Orage, ça ressemble un peu à Olaf.

Un jour encore lointain, Albane de Séguilières bénirait la date du mardi 16 juillet, où elle avait pris cette décision, envers et contre tous.

11

Le temps des adieux

Château de Séguilières, mercredi 17 juillet 1940, 1 heure du matin

Assise sur le seuil du pavillon de chasse, Albane consulta encore une fois sa montre. Elle désespérait de voir arriver Raphaël, mais elle était déterminée à faire une nuit blanche s'il le fallait. La présence du chien-loup la réconfortait. Il était couché à ses pieds, dans la position du Sphinx d'Égypte.

— Tu es vraiment sage, toi, murmura-t-elle en se penchant pour le caresser. J'ai réussi à te cacher, personne ne sait que tu es là. C'est bizarre : tu m'obéis très bien, pourtant je ne parle pas allemand. Je demanderai à Lidy de m'apprendre quelques mots de vocabulaire.

Elle se revit sous la pluie battante, en train de conduire l'animal jusqu'à un box situé au fond des écuries, vite tapissé de paille par ses soins. Elle lui avait ensuite apporté une gamelle d'eau et du pain dur. Et durant tout ce temps, le chien s'était assis en guettant ses moindres gestes de son regard brun.

Même si elle avait la ferme intention d'adopter son protégé, Albane se doutait qu'elle sèmerait la discorde dans le château. Pendant le dîner, Mireille avait évoqué sa peur viscérale des chiens, soutenue par Amédée.

— Tu es très gentil, Orage, ils finiront par t'accepter. Je me demande qui était ton maître ! Sûrement un soldat allemand chargé auparavant de ton dressage, hasarda la jeune femme. Et tu ne fais aucun bruit, tu n'as pas aboyé une seule fois.

Ce détail l'intriguait, cependant elle se félicitait de cette particularité. Si le chien avait donné de la voix au cours de la soirée, sa présence dans les écuries aurait été révélée.

— Peut-être qu'on t'a appris à être silencieux…

Soudain, alertée par un sifflement mélodieux en provenance de l'allée, Albane se releva. Elle tendit l'oreille et perçut des bruits de pas sur les gravillons.

— C'est Raphaël, je reconnais cet air, il le siffle souvent. Ne bouge pas d'ici, Orage !

Pour mieux se faire comprendre, elle lui indiqua d'un signe de la main de rester couché. Bizarrement, l'animal s'étendit aussitôt de tout son long sur le sol. Elle répéta « *gut* », un des seuls mots d'allemand qu'elle connaissait.

— Bien, *gut*, bien, mon chien.

Albane contournait le pavillon lorsqu'une voix féminine s'éleva dans la nuit, ce qui mit fin au sifflement. C'était Lidy.

— Tu ne peux pas partir dès demain, Raphaël, ton bras te fait encore souffrir, disait la jeune fille. J'ai évité de t'en parler devant Camille et le docteur, mais là j'en ai assez de me taire. On marche depuis deux kilomètres et tu as sifflé sans arrêt, exprès pour me décourager de prononcer le moindre mot.

— Je n'avais pas envie que tu m'assommes de tes arguments, Lidy. Tu te fatigueras pour rien, je ne changerai pas d'avis. Je dois saisir ma chance au vol ! C'est le destin, j'en suis sûr… Mon destin. Si Camille n'avait pas décidé d'aller à Périgueux pile aujourd'hui, je n'aurais pas rencontré cet homme qui accepte de m'emmener. Je ne manquerai pas cette occasion, il a un plan bien rodé pour se rendre à Londres.

— Tu as pensé à mademoiselle Albane, elle t'aime tant… Et notre mamie, qui peut mourir avant l'automne ?

— Grand-mère nous a demandé de suivre notre voie, elle a été formelle sur ce point. Agis selon ta conscience, et de mon côté, je ferai ce que j'estime juste et nécessaire.

Gênée de les écouter, Albane distinguait leurs silhouettes entre les arbres du parc. Ils s'étaient immobilisés au milieu de l'allée, à hauteur du pavillon de chasse.

— La vie continuera pour vous tous sans problème sérieux puisque vous êtes en zone libre, ajouta Raphaël.

— Tu oublies que le docteur et moi franchissons souvent la ligne de démarcation pour faire passer des familles juives. Notre contact à Verteillac nous annonce six personnes à conduire en lieu sûr vendredi soir, précisa Lidy. Ce que je fais est très important aussi, j'aide à sauver ces gens.

— Je te félicite et je te l'ai déjà dit, je suis fier de toi. Quant à Albane, ne t'en mêle pas, je vais lui expliquer. Je l'ai prévenue à maintes reprises, elle savait que nous serions séparés tôt ou tard. Je l'aime avec passion, mais la guerre ravage l'Europe et je dois partir.

Raphaël se tut brusquement, à cause d'un bruit tout proche. Il vit s'agiter un arbuste alors qu'il n'y avait pas un brin de vent.

— Qui est là ? demanda-t-il tout bas.

— C'est moi, Albane ! Je me promenais en t'attendant et je vous ai aperçus dans l'allée.

Elle les rejoignit d'un air en apparence impassible, atteinte pourtant en plein cœur par ce qu'elle venait d'entendre. Tout de suite, elle embrassa Lidy sur la joue.

— C'est bien, je suis soulagée quand tu dors au château, car je n'ai pas à t'imaginer exposée à tous les dangers possibles.

— Le docteur n'a pas besoin de moi demain, il a Camille pour le seconder, elle est interne en médecine en plus. Mais j'irai jeudi matin…

Son intonation accablée trahissait sa déconvenue. Albane chercha comment la consoler.

— Tant mieux, tu ne pouvais pas manquer l'anniversaire du petit Pierre. Maria a prévu un gâteau au chocolat.

— Je n'y pensais plus ! Vous avez raison, mademoiselle, je devais être là. Je décorerai la salle à manger avec Félicia et Célestin.

Raphaël eut un mouvement d'humeur.

— Est-ce judicieux de fêter cet anniversaire ? lança-t-il un peu sèchement. La mère de Pierre est morte ce jour-là.

— Quel rabat-joie tu fais, rétorqua Albane. Mireille refuse d'en tenir compte. Elle est certaine que sa fille s'en réjouira, du Ciel. Esther n'a passé que quelques heures avec son bébé, mais elle souhaitait avant tout son bonheur.

— Dans ce cas, je n'ai plus rien à dire, déclara Raphaël. Il est très tard et je suis vanné. J'ai hâte de me coucher, surtout dans ma nouvelle chambre de la tour d'angle. Elle m'a paru luxueuse en comparaison de celle des écuries.

— Tu n'y as passé que la nuit dernière, fit remarquer Albane, j'espère que tu t'y plairas encore les jours prochains.

La jeune femme avait sciemment évoqué l'avenir, sachant qu'il s'en allait.

— Alors, qu'avez-vous fait à Périgueux ? ajouta-t-elle.

— Je te raconterai demain matin. Lidy a profité du voyage pour s'acheter un couteau suisse, un outil fort pratique, avec plusieurs lames et d'autres options. N'est-ce pas, sœurette ?

— Mais oui, frérot, se moqua celle-ci en le foudroyant du regard. Vraiment, tu es exaspérant ! Si tu espères m'amadouer avec des mots mielleux, tu te trompes. Mademoiselle, je rentre vite, on se verra au petit déjeuner.

Lidy les devança d'une démarche nerveuse qui trahissait son irritation.

— Quel mauvais caractère, commenta Raphaël.

— Au moins, elle prône la sincérité et je l'approuve, répondit Albane. Je ne te mentirai pas non plus, j'étais près du pavillon de chasse et je t'ai entendu siffler. J'ignorais que Lidy était là, je voulais te sauter au cou et te serrer dans mes bras, mais involontairement, j'ai surpris votre discussion. Je suis donc au courant pour ton départ.

— Mon ange, je suis désolé que tu l'aies appris ainsi, soupira-t-il en l'enlaçant. Quelle idée aussi de veiller jusqu'à 1 heure du matin, et de m'attendre au fond du parc. Tu ne fais jamais rien de conventionnel, Albane. Je te pensais au lit, endormie après avoir lu un peu.

Elle aurait souhaité le repousser pour échapper à sa douce étreinte, au baiser dont il meurtrissait ses lèvres. Mais elle n'en eut pas la force et se blottit contre lui.

— Il nous reste peu de temps ensemble, dit-elle quand il la libéra. Raphaël, je voudrais faire l'amour sans cesse jusqu'au moment où tu t'en iras. Et cette nuit aussi ! Monte dans ta chambre, je viendrai dans dix minutes.

— Ce serait plus prudent dans les écuries, il y a toujours mon lit de misère.

Sous son aplomb et sa volonté farouche de partir, il avait déjà des regrets à la perspective d'être privé d'Albane, de ses sourires, de sa voix tendre, de son corps adorable. Il la reprit dans ses bras, soudain tourmenté par un désir impérieux.

— Cela dit, on est aussi bien dehors, murmura-t-il en glissant une main sous sa jupe. Tu pourras même crier, pas trop fort, ou gémir de plaisir. Allons dans le pavillon, mon ange, et demain soir nous aurons une longue nuit rien que pour nous. Je dois me rassasier de toi, faire des provisions des joies exquises que tu m'offres.

Égaré par le feu qui brûlait au creux de ses reins, Raphaël l'entraîna vers le modeste bâtiment en briques.

— Non, pas là, protesta Albane. Il fait sombre, il y a des gravats et je ne peux pas me déshabiller.

— En fait, tu n'as pas envie de moi, c'est ça ? Tu me punis, toi qui me conseilles toujours de profiter du moindre instant tous les deux, ou de ne pas gâcher le moment présent.

— Raphaël, pourquoi tu te mets en colère ? Je n'ai nullement l'intention de te punir, mais je préfère qu'on se retrouve dans la chambre de la tour. Il n'y a rien à craindre, tout le monde dort.

Dégrisé par ce qu'il considérait comme un manque d'enthousiasme, il détourna la tête afin d'échapper à la tentation qu'elle représentait, en robe légère, ses cheveux épars sur les épaules.

— Je te laisse, Albane, jamais je ne te forcerai, je ne suis pas le genre d'homme qui abuse de ses prérogatives. L'amour se fait à deux.

— Est-ce si compliqué de suivre mon idée, Raphaël ? C'est toi qui veux me punir, et je ne pourrai jamais dormir si l'on se quitte ainsi, sur une querelle.

Tout à coup le chien-loup apparut entre deux arborescences de fougères. La lune éclairait ses yeux brillants et sa fourrure fauve. Il fixait Albane, la gueule entrouverte.

— Bon sang, cette bête est revenue ! enragea le jeune homme. On ne pourra pas s'en débarrasser.

— Il n'est pas de retour, puisqu'il n'a pas quitté l'enceinte du château. Tu ne me demandes même pas si la balle l'avait gravement touché !

— De toute évidence, la blessure était superficielle car cet animal est capable de marcher. Il devait rôder dans le parc ou bien il a tué la chèvre et l'a traînée jusqu'ici.

— Ne dis pas n'importe quoi, ce n'est pas un loup féroce, soupira-t-elle. Il faudra t'habituer à lui, enfin si tu reviens sain et sauf d'Angleterre. Tu seras le premier à le savoir, je l'ai adopté. Maintenant il s'appelle Orage.

Consterné, Raphaël dévisagea Albane comme pour s'assurer qu'elle ne plaisantait pas.

— Observe-le, il est d'une rare gentillesse, insinua-t-elle. Je m'occuperai de lui et je l'ai installé dans un box des écuries.

— Ton père refusera que tu le gardes et je m'y oppose moi aussi. Et pourquoi dis-tu que maintenant il s'appelle Orage ?

— Son vrai nom était Olaf, j'ai pu le déchiffrer sur la plaque de son collier. Mais elle tenait mal et il a dû la perdre dans les bois.

— Olaf, ça sonne néerlandais ou polonais ! Ce chien doit appartenir à des réfugiés. Il se sera perdu pendant l'exode.

— Peut-être, mentit-elle sans scrupule. Mais ce n'est pas le sujet. De quel droit tu t'y opposerais, Raphaël ? Je suis encore chez moi au château, nous ne sommes pas mariés et loin de l'être. J'estime pouvoir accorder l'hospitalité à ce chien, comme je l'ai fait pour tes amis de Touraine.

— Ne mélange pas tout ! Il s'agissait d'êtres humains qui n'avaient plus rien, ne les compare pas à cette bête ! Albane, réfléchis, sur le plan légal, tu t'appropries un animal alors que ses maîtres doivent le chercher.

— J'en doute… Si ces gens se présentent, je leur rendrai Orage. Raphaël, tu t'en vas après-demain sans pouvoir me jurer que tu reviendras. L'été va me paraître interminable, je me sentirai très seule, pourquoi me priver de la compagnie d'un chien ? Papa a toujours refusé que j'en aie un, mais je ne m'en plaignais jamais, je me contentais de rêver.

— Au fond, tu es encore une enfant, une grande enfant, dit-il d'une voix radoucie.

— Non, ne crois pas ça. Maman était comme moi, même une fois adulte. De toute façon, je ne me séparerai pas d'Orage.

— Je ne m'y connais pas vraiment, mais il m'a tout l'air d'un animal de pure race. Un berger allemand, à mon avis. Il y en avait trois à Obernai, chez un éleveur de moutons. Mon ange, fais ce que tu veux. Après tout tu as raison, je serai absent des mois.

Attendri, Raphaël la reprit dans ses bras et chercha ses lèvres. De baisers en baisers, ils échouèrent sur le lit étroit de la chambrette. Le chien les avait suivis en trottinant, et une fois dans les écuries, il était allé se coucher dans le box que sa nouvelle maîtresse lui avait attribué.

Albane avait regagné le château à l'aube. Elle s'était lavée à grande eau dans son cabinet de toilette, puis sans conviction, elle s'était glissée entre ses draps après avoir enfilé une chemise de nuit.

« Je ne peux pas croire que Raphaël s'en va demain matin. Il m'a tout expliqué, je suis rassurée qu'il ne voyage pas seul, songeait-elle, le cœur serré. Cet homme qui l'emmène est d'Alsace lui aussi. En zone occupée, ils se feront passer pour des réfugiés désireux de retourner dans leur région. J'ignore comment ils iront en Bretagne, d'où ils comptent trouver un bateau qui les conduira en Angleterre. »

Pleine d'appréhension quant au sort de son amant, elle ferma les yeux en se remémorant la merveilleuse étreinte qui les avait submergés d'une extase indicible.

— Nous avons encore une nuit, murmura-t-elle. Je dois vivre cette journée sans y penser. J'aurai assez de souci quand je parlerai du chien à tout le monde. Pourvu qu'il ne soit pas agressif avec les enfants.

Elle revit le bel animal sagement couché dans le box, sur une couverture pliée en quatre.

— Non, il ne leur fera pas de mal, enfin j'aviserai selon son comportement. Je devrais lui apporter à manger avant que Maria se lève, se dit-elle.

Albane chercha en vain à s'endormir, jusqu'à l'instant où on frappa trois petits coups rapides à sa porte.

— Mademoiselle, c'est Lidy !

— Je t'ouvre, ma chérie !

La jeune fille était déjà habillée, en jupe de cotonnade et corsage blanc. Elle avait divisé sa longue chevelure blond pâle en deux nattes.

— Je ne vous ai pas réveillée, mademoiselle ? s'inquiéta-t-elle une fois face à Albane, un peu échevelée.

— Non, pas du tout, je m'apprêtais à me lever. Entre, je dois te dire quelque chose d'important.

— Si c'est au sujet d'un cadeau pour Pierre, je lui en ai acheté un hier à Périgueux, dans un bazar qui vendait aussi des joujoux. Le marchand me l'a emballé. Vous verrez, c'est une petite peluche de chien, elle est très mignonne, blanche avec un collier en feutrine rouge.

— Je suis sûre qu'elle lui plaira, Lidy. Pour ma part, il y a une semaine, j'ai pris un joli ensemble en flanelle, une culotte et une chemisette. Je l'avais repéré dans la boutique où tu as trouvé la robe que tu as mise le soir du bal. Mais à propos de chien…

— Ah, Mireille n'aime pas ces bêtes, j'aurais dû prendre un autre animal ! Il y avait un lapin rose.

— Ce n'est pas ça, ne crains rien. Je vais t'expliquer.

Albane sortit de la penderie sa jupe-culotte et une tunique en soie brodée. Elle disparut dans le cabinet de toilette pour se changer, tout en commençant un récit succinct.

— Tu sais qu'Armand a blessé un chien errant, hier matin.

— Oui, Raphaël me l'a dit.

— Après le coup de feu, le chien s'est enfui et réfugié dans le bois qui longe le pré. Maria et moi l'avons soigné. Il est magnifique, ce serait un berger allemand pure race.

Lorsqu'elle réapparut, habillée et chaussée de sandales, Lidy savait l'essentiel.

— Vous tenez à le garder, mademoiselle, alors que ce chien appartient à la Wehrmacht ? Il a dû se perdre. Le docteur Géraud et moi avons croisé une patrouille allemande à Verteillac, la semaine dernière. Nous étions retournés chez la dame que j'ai aidée à accoucher. Son bébé va mieux. Enfin, cette patrouille tenait deux gros chiens-loups en laisse. Mademoiselle, les soldats doivent les lâcher sur les fugitifs qui essaient de franchir la ligne de démarcation.

— Peu m'importe, Lidy, les animaux ne sont pas responsables de la folie des humains. Je voudrais que tu m'apprennes des mots d'allemand, des ordres simples, le temps de le dresser à ma façon. J'éviterai de les prononcer devant témoin, bien sûr. Et j'aimerais trouver un nom d'une sonorité proche d'Olaf. Pour le moment, je l'appelle Orage.

— Mon frère est au courant, si j'ai tout compris ?

— Je n'ai pas pu faire autrement, Olaf est apparu au bord de l'allée alors que nous parlions.

— Si je peux vous donner mon opinion, mademoiselle, vous tenez à adopter cette bête de peur de vous ennuyer cet été, surtout après le départ de Raphaël.

— Je n'avais rien prémédité, Lidy. C'est arrivé ainsi, mais oui je l'avoue, je serai heureuse d'avoir ce chien près de moi. As-tu une idée de nom ?

— Allons-le voir, je suis curieuse à présent, et si cela vous fait plaisir, je vous soutiendrai auprès de votre père.

— Dépêchons-nous, Maria sera bientôt debout et je ne pourrai plus emporter un peu de nourriture… Lidy, s'il te plaît, je préférerais que tu m'appelles Albane et que tu me tutoies. Entre sœurs, c'est normal !

— D'accord, je vous promets d'essayer.

Cinq minutes plus tard, elles s'arrêtaient près du box où était enfermé le berger allemand.

— Du riz et de la crème de lait, je me demande si ce sera suffisant, commenta Albane en fixant le contenu d'une petite cuvette en fer émaillé.

— Si vous avez un peu d'argent, j'irai en ville acheter de la viande pour le dîner. Le boucher m'aime bien, il me donnera des os à moelle, proposa Lidy. Oh, c'est vrai que votre chien est très beau. Pardon, ton chien est magnifique…

— Olaf, Orage, je t'apporte à manger, dit doucement Albane.

Elle entrouvrit la porte et avança vers l'animal qui dédaigna la nourriture pour quémander des caresses, assis et les oreilles bien droites.

— Regarde comme il est amical, sage et silencieux, Lidy. J'en viens à me demander s'il n'a pas une maladie qui le rendrait aussi calme. Il n'aboie pas du tout, c'est quand même bizarre. Si j'osais, je demanderais à Joseph de l'examiner. Il n'est pas vétérinaire, pourtant il a déjà soigné mon cheval d'une colique. Je t'en prie, parle-lui en allemand, que je voie sa réaction.

— *Olaf, du bist ein wunderschöner Hund ! Stehen !*

Le chien se leva immédiatement en remuant la queue. Lidy s'enhardit à le caresser.

— Qu'est-ce que tu lui as dit ? s'enquit Albane.

— « Tu es un beau chien ! Debout », traduisit la jeune fille.

— Cet après-midi, je noterai quelques expressions dans un carnet, mais à chaque fois, je dirai la même chose en français. Il finira par comprendre.

— Baptise-le Orage, c'est très bien.

— Et ça ressemble un peu à Olaf.

— Il répondra vite à ce nom-là. Sois persuasive, Albane, fais des gestes en même temps, tu verras il s'habituera. Oh, c'est vraiment étrange de t'appeler par ton prénom et de te tutoyer, cependant je suis ravie, comme si tu étais vraiment ma grande sœur.

— Je le suis, et un jour j'épouserai ton frère. Nous serons alors de la même famille.

Exaltées, Albane et Lidy ne prêtèrent pas attention à des pas discrets qui se rapprochaient. Tout se déroula en une fraction de minute. Le chien-loup se mit enfin à aboyer sur un mode menaçant et Amédée de Séguilières à vociférer.

— Je m'en doutais, Maria m'a dit que la crème de lait s'était volatilisée, et le reste de riz aussi ! hurla le châtelain. Ma fille, que fait cette sale bête ici ! Elle va m'attaquer…

— Non, Orage, ne grogne pas, c'est mon père, ordonna Albane en prenant l'animal par son collier. Et vous, papa, cessez de crier et de gesticuler, il croit que vous êtes dangereux !

— Le danger, c'est lui, ce monstre ! Si Mireille le voit, elle nous quittera et ce sera ta faute. Je vais récupérer mon fusil et régler le problème, déclara Amédée à voix basse.

— Si vous osez l'abattre, vous ne me reverrez jamais, je partirai demain matin avec Raphaël pour Londres. Ce ne sont pas des paroles en l'air, père…

Le châtelain considéra le chien d'un œil intrigué, puis il scruta les traits de sa fille, qui lui parurent sublimés par la colère. Elle était tout à fait capable de mettre sa menace à exécution, d'autant plus qu'ainsi, elle suivrait l'homme qu'elle aimait.

— Très bien. Si tu emmenais le chien chez le cousin de Maria. Ses épagneuls sont dans un enclos grillagé afin qu'ils ne divaguent pas. Après tout, c'est notre métayer, il peut nous rendre un service en gardant cette bête dans sa grange quelque temps. Mireille ne doit avoir aucune contrariété le jour de l'anniversaire de Pierre, qui lui rappelle un autre tragique anniversaire.

— Je sais, papa, mais si l'on ferme la porte des écuries jusqu'à ce soir, Mireille ne saura rien et ne verra rien. Je serais désolée de la contrarier, notamment aujourd'hui. C'est une précieuse amie pour moi, je lui confierai la vérité demain.

— Puisque je suis là de si bonne heure, Albane, explique-moi pourquoi Raphaël s'en va aussi précipitamment… Et ne me foudroie plus du regard, je t'ai causé beaucoup de chagrin par le passé et récemment, jamais je n'aurais tué cet animal.

— Et moi, je ne serais jamais partie, papa, car je dois veiller sur vous tous…

Lidy les vit échanger un sourire complice, si bien qu'elle renonça à comprendre les Séguilières père et fille.

— S'il vous plaît, nous avons une fête à préparer, alors retournons au château, leur dit-elle d'un ton amusé.

Le petit Pierre, assis sur les genoux du châtelain, venait de souffler sa première bougie. Il ne s'effraya même pas des applaudissements et des rires qui résonnèrent alors autour de lui. C'était un bel enfant coiffé de fines mèches brunes et aux yeux sombres.

— Merci, Maria, vous avez réussi une merveille ! s'extasia Mireille en contemplant le gâteau au chocolat, nappé d'un glaçage blanc.

— Je l'ai fourré de crème fouettée, avec un soupçon de confiture de framboise. Ce chérubin méritait bien ça, pardi, on a un an qu'une fois, plaisanta la domestique.

Albane et Lidy remirent leurs cadeaux à Mireille qui procéda à l'ouverture des paquets. Le chien blanc en peluche fit rire le tout-petit, mais la tenue d'été en coton combla sa grand-mère. Odile offrit pour sa part un bonhomme en pain d'épice qu'elle avait fait elle-même. Quant à Amédée de Séguilières, il déposa d'un air solennel un louis d'or dans la main de Pierre.

— Oh non, c'est trop, je ne peux pas accepter ! s'insurgea Mireille.

— Pensez donc, il est à l'effigie de Napoléon III, il ne vaut pas très cher, mon amie. Cette pièce portera bonheur à notre angelot.

Raphaël faisait acte de présence, mais Albane le sentait déjà loin, détaché de leur groupe. Elle ne le quittait pas des yeux pour mieux imprégner son esprit du moindre détail de son visage.

« Un grand front couronné de boucles noires, un regard bleu intense, que l'on ne peut oublier, songeait-elle. Le nez un peu aquilin, si peu, la bouche aux lèvres pleines, d'un rose pâle. »

Ce jour-là, elle s'étonna aussi de la différence notable qui existait entre le physique de Lidy et celui de son frère aîné.

« Ma petite sœur a des cheveux couleur de lune, un nez droit et délicat, des prunelles pareilles à des pierres précieuses, d'un vert surprenant, se disait-elle. Ce sont sans nul doute les mystères de la génétique dont m'a souvent parlé Joseph, féru de sciences et toujours soucieux de s'instruire. »

Perdue dans ses pensées, Albane n'écoutait pas les uns et les autres, qui échangeaient des anecdotes sur leur enfance ou sur leurs progénitures respectives. Clara Fischer avait fait l'effort d'assister au goûter et elle paraissait heureuse d'évoquer les exploits de son petit-fils.

— Je gardais Raphaël quand il avait l'âge de Pierre. Comme lui, il essayait de sortir de son parc. Si vous saviez, Mireille ! Un matin, il a réussi à enjamber un côté du pourtour en bois et il est tombé la tête en avant. Je l'ai redonné à ses parents avec une entaille sur la joue…

— Moi, Félicia m'a mordu un doigt très fort pendant que je faisais sa toilette, elle avait dix-huit mois, relata Odile Goetz. Et Lucas s'est traîné à quatre pattes jusqu'à ses deux ans.

La rumeur des conversations berçait le chagrin d'Albane, toujours incapable d'admettre le départ de Raphaël. Il avait rendez-vous le lendemain matin à 8 heures au Café de la Mairie, à Brantôme. Elle s'était abstenue de lui demander si elle pouvait l'accompagner, certaine qu'il refuserait.

— Il est temps de faire notre promenade, annonça soudain le châtelain. Les bouquets sont prêts, au frais dans le cellier. Si quelqu'un veut nous suivre, nous allons fleurir la tombe d'Esther, la maman de Pierre.

— Oui, je l'emmène en poussette et au retour, il fera une bonne sieste, précisa Mireille.

— Est-ce que je peux venir, madame ? demanda Célestin.

— Bien sûr, Félicia aussi, proposa Amédée.

— Alors je vous suis avec Lucas si je ne vous dérange pas, murmura Odile.

Albane et Raphaël se retrouvèrent bientôt seuls dans la salle à manger. Lidy aidait sa grand-mère à se recoucher, Maria avait débarrassé la table et s'attelait à la corvée de vaisselle.

— Comment se nomme l'homme avec qui tu pars pour Londres ? demanda la jeune femme.

— À quoi bon te répondre ? Je te donnerais une fausse identité par prudence.

— Nous avons si peu de temps pour nous aimer, murmura-t-elle d'une voix douce. Il faudra me donner des nouvelles si tu peux. Sinon je désespérerai de te revoir un jour.

— Je souffre déjà assez de me séparer de toi, tu devrais me soutenir, Albane, être fière de mon engagement.

Exaspérée par ces derniers mots, elle se leva et vint se pencher sur lui.

— Oui, tu me voudrais fière et confiante, comme toutes ces mères, ces épouses, ces sœurs et ces fiancées qui saluaient joyeusement le départ de leurs soldats en 1914, certaines qu'ils reviendraient après quelques jours de guerre. Mais ils sont morts par millions, Raphaël, au cours d'un conflit de quatre longues années. Nous écoutons la radio chaque jour, il y a des combats aériens au-dessus de la Manche, l'armée allemande sera sans pitié si tu es fait prisonnier en luttant dans les maigres forces de la France libre. Au fond, je préférerais que tu dormes chez Joseph. Si je passe la nuit avec toi, notre dernière nuit, je pourrais faire tout mon possible pour te retenir et t'empêcher d'être ponctuel à ton rendez-vous.

— Tu veux vraiment que je m'en aille ce soir, Albane ?

Raphaël repoussa brusquement sa chaise et bondit sur ses pieds. Il l'enlaça d'un élan passionné pour l'embrasser ensuite à perdre haleine.

— Non, reste encore, balbutia-t-elle, vaincue et heureuse de l'être. Reste jusqu'à l'aube, mon amour.

Albane sortait des écuries, où elle avait apporté du pain et du lait au chien, lorsque la fourgonnette de la gendarmerie déboula dans la cour d'honneur. Il était 18 heures et cette visite impromptue l'étonna. Tout de suite, elle s'assura d'être seule, saisie d'un pressentiment.

« Raphaël se repose dans la chambre de la tour, Mireille est avec mon père au chevet de madame Clara, se dit-elle. Lidy a emmené les enfants se balader en forêt, pour trouver des champignons, et Maria cuisine avec Odile. »

Le brigadier Chabot, nommé à Brantôme depuis janvier, descendit du véhicule et la salua d'un signe de tête. Deux autres gendarmes qu'Albane n'avait jamais vus en ville le rejoignirent.

— Bonsoir, madame veuve Molinier, je suppose ? dit-il en la toisant d'un air sévère. Vous êtes l'institutrice ?

— Oui, en effet. Que se passe-t-il, monsieur ?

— Brigadier Chabot, madame. Un fermier des environs est venu déposer une plainte aujourd'hui à propos d'un chien errant. L'animal lui a tué une brebis et il a attaqué son fils de dix ans, en le mordant au poignet.

Le cœur d'Albane se serra, mais elle réussit à arborer une expression neutre.

— Vous comprenez que nous devons abattre cette bête, tout en prévenant les gens du danger. Le maire m'a dit que vous hébergiez des réfugiés du Bas-Rhin, dont des enfants, et que vous possédiez un cheval, une vache, une chèvre et beaucoup de volailles. Je vous recommande de bien les enfermer la nuit, et si vous voyez ce chien, il faudra m'avertir immédiatement. Après être passés ici, nous irons inspecter la propriété de Maubert Guérin, votre ancien voisin. L'animal peut s'y cacher, les bâtiments sont restés ouverts.

— Vous avez raison, brigadier. Je sais que cet homme avait un dogue noir qui nous a causé des ennuis. Il est mort, son maître l'ayant grièvement blessé d'une balle de revolver, mais peut-être avait-il un autre animal.

— Si c'est le cas, vu que l'individu est interné au Sablou, cela pourrait expliquer que l'animal rôde dans la région et s'en prenne au bétail !

Sous un sourire de convenance, l'esprit d'Albane était en plein chaos. Elle imaginait le berger allemand se jetant sur Félicia ou sur Lucas, quand il ne lui échappait pas pour faire subir un sort funeste à la chèvre dont le lait était si précieux.

— Je serai vigilante, brigadier et je vais vite prévenir mon père et les autres personnes qui vivent au château, dit-elle d'un air tranquille.

— Ce sera plus prudent, madame ! Nous serons appelés à nous revoir à la prochaine rentrée, vous aurez ma fille Jeanne comme élève. Mon épouse attendait les grandes vacances pour déménager et s'établir à Brantôme.

— Donc, j'aurai une Jeanne Chabot en classe ! Quel âge a votre petite ?

— Neuf ans. Au revoir, madame.

— Attendez, brigadier ! Le fermier qui a porté plainte a dû vous décrire ce chien. Cela me faciliterait les choses de savoir à quoi il ressemble…

— Je vous l'accorde, j'aurais dû y penser. Il s'agit d'un genre de molosse, à poil ras blanc et noir. Le plaignant a réussi à le mettre en fuite en le piquant de sa fourche à fumier. La bête aurait une plaie sur le flanc.

— Merci beaucoup, c'est très précis, brigadier.

L'immense soulagement qu'éprouva Albane aurait pu se lire dans ses yeux, mais les trois gendarmes lui avaient tourné le dos et regagnaient la fourgonnette.

— Dieu soit loué, ce n'était pas mon chien, chuchota-t-elle.

Château de Séguilières, jeudi 18 juillet 1940

Le ciel était d'un bleu pur au-dessus du château et des écuries, les oiseaux donnaient leur sempiternel concert matinal dans les frondaisons du parc. Rien ne différait des autres jours d'été, à cette même heure, pourtant Albane ne voyait rien et n'entendait rien. Elle sanglotait éperdument, assise sur la paille du box où le chien-loup était enfermé.

— Je suis désolée, Orage, tu es prisonnier par ma faute, dit-elle en trempant de ses larmes une écharpe en soie beige.

Le tissu satiné exhalait le parfum discret de l'eau de Cologne de Chypre que Raphaël utilisait.

— C'est tout ce qui me reste de lui, gémit-elle.

Le berger allemand se rapprocha et se coucha en posant sa tête sur les genoux de la jeune femme. Elle le caressa, un peu réconfortée par sa présence et l'affection qu'il lui témoignait.

— Je ne le reverrai peut-être jamais, Orage. Lidy est partie en même temps que lui et elle va passer la journée au cabinet médical. Je me sens seule, tellement seule.

La douleur morale qui la torturait s'accrut encore, car Albane prit le risque d'évoquer à mi-voix ses souvenirs de la nuit.

— Nous étions nus, nous ne faisions plus qu'un, nos corps vibraient de désir et d'une joie délirante… Nos baisers avaient une saveur d'éternité.

Ils avaient fait l'amour trois fois avant de somnoler dans les bras l'un de l'autre. Au chant du coq, Raphaël avait repris possession de son sexe de femme, tiède et tendre. Il s'était abandonné au plaisir subtil d'une étreinte très douce.

— Il avait envie de pleurer, je l'ai bien vu… Il restait en moi, en me regardant. J'étais si triste, je lui ai fait promettre de revenir, de survivre à tout prix.

Les intonations bouleversées d'Albane faisaient pousser au chien d'étranges petits bruits, proches des soupirs.

— On dirait que tu compatis à mon chagrin. Dieu t'a peut-être guidé vers moi pour me tenir compagnie et me consoler. Je dois être courageuse et forte, imposer ma volonté. Quand j'aurai beaucoup pleuré, ça ira mieux, je t'assure. Tu vas devoir rester encore un peu enfermé, mais bientôt nous ferons de longues promenades.

— Albane, appela-t-on au même instant, depuis le seuil des écuries. Albane, vous êtes là ? Je vous ai vue entrer ici tout à l'heure, après le départ de Raphaël. Vous devez pleurer en cachette, ma chère petite.

C'était Mireille et elle avança d'un pas rapide entre les stalles. Comme par une ironie du sort, le berger allemand aboya.

— Non, Orage, non, ordonna Albane en se levant.

— Il y a un chien ?

— Ne craignez rien, j'ai mis le loquet à la porte du box et il ne peut pas sortir. Je suis avec lui.

— Seigneur, que fait cette grosse bête avec vous ? demanda Mireille en découvrant le chien-loup.

— Je l'ai adopté et je l'ai nommé Orage, car il est venu vers moi pendant l'orage. Mon père était furieux, sachant que vous êtes terrifiée par ces animaux.

— Oh oui, j'en ai très peur, avoua Mireille en reculant.

— J'allais vous en parler ce matin, mais j'avais tant de chagrin, je voulais d'abord me calmer. Je me suis réfugiée là et il essayait de me consoler.

— Ne dites pas de choses pareilles, ce n'est qu'une bête sans âme. Dieu tout-puissant, j'ai vu des spécimens de cette race à l'œuvre en Allemagne. Les SS les apprécient, croyez-moi.

Consciente que la vue du chien replongeait Mireille dans de terribles souvenirs, Albane tenta de plaider la cause de son protégé.

— C'est un chien perdu, très gentil et obéissant. Je vous en prie, Mireille, acceptez-le. Il n'entrera pas dans le château, je le nourrirai avec mon argent. Je ferai en sorte qu'il se tienne loin des enfants. Si vous ne vous en plaignez pas, mon père ne fera pas d'histoires. Il redoutait surtout votre réaction.

Perplexe, Mireille revint étudier l'animal qui s'était assis et la fixait d'un regard plein de confiance.

— J'admets qu'il n'a pas l'air méchant, reconnut-elle.

— Je rêvais d'avoir un chien petite fille, et celui-ci est arrivé dans ma vie comme un cadeau du Ciel, au moment où je me sentais perdue et privée de l'espoir d'avoir un enfant. Je ne veux pas m'en séparer, Mireille…

— Seigneur, je m'en voudrais de vous faire de la peine. Sans vous, Albane, mon cher petit Pierre serait peut-être mort à la naissance, et sa maman n'aurait pas connu une fin aussi paisible, dans le joli cadre du boudoir, vêtue de linge propre et heureuse de tenir son bébé dans ses bras. Depuis, vous m'avez soutenue avec tendresse et comblée de bienfaits. Malgré votre jeune âge, nous sommes devenues des amies, des confidentes. La liste serait longue de toutes vos gentillesses, aussi c'est à mon tour de me montrer charitable et compréhensive. Je sens que vous êtes déjà attachée à ce chien, alors je ferai des efforts pour m'accoutumer à lui.

— Oh merci, Mireille, merci beaucoup. Vous ne pouvez pas imaginer combien c'était important pour moi. Vraiment, vous avez toute ma gratitude. Est-ce que je peux vous embrasser ?

— Bien sûr, ma chère enfant !

Infiniment soulagée, Albane sortit du box et le referma avec soin. Vite, elle étreignit Mireille en déposant un baiser sur chacune de ses joues, au subtil parfum de poudre de riz.

— Je vous raccompagne au château, lui dit-elle ensuite après avoir enfin esquissé un sourire. Orage, sois sage, je reviens vite.

L'animal se coucha aussitôt, et elles quittèrent les écuries bras dessus bras dessous.

— Vous avez pleuré, je le devine à vos jolis yeux meurtris, soupira Mireille. Ayez foi en Dieu, Raphaël reviendra peut-être plus vite que vous ne le pensez. Il vous aime.

— Et moi je l'adore, Mireille. Maintenant je dois vivre sans lui, sans sa voix, son sourire. Si seulement il y avait école, je redouterais moins de me morfondre.

— Il vous faudrait une occupation ! Vous ne prisez guère le tricot, quant à la lecture, vous en abusez presque.

— J'aurais besoin de me dépenser, d'être à l'extérieur ! J'ai prévu de faire de longues promenades avec mon chien, mais ça ne suffira pas.

— Maria préconisait hier soir d'agrandir le potager. Il faudrait bêcher, brasser la terre : voilà un rude labeur qui vous épuisera.

— Vous avez raison, Mireille, M. Goetz m'aidera. Cet après-midi, j'irai acheter des graines à l'épicerie. J'en profiterai pour rendre visite au docteur Géraud.

L'étau qui broyait la poitrine d'Albane se relâcha. Elle se promit de convaincre le médecin de l'emmener le lendemain lors de leur mission nocturne, et aussi de jardiner tout l'été. Et un jour Raphaël reviendrait. Elle devait l'attendre, en priant pour lui.

Un refrain lui revint alors en mémoire, celui de la chanson interprétée par Rina Ketty : « J'attendrai toujours ton retour. »

Elle fredonna la musique, bercée par l'espérance qui renaissait au fond de son cœur.

12

Au fil des jours

Brantôme, école primaire, samedi 31 août 1940

Le maire en personne était venu au château annoncer à Albane que la rentrée scolaire serait fixée cette année au lundi 2 septembre. Très aimable, Eugène Lafaye avait accepté avec le sourire de boire un café sur la terrasse, à l'ombre d'un parasol neuf, offert par Joseph Géraud.

— C'était une bonne nouvelle, je n'ai pas eu le temps de m'ennuyer ! Ainsi j'ai l'impression que l'été est vite passé, se dit la jeune femme en retrouvant sa salle de classe.

Elle l'avait laissée en ordre, cependant un peu de ménage s'avérait nécessaire.

— Je travaille ici, Orage, expliqua-t-elle au chien-loup, qui s'était assis près de l'estrade. Je t'ai emmené aujourd'hui car il n'y a pas mes élèves, ensuite tu devras rester enfermé dans les écuries.

Albane ouvrit les deux fenêtres qui donnaient sur la cour. Armée d'un chiffon imbibé d'eau tiède, elle dépoussiéra les pupitres un par un. Il lui semblait entendre les bavardages étouffés des écolières, qu'elle imaginait sans peine assises là, dans leurs tabliers bien repassés.

— Sarah Feldman ne sera plus là, ni Christine Labrousse. La première me manquera beaucoup plus que la seconde. Enfin, cet affreux secrétaire de mairie, son épouse et sa fille ont déménagé et ils habitent Bergerac. Quel soulagement !

En robe de flanelle verte sous sa longue blouse grise, elle entreprit de remplir les encriers. Le berger allemand la suivait des yeux, attentif à ses moindres déplacements.

— Sois patient, Orage, j'aurai fini vers midi. Nous rentrerons au château par les champs, comme ça, tu pourras gambader. Je n'ai plus qu'à nettoyer le tableau noir et ranger les livres que j'ai apportés dans l'armoire.

La présence de l'animal lui permettait de discuter à haute voix. Albane se doutait qu'il ne comprenait pas le sens de ses paroles, mais il était sensible à ses intonations.

— J'ai bientôt fini, déclara-t-elle dix minutes plus tard. Avant de partir, je vais téléphoner à Coralie. Sais-tu qu'elle te connaît un peu, Orage, je lui ai parlé de toi.

Elle avait appelé son amie trois fois au cours des semaines écoulées depuis le départ de Raphaël, mais du cabinet médical. Le docteur Géraud avait insisté, en affirmant qu'elle ne devait pas avoir de scrupules à passer des communications en Suisse.

— Autant profiter de la ligne de l'école qui n'a pas servi durant les vacances. Viens, Orage.

Le chien marcha à ses côtés, telle une ombre protectrice. Elle le caressa avec affection avant de décrocher le combiné. Au bout de plusieurs minutes, la voix de Coralie résonna enfin à son oreille.

— C'est Albane, ta lointaine amie de Dordogne !

— Tu es gentille de penser à moi, répliqua celle-ci. J'étais un peu déprimée ces temps-ci, mais ce n'est pas important et je refuse de me plaindre. Alors quelles sont les nouvelles ? Tu as toujours ton chien ?

— Bien sûr, il est même couché à mes pieds. Raphaël me manque toujours autant. Je rêve souvent de lui, des scènes merveilleuses où je le serre dans mes bras et où il rit en me couvrant de baisers. Quand je me réveille, j'ai tout de suite envie de pleurer. Heureusement, je me suis occupée chaque jour sans faiblir. Nous avons un magnifique jardin potager, et j'ai fait réviser Célestin, notre adorable pensionnaire. Et puis il y a Orage, qui me réconforte au quotidien. Cela amuse Maria et Odile Goetz de me voir jouer avec lui. Félicia, Célestin et Lucas ont pris l'habitude de le promener en laisse à tour de rôle, sous ma surveillance. Je ne voudrais pas le perdre.

— Et cette dame, Mireille Dresner, elle en a encore peur ?

— Oui, elle se complique la vie afin de ne pas le croiser, encore moins l'approcher. Pourtant le petit Pierre tend les mains quand il aperçoit Orage.

— Bien, sinon tu n'as rien d'autre à me raconter, exceptée ta passion pour ce cabot ? ironisa son amie.

— Un cabot ! Coralie, tu exagères ! C'est un superbe berger allemand, sûrement de pure race.

— Je te taquinais ! Mais en fait, ça me donne une idée. Tu auras un colis pour Noël, une surprise.

— Dis-moi, les surprises me mettent mal à l'aise.

— Non, tu verras à Noël ou peut-être avant. Revenons à ton beau Raphaël ! Il ne t'a pas écrit ?

— Lidy et moi savons seulement qu'il est bien arrivé à Londres, car il a téléphoné au docteur Géraud vers la fin du mois de juillet. J'ignore où il est maintenant et ce qu'il fait. Je prie matin et soir pour lui et ses compagnons d'exil.

Albane devina un soupir de Coralie à l'autre bout du fil. Son amie demeura silencieuse un moment.

— Et sa sœur, celle que tu nommes « ta petite chérie » ? Elle seconde toujours le médecin ?

— Tout à fait et comme je suis en congé, je les aide aussi lors de certaines expéditions. C'est idiot, je n'ose pas dire les mots précis, ni parler plus fort ! Pourtant je suis seule dans l'école. Mon collègue ne viendra préparer sa classe que demain.

— Sois tranquille, j'ai compris le message. Sois très prudente, Albane. Je vous admire, le docteur, Lidy et toi, d'être aussi investis. En zone occupée, la situation des Juifs ne fait qu'empirer. Je suppose que tu es au courant.

— Joseph me tient informée, et si ce n'est pas lui, Camille Audebert y veille. Je t'ai dit qu'elle s'était installée chez Joseph après le départ de son frère pour Toulon. Elle est très bien renseignée grâce à des contacts réguliers avec des gens de Périgueux. Il paraît qu'il y a eu des arrestations de Juifs d'origine étrangère même ici, en zone libre. Enfin, changeons de sujet. Je ne dois pas tarder à partir, Mme Fischer, la grand-mère de Lidy et de Raphaël, s'éteint à petit feu. Elle ne quitte plus son lit dans le salon et Joseph lui fait des piqûres de morphine. Hier soir, la malheureuse me disait avoir hâte de mourir.

— C'est bien triste, admit Coralie. Dieu soit loué, maman est complètement rétablie. Au revoir, Albane, et je te le répète, sois prudente, je serais désolée s'il se produisait un accident. Vous êtes proches de la ligne de démarcation et je suppose qu'il y a des patrouilles allemandes, surtout la nuit.

— Je te promets de faire attention, Coralie. Au revoir.

Un grognement du chien ponctua le déclic métallique de l'appareil lorsque Albane raccrocha. Un homme brun, assez jeune, habillé d'un costume gris et arborant une moustache, traversait la cour de l'école, le portail étant grand ouvert.

— Qui est-ce ? Pas un bruit, Orage, dit-elle en tenant le chien par son collier. Je remets ta laisse.

Un court instant, elle avait espéré qu'il s'agissait de Raphaël, le visiteur faisant la même taille. Mais il entra dans le couloir par la porte double et lui fit signe. Elle ne l'avait jamais vu en ville.

— Madame Molinier ? appela-t-il en la voyant.

— Oui, c'est bien moi.

— Bonjour, je suis envoyé par le docteur Géraud avec qui je dois déjeuner à midi. Je me présente, Dorian Chassaing, le nouveau secrétaire de mairie. Je succède à Maurice Labrousse.

— Bonjour, monsieur. Je vous félicite pour votre nomination à Brantôme.

— Je vous remercie. Mon arrivée devrait faciliter beaucoup de choses. Dites, vous avez un superbe chien, un berger allemand si je ne me trompe.

Albane approuva, soulagée par l'attitude d'Orage qui s'était assis et ne grognait plus.

— En effet, je l'ai recueilli au début de l'été, sans doute un animal séparé de ses maîtres pendant l'exode.

— Ou bien appartenant à la Wehrmacht ? hasarda-t-il.

— Pourquoi dites-vous une chose pareille ?

— Tout simplement parce que nos ennemis utilisent ces bêtes dans certaines circonstances. La ligne est toute proche, un de leurs chiens a pu s'échapper.

Soudain agacée, Albane chercha comment se débarrasser du nouveau venu à l'air arrogant.

— Monsieur Chassaing, je suis assez pressée, j'allais partir. Pourquoi le docteur vous a-t-il demandé de venir à l'école ?

— Afin de me présenter. Le docteur m'a dit que vous étiez une personne de confiance et m'a parlé des expéditions auxquelles vous avez participé. Je suis moi-même membre actif d'un réseau de résistance, madame Molinier ! Mon prédécesseur a décampé grâce à mes relations. Ce Labrousse était un fervent adepte des idées nazies et il aurait pu causer du tort aux habitants juifs de la ville et des environs.

Le dénommé Dorian Chassaing posa ses yeux gris-bleu sur Albane et se mit à l'observer d'un regard insistant. Il étudia son visage aux traits délicats, ses cheveux soyeux, très bruns, qui ondulaient sur ses épaules.

— Camille disait vrai, vous êtes très jolie, murmura-t-il.

— Voici une remarque sans intérêt, monsieur, lui assena-t-elle en retour, irritée cette fois par sa désinvolture. Suivez-moi, je sors et je dois fermer le bâtiment à clef.

— Vous devriez déjeuner avec nous tous chez le docteur, dit-il en marchant près d'elle. Et sinon, nous nous reverrons vite de toute façon. Le maire m'a autorisé à m'installer dans le logement vacant à l'étage contre un modeste loyer.

— Une jeune femme s'y est suicidée, ça ne vous dérange pas ? Elle s'est tiré une balle dans le cœur avec le revolver de mon défunt mari.

— Où est cette arme ? interrogea Chassaing d'un ton sec. La résistance a besoin d'être équipée en fusils et en pistolets.

— Au fond de la tombe de cette personne. Je l'ai mise dans son sac à main, le long de son corps.

— Quelle sottise ! Comment s'appelait cette femme ?

— Pourquoi ? Si je vous donne son nom, vous irez creuser au cimetière pour ouvrir son cercueil ?

— Non, bien sûr, admit-il. Mais vous avez eu tort et le docteur aurait dû vous en empêcher.

Albane ne daigna pas répondre. Elle lui désigna le portail et dès qu'il fut à l'extérieur de la cour, elle donna un tour de clef.

— Nous nous séparons ici, monsieur, indiqua-t-elle. Juste une question, vous êtes un ami de Camille Audebert ?

— Un camarade de lutte, pas davantage. Je vous dis à très bientôt, madame l'institutrice.

— Je vous prierai d'être discret si vous habitez à l'étage de l'école. Je souhaite enseigner dans le calme.

Elle lui tourna le dos pour se diriger vers la route qui la ramènerait au château. Quand elle ne vit plus la silhouette de Dorian Chassaing, elle sortit de la ville d'un pas rapide pour s'engager sur un chemin bordé de pâtures et de sous-bois. Là, elle détacha son chien.

— Tu peux courir, Orage, mais tu reviens vite si je t'appelle.

L'animal s'élança de toute sa puissance, le nez au vent. Albane admira ses foulées nerveuses.

— Dorian… Je n'avais encore jamais rencontré quelqu'un portant ce prénom, se dit-elle. Camille et lui font la paire, la même insolence, le même manque de charité. Pourquoi Joseph m'a-t-il envoyé cet individu ?

Albane renonça à trouver la réponse. Elle respira avidement l'air frais de ce matin grisâtre qui laissait pressentir l'automne. Ses pensées s'envolèrent vers Raphaël, dont l'absence lui était parfois intolérable.

— Reviens, mon amour, comme ces oiseaux migrateurs qui descendront bientôt vers le sud. Je me languis de toi…

Elle eut un sourire mélancolique en se souvenant de leurs nuits passionnées, du plaisir exaltant qu'ils partageaient avant de se griser de tendresse et de mots doux. Un aboiement sonore la ramena à la réalité.

— Orage ! Qu'est-ce qu'il y a ? Viens ici !

Deux chevreuils bondissaient à travers champs. Le chien, prêt à les poursuivre, s'était immobilisé au son de sa voix.

— Non et non, tu ne dois pas courir après ces gracieuses créatures, Orage, ajouta-t-elle.

D'une exemplaire obéissance, le berger allemand trottina vers elle. Ravie, Albane le récompensa par des caresses, mais aussi d'un des biscuits qu'elle avait emportés sans même songer à les manger en guise de petit déjeuner.

Château de Séguilières, même jour,
une heure plus tard

Clara Fischer, adossée à ses oreillers, étreignait la main d'Albane entre ses doigts décharnés.

— Je désirais vous parler, mon enfant, car la mort peut me prendre désormais à n'importe quel instant. Si je suis encore vivante, c'est sûrement grâce à votre brave Maria qui fait son possible pour retarder l'échéance, tout comme le docteur Géraud. Néanmoins la fin est proche, or Raphaël ne reviendra pas à temps. Quant à Lidy, à son âge, elle n'est pas apte à gérer mes affaires que je tiens à laisser en ordre.

— C'est tout à votre honneur, madame Clara.

— Oh, ne dites pas ce genre de banalités, pas vous, Albane. Vous êtes témoin, je m'accorde la joie de vous appeler par votre joli prénom. Sachez que j'ai confiance en vous, aussi je souhaite régler chaque détail en votre présence. D'abord mon testament, rédigé chez un ami notaire d'Obernai quelques jours avant le début de la guerre. Mes petits-enfants hériteront de la maison, comme je l'ai déjà spécifié. Si elle a été détruite, le terrain vaut de l'argent, il y a plus de trois hectares, un parc arboré et des prairies.

— Chère madame, vous l'avez déjà expliqué à Lidy.

— Je vous en prie, Albane, ne m'interrompez pas, je manque de souffle et parler autant m'épuise.

— Excusez-moi, reposez-vous un peu, vous terminerez quand je vous servirai le repas de midi.

— Je me reposerai bien assez tôt au Ciel ! Penchez-vous, s'il vous plaît, j'ai caché sous le lit une mallette en cuir avec l'aide de Maria. Prenez-la, la clef de la serrure est dans le tiroir de ma table de chevet. Ensuite vous l'ouvrirez. Nous sommes seules, mais si quelqu'un venait, même un enfant, refermez-la vite.

— Très bien.

Albane fit ce qui lui demandait Clara Fischer. La mallette contenait des bijoux de prix et des billets de banque.

— Mon testament est dans le double fond, avec les actes de propriété de la maison d'Obernai, murmura la vieille dame. Il y a là une petite fortune en diamants et en or, sans compter les liquidités. Ayez-en grand soin pour que mes petits-enfants puissent en profiter à l'avenir. Raphaël fera à son idée, Lidy, elle, pourra financer ses études si elle persiste à devenir infirmière.

Cette responsabilité effara Albane, en la gênant aussi. Elle garda le silence un instant.

— Je vous propose de déposer votre mallette dans le coffre-fort du docteur Géraud, dit-elle gentiment. Ce sera beaucoup plus sûr qu'ici à mon humble avis. Certains meubles peuvent être verrouillés, mais je serais désespérée si on vous volait tout ceci.

— En bientôt un an, personne n'a fouillé mes affaires et à ma connaissance, vous n'avez jamais été cambriolés, votre père et vous. Rendez-moi ce service, Albane. Je ne doute pas de la totale honnêteté du docteur, cependant il héberge cette fille, Camille Audebert, et son frère, une graine de voyou !

— Madame Clara, avez-vous oublié qu'Armand Audebert est parti pour Toulon à la fin du mois de juillet, où il a rejoint ses parents… J'étais là quand Lidy vous l'a annoncé.

— Oui, peut-être ! Je n'ai plus l'esprit très clair. Enfin, je suis soulagée, car je suis sûre que vous aurez une bonne cachette pour ce qui reste de ma fortune. Vous êtes la seule au courant, Albane. Comme vous menez une existence paisible ici, il ne peut rien vous arriver.

Cette fois, la jeune femme protesta d'un ton très doux en lui serrant un peu la main.

— Il faudrait quand même dire à votre petite-fille où sera la mallette, car je cours des risques moi aussi, comme Lidy, Camille et le docteur. Vous m'obligez à avouer que je participe à leurs expéditions nocturnes depuis le début du mois d'août. Je sers de guide, le cousin de Maria ayant été blessé lors d'un passage de la ligne, en forêt. Un soldat allemand a tiré sur lui, la balle a endommagé son genou gauche.

Une expression sidérée crispa la maigre figure de Clara Fischer. Elle paraissait furieuse, en dépit de sa faiblesse.

— C'est dangereux ! Pourquoi faire ça ? Pensez-vous à votre père, à tous ceux qui vous aiment ? J'ai perdu ma fille unique, Amélie, dans un accident de voiture, vous vous en souvenez ! Mon gendre était comme un fils pour moi. Ils se sont tués alors qu'ils avaient de longues années devant eux. Seigneur, si vous aviez un enfant, vous ne tenteriez pas le diable ainsi.

— J'agis en mon âme et conscience, j'aurais honte de rester à l'abri. Raphaël me l'avait interdit, mais si tout le monde lutte pour la justice et la liberté, je devais m'engager également dans ce combat.

La vieille dame cligna des paupières, terrassée par la fatigue et l'émotion.

— Dans ce cas, dites à Maria l'endroit où vous déposerez la mallette. Elle au moins restera au château pour mener une autre gageure : nourrir les uns et les autres, du plus petit au plus grand. Merci de m'avoir écoutée, je vais dormir un peu.

Bouleversée, Albane se réfugia dans les cuisines, où étaient réunis Mireille, Odile Goetz, son mari et les quatre enfants du château. Maria pétrissait de la pâte à pain, mais elle adressa un bon sourire à la jeune femme.

— Je crois qu'il faudrait veiller sur madame Clara, leur dit-elle. Son état empire de jour en jour.

— Pourtant ma pauvre amie s'accroche à la vie, même si elle prétend vouloir mourir, commenta Mireille.

— Ne craignez rien, mademoiselle, je continue à la soigner, son heure n'est pas venue, affirma la domestique.

— Je voudrais bien te croire, Maria. Est-ce qu'il y a du café ? Je n'en ai pas pris ce matin.

Sur ces mots, Albane souleva le couvercle de la cafetière en porcelaine, mais elle était vide.

— J'en ai fait du frais, coupé de chicorée, mais il est dans la cruche en émail, précisa Étienne Goetz. Alors, étiez-vous contente de retrouver votre école, mademoiselle ?

— Oui, je suis satisfaite de reprendre le travail plus tôt que prévu. Mais où est mon père ?

— Dans sa chambre, M. de Séguilières a décidé de trier des documents, il me l'a dit, expliqua Félicia d'un air sérieux. Dites, mademoiselle, avec Célestin, on peut aller promener votre chien ?

La fillette, qui avait eu dix ans une semaine auparavant, adorait le berger allemand.

— Non, non, je compte emmener Pierre faire un tour jusqu'au potager, il se régale des dernières fraises, protesta tout de suite Mireille. Nous avons un accord, Albane et moi, cette bête doit être enfermée la journée.

Le petit Pierre, attaché dans sa chaise haute, tapa alors du plat de ses menottes sur la tablette où on lui servait ses repas, en imitant ce qui pouvait ressembler à un aboiement.

— Le bébé n'a pas peur du chien, lui ! s'écria Lucas.

— Mon Dieu, pourquoi fait-il ça ? s'étonna Mireille, un peu vexée. Les enfants, ce n'est pas gentil pour moi si vous avez fait exprès de lui apprendre ce bruit !

— Ne les accusez pas sans preuve ! s'indigna Étienne Goetz. Et si ce sont eux, ça reste une innocente plaisanterie. Votre petit-fils répète tout ce qu'il entend, alors soyez flattée, il est éveillé.

— Quoi qu'il en soit, Félicia, j'ai emmené Orage à l'école, il a couru à sa guise sur le chemin du retour, déclara Albane. Il peut attendre ce soir pour une autre balade.

Elle but une gorgée de café à la chicorée en retenant une moue de contrariété, car le breuvage était insipide et tiède.

— Voilà Lidy ! s'exclama soudain Célestin.

La jeune fille venait d'apparaître sur le seuil de la pièce. En robe fleurie, sa longue chevelure blonde nattée, elle avait une expression affligée.

— Eh bonjour, ma mignonne, lui dit Maria. Viens t'asseoir.

— Non, pas maintenant. Je suis passée voir mamie, elle dormait. Albane, je voudrais te parler.

— Bien sûr, ma chérie.

Elles s'isolèrent sur la terrasse, à l'abri du parasol pour se protéger de la pluie fine qui commençait à ruisseler du ciel voilé de nuages gris.

— Que se passe-t-il, petite sœur ?

— Je n'irai plus au cabinet médical et à partir d'aujourd'hui je resterai ici, au château. Je serai plus utile au chevet de mamie.

— Mais pourquoi ? Tu étais toute fière d'avoir un salaire et d'aider Joseph.

— Ce n'est plus la peine, il y a Camille. Tout à l'heure, son grand ami Dorian Chassaing, un Corrézien, est arrivé avec un homme bizarre, qui se vantait d'être communiste. Ils se sont mis à fumer tous les trois dans le salon du docteur et j'ai eu l'impression d'être à leur service. J'ai dû faire du café, leur apporter, courir acheter des biscuits à l'épicerie.

— Quoi ? J'admets que c'est inadmissible. Et Joseph n'est pas intervenu ?

— Il était en consultation.

— Je suis désolée, ma petite chérie, je lui en parlerai ce soir quand il viendra pour la piqûre de ta grand-mère.

— Non, ne l'ennuie pas avec ça, il s'en voudrait. Et je refuse de causer des problèmes. Le docteur est amoureux de Camille, si elle quittait Brantôme, il serait trop malheureux.

Lidy jeta un regard désolé sur le parc où les arbres les plus frêles s'agitaient à chaque bourrasque.

— Pour être honnête, Dorian Chassaing m'a rendu visite à l'école ce matin et il m'a fortement déplu, lui confia Albane. Au fond, je préfère que tu sois là, au château, comme je serai toute la journée à l'école. Tu pourras tenir compagnie à ta mamie et t'occuper un peu d'Orage, qui sera enfermé le plus souvent.

— Mireille exagère, si elle n'avait pas cette peur irraisonnée des chiens, Orage pourrait déambuler à sa guise et monter la garde, ici, sur la terrasse ! s'insurgea Lidy. Tu as pris l'habitude de dormir dans les écuries à cause de ça.

— C'était peut-être juste un prétexte, ma petite chérie ! Je suis apaisée, dès que je m'allonge sur le lit où Raphaël a couché durant des mois. Il y a un peu de lui, une vague odeur de tabac, un pull en laine qu'il a laissé. Ne t'inquiète pas, Lidy, continuons ainsi.

— Ah l'amour, le grand amour, soupira la jeune fille rêveusement. Si David revenait, je serais si heureuse.

— Ne désespère pas, et attends son retour, comme j'attends celui de ton frère.

Brantôme, école primaire, un mois plus tard, mercredi 2 octobre 1940

Félicia Goetz faisait une multiplication à plusieurs chiffres sur le tableau noir en s'arrêtant souvent pour réfléchir. Albane, assise un peu à l'écart de son bureau, au bord de l'estrade, suivait son travail d'un sourire distrait.

— Je crois que je ne me suis pas trompée, mademoiselle, dit la fillette, sans poser la craie dont elle s'était servie.

— Très bien, retourne à ta place, Félicia.

Agnès, une des plus grandes élèves, leva la main. C'était la fille des patrons du Café de la Mairie et elle se vantait d'être douée en calcul mental.

— Oui, Agnès ?

— L'opération est fausse, mademoiselle ! Félicia a fait une erreur, dans la table de cinq !

— Voyons si tu as raison, répondit Albane.

Elle devait se lever, malgré la douleur irradiant sa jambe gauche. Toute la classe avait constaté ce matin que l'institutrice boitillait, mais c'était Jeanne Chabot, l'enfant unique du nouveau brigadier de gendarmerie, qui avait osé demander pourquoi elle avait mal.

— Je suis tombée de bicyclette et j'ai une blessure au genou, ne vous inquiétez pas, mes enfants. Je me reposerai demain, comme c'est jeudi.

Très pâle, Albane pria Félicia de corriger la multiplication. Celle-ci s'exécuta avant de vite regagner son pupitre.

— Je te félicite, Agnès, d'avoir remarqué la faute de ta camarade. Viens au tableau, je te prie, tu vas poser une division.

— Oui, mademoiselle !

La jeune femme lui dicta les nombres d'une voix ferme, cependant elle ne se sentait pas bien, n'ayant rien eu le temps de manger ni de boire au petit déjeuner. Lorsque ses oreilles bourdonnèrent, elle s'empressa de se rasseoir.

— Félicia, pourrais-tu aller me chercher un grand verre d'eau fraîche, s'il te plaît ? balbutia-t-elle. Accompagne-la, Agnès, je te prie.

Les deux filles sortirent de la classe précipitamment, tandis qu'Albane tentait de surmonter son malaise en respirant à fond. À demi-consciente, des images de la nuit lui revinrent, qui défilaient dans son esprit sans ordre logique. Elle revit la patrouille allemande, les lampes… Elle entendit les cris, les coups de feu, les rafales… Elle avait cru que sa cuisse explosait et était tombée. Dorian avait dû la porter sur son dos. Joseph avait soigné Albane dès leur retour à Brantôme, mais elle avait encore terriblement mal.

— Mademoiselle, mademoiselle, appelait une voix inquiète, celle de Cécile qui avait fêté ses neuf ans quelques jours plus tôt.

Elle secouait doucement Albane par l'épaule, en l'observant de très près.

— Il faut prévenir M. Favre, conseilla une autre élève.

Agnès et Félicia rapportaient un verre d'eau, suivies par Dorian Chassaing qui ne travaillait pas à la mairie ce jour-là. Sachant la jeune femme blessée, les exclamations affolées des écolières dans le couloir du rez-de-chaussée l'avaient alerté.

— Je m'occupe de votre institutrice, n'ayez pas peur, déclara-t-il. Mademoiselle n'a rien de grave.

Il fit boire Albane, puis il lui tapota les joues du bout des doigts.

— Mais oui, je me sens mieux, murmura-t-elle.

— Vous êtes à jeun, marmonna Chassaing. Je monte chez moi vous chercher du pain et un morceau de sucre. Ensuite je crois indispensable de téléphoner à Géraud. Vous avez besoin de quelque chose contre la douleur.

— J'accepte un peu de nourriture, mais c'est inutile de déranger le docteur. Il est très occupé aujourd'hui, répliqua Albane tout bas.

— Si vous le dites, soupira-t-il en sortant de la salle.

— Mes enfants, vous pourrez rentrer chez vous après le déjeuner, enfin cela concerne celles qui mangent à l'école. Les autres ne reviendront pas cet après-midi. Je suis désolée.

— Vous serez là vendredi, mademoiselle ? s'inquiéta Agnès. On rend nos rédactions.

— Bien sûr, je ne compte pas m'absenter une journée de plus.

Dorian Chassaing lui rapporta une assiette de deux tranches de pain beurrées, d'un morceau de sucre et d'un biscuit.

— Votre institutrice est très courageuse, les filles, affirma-t-il. Ne la fatiguez pas trop.

— Merci pour votre aide, monsieur Chassaing. En fait, je vous demanderai un dernier service. Si vous pouviez dire à Camille Audebert de passer me prendre en voiture vers 13 h 30, je n'ai pas mon vélo ici. Et puis j'ai fait cette mauvaise chute hier soir…

— J'ai compris, votre amie vous raccompagnera, cela vous évitera de marcher.

Cependant, l'irruption de Lidy, vêtue d'un tailleur gris et un foulard noir sur les cheveux, empêcha Dorian de s'en aller. La jeune fille avait dû beaucoup pleurer, car ses paupières étaient rougies et meurtries.

— Mamie est morte, annonça-t-elle tout bas. Albane, je l'ai trouvée ce matin. Et tu n'étais pas là cette… enfin je veux dire, tu étais déjà partie pour l'école.

— Mon Dieu, je suis navrée. Monsieur Chassaing, surveillez la classe quelques minutes, je vous en prie, je dois discuter avec Lidy. Mes enfants, soyez très sages, profitez-en pour illustrer la poésie que nous avons apprise hier.

Une fois dans le couloir, Albane serra la jeune fille dans ses bras en retenant ses larmes.

— Pardon, ma petite sœur chérie. Hélas, je n'étais pas avec toi dans ce douloureux moment.

— J'ai failli gaffer, je suis désolée !

— Ne t'inquiète pas, tu t'es très bien rattrapée… Pour une fois que je ne suis pas rentrée au château dans la nuit.

— Si tu l'avais vue, Albane. Mamie souriait, elle a dû mourir dans son sommeil. Je dormais dans un lit de camp à son chevet, elle n'a pas gémi ni appelé.

— Joseph nous avait dit que son décès était imminent, mais j'aurais voulu être près de toi.

— Où étais-tu ?

— Au cabinet médical, il fallait me soigner en urgence.

Lidy s'aperçut alors de la pâleur d'Albane, qui de plus s'appuyait sur elle pesamment.

— Tu as été blessée ? C'est ma faute, c'est arrivé parce que tu m'as remplacée.

— J'ai pris une balle dans la cuisse gauche. Joseph a fait tout le nécessaire, ne t'inquiète pas. La douleur est supportable.

— Pourquoi es-tu venue à l'école ? protesta Lidy. Quelle sale journée. Heureusement Maria et Odile se sont occupées de mamie. J'ignorais qu'on devait faire la toilette des défunts. J'ai choisi sa belle robe en faille noire qu'elle portait à Noël. Ton père a été très gentil lui aussi. Il a emmené Pierre en balade pour que Mireille puisse nous aider. C'était si triste, Albane, nous pleurions toutes les quatre. Mais je ne sais pas comment faire maintenant, il faut acheter un cercueil et une concession au cimetière. Hier, mamie m'a dit qu'elle voulait une tombe toute simple, de la terre, une croix en bois, avec son nom et les dates de sa naissance et de sa mort.

La voix de Lidy tremblait sous l'effet d'une vive émotion. Ses grands yeux verts s'embuèrent de larmes à nouveau.

— Raphaël ne sera pas là, il ne le saura pas, gémit-elle.

— Peut-être qu'il téléphonera bientôt au cabinet médical, ma petite chérie. Sois tranquille, je rentre au château avec toi. D'abord il faut avertir Joseph que ta grand-mère est décédée. Prends-moi par la taille, je boiterai un peu moins. Je vais libérer mes élèves tout de suite… Elles n'auront pas classe vendredi non plus, c'est un cas de force majeure.

Château de Séguilières, même jour

Le docteur Géraud, averti par Dorian Chassaing qui avait téléphoné de l'école, était venu en personne chercher Albane, Lidy et Félicia. Depuis deux semaines, il confiait certains de ses patients à Camille Audebert, en sa qualité d'interne en médecine.

Après avoir rédigé le certificat d'inhumation de Mme Fischer, il faisait de son mieux pour gérer une situation complexe. Prenant à partie Mireille et Amédée, le plus souvent inséparables désormais, il insistait sur son unique souci.

— Albane doit disposer d'un lit au rez-de-chaussée, décréta-t-il d'un ton autoritaire. Il faudrait l'installer dans le boudoir. Monter l'escalier sera trop douloureux pour elle.

La scène se déroulait au milieu du hall, où Maria et Odile avaient apporté la méridienne du salon, ainsi que des coussins. Lidy s'était précipitée pour aider la jeune femme à s'allonger.

— J'ai froid, je claque des dents, se plaignit-elle.

— Doux Jésus, il faut des couvertures pour mademoiselle. Monte vite en chercher dans sa chambre, Félicia, prends son édredon aussi.

— Votre fille a de la fièvre, monsieur de Séguilières, insista Géraud. J'ai pourtant bien désinfecté la zone touchée. Lidy, tu devras changer le pansement régulièrement. Il peut s'agir aussi d'une réaction nerveuse.

— Docteur, nous sommes entre nous, que s'est-il passé cette nuit ? s'enquit le châtelain.

— Je dirais que nous avons beaucoup de chance, même si votre fille en a payé le prix. Nous faisions franchir la ligne à une famille juive, six personnes en tout, dont deux fillettes et un petit garçon de quatre ans… Une patrouille allemande nous a suivis en hurlant des sommations pour que nous nous arrêtions, mais nous avons tenté de la semer. Ce devait être de jeunes recrues, ils ne se sont pas avancés en zone libre, hélas ils ont fait feu. Albane a été touchée, mais Dieu soit loué, Camille et Dorian ont fait demi-tour et l'ont portée. Moi j'avais pris le garçonnet dans mes bras, en ordonnant à ses parents de courir le plus vite possible, avec leurs petites filles.

— Vous remercierez grandement de ma part Mlle Audebert et cet homme, Chassaing, soupira

Amédée. Seigneur, ma précieuse enfant aurait pu être tuée.

Secouée de frissons, Albane les écoutait à peine. Brûlante de fièvre, elle revivait l'instant où une violente douleur l'avait jetée au sol sous le couvert des arbres.

— J'ai cru que c'était fini, mais je sentais l'odeur de la terre humide, je voyais de la mousse, balbutia-t-elle.

— Qu'est-ce que vous nous racontez là, mademoiselle ? s'affola Maria. Vous ne pouviez pas mourir, Dieu veillait sur vous. Docteur, je vais préparer une infusion d'écorce de saule et de reine-des-prés, ça lui fera du bien.

— Vous avez raison, l'aspirine dérive de cette plante. Quant au saule, ses vertus sont connues depuis des siècles, approuva le médecin.

— Amédée, je dois déménager, décréta soudain Mireille. Si tout le monde me donne un coup de main, le boudoir sera vite libéré. Albane n'aura pas d'escalier à monter.

— Ni à emprunter celui des écuries pour aller dans la petite chambre, ce serait encore plus pénible, fit remarquer Lidy. Madame Mireille, sans vouloir vous vexer, Albane loge là-bas pour garder son chien auprès d'elle le soir et la nuit.

— Lidy, je vous prie poliment de pas vous mêler de cette histoire, intervint le châtelain. Ma fille ayant promis que cet animal serait tenu à l'écart du petit Pierre et de Mireille, le débat est clos.

— Mais je suis sotte aussi, Amédée. Les enfants jouent avec Orage, je vois bien qu'il est gentil, seulement ma peur est plus forte que ma raison. Ne perdons pas de temps à discuter, Albane a risqué sa vie pour des gens comme moi, ces Juifs que les nazis persécutent, alors je veux faire au mieux pour elle.

Au bout d'une demi-heure, Albane se retrouva couchée sur le divan où sa mère se reposait si souvent quand elle ne lisait pas un des derniers romans parus ou des classiques. L'hiver, Mathilde de Séguilières savourait l'intimité de son boudoir, où le feu ronronnait dans un joli poêle en fonte, orné de motifs champêtres. L'été, des rideaux en mousseline rose voilaient la lumière tout en laissant passer l'air tiède.

C'était également sur ce divan que la douce Esther avait rendu l'âme, après la naissance de Pierre.

— Comme je me sens bien, chuchota Albane. Je n'ai plus mal du tout.

— Je vous ai fait une piqûre de morphine, lui expliqua le docteur Géraud, assis à son chevet. Vous allez dormir un peu.

— Mais je n'ai pas vu madame Clara, je voulais lui dire adieu, Joseph. C'était une femme très digne, parfois sévère, pourtant nous avions fini par nous attacher l'une à l'autre. J'espérais qu'elle assisterait à notre mariage, enfin si Raphaël revenait un jour et s'il acceptait de m'épouser.

— Ne vous épuisez pas à parler. Ce soir, vous pourrez sans doute aller jusqu'au salon. Albane, je vous avais déconseillé de faire la classe aujourd'hui. Imaginez la catastrophe si j'avais été en visite à l'extérieur, si Dorian avait travaillé à la mairie. Vos élèves auraient alerté votre collègue et Favre aurait fait appel au docteur Mesnier. Un médecin ne s'y tromperait pas, aussi mon confrère aurait su que vous aviez été blessée par balle. La police traque les communistes, mais les résistants peuvent être arrêtés eux aussi. Vous savez bien qu'en zone occupée, depuis l'ordonnance allemande du 27 septembre, tous les Juifs français et étrangers sont obligés de se faire enregistrer dans les commissariats des grandes villes ou les sous-préfectures en province. En aidant des familles juives à éviter cette mesure inquiétante, nous sommes hors la loi et…

Géraud se tut, car Albane s'était assoupie. Il fut désolé de la voir aussi pâle, le teint cireux, le front en sueur.

— Raphaël serait furieux s'il vous voyait dans cet état, dit-il tout bas. Dans quoi vous ai-je entraînée, ma tendre amie ?

Quelqu'un lui effleura l'épaule au même instant. Lidy était entrée sur la pointe des pieds.

— Docteur, maintenant que mamie est morte, je reprends du service, plaisanta-t-elle sans joie. Albane ne peut pas s'exposer ainsi. Je vous ai entendu et en effet mon frère serait malade de rage s'il savait ce qui s'est passé. Tant pis pour lui, il a choisi de s'exiler, de lutter au loin et non à nos côtés.

— J'avais cru comprendre que tu ne supportais pas Camille ni Dorian, répliqua le médecin.

— C'est vrai. Et c'est pourquoi je participerai à vos expéditions nocturnes sans pour autant retravailler au cabinet médical, où j'étais réduite à servir des cafés, cuisiner et faire le ménage derrière vos visiteurs, décréta Lidy d'un ton farouche.

Joseph Géraud se leva et entraîna la jeune fille vers le hall. Il semblait très contrarié.

— Je n'avais pas conscience de la façon dont on te traitait, mais Albane m'en a informé. Comme tu restais au château et que j'étais très occupé, je n'ai pas eu l'occasion de te présenter de sincères excuses, Lidy.

— Ne vous méprenez pas, docteur, cela ne me dérangeait pas de vous préparer du thé ou de quoi grignoter. J'en étais même heureuse, cependant tout a changé.

— Je sais et je le regrette. Pour le moment, tu as d'autres soucis entre le décès de ta grand-mère et l'état d'Albane. Je dois partir, je reviendrai en fin d'après-midi. Surtout ne te tracasse pas pour les obsèques, j'en assumerai les frais…

— Non, vous serez perdant puisque je ne pourrai pas vous rembourser avant d'avoir un métier et de gagner ma vie, s'affola Lidy.

— Veille sur Albane et sur tout le monde ici, cela me suffira.

— Je vous remercie, docteur. Raphaël et moi nous vous serons redevables des années. Ah, écoutez, Orage aboie très fort. Sans doute qu'il n'est pas sorti depuis hier soir. Je vais vite le promener, ça me fera du bien de marcher dans les champs…

Malgré l'aimable insistance d'Amédée, Mireille avait refusé de prendre possession de l'ancienne chambre de Mathilde de Séguilières.

— Oh non, je ne pourrai pas ! s'était-elle écriée sur le seuil de la pièce où rien n'avait été déplacé depuis le décès de la châtelaine.

— Mon épouse serait comblée de vous savoir ici, entourée de ses meubles et de ses bibelots. Personne n'a investi les lieux, ce que je déplore, après m'en être réjoui des années.

— Je serai plus à mon aise dans la chambre où logeaient les Meyer. Les fenêtres ouvrent sur la campagne, je verrai le soleil se lever. Ne m'en veuillez pas, Amédée.

Finalement, Mireille avait eu gain de cause. Elle rangeait ses affaires avec l'aide d'Odile Goetz quand Maria entra.

— Il y a longtemps que vous auriez dû quitter le boudoir, madame Mireille, affirma la domestique. Je suis montée vous apporter une savonnette et du linge de toilette. Le petit Pierre dormira dans le lit d'enfant, si ça vous arrange.

— Mais oui, tout me convient, Maria. J'admets que j'ai plus d'espace ici.

— On sera voisines, commenta la réfugiée en riant. Je vous préviens, Étienne ronfle, on dirait un soufflet de forge.

— Tant que notre chère Albane se rétablit vite, rien ne me dérangera.

— Si je peux me permettre, madame Mireille, je suis ébahie que Monsieur vous propose la chambre de son épouse, avança tout bas Maria. Bientôt il vous demandera en mariage.

— C'est déjà fait, avoua-t-elle d'un air gêné. Je vous le dis en confidence à toutes les deux. Il prétend aussi adopter Pierre, pour qu'il devienne son héritier. Mais si mon gendre revenait un jour, j'aurais à lui annoncer la mort d'Esther et la nouvelle identité de son enfant… Comment prendrait-il la chose ?

— Ne vous faites pas trop de soucis pour ça, ce monsieur comprendra que vous avez agi pour le bien de son pitchoun, assura Maria.

— Le problème est ailleurs, insinua Odile. Je trouve dommage de se marier si les sentiments ne sont pas réciproques. Moi, si je n'avais pas pu devenir la femme d'Étienne, j'en aurais été folle de chagrin. Par chance, il m'aimait autant que je l'aimais.

Les joues brûlantes, tête basse, Mireille fouilla son cabas de tricot, d'où elle remonta une pelote de laine. Ce simple geste l'aida à se donner une contenance.

— J'ai dit à M. de Séguilières que j'avais besoin de réfléchir, soupira-t-elle. Quant à mes sentiments, j'éprouve beaucoup de tendresse pour lui. Certes, c'est un homme souvent excentrique, mais aussi généreux, amusant, instruit et tellement galant.

Maria et Odile échangèrent un regard complice, certaines que le châtelain avait déjà fait la conquête du cœur de Mireille. Si le soir même, elles veillaient ensemble autour du corps de Clara Fischer, ainsi que Lidy et Amédée, il y aurait peut-être une joyeuse noce un jour prochain. Cette perspective de fête apaisait leur peine pour la défunte vieille dame, car c'était au fond le cycle de la vie, l'éternel paradoxe entre l'amour et la mort.

Albane s'éveilla à 18 heures. Elle perçut tout de suite une présence à ses côtés, un poids sur sa jambe valide. En tendant la main, ses doigts touchèrent une fourrure douce dont le contact lui était familier.

— Orage ? Mon chien, qu'est-ce que tu fais là ?

— Je l'ai promené, mais il m'a échappé au retour, devant les écuries, fit la voix suave de Lidy. Si tu avais vu ça, il a grimpé le perron, s'est précipité dans le hall, puis il a gratté à la porte du boudoir. Comme il n'y avait personne, je l'ai laissé entrer. D'abord il t'a léché le poignet, ensuite une joue et d'un coup, il a sauté sur le divan et s'est allongé près de toi. Je n'ai pas eu le cœur de l'emmener.

Ravie, Albane se retourna pour découvrir la jeune fille assise à son chevet, au creux d'un fauteuil.

— J'ai fermé à clef, personne ne sait que ton chien est là.

— Et Mireille ?

— Ne crains rien, après le déjeuner, elle n'a pas quitté sa nouvelle chambre de l'étage, celle des Meyer. Le petit Pierre s'y plaît beaucoup.

— Je voudrais qu'Orage passe la nuit avec moi, Lidy, mais ce ne serait pas raisonnable. Je tiens à veiller ta grand-mère avec tout le monde.

— Mamie n'est plus là, je la reconnais à peine. Son âme s'est envolée, mais toi tu dois te reposer. Albane, je me tourmente beaucoup, car le docteur veut payer les obsèques. J'ai vaguement consenti, tout en étant très embarrassée. Mon frère aurait refusé, j'en suis sûre.

— Ma petite chérie, tu pourras acheter une concession à la mairie et un beau cercueil. Ta grand-mère gardait une forte somme d'argent et des bijoux de prix dans une mallette. Elle m'a suppliée d'en prendre soin et de la cacher. Demain matin, je te dirai où la trouver.

— Vraiment, Albane ? Oh, je suis tellement soulagée !

Lidy se mit à genoux près du divan et embrassa la jeune femme sur la joue, en lui caressant le front.

— Tu n'as plus de fièvre, constata-t-elle.

— Je me sens mieux. Merci d'être là, Lidy, merci d'avoir laissé Orage avec moi. Raphaël me manque tant. J'ai rêvé de lui, il arrivait à moto dans la cour du château. Je voulais courir vers lui, mais je boitais, je faisais du surplace, alors il a disparu.

— Ce n'était qu'un rêve, Albane. Quand il reviendra pour de bon, tu seras guérie et tu pourras te jeter dans ses bras…

13

Suspicions

Brantôme, lundi 7 octobre 1940

Albane était revenue à l'école le matin même avec l'accord du docteur Géraud. Elle s'attardait à son bureau afin de corriger des dictées. Ses élèves étaient parties, même Félicia Goetz, que son père était venu chercher car il avait quitté plus tôt le chantier de l'abbaye. Célestin en avait profité pour rentrer au château avec eux.

— Je n'ai presque plus mal grâce aux cachets d'aspirine et au baume de Maria, se dit-elle en posant son crayon.

Elle jeta un regard sur la pendule murale et, rassurée, reprit ses corrections.

— Joseph sera devant le portail à 17 h 15, j'ai encore du temps. J'admets que j'aurais des difficultés pour faire le chemin à pied… Heureusement, j'ai pu assister aux obsèques de madame Clara.

La porte de la classe était restée entrouverte, pourtant on y frappa deux coups énergiques.

— Entrez ! C'est vous, monsieur Favre ?

La jeune femme fut surprise de voir apparaître le brigadier Chabot, en uniforme et seul. Il la salua avant de s'approcher de l'estrade.

— Bonsoir, monsieur ! Si vous me rendez visite au sujet de votre fille, Jeanne me donne entièrement satisfaction sur le plan de ses résultats et de sa conduite.

— C'est donc d'autant plus dommage que son institutrice s'absente deux jours ouvrés.

— Mais…

Le gendarme lui fit signe de ne pas chercher à se justifier. Il hocha la tête d'un air qui se voulait bienveillant.

— Je sais, madame Molinier, ne prenez pas la peine de m'expliquer. Le maire m'a parlé du décès d'une dame âgée, Clara Fischer, une réfugiée du Bas-Rhin que vous logiez au château depuis un an. La grand-mère de Lidy et de Raphaël Wendling, n'est-ce pas ?

— En effet, vous êtes bien renseigné, brigadier.

— Cela fait partie de ma profession de savoir qui réside à Brantôme et dans ses environs. On m'a dit également que M. Wendling était instituteur ici même. Pourquoi a-t-il cessé d'exercer et où se trouve-t-il actuellement ? Il n'était pas présent à l'enterrement de Mme Fischer.

— En effet, nous n'avons pas pu le prévenir. Il n'a pas souhaité reprendre son poste d'instituteur à la rentrée et il a quitté le château depuis plus de deux mois. Nous n'avons presque pas eu de nouvelles depuis et je ne sais donc pas où il est.

Le gendarme fit la moue, les mains nouées dans son dos. Il déambula le long des premiers pupitres.

— Je pensais pourtant que vous étiez proches, tous les deux. Voyez-vous, les gens sont bavards, madame Molinier. On s'est fait une joie de me raconter comment vous avez sauté au cou de ce jeune homme, ici même, devant vos élèves. Je ne vous blâme pas, votre veuvage devait vous peser.

Furieuse, Albane se leva trop brusquement de sa chaise. Elle ne put retenir une grimace de douleur, ayant cogné sa blessure contre le rebord du bureau.

— Ah j'oubliais, vous êtes tombée de vélo, ironisa Chabot.

— Un accident ordinaire, qui arrive à bien des gens, brigadier. Maintenant dites-moi la raison de votre visite, l'heure tourne et on vient bientôt me chercher. Quant à mon veuvage, vous devriez avoir honte de faire une telle allusion. De surcroît, ma vie privée ne vous concerne pas.

— Tout dépend de ce que vous dénommez la vie privée. Je suis censé veiller au respect des consignes de Vichy, madame Molinier. Cela signifie que je peux arrêter et envoyer dans un camp de prisonniers les apprentis terroristes, les communistes et tous ceux susceptibles de semer le trouble. Alors privilégiez votre métier et ne jouez pas aux héroïnes…

— Je ne comprends pas votre mise en garde. Si vous me suspectez de quelque chose, soyez plus direct, dites-moi en quoi j'ai perturbé l'ordre public.

— Nous sommes en zone libre, cependant je suis contacté fréquemment par les Allemands en poste de l'autre côté de la ligne de démarcation. Des passeurs aident des Juifs à fuir la zone occupée. Un lieutenant est persuadé d'avoir blessé l'un d'eux le soir du mardi 1er octobre. C'était à moi et à mes hommes de chercher cet individu. Nous avons vu du sang, des empreintes de chaussures près d'un ruisseau, mais pas de corps.

Albane demeura impassible afin de ne pas se trahir sous le regard noir du gendarme. Elle osa un sourire moqueur en jouant le tout pour le tout.

— Allez-vous me demander de soulever ma jupe, brigadier ? Ou bien iriez-vous jusqu'à le faire vous-même ? Certes, mon genou gauche est très douloureux, mais c'est à cause de cette chute sur la route, ce n'était pas moi ce soir-là, j'en suis navrée.

Chabot haussa les épaules en soulevant d'un doigt le bord de son képi, avec une moue perplexe. Il ne releva pas la pique acerbe qu'elle lui avait lancée.

— Si c'est le cas, j'en suis content, madame, et je vous souhaite un prompt rétablissement. Ah, j'oubliais ! J'étais venu au château pour vous signaler un chien blanc, du genre molosse, qui s'en prenait au bétail. Un fermier a pu le piéger dans sa grange et j'ai pu abattre cette sale bête qui ne nuira plus à personne. Au revoir, madame.

— Me voici rassurée, au revoir, brigadier…

Après son départ, Albane se mit à trembler nerveusement. Elle rangea les cahiers de dictée dans son cartable, pressée de relater la visite du gendarme au docteur Géraud. Dans sa hâte, elle décida de sortir un peu plus tôt et de l'attendre dehors. Une fois en imperméable, coiffée de son béret de feutrine bleu, elle alla jusqu'à la cour en s'appliquant à marcher d'un pas régulier.

— Joseph est déjà là, murmura-t-elle.

Le médecin guettait son arrivée près du portail. Il vint à sa rencontre et lui prit le bras.

— Vous souffrez encore, Albane, j'en suis désolé.

— La douleur est supportable grâce aux comprimés que vous m'avez prescrits. Joseph, vous avez dû croiser le brigadier Chabot ?

— Tout à fait, deux de ses subalternes l'attendaient. Chabot m'a salué. Que voulait-il ?

— Je vous raconterai tout dans votre voiture.

Avant de démarrer, le docteur écouta le récit d'Albane, ses mains gantées de cuir crispées sur le volant.

— Il y a de quoi s'inquiéter si le brigadier vous considère comme une suspecte, déclara-t-il. Vous êtes sûre de n'avoir rien laissé à l'endroit où vous êtes tombée ?

— Je m'équipe en conséquence lorsque je vais avec vous. Je n'emporte aucun objet dans mes poches, je ne mets pas de bijoux. Et je vous l'ai dit, Joseph, ils n'ont trouvé que du sang et des traces de chaussures.

— De toute façon, nous devons cesser nos activités durant quelques semaines. Il faudra ensuite changer le lieu des passages. J'ai déjà prévenu Camille et Dorian, ils sont d'accord sur le principe. Vous avez été blessée, cela suffirait à justifier ma décision. Et maintenant les gendarmes vont être sur le qui-vive. Le brigadier Chabot est capable de demander l'aide de la police en prétendant que des communistes se cachent à Brantôme. Le commissaire de Périgueux serait enchanté d'en envoyer en prison.

— Vous parlez d'Edmond Jacquet, le père du fiancé de Denise Molinier, mon ancienne belle-sœur ?

— En effet. Je ne me souvenais plus que vous connaissiez son fils.

— Gérard Jacquet, oui… Il m'avait paru sympathique de prime abord, par la suite il s'est révélé aussi détestable que sa future belle-famille. Je n'ai plus aucune nouvelle des Molinier, mais je ne m'en plains pas. Je suppose que Louisette, la fille de Louis, va bien et qu'ils ne la conduiront jamais sur la tombe de sa mère. Pauvre Régina, son existence était vouée à un destin tragique.

Joseph l'observait attentivement. Un sourire amusé égaya un instant ses traits soucieux.

— À ce propos, Albane, pourquoi avez-vous menti à Dorian Chassaing ? L'arme avec laquelle Régina s'est suicidée ne se trouve pas dans son cercueil mais au fond de mon coffre-fort. Je le revois en train de maudire votre initiative en levant les bras au ciel. Il a attribué votre geste à une sensibilité féminine exacerbée. Bien sûr, je ne vous ai pas trahie…

— Cela remonte à plus d'un mois, Joseph, et vous me le dites seulement ce soir ? s'étonna-t-elle. Merci de ne pas avoir révélé la vérité. Quand j'y repense, je me dis que j'aurais mieux fait de jeter ce revolver dans la Dronne comme j'en avais envie. En fait, la première fois que j'ai été confrontée à Dorian, il m'a déplu. Je n'avais pas envie de lui procurer la moindre satisfaction, d'où mon mensonge. Mais aujourd'hui, je lui dois la vie, ou du moins la liberté.

Le médecin démarra enfin. Sur une centaine de mètres, il roula au ralenti, puis il accéléra un peu pour emprunter la route étroite qui les amènerait jusqu'au porche du château.

— Géraud et la maîtresse d'école ont discuté longtemps, je voudrais bien savoir de quoi, marmonna le brigadier Chabot, qui les avait épiés depuis l'angle d'une rue voisine.

— Vous croyez que ce sont des résistants, chef ? chuchota un autre gendarme.

— Il y a des chances, mais je n'en ai aucune preuve, Vigier. Je dois être prudent, le docteur a une excellente réputation, de plus c'est l'adjoint du maire. Quant à la jolie veuve Molinier, elle a un sacré aplomb et ne se laisse pas impressionner. Allez, on décampe, et il faut surveiller de près le médecin, son assistante Camille Audebert et bien sûr l'institutrice.

Château de Séguilières, vendredi 20 décembre 1940

Il faisait nuit derrière les rideaux en dentelle du boudoir. Albane songea qu'elle devrait fermer les volets intérieurs afin de préserver son intimité et la relative chaleur de la petite pièce où elle avait désormais ses habitudes. Elle s'y sentait si bien qu'elle avait renoncé à retourner dans sa chambre à l'étage, ce qui économisait aussi du charbon.

— Qu'est-ce que je dois faire ? se demanda-t-elle encore une fois, en tournant entre ses doigts une enveloppe cachetée.

Le docteur Géraud la lui avait remise à la sortie de l'école, avec la recommandation de bien réfléchir avant de la remettre à Célestin, son destinataire. La lettre était arrivée quinze jours plus tôt chez le cousin de l'enfant. Il l'avait confiée au médecin qui lui rendait visite lorsqu'il passait la ligne pour voir des patients près de Verteillac.

— Je ne peux quand même pas l'ouvrir, soupira Albane.

Des chants joyeux lui parvenaient, malgré la distance et sa porte bien close doublée d'une couverture. C'était une idée de Maria pour lutter contre le froid glacial qui sévissait sur la moitié sud de la France.

— Si c'est une mauvaise nouvelle, Célestin ne profitera pas de ses vacances de Noël. Mais je deviens pessimiste, il peut aussi être très heureux, au cas où ses parents annonceraient leur arrivée dans la région. Pourquoi Joseph semblait-il en douter ?

Exaspérée par ce dilemme, Albane enfila une veste en laine et sortit. En traversant le hall plongé dans la pénombre, elle fut secouée de frissons. Complètement remise de sa blessure, elle soignait à présent un début de grippe.

— Tout le monde doit être réuni dans les cuisines, là où il fait bon, se dit-elle.

Son entrée fut saluée par un concert de rires et d'éclats de voix. Félicia et Lucas, qui interprétaient à leur manière la comptine *Vive le vent d'hiver*, haussèrent encore le ton.

— Allons, silence, mes enfants ! ordonna leur mère.

— Ils sont si contents, ne les fâchez pas, Odile, protesta Maria. Alors, mademoiselle, on vient se réchauffer près de la cheminée ?

Une agréable senteur de soupe de légumes s'ajoutait à celle de l'énorme feu dont les flammes dansaient en crépitant. Leur clarté compensait le faible éclairage des lampes à pétrole.

— D'où viennent ces bûches ? s'étonna Albane. Nous étions un peu à court de bois.

— J'en ai fait livrer à mes frais, ce sera mon cadeau pour les fêtes, indiqua Mireille, son petit-fils sur les genoux. Je n'allais pas laisser mes amis geler sur pied.

— Merci beaucoup, moi qui avais honte de ma provision de charbon, répondit la jeune femme.

— Assieds-toi, ma chérie, proposa Amédée. Il reste du thé et des beignets.

— Je n'ai pas faim, papa. Il y avait un goûter à l'école, offert par le maire à l'occasion des vacances de Noël.

— On a même eu un sachet de bonbons chacun, renchérit Célestin.

— Moi aussi, je veux aller en classe ! se révolta Lucas.

— Tu n'as pas encore l'âge, mon petit gars, lui dit gentiment le châtelain. Albane, nous sommes tous d'accord, tu n'as pas changé d'avis. Nous réveillonnerons ici, sous la voûte de ces cuisines, la partie la plus ancienne de l'édifice. La cheminée et le sol pavé doivent dater de la Renaissance, si ce n'est du Moyen Âge. Il n'y aura donc aucun déshonneur à nous rassembler là.

— Ce sera même plaisant, papa, admit Albane en prenant place autour de la table, sur un des deux bancs. J'ai eu si froid avec tous ces trajets à pied, en plein vent.

— Hé, vous avez dix jours de congé, je vous requinquerai avec des tisanes de thym et du miel, mademoiselle, dit Maria. Vous vous êtes enrhumée, pardi, ce n'est pas forcément la grippe. Ma pauvre mère est morte de l'influenza un an après la guerre, elle ne tenait pas debout comme vous.

— C'est quoi, l'influenza ? s'inquiéta Lucas.

— On nommait ainsi la grippe espagnole, qui a fait des millions de victimes, expliqua Mireille. La guerre dont parle Maria a eu lieu il y a plus de vingt ans.

— Et tout a recommencé, hélas, fit remarquer Odile Goetz. Notre Alsace est à nouveau sous le joug des Allemands…

— Mademoiselle, est-ce qu'il y aura un sapin de Noël comme l'an dernier ? demanda Félicia.

— Bien sûr, j'irai en couper un dans les bois dimanche avec ton père s'il veut m'aider, répondit le châtelain. Mais il sera moins grand.

Albane vit Célestin se mordiller la lèvre inférieure, une de ses manies s'il n'osait pas poser une question. Pourtant il se décida en la fixant d'un air triste.

— Ce sera la première fois que je ne fêterai pas Hanoukka[1] avec mes parents, dit-il tout bas. Mais j'avais quand même un petit sapin décoré. Maman s'en moquait un peu de la religion.

— Tu dois être malheureux, sans ta famille, dit Félicia.

La fillette avait perdu ses joues rondes et ses boucles brunes lui frôlaient les épaules. Elle aimait beaucoup Célestin, qui la traitait comme sa petite sœur.

— Un peu, mais ici, j'ai une famille aussi, répondit le garçon.

— Eh oui, pitchoun ! s'écria Maria, les larmes aux yeux. Bon, si on causait du menu pour le soir du réveillon !

— Je rêve de pommes de terre sautées à la persillade, avoua Amédée. Tant pis s'il manque le lard.

1. Fête d'hiver juive, appelée « fête des lumières ». La célébration dure huit jours et huit nuits et des cadeaux peuvent être distribués à cette occasion.

— Discutez entre vous, j'ai oublié quelque chose dans le boudoir, mentit Albane. Viens avec moi, Célestin, tu fermeras mes volets.

— Oui, mademoiselle, j'ai déjà fermé ceux des chambres, pardi, c'est mon travail, répliqua-t-il en imitant l'accent de la domestique.

Lorsqu'ils se retrouvèrent tous les deux dans la petite pièce aux douces couleurs, la jeune femme prit l'enveloppe et la montra à Célestin.

— Cette lettre a été envoyée chez ton cousin. Elle est postée de Paris, mais il n'y a pas de nom au dos de l'enveloppe. Le docteur l'a récupérée en faisant ses visites là-bas. J'ignore qui te l'a écrite et j'espère qu'elle contient de bonnes nouvelles.

— On n'a qu'à l'ouvrir ensemble, mademoiselle. Vous la lirez et vous me direz après…

— Tu as raison, faisons ainsi.

Très émue, Albane déchiffra les lignes tracées par une mère pour son fils unique, sans doute au crayon gris sur une feuille maculée de taches. Quand elle eut terminé, elle détourna la tête pour fuir l'expression avide de Célestin.

— Alors ?

— Ta maman a dû écrire dans de mauvaises conditions. Est-ce que tu préfères que je te fasse la lecture ?

— Oui, mais d'abord dites-moi si mes parents vont bien…

— Ils sont en prison.

— Donc ils sont vivants. Vous pouvez lire, mademoiselle.

— Je commence, murmura Albane, la gorge nouée.

Mon petit Isaac chéri,

J'ai donné de l'argent à la gardienne qui m'a promis de poster cette lettre. Papa et moi nous avons été arrêtés, à cause du magasin. Nous devions le fermer, il y avait un écriteau « Entreprise juive » sur le rideau de fer, or ton oncle Daniel l'a arraché devant des soldats allemands. Nous avons été emmenés tous les trois en prison, cela fait six semaines. Surtout ne t'inquiète pas, papa va bien, moi aussi. Je t'en prie, Isaac, sois patient, nous viendrons te chercher dès que nous serons libérés. Tu es plus en sécurité à la campagne et tu dois mieux manger qu'à Paris.

Je t'embrasse de tout mon cœur, mon enfant adoré,

Ta maman.

Célestin demeura silencieux de longues minutes. Albane patienta, consciente qu'il analysait la situation. De son côté, elle s'interrogeait sur les non-dits de ce courrier, parvenu en retard entre les mains du docteur.

— Oncle Daniel, c'est le frère de papa, il cherche toujours des histoires, décréta soudain le garçon, les poings serrés. Je le déteste. C'est sa faute si mes parents sont en prison. Maman ne sait pas que j'habite dans un grand château, c'est dommage, elle serait contente.

— Tu as sûrement du chagrin, Célestin… Ne te retiens pas de pleurer.

— Non, je ne vais pas pleurer, mademoiselle. Maman et papa sont vivants, c'est tout ce qui compte. S'il vous plaît, ne dites rien aux autres. Et puis je veux être heureux. Pendant le dîner, je demanderai à votre père s'il voudra bien m'emmener couper le sapin dans la forêt, dimanche. Il faut fêter Noël pour les petits, Lucas et Pierre.

— Exactement ! J'irai avec vous chercher l'arbre, ce sera l'occasion de promener Orage qui est trop souvent enfermé.

— Allez, je m'occupe de vos volets, après je remettrai du charbon dans votre poêle. Cachez bien la lettre de maman, que personne ne la trouve.

— C'est promis, Célestin. Si tu veux, à partir de ce soir, tu peux m'appeler Albane et me tutoyer, ça me fera plaisir.

— Vraiment ? Ah ça c'est chic ! Et Félicia ?

— Pour Félicia, je voudrais bien, mais je suis son institutrice et en classe, ce serait gênant vis-à-vis de ses camarades. Je vais y réfléchir.

Célestin déplia les volets intérieurs, peints en vert pastel. Il en profita pour admirer les frises de fleurs qui ornaient les murs à mi-hauteur, assortis aux motifs colorés des boiseries. Il avait terminé lorsqu'on frappa à la porte.

— Je suis de retour, annonça Lidy. Maria m'a dit que tu étais là avec mon cher Célestin.

— Entre vite !

La jeune fille était allée à Périgueux en autocar, pour faire des emplettes, selon ses propres termes.

— As-tu réussi ta mission, ma petite chérie ? s'enquit Albane.

— Mais oui, tout en étant économe.

— C'était quoi, ta mission, Lidy ? demanda le garçon, accroupi devant la « salamandre » en fonte noire.

— Dénicher des denrées de plus en plus rares pour Maria, et d'autres bricoles. Je suis gelée, le bout de mon nez doit être tout rouge !

— Tu es très jolie, affirma Célestin.

Lidy virevolta sur ses bottillons fourrés en déboutonnant son manteau.

— Merci ! À présent, je cours dans les cuisines, me caler au coin du feu, précisa-t-elle. Albane, tu devrais t'emmitoufler et rendre visite à ton chien. Il gémit à fendre l'âme.

— Pourtant au retour de l'école, je lui ai donné une pâtée et j'ai étalé de la paille propre dans le box.

— Fais un effort, va voir Orage, insista Lidy. Il doit avoir froid par ce temps digne du cercle polaire. J'ai vu voltiger des flocons en remontant l'allée.

— Avec sa fourrure, j'en doute, nota Albane. Mais très bien. Il doit manquer de caresses. Pendant les vacances, je le sortirai plus souvent et même je l'amènerai ici.

— Sage décision ! Tu me suis, Célestin ? On aidera à mettre le couvert. Viens vite.

Résignée à affronter le vent glacial, Albane ajouta une veste en lainage sur celle qu'elle portait déjà, puis elle enroula une écharpe autour de sa tête, en protégeant le bas de son visage. Bientôt, chaussée de bottines en cuir, elle traversait la cour d'honneur en direction des écuries, équipée d'une lanterne.

— Lidy exagère, Orage ne fait aucun bruit ! Oh zut, les portes sont ouvertes, le froid va s'infiltrer partout.

À l'instant précis où elle pénétrait dans le bâtiment obscur, la musique d'un harmonica résonna en provenance de la sellerie. Un homme lui apparut, un bonnet de laine grise sur ses cheveux noirs. Son regard très bleu étincelait de joie.

— Raphaël ! Mon Dieu, tu es là !

— Albane, mon ange, oui je suis revenu. Je ne pouvais pas manquer un Noël au château.

Elle se jeta contre lui et il l'étreignit de toutes ses forces. Leur baiser eut une saveur de paradis, tandis que des flocons voletaient autour d'eux, poussés par le vent d'hiver.

Albane se souviendrait longtemps de ces retrouvailles inespérées. Elle ne se lassait pas de caresser le visage de Raphaël, de le contempler grâce à la clarté mouvante de la lanterne, posée sur un coffre.

— Quand es-tu arrivé ? demanda-t-elle après un autre baiser.

— Hier, j'ai pris une chambre d'hôtel à Périgueux et Lidy m'a rejoint ce matin. J'avais prévenu le docteur de mon retour et j'ai voulu te faire la surprise. Tu ne m'en veux pas ?

— Oh non, jamais je ne t'en voudrai, mon amour. Où vas-tu coucher cette nuit ? La chambre de la tour est une glacière et ce n'est guère mieux ici, dans les écuries.

— Nous aviserons après le dîner, mon ange. Il paraît que tu es installée dans le boudoir depuis environ trois mois.

— Oui, je te raconterai, mais embrasse-moi encore. C'est le plus important, de sentir ta bouche sur la mienne, de pouvoir te toucher. Raphaël, tu m'as tellement manqué. Dieu soit loué, tu as survécu aux bombardements qui ont frappé Londres.

— J'en suis moi-même étonné, avoua-t-il. C'était le chaos absolu, la destruction impitoyable de quartiers entiers. Parfois on se réfugiait la nuit dans une maison effondrée, avec la peur au ventre si on entendait les sirènes d'alarme.

— Nous en parlerons tous les deux, rentrons vite au chaud. Tout le monde va t'accueillir comme un héros ! s'enflamma-t-elle. J'ai une idée, on dressera un lit de camp dans les cuisines ce soir. Et demain, on trouvera un moyen de chauffer ta chambre, peut-être celle des écuries, qui est plus petite. Je veux que tu sois bien à l'aise et surtout que je puisse te rejoindre.

Il acquiesça d'un faible sourire, sans oser lui annoncer ses projets.

— Nous pourrons aussi aller sur la tombe de ta grand-mère, proposa-t-elle. Je l'ai fleurie de mon mieux, avec des fleurs de saison. Hier, c'étaient des roses de Noël cueillies dans le parc.

— Lidy et moi sommes passés au cimetière, Albane. Ma sœur m'a dit pour l'argent que mamie gardait précieusement.

— Vous devriez peut-être commander une stèle. À chaque fois j'ai mal au cœur en voyant le tas de terre et la croix en bois.

— Ce serait une dépense inutile en temps de guerre. Nous aviserons plus tard, beaucoup plus tard. Tu trembles, ne restons pas là, conseilla Raphaël.

Un aboiement sonore ponctua ces derniers mots. Albane reprit la lanterne et elle s'élança vers le fond du bâtiment.

— Orage, un peu de patience, je suis en vacances, demain nous ferons une grande balade. Sois sage, mon chien. Tu auras des restes tout à l'heure…

Raphaël l'avait écoutée, attendri par les intonations câlines qu'elle avait pour l'animal. Lorsqu'elle revint, l'air soucieux, il l'entraîna à l'extérieur. En habitué des lieux, il referma les hautes portes des écuries. Ils marchèrent enlacés sur une fine couche de neige composée de cristaux déjà pris par le gel.

— Lidy m'a expliqué que tu as failli mourir, Albane, dit-il en montant les marches du perron. Je croyais t'avoir interdit de jouer les résistantes.

— C'est loin d'être un jeu, soupira-t-elle. Évitons de nous quereller dès ce soir, Raphaël. Ta sœur de quinze ans et demi pouvait prendre des risques, mais je n'avais pas le droit ? Pourquoi ? Durant ton absence, je me suis souvent posé la question. La vie de Lidy est aussi précieuse que la mienne, que la tienne. Chaque vie est un trésor.

— J'aime sincèrement Lidy, d'un amour de grand frère, toi, c'est différent. Je ne pourrais pas continuer si tu n'existais plus, j'en ai la conviction. Confronté au danger, aux bombes, je faisais en sorte de m'en tirer indemne afin de te revoir.

Bouleversée par cet aveu, Albane s'arrêta avant d'entrer dans le hall.

— Tu prétends que si ta sœur était tuée, tu serais capable d'endurer cette perte ? murmura-t-elle.

— Ce serait une terrible souffrance, mais je la tolérerais, en chérissant son souvenir. Oh, pardonne-moi, je dis sans doute n'importe quoi. Je suis un peu perdu et je n'ai pas les idées très claires à cause d'un coup reçu en plein crâne. La poutre d'une étable où j'étais réfugié s'est effondrée. Sans le casque que j'avais mis pour fouiller les décombres, ça aurait été bien pire. Le docteur m'examinera demain.

Un long frisson de terreur rétrospective parcourut le dos d'Albane.

— Nous sommes vivants toi et moi, c'est l'essentiel, dit-elle en le prenant par le bras.

Raphaël fut accueilli par des cris de joie et de surprise, Lidy ayant révélé le retour de son frère seulement à Célestin. Maria, les larmes aux yeux, embrassa le jeune homme sur les joues, tandis qu'Amédée de Séguilières lui donnait l'accolade.

— Asseyez-vous, vaillant combattant de Londres ! déclama le châtelain avec emphase. Quel beau Noël nous aurons, puisque vous serez près de nous. Albane, ma fille chérie, tu rayonnes de joie et cela me réchauffe le cœur et l'âme.

— On se met à table, la soupe est prête, annonça Maria. On causera le ventre plein.

— Vous avez bien choisi votre date pour réapparaître, lui dit Étienne Goetz. Il y a des bûches à fendre et un arbre à débiter en lisière du bois. Je plaisante, il faut vous reposer.

Sous ses grands sourires, Albane n'était pas vraiment au comble du bonheur. Très intuitive, elle percevait la profonde détresse morale de Raphaël, dont les paroles à propos de Lidy l'avaient effarée.

« Il a vécu d'atroces épreuves, son regard est triste même quand il rit… Il était ainsi au mois de juin après avoir secouru les fugitifs de l'exode, songea-t-elle. Il ira mieux dans quelques jours. »

Les suspensions à pétrole accrochées à la voûte par un système de poulie éclairaient le visage des dîneurs. Lidy remarqua que petits et grands observaient son frère avec ferveur.

— Avez-vous approché le général de Gaulle, Raphaël ? s'enquit Étienne Goetz d'un ton passionné.

— J'ai même eu l'honneur de le saluer et d'échanger une poignée de main avec lui.

— Vraiment ? s'étonna Mireille. Nous qui écoutons la radio chaque soir désormais, nous étions inquiets pour vous à cause du *Blitz*[1]. Il y a eu déjà tant de victimes.

---

1. Le *Blitz*, terme allemand signifiant « éclair », est le nom donné à la campagne de bombardements aériens menée par l'aviation allemande contre le Royaume-Uni. Cette campagne durera du 7 septembre 1940 au 21 mai 1941.

— Je préfère ne pas en parler devant les enfants, madame, plaida Raphaël. Et ce serait dommage de laisser refroidir un aussi délicieux potage.

— Nous avons des légumes à volonté, se vanta Maria. Si vous aviez vu mademoiselle manier la bêche !

— Oui, j'ai jardiné tout l'été, admit Albane.

Peu à peu, le vin aidant, l'ambiance se fit joyeuse. Amédée avait débouché deux bouteilles de Côtes de Bergerac, ce qu'il souligna d'une voix solennelle.

— On devrait me féliciter d'avoir préservé d'excellentes cuvées dans ma cave. Nous buvons de l'eau en semaine, mais le dimanche, tous en profitent, ainsi que pour les grandes occasions, comme votre retour, Raphaël. Bientôt il y aura des fiançailles sous le toit de mes ancêtres, et cette fois nous dégusterons du champagne. Il m'en reste, oui, oui…

— Papa, de quoi parlez-vous, à la fin ? s'écria Albane.

— D'éventuelles fiançailles, les jolies accordailles du temps passé, ma précieuse enfant.

Tout de suite, Félicia pouffa à l'abri de sa serviette de table, pendant que Célestin s'esclaffait de manière exagérée.

— Monsieur, ce n'est pas le moment d'aborder ce sujet, soupira Raphaël. Autant le préciser dès maintenant, je repars le 2 janvier. On m'attend à Paris, où j'ai intégré un réseau de résistance fort actif. Je suis venu ici d'une part pour reprendre des forces et proposer à Camille Audebert de me suivre, mais aussi pour me retrouver parmi vous tous à Noël, bien sûr.

— Alors, dimanche, vous viendrez chercher le sapin avec nous ? demanda Lucas.

— Évidemment, et je vous aiderai à le décorer.

Mortifiée, Albane s'efforça de faire bonne figure. Elle se répéta en silence qu'il fallait profiter de l'instant présent, des dix jours où Raphaël serait à ses côtés, mais elle avait envie de pleurer.

Le repas se poursuivit dans le calme jusqu'au dessert, en l'occurrence des noix et des poires au sirop. Une discussion fut lancée par Lidy, sur les conditions de vie des réfugiés alsaciens à Périgueux.

— Figurez-vous que j'ai rencontré les Meyer sur le parvis de la cathédrale Saint-Front, dit-elle en préambule. Ils étaient contents d'avoir des nouvelles du château. J'ai senti que Petra Meyer regrettait d'être partie. Ils sont très mal logés et vivent presque dans la misère.

— Otto n'a pas obtenu d'emploi ? demanda Étienne Goetz.

— Non, ils subsistent grâce aux allocations qu'ils touchent toujours, mais Mme Meyer pourra peut-être travailler à la cantine réservée aux Alsaciens.

— Comment vont les enfants ? s'inquiéta Albane.

— Selon eux, ils se plaisent dans leur école. Marguerite va nous écrire, paraît-il.

— Bah, tant pis pour eux, trancha Maria. Ils ont voulu s'en aller, ils n'avaient qu'à y réfléchir avant de monter sur leurs grands chevaux pour des sottises. Mademoiselle, où va-t-on installer monsieur Raphaël ? Les chambres sont déjà mal chauffées, alors celle de la tour, personne ne peut y dormir.

— J'ai suggéré de dresser un lit de camp ici, dans les cuisines. Avec un bon oreiller et des couvertures, il sera très bien.

— C'est même une place de roi par ce froid terrible, assura le châtelain. Pour ma part, je couche tout habillé en ce moment, par souci de ne pas gaspiller le charbon.

— Bientôt nous n'en trouverons plus, soupira Mireille. Mais je n'ai pas à me plaindre, je prends Pierre dans mon lit. Et nous avons chacun une bouillotte, même Célestin qui n'en voulait pas. Tu apprécies maintenant, mon garçon ?

D'abord hébergé par la famille Goetz, le jeune garçon avait finalement été recueilli par Mireille.

— Je suis surtout content d'être près de vous, madame. Le soir, on bavarde un peu, ça m'aide à m'endormir plus vite.

Albane se leva de table la première. Comme toujours après les repas, elle cherchait des restes de nourriture pour Orage.

— Il y a un fond de bouillon, mademoiselle, indiqua Maria. Vous pouvez y faire tremper du pain dur.

— Tu n'as plus de lard ?

— Pardi, on n'a pas engraissé de cochon cette année, alors la viande, il faut l'acheter chez le boucher qui a doublé ses prix.

— Durant la semaine que j'ai passée à Paris, j'ai pu constater combien le ravitaillement de la population était difficile, déclara Raphaël. Les gens ont des tickets de rationnement mais s'ils peuvent se procurer des denrées au marché noir, ils n'hésitent pas.

— Nous manquons de beaucoup de choses en zone libre aussi, nota Lidy. Le docteur Géraud ne peut plus avoir tous les médicaments dont il a besoin.

— Que voulez-vous, c'est la guerre, marmonna le châtelain. Sur ce, chers amis, je me retire dans mes appartements.

— Nous montons aussi, dit Odile. Au lit, les enfants. Même s'il n'y a pas école demain matin, autant se coucher tôt.

Albane se couvrit chaudement, déterminée à apporter de quoi manger à son chien. Apitoyée, Maria ajouta dans la gamelle un morceau de fromage. Raphaël s'était assis au coin de la cheminée, un verre de vin à la main.

— J'irai tout à l'heure récupérer le lit de camp, lui dit-il d'un ton las.

— Mais non, reste près du feu, j'accompagne Albane, précisa Lidy. Je rapporterai le nécessaire.

— Je te remercie, tu es une sœur dévouée, et de plus en plus jolie.

Il était plus de minuit lorsque Raphaël se glissa sans bruit dans le boudoir. Allongée sur le divan, Albane l'attendait, en peignoir de satin. Une bougie brûlait sur la cheminée, unique source de lumière dans la petite pièce où régnait une agréable chaleur.

— Ferme à clef, s'il te plaît, chuchota-t-elle en se redressant. J'avais peur que tu ne viennes pas.

— J'ai bien failli m'assoupir pour de bon, je pense même avoir somnolé une fois tout seul. Je me sentais tellement à l'aise, en sécurité.

— Viens près de moi, mon amour.

— Ton lit est un peu étroit, nota-t-il en la rejoignant.

— Moins que celui de ta chambrette, où nous avons été si heureux tous les deux.

Raphaël ôta son pull-over noir et son pantalon. En gilet et caleçon, il s'étendit contre Albane.

— Nous serons encore heureux, mon ange. Oh, tu sens bon, et ta peau est toujours aussi douce, souffla-t-il en la caressant.

Elle n'eut pas le courage de lui reprocher la durée de son séjour au château ni le fait qu'il souhaitait emmener Camille à Paris.

— Montre-moi ta blessure de guerre, chuchota-t-il. Tu as été touchée à la cuisse gauche, c'est ça ?

— Oui, mais ne regarde pas, la cicatrice est affreuse.

Il écarta les pans de son peignoir pour se pencher sur la chair nacrée où se dessinait la trace de l'impact.

— Tu es toute nue, est-ce sérieux, mon ange ? J'aurais de quoi être en colère.

— Parce que je suis nue ? le défia-t-elle.

— Non, loin de là, mais pour avoir endommagé ce beau corps dont j'ai tant rêvé. Je te pardonne volontiers, car il demeure extrêmement tentant. Albane, je t'aime comme un fou.

Il baissa la tête et déposa un baiser en bas de son ventre, à la naissance de la toison brune et soyeuse protégeant son calice de femme. Elle s'offrit tout à l'ardeur de sa bouche, alanguie par les ondes exquises de la volupté. Malade de désir, il rendit ensuite hommage à ses seins aux rondeurs parfaites.

— Viens en moi, vite, je t'en prie, dit-elle tout bas.

Raphaël obéit aussitôt, pris d'une fièvre sensuelle. Lorsqu'il fut en elle, il ferma les yeux, d'abord immobile, puis plein d'une vigueur qui le fit gémir de plaisir.

Ce fut une nuit vouée à la jouissance, à l'harmonie de leurs âmes exaltées. Albane dut étouffer ses cris d'extase, jamais rassasiée du sentiment merveilleux d'être investie par son sexe d'homme. Ils s'apaisèrent quand la pendulette en bronze afficha 5 heures.

— Il serait temps de dormir, ma bien-aimée, soupira-t-il. Je dois te quitter au cas où Maria se lèverait avant l'aube. Elle verrait le lit de camp vide et froid.

— Non, reste encore, supplia-t-elle. Raphaël, nous aurions pu nous marier civilement si nous avions un mois devant nous. Quand tu viendrais ici, nous pourrions partager une des chambres de l'étage sans risque de provoquer un scandale.

— Ah, tu pensais à ça, pendant mon absence ? D'où l'allusion de ton père à des fiançailles !

— Pas du tout, j'ignore pourquoi papa en a parlé. Réfléchis, est-ce si gênant de m'épouser ? Nous n'avons pris aucune précaution, je pourrais être enceinte très bientôt.

Agacé, le jeune homme remit son pull et son pantalon. Il alla s'asseoir près du poêle et alluma une cigarette.

— Albane, je serais comblé d'être ton mari, mais pas dans l'immédiat. Le mouvement de résistance auquel j'appartiens compte mener des actions violentes contre l'occupant. La situation à Paris diffère beaucoup de celle que vous connaissez en zone libre. Les SS sont partout, le drapeau nazi orné de leur maudite croix gammée flotte sur plusieurs édifices. Il faut gagner cette guerre, déjouer les manigances du gouvernement de Vichy. Tu pourrais être veuve une deuxième fois.

— Je m'en moque, au moins je pleurerais celui que j'ai adoré ! C'est pénible de freiner mes élans vers toi dès qu'il y a quelqu'un à côté de nous. Je serais si fière d'être Mme Albane Wendling, la belle-sœur de Lidy. Quoiqu'il arrive à l'avenir, je veux être ta femme. À cause de cette blessure par balle, Joseph refuse que je participe encore à leurs missions nocturnes. Et si j'attends un enfant, j'aurai une excellente raison de me préserver.

Albane enfila son peignoir. Elle prit place près de Raphaël et l'enlaça.

— Je voudrais un petit garçon qui te ressemble, avoua-t-elle en l'embrassant sur la joue.

— Un futur orphelin, ironisa-t-il tristement. Un bébé que je ne verrai pas grandir ni babiller ni trottiner en te tenant la main.

— Dans l'épouvantable hypothèse où je te perdrais, j'aurais cet enfant de toi.

— Je comprends… Mon ange, je te promets une chose et dans la mesure du possible, je tiendrai parole. Déjà, quand je serai à Paris, nous pourrons communiquer plus facilement que depuis Londres. Dans les prochaines semaines, si tu sais de façon certaine que tu es enceinte, tu me le feras savoir. Alors je m'arrangerai pour revenir et on se mariera. J'en fais le serment, Albane.

— Tu es un homme d'honneur, je te crois, mon amour. Moi je m'engage à ne plus dire un mot sur le sujet jusqu'à ton départ. Dimanche, nous irons en forêt chercher un sapin. Nous avons le devoir d'être gais, de donner du bonheur aux enfants et à nos amis. Nous sommes réunis pour Noël, je veux savourer chaque instant avec toi.

Albane scella ces mots d'un baiser. Raphaël la serra dans ses bras en souriant.

— Pour moi, c'est déjà Noël, car tu es là, contre moi, murmura-t-il. Sous les bombes du *Blitz*, j'ai prié Dieu de te revoir, il m'a exaucé. Que demander de plus…

14

Des joies et des peines

Château de Séguilières, mardi 24 décembre 1940

Devant la longue table rectangulaire des cuisines, Albane songeait qu'il n'y avait pas une ombre au tableau de cette veille de Noël. Le bois sombre, patiné par le temps, se cachait sous une nappe rouge damassée, qui était un ancien rideau jadis dévolu au salon. Au cours de la promenade dans les bois, les enfants avaient coupé du houx et des branches de lierre, disposés en petits bouquets entre l'alignement des assiettes.

— Es-tu satisfaite ? lui demanda Lidy. Regarde comme les verres en cristal étincellent. Je les ai lavés à l'eau très chaude, sur les conseils de Maria.

— Ils sont magnifiques, gravés aux armoiries des Séguilières. Nous avons eu de la chance de les trouver, bien emballés dans une caisse remplie de sciure, commenta Mireille. Je pense que le château recèle d'autres trésors. Déjà cette vaisselle est superbe, je ne l'avais jamais vue.

— Maman avait apporté en dot des services en porcelaine d'une rare beauté et qui valaient une fortune. Elle me l'avait confié quand je l'aidais à ranger les placards d'angle de la salle à manger, précisa Albane.

— C'est quoi, un dot ? s'enquit Célestin, assis sur la pierre de l'âtre à côté de Lucas Goetz.

— *Une* dot, rectifia la jeune femme. C'était une tradition qui se perd de nos jours. La future mariée devait apporter des biens à sa belle-famille, soit des parcelles de terre soit du mobilier, du linge de maison ou de l'argent.

— J'ai compris, affirma le garçon. Et si la fiancée n'a rien à donner, le mariage est annulé ?

— Peut-être à une autre époque. Maintenant beaucoup de gens se marient sans ce souci de dot.

— La coutume existe aussi dans les communautés juives, indiqua Mireille. Bien, que pouvons-nous faire encore ? Devons-nous être élégantes comme l'an dernier ?

— Bien sûr, répliqua Lidy. À ce propos, je monte tout de suite me faire belle !

— Tu l'es déjà ! s'écria Célestin.

— Merci, fidèle admirateur, plaisanta-t-elle en guise de réponse. Je reviens vite. Comme je fête mes seize ans aujourd'hui, je prends le droit de me maquiller.

Avec un clin d'œil pour le garçon, la jeune fille sortit de son pas aérien. Lors du goûter donné pour son anniversaire en début d'après-midi, Célestin lui avait offert un dessin d'elle, en infirmière, très réussi. Touchée par cette attention, Lidy l'avait embrassé sur le front et il avait rougi.

— Pour ma part, je suis habillée et coiffée, déclara Albane, vêtue d'une robe en velours noir et les cheveux relevés en chignon.

Un collier de perles complétait sa tenue.

— Vous êtes belle aussi, mademoiselle, admit Lucas.

— Tu es gentil, merci beaucoup.

Amusée, Albane recompta les couverts. Ils seraient douze, le petit Pierre, ayant déjà pris son repas du soir et dormant à l'étage. Joseph Géraud était invité, mais son retard commençait à l'inquiéter.

— Notre docteur a peut-être une urgence, hasarda-t-elle. Mais où est Maria ?

— Elle est partie dans les souterrains avec monsieur Amédée et Raphaël, mademoiselle, répondit Lucas d'un air sérieux. Je voulais y aller aussi, mais mes parents ont refusé. J'avais pas le droit non plus de rester là-haut, dans la chambre.

— Tu es mieux ici, nous au moins on peut admirer le sapin de Noël, murmura Célestin en le prenant par l'épaule.

L'arbre trônait dans un coin de la pièce, à prudente distance de la cheminée. Pendant ses emplettes à Périgueux, Lidy avait acheté de nouvelles décorations qui avaient émerveillé les enfants. Des guirlandes couleur d'or blanc scintillaient, ainsi que des boules en verre d'un rouge profond, en partie ornées de faux givre.

— Je vais couper des tranches de pain, décida Mireille. Je tiens à me rendre utile.

— Ne vous blessez pas, mon père en serait malheureux, la taquina Albane. Montez plutôt vous changer.

— D'accord, mais j'espère ne pas réveiller Pierre. Le pauvre chéri, il était épuisé après la balade en calèche que nous avons faite cet après-midi. Votre papa nous a emmenés au bord de la Dronne. Le paysage était féerique, j'en oubliais le froid. Les hautes herbes sur les berges de la rivière portaient des filaments de glace…

Mireille n'avait pas conscience de sa transformation. Ses yeux sombres pétillaient d'une joie intime, ses lèvres pleines se plissaient sans cesse sur un léger sourire. Elle ne tremblait plus au moindre bruit et chantonnait parfois en tricotant.

— Je vous abandonne, alors, ma chère enfant, dit-elle avant de quitter les cuisines à son tour.

Aussitôt Célestin bondit sur ses pieds, imité par Lucas. Ils jetèrent un regard impatient à Albane.

— On y va vite, enfilez vos manteaux et vos bottillons, souffla-t-elle. Orage doit avoir son cadeau.

Elle se couvrit d'un châle en laine et leur fit signe de ne pas faire de bruit. Suivant un plan bien préparé, elle mit des gants pour s'emparer d'une cocotte en fonte.

— Je parie que c'est un secret, soupira Lucas.

— Tu pourras en parler si tu veux pendant que mon chien se régalera, mais je n'avais pas envie d'entendre des remarques à ce sujet, expliqua-t-elle à l'enfant.

— Moi je sais, Albane a fait cuire au coin du feu un bel os à moelle et des morceaux de viande. Je suis allé à vélo à la boucherie pour rendre service, se vanta Célestin.

— Maria est au courant, mais pas mon père ni les autres personnes, qui m'auraient reproché de gaspiller de la bonne nourriture pour un animal.

— Vous avez eu raison, assura Lucas. Orage, c'est notre ami.

Ils empruntèrent tous les trois la porte qui communiquait avec l'arrière-cour. Albane jeta un coup d'œil vers la remise donnant accès aux caves du château.

« Que font Maria, papa et Raphaël dans les souterrains ? » se demandait-elle.

Les deux garçons étaient enchantés de lui servir d'escorte. Ils marchaient gaiement sur la fine couche de neige que le gel avait figée. Célestin brandissait la lanterne à pétrole le plus haut possible.

— Faites attention à ne pas glisser, leur recommanda-t-elle.

— Vous aussi, mademoiselle ! s'écria Célestin qui n'avait pas encore osé profiter de ses prérogatives.

À chaque fois, au moment de la tutoyer ou de l'appeler par son prénom, la présence d'un témoin le perturbait.

— Nous allons aussi redonner du foin à Ulysse, à la vache et à la chèvre, annonça Albane.

Les températures étaient descendues si bas que Maria et elle avaient jugé plus prudent de garder les bêtes à l'abri. La jeune femme apprécia la tiédeur des écuries et même l'odeur forte des litières. Le berger allemand se laissa caresser et cajoler, mais le fumet de la viande le rendait nerveux. Albane déposa la cocotte en fonte sur la paille.

— Joyeux Noël, Orage, murmura-t-elle.

Leur mission accomplie, ils s'empressèrent de rentrer au château, mais en traversant la cour, ils virent une voiture qui remontait l'allée.

— On dirait l'automobile du docteur ! s'exclama Célestin.

— Oui, tu as raison, c'est lui. Allez au chaud, je reste pour accueillir notre invité d'honneur.

Les garçons ne se firent pas prier et s'élancèrent en tentant quelques glissades. Albane n'en vit rien, car le médecin venait de déraper en voulant se garer au plus près du perron.

— Quel sale temps ! enragea-t-il quand il ouvrit la portière. Je suis navré d'être en retard, mais à la fin de mes consultations, j'ai eu la visite du brigadier Chabot et de ses sbires. Un peu plus, il fouillait la maison de fond en comble ! Je voulais mettre un costume et faire un brin de toilette, je n'ai pas pu.

— Vous êtes toujours très convenable, Joseph, affirma-t-elle. Que voulaient les gendarmes ?

— Chabot est convaincu que je suis le chef d'un réseau de résistance. Il ne l'a pas dit clairement, cependant il m'a tendu des pièges assez grossiers dans lesquels je ne suis pas tombé. Il m'a posé entre autres beaucoup de questions sur mes fréquentations. Dieu merci, Camille est partie pour Toulon hier. Ses parents lui ont expédié un mandat pour son billet de train.

— Ah vraiment ! Et quand revient-elle ? interrogea Albane d'un ton neutre.

— Vers le 8 janvier. Raphaël sera déjà de retour à Paris. Quand il nous a rendu visite samedi soir, il a proposé à Camille de le suivre là-bas, mais cela ne l'intéressait pas. Elle préfère continuer à m'assister. Mais vous tremblez, Albane, et moi je discute dans ce vent glacial.

— Ce n'est pas grave, au moins nous pouvons parler sans témoins ! Joseph, il y a autre chose, j'en suis sûre, vous semblez accablé de tristesse.

— Décidément, vous savez lire en moi ! J'ai appris un sinistre fait divers d'un de mes confrères parisiens avec qui je suis en contact. Un ingénieur de vingt-huit ans, Jacques Bonsergent, a été fusillé hier à Vincennes par les nazis. Ce jeune homme n'avait rien à se reprocher. En novembre, il a été pris dans une bousculade involontaire au cours de laquelle un soldat allemand a été frappé. Les amis avec qui il se trouvait ont réussi à s'enfuir, mais lui a été arrêté. Son seul tort est d'avoir refusé de dénoncer la personne à l'origine du coup contre le soldat. Et pour cela il a été condamné à mort pour violence contre un membre de la Wehrmacht. Le malheureux a été exécuté pour l'exemple[1].

— Ce sont les nazis les seuls criminels, décréta Albane, saisie d'une terrible amertume en songeant à cet innocent sacrifié à l'impérialisme de l'occupant.

— Hélas, ce n'est que le début. Des rumeurs circulent sur des massacres en Pologne, sur des camps où les conditions de vie sont abominables.

---

1. Fait véridique. Il est le premier civil parisien fusillé pendant l'Occupation.

Joseph Géraud frissonna, mais ce n'était pas le froid. Il était profondément révolté et désespéré.

— Je n'aurais pas dû venir, soupira-t-il. Je serais bien capable de gâcher l'ambiance. Vous avez retrouvé votre amoureux et c'est la veille de Noël.

— Nous allons juste faire un bon dîner et offrir des babioles aux enfants. Dites-moi, Joseph, je sais que vous avez examiné Raphaël. Je lui ai demandé quel était votre diagnostic et il m'a répondu que tout allait bien. Pourtant il se plaint de migraines.

— Physiquement, étant robuste, il s'est remis du choc reçu sur le crâne et je n'ai pas décelé de séquelles. Le problème serait plutôt d'ordre moral. Raphaël m'a raconté ce qu'il a fait et vu à Londres. Avec d'autres volontaires, il avait pour mission de déblayer des gravats afin de sortir des cadavres ou des gens à l'agonie. Parfois il s'agissait d'enfants... Le *Blitz* n'épargne personne. De surcroît, ils effectuaient ce funeste labeur sous la menace d'être touchés à leur tour par les bombes. Pour lui, cela a été une épreuve atroce. Il m'a avoué faire des cauchemars où il entend le bruit des avions et des sirènes d'alarme. Je suis soulagé qu'il soit revenu en France et qu'il se consacre à un autre défi.

— Oui, la résistance en zone occupée... Si on l'arrête, lui aussi sera fusillé, murmura Albane. Je suppose que je dois accepter l'idée de le perdre. N'en parlons plus, venez, on nous attend sûrement.

— Mais j'y pense, à propos de cadeaux, j'ai des paquets à prendre dans mon coffre. Figurez-vous que j'ai exploré mon grenier et j'ai mis la main sur mes jouets de gamin. Il y a un train, ses wagons, des rails pour Lucas et Célestin, et pour Félicia, une jolie dînette qui était à mon épouse.

— Comme c'est gentil, Joseph. Je vais vous aider à porter tout ceci jusqu'au boudoir où sont cachées d'autres surprises.

Le dîner de fête s'achevait sur un imposant gâteau nappé de chocolat et garni de confiture. Le menu avait été assez simple, mais de l'avis général chaque plat était un régal.

— Mon mari et moi, on ne s'attendait pas à manger du foie gras comme l'an passé, déclara Odile Goetz. Vous nous avez gâtés, monsieur Amédée.

— Remerciez Maria, chère amie !

— Doux Jésus, ce n'est pas la peine ! Je suis déjà contente d'avoir eu raison. J'étais sûre qu'il restait deux bocaux de foie gras dans les caves. Je les avais bien cachés mais je ne me souvenais plus où.

— Nous avons cherché dans tous les recoins possibles, nota Raphaël. Finalement c'est Maria elle-même qui les a trouvés, au fond d'une niche creusée dans la pierre, protégés par des chiffons.

L'anecdote égaya le docteur Géraud, dont l'humeur était encore morose.

— C'est la vraie vie, ce bon repas, le rire des enfants et ces superbes verres en cristal où le vin paraît meilleur, déclara-t-il en hochant la tête. Bientôt nous serons tous privés de la moindre joie.

Assise à côté de lui, Albane effleura doucement son poignet pour attirer son attention.

— Joseph, tant que nous pourrons être réunis entre amis, la joie sera au rendez-vous. Maintenant, il se fait tard, les enfants devraient regarder sous le sapin de Noël.

Félicia, Célestin et Lucas s'apprêtaient à bondir du banc quand Amédée de Séguilières leur fit signe de ne pas bouger. Il se leva, son verre à la main.

— Auparavant, accordez-moi quelques instants, déclara-t-il. Je souhaite faire une annonce qui me transporte de bonheur. Mireille accepte de m'épouser et nous célébrons ce soir nos fiançailles. Si nous portions un toast à ce joyeux événement ?

D'abord ce fut un silence stupéfait, mais très vite il y eut des applaudissements et des félicitations. Les joues teintées de rose, la fiancée remerciait d'une gracieuse inclinaison de la tête, un timide sourire sur les lèvres.

Dans sa robe en lainage beige, à épaulettes et décolletée en V, ses boucles noires retenues par des peignes, Mireille Dresner paraissait avoir seulement une quarantaine d'années. Elle avait mis un collier orné de topazes qui ravivait sa carnation dorée.

— Si je m'attendais à ça. Pour une surprise, c'en est une ! lança Maria d'un ton un peu sec.

— Et bien sûr, lors du mariage, qui aura lieu à la fin du printemps, j'adopterai le petit Pierre, ajouta le châtelain. Docteur, me ferez-vous l'honneur d'être mon témoin ?

— Je dois y réfléchir, cher monsieur.

Albane sentit sur elle le poids de plusieurs œillades curieuses. Odile et Lidy, notamment, devaient se demander ce qu'elle pensait de cette union.

— Je me réjouis pour vous, Mireille, et pour vous aussi, papa. Ainsi nous formerons ainsi une famille, ce dont je rêvais. Déjà j'aimais Mireille comme une seconde maman, je l'aimerai davantage encore. Et j'aurai un petit frère.

— Eh bien, levons nos verres aux futurs mariés ! s'écria Raphaël, que la nouvelle n'étonnait guère.

— On peut ouvrir nos paquets, maintenant ? interrogea Lucas.

— Mais oui, dépêchez-vous, répliqua Albane.

Raphaël avait rejoint Albane à 2 heures du matin. Elle s'était endormie, fatiguée par une journée riche en émotions. Il la réveilla d'un baiser sur la bouche.

— Oh, je croyais que tu ne viendrais plus, balbutia-t-elle en se serrant contre lui.

— J'ai dû attendre que Maria aille enfin se coucher, elle tenait à tout ranger et même à faire la vaisselle. Je l'entendais marmonner des imprécations comme si elle était en colère.

— Oui, moi aussi je me suis aperçue de sa contrariété quand papa a parlé du mariage. J'en discuterai demain avec elle afin de savoir ce qui lui déplaît. N'y pensons plus, la soirée était réussie. Les enfants étaient émerveillés de découvrir les jouets que leur a donnés Joseph.

— Tout le monde a eu un petit cadeau ! As-tu aimé le tien ?

— Je l'ai adoré et j'en avais les larmes aux yeux. Cette bague est superbe.

— Lidy et moi nous l'avons choisie parmi les bijoux de notre grand-mère. Ce sera une preuve de notre engagement.

— Dois-je me considérer fiancée, comme Mireille ?

— Pourquoi pas ? Des fiançailles intimes, sans la nécessité d'en faire étalage devant tous.

— Cachottier, tu as trouvé le moment idéal.

Il lui avait offert la bague sur la terrasse, sous une averse de flocons de neige, alors que le médecin repartait en ville.

— Joseph refusait qu'on le raccompagne à sa voiture, mais tu as insisté en m'emmenant. En revanche tu as oublié un détail : je ne pourrai jamais porter ce bijou, puisque c'est un secret entre Lidy, toi et moi.

— Tu l'as au doigt, pourtant, remarqua-t-il.

Albane admira sa main gauche, dont l'annulaire s'ornait d'une fleur composée d'un diamant entouré de petits pétales sertis de brillants. La monture était en or blanc.

— Elle est tellement belle. Merci, mon amour. Moi je t'ai acheté des mouchoirs, c'est un peu ridicule.

— Pas plus que les peignes en strass que j'ai dénichés dans un bazar de Périgueux.

Ils se sourirent dans la pénombre, puis ils échangèrent un tendre baiser. Lorsque Raphaël reprit ses lèvres de manière plus fébrile et voulut la caresser, Albane le repoussa en douceur.

— C'est la nuit de Noël, il faut être sage, murmura-t-elle. Tu devrais retourner dans ton lit de camp. Ne m'en veux pas.

— Je comprends, mon ange. De toute façon je tombe de sommeil. Nous avons encore quelques nuits pour nous aimer.

— Mais oui, à demain matin…

Brantôme, lundi 10 février 1941

L'école était déserte, plongée dans un silence presque angoissant après une journée de classe très animée. Le froid terrible qui avait sévi jusqu'à la moitié du mois de janvier n'était plus qu'un mauvais souvenir. Les élèves de Jacques Favre avaient joué au ballon dans la cour et l'un d'eux avait cassé un carreau. Quant aux filles, heureuses du soleil et de l'air tiède, elles avaient multiplié les rondes, les marelles, souvent en chantant à tue-tête.

— Je suis fatiguée, admit Albane. Heureusement je peux rentrer à vélo au château.

Elle avait déjà mis son manteau mais en passant devant l'appareil téléphonique, elle eut envie d'appeler Coralie.

— Je lui ai envoyé une carte de vœux, elle n'a toujours pas répondu. Je prends juste de ses nouvelles et je m'en vais. Elle doit être déjà chez ses parents, l'institution religieuse qui l'a engagée est à deux pas de leur domicile.

Albane jugea inutile de s'asseoir, afin de ne pas parler trop longtemps à son amie. Ce fut Ernest Laville, son père, qui décrocha. Elle se présenta et l'ancien bijoutier déclara d'une voix tendue qu'il allait prévenir Coralie.

— Bonsoir, Albane, dit celle-ci sans enthousiasme. Tu m'avais oubliée ?

— Toi aussi, tu n'as pas répondu à ma carte !

— Je ne l'ai pas reçue, mais merci pour l'intention… Alors comment vas-tu depuis notre dernière conversation ?

— Les jours défilent et je n'ai pas le moral. Raphaël a passé dix jours au château pendant les vacances de Noël. Le matin de son départ, je me suis sentie la plus malheureuse du monde.

— Il a pu circuler sans problème entre Londres et la France ? De la zone occupée à la zone libre ?

— Je suppose. Il ne m'a rien raconté de précis. Une chose est sûre, à présent, il habite à Paris, dans un garni sur la Butte Montmartre. Sinon, j'ai une nouvelle qui te fera peut-être sourire. Mon père va épouser Mireille Dresner et adopter son petit-fils Pierre. La date du mariage est fixée au samedi 12 avril. J'en suis ravie, mais Maria a décidé de bouder ma future belle-mère, sans vouloir m'expliquer pourquoi.

— Sans doute par fidélité à la mémoire de ta mère, Albane. Les domestiques ont des lubies de ce genre.

— Maria est bien plus qu'une domestique pour papa et moi. J'ai beau tenter de l'amadouer, elle a changé d'attitude, même à mon égard.

— Bah, tu as dû la vexer. Je suis désolée, j'ai peu de temps à t'accorder, mon père m'attend. Il doit m'emmener à l'hôpital. Nous rendons visite à maman qui a été de nouveau opérée. Je t'écrirai bientôt.

Coralie coupa la communication sur ces derniers mots. Déçue et attristée, Albane raccrocha le combiné.

— Je comprends mieux, M. Laville et elle doivent être très inquiets, se dit-elle.

Un bruit de pas rapides la fit se retourner. Dorian Chassaing s'approchait, en blouson de cuir, une casquette en tweed sur ses cheveux bruns.

— Je m'apprêtais à partir, Dorian. Qu'est-ce qui se passe ?

— Le docteur vient de téléphoner à la mairie. Je dois vous transmettre un message important. Géraud voulait vous faire savoir au plus vite que Maubert Guérin s'est évadé. On ignore où il s'est réfugié, mais il pourrait rôder dans le coin.

— Il s'est enfui du château du Sablou ?

— Non, le Sablou a été fermé à cause des conditions de vie déplorables, pas d'eau courante, pas de commodités, ces pauvres types devaient se fabriquer des couverts pour manger leur portion de nourriture. Une commission allemande s'est rendue là-bas au mois d'août, afin de récupérer ceux qui étaient détenus pour des actes en faveur du Reich. Et en janvier, les « indésirables » ont été transférés au camp Saint-Paul, en Haute-Vienne[1].

1. Fait véridique.

Maubert Guérin a pu déjouer la surveillance des gardiens pendant le trajet.

— Je savais qu'il y avait eu plusieurs évasions, mais Joseph se renseignait pour être sûr que cet homme était toujours parmi les prisonniers.

— Tu peux m'en dire plus, Albane ? De toute évidence, ce Guérin a tout d'un nuisible.

— Interroge le docteur, il en sait autant que moi.

— Fais un effort, à quoi elle ressemble votre bête noire ?

— Guérin est plus grand que toi, de type aryen, yeux bleus très clairs, cheveux blonds coupés à ras, les traits durs, l'air hautain. Mais il a pu changer après avoir été interné plus d'un an au Sablou. Viens, sortons, j'ai besoin d'air frais.

Albane évitait surtout de se retrouver seule avec Dorian. Il ne manquait pas une occasion de la frôler ou de la prendre par la taille si personne ne pouvait les voir. Depuis que Camille et lui l'avaient sauvée en la portant dans la forêt après sa blessure par balle, le jeune homme semblait s'autoriser des gestes équivoques.

— D'accord, allons dans la cour, marmonna-t-il. Mais sois plus précise, de quoi s'est rendu coupable Maubert Guérin ? Tu le connaissais bien ?

— Il avait acheté un corps de logis sur d'anciennes terres de ma famille, ce qui faisait de lui notre plus proche voisin. Il disait avoir fait fortune dans l'élevage de chevaux de course, ce dont je doute, et il avait prévu de passer à l'élevage de chevaux lourds.

— Rien de répréhensible jusque-là, commenta Dorian.

— C'était une brute, un assassin en puissance ! s'enflamma Albane. Il a abattu son chien sous mes yeux et organisait des soirées très spéciales, avec des couples venus de je ne sais où. Un de ses amis, interrogé par la police pour une autre affaire, l'a accusé d'avoir violé une adolescente.

— Un salaud, en résumé !

— Maubert Guérin se croyait tout permis. Il a agressé mon mari, Louis, et renversé le fils d'un réfugié qui faisait du vélo.

Les lueurs roses du soleil couchant coloraient des petits nuages duveteux. Deux tourterelles survolèrent le toit de l'école, attirant le regard soucieux de la jeune femme.

— C'est un couple. Il va faire son nid dans le tilleul, comme l'année précédente. On se croirait au printemps, murmura-t-elle. Au revoir, Dorian, merci de t'être déplacé.

— Le docteur a insisté, il semblait affolé. J'espère que cet affreux type ne rôdera pas près de ton château, où tu ne m'as pas encore invité… Camille en parle souvent, ça donne envie de visiter les lieux.

— Il vaut mieux suivre les consignes du docteur. Le brigadier Chabot continue à nous soupçonner tous les quatre. Restons chacun à sa place : Camille assiste le docteur Géraud, tu es secrétaire de mairie, je suis l'institutrice.

— Au moins, ce crétin de gendarme ne pourra pas mettre en doute ta moralité. Tu es aussi rébarbative qu'une porte de prison, Albane.

— Et toi tu cultives les expressions toutes faites. Cette fois, je m'en vais.

Elle prit son vélo et le poussa pour franchir le portail. Dorian l'observa tandis qu'elle fermait à clef de sa main libre.

— Tu as mauvaise mine, nota-t-il. Tu devrais consulter, Géraud est là ce soir.

— Plus tard… Je vais très bien.

Elle fut soulagée de s'éloigner de lui à chaque tour du pédalier. Son esprit se débattait au sein de plusieurs craintes, plus ou moins fondées.

À ces préoccupations s'ajoutait maintenant l'évasion de Maubert Guérin. Albane songea à Lidy, qui prendrait très mal le fait de le savoir libre.

— Libre de nuire, murmura-t-elle. Quand je pense qu'il l'a violée, ce barbare.

Elle descendit de vélo pour remonter l'allée à pied, en tenant l'engin par le guidon. L'épuisement physique dont elle souffrait commençait à l'inquiéter autant que les nausées qui la prenaient au réveil.

— Je dois cesser de nier l'évidence, je suis enceinte. Cela date sûrement de la première nuit où Raphaël est venu dans le boudoir à son retour de Londres. Demain, j'irai consulter, mais je préfère être examinée par la sage-femme, Odette Ribes.

Albane s'exprimait à voix basse, ses yeux noisette fixés sur le château dont les vieilles pierres reflétaient les rayons d'or rouge du soleil. Elle eut soudain l'impression d'un regard dans son dos, ce qui la fit tressaillir d'une peur instinctive.

— Qui est là ? demanda-t-elle en inspectant le couvert des arbres du parc.

Oppressée, elle redoutait de voir surgir Maubert Guérin, si bien qu'elle se remit en selle et pédala en danseuse jusqu'aux écuries.

— Orage, mon chien, je suis là !

Sans hésiter, elle courut libérer le berger allemand. Il lui lécha les mains avant de trottiner vers la sortie du bâtiment. Peut-être était-il surpris de ne pas se retrouver en laisse, car il s'arrêta brusquement. Albane, qui l'avait rattrapé, l'entraîna à l'extérieur en le tenant par son collier.

— Suis-moi, Orage !

Au cours des longues promenades qu'elle faisait seule avec l'animal, la jeune femme avait perfectionné son dressage. Le chien revenait à ses pieds dès qu'elle le sifflait ou l'appelait, et s'il aboyait à cause d'une bête des bois, elle lui interdisait de la poursuivre. Là, certaine qu'il y avait un intrus dans le parc, elle espérait qu'Orage le sentirait et le mettrait en fuite.

— Va, cherche, murmura-t-elle.

Soudain le berger allemand se hérissa en grognant. Albane comprit à son attitude qu'il attendait un ordre d'elle pour s'élancer et peut-être attaquer.

« Si c'est Guérin, il a pu récupérer une arme, se dit-elle. Il n'hésitera pas à tirer. Non, je suis folle, pourquoi viendrait-il ici… Il se cache sans doute quelque part. »

— Qui est là ? cria-t-elle en saisissant à nouveau le collier d'Orage, dont les grognements étaient ponctués d'aboiements.

Une silhouette masculine lui apparut, à hauteur du pavillon de chasse. L'homme portait un épais manteau noir et un chapeau. Malgré la pénombre grandissante, son allure parut familière à Albane.

— Calme-toi, Orage.

— Ne lâchez pas votre chien, mademoiselle ! J'arrive, je n'osais pas me présenter chez vous.

Cette fois, elle reconnut sa voix et son visage.

— David ? David Cohen ! Approche, n'aie pas peur. Mon Dieu, Lidy va être tellement heureuse.

Cinq minutes plus tard, Albane installait David dans la chambrette des écuries. Orage, calquant son comportement sur celui de sa maîtresse, avait tout de suite accepté le visiteur.

— Lidy doit aider Maria à préparer le dîner. Repose-toi, tu as l'air à bout de forces. Je vais lui dire que tu es là.

— Je vous remercie, mademoiselle. Je suis épuisé, j'ai marché pendant des kilomètres et la nuit, je dormais dans les bois.

— Depuis quand ?

— Un mois. J'ai cru mourir de froid, certains soirs.

— As-tu faim ? s'enquit Albane.

— Je mangerais bien un bout de pain, s'il vous plaît.

— Lidy t'en apportera.

Elle décida de laisser Orage avec David, le chien-loup s'étant couché au pied du lit, sur la carpette où il avait ses habitudes lorsque sa maîtresse dormait dans la pièce.

— Il s'appelle Orage et il n'est pas du tout méchant. Lidy s'en occupe souvent. S'il te dérange, elle ira l'enfermer.

— Il n'y a pas de soucis, j'adore les chiens, mademoiselle. Celui-là en plus, il est magnifique.

— Il errait dans le pays, alors je l'ai adopté.

En se précipitant vers le château, Albane refoula d'un sourire ses tourments intérieurs à l'idée de la joie que ressentirait Lidy sous peu.

« Si je suis enceinte, Raphaël reviendra et on se mariera, il me l'a promis ! Quant à Maubert Guérin, puisqu'il a réussi son évasion, il ne courra pas le risque de se montrer. Pour Maria, je vais régler le problème ce soir même… »

Forte de ces pensées optimistes, elle entra dans les cuisines tête haute, déterminée à gérer au mieux la situation. Lidy était assise à la table, en tablier sur une robe en laine verte. Elle épluchait des rutabagas, coiffée de deux longues nattes.

— Tu reviens tard, Albane, dit-elle gentiment.

— Pardi, mademoiselle se moque bien de nous causer du tracas, bougonna Maria, qui était en train de faire rissoler des oignons.

Félicia, Célestin et Lucas jouaient aux billes devant la cheminée.

— Mes parents sont dans leur chambre, indiqua la fillette. Comme il fait doux, ils vident les cendres de notre poêle.

— Et Monsieur doit roucouler avec sa fiancée et son futur héritier, lança la domestique d'un ton amer.

— Maria, tu devrais avoir honte de dire une chose pareille ! s'indigna Albane en désignant les trois enfants. Nous allons en discuter, car je ne tolère plus tes sautes d'humeur. Lidy, ma petite chérie, je voudrais te parler à toi aussi, mais pas ici.

— On va dans le boudoir ?

— Ce ne sera pas long, allons dans le hall.

Dès qu'elle fut seule avec la jeune fille, Albane lui prit les mains et la dévisagea avec tendresse.

— David est revenu, il est dans la chambrette des écuries, Orage lui tient compagnie. Rejoins-le vite.

— David ? Il est là, au château ! Seigneur, je ne peux pas le croire. Je me dépêche.

Lidy dénoua les cordons de son tablier, prête à voler vers le jeune homme qu'elle doutait de revoir. Albane la retint par le poignet.

— Il a faim, je retourne chercher du pain et des pommes, je dirai à Maria que c'est pour nos bêtes.

— Elle ne te croira pas, on fait tellement attention à la nourriture.

— Tu as raison, vas-y, ma petite chérie. J'enverrai Célestin déposer un panier avec ce qu'il faut en bas de l'escalier des écuries.

— Merci, grande sœur, c'est le plus beau jour de ma vie…

Maria vit revenir Albane d'un œil circonspect. La mise en garde qu'elle avait reçue lui pesait sur le cœur. D'un geste brusque, la domestique ôta le poêlon du fourneau pour le poser sur le plan de travail en marbre.

— Qu'est-ce que vous me reprochez encore, mademoiselle ?

— Tu le sais parfaitement. Passons dans le cellier, nous ferons le compte de nos provisions.

Célestin, toujours aux aguets, les vit disparaître derrière la porte cloutée au dessin arrondi qui ouvrait sur une pièce très fraîche, aux murs garnis d'étagères. Des bocaux de conserve s'y alignaient, et sur le sol pavé plusieurs caisses contenaient des légumes. D'énormes jarres en grès, remplies de sable, servaient à maintenir intactes les châtaignes ramassées chaque automne.

— J'ai compris que tu désapprouves le remariage de mon père, commença Albane. Mais de là à te montrer désagréable envers Mireille, c'est inacceptable.

— Monsieur m'a déçue, plaida Maria. Il adorait madame Mathilde, alors je me disais qu'il resterait fidèle à sa mémoire. Pardi, je n'ai pas épousé un autre homme, moi, une fois veuve, parce que j'aimais mon mari comme vous ne pouvez pas l'imaginer, mademoiselle.

— C'était ta décision, mais papa est tombé amoureux de Mireille, ça ne se commande pas.

— Pensez donc ! Cette femme-là a tout fait pour le séduire, en minaudant, en pleurnichant.

— Tu exagères, Maria. Tu appréciais Mireille.

— Vous aussi, un peu trop, mademoiselle. Le soir de Noël, vous avez dit qu'elle était devenue comme une seconde mère pour vous et que vous l'aimeriez encore plus. Et moi alors, je suis quoi ? Vous racontiez à tout le monde que je vous avais servi de maman, et d'un coup, je ne suis plus rien.

Le teint cramoisi, la domestique contenait des sanglots de dépit. Sa bouche en tremblait, ce qui désola Albane.

— Oh, pardonne-moi, Maria, je t'ai blessée sans le vouloir. Je t'aime de tout mon cœur, tu as été une mère pour moi, je le sais, et tu le seras encore. Je ne pouvais pas dire autre chose, afin de respecter la décision de papa.

Profondément touchée par la détresse de Maria, Albane la prit dans ses bras et l'étreignit.

— Sans toi, j'aurais vécu une enfance solitaire, lui dit-elle. Tu représentais un refuge, tu me protégeais et tu me consolais si j'avais du chagrin. Je t'en prie, ne m'en veux pas. Je serais perdue si tu n'étais plus là, dans les cuisines ou au jardin, forte et digne, capable de véritables exploits pour nous offrir de bons repas et des goûters délicieux.

Rassérénée, mais gênée par la tendresse que lui témoignait la jeune femme, la domestique poussa un gros soupir.

— Bien sûr que je vous pardonne, mademoiselle, dit-elle. Il faut me lâcher, à présent, que je respire à mon aise.

— D'accord, je te libère.

— Il y a autre chose qui me rend malade. Monsieur veut faire son héritier du petit Pierre, seulement c'est vous sa seule héritière. Ce bambin ne doit pas vous déposséder.

— Mon père emploie des grands mots, il m'a déjà assurée que je ne serais lésée en rien. Je t'en prie, ne gâche pas le bonheur de Mireille qui a tant souffert, ni celui de papa. Je suis certaine que du Ciel, ma douce maman se réjouit de ce mariage.

— Bon, je vais faire des efforts, mademoiselle. Dites, on cause, mais j'ai la soupe à mettre sur le feu.

Elles sortirent réconciliées du cellier. Pendant que Maria remplissait d'eau une marmite, Albane s'empara d'un petit panier, dans lequel elle mit du pain tranché et des pommes un peu flétries destinées à être cuites en compote. La domestique ne s'en aperçut pas, car elle tournait obstinément le dos à la jeune femme dans l'espoir de lui dissimuler ses larmes de joie et de soulagement.

— Célestin, pourrais-tu porter ça dans les écuries ? chuchota-t-elle à l'oreille du garçon. Laisse le panier sur le coffre, celui qui est près de la sellerie.

— Tout de suite, mademoiselle.

Célestin s'empressa de lui rendre service, sans chercher à comprendre. Il avait eu douze ans le 29 janvier, mais personne ne le savait. D'une vive intelligence, il avait compris que chacun au château avait ses petits secrets.

— Et voilà, se dit-il en suivant la consigne d'Albane.

Il s'apprêtait à quitter les écuries lorsqu'il entendit des voix en provenance de la chambrette. Celle de Lidy, mélodieuse et flûtée, lui était si précieuse qu'il l'identifia aussitôt. L'autre voix avait un timbre masculin, grave et feutré.

— Avec qui elle parle ? se demanda-t-il tout bas.

La tentation était grande de monter l'étroit escalier sans bruit et d'écouter à la porte. Célestin y céda, déjà persuadé que la jeune fille se trouvait en compagnie d'un amoureux. Mais il eut soin de prendre le panier, qui pourrait lui servir d'excuse. Parvenu sur le plancher, il retint son souffle, frappé par les mots du mystérieux visiteur.

— Ma sœur est morte du typhus, maman aussi, racontait David en sanglotant. Le camp de Gurs, Lidy, c'était l'enfer sur la terre[1]. Mon père m'a

---

1. Camp d'internement situé dans les Pyrénées-Atlantiques, près d'Oloron-Sainte-Marie. Construit en 1939 pour interner les personnes fuyant l'Espagne franquiste, il devient après l'armistice du 22 juin 1940 un camp d'internement pour des Juifs capturés par le régime nazi. Pendant le dur hiver 1940-1941, les conditions de vie y furent particulièrement misérables.

aidé à m'enfuir alors qu'il tenait à peine debout, privé de tout.

— Rébecca est morte, pauvre petite fille.

— Je ne pouvais pas y croire. On nous a arrêtés près de Bordeaux, en zone occupée… Un contrôle dans le train par les nazis, tout contents de tomber sur une famille juive.

— David, pleure autant que tu veux, tu es sauvé maintenant.

— Je n'ai plus que toi, Lidy. Je doute de revoir mon père, il était si faible. Il toussait sans cesse.

Terrassé par ce qu'il venait d'entendre, Célestin descendit avec d'infinies précautions. Il reposa le panier sur le coffre, et la gorge nouée, le cœur lourd, il s'éloigna des écuries.

15

Le poids du destin

Brantôme, cabinet médical du docteur Géraud, jeudi 13 février 1941

Joseph Géraud observait sa patiente, dont le sourire tremblant l'atteignait en plein cœur. Ils étaient assis chacun d'un côté de son bureau en chêne sombre, pourtant il avait très envie de se lever et de la réconforter en la prenant dans ses bras.

— Albane, vous avez eu raison de venir me consulter. Mon examen confirme que vous êtes enceinte. Je suis très heureux pour Raphaël et vous. Mais je vous sens soucieuse. Qu'y a-t-il ?

— Je voudrais me réjouir, être heureuse d'avoir un enfant, mais cela obligera Raphaël à revenir de Paris pour m'épouser. Il me l'a promis, aussi maintenant j'ai la pénible impression de lui imposer ce mariage et ce bébé. Je le connais, il ne renoncera pas pour autant à ses activités de résistant. Ce serait tellement simple s'il reprenait son poste d'instituteur pour rester près de moi.

Très pâle, Albane crispait ses doigts sur la poignée de son sac à main. Cet entretien avec le médecin l'embarrassait au plus haut point.

— C'est à mon fidèle ami que je m'adresse en fait, pas au docteur, murmura-t-elle. Comment avouer mon état à mon père ? J'ai des nausées le matin et des vertiges au moindre effort physique. Je ne pourrai pas dissimuler longtemps ma grossesse. De plus, la première fois, lorsque j'étais enceinte de Louis, je n'avais pas ce genre de soucis. Je me sentais vaillante, énergique. Alors je m'inquiète… J'ai une peur affreuse de perdre le bébé. Tant pis si Raphaël ne tient pas ses engagements, je veux cet enfant, Joseph.

— Restez confiante. D'après les dates que vous m'avez dites, vous en seriez à huit semaines. Vos malaises s'estomperont bientôt mais il vaudrait mieux annoncer la nouvelle au plus vite au futur papa, répondit-il.

— Comment faire ? Avez-vous son adresse ou un numéro de téléphone où le joindre ? S'il appelle, ce sera ici, au cabinet et je préfère lui dire moi-même.

— Albane, si Raphaël me contacte, je lui demanderai de vous téléphoner à l'école, à l'heure qui vous semble la plus pratique. Je vous devine perturbée et anxieuse, ce n'est pas indiqué pendant une grossesse.

La jeune femme baissa la tête, sans oser poser la question qui la tourmentait.

— Je ne vous ferai aucun reproche, déclara le docteur comme s'il lisait en elle. C'était naturel pour deux jeunes gens très amoureux d'outrepasser les convenances du mariage, surtout en temps de guerre.

Géraud ôta ses lunettes qu'il nettoya à l'aide d'une petite peau de chamois. Ses yeux clairs, dont la myopie empirait, exprimaient un regain de nostalgie.

— J'aurais dû me remarier trois ans après le décès de mon épouse, Albane. J'avais rencontré une charmante personne qui avait mon âge. Je ne vous fais pas cette confidence pour évoquer mon triste sort. Mais il s'est avéré que déterminé à cette union, j'ai voulu brûler les étapes. J'ai ainsi appris que ma future épouse me refuserait toute relation charnelle, étant très pieuse et rebutée par la chose. Ceci pour vous dire qu'il est judicieux de savoir si l'on s'entend bien sur ce plan précis avant de prêter serment pour de longues années.

— Je suis désolée pour vous, Joseph. J'y pense, vous ne m'avez jamais dit de quoi était morte votre femme…

— C'était quelqu'un de très fragile, un souci de santé me l'a prise, trancha-t-il.

Un soupir lui échappa tandis qu'il remettait ses lunettes. Il n'avouerait jamais à Albane que sa bien-aimée Carola était morte en couches, à l'instar de Mathilde de Séguilières.

— Excusez-moi, je n'insisterai pas, Joseph. Il y a également les paroles des médecins de l'hôpital de Périgueux. Selon eux, je ne mènerai pas une grossesse à terme ou bien, si j'y parvenais, l'accouchement me serait fatal. Raphaël le sait et je suis certaine qu'il a peur de cette issue tragique.

— Je vous l'accorde, cependant rien n'est vraiment sûr dans ce domaine. Si votre sage-femme et moi-même vous surveillons de près, vous pouvez très bien avoir ce bébé. Et je serais flatté d'être son parrain, ma chère amie, en plus d'être le témoin de M. de Séguilières.

Le médecin vit Albane essuyer du bout des doigts les larmes qui perlaient au coin de ses yeux. Elle paraissait au supplice.

— Là encore, il y a un grave souci, Joseph. Papa veut adopter le petit Pierre, mais si j'ai un fils, il pourrait regretter d'avoir favorisé un enfant qui n'est pas de son sang. Je n'ai aucune envie de causer des ennuis à Mireille et à cet adorable bambin que j'adore.

— Nous n'en sommes pas là, cessez de vous tracasser ! Abordons un sujet plus agréable, êtes-vous prête à subir les travaux d'installation de la ligne téléphonique du château ?

— Tout à fait, et je ne sais pas comment vous remercier, dit Albane en souriant enfin. Vous avez usé de chantage, mais c'était pour une bonne cause.

— En effet, répliqua Géraud d'un ton amusé.

Il se revit confronté à Amédée, deux jours après Noël. Le châtelain voulait être certain que le médecin serait son témoin et celui-ci avait eu l'idée de poser une condition : « Monsieur de Séguilières, je serai à vos côtés devant le maire de Brantôme si vous acceptez que je finance la mise en place d'une ligne téléphonique chez vous », avait-il hasardé. Après quelques réticences d'Amédée, il avait obtenu satisfaction.

— Ce sera un progrès inouï, approuva Albane. Coralie pourra m'appeler, Raphaël aussi. Si j'ai un problème à l'école, je pourrai prévenir quelqu'un du château. Hélas, notre dette s'alourdira encore, Joseph. Je tiens à signer un papier qui établira le montant exact de vos dépenses. Comme me l'ont fait remarquer Mireille et Lidy un soir, nous possédons des trésors. Si nous vendions nos dernières pièces d'argenterie datant du siècle dernier, nos plus beaux meubles, nous aurions une somme conséquente à disposition.

— C'est une possibilité, certes, mais je me répète : en temps de guerre ce serait peut-être à perte. Gardez vos trésors, Albane, en considérant que vous avez ainsi des économies. En parlant de Lidy, qu'avez-vous décidé à propos de David Cohen ?

— Je voulais justement vous demander conseil au sujet de ce garçon.

— Quand je l'ai ausculté, mardi soir, je l'ai trouvé dans un état d'épuisement inquiétant. En s'enfuyant du camp de Gurs, je pense qu'il a échappé au typhus. Cependant il respire mal et doit être anémié. J'attends les résultats de la prise de sang que j'ai effectuée, mais croyez-moi, ce jeune homme ne peut pas travailler au château. C'est louable de sa part de vous offrir ses services contre le gîte et le couvert, cependant il est incapable de s'en acquitter.

— Tant pis, il doit se rétablir avant toute chose. Il restera autant qu'il faudra. Lidy serait désespérée si nous lui disions de partir, ou bien elle le suivrait.

— Votre père consent à l'héberger ?

— Bien sûr, papa a beaucoup de défauts, néanmoins il tient à lui accorder l'asile. De plus, David étant juif, Mireille a tout de suite dit que nous devions le protéger. J'ai eu tant de peine en apprenant le décès de Rébecca. Sa petite sœur était une bonne élève, dotée d'un fort caractère. La guerre l'a rayée de la surface de la terre, comme sa jolie maman. Elle s'appelait Rachel…

Le médecin se leva pour se poster près de la fenêtre qui donnait sur un jardin un peu à l'abandon.

— Lorsque ce garçon ira mieux, il pourra s'occuper ici. Il y a du travail en perspective dans mon lopin de terre. Camille voulait planter des fleurs mais le projet ne se fera pas. Soyez prudente, les Allemands ne tiennent pas toujours compte de la ligne de démarcation. Des Juifs sont arrêtés en zone libre, or vous abritez Isaac Goldberg, enfin Célestin, Mireille et son petit-fils, et maintenant David Cohen.

— C'est notre modeste combat, à mon père et moi, répliqua-t-elle d'un ton las. Je vous laisse, Joseph, vous devez partir faire vos visites. Où est Camille ? Je ne l'ai pas vue en arrivant.

— Elle dort encore. Cette nuit, elle était à Périgueux, et je l'ai entendue rentrer vers 6 heures ce matin. Je vais suspendre à ma porte l'écriteau indiquant que je suis absent, les gens n'auront qu'à revenir cet après-midi. Albane, je peux vous déposer devant le porche du château ? C'est sur ma route.

— Je veux bien, merci. Depuis que je sais Maubert Guérin en liberté dans la région, je vis dans l'angoisse. C'est sans doute stupide, mais j'ai l'impression qu'il cherchera à m'approcher.

— Dans ce cas, il sera vite repris, car le brigadier Chabot vous surveille, ma chère amie.

— Je m'en suis aperçue. Partout où je vais en ville, je croise des gendarmes. Que je sois à l'épicerie, à la poste ou à la quincaillerie, ils sont sur le trottoir d'en face. Et vous, Joseph ?

— Une jeune recrue se tient dans la rue, surtout la nuit. Le pauvre doit se geler puisque je ne sors pas de là, sauf en cas d'urgence. Allons-y, sinon je serai en retard à Tocane-Saint-Apre.

Château de Séguilières, même jour, même heure

Lidy inspectait une dernière fois le nouvel aménagement de la chambrette des écuries. Un tablier noué à sa taille, un foulard sur ses cheveux, elle s'était lancée dans un nettoyage soigneux de la petite pièce. Aidée par Célestin, elle avait apporté une étagère prise dans le grenier du château. Des livres s'y alignaient, sélectionnés la veille sur les conseils d'Albane.

— Ta literie est toute propre, tu as un pyjama douillet, une lampe à pétrole et deux oreillers, énuméra-t-elle sous le regard de velours noir de David.

— J'en ai de la chance, soupira-t-il. Pendant mon périple jusqu'à Brantôme, j'avais la hantise de ne pas te retrouver.

— Mais j'étais là, à prier pour te revoir. Dès que tu te sentiras mieux, je te montrerai mon cahier.

— Quel cahier ?

— J'étais très malheureuse après ton départ, et désespérée quand j'ai reçu ta lettre où tu me disais que tu ne pourrais plus m'écrire, ni moi te répondre... Albane m'a offert un joli cahier à reliure où je t'ai raconté tout ce que je faisais et combien tu me manquais.

— J'ai hâte de le lire. Lidy, crois-tu que le chagrin s'atténue avec le temps ? Je pense sans arrêt à ma mère et à ma sœur. Rébecca avait seulement onze ans. Si nous n'avions pas été enfermés dans ce camp de Gurs, j'aurais encore une famille. C'était l'enfer, nous avions une seule couverture pour nous quatre alors qu'il faisait un froid atroce. Si tu avais vu ces petites baraques, la pluie passait à travers les toits, le vent sifflait entre les planches.

Lidy acquiesça en silence, résignée. David évoquait à intervalles réguliers les conditions effroyables du camp, comme s'il ne pouvait pas penser à autre chose.

— Tu dois vivre pour témoigner un jour de tout ceci, lui dit-elle en s'asseyant au bord de son lit. Le docteur Géraud était inquiet après t'avoir examiné. Je t'en prie, il faut manger et te reposer. Fais-le pour moi, David. À midi, tu auras de la poule au pot. Maria a préparé une pleine marmite avec des légumes du jardin.

— Je vole la nourriture des enfants, ça me fait honte.

— Ils mangent à leur faim, ne t'inquiète pas. Ici, tout le monde travaille dur pour avoir des repas convenables. Ce qui fait le plus défaut, en ce moment, c'est le café et le sucre. Mais le cousin de Maria nous fournit en miel.

Lidy caressa le visage émacié du garçon. La douleur morale qui le torturait marquait ses traits harmonieux. Il avait le teint cireux et des cernes.

— Je voudrais tant savoir si mon père est vivant, murmura-t-il. Le docteur pourrait peut-être se renseigner…

— Nous lui en parlerons, il revient bientôt t'ausculter et te dire les résultats de la prise de sang.

— Du sang juif, marmonna David. Sera-t-il différent du tien, de celui d'Albane ou de celui de Célestin, ce gentil gamin qui se plie en quatre pour moi, alors que je ne le mérite pas ? Parfois je me reproche de m'être enfui, en abandonnant mon père.

— Ne dis pas de sottises, je t'en prie. Ton père voulait te sauver la vie, après avoir perdu son épouse et sa fille. Quant à Célestin, je te le dis en confidence, son vrai nom est Isaac Goldberg. Ses parents l'ont éloigné de Paris en l'envoyant chez un cousin, un fermier qui a vite voulu s'en débarrasser, car il est en zone occupée.

— Isaac, comme mon père et mon grand-père, nota David.

— Oui. Je l'admire, ce garçon ! Il ne se plaint jamais de son sort, il aide M. Goetz pour le bois de chauffage et il se dévoue pour le confort de nous tous.

— Est-ce qu'il sait jouer aux échecs ?

La question surprit Lidy. Elle prit la main gauche de David pour étreindre doucement ses doigts.

— Demande-lui quand il t'apportera ton déjeuner. M. de Séguilières possède un échiquier, c'est déjà ça. Tu aimes ce jeu ?

— Je suis un passionné, ma Lidy. Si je pouvais en faire une partie de temps en temps, ça m'aiderait à ne pas penser.

— Et un baiser ?

— Des dizaines de baisers peut-être, répondit-il dans un souffle.

Elle s'allongea contre lui. Ils s'enlacèrent et s'embrassèrent longuement avec une tendresse fébrile, jusqu'au moment où le berger allemand se mit à aboyer. Il y eut ensuite des pas sur l'allée pavée des écuries.

— Orage, mon chien, je suis de retour ! s'écria Albane. Ne fais pas de bruit, David a besoin de calme.

Un parfait silence suivit le bruit du loquet qui fermait la porte du box. Lidy tendit l'oreille, puis elle se leva.

— Je crois qu'elle pleure, je vais voir ce qui se passe, chuchota-t-elle.

Albane était assise contre la cloison à même la paille. Les bras noués autour d'Orage, elle sanglotait, le visage en partie enfoui dans la fourrure qui ornait le cou de l'animal, en balbutiant des mots à peine audibles.

— Je suis tellement triste… Raphaël, reviens, je t'en supplie. Raphaël, j'ai besoin de toi, ne m'abandonne pas. Est-ce que tu seras content, au moins…

— Ne pleure pas, Albane, supplia Lidy. Je peux venir ?

— Ah, tu es là, mais oui, entre.

— Tu me fais peur à être si malheureuse, avoua la jeune fille. Tu as eu des mauvaises nouvelles de Paris chez le docteur ?

— Non, je vais t'expliquer. Je préfère qu'on parte promener Orage, il fait beau et nous ne serons pas dérangées.

Elles avaient marché jusqu'au mausolée des Séguilières, auquel menait une étroite allée bordée d'ifs, en parallèle de la lisière des bois.

— Je tiens à aller parler à maman, et pourquoi pas à Esther, deux jolies femmes mortes de leurs couches, précisa Albane à Lidy. C'est dommage, il n'y a pas encore de fleurs en cette saison. Bientôt les petites feuilles vertes des crocus, des jonquilles et des narcisses pointeront hors de la terre, ce sera le printemps.

— Qu'est-ce que tu as ?

— Je suis bouleversée, Lidy.

Le berger allemand demeurait à côté de sa maîtresse, sans tirer sur sa laisse. Toujours docile, il respirait avec avidité l'air vif où il sentait des odeurs exaltantes, celles des sangliers, des renards et des chevreuils.

— Va te dégourdir un peu, décida Albane en le lâchant.

Penchée sur le collier du chien, pour détacher la laisse, elle fixa la marque qu'y avait faite la plaque de la Wehrmacht. L'insigne révélateur était enterré au pied d'un châtaignier, mais elle s'inquiéta soudain.

— Cet après-midi, je fouillerai la sellerie, il doit rester des sangles en cuir qui feront l'affaire, marmonna-t-elle.

— Albane, de quoi parles-tu ?

— Je vais fabriquer un autre collier pour Orage, celui-ci est sale et fendillé.

— Tu t'en es rendu compte en le cajolant et tu as sangloté à cause de ça, en appelant mon frère ? se moqua Lidy.

— Bien sûr que non, c'est plus grave. Voilà, je suis enceinte. Ce matin, j'ai consulté le docteur Géraud. Mes règles ne venaient pas depuis Noël, je croyais à un simple retard car j'avais souvent mal au ventre. Et puis j'ai eu des nausées.

Partagée entre la joie et la stupéfaction, Lidy s'arrêta pour la prendre dans ses bras. Cependant, tout en surveillant Orage, Albane lui livra d'une voix tendue ses craintes et ses doutes, comme elle l'avait fait auprès du médecin. Enfin elle se tut, avec une expression de total désarroi.

— N'aie pas peur, si mon frère t'a promis de revenir et de vite t'épouser, il n'y a pas de soucis.

— Mais le bébé devrait naître en septembre, il faudrait nous marier le plus vite possible. À la condition que je réussisse à garder cet enfant.

— Albane, je voudrais crier de joie ! Je n'ose pas parce que tu parais accablée de tout le poids du monde.

— Je dirais plutôt du poids du destin, de mon destin. Et si je meurs à l'accouchement ou juste après, comme maman et la mère de Pierre ?

— Ce serait une horrible injustice, ça ne peut pas arriver. J'irai allumer des cierges dans l'église de l'abbaye, je prierai matin et soir pour toi et le bébé. Le plus urgent est de le dire à Raphaël. Aie confiance, Albane.

Elles étaient devant le mausolée dont les pierres d'un gris très clair captaient les rayons du soleil.

— Que me conseilles-tu, Lidy ? Mon père sera sûrement furieux si je lui révèle ma grossesse. Je pourrais attendre et le dire seulement après notre mariage à Raphaël et moi. De toute façon, ce sera difficile de dissimuler mon état très longtemps. Maria s'inquiète déjà dès que je ne peux rien avaler au petit déjeuner.

— Tiens bon jusqu'au moment où mon frère le saura. Quand il prévoira de rentrer ici, on avisera. Tu n'es pas seule, Albane, je suis là, moi, ta future belle-sœur. Je t'aiderai. Tu dois être gaie et forte, sinon le bébé en souffrira. Et n'oublie pas, je suis un exemple vivant des miracles de la nature. Après Raphaël, maman a fait plusieurs fausses couches, et finalement, je suis venue au monde.

Attendrie par ce plaidoyer véhément, Albane approuva d'un sourire.

— Heureusement, ma petite chérie. Oui, heureusement, tu existes et je t'ai rencontrée… Si j'ai le bonheur d'avoir une fille, je voudrais qu'elle te ressemble.

École de Brantôme, vendredi 21 février 1941

Albane avait pris l'habitude de s'attarder après le départ de ses élèves. Elle confiait Félicia à Célestin et les deux enfants rentraient seuls au château quand Odile Goetz ne venait pas les chercher.

Ce jour-là, assise à son bureau, la jeune femme réfléchissait aux dernières nouvelles de la guerre que lui avait données le docteur Géraud la veille, lors de son passage au château. Il était venu examiner David Cohen, dont la santé s'améliorait.

— Le monde s'enflamme, le Royaume-Uni, l'Italie, la Libye. Autant de pays où je n'irai sans doute jamais, murmura-t-elle en crayonnant sur une page de son cahier de brouillon. Et moi je dessine une colombe, la messagère de la paix.

Grâce à des tisanes concoctées par Maria, elle ne souffrait plus de nausées matinales et se sentait moins fatiguée. Sur l'insistance de Lidy, Albane avait avoué son état à la domestique en lui demandant de garder le secret.

— Désormais, vous êtes au courant, juste toi et Lidy. Je t'en supplie, ne me juge pas, avait-elle dit d'une petite voix émue.

— Comme si j'étais aveugle et sourde, mademoiselle. Il y a belle lurette que j'avais compris pour monsieur Raphaël et vous. Qui je suis pour vous juger, l'amour ça vous met le cœur et tout le reste à l'envers, avait répondu Maria.

Ces mots résonnaient souvent dans l'esprit d'Albane, qui y trouvait du réconfort. Elle se les répéta encore une fois, en écrivant « Raphaël » sur la même page que la colombe.

— Tu n'as pas téléphoné chez Joseph, Raphaël, nous n'avons aucune nouvelle de toi. Je t'en prie, appelle au cabinet médical, et tu auras le numéro du château.

La ligne téléphonique des Séguilières était opérationnelle depuis deux jours. Son installation avait été assez rapide, et les poteaux goudronnés amenant le fil se fondaient parmi les arbres bordant l'allée du parc. Albane l'avait déjà utilisée pour joindre son amie en Suisse.

— Coralie était sidérée, elle a poussé un petit cri de joie et elle a promis de m'appeler dimanche.

Pour les habitants du château, le combiné, accroché au mur du salon, près de la double porte vitrée communiquant avec le hall, faisait figure d'appareil fabuleux. Maria osait à peine s'en approcher, mais les enfants espéraient pouvoir décrocher et prononcer le « allô » dont on leur avait parlé.

— Camille ne va pas tarder, se dit Albane après avoir consulté la pendule murale. Joseph redouble de précautions, j'ai le droit d'être ramenée en voiture alors que je préférerais marcher.

Elle s'étira et se leva de sa chaise. Les gestes à effectuer chaque soir d'école lui paraissaient d'une monotonie amère. Il fallait ôter sa blouse, ranger sa trousse et ses cahiers dans son cartable, ensuite fermer trois portes à clef, sans oublier la grille du portail.

— J'espère que Dorian Chassaing n'a pas égaré ses clefs comme la semaine dernière, où j'ai dû lui laisser les miennes.

Soudain il y eut des bruits de pas dans le couloir. Par la partie de la cloison qui était vitrée, elle vit passer Camille et le docteur. D'abord cela ne la surprit pas vraiment, mais son cœur se serra l'instant suivant, sous l'effet d'un mauvais pressentiment.

Joseph Géraud fit irruption dans la salle de classe. Tout de suite il obligea la jeune femme à s'asseoir. Quant à Camille, très pâle, elle avait perdu son air frondeur.

— Qu'est-ce qui se passe, pourquoi vous êtes là tous les deux ? Il est arrivé malheur à Raphaël ?

— Albane, je suis désolé. Quelqu'un du groupe de Raphaël m'a téléphoné, c'était convenu entre nous, déclara le médecin. Il est détenu dans les locaux de la Gestapo française, rue Lauriston. Nous partons ce soir même, Camille et moi, pour tenter de le faire libérer.

— La Gestapo française ? Je croyais que la Gestapo désignait la police allemande, balbutia Albane.

— C'est peut-être une chance, hasarda Géraud. Selon mon contact, il s'agit de truands, des types de la pègre et des policiers révoqués qui collaborent avec les nazis. Ces malfrats vivent pour l'argent, le genre qu'on peut acheter, à mon avis.

— Pourquoi a-t-on arrêté Raphaël, Joseph ? J'ai besoin de tout savoir. Je pars avec vous.

— Hors de question, trancha Camille. Nous n'aurions pas le temps d'obtenir un *Ausweis* pour toi, et puis il paraît que tu es enceinte.

— Oui, et alors ? Je tiens d'autant plus à vous accompagner, dans l'espoir de sauver le père du bébé.

— Ce serait imprudent et inutile, Albane, insista le docteur. Quant aux motifs de l'arrestation de Raphaël, ils sont basés sur une altercation à la sortie d'une brasserie. Il aurait tenté de venir en aide à une jeune fille prise à partie par deux soldats allemands. J'ignore pourquoi Raphaël a commis la folie d'intervenir ! Il a été jusqu'à insulter les deux hommes, cependant le camarade qui se trouvait avec lui s'est montré encore plus insolent, allant jusqu'à bousculer le lieutenant de la Wehrmacht. L'incident s'est produit hier.

— Est-ce qu'ils vont le frapper ou le torturer ?

— Je n'ai aucune réponse sur ce point, Albane. Nous allons vous raccompagner au château. Je ferme le cabinet médical et nous prenons la route. Attendez mon appel, je vous dirai très vite ce qu'il en est.

Les traits figés, son regard noisette comme absent, Albane ne versa pas une larme. Ce qu'elle redoutait le plus depuis des semaines était arrivé. Un grand froid l'avait saisie, et elle grelottait sans s'en rendre compte.

— Très bien, je m'incline, Joseph. Faites ce que vous pouvez pour Raphaël. Si vous réussissez à le sauver, ne lui dites rien au sujet du bébé que je porte.

Compatissante, Camille prit le manteau d'Albane à la patère et l'aida à l'enfiler après l'avoir forcée à se lever.

— Sois courageuse, ce n'est pas si grave, murmura-t-elle. Déjà Raphaël n'avait pas d'arme sur lui et il s'est contenté d'insulter ces sales nazis. Son camarade de combat risque beaucoup plus que lui.

— Merci, Camille, mais rien ne me consolera. Joseph, ne perdez pas de temps à me ramener au château. Ce soir, je rentrerai à pied, cela me calmera.

— Vous en êtes sûre ? Albane, vous êtes blanche à faire peur.

— S'il vous plaît, partez vite. Je suis capable de marcher, il fait encore jour et il ne pleut pas.

Le médecin résista à l'envie paternelle de l'étreindre afin de la réconforter, mais Camille l'entraîna par le coude.

— Dépêchons-nous, Joseph, souffla-t-elle. Nous avons une chance d'atteindre Paris à l'aube, mais nous tomberons sur des patrouilles et il faut trouver une raison valable pour justifier notre voyage. Au revoir, Albane.

— Au revoir…

Lorsqu'elle se retrouva de nouveau seule dans l'école, Albane eut l'impression d'avoir agi en dépit du bon sens, comme si elle était somnambule ou anesthésiée par le chagrin. Elle se mit à parcourir la salle de classe d'un bout à l'autre, les bras croisés sur sa poitrine.

— Je n'ai pas posé assez de questions. Surtout, j'aurais dû les obliger à m'emmener. Pourquoi Camille et Joseph en savent-ils toujours plus que moi ? Nous écoutons la radio le soir, mais ils ne donnent pas d'informations intéressantes.

Son cœur commençait à battre à grands coups. La bouche sèche tant elle était émue, Albane éclata enfin en sanglots. Elle imaginait Raphaël roué de coups, les lèvres en sang, ou bien exécuté sommairement.

— Mon amour, pourquoi ? Ils vont te faire du mal, j'en suis sûre. Ta bouche, ton corps que je connais sur le bout des doigts… Raphaël, ne meurs pas, reviens !

Son douloureux délire l'isolait dans une sphère de détresse. Elle poussait de petits cris affolés sans cesser de faire les cent pas. Ce désolant manège dura plus d'une demi-heure, jusqu'au moment où Dorian Chassaing entra sans bruit. Il l'observa en silence avant d'intervenir.

— Albane, stop ! ordonna-t-il. Géraud m'a demandé de vous surveiller, il était certain que vous seriez encore là.

— Sortez, je veux être seule ! rétorqua-t-elle.

— Non, je vous raccompagne chez vous, on ne sait jamais, vous pourriez faire une mauvaise chute, protesta-t-il. Albane, je comprends votre anxiété, cependant Raphaël Wendling a choisi sa voie, la résistance, comme Camille et moi, ainsi que le docteur. Vous saviez parfaitement qu'il pouvait être arrêté et peut-être fusillé.

— Taisez-vous, par pitié, et allez-vous-en ! Je n'ai pas besoin de vous, je rentrerai au château quand je le déciderai.

— Eh bien, moi, je décide à votre place ! s'exclama-t-il.

Chassaing la rejoignit et l'empoigna par un bras. Albane essaya de se dégager, mais il était beaucoup plus fort qu'elle.

— Si ça vous arrange, je marcherai derrière vous, au bord de la route, ajouta-t-il. Il fera bientôt nuit, ne soyez pas stupide.

— Je refuse, parce que je n'ai pas confiance en vous, Dorian, même si vous m'avez sauvé la vie.

— Peu importe, j'obéis au docteur.

Hantée par le sort de Raphaël, Albane renonça à répondre.

Ils firent le trajet sans échanger un mot, Dorian la suivant comme il l'avait dit. Le soleil se couchait derrière les toits de Brantôme, parmi un océan de nuages roses et mauves.

« Je voudrais tellement être dans la voiture de Joseph, avec Camille, en train de rouler vers Paris, songeait Albane. Je ne servirais peut-être à rien là-bas, mais si Raphaël était libéré, je pourrais le serrer contre moi. »

Chassaing, lui, pensait à son rôle de secrétaire de mairie, qui lui pesait déjà. Il avait accepté le poste afin d'être en mesure de faciliter l'élaboration de faux papiers d'identité, tout en collectant de précieux renseignements sur les uns et les autres. S'il tenait à protéger les habitants juifs de la ville, il avait hâte de rejoindre le maquis et de se battre. Mais pour l'instant, il admirait les jambes d'Albane, gainées de bas nylon à couture.

— Vous pouvez faire demi-tour, lui dit-elle soudain. Le château est au bout de cette allée.

— J'ai dit chez vous, je vous raccompagne donc jusqu'à votre porte, et ça m'intéresse de voir de près le fief des Séguilières. J'ai consulté des documents à la mairie, votre famille vit ici depuis longtemps.

— Environ deux ou trois siècles. Bonsoir, Dorian.

— Ne soyez pas aussi bornée, je vous escorte jusqu'à bon port. Il fait sombre dans votre parc. N'importe qui pourrait se planquer et vous agresser. Vous n'êtes vraiment pas peureuse pour une femme aussi jeune. Vous l'avez prouvé les soirs où nous faisions passer la ligne à des familles juives. Combien de fois avez-vous participé, déjà ?

— Cinq uniquement, à mon grand regret.

— Et si vous m'invitiez à dîner ? D'après Camille, la table est bonne et bien garnie. C'est démoralisant de manger en tête-à-tête avec moi-même dans le logement de l'école.

— Pas ce soir, Dorian. Vous devriez faire preuve de tact. Je ne saurai pas avant demain comment va Raphaël…

— Ce type ne vous mérite pas, à sa place je serais resté ici, avec vous. On ne laisse pas une jolie fille ainsi, en la privant d'amour.

Excédée, Albane pressa le pas avec l'espoir de décourager Chassaing. Il la rattrapa en quelques enjambées et la prit par la taille, la forçant à s'arrêter.

— Je sais ce qu'il vous faut, les bras d'un homme, souffla-t-il à son oreille. Rien de tel qu'un baiser pour oublier ses tracas. Un beau brin de femme comme ça, on en prend soin.

Dorian chercha à l'embrasser sur la bouche, mais elle évita le contact de ses lèvres.

— Lâchez-moi immédiatement ! hurla-t-elle. Vous êtes fou, comment osez-vous ?

Malade de désir, Chassaing continuait à la retenir, mais elle se débattait tant qu'il ne parvenait pas à lui imposer le baiser dont il rêvait. Elle le gifla, ivre de rage, ce qui le fit rire.

— Petite furie, laisse-toi faire, bon sang !

— Non, non ! cria Albane de toutes ses forces.

Elle perçut alors l'écho d'une course précipitée, ponctuée de grognements menaçants. Son chien déboula, tout hérissé et attaqua aussitôt. Il mordit l'avant-bras de Dorian, ce qui eut le résultat espéré. Celui-ci lança une plainte stridente sous l'effet de la douleur, avant de se répandre en jurons.

— Rappelez votre bête, gémit-il.

— Viens là, Orage, viens me voir. C'est fini.

Le berger allemand obéit tout de suite, en s'asseyant près d'elle. Il grognait encore, tandis que Dorian se pliait en deux. Il se redressa pour ôter sa veste. D'un geste tremblant, il retroussa la manche de sa chemise.

— Je saigne sûrement, j'ai senti ses crocs se planter dans la chair, enragea-t-il.

— Cela vous servira de leçon ! J'espère qu'à l'avenir, vous ne considérerez plus les femmes comme des jouets à votre disposition, décréta Albane. Vous me répugnez, Chassaing, si vous saviez à quel point… Ne m'approchez plus.

— Je ferai mieux, un jour j'abattrai votre chien ! Regardez la marque de la morsure !

— Ce sont de simples ecchymoses, allez-vous faire soigner au Grand Hôtel, où une des serveuses vous apprécie. Eh oui, moi aussi je me renseigne sur les gens que je suis obligée de fréquenter. Viens, Orage.

Albane caressa le chien-loup plusieurs fois en remontant l'allée, sourde aux imprécations de

Dorian. Elle vit Lidy courir vers elle alors qu'elle atteignait presque la cour d'honneur.

— Je suis désolée pour Orage, il a sauté la porte du box, et ensuite il a foncé vers le porche. Par chance, j'étais dans l'écurie.

— Il a dû suivre son instinct !

— Que veux-tu dire par là ?

— Dorian Chassaing m'importunait et sans Orage, il aurait fini par m'embrasser.

— Quoi ? Il a osé s'en prendre à toi ? s'offusqua Lidy. Lui qui se prétend un résistant de la première heure ! C'est formidable, ton chien l'a senti et s'est élancé à ton secours. Mais on devait te ramener en voiture, Camille ou le docteur.

Une chape de plomb pesa sur les épaules d'Albane. Elle attira la jeune fille dans ses bras.

— Raphaël a été arrêté ainsi qu'un autre résistant, avoua-t-elle. Camille et Joseph sont partis pour Paris. Ton frère est détenu dans les locaux de la Gestapo française après une altercation avec deux soldats allemands. Lidy, je suis désolée de t'apprendre ça.

— Ne le sois pas, Albane, ce doit être le destin. Pendant le séjour de Raphaël, après Noël, nous avons beaucoup discuté tous les deux. Il m'a demandé d'être forte si jamais il lui arrivait malheur. Quand on décide de lutter pour la liberté et la justice, on sait que la mort nous guette. Toi aussi, grande sœur, tu as failli être tuée.

— Je sais, mais dans le feu de l'action, on n'y pense pas. Même ensuite, lorsque je souffrais de ma blessure, je n'avais qu'une idée, continuer… Lidy, j'en suis malade. J'aime tant Raphaël, et il y a le bébé.

— N'aie pas peur, le docteur Géraud fera tout son possible pour sauver mon frère. Viens te reposer. Ce soir, tu vas dîner dans ton boudoir, bien au chaud sur le divan. Tu es livide et tu frissonnes.

— Je n'avais pas besoin d'être aux prises avec Chassaing, j'en suis encore secouée. C'était affreux, il tendait la bouche, on aurait dit une bête. J'ai pu le gifler, mais j'étais sans force et il en riait. Lidy, je voudrais garder Orage près de moi, tant pis pour Mireille et ses frayeurs irraisonnées.

— La future Mme de Séguilières n'en saura rien. On tente le coup immédiatement, je passe devant pour te dire si la voie est libre.

La vitalité de Lidy et sa foi en Joseph Géraud redonnèrent du courage à Albane. Elle commença à monter les marches du perron, talonnée par le berger allemand.

— C'est bon, dépêche-toi, il n'y a personne en vue, lui précisa la jeune fille.

Bientôt elles s'enfermèrent dans la petite pièce. Lidy alluma la lampe à pétrole en porcelaine, à l'abat-jour d'opaline rose. Elle prépara le lit en tapotant les oreillers.

— Mets-toi en chemise de nuit, Albane. Demain, il n'y a école que le matin, tu pourrais téléphoner au maire et dire que tu es souffrante.

— On ne peut pas prévenir les parents. Mes élèves seront devant le portail à l'heure habituelle. Après une bonne nuit, si toutefois je peux dormir, ça ira un peu mieux.

— Et si tu croises Dorian ?

— Je lui demanderai comment va son avant-bras. Orage l'a mordu, mais sans vraiment serrer. Il avait juste les marques des crocs sur le bras. Qu'il souffre un peu lui aussi... Lidy, il a menacé de tuer Orage, mais il n'osera pas, dis ?

— Qu'il essaie, ce rustre ! Bon, je vais prévenir Maria qu'il te faudra un plateau. Tu as le nécessaire pour un brin de toilette, je reviens vite. Le temps aussi de remonter voir David. C'est un souci, son anémie. Le docteur m'a conseillé de lui acheter de la viande, hélas je n'ai plus beaucoup d'argent.

Albane enlevait ses bas, assise au bord du divan. Elle jeta un regard étonné à Lidy.

— C'est impossible, ta grand-mère avait une petite fortune !

— Raphaël a tout emporté, enfin presque. Il m'a expliqué que le réseau de résistance auquel il appartenait manquait de fonds. Je ne pouvais guère m'y opposer, déjà il me reprochait les dépenses que j'avais faites pour Noël.

— Ma petite chérie, tu aurais dû lui donner seulement la moitié de la somme, se désola Albane.

— Tant pis, j'ai prévu d'aller en autocar à Périgueux pour mettre des bijoux en gage. Je rapporterai de quoi faire un gros pot-au-feu.

— Quel dommage…

— Ne t'inquiète pas, assura Lidy. Je ferme à clef derrière moi, que personne ne vienne te déranger. Tu as un double, de toute façon.

Elle sortit de sa démarche aérienne. Une fois seule, Albane garda l'image de la longue natte blonde qui dansait dans le dos de la jeune fille, vêtue de noir ce jour-là.

— J'ai la migraine, à présent, soupira-t-elle. Je vais prendre de l'aspirine.

Le chien-loup s'était couché à ses pieds sur le tapis d'Orient, sa belle tête fauve posée sur ses pattes.

— Jamais je ne regretterai de t'avoir adopté, murmura-t-elle. Tu es mon ange gardien, Orage.

Exténuée, Albane s'allongea en ayant gardé sa robe. Elle avait dénoué ses cheveux et fixait le plafond aux savantes moulures de plâtre représentant des fleurs et des feuillages. Des pensées menaient une ronde effarante dans son esprit, où revenaient parfois des bribes de phrases.

« Raphaël, la Gestapo française ! Et si le docteur échoue à le faire libérer ? Qu'est-ce que me cache Joseph, sur ses fameux contacts à Paris… ?

Pourvu que Camille ne révèle pas à Raphaël que je suis enceinte ! Et comment Dorian Chassaing a pu me traiter de la sorte, en prétextant que j'étais privée d'amour ? Il a profité de ma faiblesse, de mon chagrin… »

Elle se remémora la sensation de panique qui l'avait envahie, soumise au désir aveugle du secrétaire de mairie.

— Il parlait d'un baiser, mais il pouvait aller plus loin, dit-elle à mi-voix. Mon Dieu, quelle horreur ! Et ma petite Lidy qui a été violée par ce monstre, Maubert Guérin. Je ne dois plus me plaindre, ce qu'elle a vécu était une abomination. Raphaël, tu nous as abandonnées, ta sœur et moi. Ce serait à toi de me défendre, de la venger, mais tu n'es pas là. Tu ne reviendras peut-être jamais…

Somnolente, Albane s'enveloppa de la courtepointe en satin. Elle aspirait à dormir, afin d'échapper à ses tourments, avec le frêle espoir de rêver de Raphaël, qui serait bien vivant, et même étendu à ses côtés.

16

Un pieux mensonge

Château de Séguilières, samedi 22 février 1941

Le premier geste d'Albane, lorsqu'elle s'éveilla, fut de regarder l'heure à sa montre. Il était 6 heures, ce qui la tranquillisa. Elle ralluma la petite lampe à pétrole de sa table de chevet sans pour autant quitter le refuge de son lit.

— Je peux rester couchée encore vingt minutes, se dit-elle.

Au son de sa voix, le berger allemand se leva pour poser la tête au bord du divan. Elle le caressa, heureuse de sa présence.

— Il faut vite que je te ramène à l'écurie, Orage. Nous avons bien dîné, hier soir, toi et moi.

Lidy lui avait apporté un plateau copieusement garni, avec un grand bol de soupe aux vermicelles, une omelette, des pommes de terre sautées et une part de gâteau à la crème de lait.

N'ayant aucun appétit, Albane avait donné au chien presque tout son repas.

— Je me demande si Camille et Joseph sont déjà arrivés à Paris. Ils ont pu avoir des ennuis en cours de route. C'est difficile d'obtenir de l'essence, il faut des tickets. Je ne dois pas y penser, sinon je ne pourrai pas faire la classe.

Albane porta une main à son front, soulagée de ne plus avoir la migraine, cependant au même moment, elle eut une crampe dans le ventre. C'était une douleur familière, qui revenait chaque mois.

— Oh non, non, gémit-elle en s'asseyant.

Le cœur serré, elle repoussa sa literie d'un geste hésitant. Le drap de dessous était taché de rouge et un nouveau flux de sang coula entre ses cuisses.

— Mon Dieu, pourquoi ? Il n'y aura pas de bébé, jamais, non jamais je n'aurai un tout-petit à aimer.

Elle étouffa ses sanglots de son mieux, mais des plaintes désolées lui échappaient. L'écho de son chagrin avait dû alerter quelqu'un, car on toqua deux coups légers à sa porte.

— Mademoiselle, ouvrez donc, fit la voix de Maria. Je me doute que vous êtes très inquiète pour monsieur Raphaël, mais ça va s'arranger puisque ce bon docteur Géraud est là-bas, à Paris. Il vous ramènera votre amoureux.

— Ce n'est pas seulement ça, répondit Albane.

Elle se leva sous le regard attentif du chien-loup et tourna la clef. Vite, elle retourna vers le divan pour s'envelopper de son peignoir, que Lidy avait laissé sur le dossier d'une chaise.

— Doux Jésus, marmonna la domestique.

Malgré les précautions de la jeune femme, elle avait aperçu du sang sur sa chemise de nuit.

— Oh, ma pauvre petite !

Ces mots de compassion lui paraissant insuffisants, Maria céda à une impulsion maternelle en prenant Albane dans ses bras. Elle lui tapota le dos avec douceur.

— Là, là, mademoiselle, pleurez tout votre soûl ! Dame nature vous a joué un mauvais tour.

— Je voulais tant cet enfant, je l'aimais déjà.

— Eh oui, pardi ! Allons, reprenez vos esprits. Je m'occupe de tout. Il faut changer vos draps mais d'abord je vous apporte un broc d'eau chaude pour vous laver.

Lidy entra au même moment, en pyjama et en chaussons. Elle comprit immédiatement ce qui s'était passé.

— Reste avec notre mademoiselle, lui recommanda Maria. Hé flûte, il y a le chien. Conduis-le aux écuries, je te prie, au cas où Mireille descendrait.

— Je vais au plus vite, Maria.

Complètement désemparée, Albane demeurait debout près de la cheminée. En pleine confusion, elle ressassait les événements de la veille, cherchant un coupable à incriminer.

— Avez-vous des douleurs ? s'enquit Maria en brassant la literie. Si oui, je vous prépare une tisane qui vous aidera. En tous les cas, vous n'irez pas à l'école ce matin, mademoiselle.

— Je n'ai pas le choix, je dois y aller.

— On verra ça, déjà il faudrait vous équiper et ôter votre chemise de nuit. Heureusement, il est tôt, personne n'en saura rien.

Lidy était de retour, un peu essoufflée. Elle entreprit tout de suite de tisonner les braises du poêle en activant le tirage.

— Je remets du charbon, Albane, je veux que tu sois bien au chaud.

— Mais il y a classe, ce n'est pas utile, Lidy, nous devons économiser le bois et le charbon.

— Non, tu ne sortiras pas d'ici ! protesta la jeune fille. J'ai eu une excellente idée, je monte m'habiller et me coiffer. Je te remplacerai ce matin. Le samedi, ayant été ton élève, je sais que tu fais réciter et illustrer les poésies avec une heure consacrée à la correction des dictées. Je suis capable de gérer ça, Albane. Je pars à vélo et je passerai chez Mme Ribes, la sage-femme. C'est plus prudent qu'elle vienne t'examiner en l'absence du docteur Géraud.

— Mais si Odette Ribes pointe son nez au château, Monsieur et les autres vont se demander pourquoi, fit remarquer Maria. Et puis mademoiselle pourrait voir sa réputation compromise.

— Zut, je n'avais pensé à ce problème, se désola Lidy. Tant pis, on inventera une histoire. Albane a été hospitalisée, l'an dernier, en janvier, je me souviens très bien. Je ne voudrais pas que cela recommence.

— Ne t'inquiète, ma petite chérie, c'était différent, j'étais à cinq mois de grossesse, là c'est beaucoup plus tôt. Je pourrai rendre visite à Mme Ribes demain, tu m'accompagneras. Je pense que je ne serai pas sa première patiente à avoir été enceinte hors des liens du mariage. Surtout dis à mes élèves que j'ai pris froid, mais que je reviendrai lundi.

Maria était partie chercher de l'eau chaude en emportant les draps souillés. Albane en profita pour mettre Lidy en garde.

— Tu croiseras peut-être Dorian Chassaing, aussi tiens-le à distance. Je n'ai plus confiance en lui, fais attention. S'il ne m'avait pas brutalisée, si Raphaël n'avait pas été arrêté, j'aurais encore mon bébé.

— Ne raisonne pas comme ça ! Tu avais peur de faire une fausse couche, tu me l'as dit. Les médecins de Périgueux t'avaient prévenue de ce risque.

— C'est vrai, seulement je suis si triste, si déçue. J'espérais un petit miracle, ton frère revenait et on se mariait. J'aurais annoncé ma grossesse à papa dans un mois ou deux.

La voix d'Albane se brisa sur un sanglot. Elle faisait peine à voir, pâle, échevelée, la bouche tremblante. Lidy lui caressa la joue d'un geste timide.

— Peut-être que ce n'était pas le bon moment, insinua-t-elle. L'absence de Raphaël te pesait, tu mangeais très peu et tu te tourmentais beaucoup. Ne perds pas la foi, grande sœur, je suis certaine qu'un jour tu câlineras mon neveu ou ma nièce.

— Que Dieu t'entende, murmura Albane. Pars tranquille, et je te remercie de me remplacer ce matin.

— Si le docteur Géraud téléphone ici, tu m'appelles à l'école, c'est promis ?

— Mais oui, Lidy, ne te retarde pas.

Deux heures s'étaient écoulées quand Amédée se rendit aux cuisines pour prendre son petit déjeuner. Il portait le petit Pierre à son cou et l'enfant, ravi, lui faisait des sourires.

— Dites, Monsieur, il sait marcher ce pitchoun, nota Maria. Vous feriez mieux de le poser, qu'il gambade un peu.

— Je me passerai volontiers de tes remarques, rétorqua le châtelain. As-tu du lait chaud ? J'ai dit à Mireille que je lui donnerai sa bouillie.

— Oui, Monsieur, dans la casserole, là, sur le fourneau. Ah, je dois vous prévenir, mademoiselle votre fille est souffrante. Il ne faut pas la déranger. Lidy est allée faire la classe à sa place.

— Albane manque rarement à ses obligations, pourtant ! S'il s'agit d'une grippe, nous tiendrons Pierre à l'écart.

Maria passa dans le cellier afin de dissimuler sa contrariété. Elle rumina le mot « nous », employé par Amédée avec une évidente délectation.

— Si c'est pas un scandale, ça, bougonna-t-elle.

— Je t'entends marmonner, et cela me déplaît fortement ! lui cria-t-il.

— Mettez-vous à ma place, les souris ont grignoté le fond d'un sac de farine. Avec le rationnement qui sévit, il y a de quoi ronchonner, Monsieur.

La domestique ressortit, la bouche pincée, mais sa mine boudeuse en disait long sur son humeur. Il lui coûtait de se taire, car elle aurait voulu exprimer haut et fort la sourde colère qui la rongeait.

— Je retourne au chevet de mademoiselle, déclara-t-elle. Vous préviendrez les Goetz si je ne suis pas revenue. Odile doit conduire Félicia et Célestin à l'école.

Perplexe, Amédée de Séguilières acquiesça d'un signe de tête, avant de se consacrer au petit Pierre, qu'il avait assis dans sa chaise haute. Âgé de dix-huit mois, l'enfant commençait à prononcer quelques mots.

— Papa, répète « papa », mon trésor ! Je suis ton papa !

Maria n'était pas allée loin. Elle écoutait, dissimulée derrière la porte. Vite écœurée, elle laissa échapper un gros soupir.

— Mademoiselle vient de perdre son bébé, son bel amoureux est aux mains de la Gestapo, mais je dois garder tout ça pour moi, chuchota-t-elle en traversant le hall. Pendant ce temps, Monsieur ne pense qu'à son remariage et il s'amuse avec son futur héritier.

Brantôme, même jour, deux heures plus tard

Lidy assistait au départ des écolières, qui se précipitaient dans la cour avec des rires et des éclats de voix. Seule Félicia patientait au milieu du couloir, car elle devait rentrer au château avec Célestin.

— Pourquoi tu ne nous raccompagnes pas ? demanda-t-elle à la jeune fille.

— Je dois passer chez quelqu'un en ville. Est-ce que j'ai été une bonne maîtresse ?

— Oui, mais j'ai eu du mal à te dire « mademoiselle » et à te vouvoyer, répliqua la fillette en s'appliquant pour prononcer correctement ce dernier mot.

— Je te remercie pour ces efforts, Félicia. Ah voilà ton chevalier servant !

— C'est quoi, un chevalier servant, Lidy ?

— Au Moyen Âge, on nommait ainsi un homme plein de qualités qui se dévouait à une noble dame.

Félicia pouffa en remontant son écharpe sur son nez. Elle observa Célestin d'un regard brillant d'intérêt.

— Excuse-moi, Lidy, je suis en retard parce que M. Favre nous a retenus après la cloche.

— Je comprends, partez vite, je suis pressée.

— Attends ! Le maître nous a parlé de la résistance et des combattants de l'ombre. Il avait l'air triste à cause de son plus jeune fils qui va peut-être partir dans les camps, en Allemagne.

Intriguée, Lidy fut tentée d'aller dans la classe des garçons pour discuter avec le collègue d'Albane.

— Figure-toi qu'il a été arrêté avant-hier, à Paris. Il paraît qu'il a bousculé un lieutenant de la Wehrmacht. Si j'étais plus grand, moi aussi je serais résistant et j'irais délivrer le fils de M. Favre.

La coïncidence frappa la jeune fille. Elle songea à Raphaël et à l'homme qui se trouvait avec lui.

— Nous en discuterons plus tard. Ne traînez pas en chemin et ne dites rien à personne au château.

— Mais pourquoi ? protesta Célestin.

— Ce sont des histoires d'adultes, et il faut éviter de les ébruiter, d'accord ?

— Pourtant David Cohen, il m'a juré qu'une fois guéri, il deviendrait maquisard.

Exaspérée, elle conduisit les deux enfants jusqu'à la cour en les tenant par l'épaule.

— À propos de David, n'oubliez pas la consigne, il n'est pas ici, en Dordogne, on ne l'a jamais revu, murmura-t-elle.

— Oui, on s'en souvient, affirma Félicia.

Lidy les regarda franchir le portail de l'école. Sans plus réfléchir, elle courut jusqu'à la classe des garçons. La porte était entrebâillée et elle vit Jacques Favre assis à son bureau, le visage enfoui au creux de ses mains.

Un discret bruit de pleurs la renseigna.

— Monsieur ? appela-t-elle.

— Ah c'est vous, mademoiselle Wendling, marmonna-t-il en lui faisant face. Excusez-moi, j'en ai gros sur le cœur ce matin. Un homme n'est pas censé verser des larmes, mais il y a des circonstances où un père se l'autorise.

— Je suis désolée de vous déranger dans ce genre de moment, monsieur, mais Célestin m'a relaté ce que vous aviez dit à tous vos élèves. Je comprends votre détresse, cependant avec tout mon respect, je me permets de vous inciter à la prudence. Les garçons ont été sûrement très impressionnés par vos paroles concernant la résistance. Ils vont en parler à leurs parents, et bientôt une partie de la ville connaîtra les activités de votre fils à Paris.

— Et alors ? C'est un enfant du pays, ils seront fiers de lui !

— Certains, oui, d'autres peuvent en juger autrement. Je vous précise que le brigadier Chabot, un ambitieux, a été nommé à Brantôme pour traquer d'éventuels terroristes. Les Allemands considèrent ainsi les résistants et ceux qui les aident.

Stupéfait par le discours de Lidy, Jacques Favre se leva et marcha vers elle.

— Chabot est un gendarme français, un honnête citoyen de surcroît ! Qu'insinuez-vous, jeune fille ? Et de quoi vous mêlez-vous, à votre âge ? L'an dernier, vous étiez encore dans la classe de Mme Molinier.

— Je tenais à vous mettre en garde, monsieur, malgré mes seize ans, je suis très bien informée. Que savez-vous au sujet de l'arrestation de votre fils et qui vous l'a annoncée ?

— Un de ses camarades. Il m'a contacté ici, à l'école, quand je suis arrivé à 7 heures ce matin. Mon fils lui avait indiqué mes habitudes. Je ne bougerai pas de la journée ni de la soirée car j'attends des nouvelles.

Lidy décida de ne pas évoquer l'arrestation de son frère, les deux affaires n'étant peut-être pas liées, bien qu'étrangement similaires. Elle préférait suivre les ordres du docteur Géraud, qui lui avait conseillé de rester évasive à propos de Raphaël. Le médecin s'était évertué à faire courir une rumeur selon laquelle le jeune homme résidait désormais à Londres.

— Vous faites bien, monsieur, au revoir ! J'espère que votre fils reviendra vite, s'il est libéré, dit-elle gentiment.

— Guillaume sera interné, si on ne le fusille pas sans aucune forme de procès, mademoiselle. Je n'ai plus que lui, alors le cas échéant, je ne ferai pas de vieux os…

Le tragique commentaire de Jacques Favre obsédait encore Lidy lorsqu'elle descendit de vélo devant le domicile d'Odette Ribes, qui habitait une très ancienne maison sur le quai Bertin, au bord de la Dronne. Cette fois, la sage-femme lui ouvrit aussitôt.

— Bonjour madame, je suis passée très tôt ce matin, mais vous n'étiez pas là.

— Eh oui ! J'ai mis au monde un beau poupon de quatre kilos et cent grammes, mademoiselle. On se connaît, je crois ?

— Sans doute, je fais partie des réfugiés du Bas-Rhin qui habitent au château de Séguilières. J'étais présente à l'école l'année dernière, le jour où vous êtes venue pour Mlle de Séguilières, l'institutrice, enfin Mme Molinier.

Odette Ribes fronça les sourcils en étudiant la ravissante jeune fille qui paraissait très gênée.

— Entrez cinq minutes, mais je vous préviens, je ne fais pas ce que vous venez peut-être me demander.

— Pardon ?

Lidy la suivit sans comprendre. La sage-femme la guida vers une petite cuisine qui donnait sur un jardinet.

— Je me méfie, ma voisine est une méchante commère, lui dit tout bas Odette Ribes. Maintenant, ma jolie demoiselle, écoutez-moi bien ! Si on vous a donné mon adresse pour ce à quoi je pense, je vous le répète, jamais je n'ai accepté de faire ce genre de choses.

— Mais de quoi parlez-vous ? s'étonna Lidy. Je suis là pour Mme Molinier.

— Ah, excusez-moi ! Qu'est-ce qui lui est arrivé ?

— Des douleurs au ventre très fortes. J'aurais voulu savoir si elle pouvait venir vous consulter demain.

— Le dimanche en principe, je me repose, car c'est le jour du Seigneur. Mais je ferai une exception car cela pourrait être lié à la terrible fausse couche qu'elle a vécue. Je me souviens de l'état où était cette pauvre jeune femme quand je suis allée à l'école pour la soigner. Hélas, il avait fallu l'hospitaliser. Alors mieux vaut se montrer prudent.

Odette Ribes devait être en train de cuisiner. Une bonne odeur d'oignons rissolés et de viande braisée donna faim à Lidy qui aperçut une marmite sur un réchaud. Elle recula vers le corridor avec un sourire.

— Je suis désolée, il est midi, je m'en vais vite.

— Bah, je vous raccompagne à la porte, ma tambouille n'est pas prête, plaisanta la sage-femme.

— Ne prenez pas cette peine…

En dépit de cette protestation, la curiosité de Lidy la fit s'arrêter brusquement.

— Je m'interroge, madame, et si je n'ai pas de réponse, je ne serai pas tranquille. Vous pensiez que je venais ici pour quelle raison ?

— Certaines filles de votre âge se retrouvent dans des situations embarrassantes. Si le responsable refuse de les épouser, elles veulent mettre un terme à leur état pour éviter le déshonneur. La loi interdit d'interrompre une grossesse, ça peut être puni sévèrement. Quant à moi, étant très pieuse, j'ai toujours refusé cette odieuse pratique. Ce n'est pas le cas d'une mauvaise personne de la ville que je surnomme la faiseuse d'anges.

— Cette fois, j'ai compris, au revoir, madame Ribes.

Sur le chemin du retour, Lidy roula à vive allure. Elle songeait à Albane, en se demandant si l'emmener chez la sage-femme était vraiment une bonne idée, cette dernière étant apparemment éprise de moralité. Mais son principal souci demeurait le sort de son frère. La perspective de le perdre lui poignait le cœur.

— Pourvu que le docteur ait appelé au château, pourvu que Raphaël soit sain et sauf… Mon Dieu, protégez-le.

Albane s'était allongée sur la méridienne du salon, dont le chintz fleuri luisait d'usure à certains endroits. Un coussin sous la tête, elle fixait le combiné téléphonique en priant pour l'entendre sonner, même si le timbre métallique lui semblait un bruit désagréable.

— Eh bien, ma précieuse enfant, te sens-tu un peu mieux ?

Son père s'était approché et il venait d'effleurer ses cheveux.

— Vous m'avez fait peur, papa, se plaignit-elle. Je m'inquiète, Lidy a du retard. Il faudrait l'attendre pour déjeuner, vous devriez le dire à Maria.

— Les enfants sont à table, ils étaient affamés. Albane, j'ai l'impression que tu espères recevoir un coup de fil, comme dit ce cher docteur Géraud. Avoue que le terme est comique.

— Papa, si vous pouviez me laisser seule, j'ai la migraine et je suis encore fiévreuse.

Elle mentait, ayant surtout mal au ventre, mais la présence de son père l'irritait.

— Je m'intéressais à la santé de ma fille ! protesta Amédée. Si tu es souffrante à ce point, retourne te coucher. Tu es d'une humeur exécrable et c'est pénible pour ceux qui t'entourent.

— Pardonnez-moi, papa. Mais Raphaël a eu notre indicatif et je voudrais qu'il me téléphone.

— J'en étais sûr, marmonna le châtelain en quittant la pièce.

Soulagée, Albane respira profondément afin d'apaiser son anxiété. Durant les heures qu'elle avait passées enfermée dans le boudoir, sa déception s'était estompée. Dotée d'une volonté farouche, la jeune femme s'était persuadée qu'elle aurait un enfant de Raphaël un jour, et que le moment n'était pas idéal.

« Lidy a raison, le destin a tranché, s'était-elle dit, tout en sanglotant. J'aurais pu perdre mon poste d'institutrice et cela m'épargne de vivre une scène pénible, car papa aurait joué les indignés. L'essentiel c'est de revoir mon amour, de pouvoir le toucher, l'embrasser. Qu'il existe sur cette terre, même s'il repart à Londres ou au bout du monde. »

Grâce à la tisane que Maria lui avait préparée, deux autres flux de sang s'étaient produits, et selon la domestique, elle ne risquait plus rien.

— Seigneur, si je pouvais m'envoler pour Paris, savoir ce qui se passe là-bas, soupira-t-elle à mi-voix.

Célestin apparut peu après, un plateau rond entre les mains. Très fier de la servir, il annonça le menu.

— Aujourd'hui, purée de chou-rave et un œuf dur avec deux tranches de pain. En dessert, un verre de lait.

— Tu es gentil, mais je n'ai aucun appétit. En plus, j'en ai assez du chou-rave. Tu n'as qu'à tout manger, je boirai le lait.

— Ah ça non, si Maria s'en aperçoit, elle sera furieuse.

Le retour de Lidy mit fin au débat. La jeune fille interrogea Albane d'un air insistant, celle-ci lui répondit « non » du bout des lèvres. Elles échangèrent un regard navré, tandis que Célestin demeurait immobile, sans avoir posé le plateau.

— C'est pour David ? s'écria Lidy. Donne, je m'en charge. Je reviens dans un quart d'heure.

— Le problème est résolu, mon garçon, déclara Albane. Tu peux retourner aux cuisines si tu n'as pas eu de dessert.

— Monsieur Amédée nous a cassé des noix, mais j'ai déjà eu ma part. J'ai promis d'aider pour la vaisselle, alors je vous laisse, mademoiselle.

Le silence revint dans le grand salon. Il y faisait froid, car le mot d'ordre était d'économiser le bois de chauffage.

— Joseph, ayez pitié de moi, téléphonez, je vous en prie.

La supplique d'Albane, qu'elle avait chuchotée, n'eut aucun effet. Un interminable après-midi d'angoisse commençait.

Fontenay-sous-Bois, même jour, cinq heures plus tard

Camille venait de couper le moteur, infiniment soulagée d'être parvenue sans encombre dans ce garage à l'écart de Paris. Un membre du réseau de résistance auquel appartenait Raphaël leur avait confié les clefs de la maison de ses parents, réfugiés dans le sud de la France. Situé à l'est de la capitale, Fontenay-sous-Bois avait l'aspect rassurant d'un paisible village. pourtant une *Feldgendarmerie* était établie dans le fort de Nogent[1].

— Je vais vite verrouiller la porte, Joseph, dit-elle en sortant de la voiture. De là, on peut entrer à l'intérieur du logement, Lionel m'a tout expliqué. Mais il faudra respecter le couvre-feu. Si on allume des lampes, je tendrai des tissus aux fenêtres.

Le médecin répondit d'un marmonnement. Assis sur la banquette arrière, il reprenait le pouls de Raphaël, dont la tête reposait sur ses genoux.

— Il tient le coup, indiqua-t-il. J'aurai besoin de toi pour le transporter, Camille.

— Je fais au plus vite.

Joseph Géraud ferma les yeux quelques instants pour fuir la vision du visage tuméfié du jeune homme, mais une autre image s'imposa à son esprit, celle du moment où ceux de la Gestapo

1. Fait véridique.

française avaient jeté sur les pavés un corps inerte, aux vêtements maculés de sang.

— Tenez, on vous le rend, faites-en ce que vous voulez, avait dit le chef de l'officine de la rue de Lauriston.

L'homme, un ancien truand, avait assorti ces mots d'un ultime coup de pied dans le dos de Raphaël.

— Des ordures, de sales ordures, murmura le docteur alors que Camille ouvrait la portière.

— Je suis prête, Joseph. Vous le prenez sous les aisselles et moi par les chevilles. On devra faire attention, l'escalier qui communique avec la cuisine est très raide.

— Allons-y ! J'ai hâte de soigner notre pauvre ami. Ces types n'avaient aucune raison de le frapper autant, ils ont fait ça par plaisir sadique.

— Je suis d'accord avec vous. S'ils l'avaient vraiment suspecté de faire partie d'un mouvement de résistance, on n'aurait pas pu le récupérer. Ils l'auraient torturé jusqu'à l'obliger à dénoncer des gens de son réseau.

Le médecin approuva avec un rictus amer.

— Si son état n'est pas trop grave, je pourrai me réjouir de l'avoir sauvé.

Pendant qu'ils déplaçaient Raphaël, Joseph Géraud revit les drapeaux nazis flottant sur certains édifices parisiens, ainsi que les nombreux soldats allemands dans les rues, sur les avenues et les boulevards. Il avait visité la capitale lors de son voyage de noces, aux bras de sa femme, et il en avait gardé un excellent souvenir.

— Fichus occupants ! maugréa-t-il. Ils sont partout, les vainqueurs de la guerre éclair, et la canaille s'empresse de collaborer.

Camille acquiesça tout bas, perdue dans ses pensées. Elle éprouvait une envie grisante de lutter contre l'ennemi de n'importe quelle manière. Distribuer des tracts ou aider des Juifs à franchir la ligne de démarcation ne lui suffisait plus. Elle rêvait en silence de bombes à poser, d'armes à se procurer.

— Pourquoi trembles-tu ainsi ? s'inquiéta Géraud. Aurais-tu peur ?

— Non, je suis malade de rage. Je ferai en sorte d'assouvir la haine que je ressens pour ceux qui vénèrent la croix gammée chère à Hitler.

— Quitte à te retrouver à la Gestapo, Camille ?

— C'est le risque à courir.

Ils purent enfin allonger Raphaël sur le lit d'une des chambres, la plus proche de la salle de bains, ce qui avait justifié leur choix. Il reprit connaissance lorsque le médecin le déshabillait.

— Où je suis ? balbutia-t-il d'une voix à peine audible.

— En sécurité pour l'instant, répliqua Géraud.

— Docteur ?

— Ne parle pas, je dois t'ausculter des pieds à la tête afin de constater les dégâts. Camille, va chercher de l'eau, je te prie, il doit avoir soif. Regarde aussi si la maison est équipée du téléphone, Albane et Lidy doivent attendre notre appel.

— Vous m'avez tiré vivant de la Carlingue, docteur, murmura Raphaël.

— La Carlingue ?

— Le surnom de la Gestapo française de la rue Lauriston. Ils sont nombreux et teigneux.

— Lionel nous a renseignés sur cette officine composée en majeure partie de mafieux, indiqua Camille qui revenait avec un verre d'eau. On t'a amené chez ses parents, ils ont décampé d'ici pendant l'exode. Par chance, la maison n'a pas été visitée ni pillée. Je vais inspecter les placards de la cuisine. Si je trouve des conserves, je préparerai un repas. Et je téléphone au château, il y a un poste sur le palier, la ligne fonctionne.

— Albane est au courant ? s'alarma Raphaël.

— Je n'ai pas eu le choix, trancha le médecin. Comment lui cacher ton arrestation ? Elle espérait chaque jour avoir de tes nouvelles.

Camille s'aperçut que la familiarité était soudain de mise, du moins de la part de Joseph Géraud qui tutoyait le jeune homme, sûrement sous l'effet de l'émotion. De même, pendant leur voyage jusqu'à Paris, le docteur était passé au tutoiement aussi à son égard.

— C'est mieux ainsi, se dit-elle en posant la main sur le combiné téléphonique.

— Non, attends, Camille !

Raphaël avait vu son geste depuis le lit. Il avait bu avidement et sa voix était moins pâteuse.

— Pourquoi ? demanda-t-elle.

— Surtout ne dis pas à Albane dans quel état je suis, sinon elle se rendra malade. On s'en tient à ma version, j'ai été libéré parce que je n'avais rien fait de grave. Le docteur a versé une caution, c'est plausible.

— Mais tu n'auras toujours pas figure humaine quand on te conduira au château, protesta Géraud. A priori, tu n'as rien de cassé, à part deux dents. Les plaies sur tes arcades sourcilières et au nez se verront encore trois bonnes semaines.

— Même si j'avais l'intention de revenir à Brantôme, ce qui n'est pas le cas, docteur, comment passer en zone libre sans *Ausweis* ? J'aurais l'air de ce que je suis, un type suspect, peut-être en cavale, après m'être enfui d'une prison.

— Raphaël, nous trouverons un moyen. On connaît le tracé de la ligne, je te déposerai à un endroit où tu la franchiras de nuit et on se retrouvera ensuite. Albane a besoin de toi…

— J'ai compris, je dirai le minimum, l'interrompit Camille. Le plus important, c'est de la rassurer.

Elle fixa avec insistance le médecin. Il se souvint alors des recommandations d'Albane au sujet de sa grossesse. Il ne fallait pas l'apprendre à Raphaël dans l'immédiat.

— D'accord, il n'y a qu'à user d'un pieux mensonge, bougonna-t-il.

À la grande surprise de Camille et du docteur, Raphaël se leva. En gilet de corps et en pantalon, la face grimaçante de douleur, il décrocha l'appareil.

— Ce sera plus convaincant si c'est moi qui lui parle, leur dit-il.

Château de Séguilières, même jour, même heure

Enveloppée dans une couverture que lui avait apportée Lidy, Albane n'avait presque pas bougé du salon. Le temps était gris et il faisait déjà sombre dans la grande pièce. Hormis Lidy et Maria, tous ignoraient de quoi souffrait précisément la jeune femme, mais chacun s'était évertué à lui rendre service.

— Je vous ai fait du thé, même si c'est bientôt l'heure du dîner, annonça Maria. Je pose le plateau sur le guéridon. Est-ce que ça va, mademoiselle ?

La domestique avait apposé ses mains à deux reprises sur le ventre d'Albane, pour affirmer ensuite que tout se passait bien de ce côté-là.

— Si j'avais des nouvelles, j'aurais un peu d'appétit ce soir, Maria. Mais ce maudit appareil reste silencieux.

— Venez donc au chaud dans les cuisines, on entendra la sonnerie de là-bas.

— Je n'en peux plus d'attendre, Maria.

À cet instant précis, un tintement métallique résonna, les faisant sursauter toutes les deux. Albane se leva d'un bond de la méridienne, en rejetant la couverture. Toute tremblante, elle décrocha le combiné. Après quelques grésillements, un homme prononça son prénom d'un ton chaleureux.

— Raphaël, c'est toi ? Merci, mon Dieu ! Je devenais folle d'angoisse.

— Je t'appelle de chez un ami, je ne pourrai pas parler très longtemps, mon ange !

— Tu as été libéré ? Est-ce que tu as vu le docteur Géraud ? Camille et lui sont partis hier soir pour Paris.

— Je suis avec eux, Albane. On s'est retrouvés sur la Butte Montmartre, à mon adresse. La police française a convenu que je n'avais rien fait de grave. Les soldats allemands étaient un peu éméchés, tout s'est arrangé.

— Vraiment ? Pourtant tu étais dans un local de la Gestapo, Joseph me l'a dit. Raphaël, je suis tellement heureuse. Jure-moi que tu vas bien, ta voix n'est pas comme d'habitude.

— Réfléchis, c'est la première fois que tu m'entends au téléphone, toi aussi on dirait que tu respires mal.

— Peut-être, oui. Ah, tu rassureras Joseph, j'avais mal au ventre hier, c'est terminé, je n'ai plus rien. Tout est rentré dans l'ordre.

Maria s'esquiva discrètement, rassurée sur le sort de Raphaël. Elle décida de préparer un bon dîner en puisant dans ses provisions secrètes.

— Mademoiselle doit reprendre des forces, pardi, se disait-elle en se glissant dans le cellier.

Albane n'avait même pas vu la domestique quitter le salon. Ivre de joie, elle écoutait les mensonges du jeune homme.

— Ma chérie, ne te fais aucun souci. Je vais me tenir tranquille un mois ou deux afin de me faire oublier car j'ai sûrement été fiché. Camille et le docteur vont bientôt rentrer à Brantôme.

— Raphaël, je me doute que c'est difficile pour toi de venir en zone libre, mais papa épouse Mireille le 12 avril. Si seulement tu pouvais être là, à mes côtés.

— Peut-être, mon ange, j'aviserai en temps voulu. Je connais une filière par la Vienne. Albane, je te rappellerai vite, je dois raccrocher. Je t'aime.

— Une minute encore, supplia-t-elle. Lidy n'est pas près de moi, sinon elle te poserait la question. Ce matin, M. Favre se désespérait à cause de son fils qui aurait été arrêté le même jour que toi et dans les mêmes circonstances. Guillaume Favre…

— Tout à fait. Mais j'ignore ce qui va lui arriver, Albane. Nous avons été séparés. Je compte me renseigner et je te donnerai de ses nouvelles si j'en obtiens.

— Oui, téléphone quand tu peux. Je t'aime moi aussi, Raphaël.

La communication coupa brusquement, ce qui n'empêcha pas Albane de tressaillir de bonheur. L'étau qui enserrait sa poitrine depuis la veille se relâcha enfin.

— Ce serait merveilleux s'il rentrait quelques jours au mois d'avril, murmura-t-elle. Seigneur, je vous rends grâce, j'ai tant prié aujourd'hui et vous m'avez exaucée.

Elle ne saurait jamais qu'à plus de cinq cents kilomètres du château, Raphaël Wendling, ayant abusé de ses forces, s'était effondré inanimé sur le lino du palier. C'était Camille qui avait raccroché, en marmonnant : « Quel idiot ! »

Lorsque Lidy rentra de sa balade à travers champs, elle monta embrasser David sur le front, car il disputait une énième partie d'échecs avec Célestin. Elle enferma ensuite le chien-loup dans son box avant de courir au château.

En voyant la méridienne vide, elle se précipita dans les cuisines où régnait une délicieuse chaleur, assortie d'un fumet de lard grillé.

— Ah tu es là, dit-elle à Albane, assise au coin du feu, avec sur son beau visage une expression sereine qui en disait long.

Comme il n'y avait que Maria et la jeune femme, Lidy parla sans contrainte.

— À ta mine radieuse, je devine que le docteur a téléphoné ! Mon frère est libéré, c'est ça ?

— Raphaël m'a appelée et nous avons pu discuter. Si tu savais combien j'ai été soulagée en l'entendant.

— C'est merveilleux ! s'enthousiasma Lidy. En plus, ça sent bon, Maria. Qu'est-ce que tu nous prépares ?

— Hé, j'ai pioché dans la réserve de pommes de terre, je les fais cuire à la marmite, j'ajouterai le lard en dernier.

— Nous aurons aussi droit aussi à des flans, les poules se sont remises à pondre, expliqua Albane.

— Pardi, à présent mademoiselle est affamée. Quand le moral est bon, le reste suit.

— Donc tu n'as pas besoin de consulter Mme Ribes demain ? hasarda Lidy. Je ferais mieux de retourner chez elle pour lui dire que tu ne viendras pas. Elle respecte le jour du Seigneur, sauf s'il y a une urgence, je pense…

— Non, ça m'ennuie que tu repartes à vélo, ma petite chérie. Même s'il ne fait pas nuit, je crois qu'il va pleuvoir. Au fait, Raphaël a confirmé tes doutes. Il était bien avec le fils de M. Favre.

— J'en étais certaine. Est-ce qu'ils l'ont libéré lui aussi ?

— Ton frère compte se renseigner. S'il a une bonne nouvelle, il rappellera. Mais Guillaume Favre pourrait être envoyé dans un camp d'internement. Espérons que cela n'arrivera pas. Mon Dieu, je ne remercierai jamais assez Joseph de nous avoir fait installer une ligne de téléphone.

— On peut dire que c'est bien pratique, cet appareil, concéda Maria. Si le docteur nous faisait mettre l'électricité, on serait plus à l'aise. Le pétrole devient rare et il coûte cher, quant aux bougies, la provision s'épuise.

— J'irai en acheter demain matin à la quincaillerie, proposa Lidy. Enfin, s'il y en a encore. J'en profiterai pour repasser chez la sage-femme.

Toutes trois demeurèrent un long moment silencieuses, chacune livrée à ses pensées intimes.

« Raphaël n'a pas été maltraité ni torturé, songeait Albane. Je guetterai son retour en avril, ce sera un beau printemps si je me retrouve dans ses bras la nuit. Voir Mireille et mon père se marier lui donnera peut-être envie de les imiter… »

Maria se demandait comment se procurer une deuxième chèvre, ce qui garantirait à tous du fromage et un surplus de lait. Elle se promit de rendre visite à son cousin dès le lendemain.

« Je voudrais faire l'amour avec David, se disait Lidy. Mais il refuse… Soit il se prétend trop faible, soit il a peur que je tombe enceinte. Au moins lui, il me respecte. Alors je serai patiente… »

Leurs méditations respectives furent interrompues par l'entrée de Mireille et d'Amédée, qui tenait Pierre à son cou, selon son habitude. Odile et Étienne Goetz les suivaient de près, précédant Félicia et Lucas.

Il manquait encore Célestin, mais il déboula en riant.

— J'ai gagné la dernière partie d'échecs ! s'exclama-t-il. C'est grâce à vous, monsieur Amédée. Vous m'avez donné de bons conseils.

— Je suis fier de toi, mon garçon, déclara le châtelain. Tu iras récupérer l'échiquier après le repas et nous nous affronterons ce soir. Seigneur, quelle bonne odeur, Maria !

— Pardi, j'ai mis les petits plats dans les grands, monsieur, pour requinquer mademoiselle, qui ne mange pas assez.

— Vous avez fait des pommes de terre en sauce, avec du lard, s'extasia Odile. Les enfants vont se régaler.

Une douce soirée sous la voûte des cuisines s'annonçait. Un léger sourire aux lèvres, Albane savourait sa joie secrète, née d'un pieux mensonge.

Fontenay-sous-Bois, même soir

Le docteur Géraud était calé dans un fauteuil, au chevet de Raphaël, dont le malaise, trois heures auparavant, lui avait fait craindre une lésion aux poumons ou un traumatisme crânien. Après l'avoir ranimé, il l'avait laissé dormir. Le jeune homme venait juste de se réveiller.

— Comment te sens-tu ? s'enquit le médecin.

— Vaseux. Les hématomes sur mon visage me font mal, mais c'est supportable.

— On dirait un boxeur qui sort du ring, se moqua Camille du seuil de la chambre. Bon, messieurs, j'ai fouillé la cuisine et j'ai déniché deux bocaux de bœuf miroton. C'est en train de chauffer. Raphaël, il y a du bon vin aussi, tu m'autorises à en déboucher une bouteille ?

— Fais à ton idée, Camille. Lionel ne nous en voudra pas ni ses parents. Ce sont des gens aisés, son père était propriétaire d'une épicerie fine sur le boulevard Saint-Germain… Et un peu de vin me fera oublier le baquet d'eau où ces salauds m'ont plongé la tête je ne sais plus combien de fois. J'ai tenu bon, mais quand on ne peut plus du tout respirer, la sensation est affreuse.

— Quelles ordures ! s'indigna le médecin. Ils t'ont roué de coups, n'est-ce pas ?

— Oui, ils se sont mis à quatre, chacun son tour, avoua Raphaël. Sincèrement, si vous n'étiez pas intervenu, docteur, j'aurais fini mort ou infirme à vie. J'ignorais que vous aviez des relations aussi haut placées à Paris.

— Je ne m'en suis jamais vanté.

— Dites-nous, Joseph, demanda Camille.

— À cause de ma myopie, je n'ai pas été mobilisé en 1914, cependant je me suis engagé dans la Croix-Rouge. Un jour, j'ai sauvé la vie d'un officier encore jeune, dont je tairai l'identité. Il occupe un poste important et il a lui aussi beaucoup de relations et d'influence dans le milieu de la Justice. Il ne pouvait pas me refuser le service que je lui ai demandé avant même de quitter Brantôme.

— Sans son intervention, je n'aurais pas été libéré, hasarda Raphaël.

— J'en doute, même si ces bandits ont empoché avec plaisir l'argent que je leur ai offert. Ils viennent de la pègre parisienne et font de fervents alliés pour les nazis.

— Je vous remercie, docteur, mais je vous rembourserai ce qu'on peut considérer comme une rançon. Dites, croyez-vous qu'Albane a compris ?

— Compris quoi ?

— Que j'avais perdu connaissance.

— Nous rappellerons au château demain matin. Tu as tort de t'inquiéter, ta voix était ferme, avec des intonations presque joyeuses. Mais c'était trop d'efforts, Raphaël.

— Je voulais la rassurer, lui prouver que j'allais bien, même si c'était faux. Au sujet d'Albane, je devais vous dire que ses maux de ventre étaient terminés, que tout était rentré dans l'ordre. De quoi s'agissait-il ?

Joseph Géraud baissa la tête, accablé par ce que signifiait le message de la jeune femme. Elle avait dû faire une fausse couche et cela le désolait.

— Oh, elle s'alimente peu et malgré la dévotion de Maria, la nourriture au château n'est plus comme avant la guerre. J'en saurai davantage après lui avoir téléphoné.

Camille réapparut, une bouteille à la main, un tire-bouchon dans l'autre. Elle avait mis un tablier et attaché ses cheveux blonds sur la nuque.

— J'ai choisi du médoc, une cuvée du Sud-Ouest, dit-elle en souriant. Autant fêter la libération de notre ami et autre chose aussi. J'ai pris ma décision : je vais rester à Paris et intégrer le réseau auquel appartient Raphaël. Je remplacerai Guillaume Favre, Lionel est d'accord, je lui en ai parlé quand il m'a donné les clefs de la maison.

— Mais tu m'étais indispensable ! protesta Géraud, affolé à la perspective de ne plus jouir de sa présence quotidienne.

— Reprenez Lidy, docteur. Elle sera contente de travailler avec vous. En zone libre, on ne sert presque à rien, la véritable résistance s'organise au sein de la capitale. À Brantôme, je ne me rendais pas vraiment compte que nous étions sous le joug de Hitler. Je ferai brûler leurs drapeaux rouges à croix gammées un par un…

Raphaël lui lança un regard consterné. Camille s'en agaça.

— Tu ne veux pas de moi, sois franc, dis-le, lui assena-t-elle. De toute façon, si Lionel accepte de m'intégrer, tu ne peux pas t'y opposer.

— C'est pour toi que j'ai peur, rétorqua-t-il. Tiens ce genre de propos outranciers devant le groupe et tu perdras toutes tes chances. L'ennemi que nous combattons est plus puissant que tu l'imagines. À la moindre erreur, tu mourras, tuée par les SS ou par Lionel…

Ces paroles énoncées d'un ton sérieux tempérèrent l'ardeur vengeresse de Camille. Vexée, elle se détourna pour déboucher le vin. Cette nuit-là, un peu ivre, elle se glissa dans le lit de Joseph Géraud. Lorsqu'il s'en étonna, elle le fit taire d'un baiser.

— Si je dois finir une balle dans le corps, j'ai envie vous offrir mon corps de femme, tant qu'il est chaud et plein de désirs refoulés.

Le médecin répondit d'un autre baiser, comblé par ce cadeau inespéré.

17

À chacun ses secrets

Brantôme, mardi 11 mars 1941

Penchée sur des feuillets posés sur son bureau, Albane révisait son code de la route. Le docteur Géraud avait recommencé à lui donner des leçons de conduite et elle voulait absolument obtenir son permis. Dotée d'une excellente mémoire, elle se montrait également une bonne conductrice.

— Si je réussis, Joseph me prêtera la voiture qu'utilisait Camille, se dit-elle.

Le médecin devait venir la chercher dans une demi-heure. Ses élèves étaient déjà parties, comme les écoliers de M. Favre.

— Si j'appelais Coralie ? J'ai le temps. Elle ne m'a pas téléphoné au château ni répondu à ma dernière lettre.

Après avoir ôté sa blouse grise, Albane mit une veste cintrée en feutrine bleu clair. Elle ajusta son béret, de la même couleur, sur la masse soyeuse de ses cheveux bruns.

— Je lui parlerai quelques minutes seulement, afin d'avoir des nouvelles. Sa maman devait être réopérée il y a un mois.

Debout dans le couloir, près de la petite table où était posé le combiné téléphonique, Albane crut entendre des bruits en provenance du logement désormais occupé par Dorian Chassaing.

— Il a dû rentrer plus tôt que d'habitude.

Le jeune secrétaire de mairie s'était répandu en excuses lorsqu'il l'avait revue après l'agression dont il s'était rendu coupable. Mais elle l'évitait soigneusement, en lui témoignant un mépris évident si elle le croisait.

— Allô, allô ?

Coralie venait de prendre la communication, de sa voix nette au timbre un peu grave.

— Oui, c'est Albane, je suis désolée, je rêvais. Comment va ta maman ? Ton silence m'inquiétait un peu.

— Il ne fallait pas ! J'avais prévu de te téléphoner jeudi. Maman est retournée en centre de convalescence. De ce côté-là, il n'y a plus de gros soucis. Et toi ? As-tu revu ton amoureux, le séduisant Raphaël ?

— Ne te moque pas, Coralie. Il me manque tellement. Pour l'instant il est toujours à Paris, en compagnie de Camille Audebert, dont je t'ai parlé dans une lettre. Disons qu'ils travaillent au même endroit, tu me comprends…

— Oui, bien sûr. Tu dois être jalouse ?

— Pas vraiment. Si j'en crois le docteur Géraud, elle ne s'intéresse pas à Raphaël mais entretient une liaison avec un certain Lionel…

— Et ton chien-loup, les enfants, Maria ? Je voudrais tant débouler au château par surprise afin de voir tout ce petit monde en vrai.

— Notre quotidien est bien réglé ! Lidy promène Orage dans le parc quand je suis à l'école. Maria fait des prouesses en cuisine malgré le rationnement. Mais j'y pense, si tu pouvais venir au mariage de Mireille et de mon père, ce serait formidable, Coralie. La cérémonie aura lieu le matin du samedi 12 avril, et nous tenons à donner un joli banquet de noce.

— Une cérémonie ? Pas à l'église, puisque cette dame est juive, nota son amie.

— Excuse-moi, je faisais allusion à la cérémonie civile au cours de laquelle papa adoptera le petit Pierre.

Il y eut un étrange silence à l'autre bout du fil. Coralie semblait réfléchir ou bien hésiter à donner son avis.

— Si je trouve une solution, pourquoi pas, dit-elle enfin. Mais ne compte pas trop sur ma présence, Albane.

— Je serais si heureuse de te revoir. Je dois raccrocher, Coralie. Il y a des bruits bizarres à l'étage. Et le docteur Géraud ne va pas tarder. Au revoir, je t'embrasse.

Intriguée, Albane décida de monter jusqu'à l'appartement où elle avait vécu quelques jours avec Louis, son premier mari. Elle pensait de moins en moins à lui, mais parfois son souvenir la terrassait.

« Nous nous aimions si peu, au fond, songeait-elle dans l'escalier. Que devient sa fille, Louisette… ? Pauvre enfant, orpheline de père et de mère à cause de cette maudite guerre qui enflamme toute l'Europe et d'autres pays. »

À peine arrivée sur le palier, Albane découvrit un sinistre tableau. La porte d'une petite pièce était grande ouverte sur Jacques Favre, qui gisait parmi un fouillis de cartons. Les enseignants remisaient là du matériel ancien et des dossiers. Son collègue n'était pas seul, car Dorian Chassaing était en train de couper à l'aide de son canif la cordelette qui enserrait le cou de l'instituteur.

— J'étais chez moi, par chance, débita le secrétaire de mairie. Quand j'ai entendu du bruit là-dedans, je suis venu vérifier ce qui se passait.

— Le docteur Géraud est en route, il venait me chercher. Allez à sa rencontre au cas où il resterait garé devant le portail. Je m'occupe de M. Favre. Dieu merci, vous étiez là.

— J'ai agi d'instinct mais peut-être qu'il me le reprochera. Il avait sûrement de bonnes raisons pour vouloir en finir, marmonna Dorian avant de dévaler les marches.

Albane s'agenouilla près du malheureux. Il respirait par saccades, le regard voilé.

— Monsieur Favre, tenez bon, le docteur va vous aider, dit-elle doucement.

— Fichez-moi la paix, articula-t-il péniblement d'une voix éraillée. Mon gamin est mort, je n'ai plus besoin de vivre.

— Qui vous l'a dit, monsieur ? Vous n'avez pas quitté l'école depuis ce matin !

— J'ai reçu une lettre ce matin… Je n'osais pas l'ouvrir, j'ai attendu toute la journée pour la lire. Ils ont fusillé Guillaume, mon fils, dans le bois de Vincennes.

La nouvelle accabla Albane. Elle comprit immédiatement le geste désespéré de son collègue. Raphaël lui avait téléphoné deux fois au château depuis le samedi où il avait prétendu être indemne, après son séjour à la Gestapo française. Mais il n'avait rien pu lui apprendre sur le sort de Guillaume Favre.

— Je suis vraiment désolée, souffla-t-elle. Il ne fallait pas souffrir seul ! Pourquoi n'êtes-vous pas venu m'en parler ?

— Cela n'aurait servi à rien… Vous n'alliez pas me redonner mon gamin. Je n'avais plus que lui. Ma femme et mon fils aîné sont au cimetière. Mais Guillaume, je ne pourrai même pas pleurer sur sa tombe. Ils l'ont jeté dans une fosse commune.

Des pas rapides résonnaient dans le couloir du rez-de-chaussée. Albane aperçut alors une enveloppe sur le sol. Elle la ramassa et la tendit à Jacques Favre. Il fit non d'un signe de la main.

— Gardez-la, et lisez-la, marmonna-t-il.

— Mais non, c'est votre lettre.

— Je vous en prie, mademoiselle. Je ne peux pas garder cette maudite lettre qui a mis fin à mes derniers espoirs.

Le docteur Géraud et Dorian Chassaing apparurent sur le palier. La jeune femme se releva et recula pour laisser de la place au médecin. Elle glissa l'enveloppe dans la poche de sa veste, en se promettant de la remettre ensuite dans le bureau de son collègue.

— Monsieur Favre, vous avez bien failli mourir, se désolait Géraud. Qu'est-ce qui vous a pris, enfin ?

— Je n'en peux plus, docteur, laissez-moi tranquille.

Dorian inspectait la remise. Il remarqua une épaisse tringle en bois équipée d'un rideau en tissu rouge, dont une des extrémités était sortie du piton en fer censé la maintenir. La cordelette y était attachée.

— Je sais ce qui s'est produit, déclara-t-il. Sous le poids de M. Favre, la tringle est à moitié tombée. D'où le bruit qui m'a surpris.

Albane fit le même constat. Elle se reprocha de ne pas être montée un peu plus tôt.

— J'étais au téléphone, cependant j'ai entendu moi aussi, dit-elle tout bas. Joseph, en quoi puis-je vous aider ?

— Eh bien, j'aimerais être seul pour ausculter mon patient, Albane. Si vous pouviez descendre, et vous aussi Chassaing.

— D'accord, docteur, répliqua celui-ci. Je m'apprêtais à sortir, de toute façon.

Les deux jeunes gens se retrouvèrent dans le couloir, où ils échangèrent un regard dénué de cordialité.

— Comme si notre retraité ne pouvait pas faire ça chez lui, marmonna enfin Dorian Chassaing. A-t-on idée de se pendre dans une sorte de grand placard encombré de vieilleries ? De surcroît à une tringle qui tenait à peine.

— Sans doute qu'il n'avait même pas le courage de rentrer à son domicile, où l'attendaient tous ses souvenirs, ceux du temps où il avait une épouse et des fils pour l'accueillir, avança Albane d'un ton dur.

— Ou alors cet étage est voué à attirer les candidats au suicide, ironisa-t-il. Je crois que je vais déménager mes affaires et louer un garni.

Ainsi je ne dormirai plus sur le lit où cette fille s'est tuée d'une balle dans le cœur.

— Régina n'avait plus envie de vivre, comme M. Favre. Je le plains, il était si content de reprendre l'enseignement.

— À mon avis, il n'aurait pas fallu donner le poste à un retraité dont le fils avait envie de jouer au héros.

— Comment pouvez-vous dire une chose pareille ? s'écria-t-elle. À ma connaissance, vous êtes un résistant également.

— Pas pour longtemps, je compte abandonner un combat que je pressens inutile. Au moins, j'ai pu vous sauver la mise et…

— Me sauver lorsque je jouais moi aussi les héroïnes, dites-le donc ! s'enflamma Albane. L'existence n'est ni une comédie ni une tragédie où chacun aurait un rôle. Et à ce sujet, vous aviez celui d'un goujat, le soir où vous vouliez m'embrasser contre mon gré ! Sans mon chien qui m'a défendue, jusqu'où seriez-vous allé, Dorian ?

— Quelle histoire pour un simple baiser ! Je pensais vraiment que vous en aviez besoin, pour vous détendre un peu et vous sentir désirée. Je n'aurais pas insisté. Oublions ça, vous m'avez giflé et votre sale bête m'a mordu. Sur ces mots que je vous conseille de méditer, je vous dis au revoir.

Le médecin avait entendu l'essentiel, depuis le palier où il soutenait Jacques Favre afin de l'aider à descendre l'escalier. Une colère rétrospective l'avait envahi et il regrettait de ne pas pouvoir courir derrière Dorian Chassaing.

— Venez m'aider, Albane, appela-t-il. J'emmène mon patient au cabinet et je le garderai cette nuit.

Elle s'empressa de remonter, sans plus penser à la lettre enfouie dans la poche de sa veste.

Une heure plus tard, Jacques Favre somnolait sur le sofa du salon de Joseph Géraud. Les doubles-rideaux étaient tirés, les contrevents coffrés.

— Je lui ai fait prendre un calmant. Tant qu'il dort, il ne souffre pas, confia le médecin à Albane. Je vais vous ramener au château, il n'y a aucun risque qu'il se réveille.

— Je peux rentrer à pied, il fait doux ce soir.

Elle l'avait accompagné jusqu'au cabinet médical, soucieuse de l'assister, Camille étant à Paris et Lidy venant seulement le matin.

— Non, j'insiste, Albane, je préfère vous reconduire. J'en ai pour un petit quart d'heure en voiture. Venez… Je dois vous protéger, en l'absence de Raphaël. Déjà je m'en veux assez de ne pas avoir été là quand vous avez fait cette fausse couche.

Il la précéda dans le vestibule, mais elle s'arrêta en le fixant d'un air grave.

— Est-ce que M. Favre vous a dit pourquoi il avait voulu mourir ? demanda-t-elle.

— Hélas, je suis au courant et j'avais prévu de vous en parler ce soir. Raphaël m'a téléphoné en milieu d'après-midi et il m'a annoncé le décès de Guillaume Favre.

— Vous auriez dû m'avertir. Lidy avait trouvé mon collègue en larmes en février, quand elle m'a remplacée. Il assurait que si son fils mourait, il ne lui survivrait pas. Joseph, je ne vous reproche rien, mais si j'avais été prévenue, j'aurais surveillé Jacques Favre. La lettre qu'il a reçue ce matin pour lui annoncer la tragique nouvelle aurait pu sceller son destin.

— Une lettre ? Sûrement postée par Lionel, le chef du réseau de Raphaël.

En d'autres circonstances, Albane aurait remarqué le ton amer du médecin. Après la nuit passionnée qu'il avait passée avec Camille, où il avait cru toucher à son rêve d'amour, Joseph Géraud était retombé brutalement dans la dure réalité. Dès le lendemain matin, la jeune femme lui avait signifié qu'il n'y aurait plus jamais rien entre eux, en ajoutant qu'elle comptait conquérir le dénommé Lionel.

— Si vous permettez, Joseph, je vais lire cette lettre afin de mieux comprendre le geste de M. Favre, proposa Albane en sortant l'enveloppe de sa poche.

— Peu importe, le mal est fait, s'impatienta Géraud. Et vous, Albane, pourquoi m'avez-vous caché le comportement odieux de Chassaing ?

— Vous étiez à Paris, Joseph, murmura-t-elle en continuant à lire.

— Alors ? s'enquit celui-ci.

— Mon Dieu, je ne peux pas le croire, vous m'avez tous menti ! Raphaël le premier, en me racontant qu'il n'avait pas été torturé. Je vous lis ce qui est écrit, à haute voix, pour que vous compreniez à quel point je me sens trahie, par Raphaël et vous, qui êtes mon ami.

Pour monsieur Favre,

Monsieur,

j'ai le regret de vous apprendre la mort de votre fils Guillaume. À la suite de son arrestation jeudi 20 février, il a été interrogé et torturé par la Gestapo allemande. Ayant refusé d'avouer son appartenance à un mouvement de résistance, il a été fusillé dimanche, aux abords du bois de Vincennes. Son corps doit être dans la fosse commune d'un des cimetières parisiens. Guillaume est mort en héros, nous ne l'oublierons jamais. Quant au camarade avec qui il a été arrêté, il a eu plus de chance. Bien que torturé lui aussi par la Gestapo française, il a pu être sauvé à temps grâce à l'intervention d'amis haut placés.

Toutes mes condoléances,

Un camarade de votre fils

Le souffle coupé par l'indignation, Albane jeta la lettre sur le carrelage et se précipita vers la porte principale. Mais le médecin la rattrapa, en la saisissant par un bras. Elle n'osa pas se débattre, cependant elle lui lança un regard assombri par la colère.

— Albane, écoutez-moi ! En effet Raphaël a enduré des sévices, oui, il a été torturé. Mettez-vous à sa place, il ne voulait pas que vous le sachiez, tout comme vous qui m'aviez demandé de ne pas lui parler de votre grossesse !

— C'était différent, Joseph, je ne voulais pas le perturber en révélant mon état. Il m'avait promis, si j'étais enceinte, de revenir pour m'épouser. Au fond, j'avais peur de sa réaction, oui, peur de le contrarier.

— Raphaël, quant à lui, souhaitait vous préserver. Il était tiré d'affaire, il estimait donc inutile de vous inquiéter davantage, car vous vivez déjà dans l'angoisse de le perdre.

Elle approuva d'un signe de tête, en s'appuyant contre le mur le plus proche. Ses jambes tremblaient sous elle tant l'émotion la dévastait.

— Joseph, je vous en prie, soyez honnête, dans quel état avez-vous trouvé Raphaël ?

— Je ne vous dirai rien, ce serait le trahir et il m'en voudrait.

— Quelle importance ? Vous ne retournerez pas à Paris de sitôt et lui, il n'a aucune raison de faire le voyage.

Albane tendait vers lui son beau visage de madone, qu'une expression pathétique sublimait. Attendri, le médecin capitula.

— Eh bien, ils lui ont infligé le supplice de l'eau, qui fait l'effet d'une noyade, selon son récit. Il a été roué de coups, cependant je n'ai pas détecté de fractures. Le premier soir, il était quasiment méconnaissable. Quant aux dents cassées, c'est à la mâchoire inférieure, ça ne se voit guère. J'ai su par Camille qu'il laisse pousser sa barbe et sa moustache.

Le souffle court, Albane ferma les yeux. Géraud vit des larmes sourdre entre ses longs cils bruns.

— Ne pleurez pas, c'était un acte d'amour de sa part. Il a réussi à se lever pour vous appeler et vous parler, en faisant l'effort de paraître en bonne santé.

— Peut-être, mais vous auriez dû me dire la vérité à votre retour, Joseph. Je vous en prie, ne me cachez plus rien.

— Vous non plus, dans ce cas ! J'étais en droit de savoir pour Dorian. Quand vous a-t-il agressée ?

— Ce vendredi soir où Camille et vous partiez pour Paris. Par chance, Orage m'a protégée. Mon chien a tout d'un ange gardien.

— Les bergers allemands sont réputés être d'excellents gardiens, à défaut d'être des anges. Je suis désolé, Albane, et il a fallu que le lendemain, vous fassiez une fausse couche.

— Croyez-vous, Joseph, et là je m'adresse au docteur, que j'ai perdu mon bébé à cause de l'arrestation de Raphaël ? J'étais tellement affolée et même désespérée.

— On pourrait l'envisager, cependant beaucoup de femmes mènent à terme une grossesse, même en prison, même en vivant dans la plus terrible misère. Hélas, je crains que vous ayez des difficultés à devenir mère.

— Je m'en doutais. Au revoir, Joseph, je préfère être un peu seule, aussi je rentre à pied. Vous avez un patient à surveiller. Surtout rangez cette lettre ou jetez-la !

— Une minute, nous avons un autre problème, Albane ! Qui fera la classe aux garçons demain ? M. Favre n'en sera pas capable. Il lui faudra au moins une semaine de repos.

— Lidy prendra mes élèves et je m'occuperai des garçons, ils ne sont que dix-neuf…

Albane fut soulagée de se retrouver dehors. Elle était enfin libre d'ordonner les idées qui menaient une vraie sarabande dans son esprit, des idées noires émaillées d'images ensanglantées. Elle se représentait Raphaël le visage tuméfié, tout son grand corps douloureux. Sa rancune envers lui s'estompa au rythme de ses pas le long de la route. Pour elle, il avait eu le courage de dissimuler ses souffrances.

— Mon amour, je t'attendrai toujours, murmura-t-elle.

Le vent frais du crépuscule emporta ce cri du cœur, à l'instant précis où une nuée de corbeaux s'envola de la cime d'un grand frêne. Albane observa les oiseaux avec un léger sourire teinté de mélancolie. Il lui restait une centaine de mètres à parcourir avant d'atteindre le porche du château. Déjà elle avait hâte de s'asseoir au coin de la cheminée des cuisines, en compagnie de Maria, d'Odile et de Mireille, dans la douce atmosphère qui précédait le plus souvent l'heure du dîner.

— Quelqu'un me suit, chuchota-t-elle soudain.

Sur le qui-vive, elle s'arrêta et se retourna, mais il n'y avait personne aux alentours. Pourtant la sensation d'un regard qui l'épiait persista encore dans l'allée, au point de l'oppresser.

— Qui est là ? cria-t-elle à hauteur du pavillon de chasse.

Albane songeait bien sûr à Maubert Guérin. Elle l'imagina en train d'errer dans le pays, avide de vengeance. Elle courut presque jusqu'au perron, réconfortée d'apercevoir son père sur la terrasse. Mais un détail d'importance l'alarma. Les traits durcis, le châtelain avait son fusil à l'épaule.

— Papa, qu'est-ce que tu fais ?

— Je monte le guet, ma fille ! Le brigadier Chabot est passé ici en milieu d'après-midi pour nous signaler des rôdeurs. Des moutons ont disparu chez un fermier de Bourdeilles, un veau a été tué et découpé dans son pré, au petit matin, au sud de la ville. Ce sont les meuglements de la vache qui ont alerté le fermier.

— Il faut enfermer nos bêtes, papa, même Ulysse.

— C'est fait, Albane. Désormais les écuries seront fermées à clef nuit et jour. Heureusement, il y a ton chien. Si des intrus approchaient, Orage aboierait.

La jeune femme se domina, ses nerfs et son moral soumis à rude épreuve.

— Papa, je suis rentrée à pied et j'avais l'impression qu'on me suivait, précisa-t-elle. Si c'était Maubert Guérin avec un acolyte de son genre ?

— On doit se préparer au pire, mon enfant. Maintenant que tu es là, nous allons nous barricader dans le château.

— N'exagérons pas, protesta Albane. Il faudra porter son repas à David, traire la vache et la chèvre. Il suffira de sortir en groupe et d'être vigilants.

— Tout à fait, mais je serai là, et armé.

Amédée de Séguilières fit la moue, une lueur de défi dans son regard couleur de châtaigne mûre. Il avait toujours fière allure et la jeune femme eut envie de se blottir contre lui.

— Papa, demain Lidy devra venir avec moi à l'école. Je vais t'expliquer pourquoi. De plus, j'ai un aveu à te faire.

Ils demeurèrent sur la terrasse, face au soleil couchant. Albane raconta la tentative de suicide de Jacques Favre, puis elle confia à son père comment Raphaël avait été arrêté le 20 février dernier.

— Nous avons donc bien peu d'idées de ce qui se trame en zone occupée, déclara ensuite le châtelain. Je suis navré pour le fils de ton collègue, car les Favre sont une famille du pays, des gens de valeur. Quant à l'homme que tu aimes, ma précieuse enfant, c'est un digne combattant de l'ombre. Je vous donne ma bénédiction, si vous décidez de vous marier. Qui refuserait un gendre comme Raphaël Wendling ?

Cette fois, Albane se jeta au cou de son père qui la serra avec passion dans ses bras après avoir posé son fusil.

— Courage, ma fille, nous serons les plus forts, souffla-t-il à son oreille.

Château de Séguilières, samedi 15 mars 1941

Il était midi. Lidy et Albane rentraient de l'école, leur cartable à bout de bras. Le printemps s'annonçait, les prés s'ornaient des corolles jaune vif des pissenlits, et sous les arbres du parc, des fleurettes blanches s'épanouissaient.

En traversant le hall, elles entendirent le téléphone sonner. Comme Félicia et Célestin étaient revenus avec elles, Lidy leur défendit de courir pour répondre, à leur grand regret.

— Déjà que personne n'appelle au château ou presque pas, et quand ça arrive, on n'a pas le droit de décrocher, se plaignit le garçon.

— Toi tu l'as fait une fois, moi jamais, se rebiffa Félicia.

— Et si c'étaient mes parents ? Le docteur Géraud a donné le numéro d'ici à mon cousin de Verteillac au cas où il aurait un courrier d'eux, alors ma mère ou mon père vont peut-être me téléphoner, hasarda Célestin.

— Quand même, c'est à mon tour de répondre, protesta la fillette.

— Ne vous chamaillez pas sans arrêt, soupira Lidy. Tu as du courage, Albane, je te remplace dans la classe des filles depuis mercredi, et je n'en peux plus. Je ne suis pas faite pour ce métier. Le pire, ce sont les disputes pendant la récréation. Je n'ai pas ton autorité, aussi personne ne m'obéit. J'espère que ton idée donnera un bon résultat…

— Nous le saurons cet après-midi, ma petite chérie !

— Croisons les doigts, Albane.

Si elle manquait de fermeté avec les écolières, Lidy était très rapide. Elle fut la première à décrocher le combiné.

— Raphaël ! Oui, c'est bien moi, ta sœur, plaisanta-t-elle. Je suis heureuse d'entendre ta voix.

Albane se glissa près d'elle pour prendre le petit écouteur. Lidy rayonnait de joie et, certaine de pouvoir discuter ensuite avec Raphaël, la jeune femme patienta en souriant.

— Je n'ai pas beaucoup de temps, je tenais à vous signaler un fait inquiétant, déclara Raphaël. Nous avons appris que Maubert Guérin est devenu membre de la Gestapo française. Je l'ai vu de mes yeux, sur le trottoir de la rue Lauriston. Ce type a dû trouver un moyen de rejoindre la capitale après son évasion et de se faire engager grâce à ses convictions proches de celles des nazis.

Lidy devint toute pâle. D'un geste tremblant, elle tendit le combiné à Albane avant de quitter le salon.

— Raphaël, ta sœur m'a laissé l'appareil. Tu en es sûr, c'est bien Maubert Guérin ? Depuis trois jours, je croyais qu'il était de retour ici.

Quand je partais à l'école ou au retour, je sentais comme un regard sur moi, je dois être trop nerveuse.

— En tous les cas, sois tranquille, ce n'est pas Guérin !

— C'est déjà rassurant, mais si tu es confronté à lui, tu seras en danger. Il y a autre chose qui me préoccupe : le brigadier Chabot nous a mis en garde contre des rôdeurs, ce sont peut-être eux qui me suivaient.

— Alors sois très prudente quand tu es seule. Tu devrais emmener ton chien à l'école. Albane, mon ange, je ne peux pas te parler plus longtemps, mais je rappellerai bientôt. N'oublie jamais que tu es mon étoile, celle qui me guide dans les ténèbres actuelles. Si je me bats, c'est dans l'espoir de vivre en paix avec toi un jour, jusqu'à mon dernier souffle.

— Merci pour ces mots, je t'aime, chuchota-t-elle.

Raphaël avait raccroché, cependant sa voix grave, aux accents fervents, résonnait encore dans le cœur d'Albane lorsqu'elle entra dans les cuisines.

— Ah vous voilà, mademoiselle ! s'écria Maria. Le déjeuner est prêt. J'ai envoyé les enfants à l'étage rameuter tout notre petit monde. Il faut ajouter un couvert, le docteur Géraud mange avec nous aujourd'hui. Monsieur l'a invité hier soir, en se servant de ce fameux téléphone qu'il prenait pour un objet du diable !

— Très bien, c'est un progrès, admit Albane. Tu n'as pas vu Lidy ?

— Si, mademoiselle, elle est passée en coup de vent, pour sortir par la porte de l'arrière-cour. Soi-disant qu'elle devait parler à David. Bah, ce pauvre garçon commence à nous rendre des services, même s'il n'est guère vaillant. Savez-vous que ce bon docteur nous achète de la viande deux fois par semaine pour le requinquer ?

— Je l'ai constaté, Maria. C'est un peu gênant, néanmoins les enfants en profitent eux aussi.

— Dites, dans la journée de demain, vous pourriez venir avec moi dans les caves ? On fera le point sur nos provisions, et puis on choisira le menu pour les noces de votre père. Tant que j'ai du lait, des œufs et de la farine, je pourrai faire un beau gâteau, mais je me demande quoi servir au banquet.

Conciliante, Albane commença à mettre le couvert, ayant deviné que la domestique avait besoin d'une oreille attentive.

— Un banquet, Maria, c'est un bien grand mot ! Combien serons-nous ? Treize convives, dont tu seras cette fois ! Et j'ai compté le docteur et notre petit Pierre.

— Vous n'êtes pas au courant ? Monsieur a invité le maire et son épouse.

— Vraiment ? Papa aurait pu me le dire. Si encore nous étions en été, mais là nous devrons allumer du feu dans la cheminée de la salle à manger, et il faut prévoir plus de plats. De mon côté, j'ai proposé à mon amie Coralie de venir, seulement je suis persuadée qu'elle ne pourra pas faire le voyage. Quant à Raphaël, ce serait sûrement trop compliqué pour lui de franchir la ligne de démarcation. Déjà, à son retour de Paris, Joseph a eu des ennuis. Un peu plus, il se retrouvait en prison à Poitiers malgré son *Ausweis*.

— Pardi, si je me souviens bien, même le docteur ne peut pas s'éloigner de plus de dix kilomètres, répondit Maria.

— Il a dit revenir de Dignac, un village de Charente, entre Angoulême et la Rochebeaucourt, où il a prétendu avoir de la famille. Enfin, il a eu beaucoup de chance.

— Et ce pauvre M. Favre, savez-vous s'il va mieux ? Maintenant qu'il est rentré chez lui, il peut se supprimer n'importe quand.

— Le docteur lui a prescrit des calmants en essayant de le raisonner. Après avoir longuement discuté, M. Favre lui a promis de surmonter son deuil. Cet après-midi, j'ai prévu de lui rendre visite avec six de ses élèves. Il y aura Célestin, bien sûr. Ce sont les meilleurs de sa classe et ils lui ont tous écrit une lettre, décorée d'un dessin, pour lui demander de revenir à l'école. J'en avais les larmes aux yeux, Maria.

— Alors ces gamins ont eu vent de sa tentative de suicide ?

— Non, cependant je leur ai expliqué comment son fils avait été exécuté sommairement parce qu'il défendait sa patrie. Ils ont été très impressionnés.

— Rien que de vous écouter, mademoiselle, j'en ai mal au cœur. Ah, voilà toute la compagnie.

Mireille apparut la première, ses boucles noires retenues par des peignes, en gilet beige et jupe droite. Elle tenait la main du petit Pierre. Amédée de Séguilières les suivait tête haute, sanglé dans sa redingote en cuir brun, la moustache arrogante et le regard brillant de fierté.

— Passons à table, mes amis, dit-il en se tournant vers Odile et Étienne Goetz, entourés par Félicia et Lucas.

— Où est ce galopin de Célestin ? s'étonna Maria.

Le garçon fit irruption, un peu essoufflé. Derrière lui venaient Lidy, le docteur Géraud et David Cohen, qui depuis deux jours, prenait ses repas aux cuisines.

Devant tous ces visages familiers, Albane éprouva un doux sentiment de sécurité. Son vieux château lui semblait renaître peu à peu, grâce à ces enfants échoués là par les hasards de la guerre, grâce aussi aux rires et aux querelles qui éclataient entre ses murs centenaires. Elle eut alors un beau sourire de gratitude, que chacun reçut comme un cadeau.

Brantôme, même jour, 16 heures

Jacques Favre habitait une maison d'un étage, à une trentaine de mètres du pont coudé qui enjambait la Dronne et menait aux abords de la majestueuse abbaye.

Escortée par Joseph Géraud et six garçons de neuf à treize ans, Albane considérait d'un air inquiet la porte à laquelle Célestin venait de frapper deux coups sonores.

— Pourvu que le maître soit là, marmonna Denis, le fils du bourrelier de la ville.

— Mais oui, j'entends marcher, le rassura le médecin. Allons, mettez-vous en ligne et dès que M. Favre ouvre, vous le saluez.

— Célestin, tu tiens toujours à parler seul avant la remise des lettres ? s'enquit Albane.

— Oui, j'y tiens, mademoiselle, affirma-t-il.

Le battant en bois peint d'un vert foncé s'entrebâilla sur la figure émaciée de l'instituteur. Il eut une expression d'intense surprise en voyant six de ses élèves, ainsi que sa jeune collègue et le docteur Géraud.

— Bonjour, vous êtes en balade ? demanda-t-il. Il ne fallait pas prendre la peine de passer chez moi.

— Nous souhaitions prendre de vos nouvelles, monsieur Favre, répondit Albane.

— Oh, ça va, ça va, bougonna-t-il.

Ses traits affaissés, ses yeux cernés et son regard fixe attestaient du contraire. Célestin s'avança, encouragé par ses camarades qui soufflaient des : « Vas-y. » Il parla haut et avec conviction.

— Cher monsieur Favre, nous sommes venus surtout pour vous prier de continuer à nous enseigner tout ce que nous aurons besoin de savoir quand nous serons grands. Vous avez un immense chagrin car vous avez perdu votre fils, mais si vous voulez bien, vous le retrouverez un peu dans chacun de nous. Souvent, vous nous appelez « mes enfants », alors c'est comme si nous l'étions un peu. Vous serez quand même très triste, bien sûr, mais toute la classe essaiera de vous consoler.

— Eh bien, si je m'attendais, balbutia Jacques Favre, ému aux larmes.

Albane lui remit alors plusieurs enveloppes nouées par un ruban vert. Son collègue prit le paquet d'un air hébété.

— Qu'est-ce que c'est ? murmura-t-il.

— Tous vos élèves, même le plus jeune, Georges, vous ont écrit un message de réconfort et d'affection. Vous les lirez au calme, ce soir ou demain.

— M. de Séguilières vous envoie ce panier de légumes, ajouta le médecin. Denis, ici présent, dont les parents sont vos voisins, a confié à mademoiselle Albane que vous ne faisiez plus votre potager.

— Oui, m'sieur ! s'écria le petit Denis. Même que mon papa, il veut vous aider à le bêcher. Il vous donnera des plants et des graines.

Tout tremblant, Jacques Favre s'appuya au chambranle de la porte. Il serrait le paquet de lettres contre lui en respirant bruyamment.

— Vous êtes bien gentils, et je vous remercie tous. Je vais réfléchir à votre demande d'ici à lundi. Au revoir, les enfants. Mademoiselle, ont-ils été sages avec vous ?

— Je n'ai pas eu de problèmes, loin de là, monsieur Favre. À ce propos, je vous félicite pour la qualité de leur travail et leur application. À bientôt peut-être ?

— Peut-être, oui…

Une heure plus tard, Albane marchait aux côtés du médecin dont la voiture était garée dans la cour de l'école. Ils avaient eu soin de raccompagner chaque enfant jusqu'à leur maison. Comme Célestin gambadait devant eux, le docteur se décida à avouer ses préoccupations du moment.

— Vous êtes mon amie, ma seule depuis le départ de Raphaël, commença-t-il. J'ai un secret qui me pèse sur le cœur, Albane. Si je ne vous ai rien dit auparavant, c'est par crainte de vous choquer.

— Joseph, je vous en prie, vous pouvez tout me dire. Je ne suis plus une fillette.

— Il s'agit de Camille, marmonna-t-il. J'ai eu le tort, moi un vieux célibataire, veuf de surcroît, de tomber amoureux de cette femme-là. J'ai tenté de lutter contre mes sentiments, mais je pense à elle sans cesse.

— Déjà, les sentiments ne se commandent pas, Joseph, ensuite vous n'êtes pas vieux.

— Tout est relatif, Albane, j'ai vingt-deux ans de plus qu'elle. Ce séjour à Paris m'a été fatal. En fait, nous avons passé une nuit ensemble. Si encore j'avais eu le courage de la repousser, ce soir-là, mais nous étions heureux et soulagés d'avoir pu sauver Raphaël… Dans cette maison de Fontenay-sous-Bois, il y avait de très bons vins. Camille en a abusé et moi aussi. Il s'est produit ce que j'espérais depuis des mois. Hélas le réveil a été brutal. Selon elle, c'était uniquement un moyen de se détendre.

— Je ne suis pas vraiment surprise, Joseph.

— La nuit suivante, j'ai voulu l'attirer dans une des chambres mais elle a refusé. Son but, c'était Lionel, celui qui nous prêtait ce logement, appartenant à ses parents. Raphaël, quand il m'a téléphoné la semaine dernière, m'a précisé que Camille et cet homme avaient une liaison. La jalousie me ronge, Albane, je me sens ridicule, voire humilié. Quand je pense à votre père qui est plus âgé que moi et qui se remarie, l'amertume me submerge. J'avoue que Mireille Dresner est une charmante personne. Pendant le déjeuner, je les ai observés tous les deux. Ils sont amoureux, cela saute aux yeux.

— Mon cher Joseph, ne vous découragez pas. Vous pouvez rencontrer une femme qui vous conviendra mieux que Camille. Vous devez vous souvenir combien j'étais jalouse d'elle, les premiers temps… Je le serais encore si j'ignorais son attrait pour ce Lionel. Pardonnez-moi de me réjouir de leur relation.

— Je m'en doutais, Albane, c'est pour cette raison que je vous ai vite appris qu'elle ne s'intéressait pas à Raphaël. Seigneur, de quoi avons-nous l'air à ressasser nos amours en dents de scie ?

Célestin revenait vers eux, la mine affolée. Il se jeta contre le médecin qui vacilla quelques secondes.

— Docteur, je suis allé jusqu'à votre auto, expliqua le garçon. J'voulais m'asseoir sur la banquette arrière pour vous attendre, mais il y avait une femme couchée dessus ! Je ne sais pas qui c'est, elle se cache sous votre plaid.

— Mon Dieu, le cabinet médical est fermé. Une patiente a pu reconnaître ma voiture et s'y réfugier, si elle est malade.

Le docteur s'élança au pas de course, talonné par Albane et Célestin. Ils arrivèrent dans la cour de l'école, sous une pluie fine, le ciel s'étant couvert.

— Recule, mon garçon ! exigea le médecin. J'ignore de quoi souffre cette femme, je préfère que tu te tiennes à l'écart.

Albane prit l'enfant par l'épaule afin de l'éloigner un peu. Ils entendirent bientôt l'exclamation effarée de Géraud qui s'était penché sur la forme en apparence inerte et avait soulevé un coin de la couverture écossaise.

— Je l'emmène chez moi ! leur cria-t-il. C'est Camille, mais elle a perdu connaissance.

— Camille Audebert ? s'étonna Célestin. Elle était à Paris.

— Il a dû arriver quelque chose de grave, murmura Albane. Est-ce que tu peux rentrer au château sans moi ? Tu as le droit d'aller promener Orage sur le chemin qui longe le bois, et si je ne suis pas de retour, donne-lui sa gamelle qui est dans le cellier.

— D'accord, je pars tout de suite. Ne vous inquiétez pas, je ferai attention sur la route, mademoiselle.

— Je viens avec vous, Joseph, annonça Albane. Sortez la voiture, je dois fermer le portail à clef.

Toujours inconsciente, Camille était allongée sur le lit d'examen du médecin.

— On l'a frappée, elle est couverte de contusions, soupira le docteur après un rapide examen.

— Vous pensez qu'on l'a torturée ?

— Je n'en sais rien, mais on l'a rouée de coups. Cependant cela ne justifie pas son état léthargique. Ou bien elle aura avalé des barbituriques, si on ne l'a pas forcée à en ingérer.

— Mais pourquoi, docteur ? demanda Albane, bouleversée par l'aspect désolant de Camille.

Elle ne pouvait détacher ses yeux du visage meurtri, de la lèvre supérieure gonflée et striée d'une plaie au nez teinté de mauve. Ses pommettes bien marquées s'ornaient d'hématomes bleuâtres.

— Si je tenais la brute qui s'en est prise à elle, marmonna le médecin. Elle est glacée et son pouls est très faible.

— Je vous apporte une autre couverture, dit Albane, désireuse de se rendre utile. Je peux préparer une bouillotte aussi.

— Volontiers ! Oh merci d'être là, j'en perds le sens commun. S'il vous plaît, prenez la bouteille d'eau-de-vie, en haut du placard de la cuisine.

— Je me dépêche, Joseph.

Pendant l'absence d'Albane, le docteur Géraud ausculta de façon plus méticuleuse le corps de Camille. En soulevant son pull en laine, il découvrit d'autres ecchymoses sur les côtes et à la naissance de ses seins.

— Ma chérie, qui t'a fait ça ? chuchota-t-il, la gorge nouée par une révolte impuissante.

— Joseph ? appela une voix faible, comme assourdie.

Il sursauta en se redressant. Le regard gris-bleu de Camille s'attacha au sien.

— Tu es réveillée…

— Joseph, serre-moi fort, je t'en prie. Et ne me lâche plus, par pitié.

Fou de joie, le docteur ôta ses lunettes pour mieux l'enlacer et la tenir contre lui. Elle s'accrocha à son cou en claquant des dents.

— Là, là, tu es à l'abri, Camille, ma chérie, souffla-t-il à son oreille, en embrassant ses cheveux couleur de miel.

Quand Albane revint, une bouteille à la main, la bouillotte dans l'autre, elle les vit ainsi, étroitement unis. Sans bruit, elle recula dans le vestibule pour leur laisser encore quelques minutes de bonheur.

18

Un dimanche de pluie

Brantôme, chez le docteur Géraud,
samedi 15 mars 1941, même soir, une heure plus tard

Camille Audebert était confortablement installée dans le grand lit de sa chambre, de gros oreillers soutenant son dos. Elle avait disposé de cette pièce du premier étage durant des mois et s'y retrouver lui apportait un réel bien-être.

— Je me sens chez moi, ici, murmura-t-elle.

— Tant mieux, j'ignore encore ce qui s'est passé mais je préfère te savoir là, hors de danger, affirma Albane. Cela dit, tu n'es pas obligée de m'en parler.

— Quand tu es allée acheter à manger, j'ai raconté l'essentiel à Joseph. C'était tellement bon, ce pain et ce fromage, sans oublier les biscuits et le café au lait. J'ai fait un malaise à cause de la faim et de la fatigue. Je n'avais rien avalé depuis hier.

— Ce soir, tu auras droit à un repas consistant préparé en ce moment même par un homme fou amoureux de toi.

— De quoi tu te mêles ? se rebiffa aussitôt Camille. Tu n'as pas changé, il faut toujours que tu joues les bonnes âmes. Ce qu'il y a entre le docteur et moi ne te regarde pas.

— Toi non plus tu n'as pas changé, hormis tes cheveux plus courts et ces marques sur ton visage ! rétorqua Albane. Et tout ce qui concerne mes amis me touche, or Joseph est mon ami. J'espère que tu ne le feras plus souffrir.

— Comment oses-tu me dire ça, après ce que je viens de vivre ? Tu ne sais rien…

Sur ces mots, Camille se mit à pleurer convulsivement. Elle posa une main à hauteur de son cœur.

— C'est mon mec, Lionel, qui m'a frappée. J'ai eu le malheur de lui reprocher de ne pas avoir levé le petit doigt pour sauver Guillaume Favre, le fils de ton collègue, devant les autres membres du réseau. J'avais un plan solide qui aurait permis de le faire évader. Comme Lionel a refusé en clamant que c'était bien une idée de « nana », je l'ai traité de lâche, de résistant de pacotille. Il s'est mis dans une rage noire et m'a entraînée dans la cave du local où on s'était réunis. Je t'épargne le flot d'injures qu'il a proférées tout en me cognant.

Un sanglot fit taire Camille, dont les doigts trituraient le drap de dessus-de-lit.

— Il disait que je ne faisais plus partie de leur mouvement, que j'avais intérêt à disparaître. Je ne demandais que ça, terrifiée par sa violence. Il faut croire qu'il y a des brutes avides de pouvoir chez les Français, autant que chez les Allemands. Heureusement, Raphaël et un autre homme, Victor, sont intervenus. Ça s'est passé il y a deux jours.

— Pourtant Raphaël a téléphoné au château à midi et il ne m'a rien dit à ton sujet, s'étonna Albane.

— Je lui avais demandé d'être discret, car j'avais trop honte. Victor s'est occupé de moi, il m'a amenée en voiture à la gare d'Austerlitz et il m'a acheté un billet de train pour Angoulême. Je n'avais qu'une idée, fuir Paris, revenir ici et revoir Joseph.

— Tu as voyagé dans cet état ?

— Je dissimulais ma triste figure à l'aide d'un foulard que m'avait prêté Victor, un brave type, lui. Ensuite, j'ai pris un autocar qui allait à la Rochebeaucourt. Je n'arrêtais pas de trembler, les gens évitaient de me regarder. Ils devaient penser que j'avais été victime d'un mari violent ou maltraitée par la police.

— Comment as-tu passé la ligne de démarcation ? demanda Albane d'un ton radouci.

— Grâce à l'*Ausweis* que m'avait procuré le maire quand je travaillais avec le docteur. Un des soldats au poste de Verteillac m'a reconnue. Je pratique un peu l'allemand, je lui ai dit que mon amoureux avait eu une crise de jalousie et cela l'a fait bien rire. Après j'ai marché jusqu'à Brantôme, comme si j'étais une sorte d'automate. Je ne pensais plus qu'à parvenir à bon port, reprendre ma place au cabinet médical. Et surtout être avec Joseph. Ne crains rien, Albane, je n'ai pas l'intention de le blesser à nouveau. Je ne suis pas amoureuse de lui, mais il m'a toujours attirée, ça, je l'admets. De plus je le respecte beaucoup et je l'aime, car c'est un homme bien, admirable même.

— Dans ce cas, pourquoi t'es-tu comportée ainsi ? Je veux dire en devenant la maîtresse de Lionel ?

— Appelons ça un coup de folie. Il avait mon âge, il était très séduisant et dirigeait les autres avec une assurance formidable. Je voulais lui prouver la valeur de mon engagement mais la seule chose qui l'intéressait, c'était de coucher avec moi. Voilà, tu es au courant de mes dérives que j'ai payées assez cher.

Albane, assise au bord du lit, se leva avec un léger soupir.

— Camille, as-tu raconté tout ceci à Joseph ?

— Il lui manque quelques détails qu'il aura après ton départ.

— Tu as raison, je m'attarde sans raison précise alors que je dois rentrer au château. Rétablis-toi vite.

— Oh, je suis une dure à cuire. Dans une petite semaine, je serai présentable. J'ai hâte de me rendre utile. Albane, crois-tu que l'on deviendra des amies un jour ?

— L'avenir le dira, mais déjà je t'invite au mariage de Mireille Dresner et de mon père, le samedi 12 avril. Joseph a accepté d'être le témoin de papa. Nous donnons un modeste repas de noces après la cérémonie à la mairie.

— Il faudra me prêter une robe, ironisa Camille. Ma valise est restée à Paris, avec celle que tu m'avais offerte, la rouge à pois blancs.

La porte de la chambre s'ouvrit brusquement. Le docteur apparut, un plateau rond en équilibre sur sa main gauche. Une jolie tasse de porcelaine laissait échapper une vapeur odorante.

— Comment va notre malade ? dit-il en souriant.

— Je me sens mieux, Joseph, répondit Camille.

— Bien ! J'ai surpris la fin de votre conversation. Nous irons à Périgueux t'acheter des vêtements, déclara-t-il. D'ici là, il faut te reposer, tu as peut-être des côtes fêlées. Je t'ai monté une infusion de camomille.

Joseph Géraud n'en avait sans doute pas conscience, mais il était presque métamorphosé.

Derrière ses lunettes rondes, ses yeux bleu pâle exprimaient une joie immense, tandis que son sourire trahissait son exaltation. Il se tenait droit, les traits apaisés et jamais Albane ne l'avait trouvé aussi séduisant.

— Je m'en vais vite, dit-elle. Vous avez besoin de discuter, tous les deux.

— Il pleut, je vous raccompagne en voiture, protesta le médecin.

— Prêtez-moi un parapluie, ce sera suffisant, Joseph.

Géraud hésitait, partagé entre l'envie de rester près de Camille et son sens du devoir, qui le poussait à reconduire la jeune femme au château.

— Je vous assure que tout ira bien, insista Albane. Maubert Guérin étant à Paris, je ne risque aucune mauvaise rencontre.

— Il y a ces rôdeurs que les gendarmes traquent, s'inquiéta le docteur. J'insiste, Raphaël m'a chargé de veiller sur vous.

— Oui, vas-y, Joseph, je suis fatiguée, je dormirai un peu en t'attendant. Albane, tu as de la chance, Raphaël aussi est un homme admirable. S'il te téléphone, remercie-le encore de ma part. Je n'oublierai pas ces secondes où Lionel a posé le canon de son pistolet au milieu de mon front. J'étais certaine de mourir dans cette cave puante, mais Raphaël est arrivé, escorté par Victor. Ils l'ont désarmé et ils m'ont emmenée.

— Mais tu ne m'avais pas dit qu'il était allé jusqu'à te menacer d'une arme ! s'écria le médecin.

— À moi non plus, Camille ! Comment un individu pareil peut-il diriger un réseau de résistance ? s'indigna Albane.

— Il a l'étoffe d'un chef et l'orgueil qui en découle. Raphaël m'avait mise en garde contre lui, tu étais là, Joseph.

— Oui, je m'en souviens. Nous étions encore à Fontenay.

— Je suis désolée, pardonne-moi, j'ai été stupide, Joseph.

Camille s'allongea en tirant un pan du drap sur son visage. Elle pleurait à nouveau, avec des petits bruits enfantins.

— Consolez-la, chuchota Albane en tapotant l'épaule du docteur. Je ne vous dérange pas plus longtemps.

Une fois sur le seuil du cabinet médical, Albane fut confrontée à une pluie torrentielle, ponctuée de lointains coups de tonnerre. Elle avait emprunté un grand parapluie noir rangé dans le vestibule et se décida à l'ouvrir.

— On dirait un orage, ça ne va pas durer.

L'eau s'abattait avec violence en créant des éclaboussures sur les pavés, des centaines de minuscules gerbes argentées qui se répandaient ensuite en rigoles. Chaussée d'escarpins, la jeune femme considéra la voiture noire du médecin avec envie. Au même moment, celui-ci sortit et s'abrita sous le parapluie en la prenant par l'épaule.

— Ne discutez plus, vous pourriez tomber malade si vous marchez deux kilomètres sous ce déluge, déclara-t-il. Camille s'inquiétait et m'a supplié de vous ramener.

— C'est gentil, je ne peux pas refuser.

Malgré tout, Albane avait les pieds trempés en s'asseyant sur le siège du passager. C'était un moindre mal puisqu'elle pourrait bientôt se sécher devant la cheminée des cuisines.

— Quel sale temps, maugréa-t-il. Je profite du trajet pour vous parler, Albane.

— Je m'en doutais, je vois bien que vous êtes bouleversé.

— Le mot est faible ! Vous avez entendu Camille ! Je ne sais pas ce qui me retient de retourner à Paris et de demander des comptes à ce Lionel de malheur… Moi aussi j'ai une arme, je la lui planterais volontiers entre les deux yeux.

— Mais vous ne le ferez pas, Joseph, et cela ne servirait à rien. Pourquoi vous mettre en danger ?

— Dites plutôt que vous ne m'en croyez pas capable !

— Pas du tout, j'ai été témoin de votre courage. Cependant les gens de Brantôme ont besoin de vous, et puis la femme que vous aimez est revenue. Elle s'estimerait responsable si vous alliez au bout de votre colère.

— Vous avez raison, comme toujours. Soyez tranquille, j'ai l'intention de choyer Camille, de lui prouver à quel point je la chéris. Ne vous moquez pas, Albane, j'ai vraiment eu le coup de foudre lorsque je l'ai rencontrée en plein exode.

— Ce devait être une évidence, car elle m'a détrônée de votre cœur, plaisanta-t-elle.

— Vous y aurez toujours une place, répliqua-t-il d'un ton affectueux.

— Joseph, une chose m'inquiète à propos de Raphaël. Je préfère vous le dire. Pourquoi s'est-il engagé dans un réseau dirigé par une telle brute ? S'il commettait une erreur lui aussi, quelle serait la sanction ? Vous devriez le convaincre de quitter ce mouvement la prochaine fois qu'il vous appellera.

— C'était mon intention, Albane. J'ai des contacts sur Paris, je me renseignerai un peu plus sur Lionel et j'ai bon espoir de réussir à faire entrer Raphaël dans un autre réseau. Vous voici à destination, ma douce amie. Allez vite vous mettre au chaud. De mon côté je rentre chez moi, où pour une fois une femme guette mon retour.

— Je suis heureuse pour vous, Joseph.

— Ah, j'oubliais : dites à votre père que j'offre le champagne pour le repas de mariage. Et c'est sans discussion possible.

Le visage du médecin s'éclaira d'un grand sourire. Charmée, Albane déposa un baiser amical sur sa joue.

— Merci beaucoup, murmura-t-elle. Souhaitez-moi bonne chance, je dois préciser à Maria que nous aurons une invitée de plus le jour des noces.

Château de Séguilières, dimanche 16 mars 1941

La pluie persistait depuis la veille, plus fine, mais constante. En tenue d'équitation, Albane se préparait à quitter le boudoir quand on toqua à sa porte. Tout en attachant ses cheveux sur la nuque, elle cria d'entrer, certaine qu'il s'agissait de Lidy ou bien de Célestin. Elle fut surprise de voir Mireille, dont la mine inquiète ne présageait rien de bon.

— Je ne vous dérange pas, au moins, mon enfant ? murmura celle-ci. Je voulais vous parler en tête-à-tête.

— Entrez vite, Mireille, vous ne me dérangez jamais !

— Ce n'est pas l'impression que j'ai, Albane, répondit celle-ci en refermant derrière elle. Excusez-moi, je m'assieds, j'en ai les jambes qui tremblent.

— Je ne comprends pas, s'étonna la jeune femme en prenant place sur le divan.

— Cela date de Noël, du jour où votre père a évoqué nos fiançailles et notre mariage. Vous vous êtes montrée plus froide, un peu distante.

— Mais non, Mireille, Raphaël était là pour les fêtes et je me suis consacrée à lui. Peut-être aussi que j'ai eu moins l'occasion de bavarder avec vous comme vous étiez installée à l'étage et moi ici, dans le boudoir que vous appréciez tant.

D'une voix tendue, son regard noir embué de larmes, Mireille fit un signe de dénégation.

— J'ai bien réfléchi, ma chère enfant, et j'en ai déduit que vous aviez plusieurs raisons de m'en vouloir. D'abord votre chien ! Par ma faute, cet animal ne peut pas déambuler à sa guise ni venir dans le château. Ensuite, en épousant votre père, je fais peut-être offense à la mémoire de votre maman. Ces pensées me rongent bien souvent et ce matin, j'ai eu envie de renoncer à ce mariage.

— Ne faites surtout pas ça, Mireille, vous provoqueriez une catastrophe ! s'insurgea Albane. Je suis sincère, vous briseriez le cœur de papa qui est tellement heureux. Il pourrait sombrer à nouveau dans ses comportements extravagants, ou même céder à une grave mélancolie.

Mireille soupira en se tournant vers la fenêtre, aux vitres constellées de gouttes de pluie.

— Je regrette tant notre complicité, nos longues discussions ici, près du poêle, avoua-t-elle. J'ai essayé de vous apprendre à tricoter, et parfois vous me faisiez la lecture pendant que je berçais Pierre. Admettez, Albane, que je ne vous vois presque plus. Nous nous croisons lors des repas, où je suis mal à l'aise à cause des coups d'œil dédaigneux de Maria.

— Pourtant je l'ai sermonnée sur ce point ! Je croyais qu'elle avait compris. Mireille, j'ai toujours autant d'affection pour vous, seulement mes journées sont bien remplies entre l'école, mon chien et mon vieux cheval que je sors en licol, afin de lui dégourdir les jambes. Et si toutes vos idées noires venaient d'une légitime appréhension à la perspective du mariage, dont la date se rapproche ? Souvenez-vous dans quel état j'étais, avant d'épouser Louis…

— Les circonstances étaient différentes, Albane. Déjà vous étiez jeune fille, et la guerre couvait, avec la menace de la mobilisation générale. Moi, j'ai été mariée des années à un homme que j'adorais. Et si mon cher défunt, oui, si Aaron m'en voulait de le trahir ?

Après avoir prononcé à haute voix le prénom du disparu, Mireille se mit à sangloter.

— Vous êtes sur les nerfs, se désola Albane. Ne vous tourmentez pas l'esprit. Aaron, cet homme remarquable dont vous m'avez souvent parlé, doit se réjouir de vous savoir en sécurité et aimée comme vous le méritez, ainsi que votre petit-fils.

Cédant à un élan de pure tendresse qui la faisait vibrer de compassion, Albane alla s'agenouiller devant la douce femme en pleurs. Elle lui prit les mains en lui souriant.

— Une chose vous échappe, Mireille, et si vous n'étiez pas aussi triste, je vous taquinerais un peu.

— Dites toujours, ma chère petite !

— J'aurais pu me plaindre également, en prétendant que vous m'avez délaissée au profit de papa. Tous les deux, vous êtes devenus inséparables. Je ne compte plus les promenades que vous avez faites ensemble, avec le petit Pierre, les veillées sur la terrasse les soirs d'été, où je n'osais pas m'approcher, par respect pour votre intimité. Cet hiver, pendant les grands froids que nous avons endurés, mon père entretenait le feu dans votre chambre et vous pouviez jouer aux cartes, au coin de la cheminée.

— Seigneur, si c'est vrai, je vous demande pardon, Albane. Alors vous ne m'en voulez pas ? Je serai bientôt votre belle-mère et Pierre votre frère adoptif. Cela me paraît inouï !

— J'en suis enchantée, Mireille. Cessez de vous affliger, et priez plutôt pour qu'il fasse beau le 12 avril.

— Peu importe le temps si rien ne vient empêcher notre mariage. Eh bien, je remonte auprès d'Amédée à qui j'ai confié Pierre. Et vous, chère enfant, où allez-vous dans cette tenue ? Vous ne comptez pas monter à cheval sous la pluie !

— Non, hélas ! Maria m'attend pour descendre dans les caves, faire l'inventaire de nos provisions secrètes. Je dois l'aider à établir le menu du repas de noces. À plus tard, ne soyez plus triste. Je vous donne rendez-vous pour l'heure du thé.

Comme Mireille se levait de son fauteuil, Albane l'embrassa sur les joues. Puis, d'une démarche énergique, elle sortit du boudoir pour se diriger vers les cuisines.

Au bout d'une vingtaine de minutes, Maria se déclara prête. Son imposante silhouette sanglée d'un tablier propre, un gilet en laine sur les épaules, elle suivit Albane dans l'arrière-cour. Ses pavés moussus voyaient rarement le soleil car c'était la façade du château orientée au nord.

— Avez-vous tout ce qu'il faut, mademoiselle ?

— Oui, dans la poche de ma veste ! Un calepin et un crayon pour noter ce que tu me dicteras. Tu aurais dû prendre une lanterne toi aussi.

— Et les économies de pétrole, alors ? On y verra assez, Monsieur m'a fabriqué une lampe la dernière fois que l'on est allés piocher dans nos réserves. Pardi, c'était avant Noël, votre Raphaël nous avait accompagnés.

Albane répondit d'un signe de tête, soudain terrassée par l'absence de son amant. Elle l'appelait ainsi dans le silence de son cœur, ce simple mot évoquant pour elle un amour parfait, teinté d'harmonie, et non une relation coupable.

— Maria, quand il pleut autant, est-ce que de l'eau s'infiltre beaucoup dans les caves ? s'inquiéta-t-elle.

— Bah, les parois suintent, mais toute la nourriture est bien à l'abri. Le sol reste sec là où Monsieur a rangé notre stock, mais quand on s'avance dans le souterrain, ça devient glissant en hiver.

Elles entrouvrirent un des battants d'une porte ronde, à moitié dissimulée par des rideaux de lierre, pour entrer dans une première salle où il faisait froid et sombre. L'endroit avait un air d'abandon, encombré de vieux tonneaux en piteux état, d'un pressoir rouillé et de plusieurs roues de charrette. D'immenses toiles d'araignée ornaient les poutres du plafond assez bas. Amédée de Séguilières, en fin stratège, tenait à préserver cet aspect au lieu.

— Faut ôter ce tas de planches du mur, mademoiselle, pour dégager le passage.

— Je me repère, Maria. Papa avait prévu de cacher l'issue à l'escalier menant aux caves. J'ai bien fait de mettre des gants, le bois est abîmé et poussiéreux.

Elles purent enfin s'engager sur des marches en pierre, fort étroites, qui plongeaient dans les ténèbres. La lanterne de la jeune femme les éclairait à peine.

— Où est ta fameuse lampe magique ? se moqua Albane.

— Là, je la range dans cette niche, creusée dans le roc. Monsieur est ingénieux ! Une bougie bien calée au fond d'un bocal en verre, et on y voit mieux qu'avec une lanterne.

La domestique gratta une allumette pour enflammer la mèche de la chandelle. Toute fière, elle brandit sa lampe de fortune.

— Alors ? Qu'est-ce que vous dites de ça, mademoiselle ?

— Qu'il me faudrait la même, Maria. Je féliciterai papa. Oh, tu as entendu, il y a eu un bruit étrange !

— Ce doit être l'eau qui goutte quelque part. Venez donc, c'est là, sur votre droite. On n'a pas voulu ranger les provisions plus loin, sinon ça serait pénible pour remonter le nécessaire.

Albane s'approcha d'un entassement de caisses, mais elle perçut de nouveau du bruit en provenance de la seconde cave. On aurait dit une quinte de toux, ce qui l'alarma. Au même instant, Maria lança une exclamation navrée.

— Doux Jésus ! Voyez, mademoiselle, quelqu'un s'est servi ! Le bocal d'un litre rempli de sucre a été renversé… Misère de misère, il n'y en a quasiment plus. Et mes civets ! Deux pots sont vides.

En constatant les dégâts, Albane songea d'abord à l'intrusion d'un animal affamé.

— Est-ce que l'accès au souterrain a été condamné, Maria ? demanda-t-elle. N'importe quelle bête peut entrer si ce n'est pas le cas !

— Monsieur a installé une vieille grille avec Étienne Goetz à cause des renards et des blaireaux. Tiens, une bouteille de vin a le goulot cassé. Ce sont ces maudits rôdeurs, pardi ! Ils ont déjà tué un veau et un mouton, ça ne leur a pas suffi. Il faut prévenir les gendarmes, mademoiselle.

— Chut, écoute bien, Maria. Il y a quelqu'un, en effet, et qui tousse beaucoup.

— C'est ma foi vrai ! Attendez, j'attrape le bâton ferré que je laisse là, près des caisses, et je vais aller voir. Ne bougez pas, ou alors courez chercher votre chien-loup, il fera décamper ces voyous.

— Non, Maria, nous irons toutes les deux. Je crois que celui ou celle qui a dévasté nos réserves est malade. Prends ton bâton si tu veux.

Albane avança vers le passage voûté communiquant avec la cave suivante, suivie de près par la domestique.

— Il n'y a personne, mademoiselle !

Une plainte étouffée leur parvint de la troisième et dernière cave, presque entièrement creusée dans la roche calcaire. Elles s'y aventurèrent et aperçurent tout de suite une forme humaine recroquevillée sur le sol.

— Qui êtes-vous ? interrogea Albane.

— Un bonhomme en tout cas, souffla Maria.

Une odeur âcre s'élevait de l'inconnu, mêlée à des relents d'excréments.

— Monsieur, qui êtes-vous et que faites-vous ici ? C'est une propriété privée, dit la jeune femme sans oser approcher.

Son imagination s'emballa en dehors de toute logique. Elle songea au soldat allemand, le déserteur qu'ils avaient aidé à fuir, puis à Maubert Guérin, qui serait grièvement blessé.

« Non, je divague, Raphaël l'a vu à Paris… Et pourquoi se cacherait-il dans nos caves ? »

Plus hardie, Maria avait contourné le corps gisant par terre. Elle poussa un cri rauque après s'être penchée pour mieux étudier sa physionomie.

— Dieu tout-puissant, je le reconnais, mademoiselle, c'est la crapule qui a tué ma chèvre au début de la guerre !

— Ulrich Mann ? Tu es sûre ?

— On dirait bien, malgré son crâne rasé et le fait qu'il n'a plus que les os sur la peau…

— La demoiselle est là ? fit alors une voix faible. Je dois parler avec elle.

L'homme avait articulé soigneusement, et Albane reconnut aussitôt l'accent particulier d'Ulrich Mann.

— Oui, je suis là, monsieur, dit-elle avec douceur.

Elle s'avança à son tour et se mit à genoux près de lui. Dans la clarté jaune de la lanterne, le faciès effrayant du malheureux lui poigna le cœur. D'une maigreur affreuse, les yeux enfoncés dans leurs orbites, il gardait la bouche béante sur ce qui lui restait de dents. Son crâne rasé ajoutait une note tragique à son allure de moribond.

— D'où venez-vous, Ulrich ? demanda-t-elle, apitoyée.

— Le Sablou… le château prison… Longtemps là-bas.

Albane se crispa tout entière, se remémorant les paroles de Joseph Géraud sur ce château isolé dans la forêt Barade, un camp d'internement où se trouvait aussi Maubert Guérin.

Ulrich Mann haletait, les paupières mi-closes. Le colosse à la barbe broussailleuse, à la chevelure rousse hirsute, avait été réduit à cet être décharné qui ressemblait à un vieillard.

— Vous me parlerez plus tard, monsieur, murmura-t-elle. On ne peut pas vous laisser ici. Vous êtes malade. Maria, il faut demander à mon père et à Étienne de venir.

— Mademoiselle, vous ne comptez pas le transporter dans une chambre ? s'effara la domestique. Est-ce qu'il tiendrait le coup ? À mon avis, ce misérable agonise.

— Le docteur pourra le soigner, mais pas ici !

— Alors installez-le d'abord dans un des box vides des écuries. J'étendrai de la paille, on lui donnera des couvertures. La charité a ses limites, Monsieur pensera comme moi. Vous feriez bien aussi d'appeler les gendarmes.

— Non, pas gendarmes, balbutia l'homme.

— N'ayez pas peur, un médecin qui est mon ami viendra vous examiner, Ulrich. Quant à toi, Maria, comment oses-tu dire que la charité a ses limites ? Dans ce cas, pourquoi vas-tu à la messe chaque dimanche matin ? Tu pries et tu communies, mais une fois sortie de l'église, tu oublies les enseignements de Jésus-Christ, notre Sauveur.

Vexée, la domestique demeura muette de stupeur quelques secondes, avant de se plaindre.

— On dirait votre maman quand vous me regardez de cette façon, gémit-elle. Madame aussi me faisait la morale si je manquais à mes devoirs de bonne chrétienne. Pardi, je ne suis pas une sainte ! Ce que j'en dis, moi, c'est que vous avez pitié d'un criminel, voilà…

— Jusqu'à présent, cet homme a juste tué une chèvre parce qu'il avait faim, que ses compagnons avaient faim eux aussi. Va vite chercher de l'aide, Maria, je te prie ! Sinon je porterai ce malheureux sur mon dos, il ne doit pas peser lourd.

— Quoi, le porter sur votre dos, pour attraper de la vermine ou sa maladie ? protesta Maria, offusquée. Bon, attendez ici, je remonte au château.

Albane vit la domestique s'éloigner avec soulagement. Son âme éprise de justice souffrait pour Ulrich Mann, qui avait dû souffrir bien davantage depuis des mois. Envahie d'une infinie compassion, elle observa ses vêtements troués, sa peau cireuse d'une saleté déplorable. Pourtant, quand il tendit une main tremblante pour prendre la sienne, elle ne se déroba pas.

— Je demande pardon, mademoiselle, marmonna-t-il.

— Pardon pour quoi ?

— La chèvre… Et les vols, hier soir. C'était bon, le sucre, la viande, le vin, débita-t-il avec un soupir. Je dois vous dire… Au Sablou, Maubert Guérin. Le diable.

— Ne vous fatiguez pas à parler, dit-elle tout bas.

Navrée de voir la tête de l'homme posée sur la terre humide de la cave, Albane libéra sa main. Elle ôta sa veste en drap de laine pour la rouler et en faire un oreiller qu'elle glissa sous la nuque d'Ulrich Mann.

— Vous êtes gentille, mademoiselle. J'ai dû venir à cause de Maubert Guérin. Il vous veut du mal, beaucoup de mal. Il disait tout le temps ça, au Sablou. La vengeance, tout détruire ici… De la haine pour vous, beaucoup de haine.

— Ulrich, expliquez-moi, est-ce que vous le voyiez souvent là-bas ? Comment avez-vous entendu ces paroles de haine, ces menaces ?

— Au réfectoire, au dortoir. Les autres avaient peur de lui. Il disait que vous l'aviez dénoncé à la police à cause de Lidy ? Je crois, Lidy, oui…

Glacée, Albane assemblait les renseignements bredouillés de l'homme. Maubert Guérin avait réussi à s'évader pendant son transfert en Haute-Vienne et s'il était désormais à la Gestapo française, il devait suivre son but.

« Il se fera bien voir des nazis, il arrêtera le plus de Juifs possible pour gagner ses galons de collaborateur, se disait-elle. Mais s'il revenait ici, à Brantôme, il pourrait être arrêté. Dieu soit loué, nous sommes en zone libre. »

— Mademoiselle, faites attention au diable, marmonna Ulrich Mann avant d'être secoué par une violente quinte de toux.

— Je serai très prudente, mais le plus urgent est de vous faire soigner. Tenez bon, on va vous emmener dans un meilleur endroit. Si vous me disiez où vous étiez ces derniers temps, maintenant que vous parlez mieux le français ?

— On m'a appris un peu, les autres prisonniers. Après le Sablou, on nous a conduits au camp Saint-Paul. Mais pas Guérin, il s'est évadé. Alors moi aussi j'ai voulu me sauver. Je voulais venir chez vous, pour travailler dur.

— Vous avez marché depuis la Haute-Vienne ?

— Oui, longtemps marché. Je dormais dans des granges, je volais des œufs, et je toussais. J'ai la tuberculose. Un docteur du camp Saint-Paul l'a dit. Poumons atteints, beaucoup.

Abasourdie par la volonté de cet étranger de la rejoindre afin de la mettre en garde contre Maubert Guérin, Albane lui reprit la main.

— Je ne comprends pas bien pourquoi vous avez fait ça pour moi, Ulrich, mais je vous remercie, soupira-t-elle. Il faut guérir, reprendre des forces. Avec un bon lit, des médicaments et de la nourriture, vous irez mieux. Je vous le promets, vous pourrez rester chez nous. Il y a toujours du travail.

— Je viens d'un village au sud de l'Allemagne. Ma famille était juive, et je suis passé en Suisse quand les nazis ont commencé à faire des lois contre nous. C'était en 1933. Ma famille n'a pas voulu me suivre. Ils les ont tous tués. J'ai eu un grand vide dans le cœur depuis. Faut pas me soigner, je veux m'en aller et revoir ma famille… Vous, restez vivante, s'il vous plaît.

Il se remit à tousser, des quintes déchirantes qui effrayaient Albane. Elle le vit cracher du sang en respirant à peine.

— Mais que font-ils ? s'inquiéta-t-elle. Ulrich, courage, je suis avec vous, je ne vous laisserai pas seul ! Quand vous serez guéri, vous me parlerez de votre famille.

À partir de cet instant, le malade chuchota des phrases dans son dialecte natal. Il serrait fort la main d'Albane, qui guettait désespérément le retour de Maria, accompagnée en principe par son père et Étienne Goetz.

— Vous les reverrez au Ciel, murmura-t-elle. Je prie pour vous, Ulrich, oui, je prie Dieu de vous épargner.

Un râle d'agonie lui répondit, cependant elle s'entêta à lui étreindre les doigts, à caresser sa joue. Bouleversée par la vision de ce pauvre homme dont la vie s'éteignait après avoir été brisée par la guerre, Albane éprouva une douloureuse colère.

— Combien de milliers de victimes a déjà fait la folie d'un dictateur ? dit-elle d'un ton amer. Combien de millions d'innocents seront sacrifiés ? Si j'accepte ces horreurs en demeurant bien à l'abri, je n'aurai jamais la conscience tranquille. Cette fois, les demi-mesures sont terminées, je vais me battre contre la barbarie, contre tous les « Maubert Guérin » de la terre. Monsieur Mann, je vous en fais le serment, à dater de ce jour, j'agirai selon mes convictions quitte à en mourir…

Albane avait perdu la notion du temps. Elle sursauta en entendant des voix et des bruits de pas. Enfin la danse de trois lanternes dissipa l'obscurité de la cave précédente. Le docteur Géraud apparut le premier, puis Amédée de Séguilières, Étienne Goetz et Maria, qui fermait la marche.

— J'ai fait au plus vite, déclara le médecin. Le temps de prendre ma sacoche et faire démarrer la voiture qui se montrait récalcitrante. Comment va-t-il ?

— Il s'est éteint en paix, Joseph.

— Je suis désolé, Albane.

— Ulrich Mann n'avait plus envie de vivre. On l'avait diagnostiqué au camp Saint-Paul. Il était atteint de la tuberculose. Ajoutez à ça l'épuisement, les privations et les mauvais traitements qu'il a dû subir, c'était un brave homme à bout de forces.

— La tuberculose ? s'effraya le châtelain. Et toi, ma fille, tu lui tiens la main ! Allons, relève-toi.

Étienne Goetz se signa discrètement, et Maria l'imita, en baissant la tête.

— Mademoiselle, j'étais prête à le soigner, j'avais apporté ma lotion, celle qui revigorait madame Clara. Mais j'ai attendu, car Monsieur tenait à appeler le docteur.

— J'ai pensé que c'était la chose à faire après le tableau sinistre que tu m'as dépeint, Maria, celui d'un pauvre hère squelettique, édenté, crasseux, qui ne pouvait même pas se mouvoir. Albane, il s'agit vraiment de l'individu qui avait tué notre chèvre et des poules ? Je m'en souviens bien, il était robuste, chevelu.

— On l'a réduit à cet état, papa, répondit-elle sèchement. Il a mis sa vie en jeu afin de m'avertir des projets de Maubert Guérin à mon sujet.

— Seigneur, quelle histoire ! s'exclama Amédée. Docteur, que devons-nous faire ? Cet homme est mort chez nous.

— Je pense qu'il faut avertir les gendarmes, suggéra Goetz. Ils emmèneront le corps.

— C'est la meilleure solution, admit le médecin qui se penchait sur le défunt. Il sera enterré dans le carré des indigents, il y en a encore un au cimetière. Sa famille doit être en Allemagne ou en Suisse, ils ne viendront pas le réclamer.

Un peu engourdie, Albane s'était enfin levée pendant que Géraud examinait la dépouille d'Ulrich Mann.

— Père, écoutez-moi. Je souhaite que cet homme repose sur notre propriété, derrière le mausolée des Séguilières. Il suffit de creuser assez profond.

— Sans même un cercueil ? s'étonna Amédée.

— Il serait d'accord, j'en suis sûre. Nous l'envelopperons dans un drap de lin et je fabriquerai une croix. Je vous en prie, c'est très important pour moi. On a tué toute sa famille restée en Allemagne. Il est revenu au château, parce qu'il me trouvait gentille et qu'il voulait me protéger de Maubert Guérin, qu'il surnommait le diable. Je serai gentille jusqu'au bout avec Ulrich Mann. Nous lirons des prières quand nous l'inhumerons.

Affolée, Maria se signa à nouveau en poussant une plainte incrédule.

— Mademoiselle, ça ne se fait pas, dit-elle. M. Goetz a raison, il faut prévenir les gendarmes, et le curé devra être là quand on l'enterrera au cimetière.

— Je me moque des convenances, Maria ! J'ai prié Dieu pendant l'agonie de ce malheureux. C'est la guerre et il en a été victime. Qui saura où se trouve sa tombe, si cela reste entre nous ? Je vous demande juste un effort. Si David vous aide, et moi aussi, nous pourrons l'ensevelir ce soir. Ou bien dois-je creuser seule ?

Perplexe, Amédée de Séguilières devina que sa fille venait de vivre des moments éprouvants dont elle ressortait plus forte et plus volontaire encore. Secrètement fier d'Albane, il fit semblant de réfléchir.

— Je suis sur mes terres, dans le domaine de mes ancêtres, déclara-t-il enfin. Qu'il en soit fait comme tu le désires, ma précieuse enfant.

— Je vous remercie, papa.

— Eh bien, messieurs, retroussons nos manches, si toutefois vous acceptez de nous rendre ce service ! s'écria le châtelain. Docteur ? Monsieur Goetz ?

Ils n'osèrent pas refuser, le premier par amitié pour Albane, le second par respect pour le châtelain.

— C'est le monde à l'envers, ronchonna Maria.

Elle leur tourna le dos pour regagner la première cave, où en marmonnant des invectives, elle ramassa les vestiges du dernier repas d'Ulrich Mann.

Il était 18 heures. La cérémonie s'achevait sous une pluie douce, qui perlait de gouttes argentées le bouquet de jonquilles cueillies par Lidy et David. Les jeunes amoureux avaient confectionné une croix grâce à des petites planches en sapin sur laquelle Célestin avait gravé et noirci à l'encre le nom du défunt, ainsi qu'une phrase dictée par Albane, et une date : « Ci-gît une victime des cruautés de la guerre, Ulrich Mann, décédé le 16 mars 1941. »

Comme hommage funèbre, Ulrich Mann avait un cercle de parapluies noirs. Tous ceux du château étaient présents, ainsi que le docteur Géraud et le curé. Ulcérée, Maria avait vaincu sa crainte du téléphone pour appeler le religieux.

— Seigneur, faites que la paix revienne dans le monde et dans nos cœurs, soupira celui-ci avant de prendre congé.

Satisfaite, Albane revit les étapes de l'enterrement. Son père, le médecin, Étienne Goetz et David armés de pelles, qui rejetaient derrière eux des masses de terre brune, parsemée de racines et de cailloux. Le châtelain avait recommandé de couvrir de pierres le corps enveloppé dans un drap brodé aux initiales de Mathilde de Séguilières.

— La fosse n'était guère profonde, on ne sait jamais si des bêtes des bois viennent rôder, avait-il expliqué.

Le docteur Géraud avait approuvé, encouragé par le regard noisette de la jeune femme, qui avait tenu à creuser elle aussi. Il s'en allait déjà, sous le prétexte de raccompagner le curé en voiture puisque celui-ci était venu à pied jusqu'au château.

— Tout est terminé, déclara Albane en considérant les fleurs d'un jaune pâle, la croix plantée sur la tombe. Je vous remercie sincèrement.

David Cohen fut le dernier à s'éloigner, malgré les conseils de Lidy qui craignait pour sa santé encore fragile.

— Viens, je vais te faire du thé bien chaud, tes cheveux sont trempés.

Albane revint sur ses pas et leur tendit son parapluie. La détresse qu'elle lut dans les yeux noirs du jeune homme la peina, tout en lui donnant une idée.

— Lidy s'inquiète, rentre avec nous, David. Je suis désolée de t'avoir soumis à cette épreuve. Tu as dû penser à ta mère et à ta petite sœur. Rébecca t'aimait tant, même si elle te taquinait souvent. C'était une enfant vive et gaie.

— Ne me faites pas pleurer, mademoiselle, supplia-t-il. Là-bas, à Gurs, maman et ma sœur ont été enterrées derrière les baraquements. Papa a dû les rejoindre depuis.

— Tu n'as pas de preuve du décès de ton père. Je téléphonerai au directeur du camp pour me renseigner, je te le promets, David. Il ne faut pas capituler ni se résigner. Aujourd'hui, j'ai reçu une leçon en voyant ce malheureux mourir. Nous devons lutter, ne plus avoir peur. Je vous le dis à tous les deux, j'ai prévu de vite obtenir mon permis de conduire, et d'ici là, j'irai à Périgueux pour entrer en contact avec des résistants. Camille les connaît, elle me les présentera.

— J'avais oublié qu'elle était de retour, nota Lidy. Tant mieux, je n'irai plus au cabinet médical le matin. Compte sur moi, Albane, je suis prête à te suivre dès que tu le demanderas. J'ai été utile puisque je parle allemand, je peux l'être encore.

— Je serai à vos côtés également, mademoiselle, renchérit David. Que mon père soit mort ou vivant, je veux me battre aussi.

— Merci, ma petite chérie, merci David. Rentrons au chaud, il n'est pas question de tomber malade.

Le vieux château les accueillit par une bonne odeur de potage et de graisse brûlante. Fidèle à son caractère bien trempé, Maria s'était libérée de ses contrariétés du jour en cuisinant sans souci d'économie.

Ce dimanche de pluie resterait dans les mémoires de tous, au seuil d'un printemps où serait bientôt célébrée la noce de Mireille Dresner et d'Amédée de Séguilières.

19

Une noce au château

Périgueux, samedi 5 avril 1941

Camille et Albane venaient d'entrer dans un garage désaffecté, investi depuis des mois par le mouvement de résistance en relation continue avec le docteur Géraud. Les jeunes femmes furent reçues assez fraîchement par trois hommes d'âge différent.

— Te revoilà, Audebert, dit l'un d'eux, qui devait avoir une quarantaine d'années. Tu te crois autorisée à nous rendre visite comme ça, sans avoir donné de nouvelles ces dernières semaines.

— J'étais à Paris, Antoine ! On peut s'asseoir, mon amie et moi ?

Il désigna une grosse caisse en planches d'où dépassaient des brins de paille.

— Sache qu'on a poursuivi nos actions sans ton aide et sans celle de Dorian. Lui aussi il nous a lâchés.

— Je ne vous ai pas lâchés, je pensais qu'il était plus judicieux d'appartenir à un réseau parisien, en zone occupée. Excuse-moi, ici c'est le grand calme. Il faut aller dans la capitale pour comprendre ce qui se passe vraiment.

Tête haute, Camille leur montrait un visage d'où les traces de coups avaient disparu. C'était sa condition pour répondre à la demande d'Albane : « Si on me voit avec des hématomes sur la figure, on me posera des questions et si je dis la vérité, Antoine, le chef du groupe, ne me fera plus confiance », lui avait-elle expliqué.

Confrontée à ces trois inconnus aux regards durs, Albane comprenait mieux les craintes de Camille.

— Et c'est qui, elle ? interrogea un autre résistant avec un geste de la main en direction d'Albane. Encore une jolie fille qui se prend pour Jeanne d'Arc ? Désolé, Audebert, on a besoin de types sérieux et surtout d'explosifs pour faire sauter une voie ferrée de l'autre côté de la ligne de démarcation. L'opération est prévue le lundi de Pâques.

— C'est bon, Bastien, ne sois pas méprisant sans rien savoir ! s'irrita Camille. Géraud peut se porter garant. Elle a participé à plusieurs passages de familles juives et a été blessée par un soldat allemand.

— Laisse, je vais me présenter. Je suis Albane de Séguilières, veuve d'un combattant français tué pendant l'offensive de la Sarre, au début de la guerre. J'exerce comme institutrice à l'école de Brantôme. Je sais tirer au fusil et je vise bien. C'est vrai, j'ai aidé le docteur Géraud, car je connais parfaitement les bois et les forêts autour de chez moi. Cependant, comme l'a dit Camille, le quotidien en zone libre est très supportable et jusqu'à maintenant, nous nous contentons d'aider des personnes juives à se réfugier ici, à Périgueux ou à Limoges.

La voix nette et l'aplomb d'Albane firent leur effet. Il émanait d'elle une séduisante dignité. Camille, qui l'observait, en éprouva une sourde jalousie.

— Que puis-je vous dire encore, messieurs ? Je souhaite rejoindre ceux qui combattent dans l'ombre comme le fait mon compagnon à Paris. Certes, je ne suis qu'une femme, mais mettez-moi à l'essai. Je pourrai être utile. L'école dispose d'un téléphone, mon domicile aussi.

— Albane parle du château de sa famille, ne put s'empêcher d'ajouter Camille, qui se le reprocha aussitôt.

— Un château, rien que ça ! Au moins, on n'a pas affaire à une communiste, ironisa le dénommé Antoine.

— Vous proférez un jugement rapide basé sur des préjugés, lui assena Albane. Je pourrais très bien être communiste et habiter un château, qui menace ruine, je tiens à le préciser.

— De quoi te sens-tu capable ? s'enquit le dénommé Bastien, impressionné par son assurance.

— Dans un premier temps, transmettre des messages, récupérer des colis et vous les apporter. J'aurai très bientôt mon permis de conduire et je pourrai disposer d'une voiture. Le docteur Géraud obtient régulièrement des tickets pour l'essence grâce à sa profession.

— Ma foi, tu m'intéresses, marmonna Antoine en la toisant froidement. Si Audebert tient à reprendre sa place, à vous deux vous seriez des atouts non négligeables, car les femmes sont moins suspectées en règle générale.

Camille accepta sans trop réfléchir. Elle espérait néanmoins ne pas être impliquée de façon régulière, ayant repris ses fonctions au cabinet médical.

— Je suis partante, affirma-t-elle. D'autant plus que la voiture dont parle Albane, c'est moi qui l'ai récupérée à Tours. Son propriétaire était mort sous les bombardements. Je conduirai sans doute plus aisément qu'une débutante.

— Entendu, on comptera donc sur vous, décréta Antoine. Les Forces françaises libres sont en contact avec notre réseau. On nous a informés que, bientôt, des armes et des soldats anglais seraient parachutés ici, en zone libre. Sans doute en automne ou avant. Vous seriez prêtes à récupérer ces hommes ? Toi, Audebert, tu as des notions de médecine, ça peut s'avérer utile.

— Bien sûr, approuva Camille.

— D'accord, on se revoit ici dans quinze jours, trancha Antoine. Tu feras la connaissance des autres membres de notre groupe, Jeanne d'Arc. Eh oui, on n'est pas que trois, mais une dizaine.

— Si vous pouviez éviter de me surnommer ainsi, protesta Albane. Certes, à son époque, Jeanne d'Arc a eu plus de cran que beaucoup d'hommes, cependant elle voulait chasser les Anglais de France, alors que dans cette guerre, ils sont nos alliés.

— La maîtresse d'école t'a mouché, Antoine, se moqua Bastien en riant.

Le troisième résistant était resté silencieux, ce qui finit par attirer l'attention d'Albane. Il semblait plus jeune que ses compagnons. Très blond, les yeux gris-vert, il se contentait de fumer des cigarettes qu'il roulait entre ses doigts d'une finesse presque féminine.

— Hé, tu n'as pas salué ces dames, il faut être poli quand même, le sermonna Bastien. Borys est timide. Sa famille vient de Pologne. Il n'est pas russe, hein, c'est Borys avec un *y*, un prénom polonais.

— Bonjour, mesdemoiselles, murmura celui-ci.

— Et au revoir, marmonna Antoine. Au fait, il me faut tes indicatifs de téléphone, Jeanne d'Arc. J'ai déjà ceux du docteur.

Les manières directes et brusques des résistants agaçaient Albane, à l'instar du tutoiement d'office, mais elle était disposée à ne pas en tenir compte. Cette fois, excédée par ce surnom qui risquait de perdurer, elle perdit patience. Sa courte expérience avec les élèves de M. Favre lui revint à l'esprit et elle décida de traiter le chef du groupe comme s'il s'agissait d'un garçon insolent.

— J'en ai assez, Antoine, ce n'est même pas amusant. Est-ce que je t'appelle Gilles de Rais ? Le tueur d'enfants qui a servi aux côtés de Jeanne d'Arc avant de s'enfermer dans son donjon ?

— Je connais pas ce bonhomme ! s'insurgea-t-il.

— Pourtant il a inspiré à Charles Perrault le conte *Barbe bleue*..., précisa Albane. Si j'intègre votre réseau, j'exige du respect en tant que résistante. Il me semble que ce n'est pas un jeu de soutenir les Forces françaises libres.

Sur ces mots, elle sortit un calepin et un stylo de son sac à main. Elle nota les numéros de téléphone de l'école et du château sur une page qu'elle arracha.

— Évidemment, si tu es arrêté, mange ce bout de papier afin de me protéger, camarade, dit-elle en le tendant à Antoine. On s'en va, Camille ?

Muette de stupeur, celle-ci acquiesça et la suivit vers la porte du garage.

Pour regagner le centre-ville de Périgueux, les deux jeunes femmes empruntèrent plusieurs rues, comme pour brouiller leur piste.

— Toi alors, tu as un sacré caractère ! s'étonna Camille après n'avoir pas desserré les lèvres pendant de longues minutes. Antoine n'est pas du genre de Lionel, mais je croyais qu'il te remettrait à ta place.

— Quelle place ? On lui propose notre aide, il peut nous témoigner de la considération, à mon humble avis.

— Ma parole, tu es enragée, aujourd'hui, Albane ! En fait, je t'admire d'avoir été aussi audacieuse.

— J'en doute, sinon tu n'aurais pas évoqué mon château pour donner une image de moi désavantageuse pour ces hommes. Je regrette une chose, j'aurais dû m'habiller à mon idée, avec ma plus jolie robe et puis porter des bijoux.

Camille éclata d'un rire forcé, avant d'étudier la toilette très sobre d'Albane, vêtue de sa jupe-culotte en drap brun et d'un chemisier sous un gilet noir. À défaut de bas en bon état, elle avait mis des chaussettes blanches, roulées sur les chevilles.

— Je t'ai conseillé de faire simple, lui rappela-t-elle. Pourquoi tu dis une sottise pareille ?

— Ce n'est pas idiot, j'aurais pu leur prouver qu'il ne faut pas se fier aux apparences. Changeons de sujet, la journée n'est pas terminée. Mireille et mon père nous attendent pour déjeuner dans une brasserie, en face de la cathédrale Saint-Front. Je pourrais y aller après le repas et allumer un cierge pour ce pauvre Ulrich Mann.

— Si tu veux. J'en ferai brûler un pour Guillaume Favre, que les gens de Brantôme vénèrent désormais comme le martyr de leur ville.

— C'est normal, son père a enseigné des années aux garçons du pays. Son fils a été fusillé sans avoir eu droit à un procès, pour avoir bousculé un soldat allemand pris de boisson. Enfin, Jacques Favre est revenu à l'école après la visite que nous lui avons faite il y a trois semaines et ses élèves en sont très heureux.

— Grâce à toi, bien sûr, Joseph m'a tout raconté.

Albane ne daigna pas répondre, lassée des remarques insidieuses de Camille. Elle songeait au prochain mariage de son père, à ses efforts pour rendre la noce mémorable. Lorsque la majestueuse coupole de la cathédrale lui apparut au bout de la voie commerçante qu'elles suivaient, une douce émotion l'envahit.

« Cher papa, il comptait mettre en gage son cor de chasse, auquel il tient tant, songea-t-elle. Il a aussi emporté sa chevalière en or sertie d'un rubis, tout ceci pour offrir une robe à Mireille. Il voulait lui faire la surprise, mais elle tenait à choisir et essayer sa toilette. »

Partagée entre sa tendresse pour les futurs époux et l'exaltation d'être admise dans un réseau de résistance, Albane fut soudain la proie de pénibles réminiscences, à une dizaine de mètres de la brasserie. Elle se revit un an et demi plus tôt, soumise aux allusions perfides de Maubert Guérin, qui l'avait abordée avec hargne alors qu'elle avait déjà subi les reproches injustes de sa belle-mère, Adèle Molinier.

— J'aurais dû choisir un autre restaurant, murmura-t-elle soudain.

— Que reproches-tu à cet endroit ? Joseph m'y a déjà invitée, la cuisine est correcte et ce n'est pas cher, répliqua Camille.

— Moi aussi j'ai déjeuné là avec lui. J'ai malheureusement gardé un mauvais souvenir de ce moment. Je venais d'aller voir la mère de mon mari, ce qui constituait en soi une épreuve, quand Maubert Guérin est arrivé alors que nous étions installés en terrasse. Il s'est montré plus que déplaisant et je lui ai jeté mon verre d'eau au visage.

— Le fameux Maubert Guérin, le diable en personne. Il me faudrait une photographie de lui, que je puisse l'identifier si je croise son chemin.

— J'espère que cela ne se produira pas, Camille. Rien que de penser à lui, j'ai des frissons de dégoût.

— Donc, s'il quittait Paris, on devrait se méfier, c'est ça ?

— Pour le moment, cette ordure ne peut pas revenir dans la région. Il doit sûrement gagner les faveurs des SS afin de les seconder pour faire emprisonner un maximum de Juifs.

— On aura peut-être la chance de s'en débarrasser tôt ou tard. Regarde, Mireille et ton père sont devant la brasserie. Sois souriante, les futurs mariés ont l'air tellement heureux. Albane, après le déjeuner et nos dévotions à la cathédrale, on rentre vite à Brantôme. Joseph a beaucoup de visites prévues et je dois garder le cabinet médical au cas où il y aurait une urgence. Ce cher docteur… Sois tranquille, nous sommes sur un petit nuage, lui et moi. Mes parents sont enchantés par notre relation parce qu'il est médecin et fortuné. Ils ne sont pas très conventionnels.

— Peut-être qu'ils le deviendraient si tu fréquentais un pauvre réfugié vivotant de ses allocations, insinua Albane.

— Quel mauvais esprit ! Décidément, tu caches bien ton jeu, sous tes airs de madone. Raphaël te susurre des « mon ange », il serait surpris de découvrir une autre facette de toi.

— Sur ce point, je n'ai aucune inquiétude, il me connaît sous toutes mes facettes, Camille…

Château de Séguilières, samedi 12 avril 1941

Un joyeux cortège remontait l'allée du château sous un ciel d'un bleu pur. En tête avançait la calèche tirée par Ulysse. Des rayons de soleil dansaient sur les fleurs roses et blanches qui décoraient l'attelage, de la crinière du hongre alezan à l'intérieur de la voiture dont la capote en cuir était repliée.

En costume trois-pièces gris, coiffé d'un haut-de-forme assorti, Amédée de Séguilières menait le cheval d'une main de maître. Parfois, au gré du vent, sa lavallière en soie blanche voletait, ce qui faisait sourire Mireille, assise à ses côtés sur la banquette en cuir rouge.

Seul David Cohen n'était pas allé assister à la cérémonie civile, de peur d'être reconnu en ville. Il salua la mariée lorsqu'il la vit passer. Dans sa robe en fin velours couleur ivoire, ses boucles noires en partie dissimulées par un turban brodé de fausses perles, Mireille semblait rajeunie d'une dizaine d'années.

— C'était très émouvant de les entendre se prêter serment devant le maire, confia Joseph Géraud à Camille, qui occupait le siège avant.

Ravie de participer à la fête, elle lissait du bout des doigts le satin bleu nuit de sa toilette, un des récents cadeaux du docteur dont elle était devenue la maîtresse attitrée.

La spacieuse automobile noire du docteur suivait la calèche, avec à son bord, Maria, Lidy et Célestin, qui tenait le petit Pierre sur ses genoux. L'enfant avait été remarquablement sage, impressionné d'être habillé d'un costume blanc et affublé d'un nœud papillon pour la première fois de sa courte existence.

La deuxième voiture était conduite par Albane, qui avait obtenu son permis la veille après un examen orchestré par un délégué de la sous-préfecture. Assis à ses côtés, Étienne Goetz surveillait ses moindres gestes d'un air inquiet, mais à l'arrière, Odile, Félicia et Lucas s'émerveillaient de l'adresse au volant dont faisait preuve la jeune femme. Avec l'aide des enfants, Lidy avait décoré la Traction avant de fleurs en papier crépon et de rubans blancs.

— Je vous félicite encore, mademoiselle, soupira Odile Goetz. Moi, je n'oserais jamais apprendre à conduire.

— Le docteur a été un excellent professeur, répondit Albane. Quant au code de la route, c'était assez facile à retenir.

— Parce que vous êtes une maîtresse d'école, nota Félicia, toute contente.

Dans la troisième voiture se trouvaient Suzanne et Eugène Lafaye. Le maire jetait souvent des coups d'œil flattés sur son épouse, qui était selon lui d'une rare élégance dans une longue robe rose à volants et coiffée d'une nouvelle capeline en taffetas ivoire.

— Savez-vous, monsieur Favre ? C'est la première fois que je vais entrer dans le château de Séguilières, minauda-t-elle. Il paraît que l'intérieur est assez misérable. Cependant la façade sud m'a toujours charmée. Nous passons souvent devant le porche lorsque nous partons chez mes parents à Nontron, n'est-ce pas Eugène ?

— Oui, Suzanne, mais n'ennuie pas M. Favre avec des futilités.

— Cela ne me dérange en rien, monsieur Lafaye, affirma l'instituteur.

Albane l'avait invité en début de semaine et contre toute attente, son collègue avait accepté. Après avoir voulu mourir, Jacques Favre tentait de se distraire et, assez gourmand, il manquait rarement l'occasion de faire un bon repas, gratuit de surcroît.

— Il fait vraiment beau temps, dit-il tout en contemplant les grands arbres du parc, sous lesquels s'étendaient des tapis de jacinthes bleues.

— Un peu plus, le banquet aurait pu avoir lieu à l'extérieur, concéda Suzanne Lafaye. Mais en avril, il faut se méfier, le temps change vite.

Une chose m'intrigue, Eugène, cette dame qu'a épousée le châtelain, tu m'as dit qu'elle était veuve. M. de Séguilières est veuf lui aussi. Pourquoi ils ne se sont pas mariés à l'église ?

— Ils n'en éprouvaient pas le besoin, ma Suzie ! Chacun fait à sa guise. Le plus important pour le couple, c'était l'adoption du petit garçon.

— D'accord... Eugène, j'aime bien quand tu m'appelles Suzie. Ah, les autres voitures se garent.

Embarrassé de mentir à sa femme, le maire lui caressa la joue. À Brantôme, il était le seul à savoir avec le docteur Géraud que Mireille Dresner était juive, ainsi que son petit-fils Pierre. Il avait également été très discret sur le décès d'Esther Blum, la mère de l'enfant, inhumée au château en juillet 1939.

— Ne bouge pas, Suzanne, je vais t'ouvrir la portière, il ne faudrait pas abîmer ta jolie robe, déclara-t-il gentiment.

— Oh, mais il est superbe, ce château, vu de près ! s'écria-t-elle. Il n'a pas l'air de tomber en ruine comme le racontent les gens. N'est-ce pas, monsieur Favre ?

— Si vous écoutez les commérages, madame Lafaye, vous n'oseriez même pas venir ici, rétorqua celui-ci. Pourtant ce sont des gens de valeur et Mlle de Séguilières, pardon Mme Molinier, est une jeune personne charitable et très intelligente.

Albane aurait apprécié ces compliments, mais elle était déjà sur la terrasse en compagnie de Maria.

— Je suis bien désolée, mademoiselle, comptez pas que je vienne m'asseoir avec vos invités, chuchotait la domestique. J'ai repassé mon beau tablier blanc et je servirai le repas comme il se doit. Lidy voulait me seconder, j'ai refusé. Vous avez des idées modernes, je m'en tiens aux miennes.

— C'est dommage, tu aurais pu discuter avec M. Favre. Son moral s'améliore, il serait à l'aise avec toi puisque tu le connais un peu.

— Bah, ça date d'un moment, quand j'étais employée chez le notaire. J'emmenais le fils de maître Rigaud à l'école et Jacques Favre me saluait. Et puis si je me mets à table, qui donc apportera les plats ? Vous peut-être, avec la belle robe de votre maman ?

— Je ne la salirai pas, Maria.

— On ne sait jamais ! Madame Mathilde ne l'a mise qu'un soir pour recevoir les cousins de Monsieur. Doux Jésus, elle la portait si bien. C'est de la mousseline avec des plumetis, la modiste nous avait expliqué ça. La couleur vous va bien au teint et aux yeux, ce vert de la couleur des feuilles d'arbre au printemps.

— Tu détournes la conversation. Nous aurions dû engager une jeune fille qui se serait chargée du service.

— Et quoi encore ? C'est mon travail, personne ne le fera.

— Tu prendras quand même le dessert, Maria, sinon Joseph sera vexé. Il a commandé et payé une pièce montée au cuistot du Grand Hôtel, sans oublier le champagne qu'il a acheté à Périgueux, plaida Albane.

Pendant cet aparté, Amédée de Séguilières retraçait aux Lafaye l'histoire du château, tout en dételant le cheval avec une dextérité évidente.

— Jadis ces écuries abritaient des pur-sang anglais, ainsi que deux percherons réservés aux labours de nos terres. Mon arrière-grand-père prisait les chasses à courre, et ceux qui y participaient logeaient sous notre toit. Hélas, bien avant, à la sinistre époque de la Révolution, un de mes ancêtres a péri sous la guillotine.

— Quelle horreur ! gémit Suzanne Lafaye, fascinée par le verbe haut et l'allure aristocratique du châtelain.

— Oui, chère dame, des atrocités ont eu lieu partout en France, renchérit Amédée.

— Comme votre fille vous ressemble, dit-elle après l'avoir observé attentivement.

— En plus féminin et plus gracieux, chère dame !

Un rire de gorge, proche du roucoulement d'une tourterelle, échappa à l'épouse du maire. Mireille, témoin de la scène, éprouva un début d'irritation. Elle tourna les talons en prenant le petit Pierre par la main pour se réfugier sur la terrasse auprès d'Albane.

— Je suis mal à l'aise, lui avoua-t-elle tout bas. Je ne saurai pas comment me comporter avec ces gens-là…

— Vous faites allusion à Mme Lafaye et à son mari ?

— En effet, il y a aussi votre collègue, M. Favre. Amédée m'a dit qu'il serait assis à ma droite.

— Mireille, restez naturelle, ce sera parfait. Vous avez une très bonne éducation et vous êtes instruite, la rassura Albane.

— Peut-être, seulement ils ignorent que je suis juive…

— Le maire le sait et il ne dira rien pendant le repas. Nous tous ici le savons aussi, et il n'y a jamais eu de soucis. Je vous en prie, profitez de cette journée où vous êtes la mariée, et une ravissante mariée. Tout se passera au mieux.

Maria s'était éclipsée en direction de ses cuisines dès que la seconde Mme de Séguilières avait gravi les marches du perron. À présent Camille et le docteur les montaient à leur tour, suivis par la famille Goetz.

— Soyez très heureuse, Mireille, souffla Odile à Mireille, dès qu'elle s'approcha.

— Merci beaucoup, Odile.

— Tous mes vœux de bonheur également, débita Camille d'un ton assez indifférent.

Mais le médecin embrassa la mariée sur les joues, en lui tapotant l'épaule. Au même moment, de la musique s'éleva de l'intérieur du château. Fidèle à son rôle, Célestin venait de mettre un disque sur le gramophone.

La marche nuptiale de Mendelssohn accueillit ainsi les époux Lafaye et Jacques Favre.

— Entrez, je vous en prie, leur conseilla Albane. Je vous guide jusqu'à la salle à manger.

Elle les précéda de son allure gracieuse, ses cheveux bruns relevés en chignon, ce qui dégageait la ligne de son cou, orné d'un collier de perles.

Le maire et son épouse ne pouvaient pas se douter des efforts accomplis depuis deux semaines afin de rendre ses lettres de noblesse au château. Les vitres étincelaient, les parquets cirés luisaient, et grâce au temps clément, il y avait des bouquets de fleurs en abondance, composés de tulipes, de jonquilles et de feuillages. Les fenêtres à meneaux, serties de vitraux colorés, étaient entrouvertes sur l'air tiède d'avril.

— Quel joli décor, souffla Amédée à l'oreille de Mireille.

Il s'était empressé de la rejoindre, ayant demandé à David Cohen de rentrer Ulysse dans son box. À présent, ivre de joie et de fierté, il désignait d'un geste la grande table ovale où s'alignaient les verres en cristal ouvragé, les couverts en argenterie et de la vaisselle centenaire.

— Seigneur, mais ce sont de vrais trésors que vous avez là ! s'extasia Suzanne Lafaye. Et cette nappe brodée de fils d'or, ces narcisses dans ces petits vases, que c'est beau !

Si Albane avait souvent déploré la vente de pièces de vaisselle beaucoup plus belles, pour l'épouse du maire, il s'agissait de pièces d'une rare qualité.

Après quelques bavardages et des commentaires sur les tableaux accrochés aux murs lambrissés et sur les statuettes précieuses d'une vitrine, chacun finit par s'asseoir.

— Je ne devrais pas être là, murmura David Cohen à Lidy. J'étais censé me cacher. Pourquoi le docteur Géraud a-t-il changé d'avis ?

— C'est l'époque des pieux mensonges, répliqua-t-elle en lui parlant de très près et tout bas. Fais-nous confiance. Albane va expliquer ta présence ici. Elle s'est renseignée, le maire ne t'a jamais croisé, il avait juste affaire à ton père quand vous êtes arrivés à Brantôme. Sois souriant, tu es assis à côté de ta future fiancée.

David domina sa nervosité et afficha une mine paisible. Il s'aperçut aussi que l'on ne faisait guère attention à lui, les regards et les compliments étant destinés aux mariés. Maria fit son entrée peu après, en robe noire sous un tablier d'un blanc immaculé, une minuscule coiffe sur ses épais cheveux bruns. Elle portait à bout de bras un grand plateau garni de hors-d'œuvre, qu'elle servit à chaque convive à l'aide d'une large cuillère en argent.

— Ce repas de fête a été préparé avec soin grâce à notre potager et à nos volailles, crut bon d'annoncer le châtelain. La guerre qui sévit nous impose le rationnement et aussi une politique d'économie. Cela dit, tout est dans l'art de l'accommodement.

— Je suis certaine que nous allons nous régaler, déclara Suzanne Lafaye. J'adore les œufs en gelée, et miracle, il y a des asperges.

— Nous les avons mises en conserve l'été dernier, avoua Albane. Je me suis découvert une passion pour le jardinage, d'où de nouvelles initiatives.

Maria apporta ensuite des truffes en papillotes, sa carte majeure afin d'épater leurs invités d'honneur, Suzanne et Eugène Lafaye. Une compote de pommes tiède accompagnait ces délices.

— L'or noir de notre région ! déclama Jacques Favre. Mon père cherchait des truffes à l'aide d'une truie dressée pour cela. Quand j'avais le droit de le suivre à travers bois, je me sentais un aventurier. Mon Dieu, je n'ai pas mangé de truffes depuis des années.

— Vraiment, monsieur ? s'étonna Maria, fort avenante. Il y en a pourtant en abondance dans le pays. Vous en emporterez ce soir, ça parfume une omelette à merveille.

— C'est trop aimable, madame, répondit l'instituteur, touché par le sourire que lui adressait la domestique. Mais je crois vous connaître…

— Brantôme est une petite ville, monsieur Favre, vous avez dû me voir les jours de foire.

Camille savourait en silence sa papillote. Elle se prenait à rêver d'une vie harmonieuse, sans guerre mondiale ni réseau de résistance. Au milieu du cadre enchanteur de la grande pièce, elle s'imagina l'épouse de Joseph Géraud, habitant sa demeure bourgeoise et travaillant avec lui après avoir eu son diplôme de médecin.

Chargé des boissons, Étienne Goetz avait débouché du vin de Cahors et du cidre. Il veillait à servir les dames en premier, en se réjouissant de la sagesse de Félicia et de Lucas. Quant à Odile, elle jouait les nurses pour Pierre qui participait au banquet dans sa chaise haute.

Ce fut avant le plat principal qu'Albane se leva pour faire le discours d'usage. Elle l'avait écrit la veille et soumis à son père, soucieuse d'obtenir son accord puisqu'il devenait complice de ses allégations.

— Mes chers amis, commença-t-elle d'un ton net, nous sommes réunis aujourd'hui pour célébrer l'union de Mireille et de mon père, cet homme un peu extravagant à qui je dois d'être là.

Il y eut de légers rires amusés, cependant le silence revint vite. Anxieux, David serra la main de Lidy sous la nappe qui effleurait leurs genoux.

— Vous savez tous ou presque tous que j'ai perdu ma chère maman à l'âge de onze ans. Sa perte a été cruelle pour tous ceux qui la chérissaient, comme mon père et moi, mais aussi Maria, notre ange gardien depuis des années. Grâce à sa bonté, à sa tendresse, j'ai grandi sous son aile et je la tiendrai toujours pour ma seconde mère.

Sidérée, la domestique écoutait, dissimulée derrière la porte de communication avec les cuisines. Des larmes d'émotion embuèrent ses yeux bruns, qu'elle essuya du bout des doigts.

— Le destin nous réserve des surprises, continuait Albane. Un matin de juillet, il a conduit vers notre château une dame en détresse et sa fille qui avait mis au monde un enfant. Privés du soutien de leurs proches, Mireille, Esther et son bébé ont trouvé un asile ici. Je n'en dirai pas davantage, afin de ne pas faire pleurer la mariée, qui s'est révélée, comme Maria, une douce présence maternelle. L'amour a fait le reste, et désormais je serai entourée par une seconde famille. Je vous remercie, Mireille, d'avoir épousé mon séduisant papa et de m'offrir le statut de grande sœur de l'héritier du domaine, notre adorable Pierre de Séguilières.

— Bravo ! s'écria le maire en applaudissant.

Tous l'imitèrent avec des félicitations, si bien que l'héritier en question aurait éclaté en sanglots effrayés sans les câlineries d'Odile Goetz.

— Encore un dernier mot, dit Albane en haussant la voix. Je tiens à vous parler d'un jeune homme que nous recevons pour plusieurs mois et qui est engagé comme jardinier chez nous mais également chez le docteur Géraud.

— Tout à fait, renchérit le médecin, dont c'était l'idée.

— David Bois est venu au château pour retrouver son frère, Célestin, mais il y a surtout trouvé l'amour. Et j'ai la grande joie de vous annoncer que Lidy et lui se fianceront l'an prochain, ce qui vous permet de savoir où il est assis. Voilà, je crois que je n'ai rien oublié. Ah si : je vous souhaite bon appétit, le banquet est loin d'être fini.

Maria réapparut, les joues un peu rouges. Elle fit deux voyages afin de servir quatre poulets rôtis, dont le fumet aillé se répandit autour de la table. Les volailles à la peau dorée et croustillante étaient posées sur des lits de pommes de terre sautées et de cèpes rissolés.

En voyant son assiette se remplir, Jacques Favre étudia mieux le visage de la cuisinière qui était capable de concocter de tels régals. Il se promit de lui dire son admiration après le dessert, quitte à lui rendre visite à l'office.

L'ambiance se fit de plus en plus chaleureuse. Mireille se contentait de présider avec son doux sourire, même lorsque le souvenir d'Aaron vint l'envahir d'une vague nostalgie.

« Je te dis adieu, toi qui as été mon premier grand amour, dit-elle à son cher disparu en son for intérieur. Pardonne-moi d'être heureuse près de cet homme et comprends-moi, je devais protéger notre petit-fils. »

Des vivats saluèrent alors l'apparition de la pièce montée, composée de choux à la crème nappés de caramel. Maria faillit trébucher en l'apportant dans la pièce. Tout de suite, Joseph Géraud se précipita pour l'aider.

— Il ne faudrait pas gâcher le dessert, lui dit-il à voix basse.

— Surtout que vous m'avez sauvé la mise, docteur, car je n'avais plus assez de sucre pour pâtisser à cause de cet énergumène, répliqua-t-elle dans un souffle.

— Ulrich Mann, je sais, chuchota le médecin. Oublions ça, Maria et cette fois, asseyez-vous avec nous. M. Goetz va déboucher les bouteilles de champagne.

Sur un regard d'Albane, Célestin entreprit de mettre un autre disque. Il hésitait entre les valses de Strauss et *Les Quatre Saisons* de Vivaldi.

— Monsieur Favre, voulez-vous m'aider pour la musique ? s'écria-t-il. Vous vous y connaissez mieux que moi.

Flatté, l'instituteur abandonna sa chaise et alla consulter les 78 tours soigneusement rangés dans une étagère.

— Fais d'abord jouer du Mozart, mon garçon, ensuite du Vivaldi.

En entendant une sonate interprétée par un pianiste, Albane céda à la tristesse d'être séparée de Raphaël. Il n'avait pas pu lui montrer ses talents de musicien, hormis à l'harmonica, le piano à queue du salon étant impossible à réaccorder.

— Et M. Wendling, avez-vous de ses nouvelles ? lui demanda le maire au même instant, comme s'il avait lu dans ses pensées. Est-il toujours à Londres ?

— Non, il a trouvé un emploi à Paris, répondit Albane prudemment.

— Dans l'enseignement sans doute ? insinua Suzanne Lafaye. Dieu soit loué, malgré l'occupation, les écoles fonctionnent encore.

— Notre ami Wendling donne des cours particuliers, car certains enfants de la capitale ont manqué l'école, trancha le docteur. À présent, il faut porter un toast en honneur aux mariés avec cet excellent cru de champagne qui dormait dans ma cave. C'est un jour de fête !

Le ciel bleu se couvrit de nuages vers 15 heures. Sans les rayons du soleil, la grande salle à manger parut moins gaie. Lidy décida d'allumer les bougies neuves qu'elle avait installées sur trois chandeliers en argent.

— Nous avons eu droit à un repas exquis, dit Camille, un peu ivre. Et petit miracle, nous pouvons déguster du café, grâce à notre cher médecin.

— Comment vous l'êtes-vous procuré, docteur ? interrogea le maire avec un clin d'œil.

— Secret d'État, plaisanta Géraud. C'est mon cadeau de mariage.

Les enfants avaient quitté la table et jouaient dans le hall dont les portes-fenêtres étaient ouvertes sur le parc. Des rafales de vent agitaient les branches des arbres, où pointaient des feuillages d'un vert tendre.

Albane avait couché le petit Pierre dans le boudoir, l'enfant étant habitué à faire la sieste.

— Est-ce qu'il dort bien ? s'inquiéta son père, qui tenait la main de Mireille contre sa poitrine.

— Oui, il était épuisé, papa.

— Très bien ! Où est Célestin ? J'ai promis à mon épouse de danser la valse, annonça Amédée.

— Moi aussi je veux danser, Eugène ! s'enthousiasma Suzanne Lafaye. S'il te plaît, mon chéri.

— Comment te refuser cette joie, admit le maire qui n'en avait aucune envie.

— Monsieur de Séguilières, il faudra m'inviter vous aussi, renchérit-elle en soupirant.

Lidy proposa à David de danser également, et lui non plus n'osa pas la décevoir. Célestin, qui avait l'ouïe fine, accourut pour tourner la manivelle du gramophone.

— S'il y a *Le Beau Danube bleu*, je serais aux anges, mon garçon, lui dit l'épouse du maire.

— Oui, madame, je crois que j'ai vu la pochette tout à l'heure.

Voyant Albane près de la table, l'air mélancolique, le docteur voulut la réconforter.

— Le retour des nuages a-t-il assombri aussi votre humeur, ma chère amie ?

— Non, Joseph, ce doit être le champagne, je bois rarement du vin. Mais il était délicieux.

Camille passa près d'eux en glissant son bras sous celui du médecin.

— Dansons tous les deux, suggéra-t-elle.

— Tu le regretteras, je suis un mauvais partenaire dans ce domaine.

— Il y en a un où tu es prodigieux, rétorqua Camille en lui lançant un regard langoureux.

Bientôt quatre couples évoluèrent près des fenêtres, où l'espace était dégagé et permettait de valser. Albane les contemplait quand Félicia et Lucas se mirent eux aussi à virevolter sur la piste improvisée. Odile entraîna son mari tandis que Maria regagnait ses cuisines, où Jacques Favre la suivit discrètement.

— Mademoiselle, puis-je vous inviter ? demanda Célestin en s'inclinant devant Albane. Je suis un peu moins grand que vous, mais le haut de ma tête arrive à votre joli nez !

— Volontiers, dit-elle en riant.

— Vous étiez malheureuse, je l'ai bien vu.

— Seulement rêveuse, Célestin. Mais tu valses à merveille !

— Maman m'a appris, marmonna-t-il.

— Sois patient, nous aurons peut-être des nouvelles. Déjà j'ai pu affirmer à David que son père était vivant et toujours interné au camp de Gurs.

— Mon frère a dû être content, répliqua Célestin qui avait tout de suite consenti à passer pour le cadet de David.

Elle déposa un baiser sur son front, attendrie par le courage et la gentillesse de leur protégé.

— Jeune homme, puis-je emprunter votre cavalière ?

La voix était grave et suave. Albane l'aurait reconnue entre toutes. Elle se retourna, ses doutes renforcés par l'expression joyeuse de Célestin qui avait déjà lâché ses mains.

— Raphaël, tu es venu ? balbutia-t-elle, abasourdie.

— Je suis désolé d'être aussi en retard, mais j'ai pris des chemins de traverse pour arriver sain et sauf.

Éperdue de bonheur, Albane scruta ses traits virils en quête des traces laissées par les violences qu'il avait endurées. Il lui parut un peu différent à cause de la moustache et de la barbe, cependant elle le trouva encore plus beau.

— Valsons, mon ange, souffla-t-il.

Son regard très bleu la fixait, dans lequel se lisait un amour passionné.

— J'en ai mal au cœur, avoua-t-elle en se laissant emporter par la musique de Strauss. Tu es bien là, tu me tiens les mains, je n'ai pas une hallucination.

— Non, une mission particulière m'a ramené près de toi, Albane, mon étoile.

Lidy s'aperçut la première de la présence de son frère. Elle étouffa un cri de joie en se précipitant vers lui. Il la serra contre lui d'un bras, en tenant Albane de l'autre.

— Mais c'est Raphaël ! s'exclama le châtelain. Vous saviez qu'il viendrait, docteur ?

— Pas du tout, c'est l'invité de la dernière heure, s'étonna le médecin.

Le gramophone se tut, Célestin ayant oublié de tourner la manivelle pour le relancer. Plus personne ne songeait à danser, l'irruption de Raphaël suscitant l'intérêt général. Les Goetz le saluèrent amicalement, ainsi que le maire et sa femme.

— On parlait de vous il n'y a pas longtemps, assura Eugène Lafaye, n'est-ce pas, Suzie ?

— Je voulais assister au mariage, mais c'est compliqué de franchir la ligne de démarcation, expliqua Raphaël. Ne vous arrêtez pas de valser pour moi. Je sais qu'il reste de quoi grignoter dans les cuisines, car je suis entré par l'arrière-cour. En fait, je suis affamé.

— Je t'accompagne, ensuite j'irai donner les os de poulet à mon chien, proposa Albane, qui espérait avoir ainsi une heure en tête-à-tête avec son amant retrouvé.

— J'irai avec toi, ce brave Orage mérite d'être à la noce lui aussi. Viens, Célestin.

— Moi, monsieur Wendling ?

— Oui, toi ! Tu n'es pas de corvée de vaisselle aujourd'hui ?

— Si vous le dites, je m'en occuperai, marmonna le garçon, la mine dépitée.

— Ne l'ennuie pas, rien ne presse, protesta Albane.

— Je suis sûr qu'il comprendra vite, insinua Raphaël avec un sourire. Passe devant nous, mon garçon, ouvre la porte. Maria est sortie, elle a emmené M. Favre voir le poulailler…

Célestin s'exécuta à contrecœur. Il tourna la poignée en cuivre, poussa le battant et se figea, sidéré. Une jeune femme très menue était assise près de la cheminée, ses mains tendues vers le feu. Elle avait les cheveux ondulés et châtain clair, coupés aux épaules. Son délicat profil était ourlé d'or par la clarté des flammes.

— Maman ! Maman ! hurla l'enfant.

Emmanuelle Goldberg se leva, les bras tendus. Elle reçut son fils contre elle et l'étreignit de toutes ses forces. Célestin, le visage enfoui dans l'entrebâillement de son manteau, pleurait en silence. Sa mère se mit à sangloter aussi.

— Mon petit, mon chéri, gémissait-elle en le berçant.

Albane avait les larmes aux yeux lorsque Raphaël l'enlaça.

— Nous avons réussi à faire libérer Mme Goldberg, dit-il tout bas. Mais nous avons perdu la trace de son mari. Ils ont été séparés au camp de Drancy. J'appartiens désormais à un nouveau mouvement de résistance bien organisé. J'ai été chargé par mon chef de conduire cette dame au château de Séguilières. Le voyage a duré trois jours.

— Merci pour Célestin, Raphaël, merci pour sa maman ! Mon Dieu, comme je t'aime.

— Laissons-les, Maria et Favre sont allés dehors sur mes conseils. Viens, mon ange, nous avons droit à quelques minutes tous les deux, seuls au monde avec notre amour…

20

De si brèves retrouvailles

Château de Séguilières, dimanche 13 avril,
1 heure du matin

Albane et Raphaël étaient couchés, enlacés et nus sous de chaudes couvertures. Le jeune homme avait décidé de dormir dans la chambre de la tour, aménagée pour lui l'été précédent.

— Le lit est plus grand que celui du boudoir, dit-il tout bas.

— Pourtant je préfère mon divan, car tu ne peux pas t'écarter de moi, même pas de vingt centimètres, répliqua-t-elle. Tu te souviens comme nous étions bien, à Noël, obligés de rester serrés l'un contre l'autre ?

— C'est vrai. Quand j'y pense, tu as mis longtemps à venir me retrouver cette nuit. J'ai dû somnoler en t'attendant.

— Mais je t'ai réveillé d'un baiser, et ensuite tu n'étais plus fatigué du tout malgré ton périple en ambulance, monsieur le faux infirmier, plaisanta-t-elle.

Elle ponctua ces mots d'un baiser sur les lèvres de Raphaël. Ils s'étaient embrassés le plus souvent possible, soit dans les écuries en allant nourrir le chien-loup, soit entre deux portes et aussi en se promenant au fond du parc, sous la lumière argentée de la pleine lune.

— Je t'aime tant, Albane, murmura-t-il. C'est étrange, mais même quand je suis loin de toi, tu es à mes côtés. Dans les rues de Paris, j'ai parfois l'impression de te montrer la vitrine d'une boutique, un bateau sur la Seine. Tu ne me quittes pas, bien au chaud dans mon cœur.

Elle nicha sa tête au creux de son épaule tandis qu'il lui caressait le dos.

— J'ai été soulagée d'apprendre que tu n'étais plus en lien avec Lionel, avoua-t-elle. Il n'avait pas à frapper Camille ainsi, encore moins à la menacer d'un pistolet. Elle était vraiment dans un triste état.

— Je sais et c'est à cause de ça que j'ai quitté ce réseau, composé de types trop vindicatifs à mon goût. Victor m'a suivi, il était ulcéré par le comportement de Lionel. Nous sommes désormais sous les ordres d'un personnage sérieux et digne d'être obéi. Je ne peux pas te dire son nom, par mesure de sécurité.

— Peu importe son identité, je le bénis d'avoir pu faire libérer la mère de Célestin.

— Il fallait encore la conduire en zone libre, près de son enfant. L'ambulance est un excellent moyen pour se déplacer. Le chef nous a fourni les faux papiers indispensables et tout le matériel médical afin d'être crédibles lors des contrôles. Malgré la terreur qu'elle éprouvait, Mme Goldberg a parfaitement joué son rôle de grande malade.

— Elle est charmante et vive, comme son fils. Notre Célestin rayonnait de joie quand je les ai installés dans ma chambre, d'où mon retard à te rejoindre. Je devais allumer le poêle, changer les draps, faire une bouillotte.

Raphaël approuva d'un signe de tête en effleurant les lèvres d'Albane de ses doigts, comme pour souligner leur dessin sensuel. La pleine lune dispensait suffisamment de lumière et ils pouvaient se sourire, avant d'échanger d'autres baisers. Ils avaient fait l'amour déjà deux fois, grisés d'être peau contre peau, de redécouvrir le corps de l'autre.

— Mme Goldberg est sauvée, mais je suis pessimiste quant au sort de son mari, déclara Raphaël. Il a dû être déporté peu de temps après son arrivée à Drancy. Beaucoup de détenus disparaissent, des Juifs en priorité. Où sont-ils emmenés… ? Ils seraient mis dans des trains en direction de la Pologne et de l'Allemagne pour travailler là-bas.

— Jamais je ne comprendrai l'acharnement des nazis envers ces gens, soupira-t-elle. C'est une aberration née de la folie de Hitler.

— Hélas, le gouvernement de Vichy soutient la volonté des occupants de persécuter les Juifs. J'espère que vous n'aurez pas d'ennuis, ton père et toi. Surtout toi, Albane. Je t'en prie, même si en toute conscience, je n'ai rien à t'interdire, renonce à ton projet d'être résistante.

— Qui t'en a parlé ? Camille ou Joseph ? J'avais l'intention de te le dire, mais pas cette nuit.

— C'est Camille, en se vantant de t'avoir présentée à ce groupe basé à Périgueux. Nous avons eu une conversation sur la terrasse quand nous sommes sortis fumer une cigarette après le dîner.

— Évidemment, elle n'a pas pu se taire ! Tant pis, tu es au courant maintenant. Raphaël, j'ai pris cette décision devant un agonisant, Ulrich Mann. Il en a été question à table, ce soir, tu n'ignores donc rien de ce qui s'est passé. Ce jour-là, j'ai vu ce que des hommes pouvaient faire à d'autres hommes en les privant de tout, en ruinant leur santé et en leur ôtant leur dignité. J'étais tellement révoltée que j'ai fait le serment de lutter contre la barbarie, par n'importe quel moyen.

Elle frissonna en remontant drap et couvertures sous son menton.

— Tu as froid, mon ange ?

— Non, je suis nerveuse dès qu'on aborde ce sujet.

— Ta détermination est exemplaire, Albane, mais je voudrais réussir à te décourager. Il est quasiment impossible, si on ne l'a pas vécu, de concevoir la douleur qu'impliquent les coups reçus en pleine figure, sur tout le corps. Ajoute à ça la torture, la peur viscérale d'être tué à chaque instant.

Albane l'étreignit avec passion, émue par les intonations tragiques dont vibrait sa voix.

— Ils t'ont fait du mal, mon amour ! Quand je l'ai su, j'étais désespérée de ne pas avoir été près de toi pour te soigner, te réconforter.

— Dieu merci, tu ne m'as pas vu ainsi… Albane, si tu étais arrêtée, frappée, torturée, j'en deviendrais fou. Une fois entre les mains de ces bourreaux impitoyables, on se sent totalement impuissant, condamné à subir leur violence et des humiliations. Je m'étais promis de ne pas crier, mais je n'ai pas pu retenir des plaintes de bête traquée. Le pire, c'étaient ces moments où ils me plongeaient le visage dans l'eau, jusqu'à ce que je suffoque, au bord de la noyade. Ces salauds exigeaient des aveux ! À quel réseau j'appartenais, qui étaient mes complices. J'avais envie de mourir le plus rapidement possible pour mettre fin à la panique qui montait en moi. Pour ma part, je n'avais jamais été frappé, même pas une bagarre au lycée... Mon père n'aurait jamais songé à des châtiments corporels, ses sermons étaient plus efficaces. On est peu de chose confronté à la souffrance. S'ils s'en prennent à une femme, jeune et jolie de surcroît, je te laisse imaginer ce qu'ils peuvent faire. Alors je t'en supplie, ne te mets pas en danger, continue à enseigner, à jardiner. Tu en fais déjà beaucoup en accueillant Mme Goldberg, Célestin et David Cohen. Sans oublier Mireille et son petit-fils.

— Maïs Mireille ne risque plus rien, puisqu'elle est mariée à mon père et qu'elle portera notre nom, Pierre aussi.

— Pour eux, en effet, il n'y aura sûrement pas de problème à l'avenir. Albane, mon ange, je repars lundi et j'aimerais m'en aller l'esprit tranquille.

— Je vais y réfléchir... Raphaël, tu ne peux pas rester encore un peu ? Aujourd'hui c'est Pâques et lundi étant férié, je ne travaille pas, précisa-t-elle.

— Je serai moins contrôlé un lundi de Pâques, enfin je le suppose. Nous avons un dimanche entier et une seconde nuit à passer ensemble.

— Faisons-en une éternité, dans ce cas, chuchota Albane.

— Oui, une douce et belle éternité, répondit-il tout bas. Je suis épuisé, si on dormait un peu.

— Je ferais mieux de retourner dans le boudoir.

— Pas question, je te garde jusqu'à l'aube, où j'aurai repris des forces pour t'aimer encore.

— Tu as raison, j'aurais tort de m'éloigner de toi, même quelques heures.

Si Raphaël trouva vite le sommeil, Albane demeura éveillée plus d'une heure. Elle pensa à ce qu'il lui avait confié de son expérience dans le local de la Gestapo française.

« Comment je réagirais dans la même situation, aurais-je le courage nécessaire ? s'interrogeait-elle. Peut-être que je serais terrifiée, et que je craquerais immédiatement. En fait, il ne faut pas se faire arrêter, il faut passer entre les mailles du filet, être d'une extrême vigilance. »

Albane sut alors qu'elle ne renoncerait pas et qu'elle irait jusqu'au bout de ses idées, quitte à décevoir Raphaël.

— Je suis désolée, mon amour. Nous nous battrons à des centaines de kilomètres l'un de l'autre, c'est ainsi.

Des scènes de la journée défilèrent ensuite dans son esprit agité. Elle revit Suzanne Lafaye dans sa robe rose à volants, en extase devant le mobilier du château et de toute évidence, fascinée par le maître des lieux.

« Papa est sûrement très séduisant, je ne m'en rends pas bien compte, comme je suis sa fille, songea-t-elle. Mireille doit être amoureuse sous ses airs pudiques… Et quel bon repas. Je n'ai pas assez félicité Maria, mais il paraît que Jacques Favre l'a complimentée. »

Ce fut en évoquant l'instant prodigieux où elle avait reconnu la voix de Raphaël qu'Albane s'endormit enfin.

Dans une autre pièce du château, Mireille se tenait près d'une fenêtre, son regard noir rivé sur la lune qu'un halo jaune entourait.

— Je suis devenue madame de Séguilières, se répétait-elle depuis de longues minutes.

Les draps dans lesquels elle se glissait chaque soir portaient les initiales de Mathilde de Séguilières, un « M. » et un « S » entrelacés. Elle n'y avait pas vraiment prêté attention avant ce soir, celui de son mariage avec Amédée.

— Que dois-je faire ? murmura-t-elle.

En chemise de nuit, un châle sur les épaules, elle alla se pencher sur le petit lit où Pierre devait faire de jolis rêves, à l'image de cette journée animée.

— Tu sembles content, mon trésor. Même dans ton sommeil, tu as un air heureux. Si ton grand-père te voit, de son Ciel, il doit se réjouir pour toi. Je t'ai mis à l'abri, Pierre, et je devrais montrer mon immense gratitude à l'homme qui t'a adopté, par un document officiel, mais aussi dans son cœur. Je ne l'ai pas assez remercié…

Sans faire de bruit, Mireille ouvrit la porte de sa chambre qui se trouvait presque en vis-à-vis de celle du châtelain. Elle aperçut un rai de lumière sous les doubles battants, et crut percevoir des pas, comme si Amédée déambulait dans ce qu'il surnommait « ses appartements ».

— Je vais au moins lui souhaiter bonne nuit, se dit-elle tout bas. Il ne doit pas m'attendre après la discussion que nous avons eue tout à l'heure.

Mireille traversa le couloir pour toquer discrètement chez son second mari qui ouvrit aussitôt.

— Oui, ma douce amie, je ne suis pas encore couché ! Est-ce qu'il y a un souci ? Pierre n'est pas malade au moins, il a mangé beaucoup plus que d'habitude, aujourd'hui.

— Vous ne me faites pas entrer, Amédée ?

— Si, bien sûr, avec joie !

— Mon petit Pierre dort bien, ne vous inquiétez pas. J'ai pris conscience que je ne vous avais pas assez témoigné mon infinie gratitude.

Le châtelain secoua la tête sans lui répondre. Il désigna son fauteuil en cuir, calé près de la cheminée où vivotait un modeste feu, sur une épaisse couche de braises rougeoyantes.

— Asseyez-vous, je suis sûre que vous avez froid. C'est moi qui devrais vous remercier,

Mireille, de m'avoir accepté pour époux. Vous resterez ainsi à mes côtés et cela suffit à mon bonheur. Ne vous faites surtout aucun reproche au sujet de ce que vous savez… Nous ne sommes plus de jeunes amoureux et la nuit de noces n'est pas une obligation. L'affection que vous me donnez me suffit. Au fil du temps, nous avons su nous rapprocher et tenir votre main me suffit.

— Mais c'est injuste pour vous, Amédée. Je n'ai pas le droit de prendre une telle liberté après tout ce que vous avez fait pour nous. Ces pensées m'obsédaient à l'instant. Ma fille Esther est inhumée dans le caveau de votre famille, vous avez adopté Pierre et vous m'avez donné votre nom.

Amédée se plaça derrière le fauteuil, les mains posées sur le dossier. Il rêvait d'embrasser Mireille et de lui prouver son amour, néanmoins c'était un homme d'honneur.

— Écoutez-moi, ma très douce et très chère amie, j'aurais honte d'exiger quoi que ce soit de vous en tant qu'épouse. Et si vous vous allongiez sur mon lit afin de me prouver votre gratitude, j'en serais mortifié. Bien sûr je vous désire, mais ce que j'espère, c'est que vous ressentiez un jour la même chose. Si cela ne se produit jamais, tant pis, mes sentiments pour vous ne changeront pas.

— Amédée, je connais mes propres sentiments. Je vous aime. Ne vous moquez pas, je l'ai compris quand vous dansiez avec Suzanne Lafaye qui vous lançait des œillades langoureuses. J'étais jalouse qu'une autre femme valse avec vous, et moi aussi je vous désire, mais je refusais de l'admettre.

Mireille se leva et tendit les bras au châtelain. Il l'enlaça avec délicatesse, en savourant la joie de la serrer contre lui.

— Puis-je vous voler un baiser ? chuchota-t-il.

— Oui, plusieurs baisers, mon tendre ami. J'ai envie d'être heureuse cette nuit et de vous rendre heureux…

En longeant le couloir sur la pointe des pieds, Lidy entendit le son étouffé de leurs voix, sans toutefois pouvoir distinguer le sens des mots. Elle esquissa un sourire complice avant de se réfugier dans sa chambre.

Tout son jeune corps tressaillait encore de l'extase que David et elle avaient partagée.

— Je ne pourrai plus me passer de lui, s'avoua-t-elle en se déshabillant derrière le paravent qui abritait le coin toilette, un simple lavabo surplombé d'un miroir rond.

Elle se lava à grande eau, debout dans une bassine en zinc.

— Je ne savais pas qu'on pouvait éprouver ça, murmura-t-elle à son reflet. J'ai eu l'impression de m'envoler très haut, d'atteindre un mystérieux paradis. Tout ce que j'ai vécu avant n'a plus aucune importance, David me l'a dit. Lui aussi il était émerveillé, en plus c'était sa première fois…

Lidy se mit en pyjama et se glissa entre ses draps. Son cœur palpitait doucement, pareil à un oiseau prisonnier.

— Nous aussi on se mariera un jour, même si c'est la guerre. Je serai sa femme jusqu'à mon dernier souffle de vie.

Comme pour sceller cette promesse, elle porta sa main gauche à ses lèvres, afin d'embrasser la petite bague en argent, ornée d'un saphir, que David avait glissée à son annulaire.

— Sa maman la lui a donnée avant de mourir, en lui disant de la passer au doigt de celle qu'il aimerait de toute son âme, dit-elle dans le calme de la nuit.

Château de Séguilières, lundi 14 avril 1941

De la terrasse, Albane et Lidy regardaient l'ambulance qui descendait l'allée au ralenti. Rien n'avait pu fléchir la décision de Raphaël de prendre la route dès 7 heures du matin, dans le but d'arriver à Paris le soir même.

— Combien de fois devrons-nous dire au revoir à mon frère, en le suppliant d'être prudent ? La journée d'hier est passée bien trop vite.

— Mais c'était un beau dimanche ensoleillé, où nous étions tous ensemble, ma petite sœur chérie, répondit Albane en lui prenant la main.

Elle tentait de dominer son chagrin d'être à nouveau séparée de Raphaël après deux nuits où ils s'étaient aimés comme s'ils étaient condamnés à ne jamais se revoir.

— Est-ce que tu lui as parlé de ta fausse couche ? demanda Lidy.

— Non, à quoi bon le tourmenter ? Ton frère doit rester fort et pour cela, il vaut mieux qu'il ne se préoccupe pas de moi.

— Albane, comment ferait-il ? Tu lui as dit que tu n'avais pas changé d'avis et que tu voulais être une résistante, intégrée à ce réseau de Périgueux.

— Je ne pouvais pas lui mentir, Lidy. Rentrons, Maria a dû préparer la sempiternelle boisson du matin, chicorée et lait frais. Il restait un peu de café, mais je l'ai fait pour Raphaël. Il a emporté une bouteille Thermos presque pleine.

— Moi, je lui ai donné du pain et du fromage de chèvre. C'est dommage, personne n'a eu de chocolat hier, pourtant c'était Pâques. Tu peux aller prendre ton petit déjeuner, je vais chercher David.

Le cœur lourd, Albane ne répondit pas. Elle suivit des yeux la course légère de la jeune fille vers les écuries, puis se détourna, en essuyant ses larmes.

— Reviens-moi vite, Raphaël, murmura-t-elle. J'ai si peur de te perdre.

Elle savait qu'il éprouvait la même frayeur à son sujet, mais rien ne les arrêterait ni l'un ni l'autre, tant était grand leur besoin de se battre contre l'injustice et pour la liberté.

— Si Dieu le veut, nous nous retrouverons, mon amour, dit-elle en contemplant l'immense ciel d'un bleu pâle.

En entrant dans les cuisines, Albane découvrit Célestin occupé à battre des œufs au creux d'une jatte en grès. Sa mère l'observait avec un sourire ébloui. Quant à Maria, les joues rouges, les avant-bras maculés de farine, elle pétrissait de la pâte à pain.

— Vous êtes bien matinale, mademoiselle, fit remarquer la domestique.

— Tu as oublié ? Raphaël vient de partir.

— Ah, je pensais qu'il resterait au moins jusqu'à midi.

— Hélas, il ne pouvait pas, Maria. Excusez-moi, madame, je ne vous ai pas dit bonjour.

Albane s'adressait à Emmanuelle Goldberg, assise sur un des bancs.

— Moi non plus, je ne vous ai pas saluée, pardonnez-moi, mais je ne me lasse pas de regarder Isaac.

— Maman, il faut m'appeler Célestin, ici, la reprit le garçon. Je me suis habitué à ce prénom.

Ne te trompe pas, surtout si des gendarmes venaient au château.

— C'est difficile. Pour moi, tu es Isaac, depuis ta naissance.

— Je vous en prie, madame, faites un effort, lui dit Albane. Raphaël vous a fourni des faux papiers, nous devons tous utiliser votre nouvelle identité. Mais comme vous avez pu garder votre prénom, vous devriez vous y faire rapidement.

— Emmanuelle Bois, comme David et moi. Le docteur a eu cette idée, maman, il nous fait passer pour les petits-neveux parisiens de Maria venus se réfugier en Dordogne. David, c'est le jeune homme que tu as vu pendant le dîner, hier soir. Le pauvre, sa mère et sa sœur sont mortes au camp de Gurs, mais son père est encore vivant.

— Quel âge a David ? s'enquit Emmanuelle Goldberg.

— Dix-huit ans, précisa Albane. Et vous ?

— J'aurai bientôt trente-neuf ans, donc je serai censée être aussi la mère de David ?

— En effet… Je comprends que ce soit pénible pour vous, mais ce sont des précautions utiles.

Sa tâche terminée, Maria se rinçait les mains à l'évier, en ressassant ses inquiétudes sur leur stock de provisions qui s'amenuisait.

— Comptez-vous rester longtemps, madame ? interrogea-t-elle à sa manière brusque. Plus on est nombreux, plus ça devient compliqué de nourrir tout le monde.

— Maria, ce n'est guère poli de dire ça ! protesta Albane. La maman de Célestin a séjourné dans un camp d'internement, où elle était sous-alimentée. Il n'est pas question qu'elle s'en aille, du moins pas tant qu'elle n'a pas repris des forces.

— Laissez, mademoiselle, je suis la première gênée de vous imposer ma présence, déclara Emmanuelle Goldberg. Je n'ai pas un sou, pas un bijou afin de vous dédommager. Dans ma valise, il y a juste une robe et du linge de corps de rechange.

— Nous nous arrangerons pour les vêtements, et nous ne vous aurions jamais réclamé d'argent, assura Albane. Je suis institutrice, comme vous le savez, si bien que je touche un salaire convenable.

Pendant ce temps, Célestin faisait cuire une omelette, qu'il avait parfumée avec du persil et de l'ail émincé. Les propos de Maria l'avaient blessé et il cherchait déjà une solution pour permettre à sa mère de vivre là, auprès de lui.

— Je vais travailler, annonça-t-il. Ne t'inquiète pas, maman. Si je quitte l'école, je peux proposer des services aux gens. Et je ferai toutes tes corvées, Maria. Dites, mademoiselle, si je bêchais à gauche du potager, on pourrait planter des choses.

Albane dut encore une fois contenir ses larmes, confrontée à ce garçon de douze ans prêt à tout pour sa mère qui lui avait cruellement manqué.

— Célestin, sers cette belle omelette à ta maman et calme-toi, dit-elle en le prenant par l'épaule. Tu n'as pas à quitter l'école ni à faire le travail d'un adulte. Et vous, Emmanuelle, profitez de votre fils, accordez-vous du repos. Nous discuterons de vos projets plus tard.

— Je vous remercie, mademoiselle, mais peut-être que j'ai une solution acceptable. Mon frère habite Lyon, en zone libre ! Si je lui écris, il pourrait nous héberger. Il faudra m'avancer de quoi acheter deux billets de train. Je vous rembourserai dès que j'aurai trouvé un emploi là-bas.

— Faites ce qui vous semble le mieux, Emmanuelle. Demain, je vous fournirai du papier à lettres, un stylo, une enveloppe et des timbres, affirma Albane.

— Maman, je n'ai pas envie de m'en aller ! s'affola Célestin. Au château, il y a Félicia, mademoiselle, et puis Lidy, le chien-loup, les animaux…

— Tu n'as pas honte ? le sermonna Maria. Tout ça, est-ce que ça doit peser dans la balance, si tu peux vivre avec ta mère ?

Le garçon acquiesça d'un signe de tête, les lèvres serrées pour ne pas pleurer.

— Rien n'est décidé encore, décréta Albane. Autant savourer l'instant présent, à savoir le petit déjeuner.

La famille Goetz fit son entrée, suivie par Mireille et Amédée. Le châtelain tenait Pierre dans ses bras, comme bien souvent. Après l'échange rituel de « bonjour » chaleureux, le silence revint, vite troublé cependant par la sonnerie métallique du téléphone.

Albane se précipita dans le salon pour répondre. Elle reconnut bientôt la voix et l'accent prononcé d'Antoine, le chef du réseau de résistance qu'elle avait rencontré à Périgueux.

Brantôme, école primaire, vendredi 18 avril 1941

En apparence, le quotidien d'Albane était le même. Depuis le matin, elle avait su dominer sa nervosité, teintée d'exaltation.

— Camille devrait être là, se dit-elle en regardant la pendule. Antoine aussi.

Enfin elle aperçut ses visiteurs par la fenêtre ouverte sur la cour, qu'elle eut soin d'aller refermer. Les clefs du logement de l'étage à la main, elle sortit dans le couloir.

— Vous êtes en retard, dit-elle à mi-voix. M. Favre est parti il y a plus d'une heure. Venez, on monte discuter.

— On peut se dire bonsoir, quand même, insinua le dénommé Antoine.

— Excuse-nous, on a dû expliquer le plan à Joseph, déclara Camille. Bien sûr, il juge l'idée périlleuse.

— Pourquoi il n'est pas venu avec vous ?

— La salle d'attente était presque pleine, et il aurait tout fait pour nous décourager. C'est notre mission, Albane.

— Oui, le docteur n'avait pas besoin d'en savoir plus, affirma Antoine.

Albane grimpa l'escalier la première. Dorian Chassaing s'était installé dans une chambre bon marché d'une pension de famille, libérant ainsi le petit appartement.

— Alors, que devrons-nous faire ? questionna-t-elle en se servant un verre d'eau.

Antoine extirpa de sa poche intérieure un papier plié en quatre. Après l'avoir un peu défroissé, il l'étala sur la table de la petite cuisine.

— Voilà la carte du lieu choisi pour la livraison, qui aura lieu de nuit, évidemment. Un type important de Paris, en liaison avec les Forces françaises libres, s'est décidé à nous faire livrer des armes et des munitions. Un officier anglais sera également parachuté. Il doit rencontrer un groupe de maquisards, en Corrèze. C'est moi qui l'y conduirai en camionnette. Les ordres sont simples, il faut récupérer les armes et mettre l'Anglais en lieu sûr. J'ai pensé à vous deux pour allumer les feux qui indiqueront au pilote de l'avion de la Royal Air Force l'endroit précis où larguer les caisses et l'homme. Mes gars et moi, on se tiendra prêts à ramasser le matériel et le Britannique. Attention, vous devrez vite éteindre les feux avec des couvertures que je vous fournirai.

Camille approuva en étudiant la carte attentivement. Elle pointa de l'index une croix tracée en rouge.

— C'est près de Bergerac. On y sera en avance, mais dis-nous le point précis du rassemblement.

— L'opération se déroulera dimanche soir, je vous le ferai savoir à ce moment-là. Autre chose, on cachera nos voitures dans un bois tout proche. Reste à souhaiter que les parachutes ne tombent pas sur les arbres si le pilote fait la moindre erreur de localisation.

— Combien de feux faut-il allumer ? s'enquit Albane.

— Au moins huit, en deux lignes de quatre, précisa Antoine. On vous donnera des bidons d'essence et des sacs de paille. Ah, vous êtes aussi chargées de récupérer les toiles de parachute. Cachez-les bien pendant le trajet du retour. Des questions ?

— Non, ça me semble même très simple, d'autant plus qu'en zone libre, il n'y a aucun risque de croiser une patrouille allemande, répondit Camille. J'emporterai une trousse de secours au cas où l'Anglais se blesserait à l'atterrissage.

— Et toi, Albane, tu n'as rien à demander ? lança Antoine d'un air ironique. La maîtresse d'école retiendra sa leçon ?

— Une chose m'intrigue, répliqua-t-elle. Pourquoi le docteur estime cette mission dangereuse ?

Une cigarette au coin de la bouche, Camille jeta un coup d'œil moqueur du côté d'Antoine.

— Géraud est en droit de penser ce qu'il veut, soupira celui-ci. Pour lui, les femmes n'ont pas à se mettre en danger. Il m'a parlé de ta blessure par balle, Albane, en ajoutant qu'il s'en jugeait responsable. En fait, à l'entendre, vous êtes juste bonnes à distribuer des tracts ou à soigner des bobos. J'admets que le docteur a des relations intéressantes sur Paris. Il a aussi fait passer la ligne à plusieurs Juifs en déroute, mais il ferait mieux d'exercer sa profession sans se mêler de résistance. Satisfaite ?

— Pas tout à fait, cependant c'est plausible, concéda Albane. Peut-être que tu penses que je devrais moi aussi me contenter d'être institutrice d'ailleurs. Ça expliquerait tes sarcasmes continuels sur mon métier.

— Je respecte ton boulot, c'est indispensable d'instruire nos gosses. Je blaguais, rien d'autre, histoire de détendre l'atmosphère. J'ai le trac, figure-toi. La mission est capitale car on a besoin d'armes et de munitions.

— Vous avez prévu de les planquer dans cet ancien garage, à Périgueux ? s'intéressa Camille.

— Non ! Tu te souviens de la grotte où nous t'avons emmenée, l'automne dernier ? Il y a des galeries qui partent de la cavité principale. Bastien et Borys les ont explorées, on s'en servira comme dépôt. Encore une recommandation, même ici en zone libre, les gendarmes et la police française tentent de déjouer les plans des résistants pour obéir aux directives du gouvernement de Vichy. Si on vous contrôle entre Brantôme et Bergerac, jouez les innocentes, enfin les jolies filles qui vont au cinéma.

— Dans ce cas, ce serait à tes hommes et à toi de garder les toiles de parachute, nota Albane. Comment les dissimuler dans une voiture ?

— C'est votre rôle alors inutile d'en discuter plus longtemps, débrouillez-vous, trancha Antoine. Je m'en vais, j'ai de la route à faire. Bonsoir !

— Moi aussi, je retourne au cabinet médical pour seconder Joseph, décréta Camille. À dimanche, sois prête.

— Je le serai, toi, ne viens pas en retard. Après ton appel, je t'attendrai en bas de l'allée.

Une fois seule, Albane sortit du logement qu'elle ferma à clef. L'imminence de l'opération de parachutage faisait battre son cœur plus vite.

— Je dirai à mon père que nous allons faire une balade en voiture, avec Camille et Joseph dimanche après-midi, murmura-t-elle en descendant l'escalier. Cela ne surprendra personne si je prétends dîner avec eux. D'ici là, je vais réviser mes faibles bases de la langue anglaise puisque j'ai un petit dictionnaire.

Elle traversait la cour de l'école quand un aboiement la fit sursauter. Il pouvait s'agir de n'importe quel chien, cependant elle eut la conviction que c'était son berger allemand.

— Mademoiselle, oh, mademoiselle !

Célestin accourait, en retenant Orage qui tirait sur sa laisse.

— Qu'est-ce qui se passe ? Pourquoi tu as sorti Orage sans ma permission ? Tu sais bien que j'évite de le montrer en ville…

— Mais Albane, je devais le rattraper. Félicia lui avait ouvert la porte du box. En plus, il y avait Mireille dans le parc, elle promenait le petit Pierre. Orage les a évités, je crois, mais votre belle-maman hurlait de terreur.

— Oh, il a fallu que ce genre d'incident arrive quand je ne suis pas là !

— Tout va bien maintenant, soupira le garçon. Regardez, il vous fait la fête. Heureusement que j'avais emporté sa laisse. Et puis quand je l'ai rappelé, il est venu me voir, mais on était déjà près de l'école.

Albane caressa le chien-loup en considérant Célestin d'un air attendri.

— Merci, tu es si gentil. Reprends ton souffle, nous allons rentrer au château par un chemin à travers bois, celui que nous avons déjà pris un soir.

— D'accord, mademoiselle. Je suis content d'être un peu avec vous. Maman a téléphoné à son frère, aujourd'hui. Il y avait le numéro de son magasin à Lyon dans le bottin.

— Et alors ?

— Alors il lui a dit de venir dès que possible. Il va envoyer un mandat par la poste. Elle travaillera avec lui à la boutique, parce que sa femme attend un bébé. On sera logés et nourris, en famille comme répète maman… Mais cet oncle-là, je ne l'ai jamais vu, mademoiselle. Il ne me connaît pas et moi non plus.

La bouche de Célestin tremblait. Il s'empêchait de pleurer en la fixant avec insistance.

— Vous allez tellement me manquer, mademoiselle, balbutia-t-il en se jetant dans les bras d'Albane.

Elle lui tapota le dos, la gorge nouée à son tour par un sanglot contenu.

— Je me suis attachée à toi, Célestin. Tu aurais pu rester des années au château, je te considérais comme mon petit frère. Ne sois pas trop triste. À Paris, des gens honorables ont fait en sorte de libérer ta maman. Elle aurait pu être déportée dans un camp à l'étranger. Tu es tout pour elle, c'est ton devoir de la protéger et de la chérir.

— Bien sûr, mademoiselle, je ne la quitterai plus, je serai un bon fils, mais je ne vous oublierai jamais, vous et mes amis du château. Promis, j'écrirai une lettre par semaine, enfin par mois.

— Et je te répondrai, Célestin, lui dit Albane en déposant un baiser sur son front. Ne pleure pas, sinon je vais pleurer aussi. Nous pouvons rêver tous les deux que la guerre finira tôt ou tard, et que nous nous reverrons…

Ils s'éloignèrent de l'école, en direction d'un bois de châtaigniers longeant la route. Le chien-loup marchait d'un pas régulier à côté de sa maîtresse.

— D'après mes lectures, Lyon est une grande et belle ville, précisa la jeune femme lorsqu'ils furent sous le couvert des arbres. Tu te feras de nouveaux camarades à l'école, là-bas.

Peu à peu, grâce aux douces paroles d'Albane, Célestin se consola, en comparant son prochain départ et le voyage en train à une formidable aventure. Il ignorait qu'un enfant portant le nom d'Isaac Goldberg pouvait être rayé de la surface de la terre par la volonté insensée d'un dictateur…

Près de Bergerac, dimanche 20 avril 1941

Camille avait garé la voiture à l'entrée d'une piste boueuse qui devait traverser le bois dont avait parlé Antoine. Assise à ses côtés, Albane ajusta le bonnet en laine qui dissimulait ses cheveux. Elles avaient déjà préparé huit tas de paille en vis-à-vis, délimitant ainsi l'aire de parachutage, et Borys leur avait apporté des bidons d'essence.

— Maintenant on ne fait rien tant que Bastien ne nous a pas donné le signal, chuchota-t-elle.

— Exactement. Ils sont là, leur camionnette est au bord de la route. Si tu préfères, on patiente dehors, comme ça, on entendra le bruit de l'avion. La campagne est tellement silencieuse, il sera perceptible de loin.

— Mais il ne fait pas nuit noire, à cause de la lune. On est tous en avance, Camille.

— Tu as écouté les conseils d'Antoine, il faut parer à toute éventualité. L'avion peut arriver un peu plus tôt ou un peu plus tard. Je te trouve très nerveuse, il y a un souci ? Tu as peur ? Je ne t'en voudrais pas, je suis anxieuse moi aussi.

— Je suis surtout très triste, à l'idée du départ de Célestin. Il me manquera beaucoup. Sa mère et lui s'en iront sûrement dans une semaine.

— Joseph m'en a parlé. Tu as eu tort de le faire passer pour le petit frère de David Cohen le jour du mariage. Le maire et sa femme étaient là, Jacques Favre aussi, ils vont se demander pourquoi Célestin a disparu.

— J'inventerai un prétexte. Par chance, ils n'ont pas vu Emmanuelle Goldberg.

Camille alluma une cigarette, ce qui incommoda Albane, les vitres étant remontées.

— Si tu fumes, je préfère attendre à l'extérieur.

— Quelle chochotte tu fais, se moqua Camille. Je suis sûre que ça ne te dérange pas si Raphaël fume sous ton nez !

Albane était descendue de la voiture et ne daigna pas lui répondre. Elle respira avidement l'air frais du soir afin de calmer son exaltation, doublée d'une légitime appréhension.

— Tout ira très vite, lui précisa Camille en la rejoignant. Dès qu'on entend le bruit de l'avion, on court enflammer la paille. Tu n'as pas oublié de prendre un briquet ?

— Je ne suis pas si étourdie ! Ah, tu entends ?

— Je crois qu'il approche, en effet.

Au même instant, Antoine et ses hommes surgirent de la camionnette. Un sifflement retentit, tandis que le dénommé Bastien agitait les bras.

— C'est le signal, Camille, on y va ! Bonne chance, et fais attention aux flammes, murmura Albane, survoltée.

Elles s'emparèrent des bidons et se mirent à courir dans le grand pré plat qui s'étendait jusqu'à un autre bois. En pleine action, les deux jeunes femmes ne pensaient plus à rien, concentrées sur les gestes à accomplir. Bientôt les huit feux illuminèrent la nuit d'avril.

— On repart chercher les couvertures ! s'écria Camille. Regarde, l'avion est tout proche.

Une véritable fièvre s'empara d'Albane. Elle se sentait à la fois légère et pesante, le souffle suspendu. De retour à la voiture, elle observa la large volte qu'effectuait le pilote de la Royal Air Force, très haut au-dessus de la piste de fortune. Soudain elle vit se déployer un parachute couleur ivoire, que le poids de trois caisses précipitait vers le sol.

— Et le soldat anglais, qu'est-ce qu'il fait ? lui demanda Camille d'une voix tendue.

— Je n'en sais rien. Regarde, ça y est, il vient de sauter !

— Pas au bon moment, son parachute s'ouvre, mais il y a du vent, il se déporte au-dessus des arbres. J'en étais sûre !

L'avion repartait déjà. Albane jeta deux couvertures dans les bras de Camille.

— Vite, on doit éteindre les feux, Antoine et les autres s'occuperont du soldat, dit-elle.

Cependant le premier souci de leur chef et de ses hommes était de récupérer les caisses d'armes. Bastien tranchait les cordelettes du parachute, Borys commençait à le replier.

— Dépêchez-vous, les gars ! ordonna Antoine. On embarque le matériel en priorité. Il faut décamper au cas où les gendarmes de Bergerac aient entendu l'avion.

— À cette distance, ça m'étonnerait, rétorqua Bastien.

Camille et Albane, leur tâche accomplie, s'approchèrent d'eux.

— Bon travail, les filles, les feux sont déjà éteints, les félicita Antoine. Maintenant allez chercher notre Anglais. S'il est blessé, on le soigne en vitesse et on l'emmène.

— D'accord, je prends ma trousse de secours et on y va, j'ai vu à peu près où il est tombé dans le bois, affirma Camille.

Albane la suivit en courant. Elles parvinrent en même temps au pied du chêne où le soldat anglais essayait de se dégager d'un fouillis de cordelettes. Son parachute pendait au-dessus de sa tête. Du sang ruisselait sur son visage, voilant ses traits.

— Bonsoir, mesdemoiselles, dit-il avec un accent tout à fait britannique. Une branche m'a coupé le front, rien de sérieux. Sergent Harrison.

— Bonsoir, sergent, je dois désinfecter votre plaie, ensuite si vous pouvez marcher, nos compagnons vont vous emmener en lieu sûr. Autant nettoyer votre figure, tant que j'y suis.

Sans perdre de temps, Albane récupéra le second parachute qu'elle roula habilement. Il lui restait à trancher les cordelettes dont elle fit un paquet. Borys vint aux nouvelles au pas de course lui aussi.

— Bonsoir, monsieur, on doit faire vite. Vous n'avez rien aux jambes ? Mademoiselle Albane, j'ai rangé l'autre parachute dans votre voiture.

— Merci, Borys.

Camille avait déjà pansé la blessure du sergent Harrison et l'aidait à se lever. Il la remercia en anglais.

— *Go*, dit-il avec un sourire. *Bye bye*, mesdemoiselles !

Médusée, Albane regarda partir les deux hommes.

— Eh bien, on ferait mieux de s'en aller nous aussi, lui dit Camille. Mission réussie. Reste à souhaiter qu'on ne croise pas les gendarmes. Il est très tard pour des filles qui seraient allées au cinéma…

La providence dut s'en mêler, car elles rentrèrent sans encombre à Brantôme. Camille se gara devant le cabinet médical sans couper le moteur.

— Garde la voiture, tu as peu de chance de te faire contrôler d'ici au château. Je te confie les toiles de parachute, tu n'as qu'à les cacher dans vos caves. Attention, c'est de la soie, on pourra s'en faire des corsages.

— C'est bizarre, Camille, je suis soulagée, mais déçue, tout s'est passé si vite. Je n'ai même pas dit un mot au sergent anglais.

— Tu te sens prête à recommencer, Albane ?

— Oui, bien sûr, mais pas tout de suite.

— Dans combien de jours, de semaines ?

— Je dois me remettre de mes émotions et me consacrer à Célestin. Disons à la prochaine occasion.

Sur ces mots, elle remplaça Camille au volant avec une intense jubilation. Elle se croyait encore au milieu du grand pré, en train d'allumer les feux et l'image de l'avion qui tournait haut dans le ciel l'obsédait.

Albane roula doucement jusqu'au porche du château, l'esprit agité de mille pensées.

— Maintenant je te comprends mieux, Raphaël, dit-elle en évoquant le dernier baiser qu'ils avaient échangé, le matin où il était reparti pour Paris. Oui, je te comprends enfin. Malgré la peur et le danger, c'est à la fois exaltant et apaisant de lutter en secret. Ne crains rien, mon amour, je saurai me préserver. L'espoir de te retrouver me tiendra lieu d'armure, une armure invisible mais merveilleusement lumineuse.

21

Le droit d'asile selon les Séguilières

Château de Séguilières, vendredi 17 juillet 1942, environ quinze mois plus tard

La salle à manger était déserte, mais il restait sur la grande table nappée de blanc plusieurs assiettes à dessert et une douzaine de verres. Albane s'empara d'un plateau pour commencer à débarrasser. Elle considéra avec un doux sourire les trois minuscules bougies qui gisaient dans une soucoupe en porcelaine.

— Pierre était si fier de réussir à les souffler toutes du premier coup, murmura-t-elle.

Le soleil entrait à flots dans la pièce où s'attardait la senteur du thé à la bergamote. Cette année, Maria avait fait deux gâteaux de bonne taille, mais avec les moyens du bord.

— La pauvre, elle avait presque honte de manquer de sucre ! Quant au chocolat, ce n'est plus qu'un rêve.

La domestique s'était néanmoins efforcée de rendre ses pâtisseries succulentes grâce aux confitures datant de l'été précédent.

— Il reste quatre parts, c'est parfait. Celle de M. Goetz est déjà mise de côté dans le placard des cuisines.

Vêtue de sa robe préférée, en cotonnade fleurie, Albane entassa la vaisselle sale sur le plateau. Le rationnement qui sévissait depuis des mois l'avait amincie, mais sa jeune poitrine pointait sous le tissu et une ceinture en cuir marquait sa taille plus fine. Chaussée de sandales en toile, elle se sentait légère et fraîche.

— Tout le monde est parti se promener, je serai tranquille.

Quelques minutes plus tard, elle montait au second étage du château, un lourd panier à bout de bras. À l'époque où les Séguilières étaient fortunés, les domestiques étaient logés là, en disposant d'un certain confort. Elle suivit d'un pas rapide le couloir flanqué de portes en vis-à-vis, puis, s'arrêtant devant la dernière, elle toqua quatre petits coups.

— Entrez, mademoiselle, répondit-on.

Albane entrebâilla le battant et se glissa dans la pièce, où un jeune homme était à demi allongé sur un lit.

— Me revoici, dit-elle gentiment. Je vous apporte du gâteau, une tasse et une bouteille

Thermos où il y a du thé tiède. C'est une amie, Coralie, qui m'en a envoyé de Suisse. Il est parfumé à la bergamote.

— *Good, good*, marmonna-t-il en lui souriant.

Il avait de courts cheveux châtain clair et des yeux d'un bleu pâle. Un large pansement couvrait une partie de son torse nu.

— *Sorry*, euh, désolé pour la tenue, il fait très chaud ici, j'ai enlevé ma chemise, articula-t-il avec soin.

— Tenez bon, John ! Ce soir, après la visite du docteur, vous pourrez sortir et marcher dans le parc, enfin quand il fera nuit. Personne ne doit vous voir ni discuter avec vous.

Le soldat britannique approuva d'un signe de tête, en prenant l'assiette où trônait sa part de génoise garnie d'une gelée rouge.

— Merci beaucoup, mademoiselle, dit-il. Savez-vous si je pars bientôt ?

— Le docteur Géraud nous renseignera tout à l'heure. Si votre blessure l'inquiète encore, il faudra patienter. Mais dès que vous irez mieux, il vous conduira au préventorium des Fougères, près de Brantôme. Un de vos compatriotes, un officier de la Royal Air Force, se trouve déjà là-bas.

— Je comprends, je vais être patient.

Albane appréciait son accent anglais, qu'elle trouvait attendrissant. Camille et elle, toujours membres d'un des réseaux de résistance de Périgueux, avaient secouru *in extremis* le jeune lieutenant parachuté en zone libre à un kilomètre à peine de la ligne de démarcation.

— Il a eu de la chance dans son malheur, avait commenté le médecin. Certes, il s'est déchiré l'épaule et le flanc sur une branche d'arbre, mais un peu plus il atterrissait près d'une patrouille allemande, et il aurait été fait prisonnier ou abattu. Pouvez-vous le cacher le temps que je le soigne ? Ensuite je le mettrai en sécurité, aux Fougères. Le directeur héberge des enfants juifs et un autre soldat anglais.

Albane avait accepté tout de suite, sans attendre l'accord de son père. Averti, Amédée de Séguilières s'était empressé de consentir à son tour. Depuis il rendait de fréquentes visites au lieutenant John Crawley, se disant soucieux de son bien-être.

Le blessé avait des lèvres fines, mais très colorées. Il esquissa un sourire, sans penser à manger.

— Je ne prive pas les enfants ? Combien ils sont ? s'enquit-il d'un air soucieux. Je demande, parce que avant, je dormais beaucoup à cause de la fièvre, de la douleur, et le docteur me donnait de la morphine.

— Ils sont trois : une fille, Félicia, et deux garçons, Lucas et le petit Pierre, répondit Albane, navrée de lui mentir.

Elle n'avait pas le choix, obéissant ainsi aux consignes très strictes de Joseph Géraud.

— Vous devriez goûter ce gâteau, John. Reposez-vous un peu, ensuite. Le docteur passera dans une heure ou deux. Je vous laisse.

Albane jeta un coup d'œil désolé sur le décor qui entourait le lieutenant. L'ameublement était sommaire, le plâtre des murs parcouru de lézardes et de taches d'humidité.

— *Don't worry, I'm good ! I'm good*, répéta le soldat, témoin de son expression dépitée. Je suis bien, mademoiselle.

Elle comprenait ce vocabulaire très simple, touchée par la volonté du jeune homme de ne pas se plaindre. Il prétendait que tout allait bien, juste pour la rassurer. Son panier n'était pas encore vide lorsqu'elle regagna le premier étage pour pénétrer dans la tour d'angle. Là, elle frappa à une autre porte, celle de la chambre où Raphaël avait dormi seulement quelques nuits.

— J'ai l'impression que cela fait une éternité, nous ne nous sommes pas revus depuis le mariage de papa, se dit-elle.

On lui ouvrit après avoir entrebâillé le battant en bois clouté. Le minois de Myriam Lambert lui apparut.

— C'est bien vous, mademoiselle, chuchota la fillette, qui avait neuf ans. Entrez, maman dort encore, ma sœur aussi.

— Je vous apporte du gâteau, une part chacune, annonça Albane tout bas. Nous avons fêté les trois ans de mon petit frère et je tenais à vous en faire profiter.

Une femme aux cheveux roux, qui était étendue sur le lit, se redressa au son de sa voix. Elle secoua doucement sa fille aînée, couchée à ses côtés.

— Réveille-toi, Dina, la demoiselle est là pour nous donner à goûter.

— Oui, maman, je me lève, soupira l'adolescente, dotée de la même chevelure flamboyante que sa mère.

— J'attends le docteur Géraud, mais plus tard vous pourrez faire un tour derrière le château si vous voulez, on ne vous verra pas de la route, ajouta Albane. Je dois sortir mon chien, j'irai avec vous.

— Je pourrai le caresser, mademoiselle ? s'écria Myriam.

— Mais oui ! Madame Lambert, comment vous sentez-vous aujourd'hui ?

— Comme une épouse séparée de son mari et qui ignore où il est ! Si je savais le père de mes filles en bonne santé, j'aurais un meilleur moral.

— Camille Audebert, l'assistante du docteur Géraud, vous a promis de se renseigner.

— Bertrand a été arrêté à Paris le 20 août, il y aura bientôt un an par des policiers français. Je n'ai pas voulu quitter la capitale, avec l'espoir qu'il revienne. Un de nos amis a enquêté dans les prisons, mais il n'y était pas. Je me suis décidée à venir en zone libre au début du mois de juin, lorsque les rumeurs qui couraient depuis des mois concernant le port de l'étoile jaune se sont avérées fondées.

Un sanglot fit taire Sharon Lambert. Albane avait entendu le même récit le jour où elle avait fait sa connaissance, en secondant Camille. Lorsque le médecin n'était pas en mesure d'assurer le passage clandestin de la ligne de démarcation, elles s'en chargeaient ensemble.

— Ayez confiance, madame Lambert, dit-elle à mi-voix.

— J'en suis incapable après ce que nous avons enduré à Paris. En zone occupée, les Juifs n'ont plus aucun droit. Leurs entreprises sont confisquées, les fonctions publiques leur sont interdites et nous avons subi bien d'autres vexations.

— Je suis au courant de ces mesures honteuses et je compatis sincèrement, madame… À présent vous êtes en sécurité avec vos filles, gardez espoir.

— Mais oui, maman, murmura Dina, âgée de quatorze ans. Tu pleures beaucoup, alors que ça ne sert à rien. Papa reviendra.

— S'il revient, il ne saura pas où nous sommes, il croira que nous avons été arrêtées nous aussi, gémit sa mère.

— Madame, calmez-vous, conseilla Albane. Vous m'avez dit hier que votre mari souhaitait descendre dans le Midi, où vit sa tante. C'est bien là que vous comptez aller ?

— Oui, en effet, mademoiselle.

— Papa nous rejoindra là-bas, j'en suis certaine, affirma Dina. Reprends des forces en prévision du voyage, maman. Déjà tu vas manger du gâteau. Regarde, il y a trois grosses parts.

— J'ai aussi rempli une bouteille de lait, et voici des gobelets. À tout à l'heure, j'ai affaire au rez-de-chaussée, déclara Albane.

Une fois dans l'escalier, elle respira profondément pour lutter contre l'oppression dont elle souffrait au quotidien.

— Pauvres petites et pauvre dame, murmura-t-elle. Elles me font tellement de peine. Je voudrais me changer les idées, mais comment… ?

La réponse lui sembla évidente en entrant dans le salon qui, grâce à l'obstination d'Odile Goetz, était redevenu la plus belle pièce du château. Le parquet ciré luisait sous les rayons du soleil, les rideaux en mousseline étaient immaculés et chaque bibelot rutilait de propreté.

— Je vais appeler Coralie, je ne lui ai pas parlé depuis la mi-mai. Elle doit être en vacances, comme moi.

Le combiné, en cuivre et bakélite, posé sur une majestueuse commode sculptée, la fascinait toujours, même après plusieurs mois. Personne n'en abusait, mais si elle en avait l'occasion, Félicia s'empressait de décrocher pour lancer un « allô » plein d'assurance.

Assise sur un tabouret, Albane patienta jusqu'au moment où elle entendit enfin la voix de son amie. Elles échangèrent d'abord le bonjour rituel, d'un ton joyeux.

— Je suis contente que tu sois chez toi, Coralie, j'avais besoin de bavarder un peu de choses anodines.

— D'accord, ça signifie que je ne saurai rien des éléments peu ordinaires de ton existence, j'ai compris. Donne-moi vite des nouvelles de tout ce petit monde qui t'entoure. Quand l'école s'arrête, je m'ennuie tant. Nos finances sont en chute libre si bien que je m'interdis la moindre distraction.

— Aujourd'hui, Pierre a fêté ses trois ans. Grâce à toi, j'ai pu prendre des photographies avant le goûter d'anniversaire. Mireille, papa et notre angelot ont posé sur la terrasse, au soleil. Tu m'as fait un beau cadeau, en m'envoyant cet appareil photo pour Noël 1940… Si seulement j'avais trouvé ton colis à cette date. Maria, en le recevant, l'avait trop bien rangé en bas d'un placard des cuisines. Je te demande encore pardon.

— Le principal, c'est que tu l'aies enfin découvert, admit Coralie en riant. À charge de revanche, tu dois continuer à m'expédier les meilleurs tirages. Maintenant je sais à quoi ressemble ton chien-loup, le superbe Orage. Mon père s'est extasié. Il affirme que c'est un berger allemand pure race. Figure-toi que mes parents étaient allés à Bordeaux au mois de mars 1920 pour visiter la première exposition française de bergers d'Alsace[1], car à l'époque on dénommait ainsi ces chiens. Ma mère rêvait d'en acheter un, mais finalement ils ont eu un caniche.

— Ce n'est pas vraiment le même modèle, plaisanta Albane, un peu détendue. Sinon, l'année scolaire a été paisible. J'avais trente élèves seulement, et les plus grandes ont obtenu leur certificat d'études haut la main. Mireille m'a félicitée mais le mérite ne me revenait pas entièrement. Nous nous entendons toujours aussi bien. Je dirais même que son mariage avec papa nous a encore rapprochées, et à présent nous formons une famille unie. J'avais déjà tant d'affection pour cette femme. Peut-être aussi que je l'ai aidée, de mon côté, à combler le douloureux vide laissé par le décès de sa fille.

— Sans doute, oui. Et Raphaël ? Quand tu m'as téléphoné, au mois de mai, tu te plaignais car il ne pouvait pas te rendre visite et que parfois tu n'avais aucun signe de lui.

1. Fait véridique.

— J'exagérais un peu, mon moral était au plus bas. J'ai quand même de ses nouvelles grâce au docteur Géraud, puisqu'ils sont régulièrement en contact. Raphaël est toujours à Paris, mais il serait question d'un séjour ici, à Brantôme. Il resterait au château au moins une semaine. Je prie pour que ce soit vrai, que je puisse le revoir, le serrer dans mes bras et le couvrir de baisers. Coralie, j'ai des doutes, crois-tu qu'il a pu me tromper ? Comment être sûre qu'il n'a pas été attiré par une autre femme ?

— Et toi, tu lui as été fidèle ? rétorqua son amie.

— Bien sûr, jamais je n'aurais pu le trahir.

— Raphaël non plus, dans ce cas. Au fait, tu ne m'as pas parlé de Célestin, ni de Lidy ! Elle continue sa formation d'infirmière à Périgueux ?

— Oui, surtout que David, son amoureux, a obtenu un emploi à la bibliothèque. Ils reviennent au château le samedi et repartent le lundi matin à l'aube, en autocar. Je suis allée les chercher deux fois, j'aime tant conduire.

— Si nous n'avions pas vendu notre immeuble et la bijouterie, ils auraient pu y habiter la semaine.

— Je suis passée devant votre magasin, il est souvent fermé. De toute façon, Lidy dort sur place à l'hôpital et David est logé chez un ami, Borys, dont les parents sont polonais.

— Un ami avec qui tu partages certaines activités.

— Tout à fait. Pour Célestin, j'ai reçu seulement une courte lettre postée de Lyon et une carte de vœux à Noël. Je voulais lui répondre, mais il n'avait pas mis son adresse. J'espère que tout va bien pour sa mère et lui… Oh, je suis désolée, Coralie, j'ai entendu une voiture se garer, c'est sûrement le docteur. Au revoir, je te rappellerai. Si la Suisse n'était pas aussi loin, je viendrais te rendre visite avec joie puisque j'ai le permis. Je manque de temps et d'argent…

— Nous nous retrouverons un jour ! Au revoir, et sois très prudente, en toutes circonstances…

Albane raccrocha en soupirant, mais elle avait repris courage. En se levant, son regard erra vers le fond du salon, où durant plusieurs semaines Clara Fischer s'était battue contre le cancer qui la rongeait. Elle se remémora le doux sourire de la vieille dame, quand on l'avait découverte morte, un matin d'octobre 1940.

Des pas pesants dans le hall la firent virevolter. Elle se précipita à la rencontre du médecin. Tout de suite, à sa façon de se tenir un peu courbé, au pli amer de sa bouche, Albane sut qu'il s'était passé un incident grave.

— Joseph, qu'est-ce qu'il y a ?

Elle s'aperçut qu'il était au bord des larmes.

— Venez, je vais vous donner un peu d'eau-de-vie, cela vous fera du bien. Nous sommes seuls pour l'instant.

— Albane, c'est épouvantable, avoua-t-il à voix basse. J'ai eu un coup de fil de Raphaël il y a une heure environ.

Le cœur de la jeune femme manqua un battement avant de se serrer à lui faire mal.

— Il a des ennuis ?

— Non, pas lui, Dieu soit loué. Mais il a été témoin d'une rafle sans précédent menée par la police française et par des gendarmes. Des milliers de Juifs ont été arrêtés et conduits dans des bus jusqu'au Vélodrome d'Hiver. Il y a des femmes, des vieillards, et des enfants, de pauvres innocents.

— Seigneur, ce n'est pas possible.

— L'ordre viendrait du gouvernement de Vichy, après des négociations avec l'occupant. On les a enfermés, Albane, dans des conditions d'hygiène que Raphaël suppose déplorables par ces chaleurs. Ils sont en plein soleil ! Ont-ils de l'eau ou de quoi manger… ? Pensez donc, ces gens n'ont rien emporté excepté un minimum de bagage, une valise pas plus.

Le médecin s'était dirigé vers les cuisines, avide d'ombre et de fraîcheur. Albane lui désigna une chaise avant de prendre la bouteille d'eau-de-vie. Elle tremblait en le servant.

— Joseph, où vont-ils emmener ces milliers de personnes ?

— Sans doute dans des camps, à Drancy ou à Pithiviers. Je crains que la destination suivante soit d'autres camps en Allemagne et en Pologne. Mireille avait déjà fait allusion à ces centres de détention.

Albane prit place au bout d'un des bancs. Elle tapota le bois de la table d'une main nerveuse.

— La police française a pu appréhender ces gens chez eux, à cause des mesures prises en septembre 1940, qui obligeaient les Juifs français et étrangers à se faire enregistrer dans les commissariats et les sous-préfectures, dit-elle d'un ton amer. Si elle n'avait pas épousé mon père, Mireille aurait dû aller à Bergerac se déclarer.

— Soyez tranquille, votre charmante belle-mère ne risque plus rien, elle s'est mariée civilement avec de faux papiers et se nomme désormais Mme de Séguilières, nota le docteur.

Il était d'une pâleur alarmante et lissait sans cesse ses cheveux blonds d'un geste rapide.

— Camille aurait dû vous accompagner, s'inquiéta Albane. Vous êtes bouleversé, Joseph, et je vous comprends. L'avenir m'effraie de plus en plus. Et je m'interroge souvent sur l'avenir de David Cohen, mais aussi sur le sort de Sarah Feldman et de sa famille. J'appréciais tellement cette jeune fille si discrète, si travailleuse.

— Il y a quand même une note positive, déclara soudain le médecin. Le réseau de résistance dont fait partie Raphaël a pu avertir un certain nombre de familles juives. Votre fiancé m'a affirmé qu'il avait lui-même sauvé de l'arrestation un couple et ses enfants, et plusieurs hommes.

— Mon fiancé ? C'est la première fois que l'on me parle de lui dans ces termes, s'étonna Albane.

— J'ignorais comment le définir sans vous choquer, ma douce amie. Je vous remercie pour l'eau-de-vie, j'en avais besoin. Eh bien, je dois monter soigner notre sujet britannique.

— Je lui ai apporté du gâteau et du thé, soufflez un peu. Vous ne m'avez pas répondu à propos de Camille ? Elle aurait pu conduire la voiture.

— Nous avions deux patients dans la salle d'attente, je les lui ai confiés après avoir vérifié que leur état n'était pas inquiétant. Surtout, pas un mot de la rafle à Mme Lambert, qui souffre de dépression.

— Cela me semble évident, Joseph, répliqua Albane. Pourtant j'aimerais lui dire qu'elle a eu raison de quitter Paris avec ses deux filles.

— Presque *in extremis*, admit-il d'un ton affligé. Toutes trois sont beaucoup mieux ici, dans le refuge que représente ce vieux château. Au fait, où sont-ils tous ? Maria, Odile, Mireille et votre père, les enfants…

— Après le goûter d'anniversaire de Pierre, ils sont partis chez le cousin de Maria par un chemin qui relie nos terres à la métairie. Ils doivent ramener un coq. Le nôtre est mort de vieillesse et Odile l'a cuisiné à merveille.

— Vous ne manquez de rien, Albane ? Il faut me le dire, je ne suis pas aveugle, vous avez maigri et Mme Goetz aussi. Même Maria a perdu ses rondeurs.

— Nous nous débrouillons très bien, Joseph. La vache a eu une génisse après sa rencontre avec un taureau du voisinage, nous avons du lait à volonté. De plus, on nous a acheté la génisse un bon prix. Je vous dois déjà beaucoup d'argent.

— C'est le dernier de mes soucis, marmonna-t-il en se levant à regret.

Assoiffé, il se servit un verre d'eau au robinet de l'évier. Au moment de le porter à ses lèvres, il esquissa une grimace.

— Je peux boire comme je veux, mais là-bas, à Paris, des gens doivent souffrir de la soif. Et les enfants, Albane, je pense aux enfants. Ils vivent une situation inhumaine, tous ces gens sont parqués comme des bêtes pour combien de jours ? Ceux qui tentent de s'enfuir de l'enceinte du vélodrome sont abattus sans sommation, Raphaël me l'a dit. Notre pays plonge dans la barbarie.

Consternée par l'infinie détresse du médecin, Albane lui tapota le bras, afin de le réconforter un peu. Il se retourna brusquement et l'étreignit de toutes ses forces, en posant sa tête sur son épaule. Là, il pleura enfin, secoué de sanglots.

— Courage, Joseph, gardez espoir ! La résistance prend de l'ampleur, elle multiplie ses actions, ainsi nous œuvrons au nom de la liberté. Je n'ai jamais oublié ces mots-là, que vous m'avez dits un jour, au début de la guerre.

Le docteur se redressa, le visage noyé de larmes. Il chercha son mouchoir pour vite les essuyer.

— Pardonnez-moi, vous devez me trouver ridicule !

— Oh non, Joseph, regardez, je ne suis pas loin de pleurer avec vous. Sachez que j'admire sincèrement l'homme que vous êtes, votre lutte clandestine et votre valeur morale. Venez à présent, il faut monter changer le pansement du lieutenant Crawley. Je prends votre sacoche et je vous accompagne…

Rasséréné, il eut un faible sourire. Jamais il n'avait enlacé Albane ainsi. Il se souviendrait longtemps du parfum de son cou, une fragrance de chèvrefeuille, et de la douceur de sa peau tiède.

Après le départ du docteur Géraud, Albane retourna dans la chambre de la tour sous le prétexte de récupérer le panier et la vaisselle sale. À peine entrée, elle proposa de nouveau à ses trois pensionnaires une promenade dans la campagne.

— Vous dînerez de meilleur appétit à notre table et dans les cuisines, comme hier soir. N'ayez pas peur, si quelqu'un d'inopportun se présentait, vous pourriez sortir par la porte de l'arrière-cour. Mais il n'y a aucune raison.

Elle s'appliquait à paraître sereine, pourtant son cœur lui faisait mal à l'idée des milliers de Juifs enfermés dans l'enceinte du Vélodrome d'Hiver, à Paris.

— Emmenez mes filles, mademoiselle, je préfère être un peu seule et dormir, débita Sharon Lambert d'un ton laconique.

— Mais le médecin vous a conseillé de prendre l'air. Marcher un peu vous fera du bien. Nous suivrons un chemin le long du bois, à l'ombre.

— Oui, viens avec nous, maman, supplia la petite Myriam. On cueillera des fleurs dans les champs. Je suis sûre qu'il y a des marguerites.

Impassible, sa sœur Dina se tenait debout près de la fenêtre en ogive. Toute menue pour ses quatorze ans, elle avait des yeux d'un brun intense.

— N'ennuie pas, maman, Myriam, elle est fatiguée. Va en balade, je reste là.

— C'est dommage, Dina, soupira Albane. Vous ne pouvez pas vivre cloîtrées dans cette chambre jusqu'à votre départ.

— Mademoiselle, ils arrêtent aussi les Juifs en zone libre ! s'écria Sharon Lambert. Nous avons réussi à venir jusqu'en Dordogne et à franchir la ligne de démarcation, mais si j'avais su que nous ne serions pas en sécurité ici non plus, je n'aurais pas quitté Paris. Nous avions un bel appartement là-bas, de jolis meubles.

— Ne regrettez rien, madame, je vous assure. Vous serez bientôt toutes les trois en lieu sûr, chez votre tante dans le Midi. Notre contact à Périgueux vous fournira les faux papiers nécessaires pour le voyage la semaine prochaine.

— Comment le payer, mademoiselle ? Je n'ai presque plus d'argent, juste quelques bijoux. Il faudra acheter les billets de train aussi.

— Chaque chose en son temps, répondit Albane. Et je vous en prie, soyez courageuse, vos filles ont besoin de vous.

Elle songeait en disant cela aux recommandations du docteur, qui lui avait exprimé ses craintes sur l'état de Sharon Lambert : « Cette femme est fragile sur le plan moral, elle pourrait mettre fin à ses jours », avait-il hasardé d'un air inquiet.

Albane en doutait, cependant elle lança un coup d'œil soucieux sur la fenêtre. La pièce était située à mi-hauteur de la tour d'angle et une chute serait fatale.

— Faites un effort, Sharon, insista-t-elle en l'appelant pour la première fois par son prénom.

— Allez, maman, implora Myriam.

— D'accord, je vous accompagne, capitula sa mère.

Dina s'illumina d'un sourire incrédule, puis elle enfila ses sandales, imitée par sa petite sœur.

Bientôt elles descendaient en file indienne l'escalier en pierre, avant de traverser le hall et de se retrouver sur la terrasse inondée de soleil.

— Suivez-moi, je vais chercher mon chien, expliqua Albane. Je suis obligée de le garder enfermé une partie de la journée. Ma belle-mère, Mireille, en a toujours peur, depuis deux ans que je l'ai !

— Pauvre bête, commenta Sharon Lambert.

— Oh, il n'est pas à plaindre, je le libère le plus souvent possible et quand je monte à cheval, il court à côté et peut ainsi dépenser son énergie.

— Vous parlez comme ma maîtresse d'école de Paris, avec des mots compliqués, fit remarquer Myriam.

— C'est normal, Mlle de Séguilières est institutrice, déclara Dina. Mais elle n'a rien dit de compliqué, c'est toi qui ne comprends rien.

— Ne vous querellez pas ou je fais demi-tour, menaça leur mère. Vous êtes vraiment insupportables !

— Pardon, maman, dirent-elles en chœur.

Albane ne fit aucun commentaire, afin de ne pas contrarier Sharon, car pour sa part elle admirait la sagesse et docilité de ses filles.

— Orage, on va en balade, annonça-t-elle une fois devant le box.

Le berger allemand aboya sur un mode joyeux, en se dressant contre la porte. Il lécha les mains de sa maîtresse pendant qu'elle lui mettait sa laisse. Quand elle sortit des écuries, Sharon et ses filles reculèrent un peu, impressionnées par la taille de l'animal.

— Il ne mord pas ? s'inquiéta Dina.

— Mais non, les enfants d'ici jouent avec lui. N'aie pas peur, c'est un très gentil chien.

— Pourtant il est grand et fort, nota Myriam.

En deux ans, Albane avait dressé Orage selon ses propres règles, tout en douceur et patience. Il lui avait rapidement obéi de façon étonnante, ayant assimilé la langue française au fil des jours et se fiant d'abord aux gestes de la jeune femme.

— Regardez Orage, il a hâte de courir sur le chemin, mais il ne tire pas sur sa laisse, précisa-t-elle. Souvent je lui lance un bout de bois et il le rapporte. À ce jeu, il est infatigable. Venez, nous allons passer par le jardin potager, vous pourrez croquer des fraises, elles sont à point. Ensuite je vous guiderai vers le chemin dont je parlais, près du bois.

Elle avait choisi cet itinéraire pour ne pas croiser Mireille et les autres promeneurs qui ne tarderaient pas à revenir de la métairie. Pierre gambadait à loisir, sur ses robustes petites jambes de trois ans, et s'il précédait le groupe, sa belle-mère aurait cédé à la panique en voyant débouler le chien.

— Il est beau, votre cheval, vous montez dessus en vrai ? s'extasia Myriam, en cueillant un coquelicot au bord du pré.

— Oui, mais je ne galope pas trop pour le ménager. Parfois il boite, et Maria le soigne avec une pommade de sa composition.

Albane s'engageait sur le sentier, suivie par Sharon et ses filles, lorsque des cris affolés lui parvinrent. Elle reconnut les voix de Mireille, de Maria et d'Odile Goetz, mêlées à celles de Félicia et de son père.

— Mais… On dirait qu'ils appellent Pierre.

— Oui, mademoiselle, moi aussi j'entends ce prénom, affirma Dina. C'est le tout-petit que nous avons vu avant-hier soir en arrivant au château ?

— Il y a un garçon qui arrive, indiqua Myriam.

Lucas accourait, en bondissant parmi les herbes hautes d'une prairie en jachère. Il avait désormais huit ans et comptait depuis quelques mois parmi les élèves de Jacques Favre.

— On a perdu Pierre ! s'égosillait-il.

Tout de suite, Albane céda à une vive anxiété, chérissant l'enfant, devenu son frère aux yeux de la loi et surtout dans son cœur.

— On vous a aperçue du chemin, et votre papa m'a dit d'aller vous avertir, expliqua Lucas, essoufflé.

Au bout de sa laisse, le berger allemand poussait de brèves plaintes d'impatience. Albane le caressa en lui ordonnant de ne pas bouger.

— On a cherché autour de la métairie du cousin de Maria, même qu'il nous a aidés, après madame Mireille est partie sur le chemin. Elle pensait que Pierre avait voulu rentrer tout seul au château et qu'elle allait vite le rattraper. On l'a tous suivie, mais ça n'a servi à rien. Il a disparu.

— Il a dû s'égarer, nous devrions le chercher aussi, avança Sharon, subitement revigorée. Mademoiselle, vous connaissez bien les environs, dites-nous comment faire.

— Fouillez le sous-bois, j'ai souvent emmené Pierre ramasser des champignons, il a pu avoir l'idée d'en trouver tout seul.

À cet instant précis, un son lointain mais suraigu fut perçu par le berger allemand, quasiment inaudible pour les humains. Il bondit en avant avec une telle vigueur qu'il arracha la poignée de sa laisse des mains de sa maîtresse.

— Orage, reviens ! hurla-t-elle. Reviens ici !

L'animal fonçait sans l'écouter à une vitesse sidérante. Albane vit alors Mireille se cramponner au bras d'Amédée, à une centaine de mètres de l'autre côté de la prairie en friche. La jeune femme s'élança dans la même direction que son chien.

C'était une course fébrile pour parer au moindre incident, au milieu des chardons et des orties. Lucas la talonnait, la gorge en feu.

— Mademoiselle, arrêtez-vous ! cria-t-il soudain. Orage a filé sur la gauche. Votre père vous fait signe de venir.

— Lucas, va leur dire que je préfère suivre mon chien ! On ne sait jamais, il a pu sentir la trace de Pierre.

Le garçon bifurqua aussitôt. Il avait les joues rouges et le front en sueur. Odile Goetz le reçut dans ses bras.

— Tu n'as plus ta casquette, c'est un coup à tomber malade par cette chaleur, soupira-t-elle en le coiffant de son chapeau de paille.

— Mais, maman, je devais prévenir mademoiselle Albane !

— J'ai compris, tu es un bon garçon. Monsieur Amédée, on devrait rattraper votre fille.

— Cette bête va mordre Pierre si elle le trouve, sanglota Mireille.

— Soyez raisonnable, Orage joue avec mes enfants, il ne leur a jamais fait de mal ! s'emporta Étienne Goetz. Ma femme a raison, allons-y !

— Doux Jésus, le chien aboie encore du côté de l'étang de mon cousin, gémit Maria en se signant.

Albane, éperdue de soulagement, assistait à une scène qui ne s'effacerait jamais de sa mémoire.

Indifférente à la boue dans laquelle s'enfonçaient ses pieds, elle marchait vers la grande mare cernée par des roseaux et des ajoncs. Le berger allemand nageait vers la berge, en tenant Pierre par le tissu de sa chemisette au niveau de l'épaule. L'enfant se laissait emmener sans se débattre. Il avait les cheveux trempés, des herbes plaquées sur le visage.

— C'est bien, Orage, viens, mon beau, viens, répétait-elle sans penser à hausser la voix, certaine que le chien ne lâcherait pas prise et qu'il atteindrait bientôt le bord vaseux de l'étang.

Mais elle ne fut pas la seule à être témoin du sauvetage du petit garçon. Mireille, son père et Étienne Goetz virent Orage sortir de l'eau, tandis qu'Albane prenait le rescapé dans ses bras.

— Seigneur Dieu, notre trésor a failli se noyer ! s'exclama le châtelain.

— Pierre, mon tout-petit ! hurla Mireille en s'avançant dans la zone marécageuse.

— Ne bougez pas, ma douce, recommanda Amédée. Ma fille vient dans notre direction avec ce magnifique chien, le héros du jour !

Maria, Odile et ses enfants étaient là pour voir Albane approcher, Pierre pendu à son cou. Le berger allemand, sa belle fourrure noire et fauve perlée d'eau, marchait derrière sa maîtresse.

— Ne pleurez pas, le pire a été évité, cria la jeune femme à Mireille. Pierre a bu la tasse mais Orage l'a empêché de couler une seconde fois.

— Mon Dieu, je ne comprends pas, se lamenta Maria. Je suis venue vérifier si le pitchoun n'était pas au bord de l'étang.

— Parce qu'il s'est caché en te voyant, déclara Albane.

— J'avais trop chaud, je voulais me baigner, balbutia Pierre.

Mireille s'empara de lui d'un geste fébrile. Elle l'embrassa et le cajola à outrance, si bien que le petit protesta en essayant de glisser jusqu'au sol.

— Quel caractère ! constata Amédée. Ciel, je n'ai jamais eu aussi peur de ma vie. Ma douce amie, sans ce bel animal, nous aurions perdu Pierre.

Albane caressait Orage, tout en le félicitant à mi-voix.

— Admettez que c'est un très bon chien, insinua la jeune femme en fixant Mireille.

— Oui, faudrait le remercier, madame, dit Lucas.

— C'est vrai, il a sauvé Pierre de la noyade, commenta Odile Goetz. Chez nous, un gros chien de berger a fait la même chose alors qu'un bambin était tombé dans le Rhin.

Le silence se fit, à peine troublé par l'arrivée de Sharon Lambert et ses filles. Mireille se sentit prise sous le feu croisé de plusieurs regards. Oppressée, elle confia son petit-fils au châtelain.

— Je n'ai jamais remercié une bête, dit-elle tout bas. Le mieux à mon avis, c'est d'exprimer ma gratitude à Albane, qui est sa maîtresse. Je lui dois d'avoir recueilli ce chien, d'avoir su très vite qu'il était inoffensif. Ma chère enfant, je vous le promets, vous n'aurez plus à enfermer Orage, il pourra passer ses jours en plein air et veiller sur nous tous.

— Merci, Mireille, j'en suis ravie. Si vous faisiez un effort, en lui donnant une caresse… ?

— Si vous ne voulez pas, madame, Lucas et moi on peut lui faire plein de câlins, décréta Félicia.

— Ma sœur et moi aussi ! s'écria Myriam. Hein, Dina ?

Mireille respira profondément, puis elle fit trois pas vers le berger allemand, qui la regardait de ses bons yeux couleur d'ambre en haletant.

— Merci, souffla-t-elle en effleurant son crâne humide, entre ses oreilles dressées.

Durant ces quelques secondes, Albane oublia la guerre et les martyrs du Vélodrome d'Hiver, peut-être condamnés à un sort épouvantable, comme elle l'apprendrait un jour encore lointain. Pour l'instant, elle bénissait le destin qui avait conduit vers elle, un après-midi d'orage, un chien dont le collier indiquait son appartenance à la Wehrmacht, à leurs ennemis.

— Rentrons maintenant, mon héritier a besoin d'être lavé et de changer de vêtements, déclara Amédée d'un ton mal assuré. Albane, il n'y aura plus d'interdits ! Orage pourra dorénavant franchir le seuil du château et se coucher à tes pieds lors des repas. Es-tu contente, ma précieuse enfant ?

— Disons que je suis consolée, papa.

— Consolée de quoi ? s'inquiéta Mireille. Albane, avez-vous reçu de mauvaises nouvelles pendant notre absence ?

— Pas vraiment, Raphaël a juste tenu le docteur Géraud informé de ce qui se passe à Paris. J'avais besoin d'être consolée des affres de la guerre, sans doute…

Sur ces mots énigmatiques, elle prit la direction du château, dont les tours se doraient au soleil déclinant. Elle ne remit pas sa laisse à Orage qui la précéda d'une allure tranquille.

Château de Séguilières, jeudi 12 novembre 1942

Albane venait de raccrocher le combiné téléphonique d'un geste brusque, en accord avec les battements désordonnés de son cœur. Elle se pencha pour caresser d'une main tremblante le chien-loup assis à ses pieds. Elle hésitait à se retourner, pour ne pas affronter le regard sûrement intrigué de son père. Il lisait un roman, assis près de la majestueuse cheminée en marbre du salon où il avait allumé un feu.

— Qui était-ce ? demanda-t-il. Tu n'as presque rien dit !

— Je ne pouvais pas. C'était Joseph, papa.

— Ah, notre cher docteur… Il se fait rare puisque nous n'avons plus de pensionnaires en ce moment.

— En effet, il n'y a personne, Dieu soit loué, soupira-t-elle.

La jeune femme évoqua en silence ceux qu'ils avaient hébergés ces derniers mois : le lieutenant Crawley, qui était désormais caché dans une annexe du préventorium des Fougères, Sharon Lambert et ses deux filles, réfugiées dans le Midi, mais aussi un autre soldat anglais et une famille juive ayant séjourné de septembre à octobre au château.

— S'il te plaît, Albane, dis-moi ce qui se passe ! Tu es figée sur place, blanche à faire peur.

— Papa, pardonne-moi, j'attendais un peu pour t'annoncer que les Allemands ont franchi la ligne de démarcation hier, à cause du débarquement allié en Afrique du Nord. Ils ont jugé que c'était une menace pour eux, aussi ils envahissent toute la France. Il n'y aura plus de zone libre.

Abasourdi par la terrible nouvelle, le châtelain se leva de son fauteuil et vint scruter le visage de sa fille de très près, avant de la saisir par les épaules.

— Tu l'as su quand, Albane ?

— Hier, Camille est venue à l'école pour me l'annoncer.

— Et tu n'as pas jugé bon de nous avertir ! Pourquoi ?

— J'avais envie que nous passions une dernière soirée tous ensemble, dans une douce ambiance.

— Dans ce cas, que t'a dit le docteur à l'instant ?

— Une compagnie allemande est arrivée à Brantôme, papa. Plusieurs voitures, un camion bâché. Ils cherchent un lieu où établir une *Feldkommandantur*. Joseph n'a rien pu faire, le maire leur a indiqué notre château. Ils ne vont pas tarder.

— Seigneur, je monte voir Mireille, qu'elle reste dans notre chambre avec Pierre. Préviens Maria et les autres.

Plusieurs bruits de moteur les alertèrent. Albane se précipita dans le hall, suivie par son père et par Orage.

— Je n'ai pas le temps, ce sont eux, murmura-t-elle en observant les véhicules vert kaki qui remontaient l'allée. Papa, dites à Mireille de garder son calme s'ils exigent de visiter le château. Je vais les accueillir. Pendant ce temps avertissez tout le monde.

Albane sortit sur la terrasse. Elle remarqua combien le ciel était lourd de nuages, les arbres du parc secoués par le vent. L'air impassible, elle descendit les marches du perron au moment où un officier allemand aux nombreuses décorations la saluait.

— Bonjour, mademoiselle, dit-il dans un français scandé par son accent germanique.

— Bonjour, monsieur… Je suis Albane de Séguilières, l'institutrice de Brantôme.

— Major Schmidt, se présenta-t-il. Le maire, M. Lafaye, m'a parlé de votre château. Mes hommes et moi devons loger ici. Il faut que vous partiez, avec votre famille. Je suis désolé pour le dérangement.

Stupéfaite par la politesse de l'Allemand, Albane acquiesça d'un signe de tête, en cherchant une solution. Dans son affolement, elle n'avait pas fait attention à Orage, qui se tenait près d'elle.

— Vous avez un beau chien, nota le major Schmidt. Un berger allemand. Nous en avons aussi dans la Wehrmacht.

— En effet, il est très bon gardien, mais affectueux, dit-elle d'un ton paisible, alors que son cœur cognait sur un rythme désordonné.

— Bon chien ! *Guter Hund !*

Albane n'osa pas regarder Orage, tellement elle redoutait sa réaction, en entendant la langue de son pays d'origine.

— J'ai un cheval aussi, mais il est vieux et boiteux, ajouta-t-elle en souriant, afin de faire diversion.

— Bien, très bien, mademoiselle ! Six de mes hommes vont visiter le château. Vous devez les accompagner.

— Volontiers, major. Je préfère vous prévenir, nous n'avons pas l'électricité ni l'eau chaude. Et les toitures sont en mauvais état car nous n'avons pas l'argent pour les réparer.

— Pas d'électricité ? s'exclama-t-il.

— Non, je suis désolée, c'est très inconfortable. Pas de chauffage non plus. Le charbon se fait rare, nous allumons des petits feux avec le bois que nous ramassons dans le parc.

De toute évidence hautement contrarié, le major Schmidt hocha la tête.

— Pourquoi votre maire nous a envoyés ici, alors ?

— Je ne comprends pas, il a fait une erreur. Le château du domaine de la Barde, sur la route de Périgueux, est plus confortable. Je le sais, parce que j'ai la fille du propriétaire dans ma classe, Martine Besse. Mais je peux quand même vous faire visiter, pour vous prouver que je dis la vérité.

Une rafale pluvieuse souleva une mèche ondulée de la chevelure brune d'Albane. Elle demeurait souriante, avec dans ses yeux noisette une expression conciliante.

Le major Schmidt, peut-être sensible au charme féminin, eut un geste fataliste.

— Nous n'avons plus le temps, mademoiselle, trancha-t-il. Pouvez-vous m'indiquer le chemin du domaine de la Barde ?

Albane s'empressa de fournir des explications précises, en songeant que la famille Besse serait en droit de lui en vouloir. Mais c'étaient des gens fortunés, possédant une grande maison bourgeoise dans Brantôme même, où ils pourraient s'installer.

— Merci beaucoup, mademoiselle, dit le major en s'inclinant de nouveau.

Raphaël lui ayant décrit le salut hitlérien, le bras tendu en avant, assorti d'un claquement de bottes, elle se préparait à en être témoin. Mais l'officier allemand lui tourna le dos, en hurlant des ordres à ses subordonnés. Elle crut reconnaître le mot « électricité » et poussa un soupir de soulagement.

Peu après, la colonne de véhicules faisait demi-tour dans la cour d'honneur pour descendre l'allée. Quand enfin le bruit des moteurs s'estompa, Albane sentit ses jambes trembler.

— Seigneur, ils sont partis, Orage, murmura-t-elle. Je ne peux pas le croire, j'ai réussi.

Une rumeur s'éleva sur la terrasse, où s'étaient aventurés Maria, Odile et Étienne Goetz, ainsi que son père. Elle se retourna et recula de quelques pas pour leur faire face.

— Ils n'investissent pas notre château ? demanda Amédée. Mais que leur as-tu dit, ma fille ? Je t'ai vue en train de parler à ce haut gradé !

— C'est très simple, papa, je lui ai dit que j'étais Albane de Séguilières…

Personne ne fut dupe de cette fanfaronnade, et seul son père eut l'aplomb d'en rire. Lorsqu'une pluie froide s'abattit sur les pavés de la cour, la jeune femme tendit son visage vers le ciel, en remerciant Dieu de lui avoir donné le courage nécessaire pour affronter le major Schmidt.

— Cette fois, la véritable guerre commence pour moi, pour nous, les gens de mon pays, murmura-t-elle.

Des feuilles mortes voltigeaient du parc jusqu'en bas du perron, soulevées par la violence des bourrasques. Ce brusque déchaînement des éléments eut le don de réconforter Albane qui, malgré les appels de Maria et de son père, ne bougeait pas, une main posée sur le dos du chien-loup.

— Je me battrai jour après jour, dans l'ombre des nuits, en secret, oui, je me battrai, au nom de la liberté, se dit-elle tout bas.

Le vent d'automne emporta ces mots, dont l'écho se perdit sur les tours du vieux château, où, par bonheur, la célèbre fée Électricité n'avait pas encore fait son apparition…

Table

DE LA MÊME AUTRICE :

La saga de Val-Jalbert

I. *L'Enfant des neiges*, Chicoutimi, Éditions JCL, 2008 ; *L'Orpheline des neiges,* Paris, Calmann-Lévy, 2010

II. *Le Rossignol de Val-Jalbert*, Chicoutimi, Éditions JCL, 2009 ; Paris, Calmann-Lévy, 2011

III. *Les Soupirs du vent*, Chicoutimi, Éditions JCL, 2010 ; Paris, Calmann-Lévy, 2013

IV. *Les Marionnettes du destin*, Chicoutimi, Éditions JCL, 2011 ; Paris, Calmann-Lévy, 2014

V. *Les Portes du passé*, Chicoutimi, Éditions JCL, 2012 ; Paris, Calmann-Lévy, 2015

VI. *L'Ange du lac*, Chicoutimi, Éditions JCL, 2013 ; Paris, Calmann-Lévy, 2016

La saga du Moulin du loup

I. *Le Moulin du loup*, Chicoutimi, Éditions JCL, 2008 ; Paris, Les Presses de la Cité, 2008

II. *Le Chemin des falaises*, Chicoutimi, Éditions JCL, 2009 ; Paris, Les Presses de la Cité, 2009

III. *Les Tristes Noces*, Chicoutimi, Éditions JCL, 2008 ; Paris, Les Presses de la Cité, 2010
IV. *La Grotte aux fées*, Chicoutimi, Éditions JCL, 2009 ; Paris, Les Presses de la Cité, 2011
V. *Les Ravages de la passion*, Chicoutimi, Éditions JCL, 2010 ; Paris, Les Presses de la Cité, 2012
VI. *Les Occupants du domaine*, Chicoutimi, Éditions JCL, 2012 ; Paris, Les Presses de la Cité, 2013

La saga d'Angélina

I. *Angélina. Les Mains de la vie*, Chicoutimi, Éditions JCL, 2011 ; Paris, Calmann-Lévy, 2013, 2019
II. *Angélina. Le Temps des délivrances*, Chicoutimi, Éditions JCL, 2013 ; Paris, Calmann-Lévy, 2014, 2019
III. *Angélina. Le Souffle de l'aurore*, Chicoutimi, Éditions JCL, 2015 ; *La Force de l'aurore*, Paris, Calmann-Lévy, 2015, 2019

La saga des Bories

I. *L'Orpheline du Bois des Loups*, Chicoutimi, Éditions JCL, 2002 ; Paris, Les Presses de la Cité, 2003
II. *La Demoiselle des Bories*, Chicoutimi, Éditions JCL, 2006 ; Paris, Les Presses de la Cité, 2006

La saga du lac Saint-Jean

I. *Le Scandale des eaux folles*, Chicoutimi, Éditions JCL, 2014 ; Paris, Calmann-Lévy, 2016
II. *Les Sortilèges du lac*, Chicoutimi, Éditions JCL, 2015 ; Paris, Calmann-Lévy, 2017

La saga de Faymoreau

I. *La Galerie des jalousies*, Chicoutimi, Éditions JCL, 2015 ; Paris, Calmann-Lévy, 2017
II. *La Galerie des jalousies*, Chicoutimi, Éditions JCL, 2016 ; Paris, Calmann-Lévy, 2017
III. *La Galerie des jalousies*, Paris, Calmann-Lévy, 2017

La saga d'Abigaël

Saison 1

I. *Abigaël, messagère des anges*, Chicoutimi, Éditions JCL, 2017 ; Paris, Calmann-Lévy, 2018
II. *Abigaël, messagère des anges*, Chicoutimi, Éditions JCL, 2017 ; Paris, Calmann-Lévy, 2018
III. *Abigaël, messagère des anges*, Chicoutimi, Éditions JCL, 2017 ; Paris, Calmann-Lévy, 2018
IV. *Abigaël, messagère des anges*, Paris, Calmann-Lévy, 2018
V. *Abigaël, messagère des anges*, Paris, Calmann-Lévy, 2018
VI. *Abigaël, messagère des anges*, Paris, Calmann-Lévy, 2018

Saison 2

I. *Abigaël, Les Voix du passé*, Paris, Calmann-Lévy, 2022
II. *Abigaël ou la Force du destin*, Paris, Calmann-Lévy, 2022
III. *Abigaël ou le Secret des anges*, Paris, Calmann-Lévy, 2022

La saga de l'orpheline de Manhattan

I. *L'Orpheline de Manhattan*, Paris, Calmann-Lévy, 2018
II. *Les Lumières de Broadway*, Paris, Calmann-Lévy, 2018
III. *Les Larmes de l'Hudson*, Paris, Calmann-Lévy, 2019

La saga de Lara

I. *La Ronde des soupçons*, Paris, Calmann-Lévy, 2020
II. *La Valse des suspects*, Paris, Calmann-Léyy, 2020
III. *La Danse macabre*, Paris, Calmann-Lévy, 2020

Le Mystère Soline

I. *Au-delà du temps*, Paris, Calmann-Lévy, 2021
II. *Le Vallon des loups*, Paris, Calmann-Lévy, 2021
III. *Un chalet sous la neige*, Paris, Calmann-Lévy, 2021

Le Château des secrets

I. *Le Rêve brisé*, Paris, Calmann-Lévy, 2023
II. *La Ballerine de l'ombre*, Paris, Calmann-Lévy, 2023
III. *Les Cœurs apaisés*, Paris, Calmanny-Lévy, 2023

La saga d'Albane

I. *Un ciel d'orage*, Paris, Calmann-Lévy, 2024
II. *Au nom de la liberté*, Paris, Calmann-Lévy, 2024
III. *Le sang des justes*, Paris, Calmann-Lévy, 2024
IV. *Des cœurs dans la tourmente*, Paris, Calmann-Lévy, 2025

Les enquêtes de Maud Delage

VOLUME I

1. *Du sang sous les collines*, Chicoutimi, Éditions JCL, 2012 ; Paris, Calmann-Lévy, 2021
2. *Un circuit explosif*, Chicoutimi, Éditions JCL, 2012 ; Paris, Calmann-Lévy, 2021

VOLUME II

1. *Les Croix de la pleine lune*, Chicoutimi, Éditions JCL, 2013 ; Paris, Calmann-Lévy, 2022
2. *Drame à Bouteville*, Chicoutimi, Éditions JCL, 2013 ; Paris, Calmann-Lévy, 2022

VOLUME III

1. *Cognac, un festival meurtrier*, Chicoutimi, Éditions JCL, 2013 ; Paris, Calmann-Lévy, 2023
2. *Vent de terreur sur Baignes*, Chicoutimi, Éditions JCL, 2013 ; Paris, Calmann-Lévy, 2023

VOLUME IV

1. *L'Enfant mystère des terres confolentaises*, Chicoutimi, Éditions JCL, 2013 ; Paris, Calmann-Lévy, 2024
2. *Maud sur les chemins de l'étrange*, Chicoutimi, Éditions JCL, 2013 ; Paris, Calmann-Lévy, 2024
3. *Nuits à haut risque*, Chicoutimi, Éditions JCL, 2013 ; Paris, Calmann-Lévy, 2024

Livres hors-série

L'Amour écorché, Chicoutimi, Éditions JCL, 2003 ; Paris, Calmann-Lévy, 2020

Le Chant de l'océan, Chicoutimi, Éditions JCL, 2004 ; Paris, Les Presses de la Cité, 2007

Les Enfants du Pas du Loup, Chicoutimi, Éditions JCL, 2004 ; Paris, Les Presses de la Cité, 2005

Le Refuge aux roses, Chicoutimi, Éditions JCL, 2005 ; Paris, L'Archipel, 2005 ; Paris, Calmann-Lévy, 2018

Le Val de l'espoir, Chicoutimi, Éditions JCL, 2007 ; Paris, Calmann-Lévy, 2016

Le Cachot de Hautefaille, Chicoutimi, Éditions JCL, 2009 ; Paris, Calmann-Lévy, 2019

Les Fiancés du Rhin, Chicoutimi, Éditions JCL, 2009 ; Paris, Calmann-Lévy, 2019

Les Amants du presbytère, Chicoutimi, Éditions JCL, 2015 ; Paris, Calmann-Lévy, 2017

Amélia, un cœur en exil, Paris, Calmann-Lévy, 2017

Astrid, la reine bien-aimée, Chicoutimi, Éditions JCL, 2017 ; Paris, Calmann-Lévy, 2019

Les Feux de Noël, Paris, Calmann-Lévy, 2020

Les Merveilles de Noël, Paris, Calmann-Lévy, 2023

Katia, l'histoire d'un grand amour, Paris, Calmann-Lévy, 2024